文學研究叢書‧辭章修辭叢刊

# 章法論叢
## 第十一輯

教育部國民小學師資培用聯盟
國語文學習領域教學研究中心　主編
中華民國章法學會

# 序

　　入秋以來，炎熱的烈陽仍肆虐著北臺灣，原本已凋謝的鳳凰木，居然又開起了紅色的花苞。詭譎而令人難以捉摸的天氣，籠罩著一股多變的氛圍。伴隨著社會族群的對立、文化認同的分歧及求異不求同的學術傾向，臺灣正走在一個多頭的十字路口。回歸到教育革新、文化形塑與學術研究的專業立場，中、小學及大學教師實共同肩負著穩定社會、鞏固文化傳承的責任。誠然，透過教學研討與學術探究，我們正辨析著臺灣未來該走的方向。章法學會始終秉持著初衷不斷向前。

　　二〇一六年十一月五日，假臺北市立大學人文藝術學院藝術館所舉辦之「第五屆語文教育暨第十一屆辭章章法學學術研討會」在各方學者的熱切討論聲中，終於圓滿落幕。本屆研討會共發表三十二篇論文，有來自國內各大專校院專、兼任教師、中學教師及研究生的論文，從論文的品質與數量來看，都維持著前幾屆的規模。為了讓研討會的成果發揮更廣泛的影響力，我們仍循往例出版《章法論叢》第十一輯。而基於提升論叢水準的考量，凡有意願納入本論文集的學者，均須參照特約討論人之意見加以修改，並同意將修改好的論文送予匿名學者審查，以送審意見作為刊登與否的標準。

　　經審查彙整，《章法論叢》第十一輯共收論文二十二篇，依論文的性質約可分為六種類型：

　　一是跨領域與創新思維研究，包括：陳滿銘教授〈論跨界章法學——以章法學方法論之三觀體系為重心作探討〉、戴維揚教授〈就1919 和合本中譯聖經論「道」可「到」的翻譯〉、劉怡伶教授〈蔣伯

潛與傳統辭章的現代轉化〉等三篇。範圍涵蓋了章法學、神學與辭章學，內容多元豐富且頗具專業價值。

二為海洋文創研究，包括：顏智英教授〈南宋詩海洋書寫之主題探析——「藉海抒懷」、「特寫海景」二主題為例〉、莊育鯉教授〈以海洋文化為發展的地域產業與品牌探討——以基隆八斗子飛魚卵加工產業為例〉等二篇。其中有海洋文學書寫的創意，也有基隆在地品牌設計的創客藝術研究，令人耳目一新。

三為語文教學與課程設計研究，包括：竺靜華教授〈教學拼圖——淺談華語教學中的小說教學〉、陳佳君教授〈繪本融入語文補救教學之理論先導研究——以螺旋結構論為主軸的探討〉、陳添球教授〈以文章結構寫大意的螺旋式課程設計模式〉、陳秀絨同學〈試論詩歌教育的價值與影響〉、楊雅貴老師〈思辨教學三樂章——以邏輯思辯練習／意象辨識與提問／寫作結構引導之三種讀寫互動策略切入〉等五篇，皆以課程設計之新思維進行教案之研究與開發，足供教學現場之重要參考。

四為辭章風格與美學研究，包括：吳瑾瑋教授〈王文興小說語言風格分析：從詩語言句式入手〉、蒲基維教授〈華語「詞彙風格」的形成及其根源〉等二篇，皆從微觀角度探討風格的形成脈絡與表現方式，是風格學及美學研究的重要論證。

五為辭章學與文學作品研究，包括：曾永義教授以專題演講模式所寫的〈一篇〈錦瑟〉解人難〉、蘇心一教授〈詞中有畫——東坡詞中有乾坤〉、黃麗容教授〈李白遊仙詩仙境寓意及時空結構〉、黃淑貞教授〈《全宋詞》穿簾聽覺意象析論〉、陳燕玲同學〈散文與詩交會的火花——林煥彰〈日常 · 無常 · 如常〉的藝術經營〉、林均珈教授〈清代《紅樓夢》彈詞開篇之探析〉、張娣明教授〈試論武塈頌詩中的主題意識〉七篇，涵蓋古典及現代詩、詞、小說及戲曲的研究，呈現本屆辭章學探究所涉獵的層面既深且廣。

　　六為文法修辭與章法研究，包括：陳宣諭教授〈崔顥〈黃鶴樓〉與李白〈登金陵鳳凰臺〉二詩章法結構與藝術手法析論〉、仇小屏教授〈論感覺在借代辭格中的表現〉、盧昱勳同學〈「沒」用作否定詞之探究──以《朱子語類》為考察對象〉等三篇，分別涉及章法、修辭及文法範疇，是本屆辭章學研究論文之重要典型。

　　本屆計有十一篇論文未參與審查，包括：邱燮友教授〈中國古典詩學創作欣賞的新思維〉、吳智雄教授〈寄託、想像、抒情、哲理：論海洋在中國文化中的四大意義〉、周晏菱教授〈由章法角度論杜甫詩作「虛景設想」之變換藝術──以「戲」題詩為例〉、劉崇義老師〈經典作品的解讀與創作──以杭二中的學生作品為例〉、劉楚荊老師〈漢賦美學中的「審醜」書寫〉、唐美惠同學〈孟郊詩學的審美觀〉、謝宇璇同學〈石中英詩作之語言風格──以重字的使用為例〉、卜慧文〈若隱若現的情──論薛寶釵人物形象〉、張春榮教授〈海宴《瑯琊榜》小說初探〉、蘇宏杰同學〈從語用策略觀點分析馮夢龍《笑府》中「對話」在篇章中的展開〉、蔡幸君老師〈論《水滸傳》內容的統一性結構〉，乃因作者另有考量，擬投刊於其他專書或學報，故未列入，就本論叢而言，雖無不缺憾，仍賀喜其鉅作另有發表空間。總計未參與審查及審查未通過之論文，《章法論叢》第十一輯的論文審查通過率約為百分之六十七，仍近乎這幾年的論文審查比例，就《章法論叢》品質的堅持與提升來看，此一數據代表著辭章章法學的研究仍朝著積極正向的方向發展。

　　本屆論文研討會能圓滿成功，首先要感謝教育部國民小學師資培用聯盟國語文學習領域教學研究中心在人力與物力的贊助，更感謝臺北市立大學人文藝術學院熱心提供會議場地，讓本屆研討會得順利進行。更要感謝許多學者長期以來的支持，如邱燮友教授、張春榮教授、戴維揚教授等，各以實際的論文發表，讓研討會的討論增色不少。而遠從東華大學而來的陳添球教授，更提出章法結構之課程設計的論文研究，其對

於章法學的支持與肯定，尤令人感動。至於長期以來在每一屆研討會中擔任主持人的資深教授，如莊雅州教授、傅武光教授、賴明德教授等，以及擔任特約討論的許學仁教授、蔡芳定教授、余崇生教授及吳智雄教授等，其情義相挺的熱忱，更令人銘感在心。謹代表章法學會理、監事及工作團隊，致上最深的敬意。

　　本論叢得以順利付梓，仍須感謝萬卷樓梁錦興總經理、張晏瑞副總編輯的籌畫和主編邱詩倫小姐的排版。為使論文更為精緻無誤，本論叢已幾經繁瑣的校對，惟時間倉促，疏漏難免，期望各界不吝指正。

中華民國章法學會　代理理事長　陳滿銘　謹序於臺北
　　　　　　　　　秘　書　長　蒲基維
　　　　　　　　　　　　　二〇一七年十一月二日

# 目次

# 專題演講

# 一篇〈錦瑟〉解人難

## 曾永義
中央研究院院士

## 一 前言

如果在中國舊詩裏，要挑一首許多人能琅琅上口，愛不釋手，但又撲朔迷離，似懂非懂的詩，恐怕非李商隱的〈錦瑟〉詩莫屬。這首詩是這樣子的：

> 錦瑟無端五十絃，一絃一柱思華年。
> 莊生曉夢迷蝴蝶，望帝春心託杜鵑。
> 滄海月明珠有淚，藍田日暖玉生煙。
> 此情可待成追憶，只是當時已惘然。

這首詩金人元好問〈論詩絕句〉如此說：

> 望帝春心託杜鵑，佳人錦瑟怨華年。
> 詩家總愛西崑好，獨恨無人作鄭箋。

元氏的大意是：義山〈錦瑟〉旨在寫他青春年華時的悲怨。其所說的

「佳人」不必作「美女」解，而是和古人所說的「美人」一樣，指的是義山這位「賢者」。只是以義山為宗師的「西崑體」詩家，好用詞藻典故，令人難解難懂，遺憾的是，沒有像鄭康成那樣的人來詮釋它。而這首〈錦瑟〉詩，連大詩人元遺山都承認被它難倒。

事實上，宋代以後，嘗試要解說〈錦瑟〉的名公鉅子如蘇軾、朱彝尊等大有人在。我們從《李義山詩集輯評》和《唐詩彙評》便可以知道起碼有十種說法：有把它當作一般詠物詩的，以瑟聲的適怨清和來比附中間四句的意境。有謂「錦瑟」為婢女名，詩乃為令狐楚家青衣而作。有謂義山自悔其少年場中風流搖蕩，到如今始知其有情皆幻，有色皆空。有謂此為悼亡詩，意亡者善彈錦瑟，故睹物思人而託物起興。有謂其為國祚興衰而作。有揣測其寫閨情。有認定其美人遲暮，用作自傷之詞。乃至於有「首句謂行年無端將至五十」者。有「〈錦瑟〉乃是以古瑟自況」者。有說是「全詩皆借物擬象，表明作詩之技法和創作之心得」者。

這十種說法簡直是出諸「意識亂流」，各說各話，難怪清人王士禎〈論詩絕句〉也要說：「一篇〈錦瑟〉解人難。」

而若推究其所以難解之故，則一般詩皆有題目，可以由題目見其旨趣，但〈錦瑟〉乃用首句首二字為題，有如《論語》篇名，因此等同無題；又其頷頸二聯四句皆用典故、用神話，詞藻華麗，意象語多而情趣語少，以致其觸發聯想因人而異，其意義情境便各有所見，而難以趨同。

也因此古人對於〈錦瑟〉便眾說紛紜，莫衷一是。我想今人縱使有新解別解，而要使多數人首肯，恐怕也沒那麼容易。只是個人認為，如果能運用「科學」的方法，先由全詩的章法入手，觀其句意的連鎖照應；又能對每個字、每個音、每個詞、每個典故考索正確清楚；也能對每個句子的語法結構、意義形式作最貼切合適的分析；然

後再以感性作合乎邏輯的直觀神悟,去補苴綴合、襯托渲染。那麼全詩的真諦,其所涵括的旨趣情境,庶幾可以顯現出來。

以下個人敢請嘗試探索這首〈錦瑟〉詩:

## 二 〈錦瑟〉的章法布局

首先就〈錦瑟〉的章法布局來看,首聯以彈瑟引發「思華年」,點明全詩宗旨。其頷頸二聯用寫「思華年」所得之內容情境,其內容則二聯各自上下句對比,其情境則「莊生」句與「藍田」句前後呼應,「望帝」句與「滄海」句過脈連鎖。末聯出句之「此情」則總括用指「思華年」之情,亦即頷頸二聯所呈現刻骨銘心之悲喜與適意、失落之情境;末句則結以此情境即使在華年之際,實已感到惘然若失了。

## 三 詞句典故的意涵

其次對於詩中詞句命義與典故意涵要仔細探究,我所得的是:

古代瑟有大瑟、小瑟,大瑟用於樂工堂上合歌,小瑟以其繪文如錦故稱「錦瑟」,與琴合稱琴瑟,用於日常生活陶情寫意。田野考古一九五八年發掘之信陽楚墓有三瑟,含大瑟二、錦瑟一,可以為證。無端,沒有端緒,錦瑟有五十絃,因往日情懷紛至杳來,不知從何處追思,猶如對此五十絃之瑟,不知從哪根絃彈起。柱為琴瑟等絃樂器,用以固絃的小圓柱,一絃一柱,形容其仔細撥彈亦仔細追思。華年,如花之歲月,指美好的青春年代,引申為一生中發光發熱的時候。

莊周夢蝶用的是《莊子》〈齊物論〉的典故,莊子在夢中變化成蝴蝶,雖然「形變」,但莊子蘧蘧然適志和蝴蝶翩翩然飛舞,其自在

逍遙的神志則都一樣不變。這其實是先秦「物化」哲學「形變神不變」的一例，其他如精衛填海、夸父追日、邢天舞干戚和其下句的望帝化鵑等都如此。義山用此典故來說明在華年裏，他曾有過的適志和得意。譬如他受天平軍節度使令狐楚的賞識受聘入幕而與楚子綯同學之時，二十六歲登進士第前途在望之際，三十一歲入選為秘書省正字再度光明可期之機。但他卻用「曉夢」，以喻雖美好而卻短暫；用「迷」字以見其迷離恍惚，剎那即逝而難以掌握。

「望帝」句與「莊周」句對偶，而情境相反。所用「望帝」，其掌故見於《蜀記》、《說文》、《華陽國志》、《成都記》、《本草綱目》等諸書記載。歸納其要點：蜀王望帝名杜宇，教民稼穡，平治水患，是位有作為而子愛百姓的君主。可是他有熱烈而難以言宣的不倫之戀，與其相鱉靈妻私通，因此羞愧而退隱西山。他死後化作杜鵑鳥，常對行旅啼叫「不如歸去」，對農家催促春耕，也可見其「形變而神不變」。所以它也叫子規鳥、催耕鳥、布穀鳥。但它的啼聲非常哀切，不到啼出血來不肯罷休。以「望帝」如此的「事跡」來連結義山生平；義山和多數讀書人一樣，莫不懷抱儒家淑世濟民的理想，但他一生噩運連連，尤其婚娶王茂元幼女，陷入牛李黨爭，被令狐綯說成「背恩」、「無行」。以致如崔玨〈哭李商隱〉所云：「虛負凌雲萬丈才，一生襟抱未嘗開。」而他在喪妻之後曾說：「喪失家道，平居忽忽不樂，始剋意事佛。方願打鐘掃地，為清涼山行者。」即此可見他對妻子多麼深情，悼亡之際又多麼悲痛。而他在欲蓋彌彰的「無題」詩裏，卻也不時流露出很纏綿很悽苦的「婚外」情。像「身無彩鳳雙飛翼，心有靈犀一點通。」「直道相思了無益，未妨惆悵是清狂。」「夢為遠別啼難喚，書被催成墨未濃。」「賈氏窺簾韓掾少，宓妃留枕魏王才。」尤其像那首傳誦不止的「相見時難別亦難，東風無力百花殘。春蠶到死絲方盡，蠟炬成灰淚始乾。曉鏡但愁雲鬢改，夜吟應

覺月光寒。蓬山此去無多路，青鳥殷勤為探看。」等等這樣的詩篇詩句，我們無須附會香草美人，但從其情境感受，有誰能否認義山也有過濃烈而無奈的戀情呢。若此，義山以望帝傳說來比喻自家華年情懷就很貼切了。因為他和望帝同樣都有造福百姓的願望，也都有死生無悔而萬般無奈的悲情。然而義山對此何以出之以「春心」而付之以「託」呢？「春心」原指春天易為景物觸動的心情，引申為男女心中引發的情愛，李白說「憶昔嬌小姿，春心亦自持。」義山自己也說「春心莫共花爭發，一寸相思一寸灰。」而實現理想誠如完成愛情一般的艱難，則「春心」又似乎也象徵義山華年之時的抱負。可是愛情也好，抱負也好，義山都成畫餅了，他對此雖然之死靡它，但也像望帝那樣，把這一切都託付在杜鵑鳥泣血的悲苦裏。

對於「滄海」句，一般都認為合用「月明珠圓」和「鮫人泣珠」兩個掌故。對於「藍田」句，一般都認為用陝西藍田縣出玉如藍的掌故，而其語則本唐人戴叔倫「詩家之景，如藍田日暖，良玉生煙，可望而不可置於眉睫之前也。」而其實義山不過藉此掌故使詩句典麗、意境深遠而已。

## 四　〈錦瑟〉詩的大意

總結〈錦瑟〉這首詩的大意便是：

我要彈奏錦瑟來抒發我的懷抱，可是往日情懷洶湧而至、紛至沓來，好像瑟上的五十根絃一般，不知從哪根彈起。我還是按下心情來，好像一根柱一根絃一件事那樣仔仔細細的回想我那青春歲月，那在我生命中最為發光發熱的年華：我記得我有偶然適意逍遙的時候，就好像悟得物我合一、逍遙自在的莊周在短暫的清晨夢裏，迷離恍惚間，自己變化成一隻翩翩然飛翔的蝴蝶。但我也有執著堅守、死生不

悔的際遇，就好像望帝那樣，有濟世利民的抱負，有熱烈追求的愛情，但結果都落空了，縱使身後化作杜鵑鳥，而那悲怨悽楚，直到泣出血來也不能止休。因為我知道，我儘管是一顆珍珠，可是它在茫茫滄海中是那麼的微小，它畢竟被忽視遺棄了；它雖然也發出一點晶瑩的光芒，可是較諸普照寰宇的月光，怎能相比呢？那麼又有誰注意到我呢？我焉能不為此感到傷心落淚呢？然而我到底是個出身名門、讀聖賢書的人，我知道君子握瑾懷瑜、守身如玉，那玉就像出諸藍田的翠玉一樣，在暖和的陽光下，自然的發出絪縕溫潤的光澤，可是它也像煙那樣，很快的就消失了。像這樣的華年情懷，是刻骨銘心，永不能遺忘而隨時湧現心頭的；只是這種情懷，即使在華年那時，就已教我惆悵惘然而感到無限失落了。

## 五　結語

　　對於〈錦瑟〉詩這樣的大意，讀者應當可以看出，我是以「思華年」作為全詩旨趣來解說的。其頷頸二聯的語法是分別以「莊生」、「望帝」，「珠」、「玉」為詩眼來分析的，也就是頷聯義山以「莊生」、以「望帝」兩人來自況其華年時短暫的適志和深沈的悲情；頸聯則以「珠」、以「玉」兩物來比喻其華年時的際遇不偶和操守堅貞。可見義山是概括性的在寫其華年時悲喜交織的情懷，我們實在無須如古人那樣，捕風捉影的，非要附會而予以落實不可。

會議論文

# 論跨界章法學
## ——以章法學方法論之三觀體系為重心作探討

陳滿銘

中華民國章法學會代理理事長

## 摘要

大自然萬事萬物層層「轉化」的雙螺旋運動，主要是在「陰陽二元」由對待而互動之持續作用下，以「秩序」（移位）、「變化」（轉位）、「聯貫」（對比、調和）與「統一」（包孕）之四大規律加以規範，形成龐大之「0一二多」陰陽雙螺旋層次邏輯系統的。章法學之方法論即由此統合為三觀體系，形成「跨界章法學」的基石，以呈現大自然萬事萬物作層層「轉化」運動的雙螺旋層次邏輯準則。

**關鍵詞：跨界章法學、方法論三觀體系、「0 一二多」陰陽雙螺旋層次邏輯系統**

# 一　前言

「章法學」又稱「陰陽雙螺旋層次邏輯學」，是研究深藏於宇宙人生「萬事萬物」之間，以「陰陽二元」對待、互動為基礎，而形成其「陰陽雙螺旋層次邏輯」系統的一門學問。若要挖掘這種「萬事萬物」之「陰陽雙螺旋層次邏輯」系統，將它們彰顯出來，則非靠由一般「科學方法」提升到哲學層面的「方法論」不可。而這些「方法論」，是可在「陰陽二元」的不斷對待、互動下，經「移位」（秩序）、或「轉位」（變化）、「對比、調和」與「包孕」（聯貫 ←→ 統一），由對待而產生「互動、循環、往復而提高」之「０ 一二多」陰陽雙螺旋層次邏輯運動，構成其「微觀」（方法論：個別）、「中觀」（方法論原則：概括）而「宏觀」（方法論系統：體系）的完整體系，以呈現其普遍性與適應性，而由此正式打開「跨界章法學」研究的一扇扇大門[1]。

而此「三觀」可彼此互動而形成「陰陽雙螺旋層次邏輯」關係，這種關係，可用如下簡圖呈現：

---

1　此扇門自一九七四年開始逐漸打開，見陳滿銘：《比較章法學》（臺北市：萬卷樓圖書公司，2012年11月初版）。頁1-377。即以個人專著而言，除《比較章法學》外，《學庸義理別裁》（2002年）、《論孟義理別裁》（2003年）、《蘇辛詞論稿》（2003年）、《意象學廣論》（2006年）、《辭章學十論》（2006年）、《多二一（０）螺旋結構論──以哲學、文學、美學為研究範圍》（2007年）、《篇章意象學》（2011年），皆屬「跨界章法學」之性質。

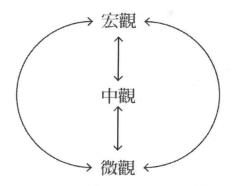

凡事物之「轉化」，脫離不了之「起因」、「過程」與「結果」。如
《易》有「三易」（簡易、變易、不易）、「三才」（天、地、人），儒
家主張「三德」（智、仁、勇）、三綱（明明德、親民、止於至善），
佛家主張「三觀」（空觀、假觀、中觀）、史家主張三長（才、學、
識）……等，不一而足。這是形成此「三觀」理則之主因[2]，而就
「方法論」而言，也可由此觀察。

## 二　微觀層面的章法學方法論

　　這主要是就「章法類型（結構）」[3]而言的。凡是「章法」都由
「陰陽二元」由對待而互動，呈現其層次邏輯關係，而形成多種類型
與結構。這種「陰陽二元」而互動觀念的論述，在中國的哲學古籍裡，
很容易找到。其中以《周易》與《老子》二書，為最早而最明顯。
　　先以《周易》來看，它以「陰陽」為其一對基本概念，是由此陰

---

2　陳滿銘：〈章法學三觀論〉，高雄師大《國文學報》21期‧特約稿（2015年1月），頁
　　1-33。

3　陳滿銘：《章法學綜論》（臺北市：萬卷樓圖書公司，2003年6月初版），頁17-33。
　　又，蒲基維：〈章法類型概說〉，《大學國文選‧教師手冊‧附錄三》（臺北市：普林
　　斯頓國際公司，2011年7月二版修訂），頁483-523。

（斷- -）陽（連—）二爻而衍為四象，再由四象而衍為八卦、六十四卦的。而八卦之取象，是兩相對待的，即乾（天）為「三連」（☰）而坤（地）為「六斷」（☷）、震（雷）為「仰盂」（☳）而艮（山）為「覆碗」（☶）、離（火）為「中虛」（☲）而坎（水）為「中滿」（☵）、兌（澤）為「上缺」（☱）而巽（風）為「下斷」（☴）；而所謂「三連」（陰）與「六斷」（☷）、「仰盂」（☳）與「覆碗」（☶）、「中虛」（☲）與「中滿」（☵）、「上缺」（☱）與「下斷」（☴），正好形成四組兩相互動之運作關係，以呈現其簡單的「二元」對待、互動之邏輯結構。後來將此八卦重疊，推演為六十四卦，雖更趨複雜，卻依然存有這種「二元互動」的運作關係，如「坎（☵）上震（☳）下」（〈屯〉）與「震（☳）上坎（☵）下」（〈解〉）、「艮（☶）上巽（☴）下」（〈蠱〉）與「巽（☴）上艮（☶）下」（〈漸〉）、「乾（☰）上兌（☱）下」（〈履〉）與「兌（☱）上乾（☰）下」（〈夬〉）、「離上（☲）坤（☷）下」（〈晉〉）與「坤（☷）上離（☲）下」（〈明夷〉）……等，就是如此。而〈雜卦〉云：

> 乾，剛；坤，柔。比，樂；師，憂。臨、觀之意，或與或求。……震，起也；艮，止也。損、益，衰盛之始也。大畜，時也；無妄，災也。萃，聚，而升，不來也。謙，輕；而豫，怡也。……兌，見；而巽，伏也。隨，無故也；蠱，則飭也。剝，爛也；復，反也。晉，晝也，明夷，誅也。井，通；而困，相遇也。咸，速也；恆，久也。渙，離也；節，止也。解，緩也；蹇，難也。睽，外也；家人，內也。否、泰，反其類也。……革，去故也；鼎，取新也。小過，過也；中孚，信也。豐，多故也；親寡，旅也。離，上；而坎，下也。……大過，顛也；頤，養正也。既濟，定也；未濟，男之窮也。姤，

> 遇也，柔遇剛也；……夬，決也；剛決柔也。君子道長，小人
> 道憂也。

這些卦的要義或特性，都兩兩對待互動，如剛和柔、樂與憂、與和求、起和止、衰和盛、時和災、見和伏、速和久、離和止、外和內、否和泰、去故和取新、多故和親寡、上和下……等，形成了「二元」對待、互動。

後以《老子》來看，這種「陰陽二元」對待與互動，也處處可見，如：

> 道可道，非常道；名可名，非常名。（一章）
> 是以聖人處無為之事，行不言之教；萬物作焉而不辭，生焉而不有；為而不恃，功成而弗居。夫唯弗居，是以不去。（二章）
> 不上賢，使民不爭；不貴難得之貨，使民不為盜；不見可欲，始民心不亂。（三章）
> 天地不仁，以萬物為芻狗；聖人不仁，以百姓為芻狗。（五章）
> 居善地，心善淵，與善仁，言善信，正善治，事善能，動善時；夫唯不爭，故無尤。（八章）
> 金玉滿堂，莫之能守；富貴而驕，自遺其咎。（九章）

如一章的「常道」與「常名」，二章的「無為之事」與「不言之教」、「作焉」與「生焉」、「不辭」與「不有」與「不恃」與「弗居」，三章的「不上賢」與「不貴難得之貨」與「不見可欲」、「不爭」與「不為盜」與「心不亂」……等，一樣形成了「二元」對待、互動。

如此以「陰陽二元」的雙螺旋對待、互動，反映了宇宙人生之「陰陽雙螺旋層次邏輯」，為人生行為找出準則，以適應宇宙自然之

動態規律[4]。

　　到目前為止，透過「模式研究」（人為探索）以對應「客觀存在」（自然呈現）[5]的努力結果，已發現之「章法類型」有：今昔、久暫、遠近、內外、左右、高低、大小、視角轉換、知覺轉換、時空交錯、狀態變化、本末、淺深、因果、眾寡、並列、情景、論敘、泛具、虛實（時間、空間、假設與事實、虛構與真實）、凡目、詳略、賓主、正反、立破、抑揚、問答、平側（平提側注、平提側收）、縱收、張弛、插補、偏全、點染、天（自然）人（人事）、圖底、敲擊……等類型[6]，都由「陰陽二元」對待、互動所形成。大抵而論，屬於本、先、靜、低、內、小、近……的，為「陰」為「柔」，屬於末、後、動、高、外、大、遠……的，為「陽」為「剛」[7]。如「正反」法以「正」為「陰」而「反」為「陽」、「因果」法以「因」為「陰」而「果」為「陽」，而其他的也皆如此，而由此形成種種結構，以反映自然運動的「陰陽雙螺旋層次邏輯」準則。

　　就單以「偏（陽）全（陰）」而言，「三一」語言學派創始人王希杰認為就是「方法論」，說：「值得一提的是，在〈從偏全的觀點試解讀四書所引生的一些糾葛〉一文[8]中，滿銘教授說：『讀古書，尤其是

4　陳滿銘：〈論螺旋邏輯學的創立——以哲學螺旋與科學螺旋為鍵軸探討其體系之建構〉，《國文天地・學術論壇》31卷1期（2015年6月），頁116-136。又，參見徐復觀：《中國人性論史》（臺北市：臺灣商務印書館，1978年10月四版），頁202；陳望衡：《中國古典美學史》（長沙市：湖南教育出版社，1998年8月一版一刷），頁182。

5　陳滿銘：〈論辭章之無法與有法——以客觀存在與科學研究作對應考察〉，彰化師大《國文學誌》23期（2011年12月），頁29-63。

6　陳滿銘：《章法學綜論》，頁17-32。

7　陳望衡：《中國古典美學史》，頁184。

8　陳滿銘：〈從偏全的觀點試解讀《四書》所引生的一些糾葛〉，臺灣師大《中國學術年刊》13期（1992年4月），頁11-22。

有關義理方面的專著，很多時候是不能一味單從「偏」（局部）或「全」（整體）的觀點來瞭解其義的。讀《四書》也不例外，必須審慎地試著辨明「偏」還是「全」的觀點來加以理解，才不至於犯混同的毛病。」……我認為，滿銘教授的這一說法是具有『方法論』意義的。」[9]

可見這些由「陰陽二元」對待、互動所形成之「章法類型」（含「章法結構」），能在《周易》、《老子》中尋得其哲理根源，成為「章法學」中屬於「微觀」層面之「方法論」。

## 三　中觀層面的章法學方法論

這主要是就「章法規律」而言[10]的。由「章法類型」所形成之「章法結構」是在「陰陽二元」對待、互動之作用下，由「移位」或「轉位」與「對比、調和」、「包孕」而形成的。其中由「移位」呈現「秩序律」；「轉位」呈現「變化律」；「對比、調和」徹下、徹上以呈現「聯貫律」；由「包孕」徹下、徹上以呈現「統一律」。而這種「雙螺旋層次邏輯」之四大規律，乃先由「秩序」或「變化」而「聯貫」，然後趨於「統一」，形成「陰陽雙螺旋層次邏輯系統」。這種理論，可見於《周易》與《老子》[11]。在此，也只歸本於《周易》作簡要探討。

先以「秩序」而言，涉及「移位」，此乃「陰陽二元」最基本的一種互動，是在對待往來中起伏消息、迭相推蕩而產生的。因為事物

---

9　王希杰：〈陳滿銘教授和章法學〉，《畢節學院學報》總96期（2008年2月），頁1-5。

10　「中觀」層面，原含「規律」、「族性」、「多元」與「比較」等內容，在此特舉「規律」以概其餘。參見陳滿銘：〈章法學三觀論〉。

11　陳滿銘：〈論章法四大律之方法論原則——以多二一（０）螺旋結構作系統探討〉，臺灣師大《中國學術年刊》33期春季號（2011年3月），頁87-118。

之發展是統一物分裂為兩相對待，而相互作用的運作過程，而此對待面的相互作用，在《周易》的《易傳》中以相互推移（剛柔相推）、相互摩擦（剛柔相摩）、與相互衝擊（八卦相盪）等各種表現形式[12]，為順向移位與逆向移位，提出了最精微的論證。就以〈乾卦〉來看，由初九的「潛龍，勿用」，移向九二的「見龍在田，利見大人」，移向九三的「君子終日乾乾，夕惕若。厲，無咎」；再移向九四的「或躍在淵，無咎」；然後躍升，移向九五的「飛龍在天，利見大人」，形成一連串的順向位移。上九，則因已到達了極限、頂點，會由吉變凶，漸次另形成逆向移位，開始向對待面轉化，造成另一種轉位，故說是「亢龍有悔」了。而這種「移位」全離不開雙向「陰陽互動」的作用：

而六爻之所以能夠用以模擬事物的運動變化，是因「六位」能體現「道」的「陰陽」互動、統一之規律性。而此「六位」原則一確立，整個自然界與人類社會的基本動態規律全都可加以反映，故〈說卦傳〉將其概括為「分陰分陽」，「六位而成章」，以「六位」體現著哲學原理。「六爻」體現著事物在一定規律支配下的變化運動過程，從時間性上可畫分為潛在的與顯露的兩大階段，以一卦的卦象去體現，而其運動變化即可以由此清楚地瞭解而加以掌握[13]。因此，內外卦之

---

12 馮友蘭：《中國哲學史新編》二（臺北市：藍燈文化公司，1991年12月初版），頁376。

13 徐志銳：《周易陰陽八卦說解》（臺北市：里仁書局，2000年3月初版四刷），頁60-73。

間可以相互往來升降，六個爻畫之間也可以相互往來升降；通過這種往來升降的相互作用，就使種種的「轉化」運動，產生了一連串的順向移位（陰→陽）與逆向移位（陽→陰）；如：

1. 「正反」法：「正（陰）→反（陽）」（順向）、「反（陽）→正（陰）」（逆向）
2. 「因果」法：「因（陰）→果（陽）」（順向）、「果（陽）→因（陰）」（逆向）

這種「移位」全離不開「陰陽二元」之互動作用，由此呈現「秩序律」。

次以「變化」而言，涉及以「移位」為基礎的「轉位」[14]。由於「陰陽」互動、生生而一，使《周易》哲學之發展形成開放的序列。這一序列正體現在〈乾〉、〈坤〉兩卦的「用九」、「用六」上。而「用九」、「用六」並不局限於〈乾〉、〈坤〉兩卦，而是為六十四卦發其通例，然後每一卦位在九、六互變中，均可一一尋出因「移位」而造成「轉位」的變動歷程。由〈乾〉、〈坤〉，而至〈既濟〉、〈未濟〉，〈序卦〉不但說明了由運動變化而形成秩序的無窮盡歷程，也表示了宇宙萬物由六十四卦的位位互移，運動變化到達極點時，即會形成「大反轉」，反本而回復其根，形成另一個互動的循環系統。這一個「大反轉」，就是一個「大轉位」。這種「大轉位」可用下圖來表示：

---

14 陳滿銘：〈章法的「移位」、「轉位」結構論〉，臺灣師大《師大學報‧人文與社會類》49卷2期（2004年10月），頁1-22。又，黃淑貞：〈《周易》「移位」、「轉位」論〉，《孔孟月刊》44卷5、6期（2006年2月），頁4-14。

這雖是就「大轉位」而言，但「小轉位」又何嘗不是如此呢？就在這互動的「循環系統」中，自然涵蘊著無限的陰陽之「轉位」，如下圖：

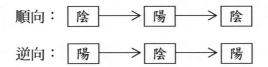

這種互動之「循環系統」，由陰陽、剛柔的相摩相推，太儀而兩儀，兩儀而四象，四象而八卦，八卦而六十四卦；再由六十四卦的位位互移、反轉，運動變化到達極點，形成「大位移」、「大反轉」，反本而回復其根，使萬物生生而無窮。因此，《周易》講「生生之德」的「生生」，即不絕之意，也深具新陳代謝之意。說明了由「陰陽二元」互動而「轉化」，宇宙萬物就在一次又一次的大小「移位」、「轉位」中，循環反復，永無止境。其中以「轉位」來說，產生「陰→陽→陰」（順向）與「陽→陰→陽」（逆向）的變化，如：

1. 「正反」法：「正（陰）→反（陽）→正（陰）」（順向）、「反（陽）→正（陰）→反（陽）」（逆向）
2. 「因果」法：「因（陰）→果（陽）→因（陰）」（順向）、「果（陽）→因（陰）→果（陽）」（逆向）

而由此呈現「變化律」。

再以「聯貫」而言，這種「轉化」主要有兩種：「對比」與「調

和」。以「對比」而言，也稱「異類相應的聯繫」，如上引〈雜卦〉所謂的「剛」與「柔」、「樂」與「憂」、「與」與「求」、「起」與「止」、「衰」與「盛」、「時」與「災」、「見」與「伏」、「速」與「久」、「離」與「止」、「否」與「泰」……等都是，對此，戴璉璋說：「以上各卦所標示的特性或要義：剛和柔、樂和憂、與和求、起和止、盛和衰等等，都是異類相應的聯繫。」[15]以「調和」而言，是由史伯、晏嬰「同」的觀念發展出來的。原來的「同」，指「同一物的加多或重複」，到了《周易》，則指同類事物的「相從」，〈雜卦〉云：「屯，見而不失其居；蒙，雜而著。……大壯，則止；遯，則退也。大有，眾也；同人，親也。……小畜，寡也；履，不處也。需，不進也；訟，不親也。……歸妹，女之終也；漸，女歸待男行也。」這是以「止」和「退」、「眾」和「親」、「寡」和「不處」、「不進」和「不親」、「女之終」和「女歸待男行」等的相類而形成「同類相從的聯繫」（調和），對此，戴璉璋說：「依〈序卦傳〉，屯與蒙都是代表事物始生、幼稚時期的情況，〈雜卦傳〉作者用『見而不失其居』、『雜而著』來描述屯、蒙兩卦的特性，也都是就始生的事物而言。此外引〈大壯〉以下各卦的『止』和『退』、『眾』和『親』、『寡』和『不處』、『不進』和『不親』、『女之終』和『女歸待男行』，都是同類相從的聯繫。」[16]而這所謂的「對比」、「調和」，是對應於「剛柔」來說的[17]。如說得徹底一點，即一切「對比」與「調和」，都是由於陰（柔）陽（剛）相對、相交、相和的結果，如單以「章法類型」來

---

15 戴璉璋：《易傳之形成及其思想》（臺北市：文津出版社，1988年11月臺灣初版），頁196。

16 同前註，頁195。

17 歐陽周、顧建華、宋凡聖編著：《美學新編》（杭州市：浙江大學出版社，2001年5月一版九刷），頁81。又，仇小屏：《古典詩詞時空設計美學》（臺北市：文津出版社，2002年11月初版一刷），頁332。

說，「正反」法為「對比」、「因果」法為「調和」[18]。這樣結構由單一而系統、下徹而上徹，以凸顯了相反相成的互動作用，而趨於「統一」的「雙螺旋層次邏輯結構」；「聯貫律」即由此呈現。

終以「統一」而言，主要涉及「包孕」。在《周易》六十四卦中，除「乾」、「坤」兩卦，一為陽之元，一為陰之元外，其他的六十二卦，全是由「陰陽二元」對待、互動而含融、聯貫而統一的。《周易》〈繫辭下〉說：「陽卦多陰，陰卦多陽。其故何也？陽卦奇，陰卦偶。」對此，清焦循注云：「陽卦之中多陰，則陰卦之中多陽。兩相孚合抒多益寡之義也。如〈萃〉陽卦也，而有四陰，是陰多於陽，則以〈大畜〉孚之。〈大有〉陰卦也，而有五陽，是陽多於陰，則以〈比〉孚之。設陽卦多陽，則陰卦必多陰，以旁通之；如〈姤〉與〈復〉、〈遯〉與〈臨〉是也。聖人之辭，每舉一隅而已。……奇偶指五，奇在五則為陽卦，宜變通於陰；偶在五則為陰卦，宜進為陽。」[19]可見《周易》六十四卦，有陽卦與陰卦之分，而要分辨陽卦與陰卦，照焦循的意思，是要看「奇在五」或「偶在五」來決定，意即每卦以第五爻分陰陽，如是陽爻則為陽卦，如為陰爻則是陰卦[20]。如此卦卦都產生「陰陽包孕」之作用。這種作用，如鎖定單一結構，擴及全面，以「陽／陰或陽」而言，則可形成下列三種不同的包孕式結構：

---

18 仇小屏：〈論辭章章法的對比與調和之美〉，《章法學論文集》上冊（福州市：海潮攝影藝術出版社，2002年12月第一版），頁78-97。

19 陳居淵：《易章句導讀》（濟南市：齊魯書社，2002年12月一版一刷），頁209。

20 陽卦與陰卦之分，或以為要看每一卦之爻畫線段的總數來決定，如為奇數屬陽，如是偶數則為陰。見鄧球柏：《帛書周易校釋》（長沙市：湖南人民出版社，2002年6月三版一刷），頁536。

其中 1、2 兩種，如：

1.「正反」法：「反（陽）／反（陽）→正（陰）」、「反（陽）
　／正（陰）→反（陽）」
2.「因果」法：「果（陽）／果（陽）→因（陰）」、「果（陽）
　／因（陰）→果（陽）」

這些都可形成「移位」結構外，3 又可合而形成「轉位」結構，如：

1.「正反」法：「反（陽）／反（陽）→正（陰）→反（陽）」
2.「因果」法：「果（陽）／果（陽）→因（陰）→果（陽）」

以「陰／陽或陰」而言，則可形成下列三種不同的包孕式結構：

$$1 \ \text{陰} \left[ \begin{array}{l} 陽 \\ 陰 \end{array} \right. \qquad 2 \ \text{陰} \left[ \begin{array}{l} 陰 \\ 陽 \end{array} \right. \qquad 3 \ \text{陽} \left[ \begin{array}{l} 陰 \\ 陽 \\ 陰 \end{array} \right.$$

其中 1、2 兩種，如：

1.「正反」法：「正（陰）／反（陽）→正（陰）」、「正（陰）
　／正（陰）→反（陽）」

2.「因果」法：「因（陰）／果（陽）→因（陰）」、「因（陰）／因（陰）→果（陽）」

這些都一樣可形成「移位」結構外，3 又可合而形成「轉位」結構[21]，如：

1.「正反」法：「反（陽）／正（陰）→反（陽）→正（陰）」
2.「因果」法：「果（陽）／因（陰）→果（陽）→因（陰）」

於是就在這種作用下，結構由單一而系統，以產生下徹的作用，統合了「秩序、變化、聯貫」的「轉化」運動，而由此呈現「統一律」。

可見這四大「章法規律」，對「章法類型」（含「章法結構」）來說，有「概括」作用，都可從《周易》《老子》）裡尋得其哲理源泉，成為「章法學」中屬於「中觀」層面之「方法論原則」。對此，王希杰說：「陳滿銘教授……把章法變成一門科學──可以把握，有規律規則可以遵循的學問。這是一個了不起的貢獻。……但是……法則太多，可能顯得繁瑣、瑣碎，使人難以把握的。可貴的是，陳滿銘教授……力圖建立統率這些比較具體的法則的更高的原則。……創建了四大原則：（1）秩序律（2）變化律（3）聯貫律（4）統一律……這符合科學的最簡單性原則，而且也是變化無窮的。這其實就是《周易》的方法論原則，乾坤兩卦，生成六十四卦。所以他的章法學是一

---

21 其中有關於《易傳》的論述，詳見陳滿銘：〈章法包孕式結構論──以「多、二、一（0）」螺旋結構切入作考察〉，《江南大學學報・人文社會科學版》5卷4期（2006年8月），頁85-90。又，陳滿銘：〈論章法包孕結構之陰陽變化──以蘇辛詞為例作觀察〉，臺北大學《中文學報》15期〔特稿〕（2014年3月），頁1-24。

個具有生成轉化潛能的體系，或者說是具有生成性。因此是具有生命力的。」[22]

　　可見這些由「章法類型（結構）」所形成之「章法規律」，能在《周易》中尋得其哲理根源，成為「章法學」中屬於「中觀」層面之「方法論」。

## 四　宏觀層面的章法學方法論

　　這主要是就「陰陽雙螺旋層次邏輯系統」而言的。從根本來看，「陰陽二元」由對待而互動乃一切「轉化」之根源，就拿八卦與由八卦重疊而成的六十四卦來說，即全由「陰陽」二爻所構成，以象徵並概括宇宙人生的各種變化，〈說卦〉說的「觀變於陰陽而立卦」，就是這個意思。《易傳》以為就在這種「陰陽」的相對、相交、相和之「互動」作用下，變而通之，通而久之，於是創造了天地萬物（含人類），達於「統一」的境地[23]。而《易傳》這種「互動」的「轉化」思想，也可推源到「和」的觀念，它始於春秋時之史伯，他從四支（肢）、五味、六律、七體（竅）、八索（體）、九紀（臟）到十數、百體、千品、萬方、億事、兆物、經入、姟極，提出「和」的觀點[24]，「作為對

---

22　王希杰：〈陳滿銘教授和章法學〉。又，陳滿銘：〈論章法四大律之方法論原則——以多二一（０）螺旋結構作系統探討〉。

23　陳望衡：「《周易》中的陰陽理論強調的不是相反事物的對立，而是相反事務的相交、相和。《周易》認為，陰陽相交是生命之源，新生命的產生不在於陰陽的對立，而在陰陽的交感、統一。因此陰陽的相合不是量的增加，而是新質的產生，是創造。因此，陰陽相交、相合的規律就是創造的規律。」見《中國古典美學史》，頁182。

24　《國語·鄭語》，易中天注譯、侯迺慧校閱：《新譯國語讀本》（臺北市：三民書局，1995年11月初版），頁707-708。

事物的多樣性、多元性衝突融合的體認」[25]，而後到了晏子，則作進一步之論述，認為「和」是指兩種相對事物之融而為一，即所謂「清濁、小大、短長、疾徐、哀樂、剛柔、遲速、高下、出入、周疏，以相濟也」[26]。如此由「多樣的和（統一）」（史伯）進展到「兩樣（對待）的和（統一）」（晏子），再進一層從對待多數的「兩樣」中提煉出源頭的「剛（陽）柔（陰）」，而成為「剛（陽）柔（陰）的統一」（《易傳》），形成了「『多』（多樣事物、多樣對待）→『二』（剛柔、陰陽）→『一』（統一）」的順序，進程逐漸是由「委」（有象）而追溯到「源」（無象），很合於歷史發展的軌跡。而這種結構，如對應於「三易」（《易緯・乾鑿度》）而言，則「多」說的是「變易」、「二」說的是「簡易」，而「一」說的是「不易」。因此「三易」不但可概括《周易》之內容與特色，也可藉以呈現「多 ⟷ 二 ⟷ 一」的陰陽雙螺旋層次邏輯系統[27]。

　　以順向而言，其結構為「多 → 二 → 一」，若倒過來，由「源」而「委」地來說，就成為「一 → 二 → 多」[28]了。在《老子》、《易

---

25　張立文：《中國哲學邏輯結構論》（北京市：中國社會科學出版社，2002年1月一版一刷），頁22。

26　《左傳》〈昭公二十年〉，楊伯俊：《春秋左傳注》（臺北市：源流文化公司，1982年4月再版），頁1419-1420。

27　《周易》六十四卦，由第一卦〈乾〉至第六十三卦〈既濟〉為一循環，而由第六十四卦〈未濟〉倒回〈乾卦〉開始為又一循環，如此不斷循環就有「螺旋」意涵在內。見陳滿銘：〈論「多、二、一（0）」的螺旋結構──以《周易》與《老子》為考察重心〉，臺灣師大《師大學報・人文與社會類》48卷1期（2003年7月），頁1-21。

28　就由「無」而「有」而「無」的整個循環過程而言，可以形成「（0）一、、二、三（多）」（正）與「三（多）、二、一（0）」（反）的螺旋關係。此種螺旋關係，涉及哲學、文學、美學……等，見陳滿銘：〈意象「多、二、一（0）」螺旋結構論──以哲學、文學、美學作對應考察〉，《濟南大學學報・社會科學版》17卷3期（2007年5月），頁47-53。

傳》中就可找到這種說法，如：

> 道生一，一生二，二生三，三生萬物。萬物負陰抱陽，沖氣以
> 為和。(《老子・四十二章》)
>
> 易有太極，是生兩儀，兩儀生四象，四象生八卦。(《周易・繫
> 辭上》)

這樣，結合《周易》和《老子》來看，它們所主張的「道」，如僅著
眼於其「同」，則它們主要透過「相反相成」、「返本復初」而循環不
已的螺旋作用，不但將「一→多」的順向歷程與「多→一」的逆向
歷程前後銜接起來，更使它們層層推展，「循環、往復而提高」不
已，而形成了螺旋式結構，以呈現宇宙創生、含容而轉化的萬物基本
動態規律。

　　而最值得注意的是：就在這「由一而多」(順)、「多而一」(逆)
的過程中，是有「二」介於中間，以產生承「一」啟「多」的作用
的。而這個「二」，從「道生一，一生二，二生三，三生萬物」等句
來看，該就是「一生二，二生三」的「二」。雖然對這個「二」，歷
代學者有不同的說法，大致說來，以為「二」是指「陰陽二（兩）
氣」[29]。而這種「陰陽二氣」的說法，其實也照樣可包含「天地」在
內，因為「天」為「乾」為「陽」，而「地」則為「坤」為「陰」；所
不同的，「天地」說的是偏於時空之形式，用於持載萬物[30]；而「陰
陽」指的則是偏於「二氣之良能」[31]，用於創生萬物。這樣看來，老

---

29 以上諸家之說與引證，見黃釗：《帛書老子校注析》（臺北市：臺灣學生書局，1991
　年10月初版），頁231。

30 徐復觀：《中國人性論史》，頁335。

31 朱熹：《四書集注》（臺北市：學海出版社，1984年9月初版），頁31。

子的「一」該等同於《易傳》之「太極」、「二」該等同於《易傳》之「兩儀」(陰陽),因此所呈現的,和《周易》(含《易傳》)一樣,是「一→二→多」與「多→二→一」之原始結構。不過,值得一提的是:(一)即使這「一」、「二」、「多」之內容,和《周易》(含《易傳》)有所不同,也無損於這種結構的存在。(二)「道生一」的「道」,既是「創生宇宙萬物的一種基本動力」,而它「本身又體現了無(无)」[32],那麼正如王弼所注「欲言無(无)耶,而物由以成;欲言有耶,而不見其形」[33],老子的「道」可以說是「无」,卻不等於實際之「無」(實零)[34],而是「恍惚」的「无」(虛零),以指在「一」之前的「虛理」[35]。這種「虛理」,如勉強以「數」來表示,則可以是「(0)」。這樣,順、逆向的結構,就可調整為「(0)一→二→多」(順)與「多→二→一(0)」(逆),以補《周易》(含《易傳》)之不足,這就使得宇宙萬物創生、含容的順、逆向歷程,更趨於完整而周延了[36]。而順、逆向的統合,可用「0 一二多」來表示其關係可用如下簡圖加以呈現:

---

32 林啟彥:《中國學術思想史》(臺北市:書林出版社,1999年9月一版四刷),頁34。

33 王弼:《老子王弼注》(臺北市:河洛圖書出版社,1974年10月臺景印初版),頁16。

34 馮友蘭:《馮友蘭選集》上卷(北京市:北京大學出版社,2000年7月一版一刷),頁84。

35 唐君毅:《中國哲學原論・導論篇》(香港:新亞研究所,1966年3月出版),頁350-351。

36 陳滿銘:〈論「多、二、一(0)」的螺旋結構——以《周易》與《老子》為考察重心〉。

（一）單層結構系統圖：

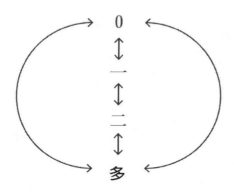

（二）多層結構系統圖：

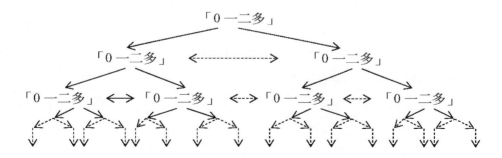

　　而此「層次邏輯」每一層的內容或意象雖可以萬變、億變，但其雙螺旋結構卻不變，都以「陰陽二元」之互動為「二」，「秩序」（移位）、變化（轉位），聯貫（包孕、對比與調和：下徹）為「多」，「統一」（包孕、對比、調和：上徹）為「一0」。

　　如此配合「章法類型（結構）」（微觀）與「四大規律」（中觀）來看，它們的關係可表示如下簡圖：

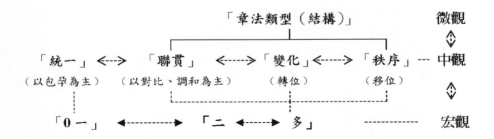

對此，孟建安教授說：「『章法的「多、二、一（0）」邏輯結構』這個全新的理論是陳先生在〈論章法的哲學基礎〉一文中第一次提出的，並在《章法學綜論》、〈論「多」、「二」、「一（0）」的螺旋結構——以《周易》與《老子》為考察重心〉、〈論辭章章法與邏輯思維〉、〈論章法「多、二、一（0）」結構的節奏與韻律〉、〈辭章章法「多、二、一（0）」的核心結構〉、〈辭章章法「多、二、一（0）」結構的理論基礎〉等論著中作了系統性的闡釋。陳先生在專著《章法學綜論》中用了整整一章的篇幅來討論『多、二、一（0）』邏輯結構，可見這一理論主張在陳先生心目中的重要性，以及在所建構的漢語辭章章法學體系中的顯赫地位。」[37]

由此可見「宏觀」層的「0 一二多」陰陽雙螺旋層次邏輯系統——「方法論系統」[38]，是可統合「微觀」層的「章法類型（結構）」、「中觀」層的「四大規律」（「秩序（移位）」或「變化（轉位）」、「聯貫」（以對比、調和為主）與「統一（以包孕為主）」，而形成其章法學「方法論」之「三觀」體系的。而這些動態的層次邏輯理則，都同樣源出於《周易》與《老子》，清晰可辨。

37 孟建安：〈陳滿銘與漢語辭章章法學研究〉，《陳滿銘語辭章章法學——陳滿銘辭章章法學術思想論集》（臺北市：文津出版社，頁2007年12月初版），頁109。

38 陳滿銘：〈論章法結構之方法論系統——歸本於《周易》與《老子》作考察〉，臺灣師大《國文學報》46期（2009年12月），頁61-94。

可見這些由「章法類型（結構）」與「章法規律」為基礎所形成之「0 一二多」陰陽雙螺旋層次邏輯系統，能在《周易》、《老子》中尋得其哲理根源，成為「章法學」中屬於「宏觀」層面之「方法論」。

## 五　綜合探討

任何學術之「研究」，都離不開「科學方法」，而「科學方法」是以「邏輯思維」為主的，與藝術或文學之「創作」以「形象思維」為主的，有所不同。

用「科學方法」研究學術，必定涉及「求異」與「求同」的互動邏輯。一般而言，開始時，先在某一層面作「移位」或「轉位」式的「求異」，有了結果之後，再提升到高一層面作「包孕」式的「求同」——「歸納」，且以高一層面之「求同」來檢查低一層面的「求異」——「演繹」；兩者就如此互動，繼續不斷地提升其層面，以逐漸由某一學術領域跨界到其他領域，譬如由「人文學科」跨到「社會學科」，甚至跨到「自然學科」，致使一些「方法論」提升為「方法論原則」，甚至形成其「方法論系統」。而這種「求異」與「求同」，就「方法論」來看，前者是「先果後因」的「歸納」，後者是「先因後果」的「演繹」，都與「因果邏輯」有關[39]。

而這種「因果邏輯」，在哲學上雖只是「範疇」之一，卻與「諸範疇」息息相關，張立文說：

---

39　陳滿銘：〈楊晉龍《治學方法》序〉，楊晉龍：《治學方法》（臺北市：萬卷樓圖書公司，2014年9月初版），頁（序）1-4。就「因果」而言，如由「總（凡）分（目）」切入，則像韋世林所說的「要求總論點能演繹推導出分論點，或者是分論點能歸納推導出總論點。」見黃順基、蘇越、黃展驥主編：《邏輯與知識創新》（北京市：中國人民大學出版社，2002年一版一刷），頁86。

就彼此相聯繫的範疇而言，中國佛教哲學中的「因」這個範疇，它自身包含著兩個事物或現象的聯繫，這種特定的聯繫，各以對方的存在為自己存在的前提或條件。其內在衝突的伸展，使「因」作為一方與「果」作為另一方構成相對相關的聯繫。範疇這種衝突性格，使自身或與諸範疇都處於相互聯繫、相互轉化之中，並在這種普遍的有機聯繫中，再現客觀世界的衝突及其發展的全進程。[40]

而陳波也說：

因果聯繫是世界萬物之間普遍聯繫的一個方面，也許是其中最重要的方面。一個（或一些）現象的產生會引起或影響到另一個（或一些）現象的產生。前者是後者的原因，後者就是前者的結果。科學的一個重要任務就是要把握事物之間的因果聯繫，以便掌握事物發生、發展的規律。[41]

既然「因果」這一範疇能產生「普遍的有機聯繫」、「也許是其中最重要的方面」，其重要性就可想而知。也就難怪在邏輯學中，會那樣受到普遍的重視，而尊之為「律」了。

雖然「因果律」曾一度受到羅素（B. Russell, 1872-1970）偏執之影響，使研究沉寂了半個世紀；但到了二十世紀三〇年代後，卻有了新的發展，如美國當代哲學家、計算機理論家勃克斯（A. W. Burks, 1915-2008），就提出了「因果陳述邏輯」，任曉明、桂起權在《邏輯

---

40 張立文：《中國哲學邏輯結構論》，頁11。
41 陳波：《邏輯學是什麼》（北京市：北京大學出版社，2002年1月一版一刷），頁167。

與知識創新》中介紹說：

> 作為一種證明或檢驗的邏輯，因果陳述邏輯在科學理論創新中
> 能否起重要作用呢？答案是肯定的。第一，因果陳述邏輯對於
> 解釋或預見事實有重要意義。就如同假說演繹法所起的作用一
> 樣，因果陳述邏輯可以從理論命題推演出事實命題，或是解釋
> 已知的事實，或是預見未知的事實。這種推演的基本步驟是以
> 一個或多個普遍陳述，如定律、定理、公理、假說等作為理論
> 前提，再加上某些初次條件的陳述，逐步推導出一個描述事實
> 的命題來。這種情形就如同上一節所舉的「開普勒和火星軌
> 道」的例子一樣。第二，因果陳述邏輯對於探求科學陳述之間
> 的因果聯繫，進而對科學理論做出因果可能性的推斷有著重要
> 作用。勃克斯所創建的這種邏輯對科學理論創新的貢獻在於：
> 通過對科學推理的細緻分析，發現經典邏輯的實質蘊涵、嚴格
> 蘊涵都不適於用來刻劃因果模態陳述的前後關係。於是，他提
> 出了一種「因果蘊涵」，進而建立一個公理系統，為科學理論
> 中因果聯繫的探索奠定了邏輯上的基礎。[42]

勃克斯這樣以「因果蘊涵」作為「因果陳述邏輯」的核心概念，而建
立了一個「公理系統」，「從具有邏輯必然性的規律或理論陳述中推導
出具有因果必然性的因果律陳述，進而推導出事實陳述（按：即求
異，屬實證性歸納）。這種推導過程，不僅能解釋已知的事實，而且
能預見未知的事實（案：即求同，屬假設性演繹）。」[43]這在科學理論
方面，是有相當大的創新功能的。

---

42 黃順基、蘇越、黃展驥主編：《邏輯與知識創新》，頁328-329。
43 同前註，頁332。

　　既然「因果邏輯」關涉「求異：實證性歸納」與「求同：假設性演繹」，能產生「普遍的有機聯繫」，而建立了一個「公理系統」，自然就具有「母性」來統合諸多「層次邏輯」類型，如「本末」、「終始」、「先後」、「今昔」、「動靜」、「體用」、「虛實」（時間、空間、假設與事實、虛構與真實）、「賓主」、「立破」、「問答」、「敘論」……等[44]。更值得注意的是：這種「因果邏輯」既是一般「方法論」，也是「方法論原則」，更可用其「移位」、「轉位」作橫向聯繫、「包孕」作縱向聯繫，以形成其「陰陽雙螺旋層次邏輯系統」[45]。由此更彰顯出「因果邏輯」（因→果、果→因）在眾多「層次邏輯」類型中的基礎性。

　　而由於「陰陽雙螺旋層次邏輯」反映的是宇宙人生萬事萬物「轉化」的內在關係，而這「萬事萬物」之「轉化」，正是「學術研究」的對象，所以要從事於此，便必須重視這種能上徹於「陰陽雙螺旋層次邏輯系統」的「方法論」。《大學》一開篇就說：「物有本末，事有終始，知所先後，則近道矣。」直接指出：「本末」、「終始」、「先後」的「層次邏輯」就是研究《大學》深入其義理的主要「方法」──「方法論」。其實，這「本末」、「終始」、「先後」或其他的「陰陽雙螺旋層次邏輯」，不是僅僅可用於研究某一種已有的「典籍」或「學說」，以解釋「已知的事實」（求異：實證性歸納）而已，更可由此逐步「開疆闢土」，能預見「未知的事實」（求同：假設性演繹），作「知識創新」的努力。因為宇宙萬物的創生、含容、變化的過程，都脫離不了這種「陰陽雙螺旋層次邏輯系統」的不斷作用。

---

44 陳滿銘：〈論「因果」章法的母性〉，《國文天地》18卷7期（2002年12月），頁94-101。

45 陳滿銘：〈因果邏輯與章法結構〉，臺北大學《中文學報》14期（2013年9月），頁1-28。

　　而所謂「螺旋」，本用於教育課程之理論上，早在十七世紀，即由捷克教育家夸美紐斯（John Gribbin, 1592-1670）所提出；而近代美國心理學家布魯納（J.S.Brunner, 1915-）更進一步提出認知學習理論，指出教材結構與學生的認知結構必須互相結合，以達到螺旋式提升的效果。《教育大辭典》解釋說：

> 螺旋式課程（Spiral Curriculum）圓周式教材排列的發展，十七世紀捷克教育家夸美紐斯提出，教材排列採用圓周式，以適應不同年齡階段的兒童學習。但這種提法，不能表達教材逐步擴大和加深的含義，故用螺旋式的排列代替。二十世紀六〇年代，美國心理學家布魯納也主張這樣設計分科教材：按照正在成長中的兒童的思想方法，以不太精確然而較為直觀的材料，儘早向學生介紹各科基本原理，使之在以後各年級有關學科的教材中螺旋式地擴展和加深。[46]

所謂「圓周」、「逐步擴大和加深」，指的正是「循環、往復、螺旋式提高」，《簡明國際教育百科全書》即指出：

> 螺旋式循環原則（Principle of Spiral Circulation）排列德育內容原則之一，即根據不同年齡階段（或年級），遵循由淺入深，由簡單到複雜，由具體而抽象的順序，用循環、往復螺旋式提高的方法排列德育內容。螺旋式亦稱圓周式。[47]

---

46 顧明遠主編：《教育大辭典》（上海市：上海教育出版社，1990年6月一版一刷），頁276。

47 許建鉞編譯：《簡明國際教育百科全書》（北京市：新華書局北京發行所，1991年6月一版一刷），頁611。

可見「螺旋」就是「不斷互動、循環、往復而提高」的意思。這種螺旋作用，可用下列簡圖來表示：

二元 → 互動 → 循環 → 往復 → 提高

這是著眼於「陰陽二元」，即「二」來說的，若以此「二」為基礎，徹上於「一 ０」、徹下於「多」，則成為「０ 一二多」之陰陽雙螺旋結構。如此可用下圖來表示：

```
動能 ←→ 二元 → 互動 → 循環 → 往復 → 提高 ←→ 完成
  │        └──────────┬──────────┘        │
（「０一」）←──────→（「二」←→「多」）←──────→（「一０」）
```

又如再依其順逆向，將「０ 一二多」加以拆解，則可呈現如下列兩式：

一、順向：「０一」──→「二」──→「多」

二、逆向：「多」──→「二」──→「一０」

而這兩式是可以不斷地彼此「互動、循環而往復而提高」，而形成層層之陰陽雙螺旋結構，以體現宇宙人生「轉化」生生不息之生命力的。

很值得注意的是：相對於人文，近年科技界亦發現生命之「基因」：「DNA」也呈現這種雙螺旋結構，約翰・格里賓（John Gribbin）著、方玉珍等譯《雙螺旋探密──量子物理學與生命》以為：

生命分子是雙螺旋這一發現為分子生物學揭開了新的一頁，而不是標誌著它的結束。但在我們以雙螺旋發現為基礎去進一步

理解世界之前，如果能有實驗證明雙螺旋複製的本質，那麼關於雙螺旋的故事就會更加完美了。

並附「DNA」分子的雙螺旋結構圖[48]如下：

其一：

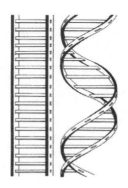

其二：

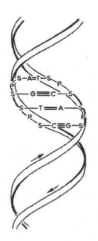

<hr />

48 約翰・格里賓著，方玉珍等譯：《雙螺旋探密——量子物理學與生命》（上海市：上海科技教出版社，2001年7月），頁221-225。

試將鹼（碱）基雙雙配對，用梯形配合「0 一二多」呈現，可形成下圖：

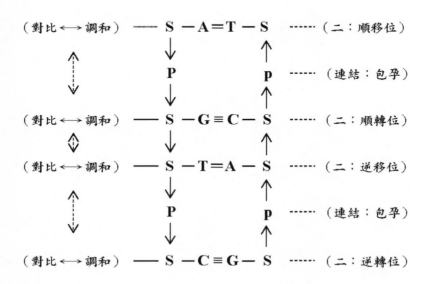

其中「A（Adenine：腺嘌呤）⟷ T（Thymine：胸腺嘧啶）」、「G（Guanine：鳥嘌呤）⟷ C（Cytosine：胞嘧啶）」為鹼基4密碼（雙雙形成「陰陽互動」）；「S」表示端點；「P」（磷酸根）表示連結（形成層次：涉及「包孕」之分合與「對比 ⟷ 調和」）；「＝」表示兩組（對）「氫鍵」，力度較弱（涉及「移位」）、「≡」表示三組（對）「氫鍵」，力度較強（涉及「轉位」）。由此層層以「對比 ⟷ 調和」下徹、上徹並加以「包孕」，趨於「統一」，形成每一單元「DNA」的「0 一二多」陰陽雙螺旋結構，呈現如下簡表：

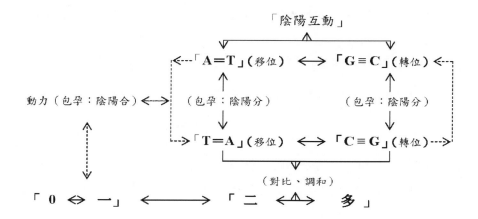

如單就「轉化四律」來看，則可呈現如下簡圖：

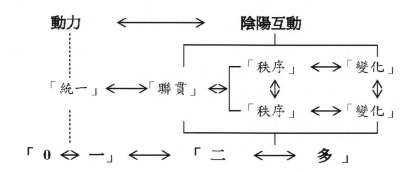

對這種「陰陽雙螺旋結構」，歐陽周、顧建華、宋凡聖（2001）編著的《美學新編》也從美學角度解釋說：

> 從微觀看，由於近代物理學與生物學、化學、數學、醫學等的相互交叉和滲透，對分子、原子和各種基本粒子的研究更加深入，並取得一系列的成果。……特別要指出的是，「DNA」分子的雙螺旋結構模式，體現了自然美的規律：兩條互補的細長

的核苷酸鏈，彼此以一定的空間距離，在同一軸上互相盤旋起來，很像一個扭曲起來的梯子。由於每條核苷酸鏈的內側是扁平的盤狀碱基，當兩個相連的互補碱基 A 連著 P（應是 T），G 連著 C 時，宛若一級一級的梯子橫檔，排列整齊而美觀，十分奇妙。[49]

這樣，對應於「0 一二多」陰陽雙螺旋結構來看，所謂「宛若一級一級的梯子橫檔」，該是「二」（陰陽互動）產生作用的整個歷程與結果，亦即「二 ←→ 多」；所謂「當兩個相連的互補碱基 A 連著 T，G 連著 C」，該是兩組「二」（陰陽互動）；而「DNA」本身的質性與動力，則該為「0 ←→ 一」。至於所謂「兩條互補的細長的核苷酸鏈，彼此以一定的空間距離，在同一軸上互相盤旋起來」，該是一順一逆、一陰一陽的雙螺旋邏輯結構。如果這種解釋合理，那麼，從極「微觀」（小到最小）到極「宏觀」（大到最大），都一律由「一順一逆」的「0 一二多」陰陽雙螺旋邏輯結構，按「轉化四律」加以層層組織，以體現大自然「生生不息」的「轉化」運動規律[50]。

對此，戴維揚詮釋說：

> 陳滿銘……「多、二、一（0）」及「（0）一、二、多」雙向的「邏輯結構」，筆者將其譯成英文的 DNA 的雙螺旋結構（in the form of a double helix）；一個超大超長變化萬千的大體系，

---

49 歐陽周、顧建華、宋凡聖編著：《美學新編》，頁303。

50 陳滿銘：〈論螺旋邏輯學的創立──以哲學螺旋與科學螺旋為鍵軸探討其體系之建構〉。又，陳滿銘：〈哲學螺旋與科學螺旋的對應、貫通──以「多、二、一（0）」與「DNA」雙螺旋結構為重心作探討〉，《南京曉庄學院學報》4期（2015年7月），頁19-22。

> 其運作方式以兩兩（4 基底），結合一再衍生的「DNA」譜
> 系。其……鹼基「DNA」的運作模式，A 常配 T；G 常配 C，
> 兩兩、雙雙、對對構成天底下萬物的結構密碼；證之，星球的
> 運轉也是如此遵照「普世法則」的大原理（Principles）以及彗
> 星如哈雷每 76 年穿梭其間的小插曲（Parameters）。[51]

可見「0 一二多」陰陽雙螺旋層次邏輯系統之「原始性」與「普遍
性」，就值得大家共同重視了。

因此，「求異：實證性歸納」（果→因）與「求同：假設性演繹」
（因→果）在學術研究上是十分重要的，就「方法論」體系而言，
它們既可屬於基礎性的「微觀」面，也可屬於概括性的「中觀」面，
更可屬於統合性的「宏觀」面。因此推擴開來，對「方法論」層面之
認定，是不能一成不變的；而「跨界章法學」即以此為基礎而形成。

# 六 結語

綜上所述，可知章法學「方法論」是可形成其「三觀」體系的。
而這一體系之確立，與「章法學」的研究有「雙螺旋互動」之密切關
係。從四十餘年前開始，個人帶動博、碩士團隊，經由「歸納（果
→因）←→演繹（因→果）」的雙螺旋互動，先從各體辭章作品之解
析中，歸納為「模式」，再以演繹，歸根於《周易》與《老子》，為
「模式」尋出哲理依據，如此不斷地「求異←→求同」，作「互動、
循環、往復而提高」之研討，才逐漸地使「章法學」研究方法形成

---

51 戴維揚：〈概論詞彙學（Lexicology）的體系架構〉，《國文天地》30卷5期（2014年
10月），頁53。

「方法論」體系,以呈現其「三觀」的「陰陽雙螺旋層次邏輯系統」。

對此,「三一語言學」的創始人王希杰,先論「章法學體系」時說:「章法學作為一門學問,不是有關部門章法的個別的知識,而是章法知識的總和,是一種概念的系統。章法學是一門實用性很強的學問,也有極高的學術價值。它同文章學、修辭學、語用學、文藝學、美學、邏輯學等都具有密切關係。章法學已經初步形成了一門科學。陳滿銘教授初步建立了科學的章法學體系。」[52]再論「章法的客觀性」時就說:「凡存在的事物,都是有『章』有『法』的。德國哲學家黑格爾說:凡存在的,都是合理的。這個『理』,其實就是『章』和『法』。」然後論臺灣「章法學的方法論原則」時說:「有一篇論文,題目叫做〈談詞章學的兩種基本作法:歸納與演繹〉(《中等教育》27 卷 3、4 期,1976 年 6 月),歸納法和演繹法其實也就是章法學的基本方法。……章法學的成功,是歸納法的成功,這近四十種章法規則是從大量的文章中歸納出來的,一律具有巨大的解釋力,覆蓋面很強。同時也是演繹法的成功的運用,例如《章法學綜論》中的『變化律』的十五種結構,很明顯是邏輯演繹出來的,當然也是得到許多文章的驗證的。……值得一提的是,……大量運用模式化手法。這本是很好的方法,但是……可能顯得繁瑣、瑣碎,使人難以把握的。可貴的是,……並不滿足於單純地『歸納(歸納 ⟷ 演繹)法則』,他們力圖建立統率這些比較具體的法則的更高的原則。」[53]

而辭章學大家鄭頤壽,先論「臺灣辭章學研究的哲學思辨」時說:「章法學……涉及文章學、修辭學、語體學、邏輯學以及美學等

---

52 王希杰:〈章法學門外閑談〉,《國文天地》18卷5期(2003年6月),頁53-57。

53 王希杰:〈陳滿銘教授和章法學〉。

諸多方面。綜合研究這諸多方面的章法現象及其理論體系的學問……
臺灣學者陳滿銘教授，在研究這一方面具有突出的成就，雖非絕後，
實屬空前。……新的學科建設必須站在哲學的高度，並以之作指導，
才能高瞻遠矚，不斷開拓，建構科學的理論體系。中國古老的哲學多
門，其中最有影響的是樸素的辯證法思想，……它具有濃厚的文化底
蘊，融進了我國的許多學科、各個領域和生活，至今仍有強盛的生命
力。臺灣辭章章法研究，能充分運用我國傳統（《周易》、《老子》）的
辯證法。陳滿銘教授的《章法學新裁》一書，談篇章結構，就用了辯
證法的觀點，……仇小屏博士的《篇章結構類型論》（上、下）也是全
書用辯證法來建構體系的。」[54] 又論「三觀體系」時說：「篇章辭章學
的『三觀』理論建構了科學的、體系嚴密的學科理論大廈，是『篇章
辭章學』藝術之所以能夠成『學』的最主要依據。分清這『三觀』、
『大廈』的建構就有了層次性、邏輯性；抓住這『三觀』，就抓住了
學科體系的『綱』和『目』。我們用『三觀』理論所作的概括、評價，
應該基本上描寫了篇章辭章學的理論體系。……是從具體的『方法』
到概括的『規律』，……從一個個的『章法』入手，一個、兩個、十
個、三十幾個、四十幾個……『集樹成林』（微觀）之後，又由博返
約，把它們分別類聚於秩序律、變化律、聯貫律、統一律之中，有總
有分，形成四個章法的『族系』（中觀）。這就把章法條理化、系統化
了。……（又）從分別的『章法』、『規律』到統領『全軍』的理論框
架『（0）一、二、多（「多、二、一（0）」）』（宏觀）。這是認識的又
一個飛躍、昇華，它加強了學科的哲學性、科學性。」[55]

---

54 鄭頤壽：〈臺灣辭章學研究述評〉，《國文天地》17卷10期（2001年3月），頁99-
107。

55 鄭頤壽：〈陳滿銘創建篇章辭章學——代序〉，見《陳滿銘與辭章章法學》，頁（7）-
（12）。

又，語言風格學大家黎運漢，在論「章法學方法論體系」時說：「一門學科的建立與研究方法密切相關，學科的進步與發展有時也要依靠新的方法來解決。因此，『漢語辭章章法』要成為獨立的學科，也跟其他學科一樣，要有自己的『方法論體系』。陳滿銘教授的章法學論著中雖然沒有專章講述『方法論』，但其幾部論著中無處不散發著他在『方法論』上的自覺。……體現出其章法學具有了較為完備的『方法論體系』。」[56]

四十餘年來，臺灣章法學的研究就這樣在許多學者的支持與鼓勵下，由「章法類型（結構）」（微觀：個別）而「章法規律」（中觀：概括）而「0 一二多」（宏觀：體系），形成完整的「章法學方法論」之陰陽雙螺旋層次邏輯系統，這樣由「清醒自覺」（自然）而「認知確定」（人為），一路摸索，步步辛苦爬高，而在今天危然臨下，深深嘆幾口氣的同時，卻有「卻顧所來徑，蒼蒼橫翠薇」（李白〈下終南山過斛斯山人宿置酒〉詩）的感動。所謂「辛苦必有收穫」，真希望研究團隊能繼續不畏辛苦，以此為基礎，加倍努力，靈活運用具有原始性、普遍性之「章法學三觀方法論體系」，繼續多方研討，從各個角度找出「事事物物」逐層「雙螺旋互動」的「層次邏輯」，一面加深對「辭章章法學」之研究，一面擴大推出「跨界章法學」，並儘量將成果化深為淺、轉繁為簡，作積極之推廣，以期獲得各界更多的支持與鼓勵。

---

56 黎運漢：〈陳滿銘對辭章章法學的貢獻〉，《陳滿銘與辭章章法學》，頁52-70。

## 參考文獻（以徵引先後為序）

陳滿銘　《比較章法學》　臺北市　萬卷樓圖書公司　2012 年

陳滿銘　〈章法學三觀論〉　高師大《國文學報》21 期・特約稿
　　　　2015 年 1 月　頁 1-33

陳滿銘　《章法學綜論》　臺北市　萬卷樓圖書公司　2003 年

蒲基維　〈章法類型概說〉　《大學國文選・教師手冊・附錄三》
　　　　臺北市　普林斯頓國際有限公司　2011 年

陳滿銘　〈論螺旋邏輯學的創立──以哲學螺旋與科學螺旋為鍵軸探
　　　　討其體系之建構〉　《國文天地・學術論壇》31 卷 1 期
　　　　（2015 年 6 月）　頁 116-136

徐復觀　《中國人性論史・先秦篇》　臺北市　臺灣商務印書館
　　　　1978 年

陳望衡　《中國古典美學史》　長沙市　湖南教育出版社　1998 年

陳滿銘　〈論辭章之無法與有法──以客觀存在與科學研究作對應考
　　　　察〉　彰化師大《國文學誌》23 期　2011 年 12 月　頁 29-63

王希杰　〈陳滿銘教授和章法學〉　《畢節學院學報》　總 96 期
　　　　2008 年 2 月　頁 1-5

陳滿銘　〈論章法四大律之方法論原則──以多二一（0）螺旋結構
　　　　作系統探討〉　臺灣師大《中國學術年刊》　33 期春季號
　　　　2011 年 3 月　頁 87-118

馮友蘭　《中國哲學史新編》　臺北市　藍燈文化公司　1991 年

徐志銳　《周易陰陽八卦說解》　臺北市　里仁書局　2000 年

陳滿銘　〈章法的「移位」、「轉位」結構論〉　臺灣師大《師大學
　　　　報・人文與社會類》　49 卷 2 期　2004 年 10 月　頁 1-22

黃淑貞　〈《周易》「移位」、「轉位」論〉　《孔孟月刊》　44 卷 5、
　　　　6 期　2006 年 2 月　頁 4-14

戴璉璋　《易傳之形成及其思想》臺北市　文津出版社　1988 年

歐陽周、顧建華、宋凡聖編著　《美學新編》　杭州市　浙江大學出
　　　　版社　2001 年

仇小屏　《古典詩詞時空設計美學》　臺北市　文津出版社　2002 年

仇小屏　〈論辭章章法的對比與調和之美〉　《章法學論文集》上冊
　　　　福州市　海潮攝影藝術出版社　2002 年

陳居淵　《易章句導讀》　濟南市　齊魯書社　2002 年

鄧球柏　《帛書周易校釋》　長沙市　湖南人民出版社　2002 年

陳滿銘　〈章法包孕式結構論──以「多、二、一（0）」螺旋結構切
　　　　入作考察〉　《江南大學學報・人文社會科學版》　5 卷 4
　　　　期　2006 年 8 月　頁 85-90

陳滿銘　〈論章法包孕結構之陰陽變化──以蘇辛詞為例作觀察〉
　　　　臺北大學《中文學報》　15 期〔特稿〕　2014 年 3 月　頁
　　　　1-24

易中天注譯　侯迺慧校閱　《新譯國語讀本》　臺北市　三民書局
　　　　1995 年

張立文　《中國哲學邏輯結構論》　北京市　中國社會科學出版社
　　　　2002 年

楊伯俊　《春秋左傳注》　臺北市　源流文化公司　1982 年

陳滿銘　〈論「多、二、一（0）」的螺旋結構──以《周易》與《老
　　　　子》為考察重心〉　臺灣師大《師大學報・人文與社會類》
　　　　48 卷 1 期　2003 年 7 月　頁 1-21

陳滿銘　〈意象「多、二、一（0）」螺旋結構論──以哲學、文學、
　　　　美學作對應考察〉　《濟南大學學報・社會科學版》　17
　　　　卷 3 期　2007 年 5 月　頁 47-53

黃　釗　《帛書老子校注析》　臺北市　臺灣學生書局　1991 年

朱　熹　《四書集注》　臺北市　學海出版社　1984 年

林啟彥　《中國學術思想史》　臺北市　書林出版社　1999 年

王　弼　《老子王弼注》　臺北市　河洛圖書出版社　1974 年

馮友蘭　《馮友蘭選集》　北京市　北京大學出版社　2000 年

唐君毅　《中國哲學原論・導論篇》　香港　新亞研究所　1966 年

孟建安　〈陳滿銘與漢語辭章章法學研究〉　《陳滿銘與辭章章法學——陳滿銘辭章章法學術思想論集》　臺北市　文津出版社　2007 年　頁 80-132

陳滿銘　〈論章法結構之方法論系統——歸本於《周易》與《老子》作考察〉　臺灣師大《國文學報》　46 期　2009 年 12 月　頁 61-94

黃順基、蘇越、黃展驥主編　《邏輯與知識創新》　北京市　中國人民大學出版社　2002 年

陳　波　《邏輯學是什麼》　北京市　北京大學出版社　2002 年

陳滿銘　〈論「因果」章法的母性〉　《國文天地》　18 卷 7 期　2002 年 12 月　頁 94-101

陳滿銘　〈因果邏輯與章法結構〉　臺北大學《中文學報》　14 期　2013 年 9 月　頁 1-28

顧明遠主編　《教育大辭典》　上海市　上海教育出版社　1990 年

許建鉞編譯　《簡明國際教育百科全書》　北京市　新華書局北京發行所　1991 年

約翰・格里賓著　方玉珍等譯　《雙螺旋探密——量子物理學與生命》　上海市　上海科技教育出版社　2001 年

戴維揚　〈概論詞彙學（Lexicology）的體系架構〉　《國文天地》　30 卷 5 期　2014 年 10 月　頁 53

陳滿銘　〈論章法學「三觀」體系之建構〉　中山大學《文與哲》學
　　　　報 23 期　2013 年 12 月　頁 333-388

王希杰　〈章法學門外閑談〉　《國文天地》　18 卷 5 期　2003 年 6
　　　　月　頁 53-57

鄭頤壽　〈臺灣辭章學研究述評〉　《國文天地》　17 卷 10 期　2001
　　　　年 3 月　頁 99-107

鄭頤壽　〈研究篇章藝術的國學──讀陳滿銘的《篇章辭章學》、《辭
　　　　章學十論》〉　《國文天地》　22 卷 4 期　2006 年 9 月　頁
　　　　83-90

鄭頤壽　〈陳滿銘創建篇章辭章學──代序〉　見《陳滿銘與辭章章
　　　　法學》　臺北市　文津出版社　2007 年　頁（7）-（12）

黎運漢　〈陳滿銘對辭章章法學的貢獻〉　《陳滿銘與辭章章法學》
　　　　頁 52-70

# 就 1919 和合本中譯聖經論「道」可「到」的翻譯

戴維揚

臺灣師範大學英語系退休教授

## 摘要

　　檢視 1919 年出版和合本中文聖經，距今近百年，其中語詞變化甚鉅，單以其中的「看見」、「聽見」、「碰見」、「遇見」都應改譯為「看到」、「聽到」、「碰到」、「遇到」，本文深論動詞（V）後接「到」的語用法則；並以老子的「道可道」改寫為「道」可「到」的道理和道路（途徑）。

　　聖經解說「道」就是「神」、「神的話」（約翰福音 1：1），亦即耶穌基督「道」成肉身（約翰福音 1：14）親自來「到」人間，擔當了人的罪，掛在十字架上，完成了救贖的「真理的道」、「得救的福音」（以弗所書 1：13），「到」如今，仍然達到、到達大有能力、大有功效，持續不斷、直「到」永遠。

　　人可因信得救，瞬間即可達到、來到上帝面前，直到如今人人都可持續不斷地「看到」、「聽到」、「感受到」、「理解到」、「連結到」這昔在、今在、以後永在的真「道」；信主耶穌基督的人不僅可常常說「道」，而且可時時行道、傳「道」，確確實實完完全全地享受可「到」的「道」。

**關鍵詞：道、道就是神、看「到」神（V.＋到為完成式具極致性）**

# 一 引論

　　1919 年出版的和合本中文聖經，以及之後近百年 2010 年出版的《新譯和合本聖經》，其中的中譯文[1]都將聖經希臘原文的 ὁ λόγos（logos），亦即將英譯本譯為 " the Word "（約 1：1）譯成「道」，並將英文的 " the Word of life " 譯為「生命之道」（約 1：1）。上帝藉著聖經一再闡明這「道」即是神（約 1：1），祂親自「來到」人間（環球版，約 1：9），在舊約也預言「直等細羅（救世主）來到」（創世紀 49：10）；到新約也以「光」出現，這真「光來到世間」（約翰福音 3：19）。神也藉著人類通行的「語言」所做的特殊啟示「光照」世人，人也可藉著這神的「話（道）」親自「道成肉身」「來到」（環球版，約 1：11）人間，顯現又顯明給世人。因此神也藉著神的道（「話」Word）成為尋道、問道人的「道路」，指引「帶到」人世間傳達神的「真理」與「生命」之「道」（約 14：6）。讓世人對這「非」比尋「常」的「道」，心靈得以悔改後清晰又知道：人是可藉著聖經、神的話尋「到」、找「到」真道，甚至於慕道者得以親眼看「到」、親耳聽「到」、親手摸「到」，確實又可完全得「到」這十字架上至愛所顯示極致真「愛」的真「道」。因這永不止息的愛透顯到

---

1　蔡錦堂（2014）。《遺珠拾穗：清末民初基督新教聖經選輯》。新北市：橄欖出版。頁 XX。從1890到1919耗時數十年，這期間先將文言文（文理）、淺文言（淺文理）這兩本，首先在1907年慶祝馬禮遜來到中國百週年紀念，公議先將此兩本合為一本，再等到1919年將官話（國語）譯本再合成現用的和合本，成為至今仍然對中國教會深具影響力的中文聖經譯本。之後到2010年完成《和合本修訂版》。2015年環球聖經公會有限公司出版《新約聖經》最新的譯文；環球本在2005年已經出版的《聖經新譯本》將約翰福音1：11「他到自己的地方來」改新譯為「他來到自己的地方」，此譯本早將約1：9譯為「那光來到世界，是普照世人的真光」。仍然未意識到 V+「到」可表現「現在完成式」或「現在完成進行式」。

位、到家：「神既然愛世間屬自己的人，就愛他們愛『到底』（約 13：1）」。

《老子》開宗明義就點出「道可道，非常道」，這「通貫天人」的「道」在《老子》21 章一再依序地闡明「道之為物，惟恍惟惚。惚兮恍兮，其中有象。恍兮惚兮，其中有物。窈兮冥兮，其中有精。其精甚真，其中有信」，這終極的「真」、這核心的「信」就是基督教「真神」、「真道」；也顯明「神」是永遠「信實」，以及人可以藉著「因信稱義」的「信而得救，信而可得到永生」。再深層檢視真「信」如約 20：29 所述，耶穌對多疑的多馬說：「你因看見了我才信，那沒有看見就信的有福了。」基督教的信仰是先「信道」才能「真」看見、知道、明白「真道」（To believe is to see.），是要人先「信了祂，就可以因祂的名得生命」（約 20：30）。這「道」是生命的根源也是賜人生命的「神」。再回到核心的 25 章老子以「道」在「象帝之先」、「似萬物之宗」而提出「道」的先在性與創生性，在「天地之始」反映其抽象性與超越性[2]。

## 「真」、「誠」、「真理」與「道」

陳滿銘（2012）闡釋「真」與「信」即「真實」，因為《說文》解說「信，實也」。因而陳滿銘轉借朱熹以「真實」釋「誠」，認定這「至誠」為「先天地而自生的道體」。陳滿銘（2002）曾將《中庸》20 章解釋「誠者，天之道也；誠之者，人之道也。」接著點到 21 章的「自誠明」與「自明誠」，這 6 個字就是「道」之核心，這天道與

---

2　卓新平（1999）〈中西天人關係與人之關切〉《基督教文化學刊》。

人道是可不假外求而人們可自得的「自明誠」[3]；再檢視在《中庸》26 章詳加闡釋「至誠」為「故至誠無息，不息則久，久則徵，徵則悠遠，悠遠則博厚，博厚則高明。博厚（「地」），所以載物也；高明（「天」），所以覆物也；悠久（「誠」、「愛」），所以成物也。」「誠」（或誠實）幾乎無所不能、無所不在地神格化，「至誠」更解成人間至高無上超乎天地人、極其極致的神明；因而 1919 年出版的和合本聖經將希臘原文的 αλήθεια（英譯 truth，真理）中文。和合本譯為「誠實」（約翰福音 4：23；以弗所書 4：15），這些中譯「誠實」其實在目前的中文應該改譯為「真理」，如環球本，約 4：23「那靠聖靈按真理敬拜父「神」的，才是真正敬拜」；約 4：24 改譯為「故拜祂的必須靠聖靈按真理敬拜祂」，亦即基督教指涉的「道」就是 「真理」（約 17：17），就是神，亦即指神的「話」就是「道路、真理、生命」。基督教的信仰是有生命「在各方面長進，達到基督的身量」（弗 4：15，環球新譯本）。

## 二　歷史淵源

### （一）1606 年利瑪竇定位「道」即「天主」、「上帝」、「神」、「主耶穌基督」

聖經中譯早從唐朝初年景教就開始將原文或外文翻譯成中文，可惜流傳至今的史料仍尚待挖掘[4]。直等到明清之際傳教士與辭書編纂才蔚為大觀。徐時儀（2016）詳述「明清時傳教士編纂了數量可觀的

---

3　陳滿銘（2002）。《學庸義理別裁》。台北市：萬卷樓。陳滿銘（2012）。《章法結構論》。台北市：萬卷樓，頁305。

4　吳昶興（2015）。《大秦景教文獻》。新北市：橄欖出版社。

綜合性雙語或多語字典與詞典」。如明代來華的傳教士利瑪竇
（Matteo Ricci）（1552-1610），在 1606 年已經將「漢語拉丁語注音方
法」和「標註漢字音調系統」，開漢語拼音注音的先河[5]。他並且將基
督教信仰至為關鍵的「核心詞」，其中的「道」定位為「天主」、「上
帝」、「神」就是「主耶穌基督」[6]。

## （二）馬禮遜翻譯全本中文聖經並出版《華英字典》、《五車韻府》

1717 年由於天主教傳教士在祭祖拜孔等宗教禮儀的爭執，康熙
皇帝下令禁止天主教在華活動，雍正、乾隆也相繼頒布禁教令。將近
百年的空窗期，直等到 1819 年馬禮遜（Robert Morrison）（1782-
1834）譯完整本新舊約聖經（其晚期譯舊約部分請米憐〔Milne〕襄
助）。他先後從 1807-1823 的 15 年間持續不斷地出版了十大冊的《華
英字典》。其中譯「信」的詞條下增列「堅信、書信、失信、我不
信」等詞目。馬禮遜特別推崇「朱熹在他的理學作品中，……很好地
使用了簡明的語體傳達了他的新思想」，因而他也大量地引介新思維
的新詞語；如「『天』字的釋義和例句就比《康熙字典》多出 112
種，又如『理』字……大大拓展了詞意的內涵。」同時馬里遜也出版
兩冊按聲韻排列的《五車韻府》，以及《通用漢語之法》的文法書。
當然其畢生最重要的譯作為中譯的《新舊約聖經》1819 年譯完之
後，費時四年才在 1823 年新舊約全部完成木刻雕版的方式完成印
製，再隔年於 1824 才到倫敦出版。

---

5　徐時儀（2016）。〈明清傳教士與辭書編撰〉《辭書研究》。頁56-64。
6　戴維揚（1979）。博士論文有專章詳論；戴維揚（1982）〈四書西譯與聖經中譯研究〉。

## （三）1919 和合本中文聖經

馬禮遜影響到了此後清末民初又陸續展開新一波翻譯中文聖經的熱潮。清末民初中文就語言、文字的使用都又經歷更大的改變，在 1907 年宣教士聚集慶祝紀念馬禮遜來華（1807）百週年慶，聖經編譯者決議：「見當時一般的寫作已逐漸使用淺白的文體，遂最後決議將《文理和合譯本》和淺文言二合一，之後再加入《官話（中文）和合譯本》，融合三合一為目前所看到 1919 年出版通行的近似當時白話文的和合本中文聖經。

# 三　「到」、「道」的語詞變化與語詞分析

## （一）「道」與大學三綱八目

賴明德（2003）研究中國文字發現其造型與意涵，的確蘊藏有《聖經》的真理。道字《說文解字》釋為「所行道也，以辵首——達，謂之道也。」道字的本意是直達之路，從首表示人頭，從辵表示行進，正是《聖經》闡示「我就是道路、真理、生命」，這「道」就是「上帝」也就是「神」[7]。朱熹解「明明德」：「明明德者，人之所得乎天，而虛靈不昧，以聚眾理，而應萬事者也。」也是中國學者中第一位將聖「靈」提昇到「神」格的「神明」、「靈明」、「未嘗息者」的「明德」。有心尋道者可藉著聖靈先必經「明明德」（智）、再「親民」（仁）、至終勇者再自強不息、至終才能達到「究其精微之蘊」之「止於至善」，這才是大學三綱的「大道」，才能落實在人的一生八目

---

7　賴明德（2003）〈中國文化與聖經真理〉《中國文字教學研究》。頁172-173。

「行道」：必先從「誠意」、「正心」、「格物」、「致知」，才能再依序「修身」、「齊家」、「治國」、「平天下」。

## （二）「道」、「行」原古漢字即十字架

孫再生（1987）在〈弘道篇〉引述謝扶雅教授的話說：「中國人特別愛好這個『道』字，因為這是人人共行的，人人必行的大道大路……」。道字最初寫法，是東西相貫，南北直通的 ✚ 這一個象形字，『行』原與『道』完全一致……，路標『 ✚ 』正是中國式的十字架。在中國漢、唐盛世條條道路指向、通向標記的道成肉身，因愛世人而親自上的「十字架」[8]。誠如保羅傳講基督教的真「道」全聚焦在「因為我曾定了主意，在你們中間不知道別的，只知道耶穌基督，並他釘十字架。」（哥林多前書 2：2）

## （三）「道」、「到」字、詞、語的變化過程

人類通行的「語言」其語法語用或用詞遣字，常因時空的改變而改變，稱之「語言變化」（language change）。中文在明清之際和清末民初，語言與文字都曾經歷極大的變化，因而從關注單一的單字（單音節）為單位整理出版《字典》，如《康熙字典》、《新華字典》、《華英字典》，其中、期間其實早已大量收入古漢語早有的複合詞及詞組或成語。論到當前較重視複合雙音節或三、四、五音節的「詞」而出版《國語詞典》或辭典，如 2014 年上海辭書出版社《100 年漢語新詞新語大辭典》上、中、下三大冊，宋子然主編；2012 年上海辭書

---

8　孫再生（1987）〈弘道小品前言——弘道篇〉《半世紀文集》。台北市：弘智。

《新詞語 10000 條》，劉海潤、亢世勇主編；2010 年商務印書館《全球華語新詞語詞典》，鄒嘉彥、游汝杰編著。近年中國大陸學者也有主張改重「視」詞的「詞語」為現當代「看」重語的「語詞」，因而近年新開創出版一系列相關的「語典」。依溫端政（2014）發表在《辭書研究》的論文：〈論字典、詞典、語典三分〉，以及 2016 年出版〈樹立正確的語詞觀〉，可概述列表如下[9]：

| 名詞 | 字彙 | 詞彙（汇）、詞語 | 語詞 |
|------|------|------|------|
| 辭書 | （大）字典 | （大）詞典 | 語典 |
| 學科 | 字彙（典）學 | 詞汇（典）學 | 語汇（典）學 |
| 研究 | 字彙研究 | 詞汇研究 | 語汇研究 |

其中就熟語（固定的詞組）詞典，溫端政認為是今後語典學的主力，當然語典也必然包括成語、諺語、慣用語、歇後語以及格言。其間也應關注語法、語構、句型等功能，其中也包括詞類變化以及語詞分析。

## （四）「到」、「道」對比詞彙分析

語詞分析可依戴維揚（2014）〈概論詞彙學（Lexicology）體系架構〉[10]，以金、木、水、火、土五行分析語詞「到」與「道」的簡表如下：

---

9　溫端政（2014）。〈論字典、詞典、語典三分〉。《辭書研究》；2016〈樹立正確的語詞觀〉《辭書研究》頁6-15。

10　戴維揚（2014）。〈概論詞彙學（Lexicology）體系架構〉《國文天地》。戴維揚、葉書吟（2016）。〈2014-2015海峽兩岸新造詞：新體系・新詞排・新詞陣〉《章法論叢》八，頁67-91。

| 語　詞 | 到 | 道 |
|---|---|---|
| 語 音（金） | ㄉㄠˋ、dao4（刀聲） | ㄉㄠˋ、dao4（首聲） |
| 語 形（木） | 至＋刂（刀） | 首＋辵（走）、同「行」 |
| 語 源（水） | 至＋刀表確切、確實達到 | 行（十十架）、人首走（行）道 |
| 語 用（火） | 表極致性；表瞬間移位到位；到達；到底 | 基督教「道」＝神的話；道即是神，至高的上帝 |
| 語 義（土） | 達、瞬間至（極致）到達極致又可永不止息 | 達、行、道路、道理（真理）、道行（生命）是永不止息 |
| 引 申 義 ➡ | 瞬間即刻、到達至高無上之境；持續不斷 | 道地＝真實、真道、真神真愛、真光、真理 |

# 四　動詞（V）＋「到」可表時態（tenses）

## 神的道是完全的（詩 18：30）

　　1919 年，距今將近百年，當時中文並未意識到使用動詞（v）之後直接緊跟加上「到」的語（詞）可構成「述補複合動詞」以表「現在完成式」（present perfect tense），這可比對檢視英語這類時態變化呈現在 1611 年出版的 King James Version（K.J.V. 或簡稱 A.V. 英皇欽定版），英文聖經已經譯為現在完成式的 "which we have heard, which we have seen"；以及 1984 年 N.I.V. 的 "which we have looked at and our hands have touched"，對比檢視 1919 年出版的和合本中譯「我們所聽見，所看見，親眼看過，親手摸過的」，其中確實已經「看見」、「聽見」替代了現代漢語的確實、完成地「看到」、「聽到」；以及「摸過」亦即「摸到」，百年前表達現在完成式只以「看見」或「看見了」、「見過」、「看見過」、「遇見」（參見 2003 年出版的恢復本中譯

聖經，2010 修訂版改為「見過了」)，再參照約伯記 42 章 5 節中文
「我從前風聞有你，現在<u>親眼看見</u>你。」此處的 N.I.V. 英文一樣地譯
成「現在完成式」，"but now my eyes have seen you." 仍未見使用
「到」表時態現在完成式的用語。再檢視林前 2：9「上帝為愛他的
人所預備的是眼睛未曾<u>看見</u>，耳朵未曾<u>聽見</u>，人心也未曾<u>想到</u>的。」
英文皆以「現在完成式」表達（"No eye has seen, no ear has heard, no
mind has conceived, what God has prepared for those who love him"）。
中文動詞（V.）之後加上「到」的動詞片語（phrasal verb）可「表現
在完成式」的時態，為近十年詞頻最常見「到」特多「v＋到」的詞
組（collocation）。常丹丹（2008）注意到南京的方言 dao（到）可表
完成（a perfective aspect marker），並意涵成效、成果以及主詞（道）
的高能量。[11]。證之其他中國南方方言，如福州、閩南、客家也多有
這些常<u>看到</u>的語用例證。甚至「到」的語用範式，當前青少年也時興
大量使用 V.＋「到」的新詞語[12]。

## （一）V＋「到」為當前語用常用詞語

　　陶紅印（2014）指出動詞（v）後緊接「到」可強化「確實完全
成就」（"a heightened sense of perceptual accomplishment"），也可強化
「竭力保證達到有效果的行動」（"a sense of striving to guarantee
"effective action""）。他總結使用此語法，都有強烈的意涵，此動詞
確實具有「果效」（affectedness），「成功」（success），以及／或「修

---

11 常丹丹（Chang, Dandan）2008.〈南京方言中的「到」（Dao in Nanjing）〉《現代語
　文》Xiandaiyuwen 11：92-94.

12 Chen, K. & Tao, H.（陶紅印）（2014）。The rise of a high transitivity marker 到 *dao*
　in contemporary Chinese, *Chinese Language and Discourse* 5:1, 25-52.

得正果」（attainment）。而其主詞意味著「高能量」（"high potency of the agent"）。並具有「標竿導向」（"goal-oriented"），使命必達的「道」。甚至於「反之亦然」的「春」或「福」，在春節的「倒／到」來。亦即不管怎樣看，「道」總是完完全全、確確實實，「道」成肉身，來「到」人間，確／卻死在十字架上，為拯救世人，信上帝的人皆能轉回天道，回「到」天家。

就台灣的國家教育研究院「國語辭典編審會定詞工作小組」發現其中，詞頻最高、最常看「到」、聽「到」的 300 語詞，而這些語詞都未及呈現在目前 5 大本辭典原該「看到」的詞目，其中高達「V＋到」27 語詞未能列入相關詞典。這其中最常「看到」的前 27 名「新」詞語依序為 1. 看到 2. 受到 3. 聽到 4. 想到 5. 感到 6. 回到 7. 來到 8. 遭到 9. 提到 10. 拿到 11. 走到 12. 收到 13. 感受到 14. 感覺到 15. 注意到 16. 接到 17. 買到 18. 說到 19. 賺到 20. 跑到 21. 降到 22. 吃到 23. 學到 24. 送到 25. 談到 26. 拍到 27. 影響到。為此，現當代的語詞學者應該及早「注意到」這些現當代漢語最常看到的詞目，應該及早列入新版的詞典或辭典，甚至新版的語典。據 Kan Chen 和 Hongyin Tao（陶紅印）2014 年詳析「到」在動詞之後具有強化、完完全全、確實、落實、其成效、成果的功能，這些新語用詞語在 1990 年只佔 1%，到如今，已佔極大的百分比[13]。

## （二）和合中文聖經中常見「V＋到」的詞組

另檢視「v＋到」的詞組，其間可夾受詞，如「就接她到自己家裡去了」（和合本），現代聖經中譯改為「就把她接到自己家裡去了」

---

13 Chen, K. & Tao, H.（陶紅印）（2014）。The rise of a hightransitirity marker 到 dao in contemporary Chinese, *Chinese Language and Discourse* 5：1, 25-52.

（環球本）。至於當「趨向動詞」的 6. 回到 7. 來到，早在唐五代已經
大量使用，因而在和合本中，可發現一再地出現：「……神必與你們
同在，領你們回到你們列祖之地」（創世記 48：21）；「於是亞伯拉
罕回到他僕人那裏」（創 22：19）；「直等細羅（救世主）來到，
萬民都必歸順」（創 49：10）；以及「光來到世間」（約 3：19）；「若
是提摩太來到」（林前 16：19）。至於「到」只表到達的地方，只當
介詞，經常出現在經文如「要往迦南地去，他們走到哈蘭，就住在那
裏」（創 11：31）；亞伯蘭「遷到伯特利」（創 12：8）。

## （三）「道」、「到」皆持續不斷、直到永恆

　　鑑此，今後中文聖經的譯本應該順應時代改變，將原譯「看見」
如想「到」（4）或說「到」（18）、談「到」（25）都可「回到」（6）
聖經原文 ópáw（這「看見」的希臘文動詞在新約聖經一共出現了 58
次，其中約翰使用了 46 次），百年前「提到」（9）希臘原文此處的動
詞大都表「現在完成式主動語態直說語氣」，亦即「這個現在完成式
強調他的見證是持續不斷，直到他說這句話的時候」[14]。因而可見基
督教的信仰是將「道」解釋為「神的話」，是可以讓相信的「信徒」持
續不斷直到如今，可以使用「現在完成進行式」呈現如：「你們到如
今，還想我們是向你們分訴；我們本是在基督裡當上帝面前說話。」
（林後 12：19）"…we have been speaking in the sight of God"。除了
「說到」、「談到」之外，仍可親眼「看到」，親耳「聽到」，親手「摸
到」神。「道成肉身」是神親身「來到」人間的經歷，兩千年來基督
徒因而為此持續不斷地作「見證」，一再地彰顯從耶穌基督帶來信實

---

14 詹正義（1998）。《活泉希臘文解經》，Monterey Park，CA：美國活泉，頁87。

可靠又具體，還可親自「誠實」（實實在在，確確實實）體驗到最高層級的「生命之道」和「真理之道」，同時也可瞬間在一念之間領悟到、領受到、連接到「神之道」，還可持續不斷地堅信持守直到永遠、永恆。

## 五 「到」的語法、語源、語用、語意

動詞（V）緊接「到」之後的「終點」的語意屬性具「極致性」，可含有最高層級的意思。亦即，其終極終點可確切達到「終極關懷」（Ultimate concern）至高層級的「道」，如「做到私欲淨盡，天理流行處」（《朱子語類》，卷 96）；其過程「動相補語『到』也注重動作的瞬間完成，……」。王錦慧（2013）除了上述論述之後，她將「到」歸納為：一、「動相補語」的功能，表示動作的瞬間完成、實現；二、「結構助詞」的功能是起連接作用，並隱含所累積達到的程度。因而本文較重視這類「述補複合動詞」，如「拿到、找到、碰到、遇到、感到、吃到、說到、想到」這類動詞（V）之後都可接「道」，達到可成就的標的「瞬成動詞（achievement verb）」[15]。

### （一）「道」可「到」的途徑

神愛世人，「愛到」極致，甚至將他的獨生愛子賜（犧牲）給世人，叫一切信他的，不致滅亡，反而可「得到」永生（約 3：16），這極致的愛又能持續不斷、永不止息，直到永恆，如神「他的仁義存到永遠」（林後 9：9）。

---

15 王錦慧（2013）。〈論「V 到」結構的歷史發展〉《成大中文學報》，頁227-252。

V＋「到」語法結構在和合本聖經有時將 V 放在句尾、類如德文句型，如約 1：11 他「到」自己的地方「來」→改譯：他「來到」自己的地方（環球本）；在路：18：16 和合本和 2015 年的環球本皆譯「讓小孩子到我這裡來……」；又例如：創 31：3「到」你親族那裏「去」→並未改譯為：「去到」你親族那裏（環球本仍照和合本）。V＋「到」中間也可插進「不」表負向，如創 48：11 我想「不」到得見你的面；或如看「不」到、聽「不」到的語法結構。吳謹瑋（2016）在〈王文興小說語言風格分析：從詩語言句式入手〉稱此類句式為「斷裂句式」以表現殘破光景。[16]

## （二）「道」可由「生而知之、學而知之、困而知之」得到

道顯示在大自然，在人世間都是「自從造天地以來，神的永能和神性是明明可知的，雖是眼不能見，但藉著所造之物就可以曉得，叫人無可推諉。」（羅馬書 1：20）神「願意萬人得救，明白真道。」（提摩太前書 2：4）。然而需要有人「為此奉派作傳道的，作使徒，作外邦人的師傅，教導他們相信，學習真道。」（提摩太前書 2：7）。由此證實明白「真道」必須努力「學習」：賜我悟性，明白真道。「神的言語一解開就發出亮光，使愚人通達。」（詩篇 119：130）。「神的言語在我上膛何等甘美，在我口中比蜜更甜」（詩篇 119：103）。然而真正得「道」的人心，必經常需要先苦後甘，先徹徹底底地領會到「我受苦是與我有益，為要使我學習你的律例。」（詩篇 119：71）。真道大部分其深處核心價值在於「困而知之」，非經歷一番火般的試煉、熬煉，才得真知「道（到）」真「道」。約伯經

---

16 吳謹瑋（2016）。〈王文興小說語言風格分析：從詩語言句式入手〉，2016章法學研討會論文發表，台北：台師大。

歷百般試煉、百般困境才體會「到」「然而他知道我所行的路；他試煉我之後，我必如精金。」（約伯記 23：10），至終他才能真知道「我從前風聞有你，現在親眼看見（到）你。」（約伯記 42：5）。誠如孟子所言「天將降大任於斯人也，必先苦其心志，勞其筋骨，餓其體膚，空乏其身，行拂亂其所為，所以動心忍性，增益其所不能。」。也是老子說「受屈辱得成全，受冤枉得伸直，⋯⋯如此，聖人與道合一，做天下人認識上天的器具。不自以為能看見，所以才「看」得分明。不自以為是，所以是非昭彰；不求自己的榮耀而大功告成；不自以為大，而為天下王。唯有他不爭不競，天下沒有能與之爭競的。古人說『受屈辱必得成全』的話，豈是虛構的嗎？那確實得成全者，普天下便歸屬他」（老子 22：1-5）[17]

## （三）真道、真理必經神啟、靈啟才能真知「道」、真得「到」愛

「神的事情，人所能知道的，原顯明在人心裡，因為神已經給他們顯明（羅 1：19）」。然而大部分的人仍需要藉著耶穌基督親自顯現給世人並且親自釘在十字架，讓「我們藉著愛子的血得蒙救贖」（弗 1：7），這就是「真理的道⋯⋯得救的福音」（弗 1：13），再加上「將那賜人智慧和啟示的靈賞給你們，使你們真知道『神』」（弗 1：17），「因為我們兩下藉著祂被一個靈所感，得以進到父面前（弗 2：18））」並且「求他按著他豐盛的榮耀，藉著他的靈，叫你們心裡力量剛強起來，使基督因著你們的信，住在你們心理，叫你們的愛心有根有基，能以和眾信徒一同明白基督的愛是何等長闊高深。」（弗 3：16-18）。

---

17 遠志明（1997）。《老子 vs. 聖經——跨越時空的迎候》台北市：宇宙光，頁274ff。

## （四）「道」不「到」的困境

現當代一般沒有基督信仰的人，日常說三「道」四的道，可參看王文興在《背海的人》描述的「爺」「碰到的」道，是「說三道四」的道，也是「道不三著兩來的牠的的的的」重重、重覆、支離、破碎的、的道，只見一堆又一堆悲劇人生的「不曉得開到甚麼的牠去」、「碰到最倒霉的時分」（頁 188）、「沒想到」、「關到」、「等著到」、「被逼到」、「淪落到」、「爺到了『山窮水盡』，『山窮水盡』的地步了」（頁 188），以至於到了不知所云的白髮「是為到的這一個原因纏把這一頭的頭髮牠叫到給一刀剃光光的到的來的」。之後更絮絮叨叨焦躁不安地喃喃自語：「開門前的一小時ㄑㄧˋ實爺已經就已經關到的她的那一面木門前前等著到的的，爺其實真ㄉㄜ是只要是一看到她底這一扇木頭門，爺就非常非常的高興。」（頁 190）。這一扇木頭門就是「爺」的「非常非常」「到」的的（道）。整本小說「爺」看不到，也沒看到耶穌基督木頭十架為寶血開啟救贖「門」進入享受信仰「真道」的喜樂與榮美。

## （五）V＋「到」在字典、辭典的解說

1971 年在台灣出版的《正中形音義綜合大字典》及 2012 年的增訂本，提到「到」的詞目只列入：金文〔從〕人「至」以會意，人「至」為「到」刀聲，乃為得達之一有快速極之意」，並只列古漢語的例句，其中只列「到」可當「說」同「道」的孤例，並未注意到現當代漢語已經大量使用動詞之後，加上「到」的複合動詞以表時態的語詞（collocation）。

1976 年出版的《國語日報字典》（封面），主編何容在序言稱之

為《國語日報辭典》，在「到」的詞目中已經列入「得到」意如「到手」。再如檢視大陸的《新華字典》也列「得到」的詞目，稱之為「成功」地得到。再檢視直等到 2014 年民間出版《新編國語字（辭）典》增加列入「找到了金幣」以及「看到小偷」，然而還有最常用到的至少百來條詞目，用「到」在動詞之後的現當代漢語，並未列入現當代在台灣出版的新詞（辭）典。雖然和合本聖經在創世記 22：19 早已使用了「回到」「亞伯拉罕回到他僕人那裡」；又如「耶穌被聖靈引到曠野」（環球本改譯太 4：1：「帶到」；路 4：1「引他到」）；「耶穌卻退到曠野去禱告」（路 5：15）。可惜這些大量的 V＋到大都只當到達的「趨向動詞」＋「到」只當介詞（to）使用，其他表示達到的動詞語用的現代漢語在台灣官方辭典至今仍未列入其他類「V＋到」的詞目。

## （六）V＋「到」語法化的過程

陳俊光教授論「到」的語法化過程有如下高見。「到」的語法化過程大致先為動詞，例如，他到了台北 → 再變為介詞，如，他走到了台北 → 動助詞（verb-particle），如，他想到了台北。而動詞＋「到」的用法，又有兩種情形：

1. 動補結構：表達時點（point of time），單純表達動作之間完成、實現。此為動作起點和終點的「瞬間結合」，強調整個事件位移過程中最終達到目的，所以沒有程度上的累積性或時間上的持續性。動詞＋「到」（補語如他抓到犯人；他買到這部車。

2. 短語動詞（動詞＋助詞）：表達時段（period）、表達程度的增加，並／或伴隨時間的進行或持續性。所以，可說是一種「完成進行式」。如他「哭到」傷心欲絕；親眼「看到」耶穌。

　　聖經所提到的「看到」、「聽到」、「摸到」，應屬第二類的動助詞。這類「到」都是「動助詞」（verb-particle），和動詞形成一「短語動詞」（phrasal verb），不是動詞片語（verb phrase）。V（動詞）＋「到」的「詞彙化」（lexicalization）可再詳述如下：

　　　　動詞＋介詞＝動詞短語，如走＋〔到台北〕。
　　　　動詞＋助詞＝短語動詞；如〔想到〕＋台北。

又如英文 "put up with you" 中，"put up" 為 phrasal verb，"up" 是動詞的一部分，"put up"（是動詞，不是動詞組）＋（with you）（介詞組），才等於動詞組（verb phrase）。因此，動助詞（即結構助詞）的「到」，前接動詞（看／摸／想），形成「看到／摸到／想到」等「短語動詞」，可表達時間的進行的看法。更精確的說，表時間的「完成進行」（perfect progressive）[18]。

　　在現代漢語絕大多數動詞可以帶「了」、「著」或「過」，可表漢語時貌（aspect）[19]；至於表時態（tense），尚待進一步研究釐清。然而從近六年台灣最常看到的動詞後帶著「到」的「雙音節趨勢」以及「三音節語詞」都有顯著大幅度提高詞頻，可惜前列 27「新」短語動詞帶著「到」尚未能出現在台灣官方出版的《國語辭典》。今後學者該從「語」的觀點切入研析語法、語構、語音、語源、語用、語義。[20]

　　劉靜靜（2016）雖然不認為目前「語」、「詞」應該分立；以及「語典學」應該從「詞汇學」獨立成為專門學科，但仍肯定溫端政對

---

18 陳俊光教授未發表之論述（2016）。
19 邵敬敏主編（2007）。《現代漢語通論》，上海：上海教育出版社，頁175；114。
20 戴維揚（2014）。〈現當代三音節新詞語的新典範〉《章法論叢》。台北市：萬卷樓，頁125-165。

「語」的研究，特別是在「熟語研究」，如他主編《漢語常用語詞典》的成就[21]。為此，今後對「語詞」該「注意到」緊接動詞之後的「到」，以及在緊接「到」之後的名詞受詞，如「找到道」與「得到道」（得道）的用語，其中博大精深的「道」是人可「瞬間」，又可「持續進行」地連接「至終」得到止於至善的「道」的終極又極致的目標。

## 六　各師解「道」

陳滿銘（2016）解「道」與「生」列出六位哲學層次詮釋者，如下簡表[22]：

| 詮釋者 | 道 | …… | 生 |
|---|---|---|---|
| 河上公 | 創生者 | …… | 創生 |
| 《淮南子》 | | …… | 通流而生 |
| 王弼 | 無 | …… | 衍生 |
| 牟宗三 | 境界 | …… | 一體成形 |
| 陳鼓應 | 本原 | …… | 產生、形成 |
| 林安悟 | 場域 | …… | 同有 |

陳滿銘（2016）特具慧眼看通了雙向「道」極致運行的終極的結論：人類研究宇宙人生的萬事萬物，都應該由部分「神學」而「哲學」而「科學」，反之亦然。誠如 1957 年諾貝爾物理學獎得主楊振寧所說：「科學的極致是哲學，哲學的極致是宗教」（頁 68）。再參照

---

21 劉靜靜（2016）。〈「語詞分立」和「語典學」的立異〉《辭書研究》，頁16-23。

22 陳滿銘（2016）。《陰陽雙螺旋互動論：以「0一二多」層次邏輯系統作通貫觀察》。台北市：萬卷樓，頁310。

朱子解「忠者天道，恕者人道」；「天道」乃直指人之本心本性之為「天性」，在《朱子語類》將「忠」字在聖人是「誠」；「恕」字在聖人是「仁」；以「忠者天道」的「盡己之為忠」、「恕者人道」的「愛己之心以愛人」[23]。上述解「道」與「生」對比基督教的信仰「道」、「愛」正如「因為全律法都包含在『愛人如己』這一句話之內了」（加拉太書 5：14），以及愛的「生命」成長，仍需今後學者再深度研議。

## 七　結論

　　基督教聖經所「提到」的「道成肉身」，是「特殊啟示」的「非」常「道」的「天啟」，是必須依靠相信神，因而悔改而後「重生」，才能「達到」心領神會、心靈契合的「感受到」、「連接到」道的一切，並且實踐在耶穌將十誡統合為對上主「忠」的「你要盡心、盡性、盡意愛主你的神」，以及「恕」的「愛人如己」交會達到的十架救贖大愛（太 22：37-39；可 12：30-31；申命記 6：5），因而，人就能在感官的世界真正「感覺到」、親眼「看到」、親耳「聽到」、親手「摸到」，甚至親鼻「聞到」、親口「吃到」真道。這樣才能達到雙重或多重的「感動到」與神的同在，才是真實的「到家」又「到味」地達到神與人「現在完成進行中」同在的極致：即可「瞬間結合」、又可「永遠長存」。基督教的信仰：是相信一位又真又活的真神真道，人可藉著十字架（道與行的古字）道道地地親自與神對話，與神同行，與神同住在主耶穌基督裡。神才是真「道」，又叫凡相信主

---

23 陸敬忠（2014）。〈會通與轉化：從本地神學至體系性文化及神學詮釋學〉《漢語基督教學術論評》，頁182；185。黎靖德編（1986）。《朱子語類》二，台北市：文津，頁671。

耶穌基督的人皆可達到真道的「道路、真理、生命」，這一切皆已然
呈現在聖經中神的「話」。總之，人「到」達並達「到」真神豐盛之
「道」的途徑多元、多重、多樣，簡表如下：

| 看到 | 聽到 | 摸到 | 吃到 | 聞到 | 感覺到 |
|------|------|------|------|------|--------|
| 找到 | 碰到 | 遇到 | 走到 | 拿到 | 感受到 |
| 想到 | 念到 | 領悟到 | 契合到 | 連結到 | 感動到 |

　　在基督教的信仰中，人與道之間確實可以「瞬間達到」又可「持
續不斷」地直到永生。「動詞＋到」的句型還可將動詞（V）直接連
結「道」，其間可不用藉著「到」這個字、詞、語；除了當介詞的
「到」非用不可，如「得以將福音傳到你們以外的地方」（林後 10：
16）；「直到地極，做我的見證」（徒 1：8）。至於「V＋到＋道」可省
略其間的「到」，如其過程如下：傳（V）道→在石頭地上「初聽
道」，如「聽了道……不過是暫時的」（可 4：16-17）→在好（地）
土上「聽（到）道」，如「人聽道，又領受，並且結實，有 30 倍
的，有 60 倍的，有 100 倍的。」（可 4：20；太 13：23；路 8：
15）從「道」到人們相信真「道」的歷程如下：信道 →真知「道」
→講道 →論道 →行道 →得道 →再傳道，直到永不止息的永永遠遠。

# 詞中有畫
## ——東坡詞中有乾坤

蘇心一

空中大學兼任講師

## 摘要

宋朝千古難得一見的全才文人蘇東坡，觀畫題跋提出「詩中有畫，畫中有詩」震驚千古論點，是亦為其作品最佳寫照，他不只是「詩中有畫，畫中有詩。」所填之詞更是「詞中有畫」，東坡愛書畫，半出天賦，藝術細胞豐富；半出家庭薰陶，自幼與父親品賞書畫，耳濡目染，養成深厚鑑識能力。通判杭州之後，作詩、填詞無不充滿畫意、畫境，不止豪放之作有之，清雄之作有之，婉約之作亦有之，且各有不同特色：豪放詞畫大斧劈，清雄詞畫小青綠，婉約詞畫純工筆，令人不可忽視。九百年後，品賞東坡詞的傑出畫境，成為讀者最佳享受。東坡詞所以能「極天下之工」，在於作品並非只對生活自然主義實錄反映而已，篇篇都塗上強烈主觀情感色彩，詞作多數是將客觀景物與主觀意緒交相融合創造的藝術精品。「傲視苦難」是其人格精神最耀眼亮點，詞中極易發現這些特點，其詞自有乾坤。

**關鍵詞：蘇東坡、詞中有畫、大斧劈、小青綠、純工筆**

# 一　前言

　　宋朝全才文人蘇東坡（1037-1101）觀畫題跋提出「詩中有畫，畫中有詩。」[1]震驚千古。實則這也是他各類作品寫照，通判杭州後，他有各種型態詞中畫。東坡愛書畫，半出天賦，藝術細胞豐富；半出家庭薰陶，受父親蘇洵耳濡目染。自幼常與父親品賞書畫，養成深厚興趣和鑑識能力。作詩、填詞，無不充滿畫意、畫境。詞史早在明朝人董斯章（1587-1628）已有「詞中畫」的說法[2]；清人蔣敦復（1808-1867）《芬陀利室詞話》也有類似看法[3]，明確提出詞中畫理論始於光緒進士李佳（字繼昌，1852-1908）所著《左庵詞話》有云：「詞以入畫為工。」又云：「詞家描景造句，往往堪以入畫，尤為工峭，寫作丹青，愈令人讀之不厭。」[4]詞家描述景色常能如畫入目。

---

1　東坡有云：「味摩詰之詩，詩中有畫；觀摩詰之畫，畫中有詩。」〔宋〕蘇軾撰：《蘇東坡全集・書摩詰〈藍田煙雨圖〉》（北京市：燕山出版社，1997年），頁3231，本文引用以此書為主，引用《全集》部分，特直接標注（《全集》，頁○○）於正文中，不另外附註。

2　董斯張有云：「徐小淑〈絡緯吟〉，其為絕句也，蓋賢乎其為近體也。其為樂府也，蓋賢乎其為近體絕句也。乃其為長短句也，蓋賢乎其為開元諸家也。如中調〈霜天曉角〉，為歸舟之作，有云：『露涴芙蓉茜，翠澀枯棠瓣。傍疎柳、西風幾點。行行尚緩。家在碧雲天半。念歸舟游子，一片鄉心撩亂。對旅鴈沙汀，盼殺白蘋秋苑。』此為畫中詞，詞中畫，吾不能辨。」見〔清〕馮金伯輯：《詞苑萃編》卷七，收入《續修四庫全書》（上海市：上海古籍出版社，1995年）冊1733，頁483。

3　蔣敦復有云：「馮柳東，……所著有《月湖秋瑟》、《花墩琴雅》諸詞，……〈霜天曉角〉云：『昨夜新霜一抹，看一路橘林黃。』〈浪淘沙〉云：『說與西風留一葉，尚有蟬棲。』可謂詞中有畫。」見蔣敦復著：《芬陀利室詞話》卷一，收入《續修四庫全書》冊1735，頁196。

4　中國哲學書電子化計劃維基→左庵詞話網頁：http：//ctext.org/wiki.pl?if=gb&chapter=232885

　　東坡詞寫景清麗，面目眾多，努力發揚，創新嘗試，頻寫各類內容。清朝著名詞論家戴熙有云：「畫有詩人之筆，詞人之筆……煙波雲岫，路柳垣花，詞人之筆也，旖旎風光，正須詞人寫照耳。」[5]詞人之畫長於表現旖旎風光，與詩人之畫善於反映雄渾之勢略有不同。詞、畫藝術門類雖有區別，但意象、境界、風格、表現等卻有相通。戴熙云：「東坡詩清寒入山骨，草木皆堅瘦，倚翠生畫品似之。後人專使重筆，一味曠悍，以為效彼。」[6]東坡詩詞均僅點到為止，不用重筆。戴熙又云：「東坡畫蟹，南宮畫鯉，皆工緻詣極，而二公或以赭汁作畫，固知此道不當以一格拘也。」[7]他稱許東坡畫蟹別出心裁。戴熙補充說：「空山無人，水流花開。東坡晚年乃悟此妙，所謂『不著一字，盡得風流。』也。」[8]其詩詞均有禪意禪味。戴熙認為東坡晚年充分了解大寫意自然極簡之妙，他說：「筆墨在境象之外，氣韻又在筆墨之外，然則境象筆墨之外，當別有畫在。」[9]深刻瞭解筆墨之外別有天地，走上用詞反映複雜心境之路。其詞主要可分詠史懷古詞、自然山水詞、懷人記夢詞、日常生活詞、節慶詞、懷鄉詞、登臨詞等七大類。東坡詞有人生不如意的抑鬱傷悲，有興會高昂的灑脫豪宕，更有了悟人生的曠遠超逸。詞中張力不達極限絕不罷休，其詞的起承轉合似乎總在不意之間。讀其詞像搭乘雲霄飛車，起伏頗大。儘管他也常心境低宕，也很會悲從中來，可他很會正向自我內言，轉瞬拋開一切煩憂。篇篇主觀情感色彩強烈，詞作多數將客觀景物與主觀

5　〔清〕戴熙：《習苦齋畫絮》，收入《續修四庫全書》冊1084，頁729。

6　〔清〕戴熙：《賜硯齋題畫偶錄》，收入《叢書集成三編》（臺北市：新文豐出版公司，1999年）冊31，頁636。

7　此兩見，均〔清〕戴熙作：《習苦齋畫絮》「南宮畫履」，「蔗渣作畫」，頁749；《賜硯齋題畫偶錄》則全如正文，頁635。

8　〔清〕戴熙：《習苦齋畫絮》，頁757。

9　〔清〕戴熙：《習苦齋畫絮》，頁759。

意緒交相融合，創造成藝術精品。其人格最耀眼亮點是：正向思考、
傲視苦難，詞中自有無限乾坤，品賞其詞，極易發現這些特點。

## 二　東坡與畫淵源深

　　宋仁宗嘉祐六年（1061）[10]冬十二月十四日，二十五歲初任官職
的東坡任陝西鳳翔府八品簽判。在處處古蹟的西周發跡地鳳翔，因西
夏一再入寇侵擾，蕭條滿目，盡成廢墟。東坡趁新年假期遍遊名勝，
流覽古物，「行萬里路，勝讀萬卷書。」讓他眼界大開。遊開元寺，
觀賞畫聖吳道子（約 685-758）畫的佛像和詩佛王維（692-761）畫竹
叢，作〈鳳翔八觀〉。兩相比較，他覺得「畫聖」吳道子的畫妙絕，
卻不脫畫工範疇，而不如王維的畫有意境。

　　數千年來，繪畫與書法都以線條為主，是中國最崇高的藝術。兩
者可找到人類思想、生命和情感最動人的融合形跡。詩、畫截然不
同，畫，靜止，只能表現瞬間空間，為視覺藝術；詩，流動，本身不
具象，靠語言、文字表達意境，屬聽覺藝術。在一定條件下，各自異
化，繪畫突破靜止，延伸時空；抽象詩歌語言產生逼真的可視、可
嗅、可融感覺，異體同化。詩畫融合轉化，須靠人「通感」，就是「感
覺挪移」，或「聽聲類形」，或「視物類聲」。東坡將詩畫結合，同時
他也如是處理詞作，他為「畫中詩詞」的可能性提供了良好楷模。

　　東坡擅長學習前人長處：盛唐李白（701-762）豪放飄逸；杜甫
（712-770）沉鬱蒼勁；中唐柳宗元（773-819）峻峭清新；白居易
（772-846）明麗自然[11]，他將四人長處融會貫通，產生自身風格，寫

---

10　中國曆法十二月國曆是西元一〇六二年一月下旬，東坡生於一〇三六年農曆十二
　　月，為西元一〇三七年。

11　袁行霈撰：《中國詩歌藝術研究》（臺北市：五南圖書出版公司，1989年），頁385。

景、狀物、感慨都舉重若輕。尤擅捕捉意象，駕馭文字如行雲流水。用虛實結合手法，表現畫外之趣。許多人盡皆知的事物，眾人都有的平凡感覺，經他一本正經信手拈來，頓成妙諦。為官鳳翔以後，他常以詩中有畫，畫中有詩標準面對詩畫。通判杭州開始大量填詞，不久，連詞都做到「詞中有畫」的嚴苛要求。被貶黃州，一度不敢寫詩，努力攻畫。以評詩之法評畫，反對注重形似，掌握物像本身氣韻，以達更高藝術境界。影響後人注重神似，詩情畫意融化為一，是東坡主張「士夫畫」[12]最高境界，從此成為中國繪畫特徵。畫者讓無情山水、竹石、花鳥都化成「我的」生命感情所寄託的有情天地，與閱聽人雙向感情溝通，獲得情緒解放、抒發，滿足。東坡的性格、天才、多次貶謫四方的特殊經歷和儒釋道三家豐沛修養，融鑄成豪放、曠達、深沉和奇肆、絢麗畢集一身的詩詞藝術。詩書畫合一為中國文化史特殊光彩，東坡做到詞書畫三者合一，以下舉數闋具代表性的東坡詞說明其「詞中有畫」狀況。

## 三　豪放詞畫大斧劈

因反對丞相王安石（1021-1086）變法過分快速，東坡自請外放，離開京城，通判杭州，逐漸走上用詞反映複雜心境之路。詞中，有人生不如意的抑鬱傷悲；有興會高昂的灑脫豪宕；更有了悟人生的曠遠超逸。〈江城子‧密州出獵‧老夫聊發少年狂〉[13]首開豪放派詞風

---

12 「文人畫」這個專稱是明末「文人畫第四大家」董其昌因「士夫畫」的「夫」字孤平而改。

13 〔宋〕蘇東坡撰，龍榆生校箋：《東坡樂府箋》（臺北市：華正書局公司，2003年），頁67，本文引用東坡詞篇以此書為主，特直接標注（《箋》，頁○○）於正文中，不另外附註，詞的上下闋之間以○分隔。

先河，不僅描繪射獵壯闊場景，還表現決心抗擊遼、夏愛國壯志。完全擺脫詞人專力描寫兒女私情的狹隘局面。是他吹起報國號角的典型作品，是第一闋獲得空前成功，產生深遠影響純豪放詞。豪氣干雲，場面壯盛。筆力雄健，撼人心弦：

> 老夫聊發少年狂，左牽黃，右擎蒼，錦帽貂裘千騎卷平岡。為報傾城隨太守，親射虎，看孫郎。○酒酣胸膽尚開張，鬢微霜，又何妨，持節雲中何日遣馮唐。會挽雕弓如滿月，西北望，射天狼。

開篇虛起，別出心裁出獵，立意不凡，意象有別於當時甚囂塵上的婉約詞內涵。上片寫出獵裝扮和堅強陣容，絕非柔腸百曲之士，是「聊發少年狂」的「老夫」；是「親射虎」的「孫郎」。威武雄壯、風馳電掣，牽狗臂鷹，將出獵氣概灑脫豪邁，熱烈場面寫得有色有聲。接著誇張渲染傾城出動觀獵，自喻三國東吳孫權射虎，膽氣、豪情，渲染到極致；過片說酒酣造成如此胸膽開張，為豪放二字注腳。生動刻畫儘管兩鬢飛霜，依舊胸懷開闊、壯志不衰的豪邁神情。希望立功邊疆，寫老驥伏櫪，志在千里豪情。保衛邊疆，打擊敵人侵略決心，不稍退縮。以大字眼、大角度、大景致、大筆勾勒，「千騎卷平岡」視野開闊，充滿動感，「千騎」誇張陣容，「卷」字滿紙塵土飛揚，絕不精雕細刻；展現老當益壯，滿懷戍邊殺敵雄心。獻身家國，壯懷激烈，宦途受挫並未稍減其忠誠愛國之心。戰勝困難，為國效命，堅決果敢，保衛邊疆。全篇似無一字寫景，卻自然浮現〈知州出獵圖〉。彷彿無明確遊蹤，但牽黃擎蒼，千騎卷平崗形象清晰，指出狩獵路線。讀者強烈感受同遊同獵過程，短短數句，像小小說，震撼人心。借雄壯出獵表達殺敵報國保衛家鄉決心，充分展現東坡開創別是一家

詞風的奇才本領，造語用字精鍊，粗獷豪邁。磅礴氣勢，別具一格，但見忠壯之心，不覺粗俗率易。詞界從此打破倚紅偎翠、豔意別情，月牙板的一統天下。不再侷限少數內容、題材、意境，從青樓閨閣小空間，走向廣地闊天大世界。想像力飛揚，古往今來，人間天上。恢宏闊大，任情遨遊。超越時空，動感強烈，解脫束縛，方向嶄新。豪邁壯志都被此詞從心底激發出來，本來只是閒生活隨筆小詞，被他寫成充滿愛國激情的宏大作品。運用典故，增加豪放疏落詞審美感受的深穩不足。上片他以孫權自況，極言出獵壯觀；下片他以漢文帝時的魏尚自比，希望朝廷重用，守衛邊疆，擊退侵國擾家之敵。非但譬況氣概豪邁，且托出思報國難的抱負，正向自我內言：以英雄人物烘托昂揚氣宇和雄心壯志；把弓拉得像十五的月亮那樣圓，形容武藝超群；以主侵略的天狼星譬喻主要敵人西夏。四度空間蒙太奇手法，上溯先秦，李斯歎息牽黃擎蒼不可得，反襯自己自由豪邁；下至三國，回溯西漢魏尚。有惆悵感，失意感，最後回北宋、西夏邊疆。轉折再三，起伏跌宕。惆悵失意中揉進清雄，「鬢微霜，又何妨。」構成豪放總體審美的基本因素。

謫居黃州，東坡不論寫賦、填詞、做詩，都表現感嘆盛衰興亡。〈念奴嬌·大江東去〉（《箋》，頁 152）：

> 大江東去，浪淘盡、千古風流人物。故壘西邊，人道是、三國周郎赤壁。亂石崩雲，驚濤拍岸，卷起千堆雪。江山如畫，一時多少豪傑。○遙想公瑾當年，小喬初嫁了，雄姿英發。羽扇綸巾，談笑間、檣櫓灰飛煙滅。故國神遊，多情應笑我，早生華髮。人生如夢，一尊還酹江月。

這闋最有名但淺顯，千古無出其右的豪放詞，傳唱歷久不衰。背景博

大開闊，氣勢雄偉，不只寫歷史，還寫人生變化。開篇「大江東去」
視覺描寫，氣勢逼人。千古長江，滾滾東流入海，江濤萬里，奔赴眼
底，寫空間；五千年盛衰興亡，多少英雄豪傑，消逝在時間洪流中，
寫時間。千年興感，齊上心頭，別人無此胸襟，更無此等筆力。「亂
石崩雲，驚濤裂岸，卷起千堆雪。」為〈赤壁風雲圖〉長卷，屬中國
畫的大斧劈。由「赤壁大江的雄偉景色引出，以不羈之才情縱論千
古，撫今追昔，其容量之大、感慨之深、襟懷之廣、氣勢之豪，是在
此以前的詞作不可比擬的。」[14]以豪壯筆法寫時間，不只搜索內心幽
微之處，改變詞的格式，還努力開創廣闊天空。盡情向外在世界馳騁
探索，恢宏壯盛，超越時空。筆墨全無拘束，詞獲徹底解放。「浪淘
盡」道盡時空盛衰興亡變化，時空融匯在江山歷史中，洪流不僅沖盡
渣滓，也沖盡千古光華的風流人物，像放電影，將廣大場景正層遞縮
小到一個故壘。「人道是，三國周郎赤壁。」集中到「點景人物」[15]周
瑜（175-210）在壯闊山水畫裏出現。江山、古今，突出周公瑾，豪
放中見細膩。「人道是」顯示豪放、不受拘束，也意謂審慎。「亂」
「崩」「驚」「裂」四個轉品動詞，造成動的畫面和強有力印象，有衝
擊，有突破[16]。「卷起千堆雪」既浪漫，又寫實，比直接用「浪花」更
強而有力，最後歸納「江山如畫」展現讀者面前。東坡跟周公瑾對
比，雖沒周公瑾成功，公瑾也被長江「浪淘盡」了！東坡的曠逸襟懷
在寂寞悲哀中有飛的感覺，因其思路蹤跡很不明顯。有通達的曠逸襟
懷，前後跳蕩飛揚，最後拿杯酒灑在江心，灑給明月。迴腸盪氣，元
氣淋漓。

---

14 袁行霈撰：《中國詩歌藝術研究》（臺北市：五南圖書出版公司，1999年），頁336。
15 山水畫中的人物、舟船、屋舍、橋梁、動物都會起點綴景物的作用，既豐富畫面內
　　容，又增添生氣和情趣，故名「點景人物」。
16 葉嘉瑩撰：《迦陵說詞講稿》（臺北市：桂冠圖書公司，2000年），頁132-138。

「人生如夢，一尊還酹江月。」是東坡超脫悲慨，跟高遠天地、江山、明月、大自然結合。將自己的惱煩悲苦付諸天地，融合在歷史中。四度空間蒙太奇手法，將個人成敗榮辱放進大歷史，美妙結合，自己卻從惱煩悲苦中跳脫，不與之長相左右，極有特色。吳衡照（1771-？）《蓮子居詞話》有云：「蘇、辛竝稱，辛之於蘇，亦猶詩中山谷之視東坡也。東坡之大與白石之高，殆不可以學而至。」[17]這標準的中國長卷，雖用大斧劈，畫法強烈震撼，卻像北宋張擇端（1085-1145）的〈清明上河圖〉般永垂不朽。

## 四　清雄詞畫小青綠

一般詞家只注意眼前的短暫空間、時間。東坡將時間、空間擴大，縱橫十萬里，上下五千年，任何狀況都隨心所欲在筆下呈現。熙寧六年（1073），任杭州通判第二年，二月，往巡富陽、新城。放棹富春江，一葉扁舟赴桐廬，盪槳於滿山滿景中，過七里灘，情不自禁填〈行香子・過七里瀨・一葉舟輕〉（《箋》，頁 3），才是密集填詞後的第三闋詞，已呈現個人獨特風格，小青綠淡淡青綠，不像工筆重彩那麼濃烈：

> 一葉舟輕，雙槳鴻驚，水天清、影湛波平，魚翻藻鑑，鷺點煙汀，過沙溪急，霜溪冷，月溪明。○重重似畫，曲曲如屏，算當年、虛老嚴陵，君臣一夢，今古虛名，但遠山長，雲山亂，曉山青。

---

17 〔清〕吳衡照：《蓮子居詞話》卷四，收入《續修四庫全書》冊1734，頁40。

東坡喜歡從「詩中有畫，畫中有詩。」角度觀察別人作品，也如此自我要求。只用個青字，這幅〈七里瀨峰煙圖〉已如詩如畫，既描繪靜止畫面，也表現流動景象。動靜參差，虛實結合，美感享受，畫意詩情。他雖是後人公認的豪放派創始者，然其所填好詞未必皆豪放詞風，此闋〈行香子〉可見清雄不在人下，非但不可列為下品，實為上乘之作。上片寫輕舟過七里灘所見，又名七里瀨，在嚴陵山下，開篇五句視覺描寫下七里瀨所見水天清景。首句「一葉舟輕」空中鳥瞰，如鴻雁當空驚飛，掠過水面。船像片葉子輕輕漂蕩，渺小又充滿詩意。末尾「輕」字極形象化，讓人清楚覺得小舟如葉，透露船隻吃水不重，漂盪自如訊息；第二句把鏡頭拉到作者身邊，宏觀迅速轉至微觀，而不刻意矯揉造作。「鴻驚」使此幅縹緲山水畫，不只是凝風止雲的靜止景象，而是靜中有動，動中有靜。開頭兩句八字道出閒適自得、栩栩如生的氤氳山水畫。「水天清，影湛波平。」以東坡為主軸，視點自雙槳上下遠望，青天浩闊，碧水澄清。水與天以「清」字貫穿，既融為一體，又上下分明。後句影與波是「水天清」註腳，視線由天空拉回前方水面，行雲流水般自然導入：「魚翻藻鑑，鷺點煙汀。」先形容「影湛波平」下方情景，水質乾淨，清爽得一視見底。下片寫山，「魚翻藻鑑」除代表水質清澈、一視見底，更比喻水面平靜如銅鏡，呼應「影湛波平」。水面或浮有藻類，水中水草豐美，魚兒翻身，波光粼粼，描述生動細緻。「鷺點煙汀」是上片寫景收尾，白鷺點點，悠閒自得作結。開篇五句：驚鴻、翻魚與汀鷺將一碧水天點綴得極生動，讓讀者身入其境，彷彿正與東坡同遊樂土。

坡詞喜以山水始，中間用些許典故寄託感慨，最後回歸山水做結。眼前山水景物雖極美好，不由自主還是會引起內心波動反思，多半有此「樂─悲─樂」基調。上片寫景，下片寫情，過片「重重似畫，曲曲如屏。」喻山巒兩岸相連如畫如屏，縱向看來重重疊疊如潑

墨山水。墨水深淺代表山的遠近；橫向看來曲折如房中屏風；水景近，十分詳細，筆墨甚多。山景遠，粗淺形容，體現行舟所見所聞的精細與粗略，近則細膩詳實；遠則撲朔迷離。風景寫過，筆鋒一轉，「算當年、虛老嚴陵，君臣一夢，今古虛名。」整闋詞的主軸轉到嚴光身上。四度空間蒙太奇手法，呈現空間轉換與時間推移。即景抒情，屬議論，算虛。嚴光（生卒年不詳）是東漢光武帝劉秀（西元前5-57 年）同學，曾幫助劉秀。劉秀當上皇帝，嚴光隱姓埋名，隱居富春江，避而不見。三次徵召，方入京城，堅辭不受諫議大夫官爵，仍回富春江釣魚。此山故名嚴陵山，給東坡強烈痛苦反思：講嚴光未曾真正領略山水佳趣，發思古幽情。皇帝、隱士都如夢消逝，為人生感慨。歷史沈思，韻味無窮，雋永含蓄。君之好賢，臣之好節，徒留空名，唯有自然，恆久存在。融化在流動閃爍，如畫如詩的水色山光中。「遠山長，雲山亂，曉山青。」鼎足對，與上片「沙溪急，霜溪冷，月溪明。」鼎足對遙相呼應，上片寫水，下片寫山，不同觀感，極佳感受。異曲同工，結情以景。開始填詞時分，尚為黃昏時刻，路途遙遠，月出東山，寫完溪水，粗寫山景。近景細精，流動閃爍；遠景粗略，水色山光。從歷史拉回眼前，遠山長，寫遠山遼闊。由夜晚寫到天亮的曉山青，環環相應。三個山字，以景結情。景景迴環，絲絲入扣。「過沙溪急，霜溪冷，月溪明。」有時間流替，畫面迅速移動。「過」字為一字逗，點出船隻移動。「沙溪」日景，看得見沙底及沙灘，明確感受水流湍急，船隻行進快速；「霜溪」曉景，霜意清冷，二月早春，清晨行船，兩岸花草樹木罩層白霜，水面清冷，春晨尤其料峭，寒意明白；「月溪」夜景，水晶明亮，月兒高掛月兒明，照耀水面，光輝銀白，詞人眼前為之一亮。上面十句為七里瀨所見實景，也是描述近景。才填第三闋詞，他已表現驚人功力，讓其詞名堪與詩名相匹配。整闋詞以模糊山景為背景，正是中國山水畫的畫山習性。

東坡常感慨人生如夢，結語融入對自然美景的永恆禮讚，活潑跳動，生意盎然。彷若不經意用一典故，魚翻藻鏡，煙霧瀰漫沙岸，動態，節奏加緊，移動空間。一本正經笑嚴光虛老終生，未真正解得歸隱山水之妙。無論是毀是譽，帝王劉秀，隱士嚴光，都是「君臣一夢，今古空名。」無論權勢地位，還是世人毀譽，就是真有心歸隱，人生如夢，到頭來仍舊一場空，無限感慨，是主旨所在。今是實，古是虛，東坡除感嘆劉秀與嚴陵，也感嘆自己努力一生，到頭來什麼也沒有。結尾三句為實，在「實──虛──實」結構中，寫得情景交錯，韻味無窮。秦時明月，依舊是今日明月；漢時嚴光所居之山，此刻為北宋嚴陵山。人事易改，江山依然；如今，劉秀、嚴陵已逝不見，只剩遠處「遠山長，雲山亂，曉山青。」與近景「沙溪急，霜溪冷，月溪明。」遙相呼應，前者飛疾亂緒，到後頭只剩源遠流長的綿密愁緒。是愁，也非愁，或許是對人生更進一步認識吧！餘音嫋嫋，值得再三玩味。全詞選字精鍊，又無刻意雕琢痕跡，彷若信手拈來，毫不費力。文字與文字間散發清新淡雅風味，是溫婉中有清雄之作。

黃州東坡開創山水田園詞寫作，〈西江月・照野瀰瀰淺浪〉（《箋》，頁 141）充滿細膩詞筆，是他強調捕捉形象，創作的具體實踐：

> 照野瀰瀰淺浪，橫空隱隱層霄。障泥未解玉驄驕，我欲醉眠芳草。
> 可惜一溪風月，莫教踏碎瓊瑤。解鞍欹枕綠楊橋，杜宇一聲春曉。

此詞開創「小品文與詞混體」寫法，敘事簡潔，描寫生動。短短五十四字，時間、地點、景物、感受全融一爐，還充滿畫意詩情。開篇「照野瀰瀰淺浪，橫空隱隱層霄。」視覺描寫，四野青草如浪款擺，

視野擢至空中，薄霧隱隱，瀰漫層霄，為遠景。中國畫有淡淡薄霧，是中景與遠景或近景的區隔，此乃有空氣感的〈山溪春曉迷濛圖〉。東坡云：「江山風月本無常主，閒者便是主人。」（《全集》，頁2508）信哉！我目所見，皆我所有；不閒，無從縱目欣賞。首句先前觀四野，青草淺浪彌彌；次句看天，天上隱約佈滿濃淡相間的靜謐雲氣清霧，上下交映。凡是ㄇ字音開頭疊字，如彌彌、滿滿、默默、瀰瀰，都有大片凝重感覺。捕捉到春夜原野景色，富生命律動力；三、四句「障泥未解玉驄驕，我欲醉眠芳草。」視點拉回眼前，尚未解除馬鞍障泥，誇大寶馬玉驄如千里馬。「驕」表示寶馬還不累，神氣活現，馬蹄達達，躍躍欲試，鞍韉未解，歡騰如常。無邊春色，東坡陶醉，他傾聽春的氣息，享受春的愛撫……想投身大自然懷抱，不想前去；過片「可惜一溪風月，莫教踏碎瓊瑤。」將西晉王濟典故與景物描寫融為一體，進一步抒發心中十分迷戀、珍惜佳妙月色的心情。「瓊瑤」借喻溪水在月光下碧綠清澈，如瓊瑤美玉般晶瑩剔透。春風輕拂溪水，月光擁抱淺浪，一溪風月，澄澈晶瑩，灑滿月光的春水閃耀流動。東坡怕一溪「瓊瑤」被馬兒粗魯「踏碎」，不想讓馬兒破壞滿溪漂亮月色，惜春情懷，躍然紙上。感情摯濃，使譬喻客體升到突出地位，形象更鮮明生動。解下馬鞍，倚枕睡在橋上，畫中小小點景人物──蘇東坡醉臥滿地芳草，一場好夢酣然。「解鞍欹枕綠楊橋，杜宇一聲春曉。」整宿舒暢好眠，直到杜鵑聲聲啼叫才豁然醒覺，春晨曉色，生機盎然。抓住春夜迷人美色，表露心靈動態，構成優美藝術境界。清麗畫卷，大片留白，讓讀者自己聯想感受春晨美好。詞中，不寫「亂山攢擁，流水鏘然。」景致，抓住黎明「杜宇一聲春曉」，將野外春晨景色「畫龍點睛」做最佳詮釋。東坡露宿野外，因杜鵑啼鳴清醒，感受大自然擁抱的春晨之美，提筆在綠楊橋的橋柱上留下題字，真實記錄難忘感受，也給讀者留下動人印象。過後，他覺

得此詞尚不足以完全表現自我，後補小品詞序：「頃在黃州，春夜行
蘄水中，過酒家，飲酒醉，乘月至一溪橋上，解鞍，曲肱醉臥少休。
及覺已曉。亂山攢擁，流水鏘然，疑非塵世也，書此語橋柱上。」說
明填詞源由。王國維云：「一切景語皆情語。」[18]詞重抒情，偶爾寫
景，景中含情，情景交融，最為高明。吳衡照（1771-？）《蓮子居詞
話》有云：「詞有俗調，如〈西江月〉、〈一翦梅〉之類，最難得
佳。」[19]很多明清小說結尾會以〈西江月〉為證，東坡此詞能將俗調
寫得高雅，不刻意做作，不咬文嚼字，顯示其內心平靜和諧，以清純
自然美為對象，短短小詞，卻充分反映他在黃州的放曠生活，十足表
達樂觀豁達胸襟。這幅〈山溪春曉迷濛圖〉，寫景之中處處有「我」，
空氣感十足，身閒，心閒，映照異常天地。

　　詞以意境為上，東坡詞情景具勝，重在以畫寫意。心情放鬆，偶
然喝酒，醉臥野外，純屬偶然。通過感性山水寫意，表達個人意志感
情。木橋躺臥，自然包裹，高山環繞，流水潺潺。聽水看山，疑非塵
世，出乎意外，感受不同。處處生遠意，靜中傳深情。力圖得之於象
外，畫面產生純粹放曠、自在逍遙聯想，傳達畫外之意。天上明月、
雲層；地上溪流、芳草；所騎玉驄驕姿；所聽杜鵑啼聲，無不塑造東
坡「我」的典型性格憑藉。不論醒醉，不拘夜晨，都能無入而不自
得，都能隨遇而成趣，逐步展露美妙高雅意境。此詞明確看出東坡善
於將意與境凝結成不可分割的整體。

# 五　婉約詞畫極工筆

　　東坡不光用歷史人物典故寄託胸襟懷抱，也會託物詠懷。筆下的

---

18　〔清〕王國維：《人間詞話》，收入《續修四庫全書》冊1735，頁320。
19　〔清〕吳衡照：《蓮子居詞話》，頁31。

物會直接寄託主觀意志懷抱，或借物抒發自己懷才不遇的感慨，詠物而託物寓意，很多闋詞都是物、人雙寫。愛用歷史人物漢朝班婕妤（西元前 48 至西元 2 年）寄託胸襟懷抱，婉轉曲折為自己正向自我內言。其詠物詞代表作〈水龍吟・次韻章質夫楊花詞〉（《箋》，頁215）最膾炙人口，出神入化，融一物人，境界最高，極端出色，以健筆寫柔情，豪宕中寓纏綿之致，實乃工筆重彩之畫，卻是欲露不露，反覆纏綿：

> 似花還似非花，也無人惜從教墜。拋家傍路，思量卻是，無情有思。縈損柔腸，困酣嬌眼，欲開還閉。夢隨風萬里，尋郎去處，又還被、鶯呼起。○不恨此花飛盡，恨西園、落紅難綴。曉來雨過，遺蹤何在，一池萍碎。春色三分，二分塵土，一分流水。細看來，不是楊花，點點是離人淚。

起句「似花還似非花」明喻，起筆突兀，引人入勝，確切指楊花就是柳絮，不得移詠他花。籠罩全篇，氣勢萬千，一幅〈楊花漫天飛舞圖〉呈現眼前。以詞畫出漫天楊花飛舞，紛紛飄墜，無人憐惜的淒苦景象。全篇從第二句「惜」字生發，全詞骨幹，詞眼在焉。深厚同情之筆寫「輕薄楊花逐水流」這陳舊題目，卻翻起一番波瀾，另具深意。人皆惜花，誰惜柳絮？柳絮非花，無人珍惜。和詞本就困難，張炎《詞源》云：「詞不宜強和人韻，若倡者之曲韻寬平，庶可賡歌。倘韻險又為人所先，則必牽強賡和，句意安能融貫？徒費苦思，未見有全章妥溜者。」[20]和韻被原作者占了機先，作來綁手綁腳。張炎《詞源》又云：「東坡次章質夫〈陽花・水龍吟韻〉，機鋒相摩，起句

---

20 〔宋〕張炎：《詞源》，收入《續修四庫全書》冊1733，頁71。

便合讓東坡出一頭地。」[21]東坡將楊花的思、思婦的愁及詞人心中情
三者全熔一爐，反用中唐韓愈〈晚春〉[22]詩意。章質夫原詞[23]全部承
襲韓愈原意，東坡詞卻以含蓄之姿，撩撥通感修辭神髓。第三句「拋
家」由首句視覺描寫移覺，轉為情思。「無情有思」從杜甫〈白絲
行〉：「落絮游絲亦有情」（《全唐詩》第四冊，卷二一六，頁 2256）
化出，由神似過渡到轉化擬人，通篇詠物，而不滯於物，一觸即覺，
借喻鋪展楊花形影神之美。「縈損」三句以轉化擬人成句；上片寫楊
花形貌神態，過片另起爐灶，思路更放，縱筆直抒傷春之情又不脫楊
花。張炎謂其「後片愈出愈奇，真是壓倒今古。」[24]在「此花飛盡」
之前，加上「不恨」，說「落紅難綴」抒發惜春深情，說楊花隨一場
曉雨流入池沼，化作浮萍。前面「拋家傍路」墜於「塵土」；此處付
於「流水」。由眼前流水聯想到思婦淚水；又由思婦點點淚珠，映帶
出空中紛紛楊花。誠所謂：虛中有實，實中見虛，虛實相間，情景交
融。用「春色三分」歸結，指楊花的同時連帶「落紅」，突出惜春、
傷春主題。名為傷春，實即自傷，最後歸結為離別。與上片完全一
致，妙在抓住「點點」這一特徵。將楊花比做眼淚，引起董解元《西
廂記》：「君不見滿川紅葉，盡是離人眼中血。」[25]的發展。「曉來」以
下，文筆空靈，一氣貫串，即花即淚，即物即情，不即不離。楊花同

---

21 張炎：《詞源》，頁71。
22 韓愈〈晚春〉詩：「草樹知春不久歸，百般紅紫鬥芳菲。楊花榆莢無才思，惟解漫
　天作雪飛。」《全唐詩》第五冊，卷三四三，頁3850。
23 章質夫原作：「燕忙鶯懶花殘，正堤上柳花飄墜。輕飛點畫青林，誰道全無才思。
　閒趁游絲，靜臨深院，日長門閉。傍珠簾散漫，垂垂欲下，依前被風扶起。蘭帳玉
　人睡覺，怪春衣、雪霑瓊綴。繡牀旋滿，香毬無數，才圓卻碎。時見蜂兒，仰粘輕
　粉，魚吹池水。望章臺路杳，金鞍遊蕩，有盈盈淚。」《全宋詞》，頁214。
24 張炎：《詞源》，頁71。
25 〔元〕董解元：《西廂記董王合刊本》卷六（臺北市：里仁書局，1981年），頁126。

春光一樣，三分之二委身塵土；三分之一隨水漂零，細看點點楊花，均離人眼淚。用數詞三二一遞減虛寫，逆層遞操作，增加曲折，情感含蓄，表現通感靈動美。從女子視野寫楊花結局，結尾畫龍點睛。全詞構思巧妙，含蓄婉轉，語言樸素自然，無矯揉造作之態。像信手拈來，無需思考，更無雕鑿痕跡。駕馭文字，出神入化，彷彿從物的角度寫作，柳絮離開樹幹，像遊子無情，拋開閨中美女。柳絮掉落枝頭，依然依傍路邊，欲留不留，徘徊不去。看似無情，心中無窮掙扎，頗有情思，虛寫楊花，實寫人物。表像寫美人思念遊子，實寫自己漂泊無依。「縈損」到「鶯呼起」將楊花喻為棄婦這有情女子，人花雙寫。風吹柳葉、柳條，像愛睡不已的閨中美女思念遊子，輾轉反側，睡不著覺。柔腸寸斷，又拚命眨眼睛，是晚唐裴說（？-908）〈柳〉的翻案文章[26]。好不容易進入夢中，隨風萬里尋郎，又被鶯啼驚破好夢，難以再圓。回到內在情思，似是而非，體會無限，一氣呵成，合寫人花，託物擬人。借楊花寫離恨，含蓄蘊藉。意在言外，餘味無窮，櫽括金昌緒〈春怨〉[27]詩來，一語四關。連續用四個詩人[28]詩篇意思，奪胎換骨之功，人誰能比。借楊花「也無人惜從教墜」抒發貶謫黃州的漂泊之感。寫楊花飛舞，牽人相思，隨風萬里，實寫楊花飄泊天性。虛擬美人之貌，楊花細柔、嬌態、飄飛韻致。無所不出，不離物性。沒正面描述楊花，虛寫入筆，更有一番境界。不只賦物，充分表達作者的欲言又止。詠楊花的詠物詞到東坡實達歷代無人可比的巔峰。詠物之作首重人品與詞品合一，筆法層層出奇，藝術成

---

26 唐哀帝天祐三年（906）丙寅科狀元裴說〈柳〉詩：「高拂危樓低拂塵，灞橋攀折一何頻。思量卻是無情樹，不解迎人只送人。」收入《全唐詩》第十一冊，卷七二〇，頁8269。

27 〔唐〕金昌緒〈春怨〉：「打起黃鶯兒，莫教枝上啼。啼時驚妾夢，不得到遼西。」側寫結局，後寫原因，收入《全唐詩》第十一冊，卷七六八，頁8724。

28 韓愈、杜甫、裴說、金昌緒四位。

就壓卷，方能與詞人丘壑成於胸中。既窈發之於筆墨的精神涵養呼應，將視、聽、觸……等通感全數表現。將全詞充分情感化、細節化、人格化、動作化，還充分表達正向自我內言，是以此詞千古傳唱不絕。清朝沈謙（1620-1670）《填詞雜說》說它：「幽怨纏綿，直是言情，非復賦物！」[29]王國維《人間詞話》亦云：「東坡〈水龍吟〉詠楊花，和均而似原唱；章質夫詞原唱而似和均，才之不可強也如是！」[30]他表明章質夫才華不及東坡。王氏又云：「詠物之詞自以東坡〈水龍吟〉為最工。」[31]這闋詠物長調，明顯是受張先、柳永影響，顯現東坡詞中韶秀婉約面向，極盡委婉有致，幽怨纏綿，卻非俗豔。歷來詞論家多半肯定此詞詠物功力最佳，真正做到借物以寓性情，讚譽不絕，名聲超過章的原作，成為詠物詞史壓倒古今的壓卷之作，也是東坡婉約詞經典名作。一般詠物詞均運用轉化擬人、象徵手法塑造形象、寄託感情；東坡還加上譬喻、誇飾，四種手法，交錯運用，完成楊花與思婦形象塑造。吳梅（1884-1939）《詞學通論》有云：「余謂公（東坡）詞豪放縝密，兩擅其長，世人第就豪放處論，遂有鐵板銅琶之誚；不知公婉約處何讓溫（庭筠）韋（莊）。」[32]東坡婉約之詞確實屬於工筆重彩之作，真的不輸溫韋，實為的論。

〈賀新郎〉（《箋》，頁286）藉美人、榴花寄託政治失意之感，非常婉約曲折而不直白，也是東坡詠物詞傑作：

乳燕飛華屋，悄無人、桐陰轉午，晚涼新浴。手弄生綃白團扇，扇手一時似玉。漸困倚孤眠清熟。簾外誰來推繡戶，枉教

---

29 〔清〕沈謙：《填詞雜說》，收入唐圭璋編：《詞話叢編》，頁632。

30 王國維：《人間詞話》，收入《續修四庫全書》冊1735，頁317。

31 王國維：《人間詞話》，頁317。

32 吳梅：《詞學通論》（臺北市：臺灣商務印書館，1988年），頁94。

人、夢斷瑤臺曲，又卻是，風敲竹。○石榴半吐紅巾蹙，待浮
花、浪蕊都盡，伴君幽獨。穠豔一枝細看取，芳心千重似束。
又恐被、秋風驚綠。若待得君來向此，花前對、酒不忍觸，共
粉淚，兩簌簌。

寫美女幽獨寂寞的心情，不是在強調美人的綺豔之態，著重渲染她孤
高芳潔。上片直為動態寫實〈新浴美人圖〉；下片則為〈榴花美人
圖〉。畫中美人是東漢班婕妤，開頭安排頗具巧思，乳燕引路，將讀
者帶至一座華屋。再引出此屋主人翁──新浴罷，手弄白團扇美人，
扇子和手都潔白如玉，描寫手之美襯顯人之美。美人百無聊賴，藉著
把玩白團扇排遣孤寂，先分寫人和物。上片寫靜謐的夏日午後，高風
絕塵、如花似玉又孤獨寂寞的美人。沐浴後趁涼入睡，被風敲竹聲驚
醒；下片寫伊人觀賞石榴花，榴花不屑與浮花浪蕊爭豔，寧願在眾花
落盡之後，伴君幽獨，對花落淚，惜花憐人，相思斷腸，花人雙寫，
兩相串連。繾綣情絲，幽緲意境，描寫細緻，形象生動，頗能傳神。
即花即人，即人即花，似有若無，從花之凋零感歎青春韶華易逝，以
石榴花取象，象徵個人高潔品格，古典詩詞團扇用班婕妤典故，有
「美人失寵、懷才見棄」等象徵意義，後來詩詞裡出現的團扇往往具
有作者個人興感。東坡藉美人、榴花寄託個人仕途的失落與苦悶，寫
出文人普遍懷才不遇情懷，包含豐富的正向自我內言。

　　此詞不純粹抒情敘事，也不單純詠物，不但表現女子孤獨、抑鬱
的幽獨情懷，也是表達讀書人共同的幽獨心聲。藉榴花意象抒寫不與
浮花浪蕊爭雄，不與群小浮沉競尚的高尚人格與情操。榴花形象高
潔，襯托美人品潔，美人不是別人，其實正是東坡自己寫照。藉班婕
妤團扇為喻，寄託自己仕途失落與苦悶，即使懷才見捐，依舊清高無
比。閨中人對花落淚，惜花傷春主旨得到充分藝術表現，韻味無窮，

言近意遠。氣之清俊，境之高華，非俗輩所能及。實為東坡所填抒寫閨怨、襟抱雙調詞的最佳寫照。其他如〈洞仙歌・冰肌玉骨〉、〈南鄉子・冰雪透香肌〉等詞也都是在描寫這樣冰清玉潔、一塵不染的美女，也都是一幅幅精彩寫實工筆重彩的標準〈美人圖〉，異於浮花浪蕊，其實是間接表現東坡的沖淡曠達襟懷。

# 六　結論

「傲視苦難」是東坡人格精神最耀眼的亮點，凡事都正向思考，這種精神使他不斷推出逆境創作高峰。晚明時期，東坡詩文詞集子一再重刊刻印，作品的內涵不斷被發掘，成為數百年文壇公認的巨人典範。時間正像長江水，淘盡所有風流人物，改變一切。九百年後，柳詞不再像當年那麼風靡，有井水處未必歌柳詞。反倒是中國文藝界的明星，中國文壇怪傑──當年備受批評的東坡詞，卻如醇酒，越陳越香。前文所述東坡詞「詞中有畫」現象，不只是豪放之作有之，清雄之作有之，婉約之作有之，且各有不同特色：豪放詞畫大斧劈，清雄詞畫小青綠，婉約詞畫極工筆，成了他的詞中令人不可忽視的所在。九百年後，品賞東坡詞中各種傑出畫境，成為讀者們心情低宕時的最佳享受。東坡詞極天下之工，作品不只實錄反映生活的自然主義而已，篇篇都有強烈主觀情感色彩，其詞作多數將客觀景物與主觀意緒交相融合，創造而成藝術精品，其人格最耀眼亮點就是正向思考、傲視苦難，詞中自有無限乾坤，無窮畫境，品賞其詞，極易發現這些特點。

# 參考文獻

## 一　作者或編者

〔宋〕歐陽修　《六一詩話》　《景印文淵閣四庫全書》　冊 1478　臺北市　臺灣商務印書館　1983 年

〔宋〕蘇軾　龍榆生校箋　《東坡樂府箋》　臺北市　華正書局　1990 年

〔宋〕蘇軾　段書偉、李之亮、毛德富主編　《蘇東坡全集》　北京市　北京燕山出版社　1997 年

〔宋〕鄧椿　《畫繼》　《景印文淵閣四庫全書》　冊 813

〔宋〕張炎　《詞源》　《續修四庫全書》　冊 1733　上海市　上海古籍出版社　1995 年

〔清〕沈謙　《填詞雜說》　收在唐圭璋編　《詞話叢編》　臺北市　廣文書局　1967 年

〔清〕吳衡照　《蓮子居詞話》　唐圭璋編　《詞話叢編》　冊 7

〔清〕陳廷焯　《白雨齋詞話》　《續修四庫全書》　冊 1735

〔清〕戴熙　《習苦齋畫絮》　《續修四庫全書》　冊 1084

〔清〕戴熙　《賜硯齋題畫偶錄》　《叢書集成三編》　冊 31　臺北市　新文豐出版公司　1999 年

唐圭璋　《唐宋詞簡釋》　臺北市　鼎文書局　2001 年

王國維　《人間詞話》　《續修四庫全書》　冊 1735

吳　梅　《詞學通論》　臺北市　臺灣商務印書館　1988 年

## 二 近人著作

李成文 〈詞境與畫境──蘇軾的「詞中有畫」〉 《棗莊學院學報》 2015 年 6 期

李玲瓏 〈詞中有畫，情理融化──品蘇軾《水調歌頭・黃州快哉亭贈張偓佺》 《名作欣賞》 2013 年 11 期

袁行霈 《中國詩歌藝術研究》 臺北市 五南圖書出版公司 1999 年

葉嘉瑩 《迦陵說詞講稿》 臺北市 桂冠圖書公司 2000 年

蘇心一 《文人畫今昔──從許海欽談起》 臺北市 文史哲出版社 2010 年

# 李白遊仙詩仙境寓意及時空結構

黃麗容

淡水真理大學語文學科副教授

## 摘要

　　李白（701-762）詩篇一共一〇五一首，其詩篇時常表露超凡脫俗，神遊八方的浪漫奇想，或忽遠忽近天地寬闊，可任意遨遊之視覺空間變遷，或連續移動、快速轉瞬不止的時間感知，這些奇特時間空間描述的詩篇作品數量豐沛，無人能及，突破了仙凡距離，也拉近古今時間，極具研究價值。

　　太白作品摹寫其視覺感官對客觀物理空間的攝取與模塑，詩篇以奇特時空景象摹寫，呈現一己所見所感，並藉此興發真實情思，故由此得解析太白詩歌深層寓意和仙界仙境、虛實幻遊的時空結構表徵。

　　杜甫〈春日憶李白〉云：「白也詩無敵，飄然思不群。清新庾開府，俊逸鮑參軍。」譽太白詩風見仙氣，獨特的飄逸仙質是超群拔俗，李白詩作在仙界、超塵夢境等摹寫部分，是獨步詩壇，深值細究。

　　本文由李白遊仙詩仙境之時空景象，討論其仙界仙境之寄寓與時空結構特色。

**關鍵詞：李白、遊仙詩、仙境、四度時空**

# 一　前言

　　李白（701-762）一生漫遊各地，在開元十一年（726）出蜀，開始沿三峽而下漂流安陸，又遊歷南北，見聞閱歷豐富，在〈贈張相鎬二首之二〉云：「十五觀奇書，作賦凌相如。」自幼涉獵天地宇宙間各式書籍，能寫賦鋪陳事務，博讀者驚嘆。這些學養歷練養成太白「飄然思不群」的思維，使李白作品產生獨特超塵的寫作風格，其中，在李白一〇五一首詩篇，遊仙詩夢境摹寫尤為突出。李白時取動態、高空景象，摹寫仙界，表徵一己求仙之志，亦或運用非現實夢境時空，把現實的內心願望與失落，賦予美感距離空間，這類描摹仙人仙界、夢境，寄寓了現實情思和一己想像幻遊，此一特殊寫法，深具探討價值，故本文以李白遊仙詩夢境篇章二十六首為研究範圍。

　　遊仙詩定義，指詩歌內容描述生命不死且涉及超越、穿越時間空間者，即稱遊仙詩。本文仙境，有可能由作夢、醉酒或想像等方式產生。仙境範圍包括詩作內容描摹仙境；以夢入題；詩題和內容沒有夢字，但具有夜眠、臥、眼睛看不清楚、靈魂出遊、作夢狀態的魂遊、精神恍忽、醉醒、明晨醒後、清醒後失去幻景等意涵，皆屬此類。

　　李白詩篇共有一〇五一首，明代王世貞〈藝苑巵言〉云：「太白樂府，杳冥惝恍，縱橫變幻，極才人之至。」顯見太白作品抒發豪放熱情，具有壯闊不受拘限夢想的情思，故此以李白遊仙詩夢境時空寓意與結構特色，為分析主軸。

　　本文首取李白遊仙詩仙境內涵為研究方向，探討其中主題寓意。其次，分析遊仙詩仙境篇章之時間空間結構安排，透過詩篇時空結構特色，了解詩篇中仙界仙境欲傳達的意旨與情思。

　　李白遊仙詩仙境篇章，表露一己理想和所思所感，茲依其一生一
〇五一首作品中遊仙詩仙境篇章，收集檢閱，並製作篇數摘句統計
表，統籌分析，表格安置在文末。

## 二　李白遊仙詩道教思想

　　李白自號青蓮居士，又號酒仙翁。五歲時跟隨父親遷居四川綿州
昌明縣青蓮鄉。青少年時期，李白在蜀中受到廣博又多元的教育，也
在〈贈張相鎬二首之二〉云：「世傳崆峒勇，氣激金風壯。英烈遺厥
孫，百代神猶王。十五觀奇書，作賦凌相如。」蜀地自由閱讀的成長
經驗，再加上昌明縣紫雲山是道教勝地，這對李白有相當程度的影響。

　　李白自幼博觀群籍，在〈上安州裴長史書〉云：「五歲誦六甲，
十歲觀百家。軒轅以來，頗得聞矣。」及長南北漫遊，曾經到青城
山、峨嵋山探訪，青城山是道教十大洞天之一，峨嵋山是三十六小洞
天之一。[1]。李白在蜀地遊歷，讚譽「蜀國多仙山，峨嵋邈難匹」，
〈登峨嵋山〉云：「儻逢騎羊子，攜手凌白日」表達欲乘仙界使者
羊，飛昇天界，求仙成仙。李白遊仙詩夢境的中心思想，可說是受到
道教信仰影響，主要析分以下兩點：一、為感傷生命有限，追求長
生。二、是成仙得道，才是真正自由自在。李白在古風〈其二十八〉
云：「容顏若飛電，時景如飄風。草綠霜已白，日西月復東。華鬢不
耐秋，颯然成衰蓬。古來聖賢人，一一誰成功？君子變猿鶴，小人為
沙蟲。不及廣成子，乘雲駕輕鴻。」表露生命年華消逝，神仙才可乘
雲駕鴻，生命不死，如先人廣成子有一千兩百歲，形貌依舊未改。這

---

1　參見〔宋〕張君房：《雲笈七籤》卷二十七引司馬承禎《天地宮府圖》，收入《道
　　藏》太玄部。

份對道教熱情，使李白在四處遊歷時，與道士元丹丘等人結為知己，在〈潁陽別元丹丘之淮陽〉：「悠悠市朝間，玉顏日緇磷。所失重山岳，所得輕埃塵。精魄漸蕪穢，衰老相憑因。我有錦囊訣，可以持君身。當餐黃金藥，去為紫陽賓。」顯見亦深受道士紫陽真人影響。李白在思想、生活，皆感染道風，創作上也貼近了道教，作品常出現道教用語、飲食等，例如：黃金、丹鉛、煉丹、鍊氣、餐紫霞、內丹等等用詞，這顯示沉浸在道教中的李白，感受到道教仙境的自由自在，不受凡俗束縛，也只有在神仙道教的自由時空，太白真正可以縱放奇與變的思維力，與將有限生命轉換融入無窮無盡形而上的理想境地，這也正是所有知識分子追求的心靈桃花源。

道教將老莊思想作為其哲理核心，「道」是天地萬物之母，在《常清靜經》云：「大道無形，生育天地，大道無情，運行日月；大道無名，長養萬物。」道教思想是將宇宙天地視為一大風箱，其中充滿了渾沌的氣，這氣是不斷地運動的實體，這也成了創構萬物起源。因為不停變動、重生，道教主張人的理想境界是得道成仙、長生不死，李白深受道教思想影響，在遊仙詩詩篇中提到希望得道成仙，長生不老，達到可神遊八方，永遠自由自在的理想境地。深受現實世俗禮教的束縛，李白希望擺脫這些塵俗的規範，與自然合而為一，與萬物同遊，如同大鵬鳥般，自由馳騁在無窮無邊的神仙世界，這一願望時常透顯在李白遊仙詩中。

李白摹寫與道教有關的詩，或飲酒、求道、求仙、位列仙班、與仙人同遊，例如：〈夢遊天姥吟留別〉、〈送蔡山人〉、〈流夜郎半道承恩放還兼欣克復之美書懷示息秀才〉等，李白一生志願是建功立業，畢生努力，仍壯志未酬，李白在現實與飲酒、仙夢中恍惚來回，只有在仙境中漫遊逐夢，李白才得以傾吐出一生宏願，與展露一代浪漫詩人奇幻與變化懷想的光彩。

## 三 李白遊仙詩仙境與寄寓

　　李白一生深受道教影響，自童年就在道教發源地巴蜀居遊，在年少時，他就時常拜訪道士，曾在江陵與道士司馬承禎見面，李白〈大鵬賦〉曾提及欲與道士神遊八極，李白與道士元丹丘等人結識，並同訪道士紫陽真人，在嵩山隱居、學道、求仙。在遭仕途打擊時，李白透過尋仙求仙過程與仙境，寄託現實懷才不遇的苦惱。李白遨遊仙境的詩篇中，部分詩篇直接摹寫神仙幻境，或藉以傳達理想；或表現宗教情思，或抒發人生觀。某些詩篇採夢境方式，寄託現實不滿情懷、欲一展長才的欲望、觀察仙境的神仙、與神仙互動往來等等詠嘆，這類遊仙詩夢境正道出太白內心認同和請願，也象喻李白美好絕俗的理想樂園。

　　綜合分析李白遊仙仙境詩篇[2]，可以看出李白在幻景意象的夢世界，試著塑造新的視覺角度，創造不同凡俗宇宙秩序，增加仙仙、仙凡溫暖接觸，創拓無限化的時空視界，摹寫新而獨特的移動方式等等，突顯太白內心追尋著更高層次的美麗生命樂園，這使其詩篇產生新的兩個內在情思力量：一、為飄泊的文人魂遊，找到精神與心靈安頓處，二、拓展懷才不遇者新的生命面向和契機。

　　從二十六首遊仙仙境的情形，太白傳達數類意涵：（一）學仙求仙之過程。（二）神仙事略與情誼。（三）動態的神仙境地。

### （一）學仙求仙之過程

　　李白常在遊仙詩仙境描摹對蓬萊仙界的嚮往，希望追隨仙人，成

---

2　參見本文表一：李白遊仙詩夢境篇數摘句統計表。在李白一〇五一首作品中，遊仙詩夢境詩篇數量共有二十六篇。

為仙界一份子。一生漫遊南北山林的太白，具有鍊丹藥、修道經驗，故詩篇常表露仙道意涵，時於敘述中寄託己意，或在摹寫中表現己思，這成為李白遊仙仙境作品表達形式。李白在詩篇中描摹成仙的方法，例如：向仙人學習；請求神仙指示教導等等，皆提出一己觀察想法。例如〈遊太山六首之二〉、〈遊太山六首之三〉、〈遊太山六首之四〉、〈贈僧崖公〉、〈古風五十九首之四十一〉、〈登高丘而望遠海〉等，皆摹寫由凡入仙的經歷，向仙人提出求仙的願望、學仙的鍊丹長生之術、期望仙人賜玉漿，使求仙景況如實呈現，藉此仙人仙境摹寫，虛擬出由凡入仙的過程和方法。

此舉李白〈遊太山六首之四〉為例：

> 清齋三千日，裂素寫道經。吟誦有所得，眾神衛我形，
> 雲行信長風，颯若羽翼生。攀崖上日觀；伏檻窺東溟。
> 海色動遠山，天雞已先鳴。銀臺出倒景，白浪翻長鯨。
> 安得不死藥，高飛向蓬瀛？

「清齋」指不飲酒，不茹葷。道家以斷飲食為清齋[3]。道家學仙修道法則，首在口腹慾減和戒，其次是抄寫道經、吟誦道經。心有所收穫，神仙將護凡夫身軀，使凡人可以穿越、超越時空，不受塵世束縛，身輕飛天如有羽翼，可以上下高峰東海，成仙人後，時空無窮無盡，日升日落有如白馬過隙，只在轉瞬間。第三則為取得不死藥，凡人生命可永存，身輕升天，列位仙班。

〈遊太山六首之五〉透露由鍊白玉膏，鍊白玉液，吸飲後，亦可

---

3　參見詹鍈主編：《李白全集校注彙釋集評》（天津市：百花文藝出版社，1996年）冊5，卷17，頁2802。

超越時空，飄飛上天，成為仙人：

> 日觀東北傾，兩崖夾雙石。海水落眼前，天光遙空碧。
> 千峯爭攢聚，萬壑絕凌歷。緬彼鶴上仙，去無雲中跡。
> 長鬆入霄漢，遠望不盈尺。山花異人間，五月雪中白。
> 終當遇安期，於此煉玉液。

「玉液」指丹藥，詹鍈《李白全集校注彙釋集評》云：「『道人讀丹經，方士煉玉液。』」又云：「少室山其上有白玉膏，一吸即仙矣。」張銑注：「玉液，玉膏也。」[4]在〈提嵩山逸人元丹丘山居〉中，李白表達人生志向和目標：「提攜訪神仙，從此煉金藥。」在〈來日大難〉，太白直陳由仙人授藥，吸食後，可以生命永存、長生：「仙人相存，誘我遠學，海淩三山，陸憩五嶽。乘龍天飛，目瞻兩角。授以神藥，金丹滿握……蟬翼九五，以求長生。」藉著遊仙、仙界的穿越時空、自由自在來去三山五嶽，滿足太白在現實中仕途發展受局限的苦悶，也撫慰其不受重用的失落。仙人邀太白學仙，受神藥，正表現太白希望現實中貴人援引拔擢心願。或許遊仙詩以仙境中學仙求仙，煉丹、抄讀道經，顯現太白勇於努力嘗試，夢想在超凡脫俗的仙境，他才能展露無止盡的新、變、奇的思維能力。

## （二）神仙事略與情誼

李白遊仙詩仙境，出現仙人，常表達在現實中他希望獲得援引、拔擢的願望，或者漫遊仙境的嚮往。因受道教的影響，太白對於神仙

---

4　見詹鍈主編：《李白全集校注彙釋集評》冊5，卷17，頁2804-2805。

有著豐富的鋪敘，超過一半以上的詩篇，均描摹或提及神仙，而且神仙形象眾多，有男性神仙、女性神仙。在太白心中，不論男性神仙或女性神仙，都有著無窮法力，能超越時間空間，且生命永存，性格多元。

綜觀太白遊仙詩仙境中出現神仙篇章及情形，可以略述如下：上皇、玉女、玉皇大帝、麻姑仙子、王子喬、王母、玉真仙子、安旗等等。詩篇例如：〈古風五十九首之十九〉、〈古風五十九首之四十一〉、〈登高丘而望遠海〉、〈贈嵩山焦鍊師并序〉、〈贈別舍人弟臺卿之江南〉、〈夢遊天姥吟留別〉、〈贈別王山人歸布山〉、〈酬王補闕惠翼莊廟宋丞泚贈別〉、〈醉後答丁十八以詩譏予捶碎黃鶴樓〉、〈遊太山六首〉等等。分析詩篇仙境仙人，如下：

## 1 上皇

李白在詩篇描寫上皇形象是具仁慈關懷性格，拔擢凡人的行止。詹鍈《李白全集校注彙釋集評》云：「上皇，上帝也。」上皇即上帝天神。道教稱天帝為玉皇大帝，簡稱玉帝、玉皇[5]。

> 雲臥遊八極，玉顏已千霜。飄飄入無倪，稽首祈上皇。
> 呼我遊太素，玉杯賜瓊漿。一湌歷萬歲，何用還故鄉？
> 永隨長風去，天外恣飄揚。（〈古風五十九首之四十一〉）

李白夢中的上皇，拔擢凡人，使其可由凡入仙境，賜予仙人飲料，一

---

5　參見詹鍈主編：《李白全集校注彙釋集評》冊2，卷1，頁198-199。其又引《楚辭》卷十六劉向〈九歌怨思〉：「情慨慨而長懷今，信上皇而質正。」另見陶弘景：《登真隱訣》，冊4，卷10，頁1734-1735。言道教稱天帝曰玉皇大帝，簡稱玉帝、玉皇。

飲成仙，生命永存，可飛升天際，遊歷八極，超越時空。

再舉詩篇，如下：

> 去國客行遠，還山秋夢長。梧桐落金井，一葉飛銀牀。
> 覺罷攬明鏡，鬢毛颯已霜。良圖委蔓草，古貌成枯桑。
> 欲道心下事，時人疑夜光。因為洞庭葉，飄落之瀟湘。
> 令弟經濟士，謫居我何傷？潛虬隱尺水，著論談興亡。
> 客遇王子喬，口傳不死方。入洞過天地，登真朝玉皇。
> 吾將撫爾背，揮手遂翱翔。（〈贈別舍人弟臺卿之江南〉）

李白以道教的仙境紀錄來描摹，舉凡仙人賜不死藥，獲生命永存之神方，亦可穿越天地凡俗限制，飛升仙人居處的境地，進入十大洞天，朝見上皇，參與觀覽玉皇統領群仙的情形[6]。上皇是群仙的領導者。

## 2 麻姑仙

太白筆下的麻姑仙子形象是具高深神力道行，低調行止，隨時來去上下九天八極。麻姑仙子行蹤高邈，其飲食亦不同凡俗，吃花蕊、讀仙人典籍。據《太平廣記》六十引《神仙傳》：「麻姑至，蔡經亦舉家見之，是好女子，年十八九許，於頂中作髻，餘髮垂至腰。其衣有文章，而非錦綺，光彩耀目，不可名狀。入拜方平。方平為之起座，坐定，召進行廚，皆金盤玉杯，餚饍多是諸花果，而香氣達於內外。……麻姑自說云：『皆侍以來，已見東海三為桑田。向到蓬萊，

---

6　據《雲笈七籤》卷二十七，言《十大洞天》：「十大洞天者，處大地名山之間，是上天遣群仙統治之所。」另見《事林廣記》前集六《仙境》亦言及此。見詹鍈：《李白全集校注彙釋集評》，卷十，頁1734。本詩見瞿蛻園校注：〈贈別舍人弟臺卿之江南〉，《李白集校注》（臺北市：里仁書局，1980年3月），冊1，卷12，頁771。

水又淺於往者會時略半也，豈將復還為陵陸乎？』」[7]

李白在詩篇描寫一位德高思精的道士，人稱焦煉師，其人行止、飲食皆近似仙界仙人麻姑仙子形象，詩篇如下：

> 二室凌青天，三花含紫煙。中有蓬海客，宛疑麻姑仙。
> 道在喧莫染，跡高想已綿。時餐金鵝藥，屢讀青苔篇。
> 八極恣遊憩，九垓長周旋。下瓢酌穎水，舞鶴來伊川。
> 還歸空山上，獨拂秋霞眠。蘿月掛朝鏡，松風鳴夜弦。
> 潛光隱嵩嶽，煉魄棲雲幄。霓裳何飄颻，鳳吹轉綿邈。
> 願同西王母，下顧東方朔。紫書儻可傳，冥骨誓相學。
> （〈贈嵩山焦煉師并序〉）

詩篇中摹寫各式仙女特質行止，例如：飛昇法力，突破時間空間限制，存在與穿越於無盡時空中，吃金鵝仙藥、讀青苔仙籍、聽仙境仙樂，這皆表徵李白內心關注的仙人形象、也反映渴望成仙的情懷。

## 3 王子喬

李白詩篇仙境的仙人王子喬，具有關懷凡人、仁慈、拔擢凡人入仙的特質，這也傳達李白期望現實中貴人援引之意涵。王子喬，列名在《列仙傳》中，據《水經注》卷二十三〈汳水〉：「《仙人王子喬碑》曰：王子喬者，蓋上世之真人，聞其仙不知興何代也。博問道家，或言穎川，或言產蒙。」說明仙人王子喬早為眾人所知所載，經歷多時，不可考其來由。另見《太平廣記》卷四云：「王子喬者，周靈王太子也。好吹笙作鳳凰鳴，遊伊洛之間。道士浮丘公，接以上嵩

---

7 　見詹鍈主編：《李白全集校注彙釋集評》冊3，卷9，頁1443。

山。……後立祠於緱氏及嵩山。出《列仙傳》。」[8]說明仙人王子喬喜好音樂，會吹笙，來去上下且雲遊於天地四方。李白透著仙人王子喬歷史來由、王子喬仙人喜好行止，細膩地鋪陳出王子喬和藹溫暖性格神態，使王子喬仙人形象躍然紙上，在李白詩篇仙境中，王子喬曾在太白被罪謫居，生命飄零不定時，傳予成仙的藥方，詩篇如下：

> 去國客行遠，還山秋夢長。梧桐落金井，一葉飛銀牀。
> 覺罷攬明鏡，鬢毛颯已霜。良圖委蔓草，古貌成枯桑。
> 欲道心下事，時人疑夜光。因為洞庭葉，飄落之瀟湘。
> 令弟經濟士，謫居我何傷？潛虬隱尺水，著論談興亡。
> 客遇王子喬，口傳不死方。入洞過天地，登真朝玉皇。
> 吾將撫爾背，揮手遂翺翔。(〈贈別舍人弟臺卿之江南〉)

李白運用現實中自己命運多舛、忽遇仙人王子喬賜仙藥援引，襯托出王子喬關懷凡人，拔擢凡人成仙的仁愛形象。

## （三）動態的神仙境地

太白摹寫神仙境界，常透過動態動相的事物，表現時間空間的游移變遷和無窮無限。這類寫法呈現幾個面向：一、反映李白長時間漫遊南北，豐富觀覽經驗。二、富含道教「神」，變化莫測、超凡脫俗的思想。三、安頓了李白現實中仕途處處受阻的徬徨心靈。因為在神仙境地裏，仙人可不受局限，自由上下來去，可以發揮無限神力。

李白遊仙詩仙境的神仙境地，均摹寫動態動相，表達其遊仙的人

---

8　見詹鍈主編：《李白全集校注彙釋集評》冊4，卷10，頁1733。

生夢想。此類詩篇，如下：〈古詩五十九首之十九〉、〈古詩五十九首
之四十一〉、〈贈嵩山焦鍊師並序〉、〈贈宣城宇文太守兼呈崔侍御〉、
〈醉後答丁十八以詩譏予捶碎黃鶴樓〉、〈遊太山六首〉、〈觀六丹丘坐
巫山屏風〉等等。試分析神仙境地，舉例如下：

## 1 凌空而行

　　太白遊仙詩仙境多採用飛、飄、上昇下降、周旋等動態動相，摹
寫自由無限、隨意跨越空間的境界，這託寓太白人生志向、喜好精神
自由超脫束縛、期待解除現實困境。例如：

> 西上蓮花山，迢迢見明星：素手把芙蓉，虛步躡太清。
> 霓裳曳廣帶，飄拂昇天行。邀我登雲臺，高揖衛叔卿。
> 恍恍與之去，駕鴻凌紫冥。俯視洛陽川，茫茫走胡兵。
> 流血塗野草，豺狼盡冠纓。(〈古風五十九首之十七〉)

「虛步」指凌空而行，[9]摹寫華山仙境玉女仙人，手持蓮花，在空中
漫遊移動，進一步地可飛騰於紫色天空之上。太白遊歷高山，熟悉道
教思想的神，在詩篇中，選擇了動態漫遊移動，表現太白的動覺。[10]
李白運用高空空中移步，託寓仙境的規則異於凡俗：是自由來去，隨
意且無所限制。另一詩篇亦提及仙境空中飛行：

---

9　參見詹鍈主編：《李白全集校註彙釋集評》（天津市：百花文藝出版社，1996年），
　　卷2，頁106。

10　據〔美〕魯道夫‧阿恩海姆（Rudolf Arnheim）之研究，作品的動態，可見出「觀
　　察者本身的動覺。」見〔美〕魯道夫‧阿恩海姆（Rudolf Arnheim）著，滕守堯、
　　朱疆源譯：《藝術與視知覺》（*Art and Visual Perception*）（成都市：四川人民出版
　　社，1998年），頁568。

> 去國客行遠，還山秋夢長。梧桐落金井，一葉飛銀牀。
> 覺罷攬明鏡，鬢毛颯已霜。良圖委蔓草，古貌成枯桑。
> 欲道心下事，時人疑夜光。因為洞庭葉，飄落之瀟湘。
> 令弟經濟士，謫居我何傷？潛虬隱尺水，著論談興亡。
> 客遇王子喬，口傳不死方。入洞過天地，登真朝玉皇。
> 吾將撫爾背，揮手遂翱翔。（〈贈別舍人弟臺卿之江南〉）

「揮手遂翱翔」描摹仙境中可以揮手告別，即刻翱翔天上，藉著動態景象，表達凡人羽化飛昇，可登仙界。[11]「翱翔」之「翱，翔也。」許慎《說文解字注》：「翔，回飛也。」[12]這形塑了仙境移動的感知，是飛舉身軀、浮在空中，來回凌空移行，表現飛行可持續，又具周期性質。[13]或許太白藉「翱翔」寄託欲離開塵俗，轉換新的人生方向。

## 2 遊歷八極九天

太白詩的仙境空間，是無窮寬闊的，常用八極、九天、無倪、九垓等無涯際景況，描摹真正無限大的世界。此託寓李白對仙人仙境熱烈情懷，渴望擺脫現實生活的無奈困境和委曲，迎向超凡新世界與新可能性。篇詩例子如下：

> 朝弄紫泥海，夕披丹霞裳。揮手折若木。拂此西日光。
> 雲臥遊八極，玉顏已千霜。飄飄入無倪，稽首祈上皇。

---

11 見詹鍈主編：《李白全集校注彙釋集評》冊4，卷10，頁1734。

12 參見〔漢〕許慎撰，〔清〕段玉裁注：《說文解字注》（臺北市：黎明文化事業公司，1993年），頁141。

13 參見李向農：《現代漢語時點時段研究》（武漢市：華中師範大學出版社，1997年），頁27-29。

呼我遊太素，玉杯賜瓊漿。一餐歷萬歲，何用還故鄉？
求隨長風去，天外姿飄揚。（〈古風五十九首之四十一〉）

「無倪」、「八極」、「九垓」等，皆指天地宇宙之極大狀。[14]李白詩句
「飄飄入無倪」描摹仙境輕飛遊移，進入無邊無際的太空，「雲臥遊
八極」表現任意飄舉移動，且可隨時停憩的無窮仙界遊歷法。另一詩
篇也描摹無邊仙界的隨興移憩遊歷方式：

八極姿遊憩，九垓長周旋。下瓢酌潁水，舞鶴來伊川。
還歸空山上，獨拂秋霞眠。蘿月挂朝鏡，松風鳴夜弦。
潛光隱嵩嶽，鍊魄棲雲幄。霓衣何飄飄，鳳吹轉綿邈。
願同西王母，下顧東方朔。紫書儻可傳，冥骨誓相學。
（〈贈嵩山焦鍊師并序〉）

詩篇中「八極」、「九垓」都是無邊際的空間景狀，李白取用「姿遊
憩」和「常周旋」，傳達輕飄、輕易、輕移的仙界遊歷模式，或許因
其現實困境的舉步維艱、自薦不成，寄寓內心渴慕轉變生命之方向。

## 四　李白遊仙詩仙境時空結構

李白遊仙詩仙境的時空，令人驚嘆，時超出常人視覺習慣與視點
安排，劉熙載《藝概》云：

海上三山，方以為近，忽又是遠。太白詩氣在口頭，想出天外，

---

14 參見詹鍈主編：《李白全集校注彙釋集評》冊3，卷9，頁1445。

殆亦如是。[15]

　　說明李白遊仙詩仙境的空間遠近等等距離，十分具有特色，反映
太白奇特、變幻的想像力和視覺空間感知，這也是遊仙仙境詩篇的空
間變化美感效益。童慶炳《中國古代心理學與美學》云：「心理世界
是物理世界的反映，無論如何，物理世界是人的心理活動展開的基
礎，……這種距離、錯位、傾斜正是他個性表現和心靈的瞬間創造，
這正是詩意之所在。」[16]以下則據李白遊仙詩仙境的時空結構，歸納
出幾點，如下：

## （一）由低至高空間結構

　　詩篇的空間安排，產生距離、遠近、高低等差異，常可帶來強
烈、矛盾和奇異不協調的心理感受。李白運用強烈高低距離之視覺感
受，表達其內心的情意或情緒。在詩篇中，作者運用物態與物態間之
極大的高度差距，形成視覺之對立、矛盾和驚訝的心理衝突快感。康
丁斯坦《藝術的精神性》：「……空間突出或凹入，往前或退縮，……
使之共鳴或相對立。」[17]這便可以形成有力、豐富強烈的視覺畫面。
宗白華《中國詩畫中所表現的空間意識》：「俯仰往還，遠近取與，是
中國哲人的觀照法，也是詩人的觀照法。而這觀照法表現在我們的詩
中畫中，構成我們詩畫中空間意識底特質。詩人對宇宙的俯仰觀照由
來已久，……詩人雖不必直用俯仰字樣，而他意境是俯仰自得，遊目

---

15　參見〔清〕劉熙載：《藝概》（臺北市：華正書局，1998年），頁58。

16　參見童慶炳：《中國古代心理學與美學》（臺北市：萬卷樓圖書公司，1994年），頁5。

17　見康丁斯基（Kandinsky）著，吳瑪俐譯：《藝術的精神性》（*Uber das Geistige in de
　　kunst*）（臺北市：藝術家出版社，1998年），頁77。

騁懷。」[18]就藝術形式理論言之，李白詩運用高維度與低維度的物象組合，正是形成了兩種極懸殊、高度差異大的物象組合並列，依據凌嵩郎、蓋瑞忠、許天治等著《藝術概論》研究，他們認為：「如果運用得法，不僅可以顯示其美，且因其突出的外表互相對照之下，能將其美點更加渲染或襯托出來。」[19]試舉詩篇例子，如下：

> 黃鶴高樓以搥碎，黃鶴仙人無所依。黃鶴上天訴玉帝，
> 卻放黃鶴江南歸。神明太守再雕飾，新圖粉壁還芳菲。
> 一州笑我為狂客，少年往往來相譏。君平簾下誰家子？
> 云是遼東丁令威。作詩調我驚逸興，白雲遠筆窗前飛。
> 待取明朝酒醒罷，與君瀾漫尋春暉。(〈醉後答丁十八以詩譏予
> 搥碎黃鶴樓〉)

「黃鶴高樓」、「黃鶴上天」表現仙人韋禕登樓憩駕，後因樓碎，仙人上天控告。由凡塵的高樓，至天庭上皇仙境，即使是凡間的困難，最後仍以上天訴玉帝為依歸。這一凡間高樓，一仙界玉帝殿堂，運由「上」字，突顯了詩篇由凡入仙，由低至高的空間結構。

再舉一詩篇為例：

> 平日登日觀，舉手開雲關。精神四飛揚，如出天地間。
> 黃河從西來，窈窕入遠山。憑崖覽八極，目盡常空閒。
> 偶然值青童，綠髮雙雲鬟。笑我學仙晚，蹉跎凋朱顏。
> 躊躇忽不見，浩蕩難追攀。(〈遊太山六首之三〉)

---

18 見宗白華：《美學的散步》(臺北市：洪範書店公司，2007年)，頁57。

19 見凌嵩郎、蓋瑞忠、許天治等著：《藝術概論》(臺北市：國立空中大學，1988年)，頁360。

「登日觀」、「開雲關」，表述詩人登上泰山頂東巖的日觀峯，幻想徒手觸碰雲霧，如開天界大門，「窈窕入遠山」、「憑崖覽八極」，呈現太白從西飛入遠山，並又可依憑高崖，縱目長空。此由一日觀峯，開天門，又至飛昇遠山、憑高崖，運用「登」字，表徵了詩人由下而上，由高山入天際，由低至高的空間結構。

除此之外，李白遊仙詩仙境〈鳴皋歌見奉餞從翁清歸五崖居〉、〈答高山人兼呈權顧二侯〉、〈夢遊天姥吟留別〉等等作品，均富含由低至高空間結構。

## （二）單一且動態的時間結構

文學作品表現出單一空間及其美感，是指詩篇中景象空間獨造，刻意留一空間，予以強化、突顯之，藉此呈現特殊空間意蘊或鋪墊詩意氛圍。[20]詩篇單取一形象描摹寫詩人情志，此類安排可見作家藉此景物形象興發之美感經驗；在中國傳統美學論述中，則指這獨特之形與空間景象託喻的「意象」、「意境」上。黃永武《中國詩學》，進一步論述單一獨特之空間景象所興發的審美心理反應：「詩人的空間也就像凝集起來一般，最後選擇一個空間的凝聚焦點，把精神集中在上面，給予特寫，使這個凝聚的焦點分外凸出。」[21]單一空間設計可使詩篇產生一凝聚焦點，強化詩人情感與理念，或對天地、人事、自我的思考，形塑出簡約而內蘊深厚的詩篇情意。

李白作品中擇取移動、變化的單一動態景象空間，在遊仙詩仙境，常傳達虛實交錯，真假互涉和仙凡交接的情意。這類寫法突顯出

---

20 參見黃永武：《中國詩學・設計篇》（臺北市：巨流圖書公司，1999年），頁60。
21 《中國詩學・設計篇》，頁58。

獨特的移形的美感效益。黃永武《中國詩學》云：在複雜的時空關係中，有些詩是字面上只寫空間，實質上由於空間的改換，時間即在其中進行[22]。詩篇空間改動變化，即是時間。另由物理學相對論論之，人們觀察此類物象瞬變之形態，再由文字描述下來，建立空間中的一模型，來看物象瞬變之聯繫。[23]相關環境中物態的動相與運動形態，瓦倫汀：《實驗審美心理學》：「優美的運動總是自由自在、毫不費力相聯繫的。」又說「從容而有規律的運動應該是令人愉快的。」指出動態與人的情感是密切相關的，並進一步地繫連各種動態的方向與心理美感之關聯。[24]試舉詩篇分析：

> 朝弄紫泥海，夕披丹霞裳。揮手折若木，推此西日光。
> 雲臥遊八極，玉顏已千霜。飄飄入無倪，稽首祈上皇。
> 呼我遊太皇，玉杯賜瓊漿。一餐歷萬歲，何用還故鄉。
> 永隨長風去，天外姿飛揚。（〈古風五十九首之四十一〉）

「雲臥遊八極」、「飄飄入無倪」、「天外姿飄揚」，藉「遊」、「入」、「外」等字眼，表徵仙界或天地間移動變化、出入、上下、內外縱橫時空景象，這也摹寫了李白內心希望縱遊四海八方，仙界凡塵任意漫遊，透顯內心不凡志向。

---

22 《中國詩學‧設計篇》，頁43。

23 見〔德〕原子物理學家韋納爾‧卡爾‧海森堡（Werner Karl Heisenberg, 1901-1976）著，周東川、石資民、黃銘欽合譯：《物理與哲學》（*Physics & Philosophy: The revolution in modern science*）（臺北市：協志工業叢書出版公司，1992年），頁78-80。另見愛因斯坦、英費爾德（Einstein, Albert 1879-1955）、（Infeld, Leopold, 1898-1968）著，郭沂譯：《物理學的進化》（*The Evolution of Physics*, 1938）（臺北市：水牛圖書出版事業公司，2004年），頁88。

24 見瓦倫汀著，潘智彪譯：《實驗審美心理學》（*The Experimental Psychology of Beauty*）（臺北市：商鼎文化出版社，1991年），頁92-93、102-104。

再舉詩篇分析；如下：

> 西上蓮花山，迢迢見明星。素手把芙蓉，虛步躡太清。
> 霓裳曳廣帶，飄拂昇天行。邀我登雲臺，高揖衛叔卿。
> 恍恍與之去，駕鴻凌紫冥。(〈古風五十九首之十九〉)

「昇天行」、「駕鴻凌紫冥」等，擇用「駕」、「昇」、「凌」等字眼，描寫了空中移動，變化的視覺空間景狀，反映了「上」仙界、乘雲或駕鴻之仙界使者，在仙境中的動態時空感知。太白運用移動、上升至高點，表現其奇特、新穎的視點，符合近世天文物理學相對論的時空理論，此正透顯李白奇絕創新的豐富想像力，和廣闊無邊的視野胸懷。

李白遊仙詩仙境篇章，如〈遊太山六首之三〉、〈遊太山六首之四〉、〈贈別舍人弟臺卿之江南〉等等詩篇，亦富有單一且動態的移形時空結構。

# 五　結論

胡應麟《詩藪》論李白詩的獨特性與變化無窮風格，云：

> 太白〈蜀道難〉、〈遠別離〉、〈天姥吟〉、〈堯祠歌〉等，無手無尾，變幻錯綜，窈冥昏默，非才力學之，立見顛跛。……太白擅奇古今，……蜀道難遠別離等篇出鬼入神，惝恍莫測。[25]

李白在詩篇奇幻、動態、速度、變化等寫作手法，富有開拓地位及新

---

25　參見瞿蛻園校注：《李白集校注》（臺北市：里仁書局，1981年）附錄五，頁1875。

穎特質。尤其多運用在遊仙詩仙境中。讀者可因太白視覺、觸覺等等意象摹寫，隨著李白遊仙詩仙境，飛昇下降、來去自如地漫遊虛幻世界。

李白遊仙詩仙境，富含豐富寄寓，呈現其在現實中願望、人生志向、真誠情性。因仙境皆虛擬幻境，太白採用大量奇幻、移動、動狀時空景象及結構佈局，把仙界仙境擬真，此見三點貢獻：一、塑造一可脫離塵俗，新的心靈桃花源。二、形塑仙人與凡人之間情誼，融入由凡入仙的方法，和仙人援引凡人，仙凡間的知遇知音。三、因不受現實局限，藉三度空間與四度時空景象，李白充分展現其奔騰起伏、超越凡塵、自由上下來去的浪漫奇特情思和理想境界。

## 參考文獻（古籍以時代排序，今人資料依姓氏排序，外文資料依名字字母排序）

〔漢〕許慎撰　〔清〕段玉裁注　《說文解字注》　臺北市　黎明文化事業公司　1993 年

〔宋〕張君房　《雲笈七籤》　《道藏》太玄部　卷二十七

〔清〕劉熙載　《藝概》　臺北市　華正書局　1988 年

李向農　《現代漢語時點時段研究》　武漢市　華中師範大學出版社　1997 年

宗白華　《美學的散步》　臺北市　洪範書店公司　2007 年

凌嵩郎、蓋瑞忠、許天治等著　《藝術概論》　臺北市　國立空中大學　1988 年

黃永武　《中國詩學・設計篇》　臺北市　巨流圖書公司　1999 年

童慶炳　《中國古代心理詩學與美學》　臺北市　萬卷樓圖書公司　1994 年

詹鍈主編　《李白全集校注彙釋集評》　天津市　百花文藝出版社　1996 年

瞿蛻園校注　《李白集校注》　臺北市　里仁書局　1981 年

愛因斯坦、英費爾德（Einstein, Albert 1879-1955）、（Infeld, Leopold, 1898-1968）著　郭沂譯　《物理學的進化》（*The Evolution of Physics*, 1938）　臺北市　水牛圖書出版事業公司　2004 年

康丁斯基（Kandinsky）著　吳瑪俐譯　《藝術的精神性》（*Uber das Geistige in de kunst*）　臺北市　藝術家出版社　1998 年

〔美〕魯道夫・阿恩海姆（Rudolf Arnheim）著　滕守堯、朱疆源譯
　　　《藝術與視知覺》（*Art and Visual Perception*）　成都市　四
　　　川人民出版社　1998 年
瓦倫汀著　潘智彪譯　《實驗審美心理學》（*The Experimental
　　　Psychology of Beauty*）　臺北市　商鼎文化出版社　1991 年
〔德〕原子物理學家韋納爾・卡爾・海森堡（Werner Karl Heisenberg,
　　　1901-1976）著　周東川、石資民、黃銘欽合譯　《物理與哲
　　　學》（*Physics & Philosophy: The revolution in modern science*）
　　　臺北市　協志工業叢書出版公司　1992 年

## 表一　李白遊仙詩仙境篇數摘要統計表

| 序號 | 卷數 | 詩歌體裁 | 詩題 | 詩歌摘句 |
|---|---|---|---|---|
| 1 | 卷二 | 古詩五十九首 | 其九 | 莊周夢胡蝶 |
| 2 | 卷二 | 古詩五十九首 | 其十九 | 恍恍與之去 |
| 3 | 卷二 | 古詩五十九首 | 其四十一 | 雲臥遊八極 |
| 4 | 卷四 | 樂府 | 登高丘而望遠海 | 銀臺金闕如夢中 |
| 5 | 卷七 | 古近體詩 | 鳴皋歌奉餞從翁清歸五崖山居 | 憶昨鳴皋夢裡還 |
| 6 | 卷九 | 古近體詩 | 贈嵩山焦鍊師并序 | 獨拂秋霞眠 |
| 7 | 卷十 | 古近體詩 | 贈僧崖公 | 中夜臥山月；恍惚入青冥 |
| 8 | 卷十二 | 古近體詩 | 贈別舍人弟臺卿之江南 | 還山秋夢長；覺罷攬明鏡。 |
| 9 | 卷十二 | 古近體詩 | 贈宣城宇文太守兼呈崔侍御 | 別夢繞旌旃 |
| 10 | 卷十三 | 古近體詩 | 聞丹丘子於城北山營石門幽居中有高鳳遺迹僕離群遠懷亦有棲遁之志因敘舊以贈之 | 夢魂雖飛來 |
| 11 | 卷十三 | 古近體詩 | 憶舊遊寄譙郡元參軍 | 君留洛北愁夢思；我醉橫眠枕其股 |
| 12 | 卷十五 | 古近體詩 | 夢遊天姥吟留別 | 我欲因之夢吳越 |
| 13 | 卷十五 | 古近體詩 | 贈別王山人歸布山 | 屢夢松上月 |
| 14 | 卷十六 | 古近體詩 | 送楊山人歸天台 | 昨夢先歸越 |
| 15 | 卷十九 | 古近體詩 | 酬王補闕惠翼莊廟宋丞泚贈別 | 軒蓋宛若夢 |

| 序號 | 卷數 | 詩歌體裁 | 詩題 | 詩歌摘句 |
|------|------|----------|------|----------|
| 16 | 卷十九 | 古近體詩 | 醉後答丁十八以詩磯予捶碎黃鶴樓 | 待取明朝酒醒後 |
| 17 | 卷十九 | 古近體詩 | 答高山人兼呈權顧二侯 | 明晨去瀟湘 |
| 18・23 | 卷二十 | 古近體詩 | 遊太山六首 | 恍惚不憶歸……明晨坐相失，但見五雲飛 |
| 24 | 卷二十二 | 古近體詩 | 宿巫山下 | 猿聲夢裡長 |
| 25 | 卷二十四 | 古近體詩 | 感興八首其一 | 宛轉入夢宵 |
| 26 | 卷二十四 | 古近體詩 | 觀元丹丘坐巫山屏風 | 疑入嵩丘夢彩雲 |

# 王文興小說語言風格分析：
# 從詩語言句式入手<sup>*</sup>

## 吳瑾瑋

臺灣師範大學國文系副教授

## 摘要

　　本文主要分析王文興小說中斷裂句式有如新詩語言的風格特徵。王文興是現代極重要的華文作家，其作品都是現代主義華文小說的標竿之一。由於王文興創作字斟句酌講究文字藝術及韻律音樂美感，他獨樹一幟的語言風格無人出乎其右。在《背海的人》下冊中，王文興靈活運用標點符號及空格留白，創作出斷裂句式如新詩語言之篇章，改變行文的節奏韻律，形成不同的語言風格。如「　一爺，竟自個兒，生起了　病　，在，生病，之ㄕㄠˇ　兩天，　我　，忽地，這　麼　想」在此段落中，空格留白和標點符號逗點、破折號交錯加插，形成斷裂句式如新詩語言，這些句子斷裂成詞組或詞彙，形成進進又停停的緩慢節奏，營造出獨特語言風格。

**關鍵詞：王文興、背海的人、詩語言、語言風格**

---

* 　本文先於第五屆語文教育暨第十一屆辭章章法學學術研討會（2016年11月5日）中進行口頭發表，感謝主辦單位中國語文學會及中華民國章法學學會給予會議中口頭發表機會。會中承蒙講評教授及與會學者先進提供許多寶貴意見。筆者戮力修改，然因才疏學淺，文中謬誤由筆者負責。

# 一　序言

　　本文主要分析王文興長篇小說《背海的人》中斷裂句式有如新詩語言的風格特徵。王文興是現代極重要的華文作家，其長篇小說數量不多，卻都是華文小說現代主義創作的標竿。王文興長篇小說數量不多的主要原因，在於他的書寫創作信念，他創作時極其用心，他字斟句酌講究文字藝術及韻律音樂美感，以致創作出獨樹一幟的語言風格。在其創作中，首先受到矚目的是《家變》的語言風格，張誦聖[1]指出王文興將語言視為用心塑造雕琢的藝術成分，而不僅僅是溝通資訊的文字媒介而已。王文興靈活運用語言的形式與符號，從舉凡字音字形、詞彙次序、句法結構等都成為他雕塑的對象，以塑造出特殊寫實風格。如《家變》書中主角范曄以極不耐煩的語氣一字一句地「告誡」母親[2]：「不—要—在—看—書—時—打—擾—我，我講多少遍了」，作者巧妙運用語言符號，使讀者望「型」生義，使書寫具有「語氣」的聽覺效果。除此以外，王文興創作時，有意變更語法文句，他的獨特語言風格並非只是純粹為破壞而破壞，而是他期使語言文字能夠呈現說話者的情緒，反映語言的社會性。王文興長篇小說《背海的人》，上、下二冊出版期間超過十數年，其內容主題、主要

---

1　張誦聖：《文學場域的變遷》（臺北市：聯合文學出版社，2001年）。他評論王文興巧妙語言符號系統之約定俗成的對應關係。張漢良：〈淺談《家變》的文字〉，《中外文學》第1卷第12期（1973年），頁122-141。收錄於黃恕寧、康來新主編：《嘲諷與逆變——家變專論》（臺北市：臺大出版中心，2013年），頁191-215。張漢良也指出王文興使用獨特文體的目的是讓書面文字能達到口說語言的效果。王文興小說中會使用拼字書寫、國語注音符號、黑體字、前書寫、留白等等。此種逆向操作的技巧賦予語言新生命，在發表初期時曾受到猛烈的抨擊與負面評價。然曾幾何時，隨著電腦網路的發達，上述類似的語言風格特徵卻出現在網路世界中，這恐怕是連王文興本人也始料未及。

2　王文興：《家變》（臺北市：洪範出版社，2001年），頁3、81。

角色是一貫的，語言風格展現多樣特色。例如，透過詞語重疊、重複出現及多層次語法結構形成很多長句與複句，在上冊中，超過二十個音節的文句，其分布密度接近每頁皆有一例。而下冊中的另一特色是靈活運用標點符號及空格留白，形成許多斷裂句式和篇章，在視覺感受上還是散文編排頁面，實質閱讀時，這些斷裂句式有如新詩語言，大大改變了節奏韻律，帶給讀者不同感受。如下冊「　爺，竟自個兒，生起了　病　，　在，生病，之ㄕㄠ∨　兩天　，我　，忽地，這　麼　想　：」[3]在此段落中，空格留白和標點符號逗點、破折號交錯加插，以致多句斷裂成詞組或詞彙，形成進進又停停的緩慢節奏。如果，深入分析斷裂出現位置，多與基本實詞單位邊界吻合，但也有些斷裂不同於一般語言原則，如「生病，之ㄕㄠ∨　兩天」、「生起了　病」、「發生，　了過　」等。

　　本文研究主要著眼於王文興《背海的人》中的多樣句式，分析因標點符號和留白空格造成斷裂、倒裝、省略等等類型，期以語言風格學研究觀點爬梳王文興作品之語言風格特徵及處理策略。本文結構如右述，在序言後，先行簡約說明現代新詩的語法類型，接著分析說明王文興《背海的人》的斷裂句式，爬梳書寫創作斷裂句式的可能機制，最後是結語。

## 二　新詩句式語法風格

　　語言風格學關注對象包含一般語言及文學語言[4]。不同的文學體

---

3　王文興：《背海的人》下冊（臺北市：洪範出版社，1999年），頁270-271。

4　程祥徽：《語言風格初探》（臺北市：書林出版公司，1991年），頁2-4、19-21、40。

　　竺家寧：《語言風格語文學韻律》（臺北市：五南圖書出版公司，2001年），頁1-7、15-19、59-73。

裁其研究面向是多重的,可以從音韻風格探討,如高低聲調的鋪排與情意情節之配合;也可以造句類型、擴展省略、重疊重複倒裝等等。如老舍小說《駱駝祥子》小說中,市井百姓的生活對話,以簡短句子為多,為的是要表現出日常生活對話中樸實無華的溝通模式[5]。在《背海的人》中,王文興會運用「oh, haah, ne, nh, mehh, mmmh, a, ieh,h-h-h-h,」等等,出現在口語情境,目的是表現說話者的猶豫狀態。也會使用空格留白,表示靜止或空白的心理狀態,如「甚 且 之 至 好 幾 十 幾 十 幾 幾 數 十 幾 數 十 幾 件 事,忙得你應付牠得個來的額爛臉焦」,在該長句中,王文興巧妙應用空格留白,使句子斷裂音節之間的距離為了要表現思想節奏速度不同,這是很巧妙的設計,也是王文興精心營造出獨特的語言風格。

　　新詩或白話詩歌自五四年代發展至今,其語言形式及風格特徵有其傳承和創新[6],詩歌與散文主要區隔的討論點就是「分行」問題[7]。早期詩人如聞一多[8]、戴望舒[9]、徐志摩[10]、等創作屬於新詩的格律和

---

5　程祥徽:《語言風格初探》,頁51-75。老舍小說《駱駝祥子》中,日常交際以短句為多,音節數少,少修飾及連接詞等,結構簡單。利用狀聲詞彙增加聽覺效果。而省略、重複、倒裝及插入等等,除了反映日常生活對話的狀態,如「他傻子似的一氣喝完」「傻子似的自己笑了」。

6　翁文嫻:〈新詩語言結構的傳承和變形〉,《成大中文學報》第15期(2006年),頁179-197。

7　譚雅倫:〈簡說現代詩格律〉,《中外文學》3卷1期(1974年),頁27-30。林孟萱:《洛夫詩的用字及句式特色》(新竹市:清華大學語言學研究所碩士論文,2000年)。林秋芳:《胡適新詩節奏理論的形成》(桃園市:中央大學中國文學系碩士論文,2016年)。楊昌年提出新詩分行的原則,要依合理排法。沒有附屬句的獨立句應排一行,如獨立句太長,可在適當停頓之處分行,以求均衡美。單句不必分行,太短促缺少深沉、舒緩的情味,長句如不在停頓處分行,會失去均衡美。

8　許霆:〈五四新詩語言探索的典範之作——論聞一多新詩的語言特徵〉《蘇州大學學報:哲學社會科學版》第4期(2010年),頁120-125。聞一多是五四時期新詩語言探索的傑出代表。他主張散文句式進入詩歌,追求詩歌語言表達的明晰性和準確性,改變傳統詩歌吟唱式,現代詩格調和說話式節奏。黃維樑:〈中國傳統詩歌格

律的現代化：聞一多對新詩形式的啟示〉，《文星》第101期（1986年），頁120-123。黃倩倩：〈結構·句式·意象——論穆旦詩歌的語言形式創新〉，《合肥工業大學學報：社會科學版》第2期（2015年），頁60-65。聞一多對於新詩創作要求詩歌要「對稱」及「均齊」。詩歌句式節式要均齊，節與節之間排列要一致。其詩中也會出現歐化句式，如長短句交錯增多，詞語語序與漢語不同。

9　林曉文：《徐志摩詩的韻律風格研究》（臺北市：政治大學國文教學碩士在職專班碩士論文，2014年）。陳其強：〈徐志摩詩的形式感與內在精神〉《浙江師範大學學報》第3期（2002年），頁6-9。徐志摩重視新詩句式、節奏和旋律的藝術美感。因而，如〈再別康橋〉的第一、二節，每節四行，這兩小節都押韻，前三句重複詞組「輕輕的」，形成韻律聽覺效果。二小節的第一、三詩行，音節數都是六，停頓數是二；第二與四詩行音節數則為七，停頓數為三。

　　　　輕輕的我走了，
　　　　正如我輕輕的來，
　　　　我輕輕的招手，
　　　　作別西天的雲彩。
　　　　那河畔的金柳，
　　　　是夕陽中的新娘。
　　　　波光裡的艷影
　　　　在我的心頭蕩漾。

10　袁國興：〈「音節」和詩藝的探究——對1920年代中期開始的一種新詩發展動向的考察〉《福建論壇：人文社會科學版》第1期（2009年），頁92-96。不論古典詩或新詩的創作都要把最合適、最不可少的字、詞、句安放在最適切的位置，聲調、節奏等也要與詩歌情感配合。如戴望舒〈雨巷〉，其語言似乎是散文的，但停頓處不完全符合句法，使閱讀時讓產生理解時的困難，藉此表現出情緒的抑揚頓挫。如果第一節不增減字數，並恢復一般句式，如下：「撐著油紙傘！獨自徬徨在悠長悠長又寂寥的雨巷！我希望逢著一個丁香一樣地結著愁怨的姑娘。」然如果詩歌化了，如下：

　　　　撐著油紙傘，獨自
　　　　彷徨在悠長，悠長
　　　　又寂寥的雨巷，
　　　　我希望逢著
　　　　一個丁香一樣的
　　　　結著愁怨的姑娘。（這四句都是二個停頓）
　　　　她是有
　　　　丁香一樣的顏色，

節奏，因而有為了新詩語言的「停頓」節奏[11]及押韻韻律，而切割新
詩句式使之分行、斷裂，甚至不理會詞法句法而跨行[12]、倒裝、省略

---

> 丁香一樣的芬芳，
> 丁香一樣的憂愁，
> 在雨中哀怨，
> 哀怨又彷徨。

一旦進行格律形式的分行，其中二句跨句，刻意斷裂成一組等長的對句，還有三句
一模一樣的類疊出現，透過刻意分行斷裂，就產生旋律節奏的感受。〈雨巷〉的句
法形式對詩歌韻味的決定作用顯而易見。

11 有關停頓節奏：陳本益：〈《死水》的格律句式試析〉，《昆明師範學院學報：哲學社
會科學版》第3期（1983年），頁52-57。蕭霜：〈借鑒文言詩的句式建立新詩行〉，
《溫州師範學院學報：哲學社會科學版》第4期（1989年），頁19-23。文中提及有
關漢語詩歌的韻律節奏單位，應該是「停頓」，這類似英語詩歌的節奏單位「音
步」，但在漢語詩歌中，末音節多半會拖長或停止，而在英語詩歌的音步中則有重、
輕的規律。停頓的不同構承若和語句不同，就構成不同的句式。如果停頓和音節數
一致，其節奏是比較好的，若是相近的，節奏就差一些。一般停頓的構成以二至三
音節為主，因為現代漢語詞彙多是二至三個音節。如聞一多《死水》，用停頓概念
調整音節數，達到聽覺和視覺兼具的效果。在該詩中，每一詩行停頓數、音節數相
等，再加上四行一節，及二四行押韻，創作出韻律句式的新詩風格。詩行如下：

> 這是╱一溝╱絕望的╱死水，
> 春風╱吹不起╱半點╱漪淪。
> 不如╱多扔些╱破銅╱爛鐵，
> 爽性╱潑你的╱剩菜╱殘羹。

12 沈用大：〈新詩的句式〉，《江蘇大學學報：社會科學版》第6期（2010年），頁135-
140。林明德、李豐楙、呂正惠、何寄澎、劉龍勳：《中國新詩賞析（三）》（臺北
市：長安出版社），頁96-99。所謂「跨行」是指為了保持詩行的整齊，不理會詞法
或句法的完整，把某部分移至下一詩行。如聞一多〈愛底風波〉：「但是你的香吻沒
有抹盡的╲那些渣滓，卻化作了雲霧╲滿天，把我的兩眼障瞎了」三個詩行包括標
點符號，形成視覺上相同的長度，恰好都是11個單位。再如商禽〈咳嗽〉，刻意斷
裂分行，也是為了視覺上形成一個人隱身在圖書館角落裡，強力忍住咳嗽，直到有
書落聲響時才咳出聲音。雖然僅是一聲咳，但提到有一有心人隱身在某處默默觀
察，卻不想為人所知。

> 坐在
> 圖書館

等，因而創作出多樣的新詩語言句式。如詩人商禽，靈巧運用停頓和
押韻等韻律原則來分行，創作出新詩兼具形式和韻律的藝術句式。如
〈涉禽〉一詩[13]，見（1）。

（1）〈涉禽〉
從一條長凳上
午寢
醒來

忘卻了什麼是
昨日
今天

把自己豎起來
伸腰
呵欠

---

的
一室
的
一角
忍住
直到
有人把一本書
歷史吧
掉在地上
我才
咳了一聲
嗽

13 林明德、李豐楙、呂正惠、何寄澎、劉龍勳：《中國新詩賞析（三）》，頁96-99。

　　竟不知時間是如此的淺

　　一舉步便踏到明天

　　這首詩中的前三段，都是 6-2-2 音節的分行，因為分行，以致押韻字「欠、天、淺、天」更加清楚。第一至三節，主要以雙音節或三音節為停頓的節奏，如此一來，每一詩行的音節數或許有些差異，但每一詩行之停頓數是相同的。午睡起來，昏昏沈沈，日日都是如此，一樣的刻白、刻板、空白，不知今夕是何日，昨天、今天、明天就這樣一步一步地溜走，僅僅是虛度一場。伸腰呵欠讓自己更加清醒了些，卻還是對時間流逝迅速無息感到無可奈何呀！

　　此外，詩人創作新詩時，為了保持詩行長度的整齊、韻律押韻等，不理會詞法或句法的完整，把某部分分行移到下一詩行，或是使用主語謂語的倒裝手法，造成多種變異類型的句式。新詩句式中常有省略，或省略話題，或省略主語。如（1）〈涉禽〉詩中，話題主語都省略不提，使得全詩更加凝縮精練，讀起來簡潔有力也不失想像空間。新詩中為了強調或銜接緊密，相同詞彙或句式反複的連用，如修辭中的重複、頂真及排比，這類情形會比日常語言還要頻繁。此外，新詩句式中逆序或倒裝也比一般日常語言更常出現。如張默〈鴕鳥〉：「遠遠的／靜悄悄的／閒置在地平線最陰暗的一角／一把張開的黑雨傘。」其中「黑雨傘」是主語，放置在謂語「閒置陰暗一角」之後[14]。以商禽〈長頸鹿〉一詩為例，見（2）。[15]

---

14 仇小屏：〈論新詩「以句構篇」之類型及其特色〉，《成大中文學報》第12期（2005年），頁1-22。張默：《小詩選讀》（臺北市：爾雅出版社，1987年）。

15 林明德、李豐楙、呂正惠、何寄澎、劉龍勳：《中國新詩賞析（三）》，頁96-99。

（2）〈長頸鹿〉

那個年輕的獄卒發覺囚犯們每次體格檢查時身長的逐月增加都是在脖子之後，他報告典獄長說：「長官，窗子太高了！」而他得到的回答卻是：「不，他們瞻望歲月！」

仁慈的青年獄卒，不識歲月的容顏，不知歲月的籍貫，不明歲月的行蹤；乃夜夜往動物園中，到長頸鹿欄下，去逡巡，去守候。

從形式上來看，（2）似乎像是二段並未分行的散文段落，再加上對話形式，乍眼之下更像散文。第一段首句甚至超過三十音節，其中沒有標點符號，這與一般散文句式是很不相同的，詞彙次序調換倒裝，造成閱讀障礙[16]。如果將其分行如下，每一詩行可以分成四個停頓（以／表示），如（2a）。

（2a）

他報告典獄長／說：／「長官／，窗子太高了！」

而他得到的回答／卻是：／「不／，他們瞻望歲月！」

仔細觀察句中四個停頓，構成音節數幾乎相當。按照停頓賞讀該詩時，是簡潔有力的。詩中幾個重要關鍵詞，如「增加脖子、窗子太高、瞻望歲月」等，在相對應的位置突顯出來，描述囚犯們伸長脖子引領企盼著何時可以得著自由。第二段若加以分段，如（2b）。

---

16 該句正確的詞序應該是「每次囚犯們體格檢查身長時，那個年輕獄卒發現都是脖子在逐月增加，之後」。

（2b）

仁慈的青年獄卒，

不識歲月的容顏，

不知歲月的籍貫，

不明歲月的行蹤；

乃夜夜

往動物園中，

到長頸鹿欄下，

去逡巡，

去守候。

在（2b）中，若將第二段分行陳列，就可以發現前四句是一樣長度，
末二句也是一樣長，而倒數三、四句也是幾乎接近的節奏句式。年輕
獄卒閱歷還不夠深，不懂得瞻望歲月，不懂得滄海桑田、虛度人生、
盛年歲月不會再回來的深深嘆息。再如顏艾琳〈早晨〉，見（3）。

（3）〈早晨〉

大地的惺忪

是被樹葉中

篩下來的鳥

聲所滴醒的

這首詩僅僅二十個音節，分成四行，類似五言絕句。實質上，是一個
「是……的」的準分裂句，如右示「大地的惺忪是被樹葉中篩下來的
鳥聲所滴醒的」，其中包括被動語氣，「被樹葉中篩下來的鳥聲所滴

醒」是信息焦點[17]。主語「大地的惺忪」是「惺忪的大地」的倒裝變形，為了強調早晨大地的情景是「惺忪」，而讓「惺忪」成為主要中心語。其中出現被動語氣用法，也是倒裝變形的變異句式類型。按事實而言，大地無所謂醒來，而是人與自然界動物醒來。醒來也不是因為鳥聲，而是太陽光線刺激鳥兒，鳥兒才醒來高聲鳴叫歌唱。這鳥聲使全詩有了聽覺效果，喚醒大地啟動了靜謐天地，開始美好的一天。使用被動句式造成擬人轉化的效果，讓原本的主語「樹葉中篩下來的鳥聲」移至句後位置，清脆的鳥聲啟動惺忪的大地，先是以聽覺開始，從而拉開斑駁晨光的視覺畫面。

　　無論是運用分行、跨句、斷裂、倒裝、省略及重複[18]等等句式，儘管不同於一般的詞法與句法，詩人巧妙使用隱喻及象徵，違反語法與邏輯，逆向操作詞語搭配等，使詩句扭曲變形，而與文句分開。但基本上是以句構篇，也就是說，是指一個句子擔負起表達整首詩情意的功能，因此，我們可以句式理解研究新詩的語言使用。在王文興創作的《背海的人》上、下冊中，可以看到多種有如新詩語言的變異句式，同樣會形成閱讀障礙，然而減慢閱讀速度細心思索，將深刻感受到讀套的語言風格及人生哲學思維。

---

17 仇小屏：〈論新詩「以句構篇」之類型及其特色〉，《成大中文學報》第12期（2005年），頁1-22。
　　湯廷池：〈國語分裂句、分裂變句、準分裂句的結構與限制之研究〉，《語言學語語文教學》（臺北市：臺灣學生書局，1981年），頁109-206。
　　楊如雪：《文法 ABC》（臺北市：萬卷樓圖書公司，1998年），頁87-109。
18 李翠瑛：〈以「重複」為基礎的修辭技巧論新詩的節奏變化〉，《國文天地》第20卷第2期（2004年），頁64-73。黎運漢：《現代漢語修辭學》（臺北市：書林出版公司，1991年），頁77。

## 三　王文興詩語言句式分析

　　王文興在創作《家變》之後，再推出的《背海的人》上下冊，其創作上展現更進一步的自由新型態。《背海的人》下冊同樣是主角「爺」的獨白，內容則是上冊變奏曲[19]。從王文興自序中，可以了解王文興嚴謹創作態度仍不改變，每個文句長短、字詞選用都經過仔細考慮，要兼顧意義與節奏。故事中，主角「爺」以第一人稱的獨白方式，展開故事的情節，夾有對話，使閱讀時隨著獨白與敘述進入主角的身世、遭遇與思維歷程，摸索探尋作者領會的生命哲學。作者用注音符號形式強調讀音，使文字有另一種想像空間[20]，如：爺，卻是「飽ㄕㄡˋ　尊敬」——頗然有一些「名聲」，有那麼一些子的個「令望」。——這全是因ㄅㄜㄅㄜ的　ㄅㄜ個那天「瞎貓挲死老鼠」，——天曉得怎麼個的會叫碰對了的的，　現在爺倒是成為了一個「人物」了。左述引用句中，插入單引號用以凸顯反諷效果，諷刺爺並非是算命準確得到尊敬與名聲，要暗示人的生命短淺、無能、無力，無法與生死命運的力量相抗衡。前三個引號內詞彙，分別是「尊敬、名聲、

---

19　鄭恆雄：《喧囂與憤怒——《背海的人》專論》（臺北市：臺大出版中心，2013年）。康來新、黃恕寧主編：《喧囂與憤怒——《背海的人》專論》（臺北市：臺大出版中心，2013年），頁184-222。
　　鄭恆雄：〈《背海的人》中的和聲、對位與變奏〉，康來新、黃恕寧主編：《喧囂與憤怒——《背海的人》專論》，頁302-350。
　　張漢良著，蔣淑貞譯：〈王文興《背海的人》的語言信仰〉，康來新、黃恕寧主編：《喧囂與憤怒——《背海的人》專論》，頁252-274。
20　洪珊慧：〈一個人的獨白——王文興《背海的人》「爺」的語言探析〉，《台灣文學研究學報》第16期（2013年），頁85-110。書中主角以第一人稱獨白貫穿全書，有自言自語，也有單口敘述方式表現，更是常見一連串的「的個的的」重疊擬聲表示嘆息。

令望」，此三個詞彙都是由鼻音韻尾音節組成[21]。又者，作者靈巧運用語音、文字，長短句、空白交互出現，展現複沓與變奏，形成詩律風格的創作。如「我已經　腦滿腸肥　了已經，吃得很飽，很飽，很飽，很飽，很飽，」，此句斷裂成數個詞彙及詞組，其中，重要詞彙「已經」及詞組「很飽」重複，提供腦滿腸肥的視覺畫面以及「已經很飽」的聽覺刺激，這是作者刻意揶揄譏諷官僚體系政治冗員的嘴臉，對一般百姓而言，卻是一次一次的痛苦煎熬。以下再列數段文字詳細說明。

　　（4a）是《背海的人》下冊初始，這個故事背景發生在頗為貧窮的海邊小漁村。爺其實是個讀書人，卻淪落到這樣的地方討生活。全段幾乎都是一般常見的句子及長度，僅有一個不合語法的留白空格「更復且　三夜」。其中數個破折號，使各句方開，但都沒有不合語法的斷裂。重複句式「兩手空空去，兩手空空回」似乎只是說明漁夫的辛勞無所獲，而「船少、船開走了、船解体了」是一層一層強調企業景氣不彰的真實性。其中，「蜂擁一窩蜂的嗡出去」句中，出現四次ㄥ音的詞彙，又很巧妙使用擬聲詞「嗡」作動詞用。

| （4a） | 大夥兒蜂擁一窩蜂的嗡出去，在海上空張望了有三天，更復且　三夜，兩手空空的跑了出去，兩手空空，神沮氣喪的折轉了回頭來。現在這一港面裡頭的景業不彰，在這一個港區裡面有倒風：——船都少了很多，——好像有一些篤篤篤，突突突，的開走掉了——不曉得開到什麼地方牠去，——還是找個地方解体了去？（頁185-186） |
|---|---|

---

21 在此感謝在會議發表後，審查戴師維揚特別提示王文興先生創作時有關文句用韻的用心，故筆者在此次修改中，特別注重這部分的分析。

　　（4b）這一個段落，是爺回顧過去的一個半月發生的許多事情，然幾乎是整個故事的「目錄」，其中有好的事，如「下海」是指爺從未有過的親身經歷，如爺意外成了靈驗的半仙。其中自然也有壞的事，如生了大病，瘋狂追求紅髮女卻未能成功，還成了笑柄。音節數目不等的詞組交錯組合，也使節奏進行有快有慢。在用韻方面，「相、病、下」等連續三句末字，都是齊齒呼去聲字；接著是連續三個「過」字，形成特殊音響效果。比較特別的是重複手法的多方應用。第一種是疊詞，如「單單、火熱熱」，「恐嚇恐嚇」、「早得很早得很」等。使用疊詞加強語氣。「偷過；　搶劫過　；殺過」是幾近類似的形式反復出現，讀來簡潔有力。破折號之間的句子形成三個小段落，其中間的小段落「——爺又不是沒經歷過「世事」的人，這一批人想嚇到本爺，——」，首尾恰好是相同的「爺」字。

| （4b） | 單單就這一個半月　過来，爺就經歷了過了多少件事兒！爺「下海」：批相　；生了一場大病；　火熱熱的愛了一下；偷過；　搶劫過；殺過（　殺狗　）；同時也有人想殺爺！殺爺，——這大概是用來恐嚇恐嚇三歲小笨蛋的花招子，——爺又不是沒經歷過「世事」的人，這一批人想嚇到本爺，——　還早得很早得很！這一批毛頭小流氓根本都還不知道爺是誰！　——　　（頁 186-187） |
| --- | --- |

　　（4b-1）是依照標點符號分行排列，有如新詩語言句式，可以很清楚地發現，首句中有留白空格，以致和第二句的長度幾近相同。「生了一場」與「愛了一下」句式是一樣的。連續二個「殺爺」出現，卻是分屬不同的句子，前一個「殺爺」是一個述賓結構、省略主語的名詞性小句，作為動詞「想」的賓語。後一個「殺爺」則是一個完整句子。從「殺爺！殺爺！」到「本爺，爺是誰」，全書中，大概只有這時候的爺最是意氣風發了！

（4b-1）

單單就這一個半月　過來，

爺就經歷了過了多少件事兒！

爺「**下海**」：

批相；

生了一場大病；

火熱熱的愛了一下；

偷過；

搶劫過　；

殺過　（　殺狗　）；

同時也有人想殺爺！

殺爺，

——這大概是用來恐嚇恐嚇三歲小笨蛋的花招子，

——爺又不是沒經歷過「世事」的人，這一批人想嚇到本爺，

還早得很早得很！

這一批毛頭小流氓根本都還不知道爺是誰！　——

（4c）的段落是爺再反覆思索「**最倒霉**」的人生哲理。這一段幾乎每一個句子都有「最倒霉」一詞。「山窮水盡」一詞出現二次，說明爺的真實窘境，爺真得遭遇到許多倒霉的事情，如果社會制度再多一點兒公平正義，可以照顧到不同階層的若是百姓，這些倒霉事情或許可以避免。在這樣的情況下，爺的思想卻不是那麼悲觀與絕望。比較上文及故事內容，生病、失戀等多數人有都會經歷過，不是嗎？所以爺的思維不受困於「最倒霉」！縱使當爺碰到倒霉事情時，爺也不會自認為是最倒霉的人，他總想還有比他命運更悲慘的，或者有許多跟他一樣的倒霉人，這就是爺的善良本質。這段主題「最倒霉」，其

後總有空格，要讓讀者看到「<u>最</u>倒霉的　人」，但那人不是我喔！

| (4c) | 爺到了「山窮水盡」，「山窮水盡」的地步了，── 可是，很奇 |
| --- | --- |
| | 怪，爺算不算得是一個<u>最</u>倒霉　　的人？　　好像不是的。　真是 |
| | 奇怪，爺每一回碰到最倒霉的時分，爺常常竟都不覺得**自個兒**是一 |
| | 個最倒霉　　的人，──大概在這一個世界上就算是有最倒霉的這 |
| | 樣子了的人，他大概也絕不會自己以為是自己即就是**最倒霉**　不過 |
| | 了的一個人。爺──還是，── 不覺得自己是一個最倒霉不過來 |
| | 了的個的的的的的人（頁 188） |

同樣地，若把（4c）按照標點符號分行排列後，多句末字如「人、分」等就呈現出押韻的效果。又者，可以清楚發現「最倒霉」詞組幾乎是出現在最後面，是謂語結構的一個單位，也是焦點訊息所在。有趣的是「最倒霉」與後接成分的變化，「最倒霉的時分、最倒霉的這樣子」其中並無留白或空格；「最倒霉的　人」、「最倒霉　的人」一組的分割不同，前者合乎一般語法分割，後者比較少見。「最倒霉不過了」、「最倒霉　不過了」一組也不一樣，後者的分割是合乎語法的。

　　（4c-1）

　　爺到了「山窮水盡」，

　　「山窮水盡」的地步了，

　　── 可是，

　　　　很奇怪，

　　　　爺算不算得是一個<u>最</u>倒霉的　　人？

　　　　好像不是的。

　　　　真是奇怪，

　　爺每一回碰到最倒霉的時分，

　　爺常常竟都不覺得**自個兒**是一個最倒霉的人，

——大概在這一個世界上就算是有最倒霉的這樣子了的人，
他大概也絕不會自己以為是自己即就是**最倒霉**　　不過了的一
個人。
爺——還是，
——　不覺得自己是一個最倒霉不過來了的個的的的的的人

（4d）這是個理成光頭事件，而且是理成「大　光　光　　頭」。
不是誰逼迫爺去理成大光光頭，是爺極為感慨後作的決定。一方面是
頭髮怎麼會忽然就白了很多，讓爺心中滿了惆悵與遺憾，因為還一事
無成啊！二方面是斑白灰雜得一頭亂髮，看上去竟還是髒髒的，既然
不是銀白發亮、很有氣派的白髮，留著何用？選用「薙」詞而不用常
用「剃髮」[22]，強調爺的一頭亂髮如雜草，應該剃除，這是作者別有
用心。這段文字中，還是有幾個多是由虛詞或是冗贅詞組成的長句，
尤其是末句，多達三十音節以上，但其中多個虛詞重複出現，使得長
句是長而空洞。這一段文字中，空格與標點符號形成多幾個斷裂的句
式，「鏡子的　那」、「　纔　幾天間」、「就白　吶」等三處的斷裂，
不合語法，使句子不流暢。但是，後二句「纔、白」二字後面留白空
格，巧妙地形成相同聲調的押韻效果。

| （4d） | 然而，——　在昨天爺還是跑去剃光了牠來的那樣的一個大　光 |
| | 光　　頭，——　說什麼牠算倒霉還是，的確可以，算是倒霉的牠來 |
| | 了的的的的，於是就一刀把這一頭罩頂的霉氣牠給薙除掉。爺是在 |
| | 照鏡子的　那　一　個　時　候，——沒想到纔　幾天間這一頭 |
| | 頭髮就白　吶這麼多；——　　骯骯髒髒，斑斑白白灰灰雜雜 |

---

22 教育部國語辭典提到：薙，除草。〔宋〕蘇軾〈甘露寺〉詩：「薙草得斷碑，斬崖出
金棺。」資治通鑑・卷二六三・唐紀七十九・昭宗天復二年：「朱全忠遣人薙城外
草以困城中。」也通「剃」，「薙髮」。

的，—— 實在是難看……也就是，大有可能，是為到的這一個原因纏把這一頭的頭髮牠叫到給一刀剃光光的到的來的。（頁 190）

| （4e） | 爺是一頭栽慘慘栽啦下去，—— 爺，就這樣嘍，　不見到她就覺到**大不舒服**，——爺連著幾天的，好幾天，都牢牢的ㄋㄧㄢ到在那兒，她那閣兒。看相也停了，爺狂戀的兩個星期之中，看相這一回事也都是一天有，一天沒有，三天打漁，兩天曬網，道不三著兩來的牠的的的的。爺這麼，經歷來的階段，大概就可以叫牠做是：「追」的　那一個的階段。「追」，—— 這一個字的意思，——說穿了，其實就是耗時間，每天從早到晚，無時不刻，都要跟「那一個人」在一處，眼睛怎麼樣也拿不開來，　**貪饞**　就是了。爺還蠻滿，可惜的是她的「公館」開門的時點開得太晚了一點，　開門前的一小時ㄑㄧˊ實爺已經就已經在關到的她的那一面木門前前等著到的的，爺其實真ㄅㄨˋ是只要是　一看到她底這一扇的木頭門，爺就非常非常的<u>高興</u>。（頁 190） |
| --- | --- |

　　（4e）是敘述爺火熱熱的狂戀追逐情節。爺在「追」的階段，每天從早到晚、無時不刻都去報到，盼望能一吻芳澤。心中非常思念，卻又忐忑不安。本段文字中有多處詞語接連重複出現，特別是數詞「一、兩、三」等，分別作實質數量的使用，或做虛化不定指的使用。又者，本段落長句也出現比較多，用以表現心中爺絮絮叨叨急切焦躁不安的心情，如「道不三著兩來的牠的的的的」，幾乎都是虛詞的組合，並無實質意義。段落中的最長句，接近三十個音節，「開門前的一小時ㄑㄧˊ實爺已經就已經在關到的她的那一面木門前前等著到的的，」但是其中有字詞重複，如「已經就已經」，強調爺提前一個小時，連門都還未開時，爺就去駐守在那兒的樣態，甚至覺得只要是看到那一扇木門就非常非常高興，有如現今粉絲追星的狂熱。「的」字重複出現是王文興小說的一大特色。還有一種，是幾近類似

的重複，如「真ㄅㄜ是只要是」、「連著幾天的，好幾天」，「在那兒，她那閣兒」、「看相這一回事也都是一天有，一天沒有」等接連出現，相近的結構中有些微的變化，兼具韻律效果和文學修辭的功能。段落中還有類似倒裝的句式，如「爺是一頭栽慘慘栽啦下去，」，主要成分應該是「爺一頭栽下去啦」。「看相這一回事也都是一天有」，「看相」是主題成分之一提前。而「爺這麼，經歷來的階段」句式是不合一般語法使用的變異句式。

| （4f） | 過了差不多三個多小時，大約，三個多四個小時來的，爺，又去找小花臉， 問她， 後來的情形如何了，——也就是說，問她，向那個紅頭毛「解 釋」 完以後，——紅頭毛她的「回話」如何。——你猜猜看，這小花臉，——怎麼說？ 她，將頭，朝上一蹺， 兩隻眼睛向上翻一翻， 聳聳她的肩， 兩手向外面， 一攤。—— 爺也就， 抬起爺的頭來， 聳一聳爺的肩膀，—— 雙手也往外頭，一 攤 。 這一天的夜晚， 我，實在的， 未能夠睡得着覺來， 下午的發生的，那一段的事情，一幕，跟着一幕的，又回到爺的心裡來，—— 特別是紅頭毛，— 重重而又重的，—— 給爺的那一，猛猛的，一腳。我想大概沒有人是，會，喜歡被別人 踢；—— 爺可是 一點都不喜歡 被這一個紅頭毛這樣踢。 自問，於是，—— 像這種樣的 老跟着 她，—— **值 得 嗎？** 她不過是一個又醜，又老， 的私娼罷了。—— 而況沒有一個人不說她奇醜，無可比擬，在這一座深坑澳的裡邊，絕對是，沒問題，最醜的一個。 我這樣跟到她，而且， 有希望嗎？—— 她，甚麼都不是，只是個娼妓，—— 娼妓怎麼可能會談戀愛，—— 她怎麼會愛上我？—— 是， 她怎麼會愛，去跟我愛來愛去，愛上我的來的的？ 這，實在，應該是我知難而退的時候了。（頁 220-221） |
|---|---|

　　在（4f）段落中，情節背景是主人翁爺的感情困擾，表現出爺的內心掙扎與思維獨白。（4f-1）乃將其中第一小段落，內容是爺去找

小花臉詢問紅頭毛女子回應的結果。經該段落按逗號或句號等分行排列。由前 11 行中，可以清楚看出爺與小花臉之間的一來一往，其中「問她、小花臉、紅頭毛、說」分別出現了兩次，誦讀時形成韻律感。這其中出現四個破折號，其功能不太相同，第一個破折號後續文字是再次解釋前文的「後來情形」；第二個破折號表現出的轉折，是把焦點鏡頭轉到紅頭毛女子身上，紅頭毛女子原是被詢問的對象，轉成回答者，而紅頭毛女子的「回話」才是主要重點。第三個破折號是再一轉折，把鏡頭轉到讀者身上，讓讀者「你猜猜看」，這是吊足胃口的手法，讓讀者跟爺一樣著急地想知道回話到底是什麼。而第四個破折號則是延長停頓，讓焦急的心情持續久一些。

（4f-1）

爺，　　　　　　　　　　　　　　　　　　　　　　（01）

又去找小花臉，　　　　　　　　　　　　　　　　　（02）

問她，　　　　　　　　　　　　　　　　　　　　　（03）

後來的情形如何了，　　　　　　　　　　　　　　　（04）

——也就是說，　　　　　　　　　　　　　　　　　（05）

問她，　　　　　　　　　　　　　　　　　　　　　（06）

向那個紅頭毛「解　釋」完以後，　　　　　　　　　（07）

——紅頭毛她的「回話」如何。　　　　　　　　　　（08）

——你猜猜看，　　　　　　　　　　　　　　　　　（09）

這小花臉，　　　　　　　　　　　　　　　　　　　（10）

——怎麼說？　　　　　　　　　　　　　　　　　　（11）

她，　　　　　　　　　　　　　　　　　　　　　　（12）

將頭，　　　　　　　　　　　　　　　　　　　　　（13）

朝上一蹺，　　　　　　　　　　　　　　　　　　　（14）

兩隻眼睛向上翻一翻，　　　　　　　　　　　（15）

聳聳她的肩，　　　　　　　　　　　　　　　（16）

兩手向外面，　　　　　　　　　　　　　　　（17）

一攤。　　　　　　　　　　　　　　　　　　（18）

—— 爺也就，　　　　　　　　　　　　　　（19）

抬起爺的頭來，　　　　　　　　　　　　　　（20）

聳一聳爺的肩膀，　　　　　　　　　　　　　（21）

—— 雙手也往外頭，　　　　　　　　　　　（22）

一　攤　。　　　　　　　　　　　　　　　　（23）


（4f-1）後 12 行中，小花臉的回應是一連串的動作，都沒說話。
（15-18）四句「兩隻眼睛向上翻一翻，聳聳她的肩，兩手向外面，
一攤。」後四句的末字是押韻的，其中一、二、四句的押韻字都是相
同聲調。這數句有如詩語言的文句，巧妙地傳達出小花臉沒能幫上爺
的忙，甚或是紅頭毛女子真的對爺是毫無回應。一個破折號把鏡頭轉
到爺的回應，也是一串幾乎一樣的動作表現出爺的萬分無奈，「爺也
就，抬起爺的頭來，聳一聳爺的肩膀，雙手也往外頭　一　攤」。這
一串有關動作地的敘述文句中，雖然沒有押韻，但「爺」字出現三
次，形成韻律效果。這二個人最後的動作是雙手「一攤」，作者刻意
地讓第二個「一攤」留白，製造出不同的視覺畫面，讀者可以想像小
花臉兩手一攤，她不知道就沒事了；爺的雙手往外頭伸長了攤開，是
極大的失落。前半是二人問與說的往來互動，後半則是以相近的動作
回應，實際上，二人的心境卻有極大的反差。


（4f-2）

這一天的夜晚，　　　　　　　　　　　　　　（01）

　　我，　　　　　　　　　　　　　　（02）

實在的，　　　　　　　　　　　　　（03）

未能夠　睡得着覺來，　　　　　　　（04）

　下午的發生的，　　　　　　　　　（05）

那一段的事情，　　　　　　　　　　（06）

一幕，　　　　　　　　　　　　　　（07）

跟着一幕的，　　　　　　　　　　　（08）

又回到爺的心裡來，　　　　　　　　（09）

　── 特別是紅頭毛，　　　　　　　（10）

　── 重重而又重的，　　　　　　　（11）

　── 給爺的那一，　　　　　　　　（12）

猛猛的，　　　　　　　　　　　　　（13）

一腳。　　　　　　　　　　　　　　（14）

　我想大概沒有人是，　　　　　　　（15）

會，　　　　　　　　　　　　　　　（16）

喜歡被別人　踢；　　　　　　　　　（17）

　── 爺可是　一點都不喜歡　被這一個紅頭毛這樣（18）
踢。

　　自問，　　　　　　　　　　　　（19）

於是，　　　　　　　　　　　　　　（20）

　── 像這種樣的　老跟着　她，　　（21）

　── **值 得 嗎**？　　　　　　　　（22）

　── 她不過是一個又醜，　　　　　（23）

　又老，　　　　　　　　　　　　　（24）

的私娼罷了。　　　　　　　　　　　（25）

　── 而況沒有一個人不說她奇醜，　（26）

無可比擬， （27）

在這一座深坑澳的裡邊， （28）

絕對是， （28）

沒問題， （29）

最醜的一個。 （30）

　我這樣跟到她， （31）

而且， （32）

　有希望嗎？ （33）

——　她， （34）

甚麼都不是， （35）

只是個娼妓， （36）

——　娼妓怎麼可能會談戀愛， （37）

——　她怎麼會愛上我？ （38）

——　是， （39）

　　她怎麼會愛， （40）

　　去跟我愛來愛去， （41）

愛上我的來的的？ （42）

　　這， （43）

實在， （44）

應該是我知難而退的時候了。 （45）

（4f-2）爺的內心掙扎與思維獨白，他反覆思索他與紅頭毛女子之間，能否有發展的可能性。在押韻方面，這一段落中，最常出現的韻母字音如，「一（12）、踢（17,18）、妓（36）、擬（27）、題（29）」，「來（4,9）、愛（37,40）、在（44）、會（16）」則是相同韻尾。為了要表現思維歷程，這段文字有許多的斷裂，一個音節一行者，

（02.16.29.43）四句中如「我，會，是，這」；二音節者，出現七行，如「一幕，又老，一腳，於是，自問，而且，實在」；三音節者，出現五行如「實在的，猛猛地，值得嗎，沒問題，絕對是」。也就是說，三個音節內的文句多達十餘句，在視覺上及誦讀時，形成特殊效果。這其中如（4f-2-12-14）「── 給爺的那一，猛猛的，一腳」，為要強調插入「猛猛的」，因此以逗點斷開，形成極短的句子，誦讀節奏也隨之斷裂短促。（4f-2-24-25）的文句，「又醜，又老，的私娼罷了。」一般而言，不需要斷裂，從音韻上來看，「醜、老」二字皆是上聲調，在句末停頓處可以延長時間，完整地表現出二個上聲的音韻效果。（4f-2-15-17）「我想大概沒有人是，會，喜歡被別人　踢；」，該文句是一個焦點分裂句型，但也無須在「是，會」處斷裂，然為了讓有聽覺音韻效果，「是，會」二者皆為去聲調，斷裂成單音節，發揮強調效果。在這一段文字中，也出現了不少空格留白，出現在文句中的空格留白，基本上是與結構成分邊界相符的，如（4f-2-04）「未能夠　睡得著覺來」，其中空格出現在二個詞組之間；（4f-2-18）「爺可是　一點都不喜歡　被這一個紅頭毛這樣踢」，空格現在副詞「可是」與動詞詞組之間。另一類空格留白是透過上述斷裂詩行排列方式，可以發現空格出現在句首處，如（4f-2-02, 15,31）三句中「　我……」，接著引出三段不同的情節，第一個「我」是夜裡睡不著；第二個「我」是對「喜歡被踢」事情的感受與判斷；第三個「我」是對這段追求能否成功的推測。最後再來看特殊的押韻方式，也就是「的」字句出現的位置，在（4f-2-02-06）的段落中，每個一句就出現以「的」字收尾的句子；（4f-2-06-11）則是隔二句，出現以「的」字收尾的句子，這種使用「的」字收尾形成押韻效果，是作者很用心的設計。

| (4g) | 「　爺，竟自個兒，生起了　病　，　在，生病，之ㄕㄠˇ　兩<br>天　，我　，忽地，這麼　想：」「──真　奇怪，爺，　好<br>久　好久　以來，爺，竟而，　好久　都　不生病　了，」<br>而，結果，才僅僅兩天，果真，就生起了　病來了。像　這樣的<br>情　形　，從前，也，一樣，發生，　了過　，而　，每一次，<br>都，皆，在我　身體　最　最　好　來的　時候，──　在我，<br>休息　休息得　最多，營養，吸收的營養，也，吸收得來，最充<br>足，牠來的時候，──　　不　曉　得　什　麼　原　因，<br>竟　，──　莫名其妙的，──　生起了，病　牠來了的　的　的。<br>這一次，爺　，生的病，是，很痛，很痛，很痛，的，喉嚨，咽<br>喉　，痛，以及，發，很高很高　，　的　　高燒。　　（頁 270-<br>271） |

（4g）段落的情節是爺對自己生病的情況自省的思維歷程，乍看之下，文字幾乎斷裂近乎支離破碎了，這是要反映出爺一方面發高燒，所以思想更困難；另一方面，爺喉嚨很痛，發出聲音或吞口水時，應該疼痛異常，因此更簡短。（4g-1）是以標點符號為分行的排列，從其中可以發現，三音節以內的短句更多，多達四十句。五音節語義完整詞組並不多，如「才僅僅兩天，吸收的營養」等，「牠來的時候、莫名其妙的」是插入的冗贅詞組，不影響文義。至於少見的六、七音節句子「像　這樣的　情　形　」、「　不　曉　得　什麼　原　因，」「　好久　都　不生病　了，」等，以及本段落最長的句子「在我　身體　最最　好　來的　時候，」等句中，又插入空格留白，以致斷裂的情況更嚴重。在這樣斷裂空格留白文句中，就會出現更多語音相同或相近的押韻效果，如（8,42,44,52）句「的，地」；（15,20,43）句出現「了」；（2, 14, 16, 27）句出現「而、兒」等。又如（7,17,26,33）句出現「我，果，過，多」等；這些相同或相近的字音及短促文句，形成錯落特殊的聲響效果。

（4g-1）

| | |
|---|---|
| 爺， | （01） |
| 竟自個兒， | （02） |
| 生起了　病　， | （03） |
| 　　在， | （04） |
| 生病， | （05） |
| 之ㄕㄠ∨　兩天　， | （06） |
| 　我　， | （07） |
| 忽地， | （08） |
| 這　麼　想： | （09） |
| 「——真　奇怪， | （10） |
| 爺， | （11） |
| 　好久　好久　以　來　， | （12） |
| 爺， | （13） |
| 竟而， | （14） |
| 　好久　都　不生病　了，」 | （15） |
| 而， | （16） |
| 結果， | （17） |
| 才僅僅兩天， | （18） |
| 果真， | （19） |
| 就生起了　病來了。 | （20） |
| 像　這樣的　情　形　， | （21） |
| 從前， | （22） |
| 也， | （23） |
| 一樣， | （24） |
| 發生， | （25） |

了過， （26）

而 ， （27）

每一次 ， （28）

都， （29）

皆， （30）

在我 身體 最最 好 來的 時候， （31）

—— 在我， （32）

休息 休息得 最多， （33）

營養， （34）

吸收的營養， （35）

也， （36）

吸收得來， （37）

最充足， （38）

牠來的時候， （39）

—— 不 曉 得 什 麼 原 因， （40）

竟 ， （41）

—— 莫名其妙的， （42）

—— 生起了， （43）

病 牠來了的 的 的。 （44）

這一次， （45）

爺 ， （46）

生的病， （47）

是， （48）

很痛， （49）

很痛， （50）

很痛， （51）

| | |
|---|---|
| 的， | （52） |
| 喉嚨， | （53） |
| 咽喉　， | （54） |
| 痛， | （55） |
| 以及， | （56） |
| 發， | （57） |
| 很高很高　， | （58） |
| 　的　高燒。 | （59） |

　　（4g）段落中，多個詞語反覆出現，如「生病、好久、休息、營養、吸收、喉嚨、痛、高燒」，是該段落語義關鍵詞彙。爺經歷了多件倒霉事情之後，原本身體不錯竟然也開始生病了。爺開始思索有關生病的事情，有幾個困惑，這幾個困惑轉折分別藉由破折號表現出來。第一個破折號在（4g-1-10），先提出爺奇怪的感受。一是似乎能夠感受到自己好像快要生病了，但是，他不能確定這個感受的正確性，因為他已經「好久好久好久」沒生過病了。第二個困惑是為何在身體狀況很好的時候卻生病呢？第二個破折號在（4g-1-32），所引出的文字是再一次說明，竟會在「身體最好、休息最多、營養吸收最充足」時生病。第三、四個破折號分別在（4g-1-40.42），都在補充強調發病的時機是令人不解的。最後一段，才清楚說明爺所生的病是「很痛，很痛，很痛，　的喉嚨，　咽喉，　痛，以及，發，很高很高　，的高燒」。這一段的斷裂除強調痛楚與高燒，也有押韻的巧妙用心。這些困惑藉著重複三次的詞彙「很久」和「很痛、很高」等頭尾遙相對應。而這二句的停頓幾乎相同，形成巧妙的韻律效果。其中若干斷裂是不同的一般使用，如「生起了　病　」，為了強調「病」，所以病字的前後皆留了空白，視覺上感到突兀。「休息得　最多」則是不合語法的，

因為補語成分不該與動詞分開，「實在也、都　不生病　了，」也是一個不完整的語法單位。這個段落主要以留白空格為主要手段，使全段文字斷裂得非常厲害。大致說來，留白空格與詞彙詞組的邊界大致吻合，也就是大部分詞彙詞組是合語法單位。但仔細觀察，會發現留白空格出現的位置不完全一樣。第一類型是字詞之間的空格距離不見得完全一樣，有些距離是比較大的。有些空格是在標點符號之前，有些則在標點符號之後，關於此點，尚未能歸納出空白留白與標點符號交錯出現的使用原則。

| （4h） | 這　一　個　工　作，　其　實　ㄙㄨ丶ㄍㄞ　是你的　，不該　是那一個人　的。——ㄉㄨㄣ　能　力，應該　是你，　竟然給了　別人，——　這樣　，對你，實在也，ㄓㄣㄅㄛ ㄊㄞ丶ㄅㄨ丶公平，……——是的，　你知不知道，——為什麼，會有，這樣的，——這樣子的　事變？因為，　這個　。ㄐㄧㄡ丶因為，　ㄧㄡˇ ㄓㄜ個。（頁336） |
| --- | --- |

在（4h）中，情節背景是主人翁爺為了爭取工作機會，到辦公室大鬧一場，這是一段解釋為何爺無法爭取到此工作的對話，最重要的原因是當時的公務員，都是不做事即可領錢的肥缺，如果沒有高階特權是無法得到，跟自身的能力好壞毫不相關。這些真正原因豈可能明明白白地說清楚呢？在這個段落（4h）中，作者用了多個注音符號形式，而在視覺感受上，也是一個一個斷裂的單位。作者又應用許多的留白、空格及刪節號、破折號等，使全段落斷裂得支離破碎。多數的雙音節或三音節停頓是符合詞法句法的，如「竟然、別人、事變、因為、不該、為什麼」等等。「因為」一詞重複出現，實際上，根本也為說到任何真正的原因。類似訊息如「這樣、這樣的、這樣子的」，有細微的變化。一開始，五音節的詞組「這一個工作」斷裂成單音

節的文字，雖然並未違反語法或詞法，但已然不是完整句式。僅有一個五音節詞組是完整的問句，另一個五音節「是那一個人」，卻不再是完整的詞組單位了，有如新詩語言跨句斷裂的句式。「應該　　是你」的訊息出現二次，形式卻不相同，這是作者的巧思。在音韻方面，第二、三句以「的」字收尾；末四句則是以「因為、個」字交錯收尾；中間段落中的字「力，你，樣，也，平」等字，其韻母結構中皆有／i／元音，形成特殊的音韻效果。

　　上文舉列出數個段落，在書中是以散文形式出現，然若是以標點符號為分界點將其分行列出，如（4f, 4g），便能顯示出詩語言斷裂句式的目的，以及發現押韻或節奏改變的效果。仔細看來，敘述句式最常用，長短句交錯，再加上留白空格，變化更多。活用、多用破折號，在於或是轉折情節，或是補充強調說明。相同或近義詞彙、詞組重複出現的現象頗為普遍，但是句子斷裂情況更加顯著多元，雙音節、三音節的停頓多半能與詞法句法相符合，但使用斷裂到單音節詞愈來愈多，字詞之間的距離遠近也不同，在視覺和聽覺上都讓人有特殊的感受。

## 四　結語

　　本文主要分析王文興長篇小說《背海的人》中斷裂句式有如新詩語言的風格特徵。王文興是現代極重要的華文作家，王文興創作生涯、創作理念及態度可以從二部小說的序文中得知一二。在《家變》序中提到：

　　　　我大概每寫一句，都在翻譯英文的節奏。先是英文的節奏，然
　　　　後變成翻譯的中文。一句寫完大概經過四十句的挑選修改，才

　　有最後的一句。⋯⋯如果整句話的節奏出不來的話，這句話絕
　　對不能要，要一再地改寫。節奏好不好聽，這是次要，是能不
　　能表達原來的意思，這個最重要。節奏是音調的上下，還有文
　　句的長短。有時候辛苦寫下十九個字下來，最後覺得應該二十
　　字才夠，這個字就是出不來，少一個字就要重來。所以，長句
　　短句也是跟節奏有關係，不光是單字。

由上述可知王文興在書寫長句、短句之交錯變化時，一定顧慮到節奏
問題，因為這些節奏韻律可以同時展現閱讀視覺和朗讀聽覺二方面不
同的效果。在《背海的人》序文中，他也說：「我要表呈的，都已經
寫在書裡面了。似乎再多說一句都是多餘的話了。⋯⋯兩年的時間都
花在抄寫和出版校對上。而抄寫與校對也是非辦不可的」，從這段說
明，也很清楚表明王文興創作的嚴謹態度。上、下冊中很明顯地發現
長句、短句數量差異懸殊，以致形成不同的語言風格[23]。王文興在創
作時，和前文提及的多位新詩作家一樣，以打造藝術的心情鍛鍊文
字。他刻意多次重複詞彙，使句子延長，結構複雜化，形成許多結構
複雜難解的長句篇章。王文興選用多元文字符號，打破約定俗成的音
義形的關係，刻意因留白、空破折號等使句子斷裂成詞彙及詞組，形
成雙音節或三音節的停頓，又多次重複，使閱讀起來強調語氣簡潔有
力，形成另一種風格特徵。王文興所創做出如新詩語言般書寫風格，
令讀者閱讀時語必須放慢腳步詳加思量，細細品味其中如歌音樂性般
的情節[24]，從而爬梳王文興對人、對人生的體悟。本文因時間篇幅所

---

23　王文興：《家變六講——寫作過程回顧》（臺北市：麥田出版社，2009年）。

24　張韻如：〈語言6音樂的的文體結構所呈現的音樂性〉，《中華大學教育暨外國語文學
　　報》第3期（2006年），頁51-60。文中提到小說中的篇章結構也展現出語言與音樂
　　平行的關係。一般說來，讀者閱讀日常生活中所常接觸的文體，速度自然比較快。

限，文中僅能先行分析數段文字，未來期能以建立語料庫方式，分析變異句式的類型，分別標注與歸類，期以呈現語言風格之差異面貌。

如果是不熟悉的，就會感到阻力而不得不放慢速度，始能了解其中含意。這是把熟悉的轉為不熟悉的「陌生化」手法，如此一來，讀者在閱讀速度上的快慢造成了一種具有音樂性的節奏感。

# 參考文獻

仇小屏　〈論新詩「以句構篇」之類型及其特色〉　《成大中文學報》　第 12 期　2005 年　頁 1-22

王文興　《背海的人上、下冊》　臺北市　洪範出版社　1999 年

王文興　《家變六講 —— 寫作過程回顧》　臺北市　麥田出版社　2009 年

王文興　《家變新版》　臺北市　洪範出版社　2001 年

白　靈　〈閃電和螢火蟲——序《可愛小詩選》〉　《可愛小詩選》　臺北市　爾雅出版社　1997 年　頁 1-22

李翠瑛　〈以「重複」為基礎的修辭技巧論新詩的節奏變化〉　《國文天地》　第 20 卷第 2 期　2004 年　頁 64-73

沈用大　〈新詩的句式〉　《江蘇大學學報：社會科學版》　第 6 期　2010 年　頁 135-140

林孟萱　《洛夫詩的用字及句式特色》　新竹市　清華大學語言學研究所碩士論文　2000 年

林明德、李豐楙、呂正惠、何寄澎、劉龍勳　《中國新詩賞析（三）》　臺北市　長安出版社　頁 96-99

林秋芳　《胡適新詩節奏理論的形成》　桃園市　中央大學中國文學系碩士論文　2016 年

林曉文　《徐志摩詩的韻律風格研究》　臺北市　政治大學國文教學碩士在職專班碩士論文　2014 年

竺家寧　《語言風格語文學韻律》　臺北市　五南圖書出版公司　2001 年

洪珊慧　〈一個人的獨白——王文興《背海的人》「爺」的語言探析〉
　　　　《台灣文學研究學報》　第 16 期　2013 年　頁 85-110

翁文嫻　〈新詩語言結構的傳承和變形〉　《成大中文學報》　第
　　　　15 期　2006 年　頁 179-197

袁國興　〈「音節」和詩藝的探究——對 1920 年代中期開始的一種新
　　　　詩發展動向的考察〉　《福建論壇：人文社會科學版》　第
　　　　1 期　2009 年　頁 92-96

張漢良著　蔣淑貞譯　〈王文興《背海的人》的語言信仰〉　康來
　　　　新、黃恕寧主編　《喧囂與憤怒——《背海的人》專論》
　　　　臺北市　臺大出版中心　2013 年　頁 252-274

張誦聖　《文學場域的變遷》　臺北市　聯合文學出版社　2001 年

張　默　《小詩選讀》　臺北市　爾雅出版社　1987 年

張韻如　〈語言及音樂的關聯——論《家變》的文體結構所呈現的音
　　　　樂性〉　《中華大學教育暨外國語文學報》　第 3 期　2006
　　　　年　頁 51-60

陳本益　〈《死水》的格律句式試析〉　《昆明師範學院學報：哲學
　　　　社會科學版》　第 3 期　1983 年　頁 52-57

陳本益　〈論新格律詩句式〉　《西南師範大學學報：人文社會科學
　　　　版》　第 1 期　1986 年）　頁 45-53

陳其強　〈徐志摩詩的形式感與內在精神〉　《浙江師範大學學報》
　　　　第 3 期　2002 年　頁 6-9

陳啟佑　〈新詩緩慢節奏的形成因素〉　《中外文學》　7 卷 1 期
　　　　1978 年　頁 182-201

湯廷池　〈國語分裂句、分裂變句、準分裂句的結構與限制之研究〉
　　　　《語言學語語文教學》　臺北市　臺灣學生書局　1981 年
　　　　頁 109-206

蕭　霜　〈借鑒文言詩的句式建立新詩行〉　《溫州師範學院學報：哲學社會科學版》　第 4 期　1989 年　頁 19-23

黃維樑　〈中國傳統詩歌格律的現代化：聞一多對新詩形式的啟示〉《文星》　第 101 期　1986 年　頁 120-123

楊如雪　《文法 ABC》　臺北市　萬卷樓圖書公司　1998 年

楊昌年　《新詩賞析》　臺北市　文史哲出版社　1982 年　頁 52-53

葉維廉　〈語法與表現〉　《比較詩學》　臺北市　東大圖書出版公司　1983 年　頁 27-35

鄭恆雄　〈《背海的人》中的和聲、對位與變奏〉　康來新、黃恕寧主編　《喧囂與憤怒——《背海的人》專論》　臺北市　臺大出版中心　2013 年　頁 302-350

鄭恆雄　〈文體的語言的基礎——論王文興《背海的人》的〉　康來新、黃恕寧主編　《喧囂與憤怒——《背海的人》專論》臺北市　臺大出版中心　2013 年　頁 184-222

黎運漢　《現代漢語修辭學》　臺北市　書林出版公司　1991 年

譚雅倫　〈簡說現代詩格律〉　《中外文學》　3 卷 1 期　1974 年頁 27-30

# 《全宋詞》穿簾聽覺意象析論<sup>*</sup>

黃淑貞

慈濟大學東方語文學系副教授

## 摘要

　　因風吹、簾疏及聲音具穿透性等因素影響，簾幕之隔，隔不斷禽蟲、風雨、樂音等穿簾而來的聽覺意象，予人獨特的審美想像及情感暗示，故宋代詞人多愛從簾幕以吐納世界，且為認識、理解、把握傳統建築空間藝術內涵帶來一個有效的切入點。本文即以唐圭璋所校勘增補的《全宋詞》為核心文本，一、探討穿簾而來的聽覺意象，和詞人傷春惜時悲秋怨別等心理有著深層聯繫；二、探討因直接性形象的隱蔽，人不能有效掌握簾外聽覺意象的方位或距離時，空間定位的模糊化會產生朦朧有餘味的審美感受；三、探討因宋代文人的審美興味趨於內向與感性，隔中透出的聽覺意象可興發審美想像，引人超越現實領域，心遊於深遠意境。

**關鍵詞：《全宋詞》、簾、聽覺意象、模糊化空間、心遊**

---

\* 本文為科技部104年度研究計畫「《全宋詞》帷帳意象的室內空間分隔藝術研究」（MOST 104-2410-H-320-008-）的部分研究成果。

# 一　前言

　　李允鉌（1930-1989）的研究指出，中國建築最早用於室內空間分隔的設施之一，就是活動性的簾幕。[1]「簾施於堂之前，以隔風日而通明。」[2]捲起時，可以引入戶外園林景致，拉開視覺審美空間。垂下時，簾幕所起的空間分隔作用，可以截斷旁人窺探的視線，滿足遮蔽、防寒、保暖等需求；[3]受「疏簾風動，漏聲隱隱，飄來轉愁聽」（柳永〈過澗歇近〉；冊 1，頁 38）、「薄雨隔輕簾」（賀鑄〈菩薩蠻〉；冊 1，頁 520）[4]的風吹、簾疏等因素影響，簾外的更漏聲風聲雨聲又會「透」、「穿」而來，直接刺激人的知覺感官，故宗白華（1897-1986）指宋代詞人愛從簾幕以吐納世界景物。[5]

　　「人稟七情，應物斯感，感物吟志，莫非自然。」[6]人之所以能認識空間、捕捉外在世界的訊息，是因為人具有視、聽、嗅、味、觸等感覺。而感覺，除了向外張開的「生理」作用，還包含內在的「經驗再生」及「潛意識」等作用。[7]其中，屬於高級感覺（higher

---

1　李允鉌：《華夏意匠：中國古典建築設計原理分析》（臺北市：明文書局，1993年10月再版），頁295。

2　〔東漢〕許慎著，〔清〕段玉裁注：《說文解字》（臺北市：黎明文化事業公司，1985年9月增訂1版），頁193。

3　黃淑貞，〈《全唐五代詞》簾意象之分隔藝術試探〉，《章法論叢》第七輯（臺北市：萬卷樓圖書公司，2013年11月），頁219-246。

4　本篇論文所引用的宋詞，俱見唐圭璋校勘增補：《全宋詞》（北京市：中華書局，1998年11月1版7刷）。為節省篇幅及檢索便利，底下皆直接標示冊數和頁碼於所引詞句後面。

5　宗白華：《美學散步》（臺北市：洪範書店，2001年1月初版6印），頁48-49。

6　〔梁〕劉勰：《文心雕龍・明詩》，卷二（臺北市：臺灣開明書店，1993年5月臺17版），頁1。

7　王夢鷗：《文學概論》（臺北市：藝文印書館，1982年10月2版），頁111。

senses）的視空間知覺和聽空間知覺，更是美感經驗的主要來源。[8]因為自審美觀點言，美的享受需要自由與浮動的心境；而視空間知覺和聽空間知覺，不僅其知覺內容能明顯清晰地呈現於人之前，而且較少實質與強求性，具有更豐富、更容易再生的審美內涵。[9]

　　當亮度不足或空間受限時（如簾幕隔離視線），視覺無法發生作用，空間知覺能力的獲得，則主要藉助於聽覺。[10]而簾幕之隔，又為認識、理解、把握傳統建築空間及藝術內涵帶來一個有效的切入點，予人獨特的審美想像。所以本文側重於聽覺，[11]以唐圭璋（1901-1990）所校勘增補的《全宋詞》[12]為核心文本，探討穿簾幕而來的聽覺意象，探討因無法有效掌握聲源的方位或距離而產生的空間定位的模糊化，探討隔中透出聽覺意象所體現的想像性的心遊。

## 二　穿簾聽覺意象多體現詞人孤寂哀傷之心緒

　　李澤厚（1930-）、吳功正（1943-）的研究指出，中晚唐以後的審美興味轉向生活細節的欣賞和內心些微意趣的咀嚼，宋詞的審美價

---

8　邱明正指出，在美的創造中，重視感覺、表現感覺，有助於創造形式美，使其具有鮮明性、新穎性、表情性和象徵性，成為有意味的形式，增強觀者的感受性。見《審美心理學》（上海市：復旦大學出版社，1993年4月1版1刷），頁15。

9　姚一葦：《審美三論》（臺北市：臺灣開明書店，1993年2月12版），頁1-6。

10　張春興：《現代心理學》（上海市：上海人民出版社，2004年11月21刷），頁133。

11　穿垂簾之「隔」透出來的形色與光影等視覺意象，及其細膩幽微的情思與美感，參見黃淑貞〈《全宋詞》垂簾「隔中有透」視覺意象探析〉，《臺大文史哲學報》第80期（2014年5月），頁81-108。

12　唐圭璋參照《全唐詩》體例，對舊版《全宋詞》進行改編增補、斷句校勘。凡宋人文集中所附、宋人詞選中所選、宋人筆記中所載之詞作，皆一併採錄；更旁求類書、詩文總集別集、筆記小說、書畫題跋、金石錄、花木譜、方志等。重編訂補後，不論在材料或體例上，較舊版都有一定的提高。由於考訂精審，收錄齊備，引用書目達530多種，成為研究宋詞最重要的參考文獻。

值、藝術表現趨於感性心態的表露，「無限深幽」[13]的簾內世界因而成為時代審美精神的觀照。[14]如沈蔚〈不見〉：

> 日過重簾未捲。裊裊欲殘香線。午醉卻醒來，柳外一聲鶯囀。不見。不見。門掩落花深院。（冊2，頁707）

未捲的重簾使詞境靜謐化，反映一種隔絕感。「裊裊」位移的「欲殘香線」，是細膩精敏「詞心」的審美新發現。穿簾之「隔」而來的「一聲鶯囀」，雖不能具體呈現於人的視野，但通過豐富的聯想和想像，與薰香等嗅覺意象形成同構的信息，[15]令落花庭院得聲音襯托而愈覺其「深」與「蔽」，以道低徊要眇之情。

因風吹、簾疏及聲音具擴散性、穿透性等因素影響，簾幕之「隔」，隔不斷禽蟲、風雨、樂音等聽覺意象。詞，「發源於《風》、《雅》，推本於《離》、《辯》。故其情長，其味永，其為言也哀以思，其感人也深以婉」。[16]且以描摹「心態」為勝事，故「曉簾垂，驚鵲去」（晏殊〈喜遷鶯〉；冊1，頁94）、「隔簾聽燕呢喃語。似說相思苦」（沈端節〈虞美人〉；冊3，頁1683）等穿簾而來的鵲聲燕語，[17]

---

13 李清照〈滿庭霜〉：「小閣藏春，閒窗鎖晝，畫堂無限深幽。篆香燒盡，日影下簾鉤。……」見《全宋詞》，冊2，頁925-926。

14 李澤厚：《美的歷程》（臺北市：元山書局，1986年8月），頁156-159；吳功正：《中國文學美學》（南京市：江蘇教育出版社，2001年9月1刷），頁569-571。

15 馬良：〈聽覺藝術中的視覺判斷〉，《樂府新聲》2003年1期（2003年1月），頁12。

16 〔清〕陳廷焯：《白雨齋詞話‧自序》（上海市：上海古籍出版社，2009年8月1版1刷），頁4。

17 「燕燕于飛，差池其羽」，「頡之頏之」、「下上其音」（〔清〕阮元校勘《十三經注疏‧詩經‧邶風‧燕燕》，臺北市：藝文印書館，嘉慶二十年江西南昌府學開雕本，頁77-78）的「雙語燕」，令人觸聲生情。〔晉〕張華《師曠禽經》注：「鵲噪則喜生。」〔清〕陳夢雷編：《古今圖書集成‧鵲部》第63冊（臺北市：鼎文書局，

其間必經過一個選擇的歷程，再通過人的聽覺等本質力量對審美對象訴之敏銳的直覺思維，並由此展開審美聯想和想像，成為詞人情感投射的對象，[18]以表現特定的情思。

如「鷓鴣喚起南窗睡。密意無人寄。幽恨憑誰洗。修竹畔，疏簾裡」（謝逸〈千秋歲〉；冊 2，頁 649）的鷓鴣聲，聲中寄有胡馬北嘶、幽恨哀思。[19]「畫簾深……風聲約雨，暝色啼鴉暮天杳」（呂渭老〈早梅芳近〉；冊 2，頁 1116）的烏鴉，全身黑羽，鳴聲粗啞。日暮時的溫度、濕度和暝色又影響著人的生理及情緒，易生苦悶傷感的聯想。[20]「一聲杜宇。滿地落紅愁不語。……珠簾休捲」（曾覿〈減字木蘭花·席上賞宴賜牡丹之作〉；冊 2，頁 1315）的杜鵑，「夜啼達旦，血漬草木，凡鳴皆北嚮」，[21]觸動詞人心靈深處最細微的傷春與悲愁。「晴影度簾遲。花外一聲鶗鴂」（韓淲〈朝中措·次韻〉；冊 4，頁 2240）的鶗鴂，春末夏初的鳴叫聲，予人「百草不芳」[22]的傷感。

---

1976年2月初版），頁201。除了報喜、報晴，鵲鳥尚寓相會、漂泊、淒涼之意。見黃文吉：〈唐宋詞中「鵲鳥」的意義〉，《黃文吉詞學論集》（臺北市：臺灣學生書局，2003年11月初版），頁109-132。

18 楊海明：《唐宋詞風格論》（鎮江市：江蘇大學出版社，2010年10月1版1刷），頁15。又張奎華〈簾幕意象下的主旨〉也指以簾幕為審美意象的言情主旨主要在於閨閣閒愁、離情別緒及傷逝之嗟。《臨沂大學學報》36卷2期（2014年4月），頁76-80。

19 賈祖璋《鳥與文學》：「《北戶錄》引《廣志》云：鷓鴣鳴云『但南不北』，如是云云，定由人想像其鳴聲的沉怨，而後意造成之。」賈柏松、韓仁煦、尤廉編：《賈祖璋全集》（福州市：福建科學技術出版社，2001年9月1版），頁162。

20 自《詩經》以來，日暮意象即活躍於思婦念遠及閨中幽怨等抒情系統，宋詞也承此傳統。王立：《心靈的圖景──文學意象的主題史研究》（上海市：學林出版社，1999年2月1版1刷），頁274-276。

21 〔晉〕張華：《師曠禽經》注，收入〔清〕陳夢雷編：《古今圖書集成·杜鵑部》，第63冊，頁418。

22 《楚辭·離騷》：「恐鶗鴂之先鳴兮，使夫百草為之不芳。」〔東漢〕王逸：《楚辭章句》（臺北市：藝文印書館，1974年4月再版），頁60。

「碧紗窗外黃鸝語,聲聲似愁春晚。……看風動疏簾」(方千里〈齊
天樂〉;冊 4,頁 2498)的黃鸝,即黃鶯、黃鳥,常出現於平地至低
海拔,兩兩呼應鳴叫,其聲緜蠻,似愁春晚。[23]這些穿簾幕而來的
「外界聲響」,[24]略去了視覺的直接刺激,與詞人審美心理形成同構
契合關係,令孤寂、怨慕、惆悵等情感得到充分的外化。

　　「葉落秋水冷,眾鳥聲已停。陰氣入牆壁,百蟲皆夜鳴」(歐陽
脩〈蟲鳴〉)。[25]這些「啾啾唧唧。夜夜鳴東壁。如訴如歌如涕泣。亂
我離懷似織。畫堂簾幕沉深」(陳德武〈清平樂‧詠促織〉;冊 5,
頁 3459)的「蟲聲有足引心」(《文心雕龍‧物色》)。[26]因為萬物在秋
氣中,人又在萬物中,與時俱變,故簾幕外如涕泣的促織聲,繼承
「悲秋」傳統,[27]予人離懷意緒。如曹組〈品令〉:

---

23　《詩經‧小雅‧緜蠻》:「緜蠻黃鳥,止於丘阿。」〔清〕阮元校勘:《十三經注疏‧
　　詩經》,頁521。〔晉〕張華《師曠禽經》注:「今謂之黃鶯黃鸝是也。野民曰黃栗留
　　語聲轉耳,其色黧黑而黃故名。」收入〔清〕陳夢雷編:《古今圖書集成‧鶯部》,
　　第63冊,頁262。

24　又如「簾外百舌兒,驚起五更春睡」(蘇軾〈如夢令‧春思〉)的百舌鳥,立春鳴
　　囀,夏至後始無聲。「最關情、鵜鴂一聲催」(洪諮夔〈滿江紅〉)的鵜鴂,亦稱
　　「催明鳥」,常成群或單獨棲息平地至低海拔的樹林地帶,由暮春啼至盛夏。韓學
　　宏:《宋詞鳥類圖鑑》(臺北市:貓頭鷹出版社,2004年11月初版),頁21、91。以
　　上所引,依次見《全宋詞》,第1冊,頁311;第4冊,頁2464。

25　〔宋〕歐陽脩,《歐陽脩全集‧居士集一》,卷一(臺北市:華正書局,1975年4月
　　臺1版),頁34。

26　〔梁〕劉勰,《文心雕龍》,卷10,頁1。

27　歐陽脩〈蟲鳴〉:「葉落秋水冷,眾鳥聲已停。陰氣入牆壁,百蟲皆夜鳴。蟲鳴催歲
　　寒,唧唧機杼聲。時節忽已換,壯心空自驚。平明起照鏡,但畏白髮生。」〔宋〕
　　歐陽脩:《歐陽脩全集‧居士集一》,卷一,頁34。宋人悲秋題材常表現為離別相
　　思、人生短暫、有志難酬、羈旅思鄉等四種情感。秋色秋聲,自有其獨特的藝術感
　　染力。王水照:《宋代文學通論》(開封市:河南大學出版社,2005年4月1版2刷),
　　頁416。

乍寂寞。簾櫳靜，夜久寒生羅幕。窗兒外、有箇梧桐樹，早一
葉、兩葉落。獨倚屏山欲寐，月轉驚飛烏鵲。促織兒、聲響雖
不大，敢教賢、睡不著。（冊2，頁802）

季節、氣候的變化會改變空間意境，颯颯秋風吹梧桐「早一葉、兩葉
落」、或「斷霞收盡黃昏雨。滴梧桐疏樹。簾櫳不卷夜沈沈，鎖一庭
風露」（趙鼎〈賀聖朝·鎖試府學夜坐作〉；冊2，頁943）所產生
的聲響效果，帶有悲秋離愁等特定情調，易觸動詞人善感的心靈。[28]
而這種對審美對象一些細微末節的把握，對聽覺意象的細膩觀察和感
受，也反映了宋代社會和宋代文人柔弱化、女性化的詞風。[29]以此，
穿過簾幕的梧桐葉落和促織聲「雖不大」，卻體現和表徵了詞人對春
秋代序、天涯人遠等缺憾的深刻體驗和細細反芻，故而「睡不著」。

　　「西風昨夜穿簾幕。閨院添消索。最是梧桐零落」（花仲胤妻
〈伊川令·寄外〉；冊2，頁883）的風葉聲，可使人全面感受到景物
的存在和變化。「細風疏雨鷺鷥寒。半垂簾幕倚闌干」（賀鑄〈減字
浣溪沙〉；冊1，頁536）的雨意象，雖有疾徐疏密之殊，也因環境及
背景而有明暗闊狹之別；但因同質性高，透過對雨聲的感知，可喚起
一種記憶，寄託相思離愁及人生感懷，成為詞人情感活動的「心理
場」。[30]如「芭蕉襯雨秋聲動。羅窗惱破鴛鴦夢。愁倚□簾櫳」（賀鑄

---

28　宋詞中，以「東風」、「西風」出現的頻率較高，呼應「傷春」、「悲秋」兩大文學主
　　題。梁德林：〈古代詩歌中的「風」意象〉，《社會科學輯刊》1996年2期，頁129。
　　如祖可〈菩薩蠻〉的「西風籟籟低紅葉。梧桐影裏銀河匝。夢破畫簾垂」；周紫芝
　　〈南柯子〉的「雨餘庭院冷蕭蕭。簾幕度微飆。鳥語喚回殘夢，春寒勒住花梢」即
　　是。依次見《全宋詞》，冊2，頁660；冊2，頁883。

29　詞重視細美幽深的抒情本質，表現出普遍共同的女性陰柔思維的特性。繆鉞：《詩
　　詞散論》（臺北市：臺灣開明書局，1982年10月臺7版），頁5。

30　宋詞中的雨意象，以春秋兩季為多，且時間以黃昏夜晚為主。范曉燕：〈論唐宋詩
　　詞中「雨」的審美意象群〉，《深圳大學學報》2002年1期，頁52-59。

〈菩薩蠻〉；冊 1，頁 521）的雨打蕉窗聲，[31]即「隔」心態的形象
化，一旦打斷了反映內心世界的鴛鴦夢，鴛鴦夢構築的理想世界也隨
之殘破，故而將此種愁情滲透到對「透簾穿戶。更灑黃昏雨」（蘇茂
一〈點絳唇〉；冊 4，頁 2560）的風聲雨聲的概括、把握中。

　　宋代隨著城市經濟的發展，「嘌唱」、「小唱」、「唱賺」等歌唱類
和「涯詞」、「淘真」、「鼓子詞」、「諸宮調」等說唱類音樂藝術，亦常
出現生活中。[32]如「簾外早涼天。玉樓清唱倚朱絃」（晏殊〈喜遷
鶯〉；冊 1，頁 94）、「數聲春調清真曲。拂拂朱簾」（王沂孫〈醉落
魄〉；冊 5，頁 3366）等穿簾聲波，經聽覺神經振動後，由中樞神經
系統傳導到大腦皮層影響人的思緒。[33]又如趙師俠〈清平樂‧萍鄉必
東館〉：

　　　　無風輕燕。繚繞深深院。晝永人閒簾不捲。時聽鶯簧巧囀。
　　　　　清和天氣陰陰。南風初奏薰琴。喚起午窗新夢，愁添一掬歸
　　　　心。（冊 3，頁 2090）

---

31 芭蕉等植物葉大而虛，承雨有聲，如王十朋〈芭蕉〉：「草木一般雨，芭蕉聲獨
　　多。」〔清〕陳夢雷編：《古今圖書集成‧蕉部》，第66冊，頁828。

32 兩宋各類群體性的節日如元宵、清明、中秋與個體性的節日如壽慶，上至帝王，下
　　至平民均盛行燕集之風。如《東京夢華錄‧中秋》：「中秋夜，貴家結飾臺榭，民間
　　爭占酒樓翫月，絲篁鼎沸。近內庭居民，夜深遙聞笙竽之聲，宛若雲外。」〔宋〕
　　孟元老：《東京夢華錄》（臺北市：三民書局，2012年4月2版1刷），頁266；修海
　　林、李吉提：《中國音樂的歷史與審美》（北京市：中國人民大學出版社，2008年6
　　月1版1刷），頁114。

33 對音樂節奏的徐緩或急速、音樂旋律的安穩或波折、音色色彩的柔美或不協調等音
　　樂元素，產生期許、愁悶、高興等心靈上的變更，即音樂感覺；對音樂作品的一種
　　綜合性、整體性的掌握，即音樂知覺。陳琳：〈鋼琴彈奏中的聽覺思維初探〉，《劍
　　南文學》2013年4期，頁140-142。

燕之繞、晝之永、人之閒，延展了心理上的深長感。[34]一切美的表現
皆在時間的歷程中以運動形式進行的琴聲，主要倚靠節奏、旋律、力
度、速度、和聲等音樂要素刺激聽覺感官，從而創造一種「情境」。
當人內心所蘊藏的「經驗」或「認知」和琴聲所表現的「情境」相近
時，就會產生與之相對應的心理活動；[35]因此人在深深庭院被穿簾的琴
聲鶯語聲「喚起」時，能直接作用於心而產生「一掬歸心」的共鳴。

## 三　空間定位的模糊化，朦朧有餘味

「轆轤金井卷甘冽，簾外翠陰遮徧」（毛滂〈河滿子・夏曲〉；冊
2，頁 680-681）的轆轤聲，傳到人的耳膜，耳膜接收了振動，再傳達
給神經，產生聽空間知覺的「方位定向」[36]作用，並使人物隱微的內
心世界得以物化。轆轤聲等聽覺意象到達兩耳之間的強度差、時間
差，以及聲音的性質、周圍的環境，是兩耳處理系統用來定位空間的
主要線索。[37]但是當這些主要線索受到簾幕之「隔」所導致的直接性

---

34 閒愁或閒情，異於因宦海浮沉、政治風波而生的貶謫之愁，也不同於因異族入侵、
社會動盪而生的傷亂之愁。楊海明：《唐宋詞與人生》（鎮江市：江蘇大學出版社，
2010年10月1版1刷），頁260-261、293-294。

35 「經驗」包含習慣、知識、技能、思想、觀念的累積，「認知」則包含知覺、想
像、推理、判斷等心理活動。經由「經驗」、「認知」喚起更深入的內在心理時，聽
者一方面體會音樂中的情感內涵，一方面自己的情緒也會和音樂表現的情感相互交
融產生共鳴的關係。邵淑雯：《音樂與心理活動之關聯性探討》，頁143-145；陳
琳：〈鋼琴彈奏中的聽覺思維初探〉，頁140-142。

36 所謂「方位定向」（orientation）是指對「聽覺意象的空間關係」、「位置」（物理
場）和對「審美主體（心理境）所在空間位置」的知覺。彭聃齡：《普通心理學》
（北京市：北京師範大學出版社，2003年1月2版15刷），頁152。

37 對於低頻聲音的定位最重要的線索是聲音到達兩耳的時間差，高頻聲音的定位則主
要靠兩耳之間的強度差。張春興：《心理學》（臺北市：臺灣東華書局，2002年3月2
版51刷），頁292-299。

形象的隱蔽和消蝕，受到「發聲體眾多」、「發聲體位置不確定」、「發聲體一再變動」、「風吹聲動」及「情思與想像的作用」等因素影響時，[38] 就會因為無法有效掌握、判斷「發聲體」（聲源）的方位或距離，形成空間定位的模糊化。

因發聲體眾多而產生空間定位模糊的，如杜安世〈端正好〉的「野禽林栖啾唧語。閒庭院、殘陽將暮。蘭堂靜悄珠簾窣」（冊 1，頁 174）；鄧肅〈臨江仙〉的「庭前鶯燕亂絲簧。醉眠猶未起，花影滿晴窗。簾外報言天色好」（冊 2，頁 1105-1106）；呂渭老〈百宜嬌〉的「隙月垂箆，亂蛩催織，秋晚嫩涼房戶。燕拂簾旌」（冊 2，頁 1125）。詞人面對眾多審美對象時，並非不分先後主次的留下同樣強度、同樣深度的知覺記憶，而是自覺或不自覺地有所選擇。[39]簾外的野禽、鶯燕、蟋蟀等聽覺意象，既是詞人主動選擇後與主觀情感相融合的重現、回憶或聯想，因此由「啾唧語」、「亂絲簧」、「亂催織」等「多」且「亂」的聲源所產生的空間定位「錯覺」，反而可以彰顯一種「草際蟲吟秋露結。……珠簾夜夜朦朧月」（歐陽脩〈蝶戀花〉；冊 1，頁 127）的迷離性審美感受，[40]深化宋詞的意境。

當聲源完全為視覺所不見時，聽覺經驗更是感知「遠距離」（超過觸覺範圍）物象變化的重要線索。如「隔岸人家砧杵急，微寒先到簾鉤」（陳允平〈醉江月〉；冊 5，頁 3100）的砧杵聲，點出了季節變

---

38 仇小屏指空間定位模糊化的情形有四：「發聲體眾多」、「風吹聲動」、「發聲體位置變動」、「發聲體位置不能眼見」（〈論聽覺、嗅覺空間定位之模糊化——以唐宋詩詞為考察對象〉，《文與哲》第九期，2006年12月，頁196-197）。本文取其觀點，並增加「發聲體位置不確定」及「情思與想像的作用」等論點，加以拓展深植。

39 廖國偉：〈試論中國古典詩詞中的聽覺意象〉，《東岳論叢》20卷6期（1999年11月），頁113。

40 邱明正：《審美心理學》，頁154-163；羅燕萍：《宋詞與園林》（北京市：中國社會科學出版社，2012年1月1版1刷），頁159-178。

換，予人牽掛或溫暖感。至於「簾垂深院冷蕭蕭。花外漏聲遙」（柳永〈少年游〉其七；冊 1，頁 33）的更漏聲，及「竹深啼絡緯，響虛堂」（黃鑄〈小重山〉；冊 4，頁 2958）的絡緯聲，因距離「簾內」較遠而不確定位置。它若來自側方，兩耳因為接受聲波刺激的時間有所不同，形成時間差。它若來自正前或正後方，兩耳收聽的時間差消失，可構成「非在前、即在後」的線索。以其竹深、聲遙，不確定位置，為求判斷，也常有「側耳傾聽」的動作出現。[41]一側耳，心也跟著凝注、專一於此聲情中。

發聲體位置「一再變動」的，如「簾外時有蜂兒，趁楊花不定」（毛滂〈散餘霞〉；冊 2，頁 688），及「簾幕閒垂。弄語千般燕子飛」（康與之〈減字木蘭花〉；冊 2，頁 1309）等飛來飛去、不定的蜂聲燕語。又如蔣捷〈昭君怨〉的賣花聲：

> 擔子挑春雖小。白白紅紅都好。賣過巷東家。巷西家。　簾外一聲聲叫。簾裡鴉鬟入報。問道買梅花。買桃花。（冊 5，頁 3442）

「京師凡賣一物，必有聲韻，其吟哦俱不同」。[42]孟元老《東京夢華錄》指賣花者「歌叫之聲，清奇可聽。晴簾靜院，曉幙高樓，宿酒未醒，好夢初覺，聞之莫不新愁易感，幽恨懸生」。[43]這是因為聲波有繞射功能，不容易被完全擋住，聽覺系統仍能察覺斷續飄忽而來的賣花聲的強度及頻率速度變化；而且，因其在「巷東家。巷西家」一再變

---

41 張春興：《心理學》，頁292-299。

42 〔宋〕高承撰、李果訂：《事物紀原‧卷九‧博弈嬉戲‧吟叫》，《叢書集成初編》，冊201（臺北市：臺灣商務印書館，1971年4月），頁353。

43 〔宋〕孟元老：《東京夢華錄‧衛儀回駕》，頁240。

動位置，構成空間定位的不確定性，為文本提供許多猜想的成分，也決定宋詞審美的模糊性、迷離性，[44]增添許多思索、咀嚼、回味的餘地。

聲波是聽覺的適宜刺激，由物體振動產生，它必須通過介質（聲媒）才能傳導給人耳。[45]經過介質「風」的吹動、傳導，「滿庭紅葉飛。蘭堂寂寂畫簾垂」（蔡伸〈阮郎歸〉；冊 2，頁 1016）等紅葉翻飛聲，可刺激神經纖維，引起神經衝動並傳達至大腦皮層而使人對聲音產生感知。聲波在空氣中傳遞時，受到風吹聲動因素的影響，導致聽覺較無法掌握「標的物」，也會產生空間定位的模糊化。[46]如孫道絢〈如夢令‧宮詞〉：

> 翠柏紅蕉影亂。月上朱欄一半。風自碧空來，吹落歌珠一串。不見。不見。人被繡簾遮斷。（冊 2，頁 1248）

歌聲的能量藉由「自碧空來」的「風」之運動而傳遞開來，也因風而「吹落」。風會佔據空間，歌聲也必然會與空間發生聯繫。當「歌珠」自歌者的發聲器官出發，再以人體其他感官和聽覺器官的「共感覺」來展現個人情思時，歌聲與空間不再只是簡單的物理關係，而是通過音色、節奏、旋律，與審美主體的感知、理解、情感、聯想、想像等審美心理活動產生深刻的內在聯繫。[47]《禮記》〈樂記〉：「歌者，

---

44 王長俊：《詩歌意象學》（合肥市：安徽文藝出版社，2000年8月1版1刷），頁45-49、85-86。

45 張春興：《現代心理學》，頁100。

46 聲音的強弱又與空氣中分子密集與稀疏的分佈情形，即音波的振幅（amplitude）有關。邵淑雯：《音樂與心理活動之關聯性探討》（臺北市：樂韻出版社，1996年4月初版），頁110。

47 羅基敏：《文話／文化音樂》（臺北市：高談文化事業公司，1999年4月初版），頁66。

上如抗，下如隊，曲如折，止如槁木，倨中短，句中鉤，纍纍乎端如貫珠。」鄭玄注：「歌聲之著動人心之審，如有此事。」[48]所以「簾不卷。人難見。縹緲歌聲，暗隨香轉」（王質〈紅窗怨‧即事〉；冊3，頁1648），也會通過移覺觸發審美想像，然後統合各知覺意象為瞬間呈示的整體，從而在「象外」構成一個「虛」的意境。

朱光潛（1897-1986）引法國心理學家芮波（Th. Ribot）的觀點指出，以情感為中心的「流散」想像，宜於音樂，因為它所產生的意象雖模糊卻深邃微妙。[49]「樂者，音之所由生也，其本在人心之感於物也」；[50]隨之興起的情思與想像，「引人於冥漠恍惚之境」（葉燮〈原詩〉），也會影響空間定位的模糊化。因為人無法測量樂音所擴散的空間範圍，更無法測量聽者內心的想像空間。這種想像空間隨樂音的出現、延續而不斷變化；想像昇華時，也賦予音樂空間更大的不確定性。如「起秋風。管弦聲細出簾櫳」（晏殊〈望仙門〉；冊1，頁102）的管弦聲之所以能對人的生理、心理產生影響，主要是音樂的聲波藉「風」傳導，經聽覺神經振動後，一方面經周圍神經系統，影響人的肌肉運動及內臟各器官；一方面經由中樞神經系統傳導到大腦皮層，影響人的知覺、思緒、記憶及想像。[51]如《呂氏春秋‧仲夏紀第五‧侈樂》即指「樂之有情，譬之若肌膚形體之有情性」，[52]以致

---

48 〔清〕阮元校勘：《十三經注疏》〈禮記〉，嘉慶二十年江西南昌府學開雕本（臺北市：藝文印書館，1985年12月10版），頁702。

49 朱光潛：〈聲音美〉，《文藝心理學》（臺北市：臺灣開明書店，1999年1月新排1版），頁375-376。

50 〔清〕阮元校勘：《十三經注疏》〈禮記〉〈樂記〉，頁663。宋代教坊樂部的主要樂器，有屬於氣鳴樂器的觱篥、笛、笙、簫、篪、箎等，屬於弦樂器的琵琶、箜篌、箏、稽琴、琴、瑟等，屬於打擊樂器的方響、拍板、鈸、鼓、建鼓、羯鼓、鐘等。見宋‧高承撰、李果訂，《事物紀原‧樂舞歌聲》，卷二，頁65-78。

51 陳琳：〈鋼琴彈奏中的聽覺思維初探〉，《劍南文學》2013年4期，頁140-142。

52 〔秦〕呂不韋等編：《呂氏春秋》（臺北市：華正書局，1985年8月），頁266。

「隔簾聽,贏得斷腸多少」(柳永〈隔簾聽〉;冊 1,頁 30)。而且,因為和實有物象形成阻隔與距離,使得「簾幕重重音韻透」(黃庭堅〈木蘭花令〉;冊 1,頁 392)的樂音聽覺意象,淡遠、空靈。而空靈,啟動聯想、催發想像最活躍。詞境得之於它,益顯深遠幽靜。[53]

## 四　想像性的心遊,呈現深遠意境

　　況周頤(1859-1926)《蕙風詞話》:「人靜簾垂,燈昏香直。窗外芙蓉殘葉颯颯作秋聲,與砌蟲相和答。據梧冥坐,湛懷息機。每一念起,輒設理想排遣之。乃至萬緣俱寂,吾心忽瑩然開朗如滿月,肌骨清涼,不知斯世何世也。」[54]這是人在簾幕「隔」成的內向靜態空間所體現的心遊。隔,使客體的颯颯風葉蟲鳴聲和主體(聽者)之間,產生空間距離,形成外實而內靜的神韻,生活其間的人得以靜靜舒展「睡起憑闌無緒,聽幾聲啼鴃」(趙與仁〈好事近〉;冊 5,頁 3260)的聽覺神經。如歐陽脩〈踏莎行〉的「小軒深院是秋時。風葉墮高枝。疏簾靜永」(冊 1,頁 175);盧祖皋〈謁金門〉的「深院靜。隔葉鳴禽相應。金鴨雲寒閒夢遠。轉簾花月影」(冊 4,頁 2407)即是。具園林氣氛的簾垂小院,獨立、完整、圍合,有著較好的私密感,滿足功能上和心理上的需求,並和穿簾而來的鳴禽風葉等聽覺及其他知覺意象同為詞情發展完形一個典型或特殊的「場」,體現由靜而「見深」[55]的詞境。

---

53　宗白華指空靈與充實是藝術精神的兩元。《美學全集》,第2冊(合肥市:安徽教育出版社,1996年9月2刷),頁346。

54　〔清〕況周頤:《蕙風詞話》(上海市:上海古籍出版社,2009年8月1版1刷),頁9。

55　〔清〕況周頤《蕙風詞話》:「韓持國〈胡搗練令〉過拍云:『燕子漸歸春悄,簾幕垂清曉。』境至靜矣,而此中有人,如隔蓬山。思之思之,遂由淺而見深。」頁25。

　　兩宋文化藝術由唐代的向外拓展轉為向內咀嚼，又值古典園林藝術成熟、園林生活成為時代風潮；[56]依違於仕隱之間的知識份子，遊心於「水石潺湲，風竹相吞，爐煙方裊，草木自馨。人間清曠之樂，不過如此」（米芾〈西園雅集圖記〉）的壺中天地，[57]「能達於進退窮通之理，能達於此而無累於心，然後山林泉石可以樂」（歐陽脩〈答李大臨學士書〉）[58]，然後得「形骸既適則神不煩，觀聽无邪則道以明」（蘇舜欽〈滄浪亭記〉）的「真趣」。如周密〈少年遊‧賦涇雲軒〉：

> 松風蘭露滴厓陰。瑤草入簾青。玉鳳驚飛，翠蛟時舞，噴薄滅春雲。　　冰壺不受人間暑，幽碧哢珍禽。花外琴臺，竹邊棋墅，處處是閒情。（冊5，頁3281）

宋代文人將自己的人格理想與追求賦予松蘭花木珍禽及琴棋，「夏夜泉聲來枕簟，春風花影透簾櫳。行樂興何窮」（王安中〈安陽好‧九首并口號破子〉其二；冊2，頁751），也「處處是閒情」。此「閒情」之「樂」，是一種不為外物所累的超然態度，是《宋史》所記載的程顥「自再見周茂叔後，吟風弄月以歸，有『吾與點也』之意」，[59]

---

56 張毅：〈向內收斂的創作心態〉，《宋代文學思想史》（北京市：中華書局，2004年2月1版1刷），頁19-31。

57 中唐到兩宋，確立了中國古典園林「壺中天地」的基本空間原則，在壺中建構完整的宇宙世界，以見其人格理想。王毅：〈中唐到兩宋園林〉，《園林與中國文化》（上海市：上海人民出版社，1991年7月1版1刷），頁137-159、452-473。

58 又〈浮槎山水記〉：「至於蔭長松，藉豐草，聽山溜之潺湲，飲石泉之滴瀝，此山林者之樂也。」〔宋〕歐陽脩：《歐陽脩全集‧居士集二》，卷2，頁114；《居士外集二》，卷3，頁99。

59 〔元〕脫脫等撰：《宋史‧列傳‧道學一》，卷427（北京市：中華書局，2004年4月1版5刷），頁12712。

是《朱子語類》所記載的「篤信好學，未如自得之樂」。[60]它不是通過理性的「知」，而是通過感性的「心遊」、「神遊」，使宋代文人的藝術心靈得以進入審美歷程，[61]自得、居安資深於園林藝術及其知覺意象中。[62]如謝逸〈謁金門〉：

> 簾外雨。洗盡楚鄉殘暑。白露影邊霞一縷。紺碧江天暮。
> 沈水煙橫香霧。茗椀淺浮瓊乳。臥聽鷗鴣啼竹塢。竹風清院宇。（冊2，頁646）

自然界的鷗鴣聲等聽覺意象，雖然不是全部，但大都有節奏，具「起和伏」、「往與復」的韻律，不但引導出一種動態的次序性，更能興發審美想像，對人內在的情感、思緒產生「滲透力」。[63]「惟不可名言之理，不可施見之事，不可徑達之情，則幽渺以為理，想像以為事，惝恍以為情」[64]；故 Eduard Hanslick（1825-1904）指人能意識到聲音美

---

60 〔宋〕黎靖德編：《朱子語類‧論語十四‧雍也篇三》，第二冊，卷之三十二（濟南市：山東友誼書社，1993年12月1版1刷），頁1382。

61 莊子的「游」具有幾個特點：一、「游」是悠游自在，隨心所欲，漫無目的；二、「游」是無約束的，既無空間的局限，也無時間的局限；三、「游」是「心游」，在這一點上，莊子的「心游」與審美、與藝術太相似；如《宋書》〈宗炳傳〉：「老疾俱至，名山恐難遍睹，唯當澄懷觀道，臥以游之。」陳望衡：《中國古典美學史》（長沙市：湖南教育出版社，1998年8月1版1刷），頁110-111。

62 《孟子》〈離婁下〉：「君子深造之以道，欲其自得之也。自得之，則居之安；居之安，則資之深；資之深，則取之左右逢其原，故君子欲其自得之也。」宋人在此注入了「獨立意識與主體精神」及「一種自由平和的精神境界」的新內涵。李青春：〈自得範疇從宋學向宋代詩學的轉化〉，《宋學與宋代文學觀念》（北京市：北京師範大學出版社，2001年10月1版1刷），頁110。

63 邵淑雯：《音樂與心理活動之關聯性探討》，頁61。

64 〔清〕王夫之等撰，丁福保編：《清詩話》（臺北市：明倫出版社，1971年12月初版），頁587。

的存在，並非僅由情感，且是一種想像。[65]「佳興秋英春草，好音夜鶴朝禽。閒聽天籟靜看雲」（周密〈風入松·為謝省齋賦林壑清趣〉；冊5，頁3281）等自然聲響，即《莊子》〈齊物論〉所謂的「天籟」、「地籟」，是天地最幽微的樂音，以其節奏產生不同深度的感染力，引人「臥聽」而共鳴。尤其簾幕垂下後的雨聲特別具有穿透力，雨所「洗淨」的空間也是詞人的心靈世界，寓情思或哲理在其中，[66]共簾幕內的薰香煙霧茶水浮沫等意象，表達空、淡、閒、靜的詞境。

創作心態趨於內向與收斂，宋代文人的生活型態也跟著調整，回歸到「看簾垂、清畫一張琴，中閒著」（徐元杰〈滿江紅〉；冊4，頁2860）、「且料理琴書，夷猶今古」（張炎〈真珠簾·近雅軒即事〉；冊5，頁3484）的琴書生活。[67]如韓彥古〈浣溪沙〉：

> 一縷金香永夜清。殘編未掩古琴橫。繡衾寒擁寶缺明。　　坐聽竹風敲石磴，旋傾花水漱春醒。落梅和雨打簾聲。（冊4，頁2214）

靜謐的簾幕世界，有「一縷金香」氤氳上騰等日常細節的欣賞，也有古琴、「有花香、竹色賦閒情，供吟筆」（吳文英〈滿江紅〉；冊4，頁2936）或「試展鮫綃看畫軸，見一片、瀟湘凝綠」（王觀〈雨中花

---

65 「想像」即在心眼中見到的一種意象，亦即根據實際的需求與規律，對腦中所儲存的各種信息進行改造、重組，以形成新意象的思維活動。朱光潛：《文藝心理學》，頁224；愛德華·漢斯力克（Eduard Hanslick）著，陳慧珊譯：《論音樂美：音樂美學的修改芻議》（臺北市：世界文物出版社，1997年11月初版），頁26。

66 林聲翕：《談音論樂》（臺北市：東大圖書公司，1989年11月初版），頁7-12。

67 楊海明指出，一是宋朝鼓勵享樂和優待文吏的政策，二是宋代高度發達的商業經濟和富麗的都市風情，三是宋人自我價值的升值和人生行樂思想的膨脹；故宋代文人的生活情趣和審美興趣有明顯的嗜雅傾向。《唐宋詞與人生》，頁120-138。

令‧夏詞）；冊 1，頁 261）等藝術審美活動，[68]更可以「坐聽」竹風
敲打石磴、雨打竹簾的聲音。簾外風雨聲的穿透性、時間性凸出，置
靜意於聲動中，尤能直接喚起簾內人的想像，賦予空間深度、深靜。

　　「一簾煙雨琴書潤」（曾覿〈菩薩蠻‧次韻龍深甫春日即事〉；
冊 2，頁 1324），平淡寧靜的琴書生活及園林藝術，成為文人「內有
自得」的依據。[69]音樂具「傳聲而不形狀」的特質，其存在依賴物質
條件最少，所受到的限制也相對減少，能直接作用於人的身心；而
琴，作為最重要的文人樂器，音韻幽遠，恰合心志精微的變化，不但
能表現心靈，也最能感動心靈。[70]「宮聲感人，則其意歡和；商聲感
人，則其意勁正；角聲感人，則其意奮屬；徵聲感人，則其意舒緩；
羽聲感人，則其意和平」（〈琴聲論〉）；[71]故宋代詞人多為「誰理商聲
簾外悄，蕭瑟懸瑢鳴玉」（張炎〈壺中天‧養拙園夜飲〉；冊 5，頁
3489）的琴聲意象籠上垂簾，形成美學上的心理距離。甚且，不僅注
重其「聲」，更重視其「韻」；[72]而「韻」的運用，是視界與心境上的
放逸，是清、微、澹、遠等審美興味的表現，屬於「虛」的層面。[73]

---

68 如歐陽脩〈學書為樂〉：「蘇子美嘗言明窗淨几，筆硯紙墨，皆極精良，亦自是人生
　　一樂。……余晚知此趣，恨字體不工，不能到古人佳處。若以為樂，則自足有
　　餘。」《歐陽脩全集‧試筆》，卷五，頁117。

69 北宋仁宗時期實現的詩文美學風格革新，使得文人士子的平靜書齋充溢著美的韻
　　味。霍然：《宋代美學思潮》（長春市：長春出版社，1997年8月1版1刷），頁132。

70 朱光潛：《文藝心理學》，頁370。

71 〔明〕明成祖敕撰：《永樂琴書集成》，卷二（臺北市：新文豐出版公司，1983年12
　　月），頁112。

72 聲，指構成旋律的骨幹音，即散音與不加變化之按音。韻，指相對於實音來說的虛
　　音，如不同種類的震音、滑音、走手音等。聲為實音、元音；韻則生於聲，而又被
　　變化和延長的附屬音。葉明媚：〈古琴音樂中虛實手法的運用〉，《古琴音樂藝術》
　　（臺北市：臺灣商務印書館，1996年5月初版2刷），頁83-84。

73 歐純純指古琴演奏美學，可分為四大部分：一是情感之美──淡、古、悠、悲；二
　　是指法與情感兼具之美──雅、靜；三是節奏與情感兼具之美──急、緩；四是音

它有賴心靈內部的「空」及外在簾幕所形成的「隔」，令生活其間的
人，得以超越現實領域，心遊於「抱琴寫幽獨」（葛郯〈蘭陵王・和
吳宣卿〉；冊 3，頁 1547）、或「但寄興、焦琴紈扇」（劉過〈賀新
郎〉；冊 3，頁 2149）等聽覺意象所體現的深遠意境。[74]

# 五　結語

　　簾幕之隔，可截斷視線，造成距離，自成一個封閉安靜的世界。
受「簾幕疏疏風透」（周紫芝〈宴桃源〉；冊 2，頁 884）等因素影
響，仍可「時聽鶯語透簾櫳」（黃夫人〈鷓鴣天〉；冊 5，頁 3853）
來。審美感覺的對象主要是通過視、聽感官和大腦皮層的視聽中樞
接受聲音、形狀、色彩等信息的刺激。當「簾幕低垂閒不捲。玉珂聲
斷曉屏空」（王寀〈玉樓春〉；冊 2，頁 698）時，最能體現人的幽微
思緒的莫過於「聲音」。故本文以《全宋詞》為核心，探討穿簾而來
的聽覺意象及其內涵。主要研究結果為：

　　一、受風吹、簾疏及聲音具穿透性等因素影響，「伴人松雨隔疏
簾」（毛滂〈浣溪沙・松齋夜雨留客，戲追往事〉；冊 2，頁 666）、
「春院深深鶯語。花怨一簾煙雨」（張元幹〈昭君怨〉；冊 2，頁
1101）的風雨禽蟲聲仍會穿簾而來，成為詞人情感投射的對象。「一
簾雲影催詩雨，喚起佳人無限愁」（韓淲〈鷓鴣天・昌甫同明叔飲趙
崇公家〉；冊 4，頁 2260）等隔中透出的聽覺意象，也因而和傷春惜
時悲秋怨別等心理有著深層聯繫。

　　二、簾幕之「隔」導致直接性形象的隱蔽，聽覺經驗成為人掌握

---

　　色與情感兼具之美——清、和。《唐代琴詩之風貌》（臺北市：文津出版社，2000年
　　10月初版1刷），頁52-53。

74 宗白華：〈論文藝的空靈與充實〉，《美學全集》，第2冊，頁346。

中遠距離物象變化的主要線索。當這些主要線索受到「發聲體眾多」、「發聲體位置不確定」或「一再變動」、「風吹聲動」、「情思及想像」等因素影響，人不能有效掌握聲源的方位或距離時，會形成空間定位的模糊化，予人朦朧有餘味的審美感受。「簾外一聲歌，傾盡滿城風月」（周紫芝〈好事近〉；冊 2，頁 889）及「朱簾隱隱笙歌早」（姚述堯〈歸國謠〉；冊 3，頁 1559）等穿簾樂音，也以其音色、節奏、旋律影響人的情思及想像，賦予空間範圍更大的不確定性。

　　三、宋代文人表現一種向內收斂的創作心態，往細膩深微處發展，生活型態因而跟著調整回歸園林，及「手撫歸鴻，坐臨煙雨簾旌潤」（毛滂〈武陵春・月波樓重九作〉；冊 4，頁 2999）的琴書生活。人在珠簾「隔」成的內向靜態空間，汲取小中見大的園林意趣，找到「內有自得」的依據，安頓精神，體現哲思與審美情調。當穿簾幕而來的知覺經驗愈擴展，從聽覺形式取得美感的質與量也愈大，更能興發審美想像。「故寂然凝慮，思接千載；悄焉動容，視通萬里」[75]，生活其間的人也因而得以超越現實領域，心遊於「畫簾人靜，琴心三疊」（劉清夫〈金菊對芙蓉〉；冊 3，頁 673）等聽覺意象所體現的深遠意境。

---

75 王更生：《文心雕龍讀本》，下冊（臺北市：文史哲出版社，1986年11月再版），頁3。

# 參考文獻

## 一　古代典籍（略依年代排序）

〔秦〕呂不韋等　《呂氏春秋》　臺北市　華正書局　1985 年 8 月

〔東漢〕許慎著　〔清〕段玉裁注　《說文解字注》　臺北市　黎明
　　文化事業公司　1985 年 9 月增訂 1 版

〔東漢〕王逸　《楚辭章句》　臺北市　藝文印書館　1974 年 4 月
　　再版

〔晉〕張華　《師曠禽經》　《叢書集成初編》　北京市　中華書局
　　1911 年新 1 版

〔梁〕劉勰　《文心雕龍》　臺北市　臺灣開明書店　1993 年 5 月
　　臺 17 版

〔宋〕和峴等著　唐圭璋主編　《全宋詞》　北京市　中華書局
　　1998 年 11 月 1 版 7 刷

〔宋〕歐陽脩　《歐陽脩全集》　臺北市　華正書局　1975 年 4 月
　　臺 1 版

〔宋〕高承撰　李果訂　《事物紀原》　《叢書集成初編》　201 冊
　　臺北市　臺灣商務印書館　1971 年 4 月

〔宋〕孟元老　《東京夢華錄》　臺北市　三民書局　2012 年 4 月 2
　　版 1 刷

〔宋〕黎靖德編　《朱子語類》　濟南市　山東友誼書社　1993 年
　　12 月 1 版 1 刷

〔元〕脫脫等　《宋史》　北京市　中華書局　2004 年 4 月 1 版 5 刷

〔明〕明成祖敕撰 《永樂琴書集成》 臺北市 新文豐出版公司
　　　1983 年 12 月

〔清〕阮元校勘 《十三經注疏・詩經》 臺北市 藝文印書館 嘉
　　　慶二十年江西南昌府學開雕本

〔清〕阮元校勘 《十三經注疏・禮記》 臺北市 藝文印書館 嘉
　　　慶二十年江西南昌府學開雕本

〔清〕陳夢雷編 《古今圖書集成》 臺北市 鼎文書局 1976 年 2
　　　月初版

〔清〕王夫之等 《清詩話》 臺北市 明倫出版社 1971 年 12 月
　　　初版

〔清〕況周頤 《蕙風詞話》 上海市 上海古籍出版社 2009 年 8
　　　月 1 版 1 刷

## 二　近人專著（略依姓氏筆畫排序）

王　立 《心靈的圖景──文學意象的主題史研究》 上海市 學林
　　　出版社 1999 年 2 月 1 版 1 刷

王　毅 《園林與中國文化》 上海市 上海人民出版社 1991 年 7
　　　月 1 版 1 刷

王水照 《宋代文學通論》 開封市 河南大學出版社 2005 年 4
　　　月 1 版 2 刷

王更生 《文心雕龍讀本》 臺北市 文史哲出版社 1986 年 11 月
　　　再版

王長俊 《詩歌意象學》 合肥市 安徽文藝出版社 2000 年 8 月 1
　　　版 1 刷

朱光潛 《文藝心理學》 臺北市 臺灣開明書店 1999 年 1 月新
　　　排 1 版

吳功正　《中國文學美學》　南京市　江蘇教育出版社　2001 年 9 月 1 刷

李青春　《宋學與宋代文學觀念》　北京市　北京師範大學出版社　2001 年 10 月 1 版 1 刷

李澤厚　《美的歷程》　臺北市　元山書局　1986 年 8 月

宗白華　《美學全集》　合肥市　安徽教育出版社　1996 年 9 月 2 刷

宗白華　《美學散步》　臺北市　洪範書店　2001 年 1 月初版 6 印

林聲翕　《談音論樂》　臺北市　東大圖書公司　1989 年 11 月初版

邱明正　《審美心理學》　上海市　復旦大學出版社　1993 年 4 月 1 版 1 刷

邵淑雯　《音樂與心理活動之關聯性探討》　臺北市　樂韻出版社　1996 年 4 月初版

姚一葦　《審美三論》　臺北市　臺灣開明書店　1993 年 2 月 12 版

修海林、李吉提　《中國音樂的歷史與審美》　北京市　中國人民大學出版社　2008 年 6 月 1 版 1 刷

張　毅　《宋代文學思想史》　北京市　中華書局　2004 年 2 月

張春興　《心理學》　臺北市　臺灣東華書局　2002 年 3 月 2 版 51 刷

張春興　《現代心理學》　上海市　上海人民出版社　2004 年 11 月 21 刷

張海鷗　《宋代文化與文學研究》　北京市　中國社會科學出版社　2002 年 4 月 1 版 1 刷

陳望衡　《中國古典美學史》　長沙市　湖南教育出版社　1998 年 8 月 1 版 1 刷

彭聃齡　《普通心理學》　北京市　北京師範大學出版社　2003 年 1 月 2 版 15 刷

黃文吉　《黃文吉詞學論集》　臺北市　臺灣學生書局　2003 年 11
　　　　月初版

楊海明　《唐宋詞風格論》　鎮江市　江蘇大學出版社　2010 年 10
　　　　月 1 版 1 刷

楊海明　《唐宋詞與人生》　鎮江市　江蘇大學出版社　2010 年 10
　　　　月 1 版 1 刷

葉明媚　《古琴音樂藝術》　臺北市　臺灣商務印書館　1996 年 5
　　　　月初版 2 刷

賈柏松、韓仁煦、尤廉編　《賈祖璋全集》　福州市　福建科學技術
　　　　出版社　2001 年 9 月 1 版

歐純純　《唐代琴詩之風貌》　臺北市　文津出版社　2000 年 10 月
　　　　初版 1 刷

霍　然　《宋代美學思潮》　長春市　長春出版社　1997 年 8 月 1
　　　　版 1 刷

繆　鉞　《詩詞散論》　臺北市　臺灣開明書局　1982 年 10 月臺 7 版

韓學宏　《宋詞鳥類圖鑑》　臺北市　貓頭鷹出版社　2004 年 11 月
　　　　初版

羅基敏　《文話／文化音樂》　臺北市　高談文化事業公司　1999
　　　　年 4 月初版

羅燕萍　《宋詞與園林》　北京市　中國社會科學出版社　2012 年 1
　　　　月 1 版 1 刷

三　期刊論文（略依姓氏筆畫排序）

仇小屏　〈論聽覺、嗅覺空間定位之模糊化──以唐宋詩詞為考察對
　　　　象〉　《文與哲》　第九期　2006 年 12 月

范曉燕　〈論唐宋詩詞中「雨」的審美意象群〉　《深圳大學學報》
　　　　人文社會科學版　2002 年 1 月

馬　良　〈聽覺藝術中的視覺判斷〉　《樂府新聲》　2003 年 1 期

梁德林　〈古代詩歌中的「風」意象〉　《社會科學輯刊》　1996
　　　　年 2 期

張奎華　〈簾幕意象下的主旨〉　《臨沂大學學報》36 卷 2 期
　　　　2014 年 4 月

陳　琳　〈鋼琴彈奏中的聽覺思維初探〉　《劍南文學》　2013 年 4 期

黃淑貞　〈《全宋詞》垂簾「隔中有透」視覺意象探析〉　臺灣大學
　　　　《臺大文史哲學報》　第 80 期　2014 年 5 月

黃淑貞　〈《全唐五代詞》簾意象之分隔藝術試探〉　《章法論叢》
　　　　第七輯　臺北市　萬卷樓圖書公司　2013 年 11 月

廖國偉　〈試論中國古典詩詞中的聽覺意象〉　《東岳論叢》　1999
　　　　年 11 月

趙　梅　〈重簾複幕下的唐宋詞──唐宋詞中的「簾」意象及其道具
　　　　功能〉　《文學遺產》　1997 年 4 期

四　外文譯著

愛德華・漢斯力克（Eduard Hanslick）著　陳慧珊譯　《論音樂美：
　　　　音樂美學的修改芻議》　臺北市　世界文物出版社　1997
　　　　年 11 月初版

# 南宋詩海洋書寫之主題探析
## ——以「藉海抒懷」、「特寫海景」二主題為例<sup>*</sup>

顏智英

臺灣海洋大學共同教育中心專任教授

## 摘要

　　由於政治、經濟重心南移，航海技術猛進，詩人親海性大增，南宋詩中海洋書寫的主題內容、藝術風格較北宋更加豐富、生動，有繼承傳統主題者，亦有新興的主題。限於篇幅，本文乃專就其中傳統主題的部分予以探討，並選擇了作品比例最多的「藉海抒懷」、「特寫海景」兩個主題為例，自主題內容、藝術風格來探析南宋詩海洋書寫在傳統主題方面書寫特徵的承與拓情形。從而由海洋文學史的角度探知，南宋因動亂不安的時代背景，詩中展現出有別於前代的，更具悲憫百姓、憂心國事、戰鬥豪邁、細膩寫實的時代書寫特徵，因此在古典海洋詩歌內涵的格局擴大、深刻化與藝術風格的多樣化、創新性的發展上，具有大幅進展的重要地位。從思想史、社會史的角度探知，南宋詩中的海洋書寫，反映了南宋海洋居民飽受戰事威脅的現實，以及南宋文人關懷家國、勇於報國的精神樣態，為南

---

\* 本文為科技部104年專題研究計畫【漢至宋詩海洋書寫研究】之部分研究成果。（計畫編號：MOST 104-2410-H-019-020）

宋思想與社會實況的研究提供了一種新的觀察視角。

**關鍵詞：南宋詩、海洋書寫、主題、藉海抒懷、特寫海景**

## 一　前言

　　隨著政權南移（定都杭州）、經濟重心轉向南方發展、航海技術更加進步，使得南宋東南沿海地區（如：江蘇、浙江、福建等）的人口驟增、港市繁榮、海洋活動蓬勃、詩人設籍海濱或濱海為官的情形更多，也因此帶動了詩歌海洋書寫的風尚，海洋詩家與詩作的數量遠高於北宋，詩中海洋書寫的主題內容、藝術風格也較北宋更加豐富、生動，不僅有傳統主題（如：藉海抒懷、他界想像、特寫海景、泛海體驗、海民關懷、海洋貿易、海洋生活等）的繼承，亦由於海疆不寧、政治重心南移而更需向東南沿海與海島擴展等因素，而有新興主題（如：海洋戰爭、海神崇拜）的開拓。

　　限於篇幅，本文僅能就南宋詩海洋書寫中傳統主題的部分予以探討，並選擇了作品比例最多的「藉海抒懷」、「特寫海景」兩個主題為例，自主題內容、藝術風格來探析南宋詩海洋書寫在傳統主題方面書寫特徵的承與拓情形，從而由海洋文學史的角度為南宋詩海洋書寫尋一適切的定位，並由社會史、思想史的角度具體見出從海洋詩視角所反映的南宋現實與詩人情志。

## 二　藉海抒懷：從個人到國家、從自適到靜定

　　如前言所述，南宋詩的海洋書寫對於傳統主題如：藉海抒懷、才德比喻、他界想像、特寫海景、泛海體驗、海民關懷、海洋貿易、海洋生活等皆有所繼承；但由於政治中心南移，航海技術大幅提昇，詩人親海性更高，因此，才德比喻、他界想像等虛寫海洋的主題大量減少，而其他實寫海洋、或與實際海洋活動相關的主題書寫則蓬勃發展。

其中，「藉海抒懷」的主題，雖然可以虛寫、亦可以實寫海洋，
但南宋詩人卻多藉己身耳目所聞所見之海以抒發一己情志，較少關於
海外仙界、仙物的聯想。同時，在書寫內涵與表現手法上，南宋以前
的詩人面對具有豐富面貌的海洋時，多運用視覺感官，藉「望」海所
見以抒發個人的壯志、鄉愁或不遇之情，以及藉「觀」海所得以書寫
領悟的生命哲思；南宋詩人，則在承續前人「望」海的手法外，還調
動了聽覺，藉「聽」海所聞以抒發情思，並表現出更加含蓄深刻、豪
邁雄壯且格局擴大的情感內涵特色。

## （一）抒情：從個人到國家

### 1 借阻隔海景寫思鄉念人之情

南宋以前，詩人面對浩渺無盡的大海，書寫阻隔其家鄉親友之望
的原因中，最多的是海廣濤驚，如：「登高臨巨壑，不知千萬里。雲
島相連接，風潮無極已」[1]、「瀛海安足窮……疲老還舊邦」[2]、「目
送滄海帆……動別知會難」[3]、「莫嫌瓊雷隔雲海，聖恩尚許遙相
望」[4]；其次是航行時的海程難測與海族威脅，如：「封書欲寄天涯
意，海水風濤不計程」[5]、「滄溟西畔望，一望一心摧。地即同正朔，

---

1 〔北齊〕祖珽：〈望海詩〉，逯欽立編：《先秦漢魏晉南北朝詩》（北京市：中華書
　局，1998年），頁2273。以下凡引漢至南北朝詩，皆出此書。
2 〔南朝宋〕鮑照：〈從拜陵登京峴詩〉，《先秦漢魏晉南北朝詩》，頁1281。
3 〔唐〕劉長卿：〈嚴子陵瀨東送馬處直歸蘇〉，〔清〕清聖祖敕編：《全唐詩》（臺北
　市：文史哲出版社，1978年），卷149，頁1533。
4 〔宋〕蘇軾：〈吾謫海南，子由雷州，被命即行，了不相知，至梧乃聞其尚在藤
　也，旦夕當追及，作此詩示之〉，〔宋〕蘇軾撰，〔清〕王文誥輯註、孔凡禮點校：
　《蘇軾詩集》（北京市：中華書局，1996年），卷41，頁2245。
5 〔宋〕蔡襄：〈春潮〉，〔宋〕蔡襄撰，陳慶元、歐明俊、陳貽庭校注：《蔡襄全集》
　（福州市：福建人民出版社，1999年），卷8，頁187-188。

天教阻往來。波翻夜作電，鯨吼晝為雷」[6]。

　　至於南宋，詩人也有繼承上述兩種因素的書寫，但卻突破了前人直書的方式，而以更委婉曲折、具體生動的意象書寫，含蓄而深刻地傳達出因海廣、濤高、海族威脅而造成的家鄉阻隔之感，如：

> 三日離家客，悠然覺路長。梅花十里眼，竹葉一杯腸。詩思貪家境，眉頭憶故鄉。江山看未足，回首隔滄浪。（王十朋〈過黃岩〉）[7]
>
> 高臺十日不曾登，雨後撐藤拄晚晴。城外諸峰迎落照，松根細草總斜明。眼穿嶺北書不到，秋入海南愁頓生。只有荷花舊相識，風前翠蓋為人傾。（楊萬里〈雨霽登連天觀〉）[8]
>
> 裊裊秋風度汶寥，臥聞微雨打芭蕉。黃花籬落重陽近，白髮江津客路遙。家信隔年新恨過，篋衣經暑舊香消。小槽正想珍珠滴，海舶來時寄一瓢。（李光〈寄內丁卯九月〉）[9]

三位作者皆以強調己身望鄉或思鄉的形象，迂迴曲折地埋怨廣袤大海的阻隔：第一首寫王十朋旅途中對家鄉的回顧之舉，眼前黃岩（在今浙江省台州市）特有的梅花花海，仍不足以抑制詩人的故鄉之望，詩末幽微地道出對「滄浪」阻隔視線的怨懟之情；第二首寫楊萬里的登高望鄉，並以他只識眼前景中的荷花反襯身處嶺南異域的陌生之感與寂寞之情，又以他感受到「秋入海南」隱約地點出大海的阻隔乃是導致其鄉愁的主因；第三首寫李光靜臥海城思內的想像，巧借李賀〈將

---

6　〔唐〕林寬：〈送人歸日東〉，《全唐詩》，卷606，頁7001。

7　〔宋〕王十朋撰，梅溪集重刊委員會編：《王十朋全集》（上海市：上海古籍出版社，1998年），卷3，頁41。

8　〔宋〕楊萬里：《誠齋集》（臺北市：臺灣商務印書館，1983年），卷16，頁165。

9　〔宋〕李光：《莊簡集》（北京市：線裝書局，2004年），卷5，頁9。

進酒〉[10]對江南美酒與美女的形容，概括而含蓄地傳達思念內人之情，而詩末對「海舶」寄酒的冀盼更暗示了因大海阻隔歸鄉的無奈。又如：

> 遠人仍遠別，把手話江臯。積水三韓路，西風八月濤。海門山似粒，洋嶼樹如毛。他日難通信，相思夢寐勞。（釋文珦〈送僧歸日本〉）[11]
> 雨昏郡郭連三日，吏報江流忽數回。江每漲津吏輒報，日或三四至正歎船如天上坐，那知人自日邊來。臂弓腰箭身今老，航海梯山運已開。漢虜不應常自守，期公決策畫雲臺。（陸游〈因王給事回使奉寄〉）[12]

前首以具體的「三韓路」（朝鮮半島）、「八月濤」，確切地指出僧友歸日海途中濤高水積的危險，音書也將因此而難以通達；後者則誇飾潮高足以使船沖天的意象，生動地展現航海之險與送別友人之思。再如：

> 高丘遠望海，秋思窮渺瀰。苦吟有鬼泣，直釣無人知。有時捲龜殼，箕踞食蛤蜊。落日明雲霞，狂風舞蛟螭。……畫圖障我目，隔此天一涯。欲攜我蓑笠，風雨從所之。漁僮緩皺枻，驚我白鷺鷥。我欲從伊人，薄酒分一卮。（蒲壽宬〈寄丘釣磯〉）[13]

---

10 〔唐〕李賀〈將進酒〉：「琉璃鍾，琥珀濃。小槽酒滴真珠紅，烹龍炮鳳玉脂泣。羅屏繡幕圍香風，吹龍笛。擊鼉鼓，皓齒歌。細腰舞，況是青春日將暮。桃花亂落如紅雨，勸君終日酩酊醉，酒不到劉伶墳上土。」（《全唐詩》，卷393，頁4434）

11 〔宋〕釋文珦：《潛山集》（臺北市：藝文印書館，1964年），卷8，頁5。

12 〔宋〕陸游撰，錢仲聯校注：《劍南詩稿校注》（上海市：上海古籍出版社，1985年），卷18，頁1406。

13 〔宋〕蒲壽宬：《心泉學詩稿》（臺北市：臺灣商務印書館，2010年），卷1，頁13。

詩人極寫海族「蛟螭」狂舞風濤之威脅，以致無法前往好友釣磯翁（丘葵之自號）所避居的海島。

尤可注意的是，南宋詩人在描寫大海阻隔鄉望之時，還經常伴隨著干戈因素的書寫，反映出其時戰亂不安的時代背景，如：

> 煙嵐飛翠蓋，鯨海泛龍舟。退避亦已遠，憑陵殊未休。包胥思慟哭，曹劌願深謀。嘆息繞朝策，何人知故侯？（李綱〈清明日得家書四首〉其四）[14]
> 四年除夕旅殊方，海上歸來路更長。暮景飛騰催老病，餘生留滯且炎荒。傳聞寇盜紛驚擾，歎息江湖墮渺茫。杳杳東吳家萬里，椒盤誰與頌馨香？（李綱〈除夜與宗之對酌懷家〉）[15]
> 海上歸來心緒多，鬢邊無那白標何？詩情初得江山助，酒量自因風月多。黃卷中間親聖哲，白雲深處避干戈。弟兄念我心應切，故向梅花嶺上過。（李綱〈遣興二首〉其二）[16]
> 江海相望萬里餘，干戈阻絕久離居。沉魚斷雁杳何所？一紙千金初得書。身脫鯨波真偶爾，家鄰兵火幸恬如。弟兄老矣何為者？相約羅浮同結廬。（李綱〈家問自閩中轉來走筆寄諸弟〉）[17]

此四首乃南宋初年主戰派宰相李綱所作，由「退避」、「寇盜」、「干戈」等詞彙運用可知，金人的侵擾是造成他流放海南、與家人離居的主因；由「鯨海」、「鯨波」等深具危險感的海洋意象可知，南海是詩人與親友相離萬里、使其內心既驚懼又無奈的最大阻隔；又從詩人以

---

14 〔宋〕李綱：《李綱全集・梁谿集》（長沙市：岳麓書局，2004年），卷25，頁333。
15 〔宋〕李綱：《李綱全集・梁谿集》，卷25，頁330。
16 〔宋〕李綱：《李綱全集・梁谿集》，卷25，頁340。
17 〔宋〕李綱：《李綱全集・梁谿集》，卷26，頁345。

哭秦庭七日為楚退敵的忠臣申包胥、為魯莊公論戰退齊的謀士曹劌自喻可知，即使飽受戰亂、謫貶海涯的苦難與折磨，李綱仍心繫家國，輒思有以報國安家，表現出深刻而大格局的情意。又如：

> 不見江東弟，急難心惘然。念君經世亂，臥病海雲邊。（文天祥〈弟第一百五十四〉）[18]
>
> 風塵淹白日，乾坤霾漲海。為我問故人，離別今誰在。（文天祥〈懷舊第一百五〉）[19]
>
> 茫茫地老與天荒，如此男兒鐵石腸。七十日來浮海道，三千里外望江鄉。高鴻尚覺心期闊，瘦馬何堪腳跡長。獨自登樓時柱頰，山川在眼淚浪浪。（文天祥〈登樓〉）[20]

此三首乃南宋末年主戰派名臣文天祥所作，由於赴元談判遭囚禁後僥倖脫逃，遂一路亡命海上（「浮海道」），與家人、故友分離。詩中「霾漲海」意象鮮明飽滿，一方面以「漲海」指陳高濤猛浪為阻絕其故鄉之望的障礙，一方面又以「霾」字隱喻世亂非常，使其苦遭急難，內心惘然。雖然如此，詩人還是以「鐵石腸」自明心跡，儘管南歸海路偃蹇悠遠，仍不畏艱險，不減念家報國之思，情感真摯，格局極高。

　　除了上述內容方面的開拓外，在藝術表現上，南宋詩人更突破傳統集中視覺感官摹寫的手法，而新增聽覺的描繪，使得詩人的家鄉之望更增撼動心弦的力量。如：

---

18　〔宋〕文天祥：《文文山全集》（臺北市：世界書局，1956年），卷16〈集杜詩〉，頁434。

19　〔宋〕文天祥：《文文山全集》，卷16〈集杜詩〉，頁421。

20　〔宋〕文天祥：《文文山全集》，卷14〈指南後錄〉，頁351。

嶺頭無復一人來，漁店收燈戶不開。松氣滿山涼似雨，**海聲中夜近如雷**。擬披醉髮橫簫去，只寄鄉書與劍迴。他日有人傳肘後，尚堪收拾作詩材。（劉克莊〈蒜嶺夜行〉）[21]

十里青山接郡城，危樓四望眼添明。**海冥天闊鄉心切**，更聽飛飛鴻雁聲。（王十朋〈與鄭時敏登樓把酒書二絕〉其一）[22]

片帆湖**海闊**，移纜晉江濱。客思蜑邊老，秋蟬鴈外新。同吟兒對榻，獨酌影隨身。暗卜歸時節，修書托便鱗。（胡仲弓〈和溪翁二首〉其二）[23]

異域如雷的海潮聲既陌生又撼動人心，海上鴻雁南歸時震耳的拍羽聲又引人歸鄉之思，水濱蜑兒、秋蟬淒涼的鳴聲音更牽引出年華老大的焦慮與客居他鄉的愁緒。如此同時調動視、聽兩種感官（甚至還有「涼似雨」的膚覺），更添生動的臨場感，更深化詩人的鄉情。

## 2 借奇壯海景寫豪邁雄壯之志

由於傳統詩歌傾向以悲觀思想為基調，[24]南宋以前，多數詩人在面對浩渺無際、恆久不變的大海時，不僅未能激發出浩然的壯志，反倒因對比出生命的渺小感、短暫感，而興發出關於自身的孤獨、衰老、不遇之嘆，如：「滄波不可望，望極與天平。往往孤山映，處處春雲生」[25]寫孤獨之感，「江邊身世兩悠悠，久與滄波共白頭。造物亦

---

21 〔宋〕劉克莊：《後村集》（臺北市：臺灣商務印書館，1983年），卷1，頁7-8。

22 〔宋〕王十朋：《王十朋全集》，卷5，頁79。

23 北京大學古文獻研究所編：《全宋詩》（北京市：北京大學出版社，1993年），卷3333，頁39753。

24 張高評：《宋詩之傳承與開拓——以翻案詩、禽言詩、詩中有畫為例》（臺北市：文史哲出版社，1990年），頁86。

25 〔齊〕謝朓：〈和劉西曹望海臺詩〉，《先秦漢魏晉南北朝詩》，頁1440。

知人易老，故叫江水向西流」[26]致衰老之嘆，「混沌本冥冥，泄為洪川流。雄哉大造化，萬古橫中州。……時來會雲翔，道蹇即津遊」[27]抒不遇之悲。然而，亦有部分詩人能由遙望奇壯海景之中生發雄放豪邁之志，如：「東臨碣石，以觀滄海。水何淡淡，山島竦峙。樹木叢生，百草豐茂。秋風蕭瑟，洪波湧起。日月之行，若出其中；星漢燦爛，若出其裏。幸甚至哉！歌以言志」[28]，借海洋吞吐日月、秋風激起洪濤之雄壯海景，輔以海島上山高、木密、草茂等壯美的次意象，抒寫其觀海引發的躊躇滿志；又如：「長風破浪會有時，直挂雲帆濟滄海」[29]，借征服巨海的氣勢寫己之凌雲壯志。

　　到了飽受外患之苦的南宋，詩人們大多不再藉滄海對比、嗟怨自身的衰老或不遇，而是直承曹操、李白的借壯海寫壯志，承曹操者，如：

> 衰髮不勝白，寸心殊未降。避風留水市，岸幘倚船窗。**日上金鎔海，潮來雪捲江**。登臨數奇觀，未易敵吾邦。（陸游〈西興泊舟〉）[30]
> 造物寧能困此翁，浩歌庭下答松風。煌煌斗柄插天北，**焰焰月輪生海東**。皂纛黃旗都護府，峨冠長劍大明宮。功名晚遂從來事，白首江湖未歎窮。（陸游〈冬夜月下作〉）[31]

詩人不僅如曹操〈步出夏門行〉中借海洋吞吐日月之壯景寫未降之寸

---

26 〔宋〕蘇軾：〈八月十五日看潮五絕〉其三，《蘇軾詩集》，卷10，頁485。

27 〔唐〕長孫佐輔：〈楚州鹽壒古墻望海〉，《全唐詩》，卷469，頁5336。

28 〔魏〕曹操：〈步出夏門行〉，《先秦漢魏晉南北朝詩》，頁353。

29 〔唐〕李白：〈行路難〉，《全唐詩》，卷162，頁1684。

30 〔宋〕陸游撰，錢仲聯校注：《劍南詩稿校注》，卷17，頁1338。

31 〔宋〕陸游撰，錢仲聯校注：《劍南詩稿校注》，卷16，頁1237。

心，更強調了日月金光遍照海面的奇觀，以明一己對報國志業的活力與熱情是足以持續至晚年的。另承李白者，如：

> 我欲築化人中天之臺，下視四海皆飛埃；又欲造方士入海之舟，**破浪萬里求蓬萊**。……半酣脫幘髮尚綠，壯心未肯成低催。（陸游〈池上醉歌〉）[32]

詩人以李白「長風破浪會有時」的征服海洋意象為基礎，再加上「萬里求蓬萊」等字眼，既增加了實空間的擴大感（「萬里」），也加深了詩人現實的挫折感與對理想追求的豪邁感（「蓬萊」的想像，象徵現實無法達成的理想境界）。

值得注意的是，除了上述視覺的書寫外，南宋詩家還調動了聽覺來抒發壯志，這是對前人的新拓之處。如：

> 地角潮來未五更，陰雲解駁作霜晴。星河明潤天容睟，**風浪喧豗海氣清**。粗見鯤鵬潛化理，豈無犬馬戀軒聲。遠遊不作乘桴計，虛號男兒過此生。（李綱〈次東坡韻二首〉其一）[33]
> 影靜長安道，涼風響蠻街。海天低到水，江日晚明帆。**潮遣先驅壯，聲吞絕島巉**。黃塵征袖滿，卻愧著朝衫。（楊萬里〈到龍山頭〉）[34]
> 秋雨初霽開長空，夜天無雲吐白虹，**擘波浴海出日月，破山卷地驅雷風**。崑崙黃流瀉浩浩，太華巨掌摩穹穹。平生所懷正如此，拜賜虛皇稱放翁。放翁七十飲千鍾，耳目未廢頭未童。向

---

32 〔宋〕陸游撰，錢仲聯校注：《劍南詩稿校注》，卷4，頁394。

33 〔宋〕李綱：《李綱全集・梁谿集》，卷22，頁318。

34 〔宋〕楊萬里：《誠齋集》，卷2，頁17。

來楚漢何足道，真覺萬古無英雄。行窮禹跡亦安往，聊借曠快
洗我胸。濤瀾屢犯蛟鰐怒，澗谷或與精靈逢。黃金鑄就決河
塞，俘獻頡利長安宮。不如醉筆掃青嶂，入石一寸豪健驚天
公。（陸游〈醉書秦望山石壁〉）[35]

轟鬧喧騰的風鼓浪湧之聲，使李綱聯想到鯤化為鵬、展翅高翔九萬里
空的壯舉，並藉此暗喻其男兒報國凌雲之志；聲吞島巇的震天潮響，
激發了楊萬里報效朝廷、征服敵寇之壯志；破山捲地而來的如雷海
風，更使陸游興起掃滅金人俘虜的豪情。

### 3 借衰殘海景寫國家百姓之憂

除了傳統的借壯景寫壯志外，南宋詩還新增了以衰殘之海景寫國
家百姓之憂，具體地反映了南宋備受外族威脅的岌岌國勢，也透顯出
南宋詩人較大格局的情感表現。大致可分兩種，一是以迷濛的海景表
對國是的憂心，如：

古來雲海浩茫茫，北望悽然欲斷腸。不得中州近消息，六龍何
處駐東皇。（李綱〈郡城南日瓊臺北日語海余易之日雲海登眺
有感〉其二）[36]
夜靜吳歌咽，春深蜀血流。向來蘇武節，今日子長游。海角雲
為岸，江心石作洲。丈夫竟何事，底用泣神州。（文天祥〈長
溪道中和張自山韻〉）[37]
漠漠愁雲海戍迷，十年何事望京師。李陵罪在偷生日，蘇武功

---

35 〔宋〕陸游撰，錢仲聯校注：《劍南詩稿校注》，卷21，頁1610。

36 〔宋〕李綱：《李綱全集・梁谿集》，卷22，頁320。

37 〔宋〕文天祥：《文文山全集》，卷13〈指南錄〉，頁345。

成未死時。鐵石心存無鏡變，君臣義重與天期。縱饒夜久胡塵黑，百煉丹心涅不緇。（文天祥〈題蘇武忠節圖有序〉三首之三）[38]

**江氛海霧暗前村**，四望秋空一白雲。忽有數峯雲上出，好山何故總無根。（楊萬里〈富陽曉望〉）[39]

李綱以雲海茫茫遮蔽其故國之望，極寫其憂心國君為避夷狄侵擾之亂不得不移駕駐蹕的安危。天祥、萬里則分別以海上的愁雲、暗霧來譬喻朝中小人，對於神州蒙塵、國危無根深致遺憾與無奈。另一是以敗壞的海景表對生靈塗炭的哀痛，如：

憶昔廷諍駐蹕時，孤忠欲挽六龍飛。萊公讜有親征策，亞父空求骸骨歸。靈武中興形勢便，江都巡幸士心違。累臣獨荷三朝眷，**瘴海徒將血淚揮**。（李綱〈「伏讀三月六日內禪詔」書及傳將士牓檄慨王室之艱危憫生靈之塗炭悼前策之不從恨姦回之誤國感憤有作聊以述懷四首〉其一）[40]

胡騎長驅擾漢疆，廟堂高枕失提防。關河自昔稱天府，**淮海于今作戰場**。退避固知非得計，威靈何以鎮殊方？中原夷狄相衰盛，聖哲從來只自強。（同上，其二）[41]

踏雪遙登望海亭，扶桑日上臥龍醒。微臣望處非滄海，只望堯天萬里青。（王十朋〈望海亭〉）[42]

---

38 〔宋〕文天祥：《文文山全集》，卷13〈指南錄・補遺〉，頁347。

39 〔宋〕楊萬里：《誠齋集》，卷26，頁285。

40 〔宋〕李綱：《李綱全集》，卷23，頁308。

41 〔宋〕李綱：《李綱全集》，卷23，頁309。

42 〔宋〕王十朋：《梅溪集・後集》，收入《景印摛藻堂四庫全書》（臺北市：世界書局，1986年），冊395，卷4，頁296。

風打船頭繫夕陽，亭前老子舊胡牀。青牛過去關山動，白鶴歸
來城郭荒。忠節風流落塵土，英雄遺恨滿滄浪。故園水月應無
恙，江上新松幾許長。（文天祥〈蒼然亭〉）[43]

瘴海、戰海，都表達了李綱對生靈塗炭的悲憫，而楊萬里則以所望之
海竟「非滄海」來透顯對國是日非的擔心與對政治清平的盼望。至於
天祥，因逃亡海路，遂以風打船頭的狼狽景象來抒發一己英雄流落、
報國無門之悲。

本小節在藉衰殘海景寫國家百姓之憂時，往往結合了天子意象
（「六龍」、「堯天」等）與忠臣典故（主戰的寇萊公、善謀的亞父、
持節的蘇武等），強化了詩人們憂心朝廷的孤忠與報國無門的遺憾。

## （二）哲思：從自適到靜定

北宋以前的詩人，面對變動不居、巨大無盡的海洋所引發的哲
思，多傾向於把握時光努力或行樂，如：「百川東到海，何時復西
歸！少壯不努力，老大徒傷悲」[44]、「瀚海有歸潮，衰容不還稚。君今
且安歌，無念老方至」[45]；北宋詩人則從放手面向思考人生，或由海
之巨大對比人類之渺小而悟名利之不足掛齒，如：「眇觀大瀛海，坐
詠談天翁。茫茫太倉中，一米誰雌雄」[46]，或由滄海亦可變為揚塵而
悟世界成壞相尋之理，當不問人間順逆通塞而享當下之自適自得，

---

43 〔宋〕文天祥：《文文山全集》，卷14〈指南後錄〉，頁353。

44 〔漢〕樂府相和歌辭・平調曲：〈長歌行〉，《先秦漢魏晉南北朝詩》，頁262。

45 〔南朝宋〕鮑照：〈冬日詩〉，《先秦漢魏晉南北朝詩》，頁1309。

46 〔宋〕蘇軾：〈行瓊、儋間，肩輿坐睡。夢中得句云：千山動鱗甲，萬谷酣笙鐘。
覺而遇清風急雨，戲作此數句〉，《蘇軾詩集》，卷41，頁2246。

如：「深谷為陵岸為谷，海水亦有揚塵時。……聖言世界有成壞，況此馬體之毫釐。……俯眉袖手飽飯行，那更從人問通塞」[47]。

南宋詩人之藉海悟道，多承北宋詩人從放的面向體悟人生哲理。例如，觀海之巨大無盡時，與蘇軾相似，將之視為大宇宙以對比人類世界的渺小，從而領悟不應汲汲於小名小利，由此得精神的解脫，詩云：

> 醉倚危欄**望海鯨**，乍看潮落又潮生。眼中世界粟來大，身外乾坤葉樣輕。鷗鷺行藏無俗迹，魚龍變化詎虛聲。冥搜誤入蠻烟去，祇恐梅花句未清。（胡仲弓〈寄李希膺二首〉其一）[48]
> **湖海歸來**世念輕，短篷終日載吟聲。天風約住雲來往，萬里長空一雁橫。（胡仲弓〈和趙同叔見寄韻〉其一）[49]
> 碧海瞰危亭，**波光混太清**。曠懷知樂此，夷險本來平。（李綱〈次海康登平仙亭次萊公韻〉）[50]
> 瘦藤拄破山頭雲，山溪盡處開危亭。**平田萬頃際大海，海無所際空冥冥**。乾端坤倪悉呈露，飛帆去鳥無遺形。蓬萊去人似不遠，指點水上三山青。褰裳濡足恐未免，倘有飆馭吾當乘。是中始覺宇宙大，眼力雖窮了無礙。雲夢八九不足吞，回視塵寰一何隘。曾聞芥子納須彌，漫說草菴舍法界。看我振衣千仞岡，笑把毫端捲烟海。（樓鑰〈登育王山望海亭〉）[51]
> 動地驚風起海陬，為人吹散兩眉愁。身行島北新春後，**眼到天**

---

47 〔宋〕張耒：〈山海〉，北京大學古文獻研究所編：《全宋詩》，卷1163，頁13117。
48 北京大學古文獻研究所編：《全宋詩》，卷3334，頁39782。
49 同前註，卷3335，頁39798。
50 〔宋〕李綱：《李綱全集・梁谿集》，卷24，頁321。
51 〔宋〕樓鑰：《攻媿集》（臺北市：臺灣商務印書館，1967年），卷1，頁11-12。

> 南最盡頭。眾水更來何處著，千峰赴此卻回休。客間供給能消
> 底，萬頃煙波一白鷗。（楊萬里〈潮陽海岸望海〉）[52]

無論是胡仲弓、李綱、樓鑰的登高遙望滄海，抑或是楊萬里的立足海岸平視萬頃煙波，詩人們對於眼前這眾水歸流、海天一色、橫無際涯的遼闊滄溟，無不興發宇宙大、塵寰隘之強烈對比感，無盡的海就像一個宇宙大倉，而人類所處的世界僅是大倉中的一粒粟米，[53]何必執著於世念中的微名小利？不如胸懷曠達，笑看世事。

又如，觀海潮之往復變動、去而復返，不僅承北宋詩人放棄執著以求安閒自適，更能進一步藉聽海來體悟萬動歸靜之理，詩云：

> 淨洗塵埃腳，時來訪道林。但知謀隱是，何用入山深。瀹茗延新
> 話，撞鐘動苦吟。夜分僧出定，靜聽海潮音。（胡仲弓〈次馮深
> 居韻贈原上人〉）[54]
> 海上傳呼夜報更，舟師歡喜得新晴。風帆擘浪去時急，海月籠
> 雲分外清。天影合中觀妙色，潮波迴處悟圓聲。從來渤海為全
> 體，試問一漚何處生。（李綱〈次東坡韻二首〉其二）[55]

潮來潮往的律動聲音，在夜半時分聽得特別清楚，詩人胡仲弓以靜心打坐完畢的僧人出定形象，配以深夜規律的、平和的海潮妙音，透顯其內在所體悟的清淨心境。至於李綱，雖不幸被貶瓊州萬安軍，但在

---

52 〔宋〕楊萬里：《誠齋集》，卷18，頁188-189。
53 《莊子》〈秋水〉：「計中國之在海內，不似稊米之在大倉乎？」（〔清〕王先謙：《莊子集解》，收入《新編諸子集成》，冊4，臺北市：世界書局，1983年，頁101）
54 北京大學古文獻研究所編：《全宋詩》，卷3333，頁39761。
55 〔宋〕李綱：《李綱全集‧梁谿集》，卷22，頁318。

夜渡瓊海之際，卻能自海潮一往一復的波動聲中，如聽如來說法般，妙悟圓聲，而心領神會、得大智慧：人心如整個大海（「渤海」），只要心海澄淨，則妄念（「一漚」）即無由而生。「海潮音」乃佛教意象，藉海潮進退不失時以喻觀音菩薩之說法是應機而不失時的（〈普門品〉），因此，熟諳佛典的南宋詩人們面對大海時，無論當時自身遭際如何，多能自海潮之音進入靜定之境，使內心充滿妙悅澄淨，而能盡情欣賞海上天光雲影的美妙清景。

## 三　特寫海景：從登高遠望到置身其間

前一節「藉海抒懷」主題中的內容書寫，乃以作者情志為主、海洋為輔，而此節「特寫海景」主題之內容書寫，則多以海洋為審美主體，作者情志僅以一、二句點出，或隱於詩外。南宋以前詩人刻意特寫的海景，主要有：海潮、海市、颶風等奇景，以及海山勝景，其中又以海潮奇景、海山勝景為大宗，且多採登高遠望的方式。及至南宋，雖然描寫的海景仍不超出上述諸項，且亦集中於海潮奇景、海山勝景的書寫，但在描山刻水以誌山海之樂外，還增添了國事之憂、和平之盼等情意展現，反映了南宋兵戈紛擾的時代特色。同時，在景致內容的書寫上亦更加豐富多樣，如寫海潮，除觀潮全紀錄外、更添聽潮之妙音；又如寫海市，除樓閣阜仙、車馬人物外，還新增橋欄柳花、鶴仙童女、龍馬蛟鯨、旗戈戰士等；再如寫強風，除舶趠風外，更有阻風、潮風等。在表現手法上，益發後出轉精，呈顯較北宋更新奇多變的藝術特徵。在描繪視角上，除了登高遠望，也新增了舟中觀賞、岸邊遊歷的方式，使得取景更有變化，寫景效果更佳妙。茲舉作品比重最多的海山勝景為例，詳述如下：

## （一）登高遠望：收納山海整體於心目之開拓感

　　登高望遠，可以「使人意遐」[56]，一如唐代李嶠所云：「非高遠無以開沈鬱之緒」[57]，徐復觀亦指出此覽觀方式「可以開擴遊者的胸襟」，因為「在登山臨水時的遠望，可以望見在平地上所不能望見的山水的深度與曲折」、「遠是山水形質的延伸。此一延伸，是順著一個人的視覺，不期然而然的轉移到想像上面。由這一轉移，而使山水的形質，直接通向虛無，由有限直接通向無限；人在視覺與想像的統一中，可以明確把握到從現實中超越上去的意境」[58]；因此，它一直是傳統詩人欣賞自然美景時最常採取的方式，當然，對臨山海勝景時亦不例外，如：「翠鳳翔淮海，衿帶遶神坰。北阜何其峻，林薄杳蔥青」[59]，望見的是山（鍾山）峻海（淮海）闊之壯美，「習坎疏丹壑，朝宗合紫微。三山巨鰲湧，萬里大鵬飛」[60]寫遙望日映山海所引發之神話想像，皆透顯出作者精神超越的自在愉悅；及至北宋，此類詩作遽增，且詩題中多明確標出登覽地點，如：「紫煙孤起麗朝日，定是海山飛得來。化工造物能神奇，不必驚世出蓬萊。千來隱淪被昭洗，博山我勸爾一杯。先生髮白足力強，遙思秋風醉幾回」[61]、「劍氣崢嶸

---

56 張協〈雜詩〉其九：「重基可擬志，迴淵可比心」句李善注引「顧子」云。見〔南朝梁〕蕭統撰，〔唐〕六臣註：《文選》（臺北市：華正書局，1981年），卷29〈詩己‧雜詩上〉，頁555。

57 〔唐〕李嶠：〈楚望賦〉，〔清〕董誥等奉敕編：《欽定全唐文》（臺北市：啟文出版社，1961年），卷242，頁3093。

58 徐復觀：〈山水畫創作體驗的總結——郭熙的林泉高致〉，收入氏著：《中國藝術精神》（臺北市：臺灣學生書局，1998年），頁345-346。

59 〔南朝梁〕沈約：〈游鍾山詩應西陽王教〉五章之一，《先秦漢魏晉南北朝詩》，頁1632。

60 〔唐〕李嶠：〈海〉，《全唐詩》，頁18。

61 〔宋〕黃庭堅：〈博山臺〉，《全宋詩》，卷1018，頁11607。

夜插天，瑞光明滅到黃灣。坐看暘谷浮金暈，遙想錢塘湧雪山。已覺蒼涼蘇病骨，更煩沆瀣洗衰顏」[62]，詩人多妙用生動的譬喻以寫日映山海之奇、浪濤奔湧之壯，並結合一己形象的描繪、蓬萊仙山的想像，乃至跨越現實空間聯繫至遠方的錢塘海潮，在視線與想像的延展中，有效地將山海之勝景與一己開拓之胸襟更曲折而具體地勾勒出來。

南宋詩人的登高觀覽山海之作，亦同於北宋，不僅數量極多，而且多於詩題中明確標出登覽地點，亦喜用蓬萊意象喻寫海中山，如：「祖龍車轍遍塵寰，只道蓬萊在海間。空向望秦山上望，不知此處是神山」[63]，甚至，對於蓬萊仙話有較北宋更細緻具體的描繪，如：

> 饒陽景物猶武夷，岩石崛起多瑰奇。此峰厥狀更詭異，舉首曳尾如靈龜。穹隆曝甲正霜曉，蹣跚引氣當晴暉。故知造化巧凝結，欲問所以良難推。吾疑龍伯釣溟渤，六鰲連引背負歸。中途遺一尚巋嵬，直欲赴海冠峨巍。又疑清江使河伯，波濤相失留于斯。化為巨石崿千古，雖欲鑽灼無由施。茫茫神怪不可詰，但使風景增清輝。我來閩嶺厭山水，見此還復伸雙眉。頗嗟行役不果到，側身西望生長悲。（李綱〈望龜峰〉）[64]

李綱是南宋高宗建炎年間的宰相，祖籍邵武（今屬福建），為主戰派，可惜僅主政七十五天即遭罷黜，終其一生皆為國事憂煩；他來到福建的望龜峰遠眺海山，卻未能消憂，反而藉龍伯大人釣走六鰲使神山漂流的蓬萊神話想像，表達國家失序的悲憤之情，體現了南宋初期士大夫的愛國熱情。值得一提的是，除了蓬萊仙話的想像外，南宋詩

---

62　〔宋〕蘇軾：〈南海神廟浴日亭〉，《蘇軾詩集》，頁2067。

63　〔宋〕王十朋：〈蓬萊閣〉，《王十朋全集》，卷13，頁202。

64　〔宋〕李綱：《李綱全集》，卷14，頁162。

人更縱情馳騁想像力，集多種海洋神話於一爐，如：

> 青天與海連，羲娥代吞吐。封姨助餘威，陽侯侯起舞。或奔千
> 丈龍，或轟萬疊鼓。蓬弱此路通，祇界一斥鹵。浩浩無津涯，
> 尾閭關地戶。嬴女驅鮫人，獻怪扶桑府。琛球來百蠻，毗珠還
> 合浦。獨立象岡外，身世等一羽。宇宙納溟渤，萬山齊傴僂。
> 清風與明月，造物不禁取。臨流喜得句，玉欄失笑拊。眺望此
> 一時，頃洞注千古。安得捲上天，霈作天下雨。（胡仲弓〈海
> 月堂觀濤〉）[65]

設籍福建的胡仲弓，登上福建莆田北方囊山寺海月堂遙望大海，將海
天一色的浩渺大海想像成日神月神隱現的殿堂，將奔騰的海濤想像成
風神水神起舞的丰姿，而雪白晶瑩的浪花應是弄玉驅使鮫人獻給扶桑
府的珍珠。然而，長期流寓杭州的胡仲弓，透過繽紛海洋神話的構築
所欲表達的情感與李綱的愛國情緒不同，而是一種懷才不遇、試圖超
脫現實桎梏的身世縹緲之感。

　　此類遙望海山之詩作，南宋詩人在藝術技巧上還另有突破北宋之
處，如：

> 繫船浮玉山，清晨得奇觀。日輪擘水出，始覺江面寬。遙波颺
> 紅鱗，翠靄開金盤，光彩射樓塔，丹碧浮雲端。（陸游〈金山
> 觀日出〉）[66]
> 望中雪嶺界天橫，雪外青瑤甃地平。白底是沙青是海，捲簾看
> 了卻心驚。（楊萬里〈晨炊黃岡望海〉）[67]

---

65　北京大學古文獻研究所編：《全宋詩》，卷3336，頁39815。
66　〔宋〕陸游撰，錢仲聯校注：《劍南詩稿校注》，卷2，頁138。
67　〔宋〕楊萬里：《誠齋集》，卷18，頁189。

> 杖履千峯表，波濤萬頃前。瓊天吹不定，銀地濕無邊。一石當
> 流出，孤尖卓筆然。更將垂老眼，何許看風煙。(楊萬里〈登
> 大鞋嶺望大海〉)[68]

紅、翠、金、丹、青、白、銀等色彩詞出現密度極大，且除了傳統的
視覺摹寫外，還調動了心覺(「驚」)、觸覺(「濕」)等，使日出、山
高、海闊、波驚等空間上的雄偉無垠，達致更生動鮮明、懾人心神的
審美效果。

## (二) 舟中觀賞：忘形於山海之親近感

　　南宋詩中書寫山海勝景所採取的視角，除了上述傳統的登高遠望
之外，還新增了舟中觀賞、岸邊遊歷兩種方式，能與山海更為親近，
更深層地賞玩山海美景。舟中觀賞之作如：

> 青塘無店亦無人，只有青蛙紫蚓聲。蘆荻葉深蒲葉淺，荔支花
> 暗棟花明。船行兩岸山都動，水入諸村海旋成。回望越臺煙雨
> 外，萬峯盡處五羊城。(楊萬里〈明發青塘蘆包〉)[69]
> 湖海飄然避世紛，汀鷗沙鷺舊知聞。漁舟臥看山方好，野店沽
> 嘗酒易醺。病骨未成松下土，老身常伴渡頭雲。美芹欲獻雖堪
> 笑，此意區區亦愛君。(陸游〈舟中作〉)[70]

---

68　〔宋〕楊萬里：《誠齋集》，卷18，頁191。
69　〔宋〕楊萬里：《誠齋集》，卷16，頁170。
70　〔宋〕陸游撰，錢仲聯校注：《劍南詩稿校注》，卷22，頁1666。

北宋郭熙云:「遠望之以取其勢,近看之以取其質」[71],上述的登高遠望固然可以迅速掌握山海的整體感,但詩人與自然間卻仍存在較大的距離感;倘能置身其間,仰觀俯察,在近距離的耳目聞見間,可作更深層的賞玩,將周遭聲色具體收納於心目之中,而獲致覽觀山海的實質之趣。楊萬里置身於移動的船中,兩岸青山彷彿也跟著移動,這種體驗是遠望所無法企及的;而近距離俯察蘆荻與蒲草葉色的深淺、荔支花與楝花的明暗,也是遙望所無法辦到的。至於陸游,他躺臥舟中賞海,能近觀可親的鷗鷺、仰視可樂的雲山,亦獲致忘形於自然山海的悠然意趣;但由詩末「美芹欲獻」可知,詩人仍心念恢復之業,胸懷報國之思,反映出南宋朝廷飽受外患威脅的時代特色。

## (三)岸邊遊歷:與山海往還互動之親臨感

南宋與海相關書寫的詩作中,採岸邊遊歷視角者,多為長篇,較具代表性者有李綱遊福州鼓山靈源洞、惠州羅浮山延祥寺二詩:

> 碧海吸長江,清波逾練淨。我為鼓山游,潮落初放艇。連峰翠崔嵬,倒影涵玉鏡。舍舟訪招提,木末繚危磴。凌雲開寶閣,震谷韵幽磬。乃知大叢林,栖托必深夐。靈源更瓌奇,岩壑相隱映。森羅盡尤物,無乃太兼并。偉哉造化力!至巧于此罄。烟雲互卷舒,變態初不定。豈惟冠一方?實最東南勝。周行洞峽中,泉石若奔競。飄蕭毛髮清,滌濯肺腑瑩。當年喝水人,端恐涸觀聽。是心如虛空,動寂豈妨並。兵戈正聯绵,幽討亦云幸。相携得佳

---

71 〔宋〕郭熙:《林泉高致‧山水訓》,黃賓虹、鄧實編,嚴一萍補輯:《美術叢書二集第七輯》(臺北市:藝文印書館,1975年),頁9。

侶，散策謝軒乘。偷安朝夕間，未可笑趙孟。淹留遂忘歸，悵望
雲海暝。不負惠詢期，更起滄洲興。（李綱〈游鼓山靈源洞次周
元仲韻〉）[72]

神山失憑依，漂泊西南州。連峯蟠秀氣，作鎮蒼溟陬。世傳朱
明洞，深秘未易求。夜半見赤日，光若金鼇浮。我來夏正中，
川漲通行舟。弭櫂泊頭渚，遂作羅浮遊。山靈憫病暑，風雨為
變秋。雲開遠岫出，黛色散不收。籃輿陟翠微，頗得精廬幽。
雅志愜邱壑，斯行豈人謀。愧煩五色雀，顧我鳴蜩啾。寓目天
水永，微茫見瀛洲。中原正雲擾，盜賊屯蠱蟊。而我臥雲海，
歸途亦淹留。逝將愜真境，祕訣追前修。稚川不可見，得見野
人不。（李綱〈艤舟泊頭鎮風雨中乘小舟行十餘里遵陸游羅浮
山寶積延祥寺〉）[73]

還有陸游遊杭州香積寺龍門洞、紹興法雲寺二詩：

我來香積寺，清晨歷龍門。孤峰撐蒼昊，大壑裂厚坤。古穴吹
腥風，峭壁挂爪痕。水浮石楠花，崖絡菖蒲根。橫策意未厭，
褰裳探其源。絕境豈可名，恨我詩語煩。須臾蒼雲合，便恐白
雨翻。東走得平野，萬里扶桑暾。（陸游〈龍門洞〉）[74]
放船三家村，進棹十字港。雲山互吞吐，水草遙莽蒼。沙鷗下
拍拍，野鶩浮兩兩。蕭騷菰蒲中，小艇時來往。匡山如香爐，
藍水似車輞，夢魂不可到，于此寄遐想。瘦僧迎寺門，為我掃

72 〔宋〕李綱：《李綱全集・梁谿集》，卷28，頁376。

73 〔宋〕李綱：《李綱全集・梁谿集》，收入《文淵閣四庫全書》（北京市：商務印書
館，2006年），冊1129，卷26，頁749。（此詩岳麓書局版本未收）

74 〔宋〕陸游撰，錢仲聯校注：《劍南詩稿校注》，卷6，頁487。

方丈，指似北窗涼，此味媿專享。我笑謝主人，聊可倚拄杖，
吾廬已清絕，敢取魚熊掌。（陸游〈遊法雲〉）[75]

此種親自走入山海風景的方式，可以使「山水之性情氣象，種種狀貌
變態影響，皆從我目所視耳所聽足所履而出」[76]，才稱得上是真正的
遊覽山海。南宋詩人多以五古形式書寫此類作品，且多依作者遊程為
主軸，隨時間的進展與腳步的移動而順序展開對沿途山海的描繪，以
及詩人內心剎時體驗的抒發。在表現手法上，最鮮明的特色即為藉由
調動自身多種感官，以具體描繪作者所處空間的細緻變化與整體感
受，例如，〈游鼓山靈源洞……〉以視覺所見森然羅列的瑰奇岩壑、
變幻不定的卷舒烟雲，以及觸覺所感飄蕩至毛髮、彷彿能洗濯肺腑的
飛泉，道出靈源洞的深夐幽美、勝絕東南；〈艤舟泊頭……〉則調動
視覺與聽覺，以曲徑（「翠微」）通幽（「精廬幽」）、雀鳥啁啾、海天
一色等聲色之景，強調延祥寺隱於幽靜深山的特殊地理位置；〈龍門
洞〉以帶有海水腥味的嗅覺強調己身所處位置（在海邊的龍門洞）的
特殊，以「蒼雲合」（暗）到「扶桑暾」（明）的視覺光影變化象徵詩
人心境由鬱到晴的轉變；〈遊法雲〉則以婉謝寺僧留宿、自感「吾
廬」已極「清絕」的心覺表達魚與熊掌不可得兼的知足心態。

其次，精心熔鑄的動詞亦增添了山海的生命力，「通常置於五言
詩之第三字，居於句中眼的地位，負起聯結與詮釋相關自然物之關係
的作用」，可以「使景物呈現活潑之生氣與清新之韻致」[77]，上述四詩
如：「碧海吸長江」、「連峰蟠秀氣」、「孤峰撐蒼昊，大壑裂厚坤」、

---

[75]〔宋〕陸游撰，錢仲聯校注：《劍南詩稿校注》，卷44，頁2800。

[76]〔清〕葉燮：《原詩》，收入丁福保輯：《清詩話》（上海市：上海古籍出版社，1999
年），頁606-607。

[77] 林文月：〈鮑照與謝靈運的山水詩〉，收入氏著：《山水與古典》（臺北市：純文學出
版社，1976年），頁107、108。

「潮生抹沙岸，雲薄漏月明」，其中「吸」、「蟠」、「撐」、「裂」、「抹」、「漏」等動詞，不僅分別使海與江、山與嵐、山與天、海與地、潮與岸、雲與月兩兩產生緊密的聯結，也凸顯了海、山、雲、天的廣、秀與孤、清、朗，以及深蘊厚蓄的生命力量。同時，各式與人類感官、肢體相關動詞的使用也凸顯了詩人己身移動時立體而流動的空間感，以及與自然互動時相親相得的和諧美感，如：〈游鼓山靈源洞……〉之「放」、「舍」、「訪」、「行」、「淹留」，〈艤舟泊頭……〉之「來」、「泊」、「遊」、「陟」、「寓」、「憩」、「追」，〈龍門洞〉之「來」、「歷」、「橫」、「探」、「走」，〈遊法雲〉之「放」、「進」、「來往」、「到」、「迎」、「掃」、「謝」、「倚」等。再者，詞彙的運用亦見慧心，一是藉雙聲、疊韻或疊字詞，如：「隱映」、「吞吐」、「挂杖」（以上雙聲）、「崔嵬」、「飄蕭」、「悵望」、「翠微」、「喎啾」、「須臾」、「莽蒼」、「蕭騷」、「菰蒲」、「方丈」（以上疊韻）、「拍拍」、「兩兩」（以上疊字）等，形成了音律上的美感效果，另一是藉同部首詞，如：「滌濯」、「滄洲」、「木末」、「菖蒲」、「莽蒼」、「菰蒲」、「澄漪」、「扶攜」等水部、木部、草部、手部之詞，以加強山海的水、木、花形象或詩人手部動作與姿態的方式，營造了空間上的臨場感受。在運用身體感官與山海相親相近、往還互動後，這些經過詩人們細心觀察與用心記錄的氛圍氣味，給予詩人們心靈上極大的愉悅與滿足；但山海之美僅能暫時消除苦悶而已，從李綱詩中可以看出，詩人對於中原兵戈正盛、國家盜賊蠭起仍是憂心忡忡的。

## 四　結語

由以上對南宋詩中「藉海抒懷」、「特寫海景」二主題的分析可知，海洋，對南宋詩人而言，更加真實、親近；南宋詩人書寫海洋，

情志內涵更加擴大格局且含蓄深刻，藝術表現更為新奇多變，描繪視角更為多元靈活。

舉「藉海抒懷」主題為例，南宋以前的詩人面對阻隔、奇壯等面貌的海洋時，多運用視覺感官，藉「望」海所見以抒發個人的鄉愁、不遇或壯志，以及藉「觀」海所得以書寫生命哲思的領悟；南宋詩人還新增了衰殘海景以寫國家百姓之憂，並在承續前人「望」海的手法外，另調動了聽覺，藉「聽」海所聞以抒發情思，並表現出更加含蓄深刻、靜定澄淨的個人情志，或更豪邁雄壯、憂心國是的大格局情感等內涵特徵，反映了南宋外患頻仍的時代現實。

舉「特寫海景」主題為例，南宋以前的詩人多採「登高遠望」的視角，將海山勝景的整體迅速收納、掌握於心目間，而達開拓遊者胸襟的審美效果；南宋詩人還新增了「舟中觀賞」、「岸邊遊歷」兩種視角，能與山海更為親近，更深層地賞玩其美景。在藝術手法上，不僅描寫更加細緻，想像更為豐富，還巧用諸多色彩詞，調動各種感官摹寫，精心熔鑄多樣動詞，用心設計雙聲、疊韻、疊字、同部首詞等語彙，生動而具體地呈現出詩人細心觀察與用心記錄的山海氛圍與氣味，有效地增添空間上的臨場感，透顯出作者與山海往還互動的相親感；在情意的書寫上，除了承續前人描山刻水以誌山海之樂外，另增添了憂心國事、企盼和平的情感展現，再一次地映照出南宋朝廷飽受外患威脅的時代特色，以及詩人們愛國報國的動人情志。

透過本文的分析，從海洋文學史的角度可知，南宋詩的海洋書寫，透顯出南宋因動亂不安的時代背景，而展現出有別於前代的，更具悲憫百姓、憂心國事、戰鬥豪邁、細膩寫實的時代書寫特徵，因而在古典海洋詩歌內涵的格局擴大、深刻化與藝術風格的多樣化、創新性的發展上，具有大幅進展的重要地位。從思想史、社會史的角度可知，南宋詩中的海洋書寫，反映了南宋海洋居民飽受戰事威脅的現

實，以及南宋文人關懷家國、勇於報國的精神樣態，為南宋思想與社會實況的研究提供了一種新的觀察視角。

# 參考文獻

## 一 傳統文獻（依時代先後排序）

〔南朝梁〕蕭統撰 〔唐〕六臣註 《文選》 臺北市 華正書局 1981 年

〔宋〕蔡襄撰 陳慶元、歐明俊、陳貽庭校注 《蔡襄全集》 福州市 福建人民出版社 1999 年

〔宋〕蘇軾撰 〔清〕王文誥輯註 孔凡禮點校 《蘇軾詩集》 北京市 中華書局 1996 年

〔宋〕王十朋撰 梅溪集重刊委員會編 《王十朋全集》 上海市 上海古籍出版社 1998 年

〔宋〕釋文珦 《潛山集》 臺北市 藝文印書館 1964 年

〔宋〕楊萬里 《誠齋集》 臺北市 臺灣商務印書館 1983 年

〔宋〕李光 《莊簡集》 北京市 線裝書局 2004 年

〔宋〕陸游撰 錢仲聯校注 《劍南詩稿校注》 上海市 上海古籍出版社 1985 年

〔宋〕蒲壽宬 《心泉學詩稿》 臺北市 臺灣商務印書館 2010 年

〔宋〕李綱 《李綱全集》 長沙市 岳麓書局 2004 年

〔宋〕劉克莊 《後村集》 臺北市 臺灣商務印書館 1983 年

〔宋〕劉克莊 《後村集》 臺北市 臺灣商務印書館 1983 年

〔宋〕樓鑰 《攻媿集》 臺北市 臺灣商務印書館 1967 年

〔宋〕文天祥 《文文山全集》 臺北市 世界書局 1956 年

〔宋〕郭熙 《林泉高致・山水訓》 黃賓虹、鄧實編 嚴一萍補輯 《美術叢書二集第七輯》 臺北市 藝文印書館 1975 年

〔清〕清聖祖敕編　《全唐詩》　臺北市　文史哲出版社　1978 年

〔清〕王先謙　《莊子集解》　收入《新編諸子集成》　冊 4　臺北
　　　　市　世界書局　1983 年

〔清〕董誥等奉敕編　《欽定全唐文》　臺北市　啟文出版社　1961
　　　　年

〔清〕葉燮　《原詩》　收入丁福保輯　《清詩話》　上海市　上海
　　　　古籍出版社　1999 年

逯欽立編　《先秦漢魏晉南北朝詩》　北京市　中華書局　1998 年

北京大學古文獻研究所編　《全宋詩》　北京市　北京大學出版社
　　　　1993 年


二　近人論著（依作者姓氏筆畫排序）

林文月　〈鮑照與謝靈運的山水詩〉　收入氏著　《山水與古典》
　　　　臺北市　純文學出版社　1976 年

徐復觀　〈山水畫創作體驗的總結——郭熙的林泉高致〉　收入氏著
　　　　《中國藝術精神》　臺北市　臺灣學生書局　1998 年

張高評　《宋詩之傳承與開拓——以翻案詩、禽言詩、詩中有畫為
　　　　例》　臺北市　文史哲出版社　1990 年

# 以海洋文化為發展的地域產業設計與品牌探討
## ——以基隆八斗子飛魚卵加工產業為例

### 莊育鯉

臺灣海洋大學海洋文創設計產業學系助理教授

## 摘要

　　海洋是人類萬物生存的基盤，海洋與沿岸生活所發展的捕食、航行、探險與戰爭形成了流動、開放與多元性的海洋文化。而基隆地區的沿岸地形、歷史演變與文化累積、在地產業與居民生活，形成了基隆鮮明的海洋城市特質。濱海的自然地理條件、優渥而豐饒的海洋資源、深刻而多元的人文歷史，醞釀出基隆內涵豐富的海洋文化。

　　隨著知識經濟的發展和資訊技術的普及，文創設計產業近年來發展成熱門的新經濟型態，而以地域文化產業內容為核心的產業發展，更是文創產業發展的關鍵因素之一。由地域群眾生活習慣的累積所發展出的在地產物與地域特色，會因居住生活需求上的心思與創意表現，而具有歷史根源的特殊性、地域文化的生活性、人文內涵的精神性等獨特價值。

　　本研究將著眼於海洋文化創意與地域文化的符碼圖像化轉換，以基隆八斗子當地氣候、地理資源、歷史故事、傳統人文、種族風俗所發展出的海洋文化活動為基礎，探討海洋文化創意產業與地方特色產業之關聯性，以及海洋文化創意如何在地域發展中，有效結合地方資源創新發展，並藉

由基隆地方的海洋特色資源，分析在地海洋相關產業品牌之特色，且進一步提供多元性的價值觀轉化之建議。期望以地方特質為基底之產業發展型態，能更強調產業發展的環境或是地域依存性，亦即，以地域性、地方意象為其發展的特質，從而衍生出將地方多樣豐富的歷史文化、集體記憶與其他群體共享之價值。

**關鍵詞：海洋文化、地域符碼、地域產業設計、品牌、基隆八斗子、飛魚卵加工**

# 一　緒論

## （一）研究動機與目的

　　地域產業設計為臺灣當前最重要的政策之一，啟動了如文創、創意設計等產業的新興概念。地域產業發展的範疇是以鄉、鎮、市為主，由生活經驗的特色與累積所發展出的特色產品，需具有歷史性、文化性、獨特性，或唯一性等特質之一，讓各鄉鎮能在自身特殊的自然和人文環境中發展出屬於自己的特色，進而平衡城鄉的產業差距，均衡各地發展，促進產業進步。

　　地域產業設計主要發展架構是以區域產業為基礎，配合整體產業經濟概念為前導，經由產業內容的價值轉換，創造高附加價值的新型態群聚式經濟體，並透過策略及系統整合行銷通路，讓地方特色產業產品有效行銷全球，並且吸引消費者親自至各個區域特色產業區域體驗其特色，有效整合地方特色資源產業，在不同產業間進行行銷策略整合之效益，創造地域特色產業的經濟價值。

　　因此，本研究以基隆八斗子地方海洋文化個案為探討對象，採用近年來國家大力推動的地方特色之概念分析，為地方特色產業轉化「新產業意象」尋求新的出路，以設計與產業經濟尋求地方產業與文化特色的創意結合，使地域創意產業能夠永續發展。

## （二）研究內容

　　臺灣產業從傳統農業生產、製造加工為主，發展至今進入以服務產業如：文化、休閒、設計等為主流，這些產業基礎建立在地方魅力與地方活力上，從個人、社區、縣市，整合空間與經濟的概

念，發展出以區域特色創意為主流的產業。藉由各區特殊的生活型態或資源為基礎，透過創意的展現，以行銷方式來實現特色創意產業，使得各鄉鎮能在自身特殊的自然人文環境中發展出屬於地域產業的特色，將生活型態或資源變成特色產品來促進地方產業發展。這種特色的地方行銷理念，能協助各區發展各種特色商品與服務，為地方特色產業建立獨特性。

本研究即擬以基隆八斗子的特色資源——飛魚卵為研究主體，期望透過了解八斗子飛魚卵產業現況、整體架構，來探討如何與設計產業作結合；亦即，研究如何有效結合地方特色資源，將其應用於設計產業發展，從而形成地域文化創意產業。

## （三）研究方法

本研究採用單一個案方式來進行，選擇基隆八斗子飛魚卵產業為研究主體。先採取實地考察與歷史資料分析法，透過相關主題與內容的實查與研究，分析八斗子飛魚卵地方特色產業的特質；再運用文化創意設計的思維與策略，以八斗子特色產品與地方故事為設計的核心，策略性地發展八斗子地方產業特色圖像，在創意過程中不斷融入地方資源意象，轉換產業特色之價值性及可用性，藉由視覺創意設計之加值，拓展八斗子飛魚卵地方特色產業的創新價值，並創造出多元價值。

## 二 文獻回顧

### （一）地域特色

### 1 地域特色內涵

　　地域特色發展，是近來十分熱門的新經濟型態之一，將逐漸沒落之地方特色產業，重新設計新的經濟模式，運用當地特有的人文條件或自然資源意象，發展具有獨特、唯一、歷史、文化特性之符號形象，重新吸引產業聚集，創造新的經濟模式（和田充夫，菅野佐織，德山美津惠，雅信，&宏保，2009）。

　　地方特色產業是以鄉、鎮、市為主，在這些同一區域的生活範圍中，會因當地的生態表現、生活環境、地理資源，而發展出獨特且具有特色的自然景觀特質、歷史文化、工藝技術、人文風俗等等的地方特色產業，分類如表一所示（商工局產業振興課，2009；鄭自隆，2013）。地域中群眾生活經驗的累積，地域特色所發展出的在地化產物，會因居住生活需求上由住民創意表現，顯現出具有歷史根源及特殊性、生活性的文化表現與人文內涵的精神價值。而這些發展出來的地域產物之多樣性與文化特質之豐富性，亦是凝聚地方認同的主要意識來源。

　　地域特質與環境、生活與人文的緊密連結，形成以地方特質為架構之產業發展型態，強調產業發展的環境或是產業的地域依存性，以地域性、地方意象為其發展特質，衍生出地方歷史文化的豐富多樣、集體記憶與其他群體共享之價值（田中章雄，2008）。地域的特定產物，透過當地環境特質、歷史文化、生活的演化、傳統人文化的演變等使居民逐漸產生認同與歸屬感。地域特色產業主要係以利用地方既有的資源，結合當地特有的在地農作生產、自然景

觀、歷史文化、人文活動，活化地方經濟、提昇區域生活品質，發展地域新產業特色，永續、擴散性的發揮全面性的地方產業特色經濟效果（陳德富，2016）。

### 表一　地方特色產業分類

| 自然 | 歷史、文化 |
|---|---|
| 景觀、氣候、地形、溫泉<br>動植物、水、土、礦物…… | 生活樣式、傳統工藝<br>過去事物、人物…… |
| **人工物** | **技術、服務** |
| 街道、建築物、製品、<br>料理、素材、容器…… | 製作方式、管理方式、販賣模式<br>使用方法、演出、節慶活動…… |

　　地方特色產業的經營是產品的品質、內涵、創新和差異化發展的優勢表現，特色產業經營是有形與無形意象的塑造，而其最主要的功能在於提供完整產品生產、內容與品質的訊息，對於商品與服務品質提供完整的功能保證，並具有喚起消費者感知產品形象的訊息傳達功能（金子和夫，2002）。新型態的地域產業設計，將地方各種富含人文歷史、地域在地意義的特殊符號，轉化成經濟生產活動的主要資源，使其成為新創事業中，所擁有之地方特色產業資本，在創造價值的過程中扮演適宜的角色（DALPIAZ, RINDOVA, & RAVAS, 2010）。地域產業之價值創造不僅在於重視特色與差異性，同時也必須加強特色產業與周邊資源之整合，策略性地使用特色產業，整合特色資源及跨領域環境、人文與歷史資源作為地域經濟發展的長期經濟發展模式，讓地域特色更顯價值（謝如梅 & 劉怡君，2014）。

## 2 地域感

　　近年來 IT 的發展使資訊流通更為迅速，產業全球化的趨勢範

圍不斷擴大，地域感（sense of place）的概念似乎仍難有一個明確的定義界定，但是生活成長的環境有著多元、複雜多變的面向，是個人的生命歷程記憶，區域生活的型態的展現。因此地域感的產生被視為是集體記憶的結果，也就是透過住民共同生活所產生的群體記憶，來創造共同認同的空間或地方記憶。

地方是人群、環境、生活、社會與文化歷史所組成，是個人與群體在所熟悉的生活環境中的成長生活經驗累積，人對於長期所處的區域空間的情感與記憶有主觀和情感上的依附，地域感（sense of place）的產生也是由地域環境、生活文化與社會結構的時間經驗累積而來，同時也是指地域中具有可意識與對應之獨特特色，或可意識到的具有意義的地方特殊意象（Creswell，2004）。地域感不僅是人文存在的經驗、區域情感投注的依靠目標，更具備了意識型態、個人行為與社會結構性制度的多方面向，同時也是記憶、認同的面向，是生活方式的整體總和（李進益，2006）。

地域中的群眾對場域（Land）有了長時間接觸、認識、經驗、關心，從抽象、中性、無意義的空間轉成具象、有感情、有意義，經過長期感受而對地方產生深刻的感受，進而產生記憶（圖一）（商工局產業振興課，2009）。而地域感的產生，是一段時間上的經歷和經驗的過程，所產生情感和象徵上的意義，有對於實質、社會、文化與活動設施等環境的依賴構面，同時有著土地、情感、自我實現的認同與社會連結的深厚意義（翁靜茹，2014）。

八斗子自開港以來，此地方擁有豐富的漁業產業與特殊漁撈技術，是一座漁業專用港口，以漁業為主的漁村區域生活，漁業發展的需求變化，必定影響區域生活的型態結構與文化，經濟結構的衰退與演變，邊緣化場域的意識衝擊，地域的特殊性、區域性的文化符碼與需要再一次的產生、再現與建構（蔡怡芳，2013）。

| 場域 | 經驗感受　　知覺感受　　意義,價值　　體驗記憶　➡ | 地域感 |

**圖一　場域演變地方感的經驗變化**

## 3　地域文化符碼

　　文明社會的文化演變，符號化扮演著重要的角色，符號的交換與運用在訊息傳遞的觀點上，有著生活經驗分享、資訊意義的交換與社會互動的功能表現（張正宜，2012）。符號的建立是以人類的思考模式、情感經歷與生活經驗為基礎，透過可溝通的邏輯模式，在人與人、人與社會、空間與時間之間透過有意義的圖像進行資訊傳遞。符號學中符號構成是由視覺感官所能看見的載體「能指」（signfier）與所承載的意義的概念「所指」（signified）部分所組的整體。符號原始意義是訊息圖形化，作用於承載內容的傳遞，每個圖形化訊息皆有其特定的意義對應關係（圖二）（李思屈，2004）。

**圖二　符號構成**

　　地域發展若能以區域中具有獨特性、個性化和在地性的特質，結合當地的特殊地域特質、生活文化內涵與地方歷史文化與記憶，淬鍊成為區域的文化特色符碼，同時結合了地域中的人、事、時、地、物與周邊相關產業，讓該地方的生活、文化的發展與歷史涵蓋的結果，

成為該地區的自然或文化環境之符號象徵性產品，會是發揮在地性與
文化性的符碼意識情感交流的核心價值（林淑婷，2013）。

　　地域文化符碼的系統建立，是將地域文化的符碼重新建構，成為
設計基本元素與法則，在設計的過程中，文化符碼圖像在作品層次中
延伸抽象與文化的解讀與組成，再以設計模式編碼，是一種對於從文
化符號的深層意義的理解到圖像創新的設計能力（表二）（楊裕富，
2006）。

表二　文化符碼系統

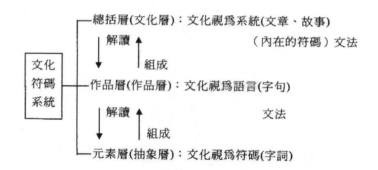

資料來源：楊裕富（楊裕富，2006）

## 4 地域特色發展目的

　　文化資源是人類生活行為創造的有型化及其轉化。特定區域性的
文化符碼隱含各種意涵，是一種生活型態演變的累積，多方面探索區
域性的文化符碼各種意涵，可產生多樣性的文化符碼經濟活動
（Griswold，2012）。

　　地域意象是一系列物質感官與心理喚醒的情境脈絡的總和，包
含：傳達訊息的建立、主觀經驗的產生與感知的偏好。地域產品內容

的豐富人文內涵會在消費者與產品間產生吸引、聯繫與滿足的循環互動。地域產業的利基在於地域生活文化所發展出的個別獨特性，及其多樣且在地化特質。再與地方印象融合符碼元素的屬性、評價與態度後，所顯現出區域的差異性，讓消費者產生對地域認知與知覺經驗的產生，進而產生對地域符碼的意義知覺與確認（圖三）（平山弘，2007）。

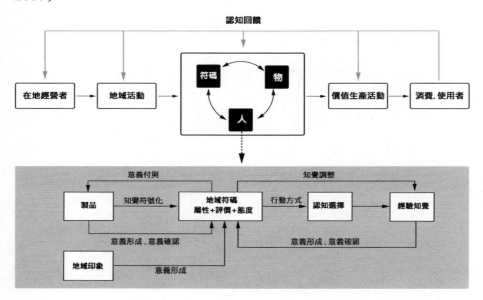

**圖三　地域符碼對消費者知覺形成的架構**

　　地域產業的設計與開發，有助於提昇居民生活品質與地域文化層次，區域符碼的功能在於將地域中被認知與使用中的資源，強調文化價值與開發具有地方特色的產品創新產品價值，而地域中待開發與未被活用的領域與特色中，隱藏不同的價值可能性與待開發的機會，地域產品的開發應用可以發掘尚待認知的地域特色能量，並提供設計領域潛在的應用價值（圖四）（財團法人北海道市町村振興協會，2008）。

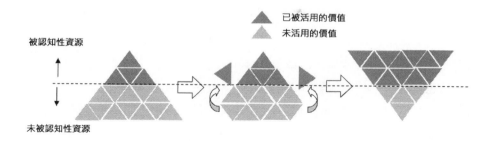

**圖四　地域資源開發未被活用的資源價值產出**

# 三　基隆八斗子——飛魚卵

　　臺灣四面環海，為典型海島區域，漁業發展曾經是臺灣重要的經濟活動之一，漁業發展技術的不斷演變、精進與港口的建設，曾造就臺灣漁業輝煌的高經濟產值。由於臺灣的海島地形使漁村成為臺灣海洋文化的基本聚落，也是農漁業時代的主要經濟體，擁有漁業的人文傳統、文化及海洋生態資產，漁民的生活聚落所有的日常生活和海洋是緊密結合的，傳統捕魚技法與多樣性的在地特色，都是漁村文化的聚落價值（翁靜茹，2014）。基隆八斗子是漁業重鎮，一個具有兩百多年發展歷史的傳統漁村，附近的東北海域是黑潮與東海大陸棚水團交換的區域，擁有著優良的漁業環境，蘊藏著豐富的海洋資源及海洋文化。

　　文化是一個民族生活經驗累積的總和，海洋文化是海洋、人和時間所交會產生的文化經驗，是沿海居民與生活的環境海洋互動所產生的生活模式，是和地區沿海環境與人文生活不斷融合的歷程，亦是和海洋共存共榮的相依情形，和地域依賴有著密切的關聯性。海洋不僅提供基隆八斗子居民的基本生活需求，也形成在地獨特的海港文化，內涵包括海岸、漁村所形成的生活方式，漁業、航海的

經濟活動，海洋習俗與信仰及節慶活動，讓八斗子居民與海洋互動所形成的生活方式構成了多樣豐富的海洋文化（蔡怡芳，2013）。

八斗子地區位於臺灣北部的東北方，在基隆市東側，地形屬天然灣澳的地形，擁有特殊的地理位置及優良地形，蘊藏豐富的海洋資源，提供八斗子漁村漁民良好的漁場和捕魚環境。從早期居民臨海而居、捕魚維生開始，到目前已有數百年的歷史，八斗子漁業多以沿、近海為主，漁獲依季節不同，豐富的海洋生態資源，讓八斗子漁村的漁民能夠有穩定良好的漁獲和收入，進而改善漁民的生活，形成八斗子人文和自然方面和海洋非常密切的關係（蔡怡芳，2013）。然而全球氣候的變化造成海洋水溫上昇，影響海洋生態資源的變化與枯竭；魚獲量的減少造成漁村所得偏低與漁業人口轉業，從而使得漁村文化缺乏傳承。

八斗子的主要漁業產量多以沿、近海為主，漁獲上的內容會依季節不同，夏季以小卷而冬季以赤鯮為主要的經濟作物，另外還有白帶魚、旗魚、飛魚卵、紅目鰱、鯖魚等不同的經濟魚類。東北部海域一直是飛魚產卵的優質區域，飛魚屬於飛魚科，是屬暖海性魚類，早期基隆八斗子漁船，經常在每年四、五月間，在東北角海域撿拾飛魚卵，數量甚多但多沒有適當的經濟模式開發，除了煮湯食用之外，大多丟棄沒有善加利用（許焜山，2015）。

而在日本的許多料理食品中為了增加食物的裝飾性、口感與食材的豐富性，經常會加上飛魚卵點綴，同時把加工後的飛魚卵運用在多樣性的料理食材上。而後因外銷日本的需求，使飛魚卵形成八斗子的一項漁業經濟產業。八斗子漁村的漁船開始利用其特殊的「草包」捕飛魚卵（圖六），稱之為「放飛魚卵」，而不再只是漁船作業時候順手撈取、撿飛魚卵的工作，改變了飛魚卵的價值結構，開啟飛魚卵的經濟價值。而近年來臺灣的漁業食品外銷廠商，也將飛魚卵推展至歐美

市場，因此也讓此項產業更提升其經濟價值。同時八斗子地區的小型
廠商利用在地新鮮漁獲，不斷創造經濟價值與地域特色，開發的飛魚
卵醬是在地居民運用在地漁獲發掘出的地域特色商品。

圖片來源：孫梅貞、簡明慧，2017

圖片來源：許焜山，2015

圖片來源：許焜山，2015

圖片來源：心肝寶貝網頁，2016

圖六　捕飛魚卵的草包與加工整理

# 四　飛魚卵產品的設計應用

　　符號的設計與發展上必須根據其隱喻屬性才可能被圖式化並得以
傳佈，本研究藉由飛魚型態與過往的記憶建構，將飛魚具象的表徵嘗
試轉換結合不同的圖像符號的技巧表現，來說明出飛魚完整的視覺型
態、內容與意義，以提供可參考的符號發展認同。在設計方法上以飛

魚躍出水面特有的滑翔型態為出發點，擷取色黑翅膀的結構形態，將其具象的型態予以符號化與視覺化，同時運用繪圖手法，將代表的圖像轉換成簡潔、易辨認的具體地方特色產品的視覺符號圖像（圖七）。

抽象　　　　　　　　　　　　　　　　　　　　　　　具象

**圖七　產業符號的圖像轉換-Logo設計變化**

## 主意象組合創作設計

　　不同類別的地方特色產業具有不同之地方特質、產業型態，及生產結構，本研究在主意象的符號構成上，嘗試分別以地域海洋環境特色、飛魚在海浪上的凌空飛翔與飛魚群聚悠游的壯觀畫面，三個視角及層面切入，重新整合既有的飛魚符號意象，讓主意象符號能引起地域情感的共同記憶與更多元與深入性的符號經濟價值運用。

**圖八　場景氛圍符號的圖像轉換**

　　視覺符號最主要利用所構成的圖像讓傳達者與他人產生共通的印象，主要功能在於能清楚傳達正確的訊息，而使訊息意涵能普遍、有效且全面性的獲得認同。本次的地域特色產品的符號圖像採用較貼近具象形式的繪圖圖像為代表，同時以律動方式的形式排列貼近飛魚魚群在海上滑翔飛躍的生態意象與漁民滿載豐收的意味。

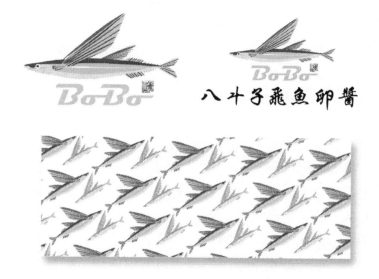

**圖九　定案符號圖像-Logo**

**圖十　符號圖像的包裝延伸應用**

# 五 研究結論與建議

## （一）研究結論與討論

　　臺灣四面環海，由海洋孕育而生的文化為地域發展特色之一，這種文化是融合各地區的環境特質和海洋生活型態所發展出的不同特色的海洋文化。八斗子漁村是沿岸生活聚落型的傳統漁村，具有多重樣貌的海洋文化展現。近年由於漁撈設備高度科技化，衝擊了小漁村舊有的經濟產業，生活經濟型態的轉換已成為沿海漁村普遍存在的問題。在振興地域產業發展時，漁業發展的經驗脈絡和漁村歷史與人文特色是海洋文化符碼轉換中的重要基石，透過地方特色符碼的轉譯設計，對漁村文化與特色產品的文化符碼與意義進行圖像的新定義與塑造，轉換漁村文化資源之價值性及可用性，將能突破產業弱勢的經濟限制，強化地域文化與價值創造之間的關係，應是今後地域產業發展的重要取向之一。本研究嘗試將八斗子漁村的飛魚卵加工產業的特色符碼轉換設計成新圖騰，並延伸至相關產品的視覺應用，期望能提升產品的文化意義與象徵意涵，創造漁村生活價值產品提升的新思維。

## （二）後續研究之建議

　　本研究僅以單一個案，探討地方文化特色在設計與運用過程中，所運用之資源、設計表現與價值創造的相關聯性，未來建議在針對漁村文化類似的相關研究時，不單只是將文化資產轉換為新圖騰而已，而是在新圖騰出現後，還能見到各項有形載體的多面向呈現，以及以遠端傳播的電子載體型式的文化特色再現。同時在這些不同層次的轉換效益上都可以再作進一步的深入探討。

# 參考文獻

Creswell, T. (2004). *Place: A Short IntroductionJun*. Chichester: Wiley-Blackwell.

DALPIAZ, E., RINDOVA, V., & RAVAS, D. (2010). Where strategy meets culture: The neglected role of cultrual and symbolic resources in strategy research. *The globalization of strategy research, 27*, 175-208.

Griswold, W. (2012). *Sociology for a New Century Series* (4th ed.). New York: SAGE.

心肝寶貝 （2016） 阿爸發明——「飛魚產房」——草包 Retrieved October 18, 2016, from http://tst868.pixnet.net/blog/post/30653542

平山弘 （2007） ブランド価値の創造——情報価値と經驗価値の観点から 京都：晃洋書房株式會社

李思屈 （2004） 廣告符號學 四川市：四川大學

李進益 （2006） 地方博物館內／外的「地方感」差異：以南方澳漁村為例 （碩士論文），國立交通大學，新竹

和田充夫，菅野佐織，德山美津惠，雅信，長，＆宏保，若 （2009） 地域ブランド・マネジメント 東京：有斐閣

林淑婷 （2013） 地方文化農特產品視覺包裝設計研究與創作——以嘉南地區農產品包裝創作為例 （碩士論文），國立臺灣師範大學台北

金子和夫 （2002） 地域ブランドでまちおこし「－地域ブランドの効果的なマネジメント－」 地域活性化センター『地域づくり』，September

翁靜茹 （2014） 基隆八斗子漁村再生策略之研究 （碩士論文），國立臺灣海洋大學，基隆

財団法人北海道市町村振興協会 （2008） 地域資源を活かした地域活性化策に関する調査研究報告書

商工局產業振興課，北 （2009） 地域ブランドづくりのためのデザイン-IT 活用ガイド

張正宜 （2012） 文化符碼轉譯之竹具造形設計 （碩士論文），國立臺灣師範大學，台北

許焜山 （2015） 基隆八斗子漁村的漁業發展與變遷 （碩士論文），國立臺灣海洋大學，基隆

陳德富 （2016） 文化創意產業經營與行銷管理：整合觀點與創新思維 台北：揚智

楊裕富 （2006） 設計的文化基礎 臺北：亞太圖書

蔡怡芳 （2013） 基隆八斗子海洋文化特色之研究 （碩士論文），國立臺灣海洋大學，基隆

鄭自隆 （2013） 文創行銷 台北：五南

謝如梅，&劉怡君 （2014） 文創創業之資源隨創與價值創造之研究 *International Conference on Innovation Studies (IS2014)* 政治大學，台北

# 崔顥〈黃鶴樓〉與李白〈登金陵鳳凰臺〉二詩章法結構與藝術手法析論

陳宣諭

臺北市立大學通識教育中心專任副教授

## 摘要

　　崔顥〈黃鶴樓〉與李白〈登金陵鳳凰臺〉二詩是盛唐寫景詩傑作，歷來研究唐詩學者，喜將此二詩評比一番。嚴羽《滄浪詩話》評：「唐人七律詩，當以崔顥〈黃鶴樓〉為第一」；吳昌祺《刪定唐詩解》一書評李白〈登金陵鳳凰臺〉詩言：「起句失利，豈能比肩〈黃鶴樓〉」，甚至王世懋、金聖嘆亦認同此說。宋元明清批評家皆持〈黃鶴樓〉勝於〈登金陵鳳凰臺〉的觀點，而劉克莊《後村詩話》曰：「今觀二詩，真敵手棋也。」此說雖然比完全貶低或否定李詩，思想前進一大步，但這些說法皆從某個側面角度來評論二詩，未能從全詩的思想性和藝術性來分析，本文試圖從章法結構與藝術手法全面探析二詩，以證李白詩超越崔詩，無論是構思、意境、句法，皆非崔詩所及。

關鍵詞：崔顥、李白、黃鶴樓、登金陵鳳凰臺

# 一 前言

　　宋代嚴羽《滄浪詩話》曰：「唐人七言律詩，當以崔顥〈黃鶴樓〉為第一。」[1]此後歷代對崔顥〈黃鶴樓〉評價極高，甚至認為李白〈登金陵鳳凰臺〉仿此而作，方回曾在《瀛奎律髓》曰：「太白此詩與崔顥〈黃鶴樓〉相似，格律氣勢，未易甲乙。」[2]傳說李白在登黃鶴樓時也欲賦詩一首，但看到崔詩，便為之斂手，在宋代胡仔《苕溪漁隱叢話》前集卷引用《該聞錄》曰：「李白見崔顥〈黃鶴樓〉詩後，欲擬之以較勝負，乃作〈登金陵鳳凰臺〉詩。」[3]而明代顧璘《唐音》評曰：「〈黃鶴樓〉一氣渾成，太白所以見屈。」[4]王世懋《藝圃擷餘》認為李詩不如崔詩；吳昌祺《刪定唐詩解》批評李詩曰：「起句失利，豈能比肩〈黃鶴〉」[5]；金聖嘆又在《選批唐才子詩》曰：「先生當日，定宜割愛，竟讓崔家獨步。何必如後世細瑣文人，必欲沾沾不捨，而甘出于此哉！」[6]這些批評家皆持〈黃鶴樓〉勝於〈登金陵鳳皇臺〉的觀點，惟劉克莊《後村詩話》卷一曰：「古人服善，李白過黃鶴樓，有『眼前有景道不得，崔顥題詩在上頭』之

1　〔宋〕嚴羽：《滄浪詩話》，收入《景印文淵閣四庫全書》1480冊（臺北市：臺灣商務印書館，1986年），頁818。

2　〔元〕方回編：《瀛奎律髓》，收入《景印文淵閣四庫全書》1366冊（臺北市：臺灣商務印書館，1986年），卷1，頁9。

3　〔南宋〕胡仔：《苕溪漁隱叢話》，收入《萬有文庫簡編》114冊（上海市：上海商務印書館，1939年）。

4　〔元〕楊士弘編選、〔明〕張震輯注、〔明〕顧璘評點，陶文鵬、魏祖欽整理點校：《唐音評注》（保定市：河北大學出版社，2006年），頁401。

5　〔明〕唐汝詢選釋、〔清〕吳昌祺評定：《刪定唐詩解》，收入《續修四庫全書》1612冊（上海市：上海古籍出版社，2002年），卷19，頁276。

6　〔清〕金聖嘆：《選批唐才子詩》，清初蘇州刊本，1644年，見國家圖書館善本室。

句，至金陵遂為〈鳳凰臺〉詩以擬之。今觀二詩，真敵手棋也。若他人，必次顥韻，或于詩版之傍別著語矣。」[7]以「真敵手棋也」說法較為公允。清代潘德輿《養一齋詩話》曰：「夫作詩各有意到，何況供奉天才，豈難自立？〈鳳凰臺〉人疑學步，〈鸚鵡洲〉又說效響，太白非崔郎中，將不作七律耶？」[8]認為單以「詩體」論斷李詩學步崔詩謬矣。從二詩的主體、用韻、風格有一定相似度，說李白此詩受崔詩影響，是有可能的，但上述說法皆從某個角度來評論二詩，未能從全詩的思想性和藝術性來分析，本文試圖從章法結構與藝術手法全面探析二詩，以證李詩超越崔詩之上。

## 二 〈黃鶴樓〉與〈登金陵鳳凰臺〉之創作背景

### （一）崔顥〈黃鶴樓〉之創作背景

崔顥，唐汴州人。生於武后長安年間，卒於玄宗天寶十三年（704？-754）。少有俊才，開元十一年中進士，授太僕寺丞（管理宮廷車馬全國畜牧業的機構），天寶中任尚書司勳員外郎。才高而無行，早年為詩，多寫閨情，流於浮豔；晚年忽變常體，盡寫戎旅，風骨凜然。此詩應作於開元十一年之前，當時崔顥尚未考中進士，曾漫遊長安、洛陽，求官無成，在仕途失意，飄泊無依之際，遊武昌，登臨此樓，感慨賦詩，在人去樓空的落寞之感中，留下絕唱思鄉之作。相傳李白也曾遊歷武昌，登黃鶴樓欲題詩，見此詩，曾云：「眼前有景

---

7 〔宋〕劉克莊撰：《後村詩話》，收入《景印文淵閣四庫全書》1481冊（臺北市：臺灣商務印書館，1986年），卷1，頁307。

8 〔清〕潘德輿撰：《養一齋詩話》，收入《續修四庫全書》1706冊（上海市：上海古籍出版社，2002年），卷9，頁275。

道不得，崔顥題詩在上頭。」無作而去。宋代嚴羽《滄浪詩語》詩評曰：「唐人七言律詩當以崔灝〈黃鶴樓〉為第一。」[9]但高步瀛《唐宋詩舉要》以為崔顥此詩格律出自沈佺期〈龍池篇〉，前四句曰「龍池躍龍龍已飛，龍德先天天不違。池開天漢分黃道，龍向天門入紫微」李太白亦效之。[10]不論如何，崔顥此詩不失為千古絕唱律詩。

「黃鶴樓」位於中國湖北省武漢市西黃鶴山的黃鶴磯上，武昌西有黃鶴山，山西北有黃鵠磯，該樓俯瞰長江，極目千里。故址在今武漢長江大橋武昌橋頭。相傳始建於三國吳黃武二年。有關黃鶴樓得名之傳說，歷來有三種不同說法，一、以為是仙人王子安，據《南齊書》〈州郡志〉記載黃鵠機：「世傳仙人子安乘黃鵠過此上也」[11]。二、以為是仙人費禕，《文苑英華》引閻伯里〈黃鶴樓記〉記載：「黃鶴樓者，《圖經》云：『費禕登僊，嘗駕黃鶴返憩於此，遂以名樓。』」[12]認為黃鶴樓命名由來是費禕登仙後，曾駕黃鶴回來，於此樓休息，以之命名。又《太平寰宇記》卷一百十二曰：「黃鶴樓在縣西二百八十步，昔費禕登仙，每乘黃鶴於此樓憩駕，故號為黃鶴樓。」[13]然而《三國志》〈蜀志〉記載有一人名叫「費禕，字文偉」[14]，圖經所言登仙的費禕，是否為三國志此蜀人，不得而知。三、以為是仙人呂洞賓，據《報應錄》傳說是呂洞賓於黃鶴樓前飛昇，「辛氏昔沽酒為

---

9　〔宋〕嚴羽：《滄浪詩話》，收入《景印文淵閣四庫全書》1480冊，頁818。

10　高步瀛：《唐宋詩舉要》（臺北市：里仁書局，2013年9月20日初版6刷），頁544。

11　〔梁〕蕭子顯撰：《南齊書》，收入《景印文淵閣四庫全書》259冊（臺北市：臺灣商務印書館，1983年），卷15，頁175。

12　〔宋〕李昉等奉敕撰：《文苑英華》，收入《景印文淵閣四庫全書》1341冊（臺北市：臺灣商務印書館，1986年），卷810，頁87。

13　〔宋〕樂史撰：《太平寰宇記》，收入《景印文淵閣四庫全書》470冊（臺北市：臺灣商務印書館，1986年），卷112，頁188。

14　〔晉〕陳壽撰：《三國志》，收入《景印文淵閣四庫全書》254冊（臺北市：臺灣商務印書館，1983年），卷44蜀志卷14，頁673。

業，一先生來，魁偉襤褸，從容謂辛氏曰：許飲酒否？辛氏不敢辭，飲以巨杯。如此半歲，辛氏少無倦色，一日先生謂辛曰，多負酒債，無可酬汝，遂取小籃橘皮，畫鶴於壁，乃為黃色，而坐者拍手吹之，黃鶴蹁躚而舞，合律應節，故眾人費錢觀之。十年許，而辛氏累巨萬，後先生飄然至，辛氏謝曰，願為先生供給如意，先生笑曰：吾豈為此，忽取笛吹數弄，須臾白雲自空下，畫鶴飛來，先生前遂跨鶴乘雲而去，於此辛氏建樓，名曰黃鶴。」辛氏乃就地建樓，命名黃鶴樓，內祀呂洞賓駕鶴升天像。

## （二）李白〈登金陵鳳凰臺〉之創作背景

詹鍈《李白詩文繫年》繫此詩於上元二年，認為是永王兵敗，李白受誅連，流放夜郎遇赦返回所作。另一說是李白天寶年間，因恃才傲物，不容於權臣親近，賜金放還，離開長安，南遊金陵時所作，如：朱諫曰：「此李白被貴妃、力士之讒，懇求還山，帝賜金而放回，浪遊四方，至金陵時登鳳凰臺而作此詩也。」[15]又瞿蛻園、朱金城《李白集校注》云：「此詩自是白之本色，不為摹擬。浮雲一語當指開元、天寶間之讒諂蔽明，若在上元末年，則白方獲罪遇赦，方銷聲斂跡之不暇，似不當復有此激切之語。」[16]明代唐汝詢《唐詩解》卷四十曰：「《唐書》〈文藝傳〉：白嘗侍帝，醉使高力士脫靴。力士素貴，恥之，摘其詩以激楊貴妃。帝欲官白，妃輒沮止。白自知不為親近所容，退求還山，帝賜金放還。白浮遊四方，嘗乘月夜與崔宗之自

---

15 詹鍈：《李白全集校注彙釋集評》第6冊（天津市：百花文藝出版社，1996年12月），頁3010。

16 瞿蛻園、朱金城：《李白集校注》第3冊（上海市：上海古籍出版社，1980年），頁1238。

采石至金陵。此因登臺覽古而起逐臣之思也。」[17]依此詩最後二句「總為浮雲能蔽日，長安不見使人愁」較接近後一說的情境，故筆者認為此詩約作於天寶六載（747）李白遊金陵時。

李白在政治不得意，遭賜金還山，仍不忘國，藉登臨鳳凰臺弔古，而「鳳凰臺」在今南京市。據《太平寰宇記》卷九十江南東道昇州江寧縣：「鳳臺山，在縣北一里，周迴連三井岡，迤邐至死馬澗。宋元嘉十六年，有三鳥翔集此山，狀如孔雀，文彩五色，音聲諧和，眾鳥羣集，仍置鳳臺里，起臺于山，號為鳳臺山。」[18]將歷史典故，眼前景物與己身感受綰合，抒發愛國傷時之情，與崔顥〈黃鶴樓〉一詩，同為仕途失意，登樓弔古傷今，同以「愁」收筆，不同在於崔顥寫思鄉之愁，而李白寫憂國之愁。

## 三 〈黃鶴樓〉與〈登金陵鳳凰臺〉之思想內涵及章法結構

清代沈德潛《說詩晬語》云：「詩貴性情，亦須論法，雜亂無章非詩也。然所謂法者，行所不得不行，止所不得不止，而起伏照應，承接轉換，自神明變化於其中。若泥定此處應如何，彼處應如何，不以意運法，轉以意從法，則死法矣。試看天地間水流雲在，月到風來，何處著得死法」[19]。「章法結構」是作者構思作品時的邏輯思維，其中的敘事結構、時間序列、敘事觀點的分析即是「章法分析」，藉

---

17 〔明〕唐汝詢：《唐詩解》，收入《四庫全書存目叢書》369冊（北京市：北京大學出版社，1994年）。

18 〔宋〕樂史撰：《太平寰宇記》，收入《景印文淵閣四庫全書》470冊，卷90，頁10。

19 〔清〕沈德潛：《說詩晬語》，收入《叢書集成續編》第199冊（臺北市：新文豐出版社，1989年），頁332。

由探析二詩的章法結構可更明瞭其思想內涵。

## （一）〈黃鶴樓〉之思想內涵

　　崔顥在開元十一年之前尚未考中進士，曾漫遊長安、洛陽求官無成，在仕途失意時遊武昌，登臨黃鶴樓，而思鄉感慨賦詩，在此從其內容意涵探析其內心深處所欲表達之意，詩曰：

> 昔人已乘黃鶴去，此地空餘黃鶴樓。黃鶴一去不復返，白雲千載空悠悠。晴川歷歷漢陽樹，芳草萋萋鸚鵡洲。日暮鄉關何處是，煙波江上使人愁。[20]

　　此詩為題壁詩，從神話中點出黃鶴樓，首四句兩次使用了「空」字，以七言八句的律詩而言，破律，描寫過去有位仙人乘黃鶴飛去，此地徒留樓臺，黃鶴一去不返，千年以後，白雲依然飄浮空中，不因黃鶴離去而有所改變，有著時間和空間的巨大對比，一貫而下，有千鈞之勢。黃鶴樓，在今湖北省武昌縣西黃鵠磯上，俯瞰江漢，極目千里。關於黃鶴樓的神話，歷來有三種不同說法，一、以為是仙人王子安乘鶴過此，二、以為是仙人費禕登仙嘗駕黃鶴還憩於此，三、傳說是呂洞賓於黃鶴樓前飛昇。這些神話傳說道出黃鶴樓命名由來外，第三種傳說也道出酒店主人不嫌貧愛富，不以貌取人，得到仙人幫助，成為巨富。藉傳說落筆，仙人跨鶴，本屬虛無，以無作有，言一去不復返，表現時間流逝，仙人不可見之憾，至去樓空，白雲千載，有著

---

20 〔清〕康熙四十二年御定：《御定全唐詩》，收入《景印文淵閣四庫全書》1424冊（臺北市：臺灣商務印書館，1986年），卷130，頁234。

世事茫茫之慨。「黃鶴」二字再三出現，首聯五、六字同出「黃鶴」，第三句全用仄聲，第四句「空悠悠」三平調煞尾，雖犯律詩格律上的大忌，但因氣勢奔騰直下，不以詞害意，正如沈德潛《唐詩別裁集》卷十三評曰：「意得象先，神行語外，縱筆寫去，遂擅千古之奇」[21]。後四句從黃鶴樓上眺望漢陽城、鸚鵡洲的芳草綠樹，由此引起鄉愁。「鸚鵡洲」，據《太平寰宇記》卷一百十二記載：「鸚鵡洲在大江東縣西南二里西，過此洲從北七十步，大江中流，與漢陽縣分界。《後漢書》云：黃祖為江夏太守時，黃祖長子射大會，賓客有獻鸚鵡于此洲，故為名。」[22]開首昔人乘黃鶴去，給人渺不可知蒼茫之感，忽而從此句開始變為晴川、鸚鵡洲的芳草綠樹，歷歷在目的眼前景象，如此對比，更絢染出崔顥登樓遠眺的鄉愁。而「芳草」意象，出自《楚辭・招隱士》曰：「王孫遊兮不歸，春草生兮萋萋」[23]，看到萋萋芳草，思念遠遊未歸之人，與「日暮鄉關」綰合觀之，面對煙波浩渺長江，不知何時歸期，即勾起滿腹鄉愁。末聯寫煙波江上、日暮懷歸之情作結，扣合開首那種仙人駕鶴已去渺茫境界。

## （二）〈黃鶴樓〉之章法結構

此詩以「先點後染」[24]結構形式寫成，在「點」的部分形成「賓

---

21 〔清〕沈德潛：《唐詩別裁集》（上海市：上海古籍出版社，2013年），卷13，頁433。

22 〔宋〕樂史撰：《太平寰宇記》，收入《景印文淵閣四庫全書》470冊，卷112，頁188。

23 〔漢〕王逸：《楚辭章句》，收入《景印文淵閣四庫全書》1062冊（臺北市：臺灣商務印書館，1986年），卷12，頁73。

24 「點染」本用於繪畫，指基本技巧。而移用以專稱辭章作法的，則始於清劉熙載。但由於他的所謂的「點染」，指的乃是「情」（點）與「景」（染），和「虛實」此一

主」結構，藉賓形主。最後「染」的部分：「日暮鄉關何處是，煙波江上使人愁。」為全詩主旨所在。其章法結構分析表如下：

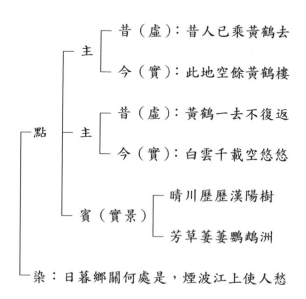

試析〈黃鶴樓〉一詩如下：

1. 就「點」部分而言：崔顥在此以「賓主」、「今昔」、「虛實」三種
   結構方式，在第一層「主主賓」結構中，分別以「昔今」、「虛
   實」，「昔（虛）：昔人已乘黃鶴去、黃鶴一去不復返」、「今
   （實）：此地空餘黃鶴樓、白雲千載空悠悠」為「主」位，描寫

章法大家族中的「情景」法，恰巧相重疊，所以就特地借用此「點染」一詞，來稱
呼類似畫法的一種章法：其中「點」，指時、空的一個落足點，僅僅用作敘事、寫
景、抒情或說理的引子、橋樑或收尾；而「染」，則指真正用來敘事、寫景、抒情或
說理的主體。也就是說，「點」只是一個切入或固定點，而「染」則是各種內容本
身。這種章法相當常見，也可以形成「先點後染」、「先染後點」、「點、染、點」、
「染、點、染」等結構，而產生秩序、變化、聯貫（呼應）之作用。詳見陳滿銘：
〈論幾種特殊的章法〉，臺灣師大《國文學報》31期（2002年6月），頁181-187。

黃鶴樓得名之傳說，接著再以「賓」位：「晴川歷歷漢陽樹，芳
草萋萋鸚鵡洲」二句描寫登樓所見實景，並運用東漢禰衡的典
故，抒發懷才不遇之情。

2. 就「染」部分而言：崔顥以「日暮鄉關何處是，煙波江上使人
愁」描寫登樓時所產生鄉愁，回扣「點」的部分：「黃鶴之去」、
「空餘黃鶴樓」道出物是人非之感慨；以「悠悠白雲」象徵遊
子，強化鄉愁；「歷歷晴川」襯出鄉愁之無盡；「漢陽樹」、「萋萋
芳草」一望無際樹、草，增添離別情傷。最後以「煙波江上」將
鄉愁發揮淋漓盡致。

## （三）〈登金陵鳳凰臺〉之思想內涵

李白於長安翰林供奉時得罪高力士，遭奸佞讒諂，被皇帝賜金放
還，於天寶六載（747）遊金陵時，登臨鳳凰臺弔古憂國傷懷，而寫
下此詩，在此從其內容意涵探析其內心深處所欲表達之意，其詩曰：

> 鳳凰臺上鳳凰遊，鳳去臺空江自流。吳宮花草埋幽徑，晉代衣冠
> 成古丘。三山半落青天外，一水中分白鷺洲。總為浮雲能蔽日，
> 長安不見使人愁。[25]

首聯「鳳凰臺上鳳凰遊，鳳去臺空江自流」二句點題，上句寫鳳
凰臺傳說，鳳凰臺，在今南京南來鳳街附近。相傳南朝宋元嘉年間，
有鳥翔集山間，狀如孔雀，文采五色，時人謂之鳳凰。起臺於山，謂
之鳳凰臺，山曰鳳凰山。下句悲鳳去臺空而江水依然不歇，逗引思古

---

25 詹鍈：《李白全集校注彙釋集評》第6冊，頁3011。

之幽情。金陵的鳳凰臺曾有鳳凰來遊，如今鳳已去臺已空，但江水還空自奔流。十四字中凡三「鳳」字、二「臺」字，卻不嫌重複，音節流暢，以古詩法入律，從登臺起筆，以鳳凰來遊象徵王朝的興盛，因傳說中鳳凰鳥只在太平治世才出現，古以鳳凰鳥出現視為祥瑞象徵，如今鳳去臺空，六朝的繁華一去不復返，李白眼見安祿山危害唐室，進而懷想昔鳳凰鳥憩息鳳凰臺的傳說，如今鳳凰鳥不再來，只有長江水仍不停東流，唯大自然永恆存在。

　　頷聯「吳宮花草埋幽徑，晉代衣冠成古丘」意承「鳳去臺空」，從昔日吳國宮苑於今已成幽僻荒徑，東晉貴族士紳今已成野墳古冢，道出人世無常、懷古之情。金陵為三國時孫權建都之地，晉朝永嘉之亂，晉室南渡後亦建都於鳳凰臺所在地金陵城的東南，李白登臺遙思當年吳宮繁華景象，晉代達官顯貴風光史蹟，如今已成荒徑古墳，盛唐貞觀、開元之治已成過往，李白無時無刻流露憂國之心。頸聯「三山半落青天外，一水中分白鷺洲」，從憑弔歷史中轉出，將目光投向大自然，寫眼前之景，上句遠望，「三山半落青天外」句中「三山」在今南京西南長江岸邊上，三峰並列，南北相連。長江從西南來，三山突出江中，當其衝要。而六朝都城在今南京，三山為其西南屏障。半落青天外，意指有一半被雲遮住，描寫三山隱約半落在青天之外。據陸游《入蜀記》記載：「三山自石頭及鳳皇臺望之，杳杳有無中耳，及過其下，則距金陵纔五十餘里。」[26]陸游所言的「杳杳有無中」正如李白所言：「半落青天外」；下句俯視，「一水中分白鷺洲」[27]

---

26 〔宋〕陸游：《入蜀記》，收入《景印文淵閣四庫全書》460冊（臺北市：臺灣商務印書館，1986年），卷1，頁887

27 宋本在「一水」二字下夾注：「一作：二水」。一水，指秦淮。二水，王注：「史正志《二水亭記》：秦淮源出句容、溧水兩山，自方山合流至建業，貫城中而西，以達於江，有洲橫截其間，李太白所謂『二水中分白鷺洲』是也。」見詹鍈：《李白全集校注彙釋集評》第6冊，頁3012。

句中「一水」是長江，「白鷺洲」為古代長江中的小洲，在今南京水西門外。面對江山常在，慨嘆人世短暫，站在臺上，能遠望三山和俯視白鷺洲，然而長安城呢？帶出尾聯「總為浮雲能蔽日，長安不見使人愁」，以「浮雲」喻奸臣，以「日」喻君主，李白關心現實社實，從六朝帝都金陵而思及唐朝都城長安，長安是唐代朝廷所在，日是帝王象徵。陸賈《新語》〈慎微篇〉：「邪臣之蔽賢，猶浮雲之障日月也。」[28]暗指天寶三年李白遭奸佞讒害而被賜金還山的遭遇，抒發憂國之情，以報國無門的憂憤作結。「不見長安」暗點詩題「登」字，觸境生愁，寓意言外。

## （四）〈登金陵鳳凰臺〉之章法結構

此詩同樣以「先點後染」結構形式寫成，在「點」的部分形成「主賓賓」結構，使文章產生緊湊組織結構，層次井然的藝術效果，透過多角度的烘襯關係，使主位躍然紙上。在「染」的部分收束全文：「總為浮雲能蔽日，長安不見使人愁。」二句乃主旨所在。〈登金陵鳳凰臺〉之章法結構如下：

---

28 〔漢〕陸賈：《新語》〈慎微篇〉，收入《景印文淵閣四庫全書》695冊（臺北市：臺灣商務印書館，1986年），卷上第六，頁377。

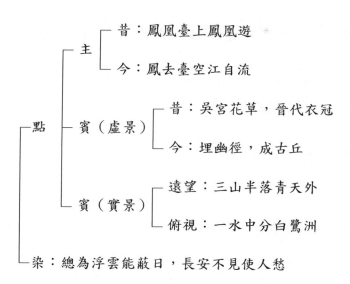

試析〈登金陵鳳凰臺〉一詩如下：

1、就「點」部分而言，先以「主賓賓」結構，在「主」位結構中，以「鳳凰臺上鳳凰遊」為今；「鳳去臺空江自流」為昔，今昔對比，接續以「賓」位：埋幽徑之吳宮花草、成古邱之晉代衣冠來強化「主」位：「鳳去臺空」，巧妙透過眼前幽徑、古丘追溯昔日吳國繁華、東晉那些達官貴人、風流人物也進入古墳史實，產生興亡之感，接著再以「賓」位：「遠望實景：三山半落青天外」；「俯視實景：二水中分白鷺洲」呈顯主位，藉登臺所見山水壯闊之景與前一賓位所描衰颯之景，形成強烈對比，人事已非，江山如故，正襯「主」位：「鳳去臺空江自流」。

2、就「染」部分而言，以「總為浮雲能蔽日，長安不見使人愁」收束全詩，呼應「主」位：「鳳去臺空江自流」盛衰之感，以及「賓」位：「吳宮花草埋幽徑」、「晉代衣冠成古丘」興亡之感，「一水中分白鷺洲」暗喻君臣被奸邪離間，畫龍點睛道出全詩主旨所在，報國無門的憤懣。

# 四 〈黃鶴樓〉與〈登金陵鳳凰臺〉之藝術手法

從整體章法結構來看思想主體如何顯明之外，再從詩句形式來觀察二詩之藝術手法所展現聲情之美。

## （一）今昔對比之盛衰感

〈黃鶴樓〉開首四句由黃鶴樓「昔今」對比起筆，從昔日仙人駕鶴傳說與今日空餘古蹟黃鶴樓形成「盛」與「衰」強烈對比，由黃鶴樓向上眺望，黃鶴杳去，白雲千載空悠悠；〈登金陵鳳凰臺〉開首二句從鳳凰臺「昔今」對比起筆，從昔日美好傳說與如今荒涼景象形成「盛」與「衰」強烈對比，由鳳凰臺望向下鳥瞰而去，一切繁華皆成歷史，唯有亙古不變長江不竭東流著。可見兩詩在睹景傷情上皆曲盡其妙，體現對往事懷思與惆悵之情。然而崔詩用四句三提黃鶴，李白僅用兩句三提鳳凰，在昔今對比中見出盛衰之感，撫今追昔，沈痛悲苦之情，較崔詩精煉之處。

## （二）賓主相襯之鮮明美

「賓」位之作用在輔助陪襯出「主」位，使賓主間真假、虛實、古今事件等現象相形，以凸顯詩主意的藝術謀篇技法。董小玉《文學創作與審美心理》曰：「襯托，原係中國繪畫的一種技法，它是只用墨或淡彩在物象的外廓進行渲染，使其明顯、凸出。這種技法運用於文學創作，則是指從側面著意描繪或烘托，用一種事物襯托因一種事

物，使所要表現的主體在互相映照下，更加生動、鮮明。」[29]〈黃鶴樓〉一詩以中間五、六兩句為「賓」位：「晴川歷歷滿陽樹，芳草萋萋鸚鵡洲」來陪襯開首四句「主」位：「昔人已乘黃鶴去，此地空餘黃鶴樓。黃鶴一去不復返，白雲千載空悠悠」，藉由敘述仙人駕鶴已去，給人渺不可知之感，然而忽變為晴川草樹，歷歷在目，萋萋鸚鵡洲的眼前景象，以正襯、對比手法強化「主」位，非但烘襯出登樓遠眺的愁緒，亦使文勢波瀾翻湧。而〈登金陵鳳凰臺〉一詩以二個「賓」位，分別是想像中的「虛」景：「吳宮花草埋幽徑，晉代衣冠成古丘」與眼前登臺遠望、俯視的「實」景：「三山半落青天外，一水中分白鷺洲」來更深一層形「主」，用相同性質的客體事物來互相襯托主體，在強烈的對照和映襯下，更鮮明突出「鳳去臺空江自流」，更富人事已非、江山如故之感染力，李詩較崔詩感染力更深入人心。

## （三）虛實相生之精妙對偶

中國文字是單形體單音節，特別適用於對稱之美學原理，而「對偶」是漢語修辭中最具形式美以及音樂美的最高表現形式。詩人透過精美的形式設計，表達其豐富的情思。〈黃鶴樓〉寫景名句在五、六兩句：「晴川歷歷漢陽樹，芳草萋萋鸚鵡洲」以「疊字對」方式，「實」筆白描滿陽樹木，歷歷在目，鸚鵡洲上的春草茂盛，從小處著眼，取芳草樹木為景，細膩描摹，將景色藉由疊字方式躍然紙上；而〈登金陵鳳凰臺〉中卻是以「虛」筆描寫想像中景象：「吳宮花草埋幽徑，晉代衣冠成古丘」兩句詠物起興，慨嘆世事變遷，以遙思當年

---

29 董小玉：《文學創作與審美心理》（成都市：四川教育出版社，1992年12月1版1刷），頁338。

繁華六朝盛況，花團錦簇，嬪妃佳麗，貴族公卿，曾幾何時，於今只徒留荒徑、古墳，古今史蹟成對比的對句，甚至再以「花草」、「衣冠」借代，再次強化「昔今」、「盛衰」的對比。李白在長安翰林供奉期間，受到朝中奸佞讒諂，被迫賜金還山，來到金陵，憑弔古蹟，將滿腔委屈傾瀉而出，興黍離之悲，此為崔詩所未詠之。李詩非但以「虛」筆描歷史景色，更從大處落筆，「實」筆描寫江山景色，「三山半落青天外，一水中分白鷺洲」從鳳皇臺上遠眺、俯視，江山一覽無遺，展現雄渾壯美，兩語出現數字對（三山、一水）、方位對（半落、中分）、顏色對（青天、白鷺）等三種對偶修辭，其中以「三山半落青天外」這句最為高妙，尤其以「半落」兩字活化三山縹緲高妙，描寫三座山峰有一半在青天之上，被雲霧給遮住了，可見山雄偉氣勢。然而「三山」是具體實象的指陳，實際上是三個小土丘，最高也只有二十九丈，李白在此透過「虛」「實」筆法與誇飾法，將平凡景物描寫得奇偉不凡。以「三山」對「一水」實指的數字對；「半落」對「中分」動態詞性對仗方式，將整首詩活靈活現於眼前。崔、李二詩雖皆融情於景，崔顥在描景時僅以「實」筆，然而李白在描景時採以「虛實相生」手法，在一虛一實中，更令人傷懷。

## （四）隱喻結尾之餘韻美感

劉勰《文心雕龍》〈比興〉曰：「比者，附也；興者，起也。附理者，切類以指事，起情者，依微以擬議。起情故興體以立；附理故比例以生。比則蓄憤以斥言，興則環譬以記諷。蓋隨時之義不一，故詩人之志有二也。」[30]「比」是藉由具體事物來比附個人抽象心意，呈

---

30 〔梁〕劉勰撰：《文心雕龍》，收入《景印文淵閣四庫全書》第1478冊（臺北市：臺灣商務印書館，1986年），卷8，頁50。

現具體而明顯的意涵,「興」是寄託隱喻,以委婉言辭喻含深遠意涵,使具體事物與抽象情思產生繫聯,呈現隱微含蓄風格。

　　而文章結尾應求簡潔精煉,收束有力,即「結尾文字要精神不要閒言語」[31]、「結尾關鎖之地,貴乎精密順快,不可使才力有所缺乏」[32]。崔顥尾聯「日暮鄉關何處是,煙波江上使人愁」,李白尾聯「總為浮雲能蔽日,長安不見使人愁」,皆符合收束有力,同樣是「使人愁」三字結尾,但此愁非彼愁,兩人之愁難以比肩齊聲。崔顥「日暮鄉關」詩中直接明白指出其「愁」乃「思鄉之愁」,李白「浮雲蔽日」、「長安不見」卻採以「隱喻」方式道出其「愁」是「憂國之愁」,「若結尾收束太過直接顯露,作品的發展或將止於有限的字面,不但缺乏藝術魅力,甚而有斷然而止的空懸之感,則結尾應如口有餘味,耳有餘音,求含蓄悠遠,意味無窮。」[33]正如宋代嚴羽《滄浪詩話‧詩辨》曰:「詩者,吟詠情性也。盛唐詩人惟在興趣,羚羊掛角,無跡可求。故其妙處,透徹玲瓏,不可湊泊,如空中之音,相中之色,水中之月,鏡中之象,言有盡而意無窮。」[34]而高步瀛《唐宋詩舉要》曰:「太白此詩全摹崔顥〈黃鶴樓〉而終不及崔詩之超妙,惟結句用意似勝。」[35]高步瀛能指出李詩「惟結句用意似勝」是有眼力的,也較公正。李白透過婉轉曲達方式表露自己的思想感情,整合整首詩達到「無跡可求」的境界,同為去國懷鄉,弔古傷今,然而李白修辭手法較崔顥略勝一籌。

---

31　〔元〕王構:《修辭鑑衡》,收入《景印文淵閣四庫全書》第1482冊(臺北市:臺灣商務印書館,1983年),頁286。

32　陶鼎尼編著:《古文筆法探微》(臺南市:文杉實業,1986年),頁68。

33　高敏馨:《平側章法析論》(臺北市:臺灣師範大學國文學系教學碩士論文,2004年),頁26。

34　〔宋〕嚴羽:《滄浪詩話》,收入《景印文淵閣四庫全書》第1480冊,頁811。

35　高步瀛:《唐宋詩舉要》,頁551。

## （五）盤旋和暢之聲情美

聲音和情緒的關係，早已為人所注意，文學作品中也注意音律，特別是詩詞作品及音樂，更注重音律和情緒表達的關係。適切運用語言音律可以增加文學作品的音樂性和藝術美感，也能加強語言所要表現的各種感情。[36]王易《詞曲史》〈構律篇〉曰：

> 韻與文情關係至切：平韻和暢，上去韻纏綿，入韻迫切，此四聲之別也；東董寬洪，江講爽朗，支紙縝密，魚語幽咽，佳蟹開展，真軫凝重，元阮清新，蕭篠飄灑，歌哿端莊，麻馬放縱，庚梗振屬，尤有盤旋，侵寢沈靜，覃感蕭瑟，屋沃突兀，覺藥活發，質術急驟，勿月跳脫，合盍頓落，此韻部之別也。此雖未必切定，然韻近者情亦相近，其大較可審辨得之。[37]

崔詩是平起式首句不入韻，押平聲「尤」韻，韻腳為樓、悠、洲、愁。李詩是平起式但首句入韻，也押平聲「尤」韻，韻腳為遊、流、邱、洲、愁，二詩皆是一韻到底，隔句押韻，以「尤」韻的基調，正如王易《詞曲史》說「尤有盤旋」，盤旋銜接「樓、悠、洲、愁」、「遊、流、邱、洲、愁」等平聲「尤」韻，既盤旋有餘韻且節奏和暢的字眼，將人生坎坷不遇之情、對家國關懷、思念、憂心之情流露無餘。

崔詩開首四句完全破律，頷聯未對仗，前三句出現三次「黃鶴」，又同出於首聯的五、六字，用的是古詩式句法，有「折腰疊字

---

36 參考謝雲飛：〈作品朗誦與文學音律〉，《文學與音律》（臺北市：東大圖書公司，1994年），頁31-50。

37 王易：《詞曲史》下冊〈構律第六〉（臺北市：廣文書局，1960年），頁283。

之病」，加上在句尾處，第三句「黃鶴一去不復返」連用六仄聲、第四句「白雲千載空悠悠」連用三平聲煞尾。按七律前有浮聲，後須切響，字字皆有定聲，崔詩犯律詩格律之忌，但卻能以「不以詞害意」的美學原則去處理，文以氣為主，一氣貫注，絕無滯礙，正如元代楊載《詩法家數》論律詩頷聯要緊承首聯所言：「此聯要接破題（首聯），要如驪龍之珠；抱而不脫。」[38]敘述仙人乘黃鶴傳說，頷聯與破題相接，渾然一體，但就格律標準而言，崔詩不算合格的律詩。雖然李詩首聯「鳳」字三重複、「凰」字二重複，與崔詩同樣三次連用樓臺名，次句：「鳳去臺空江自流」第五字：「江」該仄作平，稱得上是合律的律詩。

# 五 結語

　　崔顥、李白皆因仕途坎坷不遇，遊歷登臺時，分別興發起思鄉之愁、憂國之愁。二詩重點並非在於觀樓臺描寫景象，而是藉由登樓臺寄寓人生仕宦之路，古代傳說中仙人黃鶴，鳳凰早已遠逝，聖君賢相太平時代不在，繁華六朝名士、達官顯貴終成一抔黃土，以「盤旋」韻調與自己情感脈動，展現盤旋和暢之聲情美。綜觀二詩「點染」章法結構謹嚴且深具連貫性，在「今昔對比」使用中，崔詩用四句三提黃鶴，李詩僅用兩句三提鳳皇，在昔今對比中見出盛衰之感，撫今追昔，沈痛悲苦之情，較崔詩精煉；在「賓主相襯」手法下，李詩以二「賓」形「主」較崔詩感染力更深入人心；在運用「精巧對偶」句型時，崔詩使用疊字對，描景全以「實」筆，李詩卻使用數字對、方位

---

38 〔元〕楊載：《詩法家數》民國十六年（1927）上海醫學書局石印本，見國圖善本室。

對、顏色對,甚至在描景時,還採以「虛實相生」手法,在一虛一實中,更令人傷懷;在「隱喻結尾」部分,崔詩以「日暮鄉關」直接明白指出其「愁」乃「思鄉之愁」,李詩「浮雲蔽日」、「長安不見」卻採以「隱喻」方式道出其「愁」是「憂國之愁」;最後同樣以「盤旋和暢」展現聲情之美,但李詩合律,崔詩稱不上合律。從以上諸多藝術手法觀之,李白〈登金陵鳳凰臺〉超越個人利害得失,面對現實無力拯救,在有限人生中積極向上關懷,無論在構思、意境、句法上,皆超越崔顥〈黃鶴樓〉,當之無愧。

# 參考文獻

## 一　古籍

〔漢〕王逸　《楚辭章句》　收入《景印文淵閣四庫全書》　1062
　　　冊　臺北市　臺灣商務印書館　1986 年

〔漢〕陸賈　《新語‧慎微篇》　收入《景印文淵閣四庫全書》
　　　695 冊　臺北市　臺灣商務印書館　1986 年

〔晉〕陳壽撰　《三國志》　收入《景印文淵閣四庫全書》　254 冊
　　　臺北市　臺灣商務印書館　1983 年

〔梁〕蕭子顯撰　《南齊書》收入《景印文淵閣四庫全書》　259 冊
　　　臺北市　臺灣商務印書館　1983 年

〔梁〕劉勰撰　《文心雕龍》　收入《景印文淵閣四庫全書》　第
　　　1478 冊　臺北市　臺灣商務印書館　1986 年

〔元〕方回編　《瀛奎律髓》　收入《景印文淵閣四庫全書》　1366
　　　冊　臺北市　臺灣商務印書館　1986 年

〔宋〕李昉等奉敕撰　《文苑英華》　收入《景印文淵閣四庫全書》
　　　1341 冊　臺北市　臺灣商務印書館　1986 年

〔宋〕嚴羽　《滄浪詩話》　收入《景印文淵閣四庫全書》　1480
　　　冊　臺北市　臺灣商務印書館　1986 年

〔宋〕劉克莊撰　《後村詩話》　收入《景印文淵閣四庫全書》
　　　1481 冊　臺北市　臺灣商務印書館　1986 年

〔宋〕樂史撰　《太平寰宇記》　收入《景印文淵閣四庫全書》
　　　470 冊　臺北市　臺灣商務印書館　1986 年

〔宋〕陸游　《入蜀記》　收入《景印文淵閣四庫全書》　460 冊
　　　臺北市　臺灣商務印書館　1986 年

〔南宋〕胡仔　《苕溪漁隱叢話》　收入《萬有文庫簡編》　114 冊
　　　上海　上海商務印書館　1939 年

〔元〕王構　《修辭鑑衡》　收入《景印文淵閣四庫全書》　1482
　　　冊　臺北市　臺灣商務印書館　1983 年

〔元〕楊士弘編選　〔明〕張震輯注　〔明〕顧璘評點　陶文鵬、魏
　　　祖欽整理點校　《唐音評注》　保定市　河北大學出版社
　　　2006 年

〔元〕楊載　《詩法家數》民國十六年（1927 年）上海醫學書局石
　　　印本　見國圖善本室

〔明〕唐汝詢選釋　〔清〕吳昌祺評定　《刪定唐詩解》　收入《續
　　　修四庫全書》　1612 冊　上海市　上海古籍出版社　2002 年

〔明〕唐汝詢　《唐詩解》　收入《四庫全書存目叢書》　369 冊
　　　北京市　北京大學出版社　1994 年

〔清〕金聖嘆　《選批唐才子詩》　清初蘇州刊本　1644 年　見國
　　　家圖書館善本室

〔清〕沈德潛　《說詩晬語》　收入《叢書集成續編》　第 199 冊
　　　臺北市　新文豐出版社　1989 年

〔清〕沈德潛　《唐詩別裁集》　上海市　上海古籍出版社　2013 年

〔清〕康熙四十二年御定　《御定全唐詩》　收入《景印文淵閣四庫
　　　全書》　1424 冊　臺北市　臺灣商務印書館　1986 年

〔清〕潘德輿撰　《養一齋詩話》　收入《續修四庫全書》　1706
　　　冊　上海市　上海古籍出版社　2002 年

## 二　今人著作

王　易　《詞曲史》下冊　臺北市　廣文書局　1960 年

高步瀛　《唐宋詩舉要》　臺北市　里仁書局　2013 年 9 月 20 日初
　　　版 6 刷

陶鼎尼編著　《古文筆法探微》　臺南市　文杉實業　1986 年

詹　鍈　《李白全集校注彙釋集評》　第 6 冊　天津　百花文藝出版
　　　社　1996 年

董小玉　《文學創作與審美心理》　成都市　四川教育出版社　1992
　　　年 12 月 1 版 1 刷

瞿蛻園、朱金城　《李白集校注》　第 3 冊　上海市　上海古籍出版
　　　社　1980 年

謝雲飛　《文學與音律》　臺北市　東大圖書公司　1994 年　頁 31-
　　　50

高敏馨　《平側章法析論》　臺北市　臺灣師範大學國文學系教學碩
　　　士論文　2004 年

## 三　期刊論文

陳滿銘　〈論幾種特殊的章法〉　臺灣師大《國文學報》　31 期
　　　2002 年 6 月

# 蔣伯潛與傳統辭章的現代轉化[*]

劉怡伶

聖母醫護管理專科學校通識教育中心副教授

## 摘要

　　近代著名的文史學者、語文教育家——蔣伯潛（1892-1956），畢生鑽研經學、諸子學、文獻學、文學、文字學，並致力於國文教學，其著作頗豐，問世於一九三○至一九四○年間者有《十三經概論》、《語譯廣解四書讀本》以及為開明書店所註釋的《活葉文選》；另與其嗣蔣祖怡合著有「國文自學輔導叢書」及「國學彙纂叢書」；並曾編纂多冊中學國文教科書；又以二十餘年教學與研究經驗為基礎撰成《中學國文教學法》。

　　學術與教育界對蔣氏的印象偏於他在四書經義方面的闡發，而忽略了他耕耘更勤的國文教學，他的《文體論纂要》、《體裁與風格》、《中學國文教學法》等涉及了字詞章句與謀篇布局、文體及風格、習作及評改等，其觀點及取徑方式既具傳統色彩又富現代精神，每將兩者冶於一爐。

* 本文初稿承科技部專題計畫「實踐中的反饋：1920-1949年間中學國語文教材教法的論述」（計畫編號：MOST 102-2410-H-562-002-MY2）經費挹注得以諮訪北京大學蔣紹愚教授，後蒙科技部人文社會科學研究中心青年學者學術輔導與諮詢計畫「蔣伯潛與現代中學國文教育的建立」（計畫編號 MOST 105-2420-H-002-016-MY3-Y10601）之補助得以完成論文修訂稿。初稿曾口頭發表於「第五屆語文教育暨第十一屆辭章章法學學術研討會」，蒙講評人余崇生教授惠賜寶貴意見；而薪傳學者耿志堅教授提供教學法專著以為本研究的當代參照；又，修訂稿蒙匿名審查人賜正。以上，一併致謝。

　　本文著眼於蔣氏如何將傳統辭章轉化為現代文章的作法，並探究其觀念生成背景、具體操作模式、重要論述主張及其影響。因蔣氏各書間的論點及示例緊密關聯，本文採文獻互註法、比較印證法以深入究明。

**關鍵詞：蔣伯潛、辭章、章法、作文、國文教學**

# 一 前言

　　蔣伯潛（1892-1956，參圖一），名起龍，又名尹耕，浙江富陽縣人，幼承庭訓及家塾啟蒙，熟讀儒家經典，接受傳統人文薰陶；十三歲，值科舉取消之際，仍入經館轉益多師，續研經學、讀文史名著、試作文言與語體文；十六至二十歲於杭州府學堂（浙江省立第一中學堂前身），接觸新式教育；後負笈北京高等師範學校國文系，從語文專家錢玄同、馬敘倫等問學，並兼報刊編輯。北高師畢業後，在多所中學及師範學校執教，又抗戰時期在上海大夏大學、無錫國學專修學校服務，同時兼世界書局特約編審；國民軍北伐時期，與其師馬敘倫響應，主筆報刊社論，後灰心於蔣介石的統治，轉以教育為職志；其歷任嘉興浙江省立第二中學校長、杭州師範學校校長、浙江省圖書館研究部主任以及浙江文史館研究員。

　　他畢生鑽研經學、諸子學、文獻學、文學、文字學，並致力於國文教學，著作頗豐，問世於一九三〇至一九四〇年間者有《十三經概論》、《語譯廣解四書讀本》（參圖二）以及為開明書店所註釋的《活葉文選》；另與其嗣蔣祖怡（1913-1992）[1]——合著「國文自學輔導叢書」及「國學彙纂叢書」；並編纂中學國文課本《蔣氏高中新國文》、《蔣氏初中新國文》以及《教育公牘》、《小學教師的語文知識》；又以二十餘年教學與研究經驗為基礎撰成《中學國文教學法》（參圖三）。

---

1　蔣祖怡係蔣伯潛之子。一九三七年畢業於無錫國學專修學校，曾任浙西昌化第三臨時中學、富陽簡師的國文教師，後於上海市立師範專科學校、浙江大學、浙江師範學院及杭州大學中文系執教，並兼上海世界書局編輯、編審，以及正中書局《新學生》月刊的主編。蔣祖怡自幼接受父親及其友人郁達夫、朱自清、葉聖陶、周予同等之教育和薰陶，中學時期即常投稿寫小說，曾擔任浙江省人民代表、作家協會浙江分會副主席、中國民主同盟浙江省委副主委。

圖一　蔣伯潛（時任浙江省
立第二中學校長[2]）

圖二　《語譯廣解四書讀
本》（臺北市：粹芬閣，
1952 年）

圖三　《中學國文教學
法》（上海市：中華書
局，1941 年[3]）

　　蔣氏於義理、考辨、註解、文獻整理、國文教學及寫作理論，皆
有可觀的著述與論述。目前學界對其印象偏於他在四書經義方面之闡
發，相對忽略耕耘更勤的國文教育。儘管學界對中學國文教育的研究
雖不少，但傾向通史式，材料也以教育家的回憶或非學術性質的雜論
居多，檢視現今研究情況，對蔣伯潛的探討，以往侷限國學、經學表
現，針對語文教育面向的研究，近期稍加進展，唯聚集中國大陸，而
臺灣方面迄今專門、完整的系統探討猶待開展。

　　本文即關切蔣氏如何將傳統辭章轉化為現代文章的作法，並探究
其觀念思想生成背景、具體操作模式、重要論述主張及其影響。歷來

2　照片載於一九三〇年印行的《浙江省立第二中學一九級畢業紀念刊》。

3　感謝蔣紹愚教授提供。按：二〇一五年九月筆者赴北京謁訪蔣紹愚教授，此行諮詢
　　重點為：請教蔣氏父子的生平事蹟、蒐集早期圖像及著述。蔣教授提供相關著作目
　　錄表、全家福翻拍照，以及祖父蔣伯潛任職校長時的印章戳記、書法墨寶，並出示
　　家中所藏《中學國文教學法》、《文體論纂要》及韓文版的《儒教經典和經學》。另
　　外，針對蔣伯潛、蔣祖怡合寫的語文讀物，其書中人物之原型、地點場景的塑造，
　　蔣教授解釋有部分是源自家人及切身的生活經歷。

談辭章或辭章之學者眾，論涉範圍亦廣，若干名稱亦有相混或交互使用的情況，然諸多看法中，仍可找到交集，語文教育家張志公即謂：

> 古人說的「辭章」或者「詞章」，就是文章；「辭章之學」，就是文章之學。「文」「辭」「文辭」「文章」「辭章」，這些字眼，古人常常交互使用。在古人的筆下，這幾個字眼有時候有些區別，比如用「文」或者「文章」指寫成的作品，用「辭」「文辭」或者「辭章」指寫作的方法和技巧；也有時候沒有區別，既用它們指作品，也用它們指方法技巧。有一點是相同的：古人大都用這些字眼指作品的語言和語言的運用，也就是指作品的形式方面。[4]

又：

> 傳統的所謂辭章之學這個概念，從前人所談的有關辭章的各種具體問題來看，包括的範圍相當廣泛。可以說，凡是寫作（作詩和作文）中的語言運用問題，無論是關乎語法修辭的，關乎語音聲律的，還是關乎體裁風格的，都屬於辭章之學。就中談得最多，在寫作實踐中最注意的，是煉字煉句的工夫，再就是所謂文章的「體性」。[5]

語文學者陳滿銘也說：

---

4　張志公：〈談「辭章之學」〉，收入《讀寫門徑》（北京市：北京教育出版社，2014年），頁122。

5　同前註，頁124。

辭章的主要內涵，都與形象思維、邏輯思維或綜合思維有著密
切的關係。其中有偏於字句範圍的，主要為詞彙、修辭、文
（語）法與意象（個別）；有偏於章與篇的，主要為意象（整
體）與章法；有偏於篇的，主要為主旨、文體與風格。[6]

凡語法修辭、語音聲律、體裁風格，皆關乎辭章，而這些範疇，蔣伯
潛均涉及。然為免龐雜及囿於篇幅，本研究將以寫作為探析重點，尤
其是國文教學裡的基礎寫作，包括命題審題、字詞章句、謀篇布局以
及文體風格，鎖定蔣伯潛《中學國文教學法》，以及「國文自學輔導
叢書」及「國學彙纂叢書」所主筆的著述為考察文本，並兼及相關
篇什。

在研討之前，有必要先釐清蔣伯潛、蔣祖怡父子合纂「國文自學
輔導叢書」及「國學彙纂叢書」的分工情形。「國文自學輔導叢書」
初版的各冊書籍封面，原係父子聯名並列，蔣祖怡在編寫過程中的角
色，蔣伯潛說：「材料之蒐集，意匠之經營，文字之推敲，則兒子祖
怡贊助尤力。」[7]後來，蔣著在臺灣多次再版，臺灣的世界書局卻調
整作者名字，僅註「蔣伯潛」，略去蔣祖怡。筆者據蔣祖怡〈先嚴蔣
伯潛傳略〉初稿所載[8]，蔣伯潛主筆的有：《體裁與風格》（上、下兩

---

6 陳滿銘：〈緒論〉，《章法結構原理與教學》，收入中華章法學會主編：《辭章章法學
  體系建構叢書》（臺北市：萬卷樓圖書公司，2014年），第4冊，頁12。
7 蔣伯潛：〈自序〉，《章與句》（上海市：世界書局，1940年初版），下冊，頁3。
8 蔣祖怡：〈先嚴蔣伯潛傳略〉（初稿），收入蔣伯潛：《校讎目錄學纂要》（北京市：
  北京大學出版社，1990年）附錄，頁178。按：筆者早先僅見到〈先嚴蔣伯潛傳
  略〉初稿，其在文末署「一九八七年於杭州大學中文系」。近期，筆者新掌握了最
  後的修改稿，修改版對家族背景、各階段的學習狀況、師生互動、友朋往來，有更
  進一步的描述，且增附〈蔣伯潛著作表〉，文末署「一九八〇年載《傳略叢刊》第
  八輯，一九八七年四月第三次修改於杭州大學」，修改版收入《富陽文史資料》第2
  輯，頁3-16。

冊)、《諸子與理學》、《經與經學》四冊;其餘《字與詞》(上、下兩冊)、《章與句》(上、下兩冊)⁹、《駢文與散文》、《小說與戲曲》、《詩》、《詞曲》,計八冊則由蔣祖怡負責。至於蔣氏父子為正中書局編寫的「國學彙纂叢書」十種,蔣伯潛實際負責:《文體論纂要》、《文字學纂要》、《校讎目錄學纂要》、《諸子學纂要》、《理學纂要》、《經學纂要》;由蔣祖怡執筆的是:《文章學纂要》、《詩歌文學纂要》、《史學纂要》、《小說纂要》¹⁰。基於前述,本研究以蔣伯潛專述為主,唯蔣祖怡對材料、意匠、文字方面多所襄助,故叢書之間仍可勾連對參。¹¹

## 二　學養奠基及師承關係

　　鴉片戰爭後,傳統的封建教育逐漸轉向開放,由私塾到新式學

---

9　蔣祖怡後來修訂《章與句》部分內容,並以《文則》為書名,另由黃山書社於1986年出版。

10　依蔣祖怡的說法:「《文章學》、《史學》、《詩歌文學》三種,由我撰寫。」餘七種則由父親「親自撰寫」(見其〈先嚴蔣伯潛傳略〉初稿所記,頁180)。然北京大學中文系蔣紹愚教授提供筆者的〈蔣祖怡〉資料,把《小說纂要》列為其父蔣祖怡之作;而筆者擁有的《小說纂要》(臺北市:正中書局,1987年,臺初版第六次印行)亦署蔣祖怡編著。蔣祖怡本人未認寫《小說纂要》,而正中書局卻認定出自蔣祖怡之手,筆者推測,蔣祖怡〈先嚴蔣伯潛傳略〉寫於晚年的一九八七年,年老誤記不無可能,或該書受父親指點較多而不居功。此可詳拙文〈讀寫示徑:蔣祖怡與一九四○年代的國文教育〉,《國立彰化師範大學文學院學報》第13期(2016年3月),頁59-92。又按:蔣祖怡個人撰有「作文自學輔導叢書」六冊,分別是:《記敘文一題數作法》、《描寫文一題數作法》、《論說文一題數作法》、《抒情文一題數作法》、《文體綜合的研究》、《文章技巧的研究》。

11　父子雖各有主筆的書籍,然例舉與說解往往緊密關聯、互見,因此,蔣祖怡《字與詞》、《章與句》、《文章學纂要》仍可列為對照系,唯此部分已另文考察,不再贅列。詳拙文〈讀寫示徑:蔣祖怡與一九四○年代的國文教育〉,《國立彰化師範大學文學院學報》第13期(2016年3月)。

校、自菁英少數到國民普及，傳統教育不論觀念或制度上皆產生極大
的變革，蔣伯潛適為新舊歷史的見證者：

> 我十三歲那一年，正是清廷下詔廢止科舉的一年。我於二十歲
> 的冬天，畢業於杭州府學堂——不，那時已改稱浙江省立第一
> 中學堂了；這年正是前清宣統三年。我畢業時，已是民國元年
> 陽曆一月了。所以這時期正是清末停科舉興學校的時期。……
> 在這短短的八年中（從十三歲到二十歲），我底（按：的，下
> 同）求學，可以劃分做兩個時期：（一）前三年是家塾時期；
> （二）後五年是學校時期。在十二歲以前，我受的是母教和父
> 教。……我於十六歲那年的春季入杭州府學堂肄業。和我同班
> 的同學，有十五六歲的，有三十多歲的，有秀才，有廩生。班
> 級教學，各種科目，尤其是日本籍的教員，都使我感覺到換了
> 一個完全和家塾不同的新奇的環境。加以初從山鄉到省會，覺
> 得什麼都是新奇而好玩的。[12]

這段就學的回憶即觸及政體革新、學制改易，科舉取消可謂為新舊中
國的分水嶺，千餘年來的「國考制度」在清政府諭令停止後，原本皓
首窮經於四書五經、期待透過科考以晉身官階的知識分子，一時之
間，心理、生計無不受到嚴峻衝擊，對出路徬徨無已，誠如嚴復所
稱：「此事乃吾國數千年中莫大之舉動，言其重要，直無異出古之廢
封建，開阡陌。」[13]而清末舉人劉大鵬亦經歷劇變，其《退想齋日

---

12 蔣伯潛：〈童年學習國文底回憶〉，《新學生》第1卷第5期（1946年9月，正中書
　　局），頁2。
13 嚴復：〈論教育與國家之關係〉，收入王栻主編：《嚴復集》（北京市：中華書局，
　　1986年），頁166。

記》對科考記述頗詳，見證科舉廢除之前後種種憂懼見聞[14]。體制崩
解，雖堵塞傳統入仕的管道，卻也是立新的起點，新式教育取得了發
展契機。

　　唯新舊過渡階段，縱使身在新學堂、按學堂章程辦事、接觸西方
現代文明，不少人對新學堂的概念依舊模糊，甚至質疑辦學的成效。
如劉大鵬友人喬穆卿的塾館改為學堂，延聘新師授以算法、西法、體
操等西學，但他自己卻「仍教學生以孔孟之學」[15]，喬氏未放棄儒家
學說，而蔣伯潛於科舉停辦之際也入塾館，鑽研經學、講求辭章之
學與操筆為文。蔣伯潛所處的清末民初，世道變遷，學制也幾經變革
調整，中學國文教育始終是議論的重心，在教學現場的教師屢屢痛
言[16]，而教學現場的另一方，學生也抱怨連連[17]，舉凡錯別字的糾

---

14 如：「下詔停止科考，士心散渙，有子弟者皆不作讀書想，別圖他業，以使弟子為
　　之，世變至此，殊可畏懼。」（1905年10月15日）、「日來凡出門，見人皆言科考停
　　止，大不便於天下，而學堂成效未有驗，則世道人心不知遷流何所，再閱數年又將
　　變得何如，有可憂可懼之端。」（1905年10月17日）、「科考一停，同人之失館者紛
　　如，謀生無路，奈之何哉！」（1905年11月3日）以上，均見劉大鵬著、喬志強標注
　　《退想齋日記》（太原市：山西人民出版社，1990年），頁146、147。
15 載1905年5月27日記，同前註，頁141。
16 如汪馥泉：「民國十八年八月教育部頒布『中小學課程標準』，說得好聽點，各中學
　　並不遵行，說得難聽點，有誰去理它。每個中學，你走娘的路，我走爹的路，他走
　　兒子的路。」（〈中學國文學程底清算〉，《新學生》第1卷第1期，1931年1月，光華
　　書局，頁165）、阮真：「自改行新學制後，高初中學課程，校自為風，人自為政，
　　紛歧已極。」（〈中學國文課程之商榷〉，《嶺南學報》第1卷第2期，1930年2月，頁
　　85）、尤墨君：「近幾年來，我忝任中學國文教師，每逢刪改文卷的時候，總感同學
　　國文常識的欠缺和根柢的淺薄。」（〈中學國文前途的悲觀〉，《中學生》第20號，
　　1931年12月，頁1）、謝冰瑩：「一九三○年的下半年，我做了整整一學期的中學教
　　師，……當中學國文教員的確是最苦痛的事。」（〈我的粉筆生涯的回顧〉，《新學
　　生》第1卷第5期，1931年5月，頁97、111）。
17 方正如、鄭慕霞：「中學生不要讀文言文可以麼？」（〈六個問題〉，《新學生》第1卷
　　第5期，1931年5月，頁138）、衞餘：「選取教材太不平均，某書是那麼深，某書是
　　那麼淺，甚至某教科書是早已失去效用和時間性的，而今仍舊用。」（〈對於我校的

謬、作文的批閱指點、教材的編纂、教學的檢討、課室經營、對學制與法令提出的因應之道，其表達的意見雖未必成熟，但在實踐中發現了問題，進而思考背後的原因乃至嘗試處理，此已是在建構現代國語文教育的新範式。

從傳統辭章到現代文章的教學指導，其觀念形塑的過程裡，除家庭教育及個人實踐體會所得，更有若干的師承脈絡可循。在父執輩引導下激發求知慾，幼時漸啟多元閱讀及寫作的視野；中學則在杭州府學堂浸淫新式教育，受業於張相、俞康侯等人；後受北京高等師範學校國文系的專業培育，從錢玄同、馬敘倫等學習。家塾時期，秀才父親蔣敬伸（建侯公）嚴屬督導蔣伯潛，教以熟習經書，家傭李長生（嗜閱讀，自學有成）則引領蔣伯潛優游小說世界。

另外，開設經館的塾師——李問渠（即李永年），對他行事出處亦有一定的影響力。蔣氏回憶李師三方面的教導經驗：

（一）經史啟蒙：除較深奧的《周易》僅熟讀背誦，餘如《周禮》、《禮記》等則兼重講讀，並運用比較法，將《公羊傳》及《穀梁傳》比勘說明，而對朱熹等前人的古書註解，更示以理性思辨的觀念，蔣伯潛說：「他教我們不要完全迷信前人的注解，甚至可以對古代的史書和經書發生懷疑。……經他底鼓舞之後，熱烈的求知慾，大胆的懷疑，都蒸蒸日上了。」[18]

（二）閱讀指導：其教以硃筆圈讀史書、閱讀清代吳乘權等輯《綱鑑易知錄》、崔述撰《洙泗考信錄》、洪稚存《評史》，《古文觀止》也列為講授底本。至於鄉會試闈墨篇章，則選讀劉芷香、譚組庵等作。

---

感想〉，《中學生》第46號，1934年6月，頁8）、吳大琨：「對於國文一課完全不發生興趣，甚至感到厭惡。因此在國文課上打瞌睡，或看『閒書』。」（〈誰使得我們國文程度低落的〉，《中學生》第49號，1934年11月，頁6）等。

18 蔣伯潛：〈童年學習國文底回憶〉，《新學生》第1卷第5期（1946年9月），頁5。

（三）作文指導：李師利用多種策略，多管齊下，誘發寫作興趣。這方面的師生互動，具體情形是：

> 他改作文，留的多，改的少，刪的多，加的少，誇獎多，斥責少。改好之後，當面講，說明為什麼改。並須把改本重新抄清，再由他圈點加批。他最注意的是別字錯字，和造句底弊病，全篇底層次。作文期是陰曆的三、六、九。一次正式作文，題目非史論即四書義；一次只是極簡單的短文，或問答，或書信，或日記。他又教我們把《易知錄》的嘉言懿行，摘錄下來，也算是作文底補充。他常常帶我們去看戲、遊山，回來時便得寫一篇記錄，他最恨的，是《東萊博儀》（按：「儀」為「議」之誤）之類的濫調。受了他二年半的教，我們已能做三四百字的文言文了。[19]

李問渠博學多聞，秀才出身卻具新思想，後為富陽縣立高等小學延攬，他對富陽鄉土情感濃厚，著有《富陽鄉土地理》，而蔣伯潛的同鄉、著名作家郁達夫，亦其門下高足。李師談鋒健，凡詩歌、小說、經學、子書等等，無所不涉，他說故事的本領，還激起蔣伯潛試寫小說的興致：

> 我那時，已能看《聊齋志異》了，便把所聽的，摹倣《聊齋志異》，記成短篇的文言小說。有一次，被他看見了，很誇獎我，但又說：「文言小說不容易記得生動，你何妨用白話試試看呢？」於是我開始試做白話文了。總之，李先生底宗旨，是

---

19 同前註。

「試試看」；他常鼓勵我們，大胆地試試看。寫作是如此，閱
讀也是如此。在他教的末一年，已要我們大胆地試看《史
記》，試做絕句了。[20]

李師鼓勵「試試看」、「大膽地試試看」，此強化了蔣伯潛發表的自信
心，而蔣父斥責不應質疑聖賢之言時，李問渠也適時為蔣伯潛解圍，
並收蔣為弟子[21]。

杭州府學堂的張相、俞康侯，對蔣伯潛啟迪亦深。張相，原名廷
相，字獻之，浙江人，諸生出身，曾任中華書局編輯，主編過語文、
歷史類教科書，亦與舒新城等人合編《辭海》，另編有《古今文綜》，
個人著述以《詩詞曲語辭匯釋》為代表作[22]。俞康侯，浙江人，舉人
出身，從南潯潯溪書院山長湯壽潛學習經史，曾與張相執教杭州安定
中學，著有《瓶簃文存》、《瓶簃詩存》、《安夏盧筆記》、《中等學校修
身講義》等作[23]。一九四六年蔣伯潛回憶過往學習國文的點滴，直
說：「張俞二先生對於我底學習國文，影響非常之大，至今三十五

---

20 同前註，頁4-6。
21 蔣伯潛說：「先父教我，只有《論語》和《孟子》是後來補講的，其餘如《詩經》、
　《書經》、《孝經》、《左傳》，都是只讀不講的。他講《論》《孟》，也完全依照朱
　注。十三歲的春天，他講〈子見南子章〉給我聽。我問：『南子既是一個不好的婦
　人，孔夫子為什麼去見她？子路對此懷疑，孔夫子為什麼不把見南子的理由告訴
　他，只是發誓？這事不是孔夫子不對，定是做《論語》的糊塗。』先父認為我非聖
　無法，大加斥責。幸而先伯父家請的李問渠先生陪了一位李月波老先生來，才替我
　解了圍。李問渠先生卻因此賞識我，叫我到他的經館裏去讀。從此，我便出就外傅
　了。」同前註，頁4。按：原引文之標點符號，本無標注書名及篇名號，為便閱讀
　及統一體例，逕標新式〈 〉及《 》。
22 有關張相背景，可參中國語言學會《中國現代語言學家傳略》編寫組編纂《中國現
　代語言學家傳略》（石家莊市：河北教育出版社，2004年），第4卷，頁1826-1828。
23 有關俞康侯背景，可參其撰〈瓶叟七十自序〉，《中日文化月刊》第2卷第10期
　（1942年12月），頁68-69。

年，印象還非常深刻。」[24]讓弟子念念不忘的張、俞二師，張相負責
講授、俞康侯則擔任批改任務。首先，俞康侯批改風格，蔣伯潛視與
李問渠作風相同，他描述彼時老師改文及企盼習作的心情：

> 俞先生底批改國文，作風和李問渠先生相同。文筆清通的文章，
> 經他刪改了幾字幾句，便覺得遒勁有力得多了。他喜歡多加眉
> 批；總批很少，一批便數十字，數百字。他喜歡加圈點；他看了
> 得意的文章，竟於墨筆密圈之外再加紅圈。他每次把作文填明名
> 次分數；特別好的，還寫著「傳觀」二字。記得有一次，我的作
> 文，得了一百分，又特加二十分，批著「全校傳觀」四字。這是
> 罕有的榮譽。他把我們底好勝心引起來了；大家盼望著作文，作
> 文之後又盼望著他快些批改好了發還。[25]

俞師「傳觀」、「全校傳觀」的批語，正面鼓舞了寫作的動機。此外，
他也重視敘述與描寫的技能，建議應多作傳狀、書牘及遊記體。待基
本能力熟習後，日常生活交際所需當可應付自如；而寫遊記則可避免
大而無當、空洞抽象或不合中學生的知識經驗，再因親歷而有話可
說，不容易抄襲、硬模仿或濫調套語，此乃搜集題材的妙法，並跳脫
傳統取材傾重四書議論及史論的僵化思維。俞康侯的職責在改文，但
文題卻常由另一名國文教師張相供給，張相主張多作日記、讀書筆
記，藉條記見聞與心得發抒，以訓練思考、閱讀及書寫的基本功。
　　張相口才辨給，反應迅捷、精於表達，當年的講課風采，蔣伯潛
歷歷在目：

---

24 同前註，頁6。
25 同前註，頁4。

張先生上課時，我敢說，沒有一個同學不被他吸引住。受過教
的，我敢說，沒有一個同學不欽佩。他底口才，他底教態，甚
至於他底一舉一動，一言一笑，都能使我們底注意力完全集
中。他底教材，古文、駢文、詩、詞，以至傳奇小說；他所講
的，從一字一句，到全篇底結構作風；都和那時一般國文教員
差不多。不知為什麼使我們如此陶醉，傾倒，大家都似乎覺得
他上課的時間特別短！他教國文，不但重講解，而且兼重誦
讀，不但要我們熟讀，而且要把聲調讀出來，不論散文和韻
文。[26]

在課外，張相在家組織了研究會，裨於學生課後請教及研討[27]，例假
日師生常外出同遊，或爬山、或逛古蹟、或看展覽，返校之後，張相
隨即填詞作詩，讓學生觀摩以激勵試作。蔣伯潛謹記張相所示的寫作
六字箴言──「到處隨時留心」，奉為取材圭臬，蔣伯潛說：

張先生常教我們把耳聞、目見、身歷的事物記住，把自己霎時
間的情感或思想抓住；他如別人底言論，書籍底記載，師友底
書信，報紙底新聞，都得留意；這些就是我們習作底題材。他
常以「到處隨時留心」六字教訓我們，說是攝取題材的不二法
門。旅行、遠行，他在事前就提醒我們說：「攝取題材的機會
來了」！學校裏有什麼團體活動，（如展覽會、運動會以及各

---

26 同前註，頁7。
27 後來蔣伯潛指導學生課外閱讀活動也認同組織「讀書會」，唯希望是學生自動，非
由教師發起，且老師不宜喧賓奪主，宜站在顧問指導的角色，他說讀書會至少有三
種好處：「一是金錢和時間底經濟；二是讀書底切磋和競爭；三是團體生活底訓
練。」見其《中學國文教學法》（上海市：中華書局，1941年），頁143。

種競賽集會⋯⋯。）也是如此。他還和英文、歷史、地理、理化、博物⋯⋯各科底教員取得聯絡；從各學科底教材裏替我們搜集題材。[28]

　　張相提點「耳聞、目見、身歷的事物」的重要性，強調留意觀察四周的取材之道，此令蔣伯潛印象深刻。而除前述閱讀指導，張相教學的特色尚有三端：一、編授字例講義；二、講授文學史常識；三、黑板練習。所編的字例講義，係鑒於漢字的意義、用法及衍變，多源於聲音之故，故須闡明「音近義通」之理[29]，張相還關切文字學之字形、字義與聲音的關係。學生時期的蔣伯潛於此獲益，但為師時則認為中學生還談不到研究今古音，唯教師應對文字及聲韻學方面多下功夫[30]。至於文學史常識，乃隨選文補充，蔣伯潛說：「他教了四年國文，選文是從清中世以後倒溯上去的。每一著名的作家，每一種文體，乃至每一個時代，都分別講授。到末了一學期，才把我國文學遷變史撮敘大要，一連講了四五小時。我想，這比用書本講義專教文學史好得多。」[31]額外的講授可輔教本之不足。

　　張相務本追源，治學謹嚴，擅長施作「黑板練習法」，蔣伯潛記

28　蔣伯潛：〈習作與批改〉，《國文月刊》第48期（1946年10月），頁36。

29　蔣伯潛：〈童年學習國文底回憶〉，頁4。按：其特別點出像單字（尤其是虛字）、疊字、帶有語尾的詞、以聲音組織衍變的複詞（如徘徊、丁東）這類。

30　蔣伯潛把文字聲韻的專業知識轉化成對學生字詞誤用的糾正及督促連貫綜合學習，他說：「平時在作文、筆記、日記、週記⋯⋯上，糾正過的別字，也可以編成綜合的分類的表。這樣辦法，可以使學生把零碎獲得的知識，理出一個系統來。」、「每次作文中常發見的別字錯字和文法上重大的錯誤，應當用一種簿子，按學生姓名，分別登記，并注意他是否重犯。到了學期末總複習時，列表油印，分給學生；考試時，卽用作試題底材料，如此辦法，可督促學生注意作文卷上的批改。」《中學國文教學法》，頁121-122、156-157。

31　蔣伯潛：〈童年學習國文底回憶〉，頁8。

憶猶新，多次提及：

> 先師張獻之先生在杭州府學堂教我們國文時，每週有一次「黑
> 板練習」。我想，文法練習等基本的習作，最好采用黑板練
> 習；盡量地叫學生共同訂正，共同討論、批評。一則可以減省
> 許多課外的麻煩；二則可以引起全班底注意。這類習作，在初
> 中格外重要。[32]

又：

> 黑板練習，每週一小時，他並不出題目，有時指定題材，有時
> 指定體例作法，大致和時令，時事，校中備（按：偶）發事
> 項，以及他講的國文或歷史，或其他有關的。臨時指定二三同
> 學在黑板上寫作短文。寫好了，便加訂正；一邊改，一邊說明
> 其所以然。[33]

運用黑板，可操作短文習作及即席批改。蔣伯潛主張批評者不限於教師，同儕也可參與討論，唯教師的指導地位仍居關鍵。

中學畢業後，迫於家計，蔣伯潛未立即升學，先任職家鄉小學，直到一九一五年考取北京高等師範學校國文系，始北上深造。此際，跟隨錢玄同、馬敘倫等語文專家，修習專業的文字及聲韻學知識。其駐足北京的四年，恰逢五四新文化運動如火如荼開展，北高師、北大等校，瀰漫濃厚的破舊立新論調，蔣伯潛處於運動的核心地帶，受環

---

32 蔣伯潛：〈習作與批改〉，頁36。
33 蔣伯潛：〈童年學習國文底回憶〉，頁8。

境及師輩的新思想薰陶，更不待言[34]。

## 三 對「國文」課程的界定

蔣伯潛關切中學國文教學，對一般的基礎寫作以及應用文寫作有專門的研究心得。限於篇幅，本文置焦一般的基礎寫作。蔣伯潛如何定義「國文」？國文與「寫作」的關聯為何？又「寫作」在中學國文教學裡，佔有何種地位？

有關國文的名誼，依彼時教育部頒布的課程標準，小學階段稱「國語」，初高中以上多稱「國文」，然此易造成誤解，以為小學全教語體文故稱「國語」，中學因語體文漸少而文言文漸增故稱「國文」。蔣伯潛對此持以異見，他認為語體文只是用口語體寫成的文字，不能視它仍是語言，且亦不能與語言完全一致，因此「語體文」依舊是「國文」而非「國語」，況且把小學稱國語、中學稱國文，「頗有把語體文、文言文分別高下的嫌疑，那更不妥當了。」[35]蔣伯潛質疑國語文在學制裡的區分──小學稱國語，中學稱國文。他的看法是：國語是中國的語言、國文是中國的文字，「語言是從嘴裡說出的聲音，對方須用耳聽的；文字是在紙上寫出的符號，對方須用眼看的。凡用聲音從嘴裡說出來的，無論說的是現代的語言，或者像鏡花緣裏君子國底酒保，滿嘴『之乎者也』地掉文，都不能說它是文字。反之，凡用符號在紙上寫出來的，無論寫的是文言，是語體，也不能說它是語

---

34 據蔣祖怡所言，其父在新文化運動之際，曾以筆名於《新青年》、《東方雜誌》等報刊撰文。他在〈先嚴蔣伯潛傳略〉修改版裡說道：「他在諸名師如錢玄同、胡適、馬敘倫、魯迅等地薰陶下，在《新青年》、《東方雜誌》等刊物上寫了不少文章」、「我父親在大學學習的第四年，公元1919年正為『五四』，在北方報刊上發表文章很多，當時均係筆名，無從查考，因付闕如。」《富陽文史資料》第2輯，頁5、16。

35 蔣伯潛：〈國文是什麼〉，頁24。

言。所以把語體文叫做『國語』，是不妥當的。」[36]文字的功用旨在記錄語言，理當與語言一致，但從歷史發展的現實面，蔣伯潛具體提出下列四大理由，認為語言、文字事實上分為二途，不易言文一致：

第一、語言是從嘴裏說出來的，比較流動，易於改變；一經寫成文字，便固定了。從商周到現代，語言不知已有多少變化，那時寫定的文字，則傳至現代，一成不變；所以〈盤庚〉、〈大誥〉之類，在商周，本是記錄語言的語體文，後世底人們看起來，便認為「詰屈聱牙」的古文了。元曲裏的白，是用元代底口語寫成的，有許多詞語已不存於現代的口語中，便覺不易索解，也是這個緣故。第二，語言是大眾使用的，文字是一部分有知識的人使用的；有知識的人，修飾辭令的本領，當然比不識字的大眾強。語言是脫口而出的，除了先事準備的特例外，往往無暇加以修飾；文字則可以從容修飾，然後寫定。所以文字修飾之工，往往非語言所能比擬。第三，古代紙筆墨等工具未發明，文字傳寫不易，語言之用廣於文字；戰國時游說之風甚盛，語言底修飾，更甚於春秋（《論語》說：「為命，裨諶草創之，世叔討論之，行人子羽修飾之，東里子產潤色之。」可見春秋時外交辭令，事先已有修飾。）。秦漢以後，筆墨紙等工具紛紛發明改進，文字也由古篆演變為隸草行楷，傳寫日易；其時君民相去日遠，遊說之風漸息，書奏之用日多；加以國內統一，疆宇擴大，山川間阻，方言分歧，而文字則藉政治底勢力，統一推行；所以語言之用少，文字之用多，文字之修飾自更遠過語言了。第四，秦漢以後，歷代承平之主，多自命

---

36 同前註，頁22。

「稽古右文」，上有好者，下必承之，故詔奏則追仿《尚書》，辭賦則彌加藻飾。隋唐而後，以文取士的科舉，又成為定制；弋科名，取富貴，全賴文字，揣摩修飾，自然更甚。——由此四因，故語言日俚，文字日華，兩者遂背道而馳，截然分為二途了。[37]

整理此四項理由，扼言之，即：其一、語言變化大而文字寫定後則變動小；其二、語文及文字的使用對象廣窄有別，而修飾精粗也不同；其三、隨書寫工具改進及歷代時風傾種有異，致使語言文字的效用互有高低；其四、因官場奏章藻飾文化流行及科舉以文取士之囿，致文字多雕琢而離口語質樸本色愈遠。儘管不易一致，但他也承認趨同的傾向強烈，例如：理學家的語錄；寒山、拾得、邵雍等的白話詩；元明清的章回小說；民國新文化運動不餘遺力地提倡語體文。雖然逐漸趨向一致，但他斷言「語言與文字終不能完全一致」[38]。蔣伯潛觀念裡的文言文和語體文，雖有形態上的不同，但實際說起來的傳達效果相同，即無優劣可分，因此他主張文言文及語體文皆應學習。

至於國文指涉的範圍，其子蔣祖怡說：「國文的範圍很大，從幾個字的選擇，一直到各種專門學問的研究都在其內。」[39]但總的來說，國文的主要範疇，蔣氏父子同表：文字與文章。關於文字，蔣伯潛解釋：

「文字」，是教學生識字。所謂識字，須熟識文字底形體，不至於寫別字錯字；能讀出文字底聲音，不至於讀錯；須明瞭文字底意義，不至於誤解誤用；並須知道複詞底組織和變化，詞

---

37 同前註，頁23-24。

38 同前註，頁24。

39 蔣祖怡：〈孤兒之淚〉，《章與句》（臺北市：世界書局，1977年三版），上冊，頁6。

類底分別和活用。文字底教學，雖然不必使學生個個都懂得文字學，而且以龜甲文、鐘鼎文、大小篆等古文字教授學生，但是國文教師必須有文字學底素養和常識。中小學生雖然不必把所有的文字都認識，但常見常用的文字，必須能寫、能讀、能解、能用。[40]

對文章，亦云：

「文章」，是教學生讀文章，做文章。換句話說，就是要養成學生底閱讀能力和發表能力。我以為中學畢業生應有閱讀語體文和平易的文言文的能力，應有寫作明白曉暢的語體文的能力。教學文章，便須使學生明瞭語句篇章底組織，文章底體裁，修辭底方法。所以國文教員必須有文法、文體論、修辭學底素養和常識。[41]

蔣伯潛總結對文字、文章的看法：

凡是寫在紙上，以一個形體代表一個聲音，一個或一個以上形體代表一個意義的，都叫做「文字」。用許多文字組成語句，用許多語句組成篇章，藉以寫記景物，敘述人事，表達情意，記錄語言，便叫做「文章」。從幼稚園識字教學起，一直到中學大學，閱讀習作洋洋千言的大文章，都可以稱為「國文」。[42]

---

40 蔣伯潛：〈國文是什麼〉，頁27。
41 同前註。
42 同前註，頁24。

又：

> 文字是記敍人物，評論事理，表達情意的工具，為人人生活所
> 必需。以文字組成詞語章句，必無悖於文法修辭底格律，然後
> 能敍人、記物、評事、論理、表情、達意，使讀者了解、信
> 從、欣賞。文法底格律，修辭底技巧，如何應用於文章，《文
> 章學纂要》中已詳言之。但是文字底使用，詞語底組織，章句
> 底構造，雖已能免除文法的錯誤，而且已懂得修辭底技巧。還
> 不能盡作文底能事；因為如果寫成的作品，不合它們底體裁，
> 仍是「非驢非馬」的不合式的文章。所以我們須更進一步，研
> 究文章底體裁，研究文體底類別。[43]

蔣伯錢梳理文字、文章的意義，也闡述體裁合式與否攸關文章的優
劣。他還進一步區別文字、文章與文學的關係，並辨明文章與文學是
不同的概念，他在《體裁與風格》裡，化身為國文教師尹莘耜細說箇
中區別：

> 我以為「文章」和「文學」根本不同。普通一般人所常論及的
> 體裁，無論新舊，無論駢散，無論古文今語，都是指「文章」
> 而言；至於小說、戲劇、詩歌，以及我國古代的辭賦，卻都是
> 「文學」。文章，是一種實用的器具，例如一隻碗，一個瓶，
> 一把壺，可以盛水、盛酒、盛茶的；文學是一種藝術的物品，

---

43 蔣伯潛：《文體論纂要》（上海市：正中書局，1949年滬四版），頁1。按：該書初版
於一九四二年六月；筆者所見及的《文體論纂要》有兩種，一是一九四九年二月滬
四版；另一是一九五九年七月臺一版。上海、臺灣兩種版次，經比對內容，實為同
版。本文所據引的是滬四版。

如一件古董磁器，一個精緻花瓶，其所以為人珍視的原因，不在乎它們的可以盛什麼東西，可以供什麼實用，而在乎它們的本身有藝術的價值，可以供人們的欣賞。從前的人所說的「文以載道」，也是指「文章」而言。文章的用處，便在能「載」；文章的價值，還須看所「載」的是不是「道」。……我並不迷信宋儒的所謂「道」！雖然秦漢以後，有所謂漢宋之分，漢學又有所謂今古文之分，宋學又有所謂程朱陸王之分；秦漢以前，也有儒道墨等等的派別，它們各有其所謂「道」，而各「道其所道」；但都得用文章去載它們的不同的「道」。……至於文學，固然也可以說是廣義的文章，無論是詩歌、小說、戲劇、辭賦，無論是用以記敘事實人物，抒發情理，也各有它們所載的內容。可是它們不但須能「載」，並且須載得巧；它們的價值如何，不在所「載」的是不是「道」，而在載得巧拙如何。例如記載人事的作品，如其是文章，就當問所記敘的事和人果是真否，作者的記敘是否能不失真；如其是文學——小說戲劇之類——則與其老老實實地記敘某人某事，不如虛構人物事實，即確有其人其事的，也得加以剪裁穿插了。文章中固不乏有文學意味，文學技巧，文學價值的作品，尤其在所謂的「雜記」類和小品文中，但終不能視為純粹的文學。所以「文章」只可以說是「雜文學」；「文學」方才可以說是「純文學」。把這兩大類分清楚了，然後再就文章來分別各種體裁。[44]

前引，乃其對文章、文學的義界，與之相同論點又發揮於《文體論纂要》。他從廣、狹兩面辨究：廣義的文章是指凡以文字組成語句，聯

---

44 蔣伯潛：《體裁與風格》（上海市：世界書局，1946年再版），上冊，頁21-22。

成篇段以表示一種完全之意者，屬於表示意思的一種工具；狹義的文章，則指不成文學作品的文章，而且往往要「能載」及「有所載」，所載的必須是「道」（各種道，但不一定是孔孟之道）。文學以情為主，即便有所載，其「道」無須是道貌岸然的道理，但須加以化妝修飾，亦即「載得巧」（重點不在內容，而在其自身的能載技巧）。

　　值得一提的是，他多次以磁器為比喻，闡發文字是磁土、文章是實用的盛裝容器，而文學則是鑑賞用的花瓶，謂：

> 譬如磁器，文章是碗，其用在「盛」；其價值在「所盛」，不問所盛是酒、是茶，是飯、是餚，總須有所盛，而且所盛者是有用的東西。文學是花瓶，雖也可以插花，而且也插著花；其價值卻在花瓶本身，即使插的是唐花，其價值也未嘗少減。廣義的「文章」，猶如「磁器」。茶壺、酒杯、飯碗……凡是磁做的，都是「磁器」；磁做的花瓶，無論是新做的美術品，舊有的骨董，色澤如何，式樣如何，也是「磁器」。狹義的文章，則專指日用的磁器，如茶壺、酒杯、飯碗……而言；花瓶便不被包括在內了。至於文字或詞，則是做磁器的原料——磁土。[45]

文章與文學，因為都是文字作品，故常被認為是一家，初學者更易混為一體。蔣伯潛指出其實在本質及功能上，兩者是不同的。大致而言，他認為文字的範圍最大，文章次之，文學最小，「文章沒有不用文字寫成的，而文字未必盡是文章，廣義底文章可以包括文學，而文章未必都是文學。」[46]蔣伯潛曾圖示三者之間的關聯如下：

---

45　蔣伯潛：《文體論纂要》，頁76。
46　同前註，頁72。

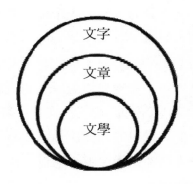

**圖四　文字、文章、文學關係圖**

總之，他主張不成句讀的只能歸為文字，不能當作文章。能視為文章的，通常是可以組成句讀篇段的。廣義的文章可兼包文學，但狹義的文章則非真正的文學。若以純、雜角度來分，則文章屬雜文學，文學方可稱純文學。

## 四　分進合擊的寫作指導

中學國文教學的主要目標，蔣伯潛認為有二：第一、培養理解能力；第二、培養發表能力。其中，培養發表能力有賴「語言」及「寫作」的訓練，前者重口頭發表（說話、演說、辯論等），後者重書面發表。寫作及批改即著眼於培養發表的能力。蔣伯潛對「寫作」的看法是：

所謂寫作，是運用本國文字，寫成文章，藉以記錄見聞，宣達情意。不認識文字的，叫做「文盲」；則不能寫作的，應當叫做「文啞」。「文盲」、「文啞」，都應當掃除！寫作是一種技術。凡是技術性的能力，不能單靠知識、理論來增進的，必須

有實地的練習，使它漸漸地純熟、精進。[47]

他把寫作上的亂象與人類的病症比擬，教師如同醫師，醫文如醫病，以誨人不倦的精神，提供教與學的衛生常識，還以筆墨代替手術刀，為寫作上的疑難雜症，一一解剖診治。他曾生動地說：

> 字與詞底書寫錯誤，使用錯誤，好比所謂癬疥之疾的皮膚病，治療最易；句或章底組織不全，語氣不合，次序雜亂，浮詞累贅，以及爛套太多，文語夾雜，那是外科的瘡毒，比皮膚上的癬疥厲害了，但施行手術，加以割治，還不十分困難；繁而流於冗，簡而至於枯，整齊而過於板滯，變化而成為雜亂老實直捷而味同嚼蠟，屈曲文飾而糾纏累贅；以及情態則輕佻、狂妄、猥褻，內容則敘事失實，寫景不切，抒情不真，議論不合理，那是內科症候，診治更難了；如其習作時還要犯延宕、潦草、槍替、鈔襲諸弊，則似病人不肯聽醫生囑咐，時常觸犯禁忌，結果必致自殺！最難治的病是癲狂白癡，滿紙夢囈，既不切題，又不能自圓其歪曲的理論，那真是不可救藥的了。[48]

這些被送進「文章病院」治療的各式病徵，蔣伯潛多有對應的良方解藥。囿於篇幅，本文集中探討他對命題審題、字詞章句、謀篇布局以及文體風格的指導意見。

---

47 蔣伯潛：〈習作與批改〉，頁33。
48 蔣伯潛：《中學國文教學法》，頁121-122。

## （一）命題審題指導

　　論及命題，蔣伯潛認為初中階段以教師命題為原則，高中生則不妨自由擬題，教師命題應留意四點：學生能力、生活經驗、心理與興趣、合於學生所需。最高原則即「以學生為中心」。除提點命題注意事項，蔣伯潛還回溯古書題目由來，並講解題目又可分有意義及無意義兩類，前者如《尚書》〈堯典〉、《荀子》〈勸學〉；後者如《詩經》〈關雎〉（首章是「關關雎鳩」）、《論語》〈學而〉（首章為「子曰：學而時習之，不亦悅乎」）等。無意義之題目，乃取首句之數字為題；有意義之題目，則涵括全篇旨趣。唯古書之題以後人所標居多，縱有自訂題目者且具意義，蔣伯潛認為亦往往是寫成後再加上的，題目的作用何在？蔣伯潛說：「本義，原和頭目差不多，不過用作這篇文章底標識，使之眉目清楚。」[49]對初學者，他建議宜先給題目、目的及範圍，以方便著手。

　　題目選定後，接著就是怎樣辨清其字面、含義、範圍及體裁運用，甚至決定採取的論述立場。蔣伯潛曾以〈溫故知新說〉為例，示範如何挖掘深層意蘊，茲不厭其煩地摘引他的說法及作法如下：

> 溫故是溫習已有的舊知識；知新是求得未有的新知識。《論語》第一句便是「學而時習之。」學是「知新」；時習，是「溫故」。《論語》又載子夏之言說：「日知其所亡，月無忘其所能」。日知所亡是「知新」；月無忘所能，是「溫故」。學貴知新，又貴溫故。僅能溫故不求知新，則故步自封，毫無進步；雖能知新，不復溫故，則隨得隨忘，仍無以增學識……推

---

49 同前註，頁61。

而廣之，則我國固有的文化是「故」，國外輸入的文化是「新」。專攻國故，抱殘守缺，不肯接受外來的文化，便是溫故而不知新；醉心歐化，唾棄國故，不屑研究，便是知新而不溫故。我們須一面溫故，一面知新，使我國固有的文化和外來的文化融合起來，產生一種新文化，纔可以說是溫故而知新。世界上一切學術，都是從所已知推求所未知的。已知的是「故」，未知的是「新」；從已知的求得未知的，便是由溫故而知新。可見溫故和知新，並不是截然的兩件事。這個題目底含義不是很豐富嗎？[50]

其先解「溫故」、「知新」的字面意義，再連結中西方文化、已知及未知學問的佐證，進一步闡發「溫故」、「知新」的密切關係。精於審題，方可避浮泛枯窘之病。

## （二）字詞章句指導

蔣伯潛以化學分子、原子的概念比擬「字」與「詞」，其辨究箇中差異，說：

中國字雖是單音字，一個字只有一個音；中國底語言文字卻並不是單音語，因為有一個單音的字可以表一個觀念的「單詞」，也有連合兩個以上單音的字始能表一個觀念的「複詞」。所以嚴格地說，中國語言文字底基本單位單位，是「詞」而非「字」。以化學來譬喻，「字」是原子，「詞」是分子，固然也

---

50 同前註，頁76-77。

　　有一個原子可以獨立而成分子的，卻不見得凡是原子都可以成
　　為分子。[51]

在其認知裡的字、詞是有區別的，但不管字或詞，總歸於國文教學的
範疇，應注意者有二：書寫的錯誤、使用的錯誤。

　　其一、書寫方面，常見字形、字音之誤。

　　形誤，有數類：（一）本體相似：天（天地）、夭（夭折、夭
夭）、夫（丈夫、夫子、農夫）、失（過失、損失）等。（二）本體相
似而不同的字（同偏旁卻異字）：鈐（鈐印）、鈴（鈴聲）等。（三）
本體相同因偏旁不同而另成音義俱異的字：治（治亂、政治）、冶
（陶冶）、淮（水名）、准（批准）等。（四）偏旁通用與不可通用
者：可通用如從「佳」從「鳥」，「雞」可作「雞」、「鴉」；不可通
用，如「唯」不可作「鳴」等。（五）合體字移位及不可移位：可移
位如「羣」與「群」、「略」與「畧」；不可移位如「怠」與「怡」、
「君」與「呼」等。

　　音誤，主要是：（一）同音造成的別字，如常（常常、平常）、嘗
（曾也，嘗試、嘗味）。（二）同音形近的錯字，如侍（陪侍）、恃
（靠恃、怙恃、負恃）、持（執持、扶持、把持）等。另外，又有音
近或音同的通借字，但此不屬於別字，唯這部分較複雜，蔣伯潛認為
亦無一定的準則可循。

　　其他寫錯筆畫的，蔣伯潛以為是錯字，不能視為別字。他彙整常
見的筆畫書寫問題，並分析致誤之由，如：

　　　　「盜」是「盜」之誤。盜字從「次」、「皿」二字會意。次同

---

51 同前註，頁95-96。

涎；皿是器物。見別人底器皿而垂涎，所以生竊盜之心了。
古時盜本指偷竊，所以如此造法。如上面寫個「次」字，意便
不合。
「美」是「羨」之誤。羨字從「羊次」二字會意。古時畜牧時
代，以羊肉為美味，故「鮮」、「美」等字均從羊。見美味而垂
涎，便是羨慕的意思。[52]

錯畫而不成另一字的，依字之原結構，此即錯字。不論錯字或別字，
蔣伯潛直言中國字「繁難極了」，例如為減省筆畫，教育部曾頒布簡
筆字的相關規範，但他認為此中問題仍多，無法一體適用，且邏輯上
也有扞格之處，他說：

「歡」字簡作「欢」，「雞」字簡作「鸡」。照這兩個例類推，
不是「艱」和「奚」都可簡寫作「又」嗎？「漢」字「溪」字
不都變成「汉」字嗎？「難」字可寫作「难」；「雞」字既可通
寫作「雞」，不也成了「难」嗎？諸如此類，不是行不通的
嗎？[53]

其二、使用的錯誤，蔣伯潛從意義、文法、修辭切入，且多舉實
例輔助說明。
首先，就意義言，即有五種情況：（一）字面很像但含義實異，
如「社會事業」、「社會科學」、「社會政策」、「社會問題」、「社會主
義」。（二）單字含義極相似但實際有分別，如「聞」、「聽」、「見」、
「看」。（三）因程度不同而發生意義差別，如形容溫度的「溫」、

---

52 同前註，頁103。
53 同前註，頁105。

「煖」、「熱」及「涼」、「寒」、「冷」等。（四）同出一語根但實際使用上意義卻各不同，如「徘徊」、「徬徨」、「盤桓」[54]。（五）意義本同但須視地位而論，如「死」的不同用詞，「崩」、「薨」、「卒」、「捐館」、「棄養」、「夭」、「殤」等。以單字含義極相似但實際有分別為例，蔣伯潛細辨如下：

> 「聞」和「聽」，「見」和「看」，乍看似乎是同的。細按之，則「聞」是聲音接於耳，是「聽到」的意思，等於英文底 hear；「聽」是有意去聽，等於英文底 listen to；「見」是形色接於目，是「看到」的意思，等於英文底 see；「看」是有意去看，等於英文底 look at，語體文用看，文言文用「視」；《大學》底「視而不見，聽而不聞」，《中庸》底「視之而弗見，聽之而弗聞」，最足以表示它們底不同。[55]

蔣伯潛不厭其煩地整理其教學經驗所得的字詞誤例，對致誤的所以然或疑惑處，也不吝提出意見供參。尤有甚者，一九四六年他個人筆成一冊《文字學纂要》，專門為研究文字學者，指引一條學習路徑。

再者，文法方面，講求通不通、妥適不妥適，此乃學習語文的基本功之一，瞭解文法可矯正習作上的錯誤，乃至幫助閱讀書籍，掌握文法的利器實可達「事半功倍」之效。蔣伯潛點出要留意語病以及助詞、副詞、介詞、連詞的正確使用。以介詞「在」、「於」二字使用為例，皆表所在之意，意義相近，所以蔣伯潛說「王君長於算學」亦可

---

54 這三個複詞，皆一聲之轉而義不同，蔣伯潛區別說：「『徘徊』但指來往無定的散步而言，『徬徨』則有心緒不安的意義，『盤桓』則又指在某處遊散：用錯了，文句底意義也隨之而異。」見其《文字學纂要》（上海市：正中書局，1946年初版），頁8。

55 蔣伯潛：《中學國文教學法》，頁106。

言「王君長在算學」，但要細加分辨的是，像「醉翁之意不在酒」則不能說成「醉翁之意不於酒」。由於時代變遷，語言文字亦隨之變化，古今詞句意思難免滋生疑問，往往同一個詞卻有多義的現象，蔣伯潛主張可以比較方式，藉由對比強化印象及瞭解正確的使用時機，以文言文的「也」字為例，同屬句末助詞卻有多種意表：表結束如《史記》〈屈原賈生傳〉「天者，人之始也」；表期望如《史記》〈孫子傳〉「願勿斬也」；表感歎如「惡！是何言也！」；表疑問如《國語》〈周語〉「敢問天道乎？抑人故也？」；表反詰如《莊子》〈胠篋〉「然則鄉之所謂知者，不乃為大盜積者也？」。「也」不只居句末，亦見於句中而用以輔助名詞、副詞，如《論語》「柴也愚，參也魯，師也辟，由也喭」、《詩經》「今也每食不飽」。[56]從字詞延伸到章句，蔣伯潛更注意章句的文法問題，他指出句子的組織不全就無法表達意思，如同四肢五官有缺陷者，既難看又屬殘廢，組織不全往往與文法不通有關，他舉例說：

> 「十月十日是中華民國誕生」這句子底組織也不完全，意思也明白。因為「是」字是同動詞，同動詞「是」字之下需要一補足語，和它底主詞是同位的，同指一事物的。這句子底主詞是「十月十日」，是一個日期；所以「中華民國誕生」之下，必須加「的日子」三字，方纔完全。[57]

第三，考慮修辭，是著眼於用字用詞的好不好。歷來講修辭上的推敲案例，不勝枚舉，著名如：「僧推月下門」（推、敲）、「竹影橫斜水清淺，桂香浮動月黃昏」（竹影、疏影；桂香、暗香）、「白雲停陰

---

56 同前註，頁155-156。

57 同前註，頁111。

崗」（白雲、白雪）等等。蔣伯潛一方面不忽略這些流傳已久的名句，另方面則展現咀嚼歷代群書後的成績——積學以儲寶，累積源源不絕的佐證題材，因例證夠多，故直接示例而無須大費周章地談道論理，此是蔣氏修辭教學上較突出的特色。以「曲飾」修辭為例，謂：

> 李清照詞有云：「新來瘦，非關病酒，不是悲秋。」她不直截地說出所以瘦的緣故，偏說「非關病酒，不是悲秋」，則懷遠相思之苦已在這兩句裏暗示出來了。杜甫〈春望〉有云：「國破山河在；城春草木深。感時花濺淚；恨別鳥驚心。」山河雖在，國已殘破，新亭之感，自油然而生；春城之中徒見草木之深，則人煙寥落可知；看花濺淚，聞鳥驚心，則感時恨別之深刻可知。這就叫做烘托。《左傳》記宋華耦來聘，辭魯君之宴，竟及其先人華督之罪狀，而評之曰「魯人以為敏」。愚魯之人以為敏，其非真敏可知。《史記》載周勃入獄，後得釋，曰「吾嘗將百萬軍，然安知獄吏知貴乎？」在獄中受獄吏凌侮之情形，已顯然可見。這叫做閃爍。《戰國策‧觸龍說趙太后》，謂太后死曰「山陵崩」，自言其死曰「填溝壑」，這和現在說話時以「百年之後」稱人之死，同是為的諱言「死」字。《晉書‧王衍傳》說，衍生平不肯說「錢」字，謂錢曰「阿堵物」。這都叫做諱飾。《西廂記》中張生以「可憎才」稱崔鶯鶯，其實正是說鶯鶯底可愛。《水滸傳》記高太尉陷害林沖時，孔目孫定說：「這南衙開封府不是朝廷的，是高太尉家的！」《紅樓夢》襲人說賈寶玉是「無事忙」。《儒林外史》杜慎卿反對分韻做詩，說「雅的這樣俗！」前二例是「倒反」，後二例是「反映」。范仲淹詞有云：「愁腸已斷無由醉；酒未到先成淚。」《西廂記‧請宴》：「請字兒未曾出聲，去字兒連忙

答應。」以及《詩經》的「誰謂河廣，曾不容舠」，李白底
「白髮三千丈」都是「夸飾」。[58]

這一段強調曲筆、文飾的修辭工夫，主要是針對胡適主張寫作須直截
了當、直抒胸臆的觀點而發，蔣雖承認直截老實的表達，不至有浮泛
或累贅歪曲的情形，但過於直接則不免一覽無餘、易淪為索然無味，
因此，建議有時可用「曲飾」（烘托、閃爍、諱飾、倒反、反映、誇
飾、借代等）修辭技巧來加以變化，而旁徵博引是他常用的指導模式。

## （三）謀篇布局指導

與結構有關的項目，主要是：層次、聯絡、變化。蔣伯潛指出層
次分不清、排不好，易生凌亂之病，而佳作則往往層次明白、有條
理。以詩歌類為例，詩句一字不改，但對調前後順序，意境即大不相
同，如：

終日昏昏醉夢間，忽聞春盡強登山。因過竹院逢僧話，又得浮
生半日閒。（莫子山吟誦唐人李涉詩句）
又得浮生半日閒，忽聞春盡強登山。因過竹院逢僧話，終日昏
昏醉夢間。（某和尚調整詩句的次序）[59]

又，古文類，蔣伯潛剖析了陶淵明〈歸去來辭〉的篇章層次，如下
表：

---

58 同前註，頁116-117。
59 以上，出自〔元〕白珽：《湛淵靜語》，轉見蔣伯潛：《中學國文教學法》，頁81。

## 表一 〈歸去來辭〉層次結構表

| 一、將歸（決定歸計） | 「歸去來兮……覺今是而昨非」八句 | | |
|---|---|---|---|
| 二、歸來（歸家情形） | 1. 途中 | a. 舟行 | 「舟搖搖以輕颺……」二句 |
| | | b. 陸行 | 「問征夫以前路……」二句 |
| | 2. 到家 | a. 抵村 | 「乃瞻衡宇……」二句 |
| | | b. 進門 | 「僮僕歡迎……」四句 |
| | | c. 入室 | 「攜幼入室……」六句 |
| | | d. 遊園 | 「園日涉以成趣……」八句 |
| 三、歸後（家居情形） | 1. 閒居 | | 「歸去來兮……樂琴書以消憂」六句 |
| | 2. 出遊 | | 「農人告余以春及……臨清流而賦詩」二十句 |
| | 3. 旨趣 | | 「聊乘化以歸盡」二句 |
| 備註：整理自《中學國文教學法》，頁 82。 | | | |

　　層次已分清安頓妥當，仍須再求其聯絡。若每段獨立而不相聯絡，也不能算是文章。對於聯絡，蔣伯潛又分兩種：

　　（一）基本的聯絡，即文法，特別是連詞的正確使用，如：用「是故」、「於是」承接；用「然而」、「雖然」轉接；用「若夫」、「講到」推展；用「總之」、「由此觀之」總束。

　　（二）藝術的聯絡，即修辭，蔣伯潛列舉六種技巧：呼應、層遞、分析、綜合、過渡、問答法。他以經史子集的名篇當範例，據以說明修辭的技巧。以《大學》文本為例，說明何謂層遞及分析法：

> 《大學》一篇，由格物致知而誠意，而正心，而修身，而齊家，而治國平天下，一層一層地放大來，每章首云「所謂××在×其×者」，末云「此謂××在×其×」，這也是層遞法。

《大學》先用「古之欲明明德於天下者……」倒說治天下底步驟，次用「物格而後知至……」順敘格物致知底進境，又以「物有本末，事有終始，知所先後，則近道矣」作一總束；格致是本，是始，是所先；治平是末，是終，是所後：全篇主意，已盡於此。其後又分別論列，逐層說明。先總論，後分說，也是分析法，也是演繹推理。[60]

利用演繹推理的邏輯思維，先立總論，再逐層遞嬗說明，前後關節自然聯絡。

最後，關於變化方面，蔣伯潛認為固然層次明確順當、前後聯絡無扞格、謀篇布局就已大致完成，但仍可精益求精，再加以變化，使文章更靈動。他舉記敘文為例，提到追敘、插敘及補敘的方式，皆可改善板滯、平淡的問題。

## （四）文體風格指導

蔣伯潛認為研究文體，是寫作上的要務。他的《文體論纂要》、《體裁與風格》對傳統各類文體源流及派別特色即有專門的研究。儘管蔣伯潛謙言《文體論纂要》是「述」不是「作」，但細看內容，其實他是述作兼備的。在述方面，首先專章探討歷代文體興衰流變的情形、評述清末以前各派分類文體；在作方面，他嘗試將文類重新分類，再就所分的類別逐一說明，最後由文體論推及於文章的風格。蔣伯潛說：

---

60 同前註，頁84。

評述前人文體分類，已非易事；加以見聞狹隘，即有所評，非
拾人牙慧，即自逞臆見，紕漏在所難免。至於文體之重新分
類，更是一種冒險的嘗試；分說各類文體諸章，大致都有所
本，間下己見，亦未敢遽詡為定論。風格之論，更屬抽象；我
所以不采古人神氣之說，亦無非想力求具體而已。[61]

「力求具體」是蔣伯潛述作的本意，這樣的信念落實於他的每一本
書。尤其擅長考鏡源流後，再出以新見。論文章體裁的分類，自古以
來，談論者眾，且說法紛紜，依蔣伯潛之見，可分為新舊兩派，舊派
文體論又分為三端：一、駢文派，如蕭統《昭明文選》三十九類；
二、駢散兼宗派，如劉勰《文心雕龍》二十類、章炳麟《國故論衡・
文學總略》（無句讀文四類、有句讀文二類〔有韻文類六目、無韻文
類六目〕）；三、散文派，如姚鉉《唐文粹》二十二類、姚鼐《古文辭
類纂》十三類、曾國藩《經史百家雜鈔》三門十一類。新派文體論，
如：高語罕《國文作法》分敘述文、描寫文、解說文、論辨文四類；
蔡元培〈論國文的趨勢〉與〈國文之將來〉分應用文、美術文二類；
劉永濟《文學論》分學識之文、感化之文二類；施畸《中國文體論》
分理智文、情念文二類等，以上新派，多受外國文化輸入的影響。綜
合古今各家的看法，蔣伯潛提出文章可分為兩大類型：一、文學（純
文藝的文章），即內容重視「情」的發揮，形式上則強調「美」。二、
狹義的一般文章，凡不屬於文學的，皆可認列。基於對文學與文章的
不同本質，蔣伯潛嘗試對文類進行新的分類，茲簡表如下，以明其分
類特色：

---

61 蔣伯潛：《文體論纂要》，頁220。

### 表二　蔣伯潛的文體分類表

| 文字 | | | |
|---|---|---|---|
| 成句讀、成篇段的文字（廣義的文章） | | | 不成句讀的文字 |
| 狹義的文章 | 關於學識義理的著述 | 1. 論說<br>2. 頌贊<br>3. 箴銘<br>4. 序跋<br>5. 注疏<br>6. 考訂（附札記） | |
| | 關於世事應酬的告語 | 1. 贈序<br>2. 書牘（附廣告柬啟）<br>3. 契約<br>4. 公文<br>5. 哀祭<br>6. 對聯 | |
| | 關於人事文化的記載 | 1. 傳狀<br>2. 碑誌<br>3. 敘記（附日記表譜）<br>4. 典志（附法規儀注） | |
| 文學 | 1. 籀寫的：辭賦（附寓言）<br>2. 詠歌的：詩歌<br>3. 記述的：小說<br>4. 表演的：戲劇 | | |
| 備註：本表整理自蔣伯潛《文體論纂要》，頁 77-78。 | | | |

　　文章有普通性及個別性，前者往往沿襲傳統，後者則起於作者創造。普通性裨於內容的客觀瞭解；個別性，方見作者藝術上的成就。因此，從普通的角度以辨認體裁，以個別的角度辨認風格，蔣伯潛進一步說明文體與風格的關係，從具體及抽象切入各種文章的風格，茲

將其說表列如下：

### 表三　文章風格特色分類表

| 文章風格 | | |
|---|---|---|
| 辨別的方法 | | 呈現的風格 |
| 具體 | 從文辭辨別 | 繁縟、簡約 |
| | 從筆法辨別 | 婉曲、直截 |
| | 從境界辨別 | 動盪、恬靜 |
| | 從章句辨別 | 整齊、錯綜 |
| | 從格律辨別 | 謹密、疏放 |
| 抽象 | 從色味辨別 | 濃厚、淡薄 |
| | 從意境辨別 | 超逸、切實 |
| | 從態度辨別 | 輕鬆、嚴肅 |
| | 從氣象辨別 | 陽剛、陰柔、正大、精巧。 |
| | 從聲調辨別 | 曼聲、促節、高亢、微弱、輕清、重濁、宏壯、纖細 |
| 備註：本表整理自蔣伯潛《體裁與風格》，下冊，頁 200-202。又按，蔣祖怡《文體綜合的研究》（世界書局，未繫出版年）亦同載內容，唯「風格」改稱「作風」，頁 51-52。 | | |

　　從前文人講風格，過於抽象玄妙，不利於初學者領悟，因此，蔣伯潛主張現代教師必須用具體的、淺易之說法，「把它們曲曲地譬解，使中學生也能了然於胸中」，他說：「文章底氣象有剛有柔；旨趣有隱有顯；詞句有繁有簡，有整齊、有錯落；色味有濃淡，有甜、苦、酸、辣；聲調有高低、緩急；態度有嚴肅與輕鬆，有現實與超脫；因此，它們底風格便不同了。」[62]蔣伯潛也不諱言，影響風格其

---

62 以上所引，見蔣伯潛：《中學國文教學法》，頁45。

實還有諸多因素，包括時代、地方、學派等等，故文體及風格的分類，不一定限於前述所分，然蔣伯潛立基於舊派之文章程式及用途、又參酌新派文章作法及心象的標準，綜合研治後，重新提出自己的分類。

蔣伯潛的文體論，主要是想從中提取更適合現代書寫及閱讀的元素，以協助學生寫作及教師教學。所謂作文必先定體，即撰文之前，先明確文章的三個問題：目標讀者、撰文動機、目的何在，這三個問題其實都牽涉了文體。為文若不得體，雖巧亦無功，例如蘇洵以書札作議論、杜牧以記載為騷賦，即被後人斥為不得體。再者，若先明瞭文體的具體分類，不務談玄空說，更可裨益國文教學的成效。

## 五　從「辭章」到「國文」的現代轉化

民國時期關切國文教學法的並不少，唯單篇、零星者居多，能系統成書、產生實際影響者相對較少。此前，有：黎錦熙《新著國語教學法》、梁啟超《中學以上作文教學法》、王森然《中學國文教學概要》、阮真《中學國文教學法》，稍後則有朱自清與葉聖陶的《國文教學》，以上各家雖名為「教學」，但因作者背景、行文風格、著眼點不同，特色亦異。

一九四○年代，蔣伯潛多次表示：「我是一個教了二十多年國文的老教書匠」[63]、「我在浙江省各中等學校——舊制四年的中學，五年的師範，新制前三年後三年的初高級中學——教授國文，已二十多年了」[64]、「我自民國八年五四以後，在舊制新制的中學師範教授國文，

---

63　蔣伯潛：〈國文是什麼〉，頁24。
64　蔣伯潛：《體裁與風格》，上冊，頁1。

已二十年」[65]。民初新文化運動時期開始摸索嘗試，一九三〇、一九四〇年代漸漸褪去五四時期的實驗色彩，教法的相關討論已多從理論專業或實務經驗出發，各種平面（文字書寫）或立體（教學活動）經驗叢出，形成該時期鮮明的語文教育景觀。蔣伯潛此際即撰成《中學國文教學法》，建立專業的國文教學架構，有系統地探討教學目的、教師素養、教材編纂、教法指引、習作批改、課外活動的提示等等[66]。

　　《中學國文教學法》為蔣伯潛長年教學之理念與實踐的結晶，觸及國文教學的方方面面[67]，尤對習作及批改的議題多所著墨，可視為《語譯廣解四書讀本》之外的另一代表作。一九三〇、一九四〇年代在寫作議題上，比以往更具思想變革特色，不論是白話文寫作、作文法研究、文體新分類、作文教學研究等等，其研究與實踐的出發點，已非修己立誠的傳統思考，或視為功名晉身之階，夏丏尊、葉聖陶乃至蔣伯潛，把具備寫作能力當成應付現代生活、改進生活的工具憑藉，夏、葉兩人合寫的《文心》，即謂：「作文是應付實際需要的一件事情，猶如讀書、學算一樣」、「作文是生活，而不是生活的點綴」[68]。

---

65 蔣伯潛：《中學國文教學法》，頁3。

66 可惜一九四九年後，因現實政治影響，蔣氏的《中學國文教學法》在大陸並未受到重視（近期則受到學界與出版界關注），但因臺灣師範大學國文系教授章微穎（1894-1968）在臺灣推廣，寄存於該書的理念及作法間接影響了臺灣現代國語文教育的發展。將另文深究蔣伯潛、章微穎兩人在中學國文教學法上的異同及意義。

67 蔣伯潛看法固然可觀者多，然亦有時代的侷限，例如在《中學國文教學法》已留意演說該注意的事項：聲調、表情、動作、姿勢及講稿撰作，以七十年後的現代眼光檢驗蔣著，益見其當年之前瞻性的教學識見，然依語文學者耿志堅教授對現今口語表達必備之專業素養觀點，蔣氏在音色、目光、衣著搭配等項目，顯然有所忽略。關於蔣伯潛教學法的現代專業參照及驗證，可參耿志堅教授之《朗讀的技巧與指導》（臺北市：新學林出版社，2013年）、《演說的技巧與指導》（臺北市：新學林出版社，2015年二版）。

68 葉聖陶、夏丏尊：〈題目與內容〉，《文心》（上海市：開明書店，1949年二十二版），頁17、18。

葉聖陶屢言：「寫作就是說話，為了生活上的種種需要，把自己要說的話說出來」、「寫作對於他是生活上非常有益的技能，終身受用不盡」[69]、「學生學作文就是要練成一種熟練技能」[70]，而他主編的《國文雜誌》即拈出一個非常重要的概念：「養成善於運用國文這一種工具來應付生活的普通公民。」[71]其提及的「生活」、「普通公民」，正說明成為一個適應現代生活的公民之關鍵，就在於他能否善用本國語文。蔣伯潛的基本立場也是如此，他表示：

> 寫作是一種技能，是生活所必需的技能。我們要記錄見聞以助記憶，要發表情意使人了解，都非有這種技能不可。凡學一種技能，必須實地練習。練習，次數須多，須有人指導、糾正。中學生作文就是習作——練習寫作——不是創作，學生應當認清：作文是為自己，不是為教師，為學校；作文底目的是在學習將來實際生活所必需底熟練的寫作技能。[72]

葉、夏及蔣三人均主張寫作能力是現代公民立身處世的必備條件，同時也釐清了習作與創作的本質差異，蔣說「中學生作文就是習作——練習寫作——不是創作」，葉、夏亦表明「習作只是法則與手腕的練習；應用之作只是對付他人和事務的東西；創作才是發揮自己天分的真成績。……三者之中，最基本最重要的是習作，習作是練習手腕的基本工夫，要習作有了相當的程度，才能談得到應用，才能談得到創

---

69 葉聖陶：〈國文隨談〉，《葉聖陶集》（南京市：江蘇教育出版社，2004年），第13卷，頁80-81、85。

70 葉聖陶：〈大力研究語文教學，盡快改進語文教學〉，《葉聖陶集》，第13卷，頁207。

71 見〈發刊辭〉，桂林版《國文雜誌》第1期（1942年8月1日），頁4-5、4。

72 蔣伯潛：《中學國文教學法》，頁59-60。

作。……中學原是整個的習作時代，創作雖不妨試試，所當努力的還應該是習作。」[73]他們強調中學生的作文只是習作而非創作，此觀點與王森然的看法不盡相同，尤其中學階段究竟以習作抑或創作為導向的問題上，頗見差異，王森然倡言應指導中學生方法以引起其創作興趣，進而發展獨特之天才。[74]而蔣伯潛則認為作文乃「學習將來實際生活所必需底熟練的寫作技能」，基於此認知，故蔣伯潛為國文教學、文章作法，編寫諸多的語文教材及普及讀物，具體指導方法，此已與傳統「文無定法」或所謂「文成法立」、「文章本天成，妙手偶得之」類的思維明顯區別。

蔣伯潛不走極端，也不喜抽象的教條，他的現代轉化觀念從何而來？「現代轉化」，包括「轉」與「化」兩個面向，「轉」其實就是通、傳、承繼，而「化」就是變、易、創新，蔣伯潛結合這兩者，從現代眼光及意識對古典資產進行辨析、選擇、闡釋進而有新的嘗試，化古為今。就承繼而言，蔣伯潛源於家庭教育、學校師長薰陶、同儕摯友的影響；就創新而言，吸收西方新知，以及個人的勤勉鑽研。在他身上可找到對前人的借鑑及吸收的蹤影，復以匯攏出新，再從自己的筆管裡流洩而出。如他所提出新的文體分類，即得益於古代及西方文論，此外，在文法及修辭研究上，蔣伯潛亦主張借鑑西方學理：

> 我以為研究文法和修辭，當根據完形心理學，作整個的觀察研究，由整篇以研究句語，從整句以研究各個的詞。因為獨立的字與詞，不能斷定其詞性如何，須看它在句子組織中所占的地位；句子也不是完全獨立的，與它底上下文，甚至與全篇都有

---

73 葉聖陶、夏丏尊：〈習作創作與應用〉，《文心》，頁254-258。

74 王森然：〈作文與試驗〉，《中學國文教學概要》（上海市：商務印書館，1929年），頁301-309。

關係的。枝枝節節地肢解了全篇，去研究其中的一句；零零碎碎地臠割了整句，去研究其中的一詞、一字；是不能得到要領的！[75]

又以批改文章為例，他說道：

> 我在浙江教學時，常鼓勵學生和我在假期內通信，把原信批改了寄還。這辦法，我覺得很有效益。文法黑板練習，除當場改正錯誤外，可以把所以要改的理由，口頭說明。……還有一種方法，我曾試驗過，且覺有效。那時，我在某中學只教一班國文，（因兼別的教課和職務。）學生只有三十人。我先規定各種記號，告訴學生。在作文中有須改正的地方，先加上各種記號，發交學生在課內自己訂正。改得多，須重鈔，連原本同繳。批改定在下午課畢後或星期日，改某生底文，即把某生邀來，坐在旁邊，和他問答、商量，邊改邊談。改完後，然後細加眉批，當面發還。這辦法，可以養成學生自己修改作文的能力與習慣，可以增進學生對批改底注意與了解。不過師生多費點時間而已。[76]

蔣伯潛的作法更為費心，鼓勵學生可先放後收——先大膽地寫，再於課內、課後細密指點研討，除利用課堂時間進行黑板訂正及口頭講解，課後更親切地個別輔導，暑假則權宜採書信往返，突破時空的限

---

75 蔣伯潛：《中學國文教學法》，頁177。須留意的是，其僅是借鑑觀念或操作方法，並而非屬全盤西化派。
76 蔣伯潛：〈習作與批改〉，頁37。

制[77]。諸生易犯的錯誤也不輕易放過，紙上批語兼具「眉批」（在稿紙上端，標明字、詞、句有誤不妥處，並說明改正之由，若有優點亦可一併指出）與「總批」（在稿紙末尾，針對形式內容有須糾正或補充、或獎勵或訓勉），批語具體而不浮泛（參見圖五），此外，收集案例編製教材，期末再出示提醒，並列為命題材料，以加深印象。

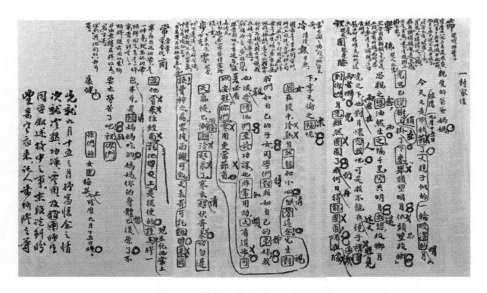

**圖五　蔣伯潛批改實例舉隅**

在李問渠、張相、俞康侯等名師指導下，已厚植了新舊學問的基礎，又因個人的勤勉努力[78]，他的文言文及白話文寫作無不精通，在

---

77 師生通信暑假至少兩次、寒假一次，蔣伯潛視為教學的好辦法，收到信之後，對格式、文字、語句、字義等必細加批改及指導，這種課外的書信指導，他認為六項益處：學會寫信的格式與措辭、可以練習寫作、從教師回信中獲得許多知識、可增進師生情感、可引起寫信的興趣、可趁機督促指導其他假期作業。以上，見《中學國文教學法》，頁157。

78 依蔣伯潛中學同學楊郁生轉述，蔣伯潛是在校生中年紀最輕的，用功甚勤，「寢室燈已滅，他還是一人在戶外走廊上看書，直到半夜，所以每一學期成績總是全班第

北高師即展現文言寫作的長才，記敘抑或議論、讀書札記，皆有佳
作，多篇入選《北京高等師範學校校友會雜誌》而列為觀摩範本，例
如：〈與友人論學書〉、〈記北京城門畫〉、〈讀柳宗元與韓愈論史官書
書後〉等作，頗獲佳評：

> 汪洋恣肆如百川赴壑，沛乎莫之能禦，假以歲月，吾未知其所
> 至也。[79]
>
> 此類記事之文，最易入俗，作者智珠在握，行所無事而恰無有
> 絲毫塵俗之氣，繞其筆端，讀者固須玩其包羅，尤當鑒其雅
> 鍊。[80]
>
> 從來文章道義之交，本非閭巷徵逐之徒所能並論。劉秀才得附
> 退之，以顯其人要非尋常但擬崔立之自親疏判然矣。文拈答崔
> 書中兩語，互為發明，立竿見景，其本已定，又復推衍波瀾以
> 敷佐之，能令觀者皆應不窮，眩其所主，可謂畢此題之能事，
> 恢恢乎游刃有餘矣。[81]

蔣伯潛舊學底子深厚，擅寫文言文，自是游刃有餘。在北高師還親炙
了錢玄同以方言解古字的治學路數，錢玄同浙江人，曾赴日本早稻田
大學留學，亦受章太炎指導國學，在數所中學任國文教師，後執教北

---

一名，四年不例外。得到老師們的表揚和同學們的愛戴。」此事轉見蔣祖怡〈先嚴
蔣伯潛傳略〉修訂稿，頁3。

79 蔣起龍：〈與友人論學書〉後附評語，《北京高等師範學校校友會雜誌》第1輯
（1916年4月），「學生成績」專欄，頁2。

80 蔣起龍：〈記北京城門畫〉後附評語，《北京高等師範學校校友會雜誌》第2輯
（1916年12月），「學生成績」專欄，頁1。

81 蔣起龍：〈讀柳宗元與韓愈論史官書書後〉後附評語，《北京高等師範學校校友會雜
誌》第3輯（1917年未繫月份），「學生成績」專欄，頁2-3。

京高等師範國文系，以及在北大、清大、燕大等校兼課，其專於小學研究，善以現代語言學的理論及方法研究音韻、文字、訓詁[82]。蔣伯潛於《中學國文教學法》即多次援引錢說，例如：

> 《孟子・滕文公有為神農之言章》「且許子何不為陶冶，舍皆取諸其宮中而用之」句底「舍」字，業師錢玄同先生說它就是今紹興方言中之「啥」字，「舍皆取諸其宮中而用之」，就是「啥東西都向家裏拿來用用好哉」，言無論什麼家裏都已齊備了。他以現代方言解古書底文字，故能疑義盡釋，神情畢肖。[83]

又：

> 錢玄同師謂此「舍」字猶今紹興話中的「啥」字，言無論啥東西都取之於宮中而用之，則「舍」字為代詞了。[84]

蔣伯潛認同錢師以現代方言解古文字的作法，並強調國文教師應具備文字學、聲韻學的專業學識，方能正確指導古書閱讀。蔣伯潛後來在浙江省立第二中學執教（一九三〇年擔任校長）[85]，從政策制度面落實文字教育，他在一九二〇年提交的一份校務報告書裡述及課程安排：「大概都恪守部章，和別的中學一樣，可注意的是：（1）國文科

---

82 關於錢玄同背景，可參《中國現代語言學家傳略》，第2卷，頁992-1000。

83 蔣伯潛：《中學國文教學法》，頁178。

84 同前註，頁155。

85 北高師畢業後，系主任陳寶泉原屬意蔣伯潛留校任教，但適逢蔣父新喪，其以家中需照料為由請回浙江工作，陳氏遂請浙江大學校長蔣夢麟轉介進嘉興浙江省立第二中學任國文教員。

不教文學史、文法，另外提出一小時教《說文》；（2）四年級每週教一小時國語；……（6）以國文英語數學為主科。」[86]該校增授《說文解字》及國語，但不教文學史及文法，而國文與英語、數學列為三大主科，還設下未滿五十分的升級門檻。由此可見，該校重視從根本上去訓練使用文字的基礎，畢竟薄弱的識字能力，難以進行基本溝通，更不利於蔣伯潛力主掃除的「文盲」現象（不識文字）。至於該校不教文學史及文法，既然蔣伯潛已言明課程「大概都恪守部章，和別的中學一樣」，那麼意謂部定課綱應規定了須教文學史及文法，何以該校排除而另教《說文解字》？在校內擬定講授科目的關鍵角色，或許不能排除蔣伯潛的引導之功，致該校特重文字教育，蔣伯潛從不諱言對文字學研究的喜好及看重[87]，後來更撰成普及讀物《文字學纂要》，不過，蔣伯潛鑽研文字學係採廣義的路徑，把聲韻放在文字學的範圍內，此有別於傳統堅守許慎《說文解字》重字形、字義而相對忽略聲韻的研治態度、將聲韻別立一門音韻學而摒除於文字學之外，因此，他也特別推崇從聲韻角度研究的《說文通訓定聲》（朱駿聲撰）。所撰《文字學纂要》更闢專章講述字音問題，除傳統的聲、韻、反切，亦介紹注音字母，對發音器官及其作用、發音方法也多所著墨，並附口腔、鼻腔、喉頭等發聲部位構造圖。

另外，因國文教科書常節選《孟子》、《列子》等篇章，雖實際授課時無須對中學生細述典籍部居及真偽考證的來龍去脈，但備課或進修，教師仍應留意並查明其古書之性質真偽，這方面的教學態度及學

---

86 蔣起龍、劉渭廣：〈浙江省立第二中學校的現狀〉，《北京高師教育叢刊》第3集（1920年6月），頁1-2。

87 蔣伯潛說：「文字是文章底基本分子，要文章寫作得好，當以文字學為基礎工夫」、「毫沒有文字學常識的人，不但有寫別字的危險，要用文字達其情意，而恰如其分，也是難的」、「我對於文字學，本來很喜歡研究。」見其《文字學纂要》，頁7、17。

術素養要求，亦得益於業師馬敘倫的啟迪，他屢次提及：「《列子》一書，更有為魏晉間人依託偽造底嫌疑（馬師敘倫有〈列子偽書考〉一文，言之甚詳）」、「要明白古代各派底學術，不能僅僅以閱讀學術史和所謂概論為滿足，必須進而閱讀整部的古書。古書有真有偽，有半真半偽（如今本《列子》為偽書，業師馬敘倫有〈列子偽書考〉，言之頗詳）」[88]馬敘倫，浙江人，曾執教北京大學，主編多份報刊，一九二〇年代曾出任浙江省教育廳長、北京政府的教育次長，其在北大教書期間，專於語言文字研究，於古籍之整理、校勘、著述及訓詁研究，頗有建樹，多篇文章收入《天馬山房叢書》[89]，其與蔣伯潛的關係密切，不只在語文教育上有所關聯，對國事亦齊心戮力從事[90]，亦師亦友。

　　蔣伯潛吸收前輩的教學精華，後出轉精，以過人的精力及紮實的人文素養，為莘莘學子解惑，弟子張堃曾見證：「那時，我正在美新小學讀書，伯潛先生平時對待學生親切和藹，談笑風生，但一上課堂，十分嚴肅認真。學生把騰清的作文本交上去，他當堂依次批改，等下課鈴響，全班的作文也就批改完了。」、「伯潛先生是我省中學的名教師。他常說：『教書是一種事業』，若把它當做職業看，就成了『教書匠』了。正是以此為指導思想，所以能以培養人才的百年大業為己任，教學工作一貫認真負責。」[91]此正為蔣氏誨人不倦、勤於批

---

88 蔣伯潛：《中學國文教學法》，頁26、184。

89 關於馬敘倫背景，可參《中國現代語言學家傳略》，第2卷，頁894-899。

90 據蔣祖怡之說，其父與馬敘倫在一九二〇年代互動密切，謂：「1925年，父親與馬敘倫先生，參與策動這將省長夏超起義以響應國民軍北伐」、「1927年，北伐軍底定浙江後，馬敘倫先生出任浙江省府委員兼民政所長，我父親任《三五日報》主筆。」以上，見蔣祖怡〈先嚴蔣伯潛傳略〉修訂稿，頁7。

91 此前塵往事載《富陽風貌》第2輯，轉引自蔣祖怡〈先嚴蔣伯潛傳略〉修訂稿，頁5、6。按：張堃，字厚植，富陽縣神功山村人，是蔣伯潛在家鄉美新小學教書時的

閱、謹嚴認真形象下了註腳。

　　蔣伯潛認真教導怎樣寫好白話文，並強調現代人亦應貼近古典文本的美感，即使不會書寫文言，亦要具備對文言的理解能力。他專業地批改白話文習作、指點學生有效學習。唯批改工作，是非常勞苦的事，蔣伯潛與朱自清卻不以勤改為苦，雖然其間也曾挫折──已批改的文卷被當成包裝紙，他多次回憶此事：

> 從前我在某舊制師範教國文，偶然叫校役向門口的攤上買了一包花生米來，發現包花生米的紙，是前幾天剛發還的作文，竟似兜頭一盆冷水，把我底心都澆冷了！[92]

又：

> 從前，我和朱自清、劉延陵二先生同在某校教國文。朱先生和我是努力批改作文的；劉先生卻從不批改，而且常笑我們，「可憐無補費精神」。有一天，校工替我們買了一包花生米來，包的紙便是我仔細批改、三天前發還學生的作文。這正給了劉先生一個有力的證據。我被兜頭澆了一杓冷水，頓時涼了

---

學生，張塈讀省中時，兩人再續師生緣，張塈後來也從事教職，任教於浙江省中學、師範學校。根據蔣紹愚教授的提示，蔣伯潛《體裁與風格》裡的葫蘆谷，其原型是家鄉富陽的一處偏僻山區神功山，彼時因躲避戰禍而曾寄住那裡，此處原即弟子張塈老家。又按：蔣伯潛與張塈師生情誼深厚，曾詩歌唱和，如上海租界被日軍佔領後，蔣伯潛離開上海返回家鄉富陽後，即依張塈用韻而和了六首詩，以抒對時局的感懷，詩裡化用若干《論語》、《孟子》、《史記》典故，詩可詳其〈感事六絕句次厚植韻〉，收入蔣增福、夏家鼐合編《歷代詩人詠富陽》（延吉市：延邊大學出版社，1999年），頁142-143。

92 蔣伯潛：《中學國文教學法》，頁60。

半截。朱先生卻鼓勵我，認為這僅是極少數的偶發事項，不能
以此概括全體學生。[93]

儘管不重視批閱意見的學生可能是少數，朱自清為此也安慰了蔣伯
潛，但稿紙包花生米的意外插曲，仍使蔣伯潛念念不忘。

批改有無效益、是否有必要，教師對改文效力的問題，固然教育
界有不一樣的聲音[94]，但他自比玉工琢玉、園丁種花，雖為了生計，
然若能轉念，不生厭惡的心理，就得將工作、報酬的功利想法撇除，
「把批改作文看做摩挲玉器、栽植庭花，則苦中未嘗不能得樂。……
學生勤於習作，對它發生興趣，對批改異常注意，也可以影響教師，
轉移其厭惡批改的心理。」[95]蔣伯潛最終期盼國文教師的其他工作不
要太繁重，方有餘裕努力批閱，而且不主張分數明載文卷上，但可寫
等級（分甲乙丙三等，每等又分上中下三級。此近於今日臺灣大考
「三等九級」的現代評分思維），以避免注意力被分數牽引、斤斤計
較分數而忽視批改的文字。總之，他認為寫作是技術，技術務必實地
練習，方能漸漸純熟精進，而習作是絕對需要且有效益的，教師適度
的批改也同樣佔國文教學的重要地位。

蔣伯潛博通經史子集，又兼擅文言及語體，可自由出入其中而無
扞格，他在教學活動中往往信手拈來，以深入淺出的方式，將古、今

---

93 蔣伯潛：〈習作與批改〉，頁34。
94 例如周遲明從學生敷衍的心態著眼，質疑教師批改的成效，其云：「存著數衍了事
   的心理，抱着潦草塞責的宗旨，遇到文期，便胡謅幾句，亂鈔一通，反正有教師修
   改，好歹不干己事；遇到不知道的字眼，便別字亂寫，或者竟留著空白，要教師填
   補；等到教師批改出來，只看批語，批語好，收藏起來，批語不好，往字簍一塞。
   這樣的作文，雖多何益？說到這裏，對於教師改文的效力問題，也可附帶說幾句。
   我對於這問題，向來懷疑；我曾和許多朋友討論過這問題，也有同感。」見其〈中
   學國文教學上的一個問題〉，《新學生》第1卷第4期（1946年8月），頁18。
95 蔣伯潛：〈習作與批改〉，頁38。

巧妙聯繫起來。他把傳統經典轉化為現代寫作及閱讀的養料，以「不薄今人兼愛古」、「不趨時，又不泥古，惟求其是」態度為之[96]。相較於其他文章寫作研究者，多借鑒西方學說而對傳統寫作理論忽視或繼承不足，蔣伯潛則不割斷與傳統文化的鏈接，反而深入挖掘精華而予以現代轉化及靈活運用。

以下，再酌舉其具啟發性的現代轉化論述以及活化教學實例為證：

> 從前人把孔子看成一個超人的聖人，一個沒有情感的木偶似的道學先生，所以讀起《論語》來，覺得異常呆板枯燥。我則以為大聖人也是人，而孔子是一個富於情感的人。《論語》記他，有時憤不可遏（如云：「是可忍也，孰不可忍也。」）有時異常悲痛（如顏淵死，有「天喪予，天喪予」語。）有時又非常幽默（如「子入太廟，每事問；或曰：『孰謂鄹人之子知禮乎？』子聞之曰：『是禮也？』」）據俞樾說，「是禮也」是反詰語，蓋太廟中所見者，皆不合於禮。「這些是禮嗎？」反詰他一句何等幽默？）有時也喜歡和弟子說笑(如「割雞焉用牛刀」，直自認「前言戲之爾」。)我們要讀《論語》，必須把態度改變過來，方能真真認識孔子。[97]
>
> 《論語》首章，「人不知而不慍」一語，朱子以為是「人不知我而不慍」，即「遯世不見知而不悔」的意思，我底意思，卻以為第一節「學而時習之不亦說乎」是說「學不厭」；第二節「有朋自遠方來不亦樂乎」是說門弟子來自遠方，即《孟子》「得天下英才而教育之」之樂；（同門曰朋；師生有朋友之

---

96 此借杭州府中學堂名師張宗祥對蔣伯潛的評語，見張宗祥：〈輓蔣伯潛弟〉，收入浙江省文史研究館編：《張宗祥文集》（上海市：上海古籍出版社，2015年），頁171。

97 蔣伯潛：《中學國文教學法》，頁185。

誼，故朋可解作門弟子）第三節「人不知而不慍不亦君子乎」
是說「教不倦」，人不知者，是人不知學，不是人不知我。學
不厭，教不倦，是孔子最偉大的精神，所以編輯《論語》時把
它列在首章的。（《孟子》記子貢語，以學不厭為智，教不倦為
仁，孔子之所以為聖人即在此。見〈公孫丑〉篇。）我們讀古
書，不可為某一家底注解所束縛，方能自己悟出一番新見解
來。[98]

有些文字遊戲，不但有趣，而且很可以訓練人們底巧思。例如
文虎，便有很巧妙、很幽默的。以《孟子》「何可廢也，以羊
易之」兩句，打一「佯」字；《論語》「唯女子與小人為難養
也」打「鬍鬚」；以「四」打〈長恨歌〉「山在虛無縹渺中」；
以「一畫一直，一畫一直，一畫一直，一直一畫，一直一畫，
一直一畫」打一「亞」字；都是很巧妙的謎兒。對課兒，實在
也是一種文字遊戲。如以「李白」對「楊朱」，以「孫行者」
對「胡適之」，以「南容三復白圭」對「東坡重遊赤壁」，以
「有寡婦見鰥夫而欲嫁之」對「唯女子與小人為難養也」；這
雖然是舊時代的玩意兒，如其學生程度夠得上，叫他們試試，
倒也是很有趣的。[99]

師生談話時偶然講個笑話，也可以寓教學於談笑之中。例如：
「從前有個不很通文墨的人，捐班出身，做了蘇州通判。他把
墓前的『翁仲』說倒了，變做『仲翁』。有人做詩嘲笑他道：
『翁仲居然作仲翁，只緣書少夫工。馬金堂玉如何入？只好州
蘇作判通』。因為他把『翁仲』二字說倒了，所以故意把『讀
書』、『工夫』、『金馬』、『玉堂』、『蘇州』、『通判』都倒裝

---

98 同前註，頁185-186。
99 同前註，頁174。

了。」講這個笑話給學生聽時，便可引伸到修辭格底「飛白」上去，講笑話，只要俗不傷雅，於啟發學生底心思也頗有效力。[100]

學生底姓名，也有可以講說的材料。從前某中學裏有三個學生：一姓孔，一姓孟，一姓顏。姓顏的名「樂山」，姓孔姓孟的都名「樂三」。一般人把樂山底樂字讀作「義校切」，樂三底樂字讀作「落」。其實，那姓孔的學生底名字裏的「樂」字，也應當讀「義效切」。《論語》孔子說：「知者樂水，仁者樂山。」孔子稱顏回其心三月不違仁，所以姓顏的取名「樂山」。孟子稱君子有三樂，所以姓孟的取名「樂三」。《論語》孔子又稱益者三樂，損者三樂（樂音義效切）。所以姓孔的取名「樂三」。國文教師應當把這三個名字底來歷和其音讀，講給學生聽，方不至把同學底名字隨口亂叫。——到處留心，是學國文的好法子，也是教國文的好法子。[101]

蔣伯潛長期浸淫傳統學問的瀚海，在他所處的新舊過度年代，其非但未積累沉澱成一種激進或對抗現代社會的保守心理，反而以務實求真的進路，探討語言文字的諸多形式，也同時教導如何看待古典的文本、怎樣去連接從傳統到現代的關係，並提出種種賞析與批評門徑。他一面與傳統續接，一面留心其實傳統文化裡也有包含調整、更新、轉換的傾向，因此，就蔣伯潛而言，即使他已意識到傳統辭章的內在緊張或有不合宜處，其依舊可以從傳統思想資源中，擷取相當的例子，並予以創造性回應或客觀解釋，為傳統與現代之間搭起了會通的橋樑。

---

100 同前註，頁174-175。
101 同前註，頁175。

# 六　結論

　　晚清民初新舊交替、中西兼容的時代，中學國文教育在百家爭鳴中不斷地被談論，歷來觸及該範疇者眾，如：林紓、黎錦熙、胡適、梁啟超、章太炎、夏丏尊、葉聖陶、朱自清等。蔣伯潛長年重視語文根基工作、師範專業訓練出身，亦與朱自清、葉聖陶、周予同交善，其熟諳教材教法，更對教學法尤有系統闡發，然所受的關注卻遠不及朱、葉、周，實有必要重估其定位。

　　討論現代國文教育，過去偏重思想及理念，即使注意到教學第一線的人物，也多青睞知名者如夏丏尊、朱自清、葉聖陶等，而此部分的研究已累積不少成果。夏丏尊對蔣伯潛說過：「我和你都是行伍中人，我們都曾上過中學國文教學底前線，有戰場上的實際經驗的。」[102]被夏氏視為教學陣線上之「行伍中人」──蔣伯潛，所指引的步驟次第多能「平心靜氣地，逐一加以檢討，力求改進」，有別於傾重教材編選、陳義甚高或偏於教學原理者，即使教材編纂經驗豐富的葉聖陶在晚年也反省說：「咱們一向在選和編的方面討論得多，在訓練的項目和步驟方面研究得少，這種情形需要改變。」[103]蔣伯潛有豐沛的想法與實踐經驗，在長時間的教書生涯裡，弟子張堃以下所歸納的教學特色，很能彰顯蔣伯潛在新舊過度時期的表現：

　　　　一、他雖則已具有語文方面廣博而深湛的知識，備課工作仍很
　　　　認真，不肯因為自己的熟練和應付裕如而輕率對待。二、上課
　　　　時著重講清字、詞、句和篇章結構等基本知識，在這基礎上，

---

102　蔣伯潛：〈習作與批改〉，頁33。
103　葉聖陶：〈重視調查研究〉，《葉聖陶集》，第13卷，頁217。

根據每個學生的不同情況，因材施教，三、他常常指出：單靠課堂教學講授幾十篇範文是不夠的，還必須指導學生們選讀一定數量的課外讀物以提高學生獨立閱讀的能力和興趣。四、對學生的作文，主張少批少改，以多批讓學生知道自己寫作的優劣點：那些應增應減，逐步達到內容妥貼，結構完美。換句話說，也就是用提高學生的認識來促進學生寫作能力的逐步提高。由於這樣，伯潛老師的改作，他眉批和總批的字數，有時常常超過學生作文的本身。語文教師大都認為批改作業是一件苦事，認為這是無效勞動；而伯潛先生為了培養人才的目的，總是樂此不疲。他教了幾十年中學，從來沒有聽到他說過苦於批改作文的話；這當然是跟他的學識淵博、筆性快有關，特別是和他明確的工作目標分不開的。[104]

依張堃之說，其教學特點在於：備課態度謹嚴而不敷衍、強調語文基本功、因材施教、提倡多閱讀課外書籍，以及深信批改作文對提升寫作力有助益。民國時期的蔣伯潛，透過教學的渠道，予傳統辭章以形式及內容的多層次轉化，在觀點、方法或體系上，均有建樹。兩岸分治之後的臺灣，同樣受到蔣伯潛不小的影響，一九五〇年代高明編著《初中國文》六冊，課本結構分為文選、文話兩部分。在每一個單元後面，特意安排一、兩篇「文話」，包括：文章的體裁、創作和欣賞、文法、修辭。「文話」與「文選」彼此是互相照應的，文話闡發文選，文選印證文話，編者建議兩者合參研讀，自能從中得到更多的興趣和益處[105]。其中，「文話」取材，多改寫自蔣伯潛之作，如首冊

---

104 張堃之言，轉見《富陽文史資料》第2輯，頁6。
105 高明編著：〈編輯大意〉，《初中國文》（臺北市：正中書局，1950年臺初版），第1冊，頁4。

的〈體裁與風格〉即是[106]，而所選範文體裁亦多循蔣伯潛的分類，此
甚裨於鑑賞文章及練習作文，高明在改寫蔣伯潛的見解後，再輔以選
文印證[107]。不只是國文教科書，蔣伯潛的《語譯廣解四書讀本》亦有
教育部輯錄的改編本，以之作為師範與中等以上學校學生的必修閱讀
書，一九五〇年代臺灣省教育廳甚至諭令各中學置為教本[108]，現今依
然為儒家經典課程所採用[109]。蔣氏諸多書籍，迄今仍不斷重版、翻印。

綜括言之，蔣伯潛將傳統辭章轉化為現代國文課程，具有三方面
的重要意義：一、其由紮實的學養與修古更新的觀念出發，為日後國
文課程奠立了良好基礎；二、其種種思維與具體作法，迄今仍存在參
照乃至指導的意義；三、其為現代國文課程所建構的基本規模，對接
續的專業化工作而言，無疑是具體的張本。

---

106 高明編著：〈體裁與風格〉，《初中國文》，第1冊，頁120-128。

107 高明說：「每一個作者在他的許多作品中，有與他的個性不能分開的公共特性，這
    就是『風格』。在我們讀過的文章裏，朱自清、吳敬梓、許地山、包公毅、謝婉瑩
    的那些作品，在『體裁』上雖同是『小說』，而各人所表現的『風格』是不同的。
    同是謝婉瑩的作品，雖然〈我的同班〉是『小說』，體裁，〈寄小讀者〉是『書
    牘』體裁，然而卻有一種共同特性，和別人的作品完全兩樣，這便是『風格』。」
    見其〈體裁與風格〉，頁126。

108 這道由臺灣省政府教育廳廳長陳雪屏署名的公函〔（41）教五字第四二九八〇
    號〕，發布於一九五二年十月四日，主旨是：介紹學校機關採用廣解四書讀本為
    「中國文化基本教材」，以供教師參考、學生研習。當時參與印行的書局，如啟明
    書局、東華書局，在書前的首頁均附錄該函令，宣傳自家發行的《語譯廣解四書
    讀本》符合政府規範，各校可酌量採購。按：臺灣於一九五四年起，規定師範院
    校國文課程須加授四書，一九五六年更進一步落實於高中，以四書為「中國文化
    基本教材」。

109 陳逢源教授即謂：「筆者濫竽教席，於東吳大學講授四書課程，即是以《語譯廣解
    四書讀本》作為指定教科書。」見其〈《新刊廣解四書讀本》之緣起〉，收入蔣伯
    潛廣解、朱熹集註：《新刊廣解四書讀本》（臺北市：商周出版，2016年），頁7。

# 教學拼圖
## ——淺談華語教學中的小說教學

竺靜華

臺灣大學華語教學碩士學位學程助理教授

## 摘要

　　小說教學是高級華語教學中的一項重要環節。一般認為初級華語教學之難處在於教師不知如何使用最簡之詞語表達，讓學習者了解教學內容，以致無法有效學習。高級華語教學顧名思義則似乎沒有這層阻礙，學習既已達高級程度，料應具有足夠理解能力，遂易使人誤以為從事華語教學之小說教學可以如國人一樣，而忽略教學的針對性。殊不知華語教學的小說教學對象仍是母語非中文者，在詞彙、語義、篇章、文化上的體悟與領會，皆與國人不同。再者，小說著作為文學作品，文學教學與語言教學又是不同，如何在語言教學的課堂中，以文學作品為教材，帶領學習者認識作品意義，感受其中呈現的華人社會與文化，並由探討寫作技巧、布局與結構，體會文學勝處，提升僅止於聽說讀寫技能訓練的語言課堂操演，採取學習者可認同的文學評論共識賞析作品，乃是華語小說課的教學重點。

　　本文將由語言學習的角度，比較小說教學與初、中級華語教學不同之處，歸納小說教學之特點。再進一步比較華語課之小說教學與針對國人之小說教學有何不同，指出有效教學的關鍵。

　　小說教學宛如拼圖，教師引導學習者閱讀探索，一切眼見為憑，找尋

線索，串聯人事時地物，合情推理，最終探得全貌。本文將歸納提出華語課的小說教學原則，以供教學參考。

**關鍵詞：華語教學、小說教學、教學拼圖**

# 一　前言

　　華語教學給人的初步印象是學習者不易掌握發音要領或語法規則，於是教師不斷地重複糾正發音，提醒語序的錯誤，學習者一而再再而三努力想要說出完整的句子，卻總是力未能逮。至於高級華語教學，顧名思義則似乎沒有這層阻礙，學習既已達高級程度，料應具有足夠理解能力，遂易使人誤以為從事華語教學之小說教學可以採用與母語者相同的方式教學，而忽略教學的針對性。殊不知華語教學的小說教學對象仍是外籍學習者，在詞彙、語義、篇章、文化上的體悟與領會，皆與國人不同。其實，無論是想像吃力發音造句或以為聽懂詞彙便已了解意義，過與不及，都是對小說教學同樣的誤解。

　　小說教學屬於高級階段的華語教學。華語教學在初級階段時，主要學習日常生活必須使用的詞彙與語法，俾使學習者具有在日常生活中運用華語的基本能力。中級階段的華語教學，除了提升學習者的詞彙與語法難度外，同時著眼於段落與篇章能力的訓練，由純粹的生活語言過渡至較正式半書面的語言。至於高級華語教學的內容，則進至較精細深入的學習，培養學習者無論對於具體或抽象的議題內容，都能掌握重點並做完整詳盡的敘述與分析。

　　在目前國內各大學語文中心的高級華語課程中，學習者先學習《思想與社會》這類教材，做為高級會話與閱讀的基礎，類此教材可謂高級初等的教材，其後進入高級中等階段，學習者使用的教材方向有二：一是報刊雜誌，屬新聞類教材，進而至於高級高等階段則學習沒有中文字幕輔助的電視新聞；一是小說，屬文學類教材，進至散文、新詩等現代文學作品，或再延伸至文言文作品之閱讀。小說教材是由高級初等華語階段進至高級中等階段的重要關鍵教材，然而近年

來，學習者由於不了解學習小說之益處，偏向於選擇多屬書面語的新聞類教材，對於雅致的口語、文學的美感、深層表達貼切的精細語言，缺乏學習的管道。

教師在從事小說教學時，或僅以小說為語言教材視之，將小說教學做為閱讀故事教學，陳述情節，實亦未能發揮小說教學之功效。以小說做為教學內容，即使是短篇小說，對母語非華語的學習者而言，都算是長篇幅的教材，小說內容所具之文學特色與一般文章不同，教師必須視教學對象情況，斟酌如何運用適當策略，以達到充分學習。

## 二 華語教學之小說教學的意義

華語教學中的小說教學，不脫其語言教學之目標，又因其為文學作品，因此除可達一般語言教材所具有之學習詞彙與文法的學習效果外，小說所包含的文化意義，以及小說中所展現的人性或哲思，是其他教材所欠缺的，在教學時應延伸探討的，使學習者於語言學習之外，更另有一層斬獲。因此以小說做為教材的意義，可從以下兩個角度觀察：

### （一）語言學習的角度

語言學習的重點是詞義、文義與語法，小說所具有的特點讓語言學習者獲得豐富的語言知識，也讓人易學易記，以下分述之：

### 1 內容有故事性

小說的故事內容高低起伏，引人入勝。幽默諷刺的，博得讀者會心一笑；情節驚悚的，扣緊讀者心弦，亦步亦趨；美如詩篇的，宛如

行雲流水，字字珠璣；讀來有趣的作品，提高了學習興致。現代文學中的散文同樣亦可做為華語教材，不過因為散文不見得有故事性，其所表達的作者的觀點與思考，對母語非中文的學習者而言，在閱讀上不易連綴理解，困難度較小說略高，因此教學效果不如小說佳。

## 2 易學易記

小說是一段故事，因此比起一篇文章，更容易理解，容易學習，也不容易忘記。覆述大意時，小說的情節一幕幕出現在讀者腦海中，學習者不需背誦，印象深刻。

## 3 引人興趣

為了想知道小說會有什麼樣的發展，其結局如何，學習者總是有高昂的意願不斷地閱讀下去，渾然忘我。這樣的教材比起單調的記敘或生硬的議論，更能吸引學習者投入其中。

## 4 生詞串聯情節

學習生詞是每一課的重要目標，小說的生詞恰是串聯故事情節的環眼，生詞聯結了內容，內容又加深了生詞意義與用法的記憶，形成串聯的學習。在充分了解後，教師讓學習者以小說生詞衍述內容，也是很好的複習方式。

## 5 詞彙精細豐富

由小說中學習的生詞與一般詞彙很不相同，小說所使用的生詞較日常用詞更為細膩精確，對語言學習者而言，正可以藉由情節的呈現

仔細分辨體會該詞的涵義。例如：黃春明的〈魚〉[1]中，阿蒼說他買了魚回來，阿公並沒有看到魚，於是問魚在哪裡，這時「老人眼睛搜索著廚房四周」，這裡的「搜索」一詞，點出阿公的眼睛為了尋找魚，以類似刑警追捕犯人的警覺銳利目光，在廚房四周反覆搜尋。使用搜索一詞形容，既可凸顯阿公對魚的渴望，又可以展現阿公不放棄任何一個角落的心情。若以散文做為教材，在文詞上往往由於作家本身對文字的精練和個人賦予文字的新義，比較不容易直接面對非母語的學習者教學。

## 6 口語書面語兼具

小說中的詞彙，既有口語詞彙，書面語亦不在少數。角色人物的對話，有豐富的口語詞彙可供學習，內容的文句描述則或許口語書面語兼有之，是少數可以同時學習兩種性質的詞彙的教材。

## （二）欣賞文學的角度

小說是文學作品，文學教學與語言教學不同的是，語言教學只教語言的意義，如詞義、句義、文義，華語教學中的小說教學則是要思考如何在語言教學的課堂中，以文學作品為教材，帶領學習者認識作品意義，感受其中呈現的華人社會與文化，並由探討寫作技巧、布局與結構，體會文學勝處，提升僅止於聽說讀寫技能訓練的課堂操演，採取學習者可認同的文學評論共識賞析作品，體會文學的藝術價值。因此，就針對母語非中文的學習者而言，學習小說的意義在於以下數點：

---

1 本文的小說舉例，包括黃春明的〈魚〉、陳映真的〈將軍族〉，選自臺灣大學國際華語研習所主編之教材：《臺灣現代短篇小說選》（臺北市：臺灣大學國際華語研習所出版），2014年。

## 1　析論角色人物

　　小說的角色人物，言語行為，舉手投足，都是作者所要鋪陳的、展示的，甚至訓告警示的人生價值或生命意義，或直言，或婉轉，或諷喻，或暗示，讀者閱讀品味，自然體會其義，深入教化人心的小說，其角色人物個性之豐富值得詳加析論，而小說能夠不流於說教，原因即在於人物靈活，打動人心，讀者彷彿置身其世界，融為其中人物與之共處。對角色人物之析論，實則是對社會人生的體認，此可以跨越各種不同的語言，猶能獲得共識。例如：黃春明的〈魚〉中的阿公與阿蒼，那個殷殷期盼孫兒成長改善家庭困境又深知他明明只是個孩子卻需擔起家庭擔子心中不忍的阿公，和純善真情想要買魚讓祖父難得能夠開懷讓弟妹驚羨的少年阿蒼，可能普遍存在於世界很多貧窮的鄉野中，無論哪一國人士研讀此篇小說，都能喚起共鳴。

## 2　探索主題思想

　　閱讀小說除了欣賞主角人物與故事情節，更大的意義在於探索小說的主題思想，那是作者創作的精義所在，例如：陳映真的〈將軍族〉，藉著兩個社會底層的小人物一世滄桑無法翻身的故事，刻畫出絕無美麗卻緊緊扣人心弦的愛情，什麼是犧牲，什麼是人性，什麼是真情，小說予人的啟發更甚於哲理探討或宗教精義。

## 3　欣賞文學藝術

　　小說所展現的藝術價值包括文字語言上的精練詞語，或幽默、諷刺、誇張的風格，或戲劇化的結局，或詩一般的境界，它帶給學習者的不是一般的短暫刺激反應，而是餘音繞樑式的迴蕩，值得再三玩

味。例如：鍾玲的極短篇小說〈蓮花水色〉[2]，非僅故事發生於如詩如幻的山中古寺，小說主角流雲的身形美及人格完美，女主角輕柔飄逸超凡離世的韻味，兩人未及一語，這一切不落言詮的美，亦足以令人心魂動搖。然而這個絕美的形象，不是影片圖像所造成，而是筆墨文字所帶來的，這是文學藝術不可思議的效果。

## 4 認知社會文化

小說所展現的是它所描述的那個時代的語言與文化，因此學習小說可以藉著文中的事件認知不同時代的語言與社會文化。此所謂的文化，非僅文化習俗，還包括文化行為、文化觀念。如：我們在黃春明的〈魚〉中，看到為了家庭經濟與未來夢想忍辱負重苦熬學徒生涯的阿蒼，對於木匠妻子不盡母責照顧孩子充滿不屑的阿公，這個時代的文化精神正顯現在這些角色的行為和言語中。

## 5 思考人生價值

小說內容所引發的思考，探討小說的深層涵義，如角色人物的行為與價值觀分析，藉此思考自我的生命意義，是學習者在學習語言與文化之外對個人生命學習上的收穫。例如：陳映真的「將軍族」，令人省思歷盡生命滄桑之後的感情，不向命運屈服在社會底層掙扎的三角臉與小瘦丫頭兩人生存的意義。

以小說做為華語教材，學習者除語文的精進外，還有以上如此的收穫。同樣是華語教材，閱讀報刊雜誌僅能增加書面語的詞彙量，對於生活語言之習得與文化涵養，明顯較為缺乏。教師若能掌握引導學生閱讀與思考的方法，學習小說之收穫必遠勝於學習新聞類教材。

---

2　鍾玲：〈蓮花水色〉，《爾雅極短篇》（臺北市：爾雅出版社公司，1991年），頁161-166。

在語文上，學習者可藉小說教學充分體會語彙情境，進而自由運用，得體適切地表達；在文學上，學習者由小說認知文學藝術之美；在文化上，學習者藉小說中的事件或人物對話，體會華人文化的深義；在思考上，引發學習者衡量生命的意義，建立新的價值觀。因此如何使學習者在教師縝密經營的帶領下，逐步走入小說世界，閱讀有趣的故事，學習豐富的詞彙，開拓文化視野，領會文學意義，建立人生價值，是小說教學中教師需要審慎思考的。華語教學中的小說教學，教師在引導與啟發中完成語言教學的任務，同時亦將語言教學的層次提升至文學教學，進而更可為學習者在漢學研究奠基。從事小說教學，應充分發揮小說做為教材之功能，以下將探討華語教師如何帶領母語非中文者學習小說，獲得最大學習效益。

## 三 華語課小說教學與本地國文課小說教學之差異

同樣是小說教學，華語課的學習者為母語非中文者，本地國文課小說教學的對象為本國人，在教學上應留意的重點與使用的教學策略並不相同。本地生有能力自行讀完一篇小說，教師的責任是引導他認識這篇作品的意義，帶領他感受文句背後蘊藏的思想與意識，幫助他發掘作品的內在的涵義加以賞析。

華語課的學生母語不是中文，多半不能自行閱讀全文，就算能逐字查字典讀完，也僅限於對字義翻譯式的領會，也就是說他可以把小說當成一個故事來讀。但是好小說不只是一個故事，除了故事以外呢？母語非華語者不容易體會這篇作品的好處，甚至看不出這篇小說的精彩處在哪裡。華語教師的職責不是只是帶領讀完一篇小說的內容，了解這個故事的情節，知道裡面發生了哪些事，還要幫助學生認識這篇小說好在哪裡。

　　在做法上，本地生的教學，我們往往習慣於先介紹作者的背景，做為閱讀小說的先備知識。了解了作者的時代和人生經歷，由作者寫作的人生階段與背景進入其寫作的時空，確實更能體會作者所要展現的意義。因為作者的時空與本國人是相近的，甚至是與切身相關的，是學習者熟悉的，學習者往往或多或少對於作者的名聲有所耳聞，因此可以很快進入小說的時空，融入作者開啟的世界。然而母語非中文者，缺乏對作者時空的認知，即使閱讀相關資料，也僅止於堆砌，起不了作用。例如：不熟悉臺灣小說的非母語學習者，讀黃春明的〈魚〉之前，先認識黃春明的生平，只是閱讀了更多的資料，很難掌握這些複雜資料對小說的影響，因此對理解〈魚〉的意義，助益非常有限。母語非中文的學習者對我們的時代背景認知是空白的，這是學習的一大弱點，但是若能善加利用，弱點亦有可能翻轉為優勢。

　　在小說內容教學上，本地生的教學可以由教師引導學生認識作品的意義，感受文句蘊藏的思想，體會文句顯現的意識，發掘作品內在的深義，甚至探討寫作的技巧、布局、結構。這些豐富的內涵幫助學習者賞析玩味。但是母語非中文的學習者，多半不能自行閱讀全文，對字義往往只能做翻譯式的領會，深入賞析近乎專業，難以達成，華語教師要思考的是如何運用世人所共知的理解去引導學習者走入小說的世界，感受文學的震撼。能掌握小說的重要精神，在華語教學上就是成功的。母語非中文的學習者對於華文小說的認知不多，正可以隨著教師帶領小說鏡頭的轉移，充分投入，由零起始，建構其所領會的小說文本意義架構與藍圖。

## 四　華語教學的小說教學法

　　閱讀本就是一個複雜的過程，閱讀的模式一般可分為自下而上的

模式、自上而下的模式、以及交互模式，以下簡述之[3]：

## 1 自下而上模式

此模式是高夫（Gough）所提出的，他認為閱讀時是把句中一個一個的詞義整合成句義，再把句義整合起來，理解一段話的意思。

## 2 自上而下模式

此模式由古德曼（Goodman）所提出，他認為讀者憑已有的經驗進行閱讀，閱讀前或閱讀中不斷產生對文本的假設，然後在文章中尋求證據，對這些假設進行證實，因而不必對每一個單詞都認真閱讀並找出語義解釋。

## 3 交互模式

此模式由魯梅哈特（Rumelhart）所提出，認為閱讀是自下而上與自上而下相互作用的過程。

至於在引導母語非中文的學習者閱讀華語小說時，究竟應該採取何種模式幫助學習，就筆者個人教學經驗省思，其實是此消彼長並無定論的，可以說三種模式兼而有之。母語非中文的學習者對我們的小說了解不多，教師如何就學習者所知，掌握有效的教學關鍵，善加引導，使其除學習語言外，更能領會小說之美，必須先了解小說的特點。小說做為教材，具有語言與文學兩種特點，因此教學時必須在語文與文學兩方面皆能採取學習者已有的基礎，建立新知，才能拓展閱讀。

---

3 參見周小兵、張世濤、干紅梅：《漢語閱讀教學理論與方法》（北京市：北京大學出版社，2008年），第1章〈閱讀與閱讀研究〉，頁12-14。

　　選用小說作為華語教材，於其之始，可選擇篇幅短小的作品，多半由短篇小說開始，甚至可以採用極短篇小說做為入門教材。極短篇小說的特點是多為長度一千字左右之作，文字精簡，語言精彩，更重要的是它是以攝影鏡頭式的手法展現故事，往往在起始即切入重點，然後鏡頭小心翼翼地轉移，帶出足夠訊息後，陡然靜止結束。這個特點是即使不同語言的學習者也可以理解的，教師的帶領不妨從此開始，在此採取自上而下的模式，由句義、文義大處著眼，未必執著於詞義的辨析。以下即基於小說的特點，針對小說的內容教學提出教學的原則：

## （一）眼見為憑的探索

　　教師帶領學習者研讀小說，探索內容，必須以眼見為憑，步步為營。小說的呈現如攝影師的鏡頭，鏡頭轉到哪裡，讀者就看到哪裡，所以小說讀者的認知是有限的，鏡頭的背後是讀者無法看到的。做為一個教師，不必說明內容，而是引導學習者去探索內容，教師不預告，也不暗示，甚至有時並不期望學生預習，這才能在教師的引導下清楚透視攝影機鏡頭下的事物，專注觀察。此時教師提供問題思考、比較，讓學習者體會其中的涵義，亦可鼓勵學習者設想情節的發展，到後面再慢慢印證。倘若學習者的設想是不妥的，教師可以提出反面的思考，讓學習者歸納、檢討，修正他的觀點，提出合理的假設與推理。

## （二）以退為進的拼圖

　　由於攝影鏡頭的角度有限，學習者在閱讀小說時的認知也是有限

的，教師帶領學習者以眼為憑，並不一味積極地往前探索，而是以退
為進在已知的條件上充分肯定，教學彷彿是帶領學習者尋找瑣碎的線
索，甚至要多次退回前段文本，整理小說的內容，反覆驗證，獲得肯
定答案後，拼接訊息，以完成整個故事情節的拼圖。文學藝術貴在許
多不言而喻的成分、巧妙的伏筆，學習者在逐漸累積的訊息裡，拼湊
故事全貌，每日多讀了一點內容，學習者對故事的探索也越多，教師
讓學習者的視野一點一點隨著小說的進展漸漸開闊，但是為了不要剝
奪學習者閱讀小說的樂趣，教師只引導而不作判斷。

## （三）峰起直落的思考

　　學習者對於全然未知的小說進行探索是一種快樂，小說的發展有
其高峰，甚至不只一個高峰，在獲得的線索中層層推湧，學習者會隨
著小說達到最高峰，具有充分探索的成就感。高峰的趣味還未已，小
說作者常喜歡將高峰陡然直落，造成結局的效應，彷彿雲闊天開，了
然於心，至於小部分文義無法得知的，則歸於未知。這樣的閱讀，即
使高峰不再，仍覺得餘音繚繞，甚至有時是在悵憾中畫下休止符，這
樣的結局的高峰，直逼升起卻又倏然陡落的跌宕，升得越高跌得越
重，戛然而止，是作者有意製造的效果。小說的內容拼圖結束了，教
學者可不能立刻打住，這是最好的提問時機，應該就此展開討論，引
導學習者釐清對內容的疑惑，充分思考小說的意義。

　　好小說不只是一個故事，文句的優美或意味深長之語句，是小說
的精彩之處，作者在敘述上用心的地方，也要靠教師挖掘出來，學習
者才能明瞭，因此小說教學的語文特點，也要由教學者分析引導，幫
助學習者找出閱讀的關鍵，例如：

## （一）文字趣味

　　作者隱藏在小說中的文字趣味，連母語者也未必都能解讀，以下分述之。

　　1. 人名暗示：小說的作者往往喜歡玩些文字遊戲，人物的名稱是最常見的，然而母語非中文的學習者，對人名的音義沒有那麼敏銳的感覺，需要教師提醒觀察，如白先勇〈永遠的尹雪豔〉[4]中的女主角尹雪豔，名字中的冷漠與豔美，就透露出她的個性，以及喜歡一身潔白打扮。男主角徐壯圖有雄壯的企圖心，卻是壯志未酬身先死，是反諷的暗示。

　　2. 主題關聯：同音與諧音也是作者喜歡運用的技巧，黃春明的〈魚〉，主題是住在山上生活貧窮的阿公，有個遙遠而難以達成的夢想，那就是想吃一條海魚。山上是沒有魚的，山裡的只有「芋」，魚與芋兩者是同音的對照，卻也是窮人得不到的和富人不看在眼裡的強烈對比。

　　3. 篇名寓意：小說的篇名有時也寄託深義或反諷，在陳映真的〈將軍族〉中，並無將軍其人，而是以將軍的權威性與社會地位，和社會底層的主角人物三角臉和小瘦丫頭穿著類似將軍的服裝從事卑微的行業，做為強烈的對比。

## （二）詞彙精義

　　好小說的詞彙非常精細，每一個感覺要用精準的詞彙來表達，這是最好的教學材料，學習者也因此可以仔細體會作者縝密的心意，例

---

4　白先勇：《臺北人》（臺北市：爾雅出版社公司，1999年新版），頁1-22。

如黃春明的〈魚〉，一開始陳述阿蒼騎著向木匠師傅借來的破舊腳踏車回家，「沿路，什麼都不在阿蒼的腦裡，連破車子各部分所發出來的交響也一樣」，句中的「交響」一詞，原是樂器的交響，此處作者用來形容破腳踏車，學習者很容易理解這輛舊不只打一處發出聲響，而作者描述阿蒼快要回家的興奮之情，即使連這樣的嘰嘎聲聽在耳裡都變成悅音了，因此而謂之「交響」。又如，阿蒼發現魚不見了，「阿蒼急忙地返頭，在兩公里外的路上，終於發現被卡車輾壓在泥地的一張糊了的魚的圖案」，圖案是平面的，是呆板的，不會動的，使用圖案一詞，讓人體會到魚掉在路上已經被壓得扁扁平平了，完全不能恢復了，而且是糊了的，連魚的身體界線都看不清了，當然也無法撿拾回去了，這是阿蒼空手回去的原因，他連帶一條壓壞的魚證明曾經買了魚都無法做到。這樣的詞義，只有藉小說的故事性才能彰顯出來；也只有學習這樣的小說，才能串聯生詞讓學習者清楚記憶每個詞彙精準的含義。

## （三）雙關語義

有時小說還巧妙運用雙關語義，更需要情節輔助學習。在黃春明的〈魚〉末段阿公被阿蒼鬧煩了，用扁擔打了他，阿蒼跑出去，老人緊跟在後面追，直跑到刺竹坎才停下來，「他們之間已經拉了一段很遠的距離」，拉開了距離是個非常貼切的形容，他們之間的距離是一點一點越離越遠的，彷彿是拉開來的，這個精細的動詞，需要有這樣的情節，學習者才能清楚感受到，此外他們之間的距離具有雙關語義，既是指現在兩人之間具體的距離，也是指祖孫兩人之間關係已產生了距離。

## （四）文句邏輯

　　文句的意義有時是曲折的，對於母語非中文的學習者而言，很難體會其中的涵義。例如：阿公一再要阿蒼帶一袋最好的山芋回去給師傅，認為這樣做說不定他們會對阿蒼好一點，阿蒼知道師傅是瞧不起這樣不入眼的禮物的，最後他紅著眼睛拒絕阿公時，阿公在他委屈的眼裡得到了此舉肯定不會有效果的答案，氣憤地說：「我寧願把最好的山芋餵豬，也不給碰我的孫子的一根頭髮的人吃！」這句話本國人都可以立刻理解，可是母語非中文的學習者轉不過這個彎來，山芋是阿公可以拿得出來的最好的禮物了，自己都捨不得吃，貧窮的阿公怎麼可能把他最值錢的山芋拿去餵豬呢？其實餵豬是一句賭氣的話，阿公情願把山芋餵豬做最浪費的糟蹋，也不給敢碰他的孫子的人吃，連碰他孫子一下的人也不可以，更別說打他的孫子的人了。他的標準是一根頭髮也別碰，所以「不給碰我的孫子的一根頭髮的人吃！」阿公無力對抗師傅對孫子阿蒼的苛刻虐待，他只能消極地用賭咒的方式對抗，宣洩他們心中的無奈和氣恨。這句話充分表現出阿公對阿蒼的愛，但是這是一個不容易解說的邏輯，需要教師耐心地一層層解套，還原阿公最原始的意思。

## （五）關鍵伏筆

　　作者固然知道結局的高峰，但是在寫作上絕不能透露，於是常在小說的前半潛藏關鍵伏筆的暗示，教師必須帶領學習者採取回顧檢討的方式，才能使學習者省得，例如黃春明的〈魚〉，在回家的半路上，阿蒼的魚掉了，教師應引導學習者回想魚為什麼掉了？當然他太興奮，騎得太快，魚是用野芋葉子包起來掛在把軸上的，再加上搖晃

得很厲害，容易掉落，這是學習者很容易歸納文義找到的答案，但是教師應該更深入地引導思考的是：一條魚並不小，掉了，為什麼沒聽到聲音呢？原來作者早在第一頁就埋下伏筆了，「沿路什麼都不在阿蒼的腦裡，連破車子各部分所發出來的交響也一樣」，我們回頭尋找文本中的蛛絲馬跡，一一檢視，才會發現這樣的伏筆，給這個一連串的不湊巧造成的錯誤有了合理的解釋，其實當時魚掉下來的聲音，很可能立刻就被這老舊車子的交響給淹沒了。

再如陳映真的〈將軍族〉，三角臉最後才知道小瘦丫頭的左眼被弄瞎了，他不能置信地扯下她的太陽眼鏡，殘酷的事實呈現在他的眼前，這樣的巨變是小說的高峰，讀者可曾提早發現？我們回頭在小說文本中仔細搜尋，可以找到兩個伏筆，在回憶伊的表演時，他記得「伊是個輕度的音盲」，盲這個字眼，在前文就埋下了暗示，即使當他面對她時，「他看著伊的臉，太陽眼鏡下面沾著一滴小淚珠兒，很精細地閃耀著」，他只是想著她見了他不自覺的感情流露，還是那樣愛哭，卻沒能理得一滴小淚珠的異樣。這些作者經心安排的寫作技巧，母語非中文者需要教師的啟發，才能在有限的文字能力下，體會小說深刻細膩的刻畫。

華語教學的小說教學需要教師既能在語言上引導學習，又能在小說特點上啟發學習者一步步深入探究，在大意的提取下，採取由上而下的模式；在語言上的引導如上文（一）文字趣味，（二）詞彙精義，（三）雙關語義，則是採取自下而上的模式；至於（四）文句邏輯與（五）關鍵伏筆，則需採用交互模式進行，教師從事教學時，何者先，何者次之，無須拘泥，小說教學是既需整體體會又須細處觀察的複雜閱讀活動，總之，在華語教學中的小說教學與語言教學的任務相較，又多了一層文學與哲思的啟發，雖然它屬於語言教學，但是教師不能只以語言學習為目標，否則就失去使用小說做為教材的最終意義了。

# 五 結語

　　母語非中文的學習者在閱讀華語小說時，困難重重，需要教師耐心地引導。教師說明完整，給予所有的資料，直陳詞義與句義，以了解小說的故事內容為目標，並非良策。小說的發展猶如攝影鏡頭逐步推進，教學宛如拼圖，進行拼圖時不能憑空拼湊，必須由邊緣開始，一片片根據圖形的凹凸曲摺互補，才能找出正確的下一片，小說教學正是如此。教師引導學習者閱讀探索，一切眼見為憑，找尋線索，就步步前進所知與發現，串聯人事時地物，將所見點點滴滴拼湊起來，感受小說所敘述的面貌，發現小說文學震撼人心的內容，這是教與學共有的樂趣。

　　不過，運用共同的理解所完成的拼圖，難免在接縫處多有疏漏，那是語言層面的細探才能彌補的罅隙，因此母語非中文的學習者還需要華語教師在語言上的辨析，才能體會作者的精義。華語教學中的小說教學拼圖，是要靠教師具有文學與語言跨領域的涵養，才能成就完整無瑕、天衣無縫的精彩拼圖。

# 參考文獻

鍾　玲　〈蓮花水色〉　《爾雅極短篇》　臺北市　爾雅出版社公司　1991 年　頁 161-166

白先勇　《臺北人》　臺北市　爾雅出版社公司　1999 年新版　頁 1-22

周小兵、張世濤、干紅梅　《漢語閱讀教學理論與方法》　北京市　北京大學出版社　2008 年　第 1 章〈閱讀與閱讀研究〉　頁 12-14

臺灣大學國際華語研習所編　《臺灣現代短篇小說選》　臺北市　臺灣大學國際華語研習所出版　2014 年

# 繪本融入語文補救教學之理論先導研究
## ——以螺旋結構論為主軸的探討*

陳佳君

臺北教育大學語文與創作學系副教授

## 摘要

本文為兒童繪本融入語文補救實驗教學設計之先導研究，旨在藉以建構具理論系統支持的語文補救教學，並基於學生學習興趣原則，選定兒童繪本為教材來源。在研究架構上，先回顧運用繪本於語文補救教學之相關文獻與研究概況，再確立本研究計畫之理論基礎。細部而言，乃予以理清辭章學的體系與語文能力的關係，並藉由互動、循環、提升的螺旋結構論，透過形象思維、邏輯思維、綜合思維等三大思維力，統整補救教學中語文能力養成之知識向度，此外，亦提出多元散點式與單一浸染式的教學設計框架，以利於進一步的實驗教學設計與實踐。

**關鍵詞：語文教學、補救教學、兒童繪本、思維力、語文能力、辭章學、螺旋**

---

* 本文為增訂自教育部國民小學師資培用聯盟「國語文領域教學研究中心」104學年度「兒童繪本融入國語文補救教學實驗研究計畫」之部分成果（原係未出版之專案研究報告）。

# 一 前言

　　本文為運用兒童繪本於語文補救教學設計與實踐之先導研究，研究目的在於嘗試建構具理論系統支持的語文補救教學，並透過兒童繪本帶起低成就學生對語文的學習興趣與能力。

　　本教學研究計畫之研究動機蓋緣起於教育部國小師資培用聯盟國語學習領域教學研究中心在執行國語領域「補救教學」之教研工作，於教學示例研發、公開觀課與教師專業對話會議、教學演示成果發表暨評課與座談會之研討中，無論在學術研究端之教授群或是教學現場端的在職教師群，悉皆認同教育部大力推動補救教學之美意，唯於教學現場實際操作面上還存有許多問題待議。

　　在本研究案的相關會議中，與會教師們多主張不宜在攜手班或補救課程中，淪為「寫作業」班；或是僅依檢測診斷或導師之觀察通報，零散而單一的補救某個語文知識向度，例如無法寫出正確的國字，就在生字簿上寫更多的生字；或是無法流暢的讀出課文，就重複著領唸或耗著時間陪學生不順暢的唸讀，導致師生都失去耐性與信心。這樣的方式恐怕只像貼膏藥一般，而無法從根本幫助學生逐步帶起語文基本能力。另外，在補救教學的教材選擇方面，教師亦提出一個重要的現場經驗，依實際指導補救教學的教師們於課室中之觀察，必須參加補救教學的學生，在心理上已經失去自信心與學習動機，遑論學習成就。如果這時候老師還是使用教科書做為唯一的補救教材，那麼，教與學雙邊的成效恐大打折扣。

　　因此，關於語文補救教學，如何能減低學生對學習語文的那顆害怕和恐懼的心？是否有更強而有力的學理依據支持？是否能規劃出更具系統性的教學層次？如何能研發更有效的語文補救教學設計？

等，這諸多的補救教學問題與教學需求，就成了迫切需要嘗試解決的議題。

有鑑於此，本研究案在研究取材方面，經實驗教學研究會議決議，為符應上述「引發學生學習興趣」、「避免再用課本為教材」的理念，選定兒童繪本為補救教學設計之教材來源。在研究進程上，計畫先由研究者透過先導研究爬梳運用繪本於語文補救教學的文獻回顧，以明其研究概況；再由辭章學體系、語文能力、螺旋結構論等之探討，確立理論基礎與整體教學設計之架構。其後，將再進一步的依此架構設計實驗教學，並預計在教育部國語教研中心實務教師及資深在職教師實際執行教學後，提出設計理念、教學省思與建議，以供參酌。

## 二 文獻回顧

在近年語文補救教學與繪本教學相關的文獻研究中，大致可歸納出以下三點與本文之研究基礎相應。

首先是低成就學生的學習動機。參與補救教學的學生多半對學習充滿失敗經驗，導致學習的意願和動力低落，然而，研究卻顯示，能力動機（Competence Motivation）是影響學生學習意願最根本的因素[1]。對此，李麗君就在診斷低成就學生的低動機與逃避行為並提供輔導策略時說道，教師需針對學生學習困難與問題正確診斷，並提供各種支援策略，例如差異化提問、幫助累積成功經驗、多元性成果展現方式、依診斷測驗給予補救教學等，才能有效激發學習動機，改善學習成效[2]。

---

[1] 參見黃永和：〈低成就學生的特質與輔導〉，《新北市教育》第9期（2013年12月），頁20。

[2] 參見李麗君：〈學習動機與輔導〉，收入台灣心理學會教育心理學組合著：《我可以

　　齊宗豫在以集中識字、閱讀理解、感官作文設計補救教學的行動研究時，即總結出學生的學習動機會影響學習成效，並提出多樣化的教學活動對於引起學生的注意力、提供學習成就、促進學習動機有幫助[3]。

　　其次，許多個案研究、教學實驗、行動研究皆不約而同的以繪本做為補救教材的來源。林敏宜在談圖畫書的價值時就談到，圖畫書可以增長兒童的認知學習經驗、豐富生活體驗、增進閱讀樂趣[4]。而黃敏秀、劉韓儀、胡靜怡、曾麗美等人則是在繪本教學對學障兒童語文能力提升的行動研究中，說明選擇繪本做為教材的原因為：繪本具有字數少、圖片鮮明、故事生動等特色，他們也發現學習障礙兒童在閱讀繪本時，反複重讀的現象減少了，亦提出運用繪本進行學障兒童的語文教學能增加個案閱讀的興趣、能增進個案自信、能提升個案聽覺記憶能力、聽覺理解能力、識字能力、閱讀理解能力及書寫能力[5]。

　　黃信恩在針對五十五名四、五年級學習障礙學生進行實驗教學時，從繪本的特性和閱讀功能提出運用繪本做為教學介入的理由，他從相關文獻中歸納出繪本包含了主題廣泛、風格多元、兼具視覺與文字的連結、生動豐富的想像等特性，以及提升閱讀樂趣、帶來閱讀愉

---

　　學得更好：學習診斷與輔導手冊【高年級版】》（臺北市：心理出版社，2008年4月），單元九，頁236-259。

3　參見齊宗豫：〈結合識字閱讀作文教學做為國語文補救教學模式之行動研究——以五年級攜手計畫學生為例〉，《新竹縣教育研究集刊》第9期（2009年12月），頁1、17。論文全文 PDF：http：//readopac2.ncl.edu.tw/nclJournal/GetPDF?tid=A10035612&jid=69100002&eid=5db3b167b11402b46e8fa154b261fec6 （瀏覽日期：2016年7月）。

4　參見林敏宜：《圖畫書的欣賞與應用》（臺北市：心理出版社，2003年9月五刷），頁10-11。

5　參見黃敏秀、劉韓儀、胡靜怡、曾麗美：〈閱閱欲試讀家秘方——繪本教學對學障兒童語文能力提升之成效〉，《臺北市第六屆中小學及幼稚園教育專業創新與行動研究徵件暨成果發表會》會議論文（2007年9月），頁29-57。

悅、培養文學內涵的功能，對於一般生或低成就生而言，繪本都提供了豐富的語言環境和學習語文重要技能之機會[6]。

　　林秀霙的研究設計也在使用繪本能讓國語低成就學生有較高的學習動機的前提下，進行閱讀、提問、對話、合作、精熟、鷹架學習等補救教學，並以前後測數據總結出繪本閱讀能增進低成就學生的識字、理解、口語等能力[7]。

　　林詩婷、程鈺雄在設計低成就學童的文章結構和閱讀理解能力的教學活動時，就選用繪本做為十次教學介入期的教材，研究者認為，繪本主題生活化、圖片色彩豐富，能達到提高學習動機的效果，而其研究結果也體現出繪本的圖像能幫助低成就學生加深對故事內容的印象、甚至更容易建構起故事的結構[8]。

　　讀與寫本是雙向互動的機制，寫作更是綜合性思維力的展現，因此，林玉真、林錫輝就提出，複雜的寫作過程對很多學習障礙的學生形成了很大難題，文獻資料亦顯示，學習成就低落的學生在作品上多出現連貫與銜接的問題，為試圖解決這個難點，他們在行動研究上就以繪本設計仿寫教學，理由是仿寫所提供的鷹架較完整，適合能力較不足的學生，而藉由繪本圖文的相互對應，可促進讀寫抽象思考能力[9]。

　　其三，繪本能有效的提升口語表達、字詞彙認讀與辨識、故事文

---

6　參見黃信恩：《繪本教學對學習障礙學生識字與閱讀理解之成效研究》（臺南市：國立臺南大學特殊教育學系碩士論文，2008年6月）。

7　參見林秀霙：《繪本閱讀教學對國語文低成就學生語文學習效果之研究》（臺南市：國立臺南大學教育學系課程與教學碩士論文，2010年7月）。

8　參見林詩婷、程鈺雄：〈透過繪本閱讀增進學習障礙學童的文章結構理解能力〉，《台東特教》第32期（2010年12月），頁28、30。

9　參見林玉真、林錫輝：〈對學習障礙學生實施繪本仿寫寫作教學之心得〉，《特教園丁》27卷4期（2012年6月），頁41。

法／結構（Story Grammar／Structure）亦有利於閱讀理解的學習。林慧姿在以四位國小資源班學生運用繪本結合心智圖法進行閱讀教學的探究時，特別強調建構主義的理念，希望學生能學會運用放射式思考，以心智圖為工具，記下自己的想法並能與他人分享。而學生的成長則表現在聯想發散的線條更多、回憶文本或發表感受的內容更加豐富、更具有發言的勇氣、能針對問題回答、突破重述書面文字的難點等[10]。

　　陳淑麗、蘇倩慧、曾世杰在針對低年級低成就兒童進行口語能力提升之補救教學時，教學向度即包含注音、識字、理解、流暢，其中特別運用繪本為素材，以故事結構（背景、事件、行動、結果、內在反應）進行口語互動的繪本教學與評量，加強口語表達能力。研究成果指出，此補救教學方案能有效提升低成就兒童說故事的長度，內容比較豐富，語彙也較有變化，且實驗組的兒童在整體的故事結構層次上，比對照組表現要好[11]。

　　在閱讀歷程中，識字與詞義能力和閱讀理解之間有顯著的關聯性，詞彙是語句中具有完整意義並且能自由運用的語言基本單位，鄭昭明很早就指出「詞優」的語言現象，也就是「字」在「詞」中比起在「非詞」之中更容易被辨識出來，而這也顯示出，學生在閱讀時需借助他們原有的詞彙經驗、語詞的識別和相關的背景知識，來助以理解文章內容[12]。邱小芳、詹士宜在探討詞彙導向繪本教學對學習障礙學生的閱讀成效時，就運用了繪本的特性與文句脈絡教學法，指導學

10 參見林慧姿：《新手教師應用繪本結合心智圖法於國小資源班閱讀教學之質性研究》（臺北市：臺北師範學院特殊教育學系碩士論文，2005年）。

11 參見陳淑麗、蘇倩慧、曾世杰：〈透過國語文補救教學提升低成就兒童的口語能力〉，《教育與心理研究》33卷3期（2010年9月），頁25、38、41-43。

12 參見鄭昭明：〈漢字認知的歷程〉，《中華心理學刊》23卷2期（1981年12月），頁137-153。

生從繪本閱讀中了解詞彙的意義與用法，增進其閱讀表現，研究發現
學習障礙學生在詞彙能力測驗、繪本閱讀流暢度、閱讀理解測驗方面
具有成效[13]。

關於閱讀理解的補救教學，齊宗豫認為文章的結構知識可以幫助
讀者在閱讀時建構文章的整體性，分辨出重要訊息，進而理解文章意
義。他建議故事體文章通常具有明顯的主角、情境、主要問題或衝
突、解決問題的經過、結局等成分[14]，易於分析學習；其次，故事結
構分析可結合感官作文整合設計教學活動，以建立讀寫橋樑，而這部
分所佔的補救教學時間也應該比較多[15]。而張瑞純對五名六年級攜手
班學生實施補救教學的教學材料，除了有三本圖畫書之外，雖是以三
篇課文與六篇取自王瓊珠《故事結構教學與分享閱讀》的故事性短文
為主，但透過故事地圖學習單、中文閱讀理解測驗、閱讀動機問卷等
工具，亦歸結出故事結構教學雖無法有效提升低成就學童的閱讀動
機，但有助於幫助他們增強對故事的記憶、掌握故事內容重點[16]。

林詩婷、程鈺雄在對一位原住民低成就學童進行繪本故事結構教
學的個案研究時，先歸納了多數的文獻都指向閱讀障礙兒童在閱讀過
程中缺乏專注力和解碼能力、對於閱讀較長的句子或段落、建立文章

---

13 參見邱小芳、詹士宜：〈詞彙導向之繪本教學對國小學習障礙學生閱讀表現之研
　究〉，《特殊教育與復健學報》20期（2009年6月），頁75、78、109-110。
14 可參考王瓊珠對故事結構教學的相關工具與研究，參見王瓊珠：〈故事結構教學加
　分享閱讀對增進國小閱讀障礙學童讀寫能力與故事結構概念之研究〉，《臺北市立師
　範學院學報·教育類》35卷2期（2004年9月），頁1-22。陳淑麗等人亦認為這種教
　學策略有助於兒童的閱讀回顧與理解，也可以因著故事結構的掌握，幫助說/寫故
　事。參見陳淑麗、蘇倩慧、曾世杰：〈透過國語文補救教學提升低成就兒童的口語
　能力〉，《教育與心理研究》33卷3期（2010年9月），頁29。
15 參見齊宗豫：〈結合識字閱讀作文教學做為國語文補救教學模式之行動研究——以
　五年級攜手計畫學生為例〉，《新竹縣教育研究集刊》第9期，頁1、13。
16 參見張瑞純：《故事結構教學對國小六年級低成就學童閱讀理解及閱讀動機之影響》
　（臺南市：臺南大學教育學系課程與教學碩士論文，2014年7月）。

整體架構都會感到困難。可見,他們需要對於促進閱讀專注度與文本理解方面,更有效的教學策略。此研究結果也顯示,故事結構教學法可以提升低成就學生在口述故事的能力,而繪本閱讀對於故事結構的建立有助益;個案對有興趣的主角、故事、畫風等,或與其生活經驗相關的內容時,表現出高度的學習熱忱,願意花更多時間描述細節、與老師分享心得[17]。

總體而言,無論是為了促進學習低成就學生的學習興趣、增進學習意願,或是為了善加運用繪本的圖文特質和語文要素,以提升語文補救教學的成效,近期的相關教學與研究都可以看到兒童繪本融入語文補救教學的成效與發展性。

## 三 辭章學的體系與語文能力的關係

所謂「辭章」泛指詩詞散文等各類文學作品或話語藝術體裁。鄭頤壽曾在《辭章學導論》中表示:

> 辭章是「話語藝術形式」,它包含口語之話篇、書語之文篇,包括藝術體、實用體及其融合體。[18]

而辭章學即是指研究一切關於各種文藝作品內容與形式之理論與應用的學科。辭章學是一門具有「融合性」特質的學科[19],也就是以大辭

---

17 參見林詩婷、程鈺雄:〈透過繪本閱讀增進學習障礙學童的文章結構理解能力〉,《台東特教》第32期(2010年12月),頁30。

18 見鄭頤壽:《辭章學導論》(臺北市:萬卷樓圖書公司,2003年11月),頁1、15-16。

19 參見陳佳君:〈論辭章學的學科特質與跨領域研究〉,《語文集刊》第19期(2011年1月),頁243-248。

章學體系為上位概念[20]，含攝由「形象思維」、「邏輯思維」、「綜合思維」的運作下，所關聯的各個下位次領域，包含：意象學、詞彙學（含形、音、義）、修辭學、文法學、章法學、主題學、文體學、風格學等。在各個研究範疇之間，是有系統的互相聯繫著，整個辭章學體系也呈現出立體關係。

　　辭章學的這種融合特質之生成，實是為了適應萬象多元的文藝現象。對此，鄭頤壽即指出：

> 漢語辭章學具有鮮明的融合性、多科性，這才能適切於實際運
> 用的需要。……辭章章法，不限於文章學，是多科相關理論、
> 規律、方法的綜合運用。[21]

文中並舉例說明辭章學多科綜合運用的研究方法，如以議論性內容寫成的篇章，可著重從邏輯學理論來分析；又如從情景交融的詩學理論，對照情景章法，切入詩歌的深層結構；再如借鑒美學觀點，掌握詩文的時空設計及美感；或從風格學分析陽剛的邊塞詩與陰柔格調的詩作等。黎運漢在談辭章章法學的研究方法時，也特別提出「多角度切入法」，他說道：

> 辭章章法現象是一個十分複雜的語文現象，它的生成既植根於
> 民族文化沃土，又從相關學科汲取營養，因而研究章法現象的
> 章法學必然關涉到文章學、修辭學、語體學、風格學、言語交

---

20　孟建安：「辭章學是章法學的歸屬，是章法學的上位概念。」見孟建安：〈章法學體系建構的系統性原則〉，《國文天地》23卷1期（2007年6月），頁83。

21　見鄭頤壽：〈臺灣辭章學研究述評〉，《首屆海峽兩岸閩南文化學術研討會論文集》（2001年11月），頁4-5。

際學、邏輯學、心理學、社會學、文化學和美學諸多方面。[22]

上述諸多相關學科中,有的就收編在大辭章學體系下,而成為子系統,如修辭、文體、風格等;有的則用於辭章章法的多科角度闡釋法,如運用美學、心理學、言語交際學(表達與理解)等,輔助於分析實際作品。既然文藝作品分析之角度極多、範圍極廣,如果小學語文教師能進一步強化辭章學學理,必定能對語文學科知識地圖更具通盤的觀照力,亦能依照文本特點,靈活運用多元融合的教學策略,而其首要之力,則應歸本於思維力所帶動的各種語文能力。

就思維力與辭章研究的關係而言,一般來說,能夠表現出創造力的文藝作品,乃成形於「思維力」的運作。關於「思維」,周元主編的《小學語文教育學》中指出:

> 思維靠語言來組織。我們進行思考時,必須借助於單詞、短語和句子。因為思維的基本形式——概念,是用語言中的詞來標誌的,判斷過程和推理過程也是憑藉語句來進行的;也正是因為人憑藉語言進行思維,才使思維具有間接性和概括性。[23]

正因為人們具有思維能力,才能進行概念的分析綜合、聯想想像、抽象概括、判斷推理、比較評估等。陳滿銘就主張:「思維力乃語文能力之母。」因此,語文教學必須歸本於語文能力[24]。語文教學需兼顧

---

22 見黎運漢:〈陳滿銘對辭章章法學的貢獻〉,收入仇小屏、陳佳君、蒲基維、謝奇懿、顏智英、黃淑貞編:《陳滿銘與辭章章法學——陳滿銘辭章章法學術思想論集》(臺北市:文津出版社,2007年12月),頁64-65。

23 見周元主編:《小學語文教育學》(上海市:華東師範大學出版社,1992年10月),頁26。

24 參見臺北教育大學「篇章結構分析理論在提升國小閱讀教學之應用」研究計畫第二

聽、說、讀、寫、作等能力的培養，而這些能力又歸根於人類一切知行活動的原動力——思維，也就是說，思維系統直接與語文能力的開展息息相關[25]。如果將思維力的運作，落實到文藝作品的創作與鑑賞活動而言，思維力乃體現在「形象思維」、「邏輯思維」、「綜合思維」。

「形象思維」是運用典型的藝術形象，來顯示各種事物的特質，以表情達意[26]；「邏輯思維」是用抽象概念來顯示各種事物的組織，使情意思想及物事材料形成條理[27]；「綜合思維」是結合形象思維與邏輯思維，將文藝作品統合為有機整體。可見，這三種思維力，各有所主。

陳滿銘則針對辭章學領域闡釋道：如果是將一篇辭章所要表達之「意」，訴諸各種偏於主觀之聯想、想像，和所選取之「象」連結在一起，或者是專就個別之「意」、「象」等本身設計其表現技巧的，皆

場專家諮詢會議會議記錄，與談人：陳滿銘教授，2014年4月2日，臺北市：中華章法學會。

25 參見陳滿銘：〈語文能力與辭章研究〉，收入《篇章結構學》（臺北市：萬卷樓圖書公司，2005年5月），頁387-423；及陳滿銘：《章法結構原理與教學》（臺北市：萬卷樓圖書公司，2007年4月），頁001-022。

26 彭漪漣：「形象思維需要遵守聯想律，也就是形象結合的方式。具體一點說，人們在文藝創作中，必須從對象中選取最足以揭示其本質的形象，用聯想律（如時空上的接近聯想、現象上的相似聯想、事件間的因果聯想和對立面的對比聯想等）來把握形象的內在聯繫，形成具體的詩的意境，或構想出典型環境中的典型性格。」見彭漪漣：《古典詩詞邏輯趣談》（上海市：上海人民出版社，2001年9月），頁13。

27 吳應天：「人們的思維既有形象性，也有邏輯性，所以既可寫成形象體系，也可寫成邏輯體系。……如果辨證地看問題，那就知道形象體系中寓有邏輯性，邏輯體系中也包含著形象性，兩者不僅互相聯繫、互相滲透，而且還互相結合、互相轉化。原因在於形象性和邏輯性具有對立統一關係。正由於這個緣故，由於簡明扼要的邏輯系統很容易為人們所理解，而生動具體的形象體系更容易使人感動，所以許多文學作品往往是形象性和邏輯性結合的複合文。」見吳應天：《文章結構學》（北京市：中國人民大學出版社，1989年8月），頁345。

屬「形象思維」，這涉及了「取材」、「措詞」、「修飾」等有關意象之形成與表現等層面的能力，主要以此為研究對象的，就是意象學（狹義）、詞彙學與修辭學等。其次，如果是專就各種「象」，對應於自然規律，結合「意」，訴諸偏於客觀之聯想、想像，按秩序、變化、聯貫與統一之原則，前後加以安排、布置，以成條理的，皆屬「邏輯思維」，這關乎「運材」、「布局」與「構詞組句」等意象組織的方面，而主要以此為研究對象的，就語句而言，即文（語）法學；就篇章來說，就是章法學。至於合「形象思維」與「邏輯思維」為一，探討整個意象體性的，則為「綜合思維」，這牽繫著「立意」、「體裁」、「格調韻律」等有關意象之統合的層面，而主要以此為研究對象的，為主題學、意象學（廣義）、文體學、風格學等[28]。

從學科體系的上下位概念而言，因為三種不同的思維力彼此相互運作與連結，而使得各個子領域學科之間，形成有層級性的立體關係，茲圖示如下[29]：

28 參見陳滿銘：〈論語文能力與辭章研究——以「多」、「二」、「一（0）」螺旋結構作考察〉，《國文學報》第36期（2004年12月），頁67-102。

29 參見陳滿銘：〈論篇章辭章學〉，《國文學報》第35期（2004年6月），頁35-68。又，此立體圖表與相關論述由陳滿銘修訂於〈篇章內容、形式包孕關係探論——以多二一（0）螺旋結構切入作探討〉，《中國學術年刊》第32期秋季號（2010年9月），頁283-319。

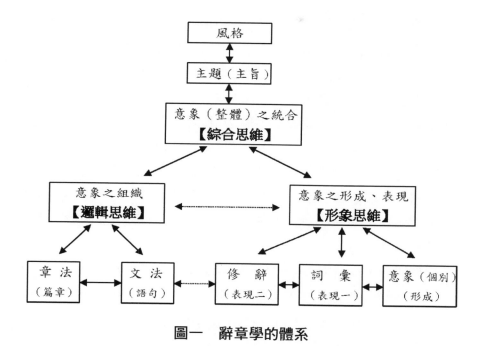

**圖一　辭章學的體系**

從體系圖表可以清楚觀察到「形象思維」、「邏輯思維」、「綜合思維」擔負辭章學研究得以運作之地位，也能看見收編於大辭章學上位概念下的各個子學科及其多科融合的特性。

辭章學的這種學科融合特性表現在語文教學的研究與實務上，就形成了一種具有科學性與螺旋性的教研系統，此點將在下一節繼續探討。

# 四　辭章學體系中的螺旋動能

透過上節之討論可知，在「形象思維」、「邏輯思維」、「綜合思維」的運作下，大辭章學體系中收編著彼此關聯的各個下位次領域，包含：意象學、詞彙學（含形、音、義）、修辭學、文法學、章法

學、主題學、文體學、風格學等。若鎖定小學語文教學而言，首先，形象思維的語文能力即關乎個別意象，屬於語文／意象之「形成」，例如文意理解、摘取文本大意、辨識寫作材料並能掌握其語用功能或背後所蘊含之意等；此外尚有詞彙與修辭，前者是指稱，後者是修飾，兩者都屬語文／意象的「表現」。其次，邏輯思維則是負責語文／意象之「組織」，重點在釐清條理關係，例如就篇章而言的課文結構和就字句而言的字詞、短語、句型等。其三，綜合思維乃串起全篇所有物事材料與情意思想的核心主軸，在語文教學上通常包含課文的文體形式、核心主旨、氣氛筆調等，屬於語文／意象之「統合」。這樣的系統是結合內容深究與形式深究去看待文本的。

這些由三大思維力貫串起來的各種教學面向——取材、措詞、修飾、謀篇布局、構詞組句、立意、文體、風格等，會在教學過程中不斷形成互動、循環、提升的螺旋結構（Spiral Structure）。周元在談小學語文教育的基本理論時闡述道：

> 我們理解語言時，要經歷從語文形式到思想內容，又從思想內容到語文形式的思維過程。言語表達則相反，經過從內容到形式，又從形式到內容的思維過程。[30]

他也進一步說明在這樣的反覆過程中，需要形象思維和邏輯思維的交替進行。事實上，綜合思維也在此過程中發揮統領的效能。而王耘、葉忠根、林崇德編著的《小學生心理學》更指出了兒童思考能力的發展：

---

30 見周元主編：《小學語文教育學》，頁26。

> 在小學生辯證思考的發展中……有一定的順序性，是一個從簡
> 單到複雜，從低級到高級的不斷提高的過程。[31]

從兒童思維力的發展心理學而言，其學習存在著由簡單而複雜，且是
「不斷提高」的動態歷程。陳滿銘也明確的主張：

> 思維力的鍛鍊與語言能力的進展，可說是密切相關，是可以互
> 動、循環、提升的。[32]

這種互動、循環、提升的螺旋結構，其原理就源自於中國古代哲學理
論。陳滿銘也在《多二一（○）螺旋結構論——以哲學文學美學為研
究範圍》闡釋道：宇宙萬物創生、含容的歷程，包括從有象的現象界
以探知無象的本體界之逆向結構，以及由無象以解釋有象的順向結
構；復以「反者道之動」，形成循環[33]；黃慶萱亦點出了《周易》有
「終而復始」之周流，無論是生命也好、文明也好，都會「循著一定
的周期而流動前進」、進化發展[34]。

　　將互動、循環、提升的螺旋結構概念運用於教育理論，可追溯至
十七世紀的捷克教育家約翰·阿摩司·夸美紐斯（John Amos
Comenius, 1592-1670），美國哈佛大學的心理學教授布魯納（J. S.
Brunner, 1915-2016）也提出「螺旋式課程（Spiral Curriculum）」，強
調應根據某一學科的知識結構，以促進學生的認知能力發展為目的來

---

31 見王耘、葉忠根、林崇德編：《小學生心理學》（臺北市：五南圖書出版公司，1998
　年10月臺初版二刷），頁168。

32 見陳滿銘：〈語文能力與辭章研究〉，收入《篇章結構學》，頁400。

33 參見陳滿銘：《多二一（○）螺旋結構論——以哲學文學美學為研究範圍》（臺北
　市：文津出版社，2007年1月）。

34 參見黃慶萱：《周易縱橫談》（臺北市：三民書局，1995年3月），頁236。

設計課程。《教育大辭典》中解釋道：

> 螺旋式課程（spiral curriculum）圓周式教材排列的發展，十七
> 世紀捷克教育家夸美紐斯提出，教材排列採用圓周式，以適應
> 不同年齡階段的兒童學習。但這種提法，不能表達教材逐步擴
> 大和加深的含義，故用螺旋式的排列代替。二十世紀六〇年
> 代，美國心理學家布魯納也主張這樣設計分科教材：按照正在
> 成長中的兒童的思想方法，以不太精確然而較為直觀的材料，
> 儘早向學生介紹各科基本原理，使之在以後各年級有關學科的
> 教材中螺旋式地擴展和加深。[35]

上述所提到的「圓周式」、「螺旋式」、「逐步擴大和加深」等，就是循環、往復、提高的概念。

《教育大辭書》對「螺旋式課程（Spiral Curriculum）」也解釋道：

> 螺旋式課程是根據某個學科的「概念結構」，配合學生的「認
> 知結構」，以促進學生認知能力發展為目的的一種課程發展與
> 設計。螺旋式課程組織的方式，根據布魯納（J.S. Bruner）的
> 教育理論而設計的〔人的研究〕（MACOS）最具代表性，合乎
> 課程組織的繼續性（continuity）和順序性（sequence）等規
> 準。……螺旋式課程強調學科基本概念結構與學生認知發展之
> 交互關係，因此重視課程組織的基本概念之重複性並加深加
> 廣，是課程設計上的一大貢獻。[36]

---

35 見顧明遠主編：《教育大辭典》（上海市：上海教育出版社，1990年6月），頁276。
36 參見國家教育研究院：「雙語詞彙、學術名詞暨辭書資訊網」，網址：http://terms.naer.edu.tw/detail/1315003/（瀏覽日期：2016年9月）。

螺旋式課程設計同時考慮學科結構之邏輯順序和學生之認知發展過程，具有繼續性與順序性的特徵，和重複、加深、加廣的基本概念，因此可以做出較具程序性和照顧到學習需求的教學設計。

熊川武在為庫伯（David A. Kolb）的《體驗學習（*Experiential Learning*）》譯本寫序時也提到這樣的概念，他評論道：體驗學習是一種過程，是一個起源於體驗並在體驗下不斷修正並獲得觀念的連續過程；並表示：在幾個基本階段中並不是單純的、平面的循環，而是一個「螺旋上升的過程」[37]。

在三大思維力運作下而開展的上下位學科立體系統，就是辭章學和語文教學研究的學科概念結構。誠如上述，形象思維、邏輯思維、綜合思維之間的調控培養和語文能力的訓練推展也具有內在「螺旋上升的過程」。這樣一來，螺旋式教學法與三大思維力的關係，大致可透過下列圖表示意：

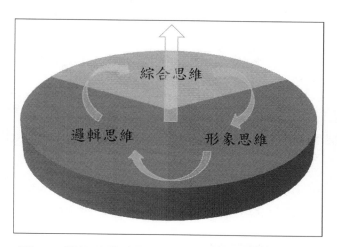

**圖二　螺旋式教學法與三大思維力關係示意圖**

---

37 參見〔美〕庫伯著，王燦明等譯：《體驗學習——讓體驗成為學習和發展的源泉》（上海市：華東師範大學出版社，2008年2月），頁3-4。

　　本研究為提升補救教學學生之學習興趣，選以兒童繪本為教材來源，再透過三大思維力之運作來設計課程內容，則可達到互動、循環、提升的教學螺旋動能，如此一來也符合布魯納所建議的動機原則和結構原則，意指兒童在學習時要先有動機（Motivation），教材設計也要有組織性，教學才會有成效。因此，本教學實驗研究之整體設計即以辭章學體系為架構，並以螺旋式教學為理念。在先導研究完成後，將進一步分由「形象思維」、「邏輯思維」、「綜合思維」落實於教學實務應用面，就教材分析、教學方法、教學目標與流程，以及省思與建議等項次，分析本實驗計畫所選用的教學方案。

## 五　螺旋式的教學設計框架

　　若以上述三大思維力為學科概念結構扣合本研究案之取向，則在語文補救教學任務導向之下的繪本教學設計，就可以從以下幾個實例嘗試。

　　首先，在形象思維的語文能力方面，由韓國民間故事改編的《豆粥婆婆》[38]，出現了許多農家生活的好幫手——錐子、石磨、草席、木背架等，後來也都巧妙的發揮了各自的特性，幫助老婆婆擊退老虎，適合設計材料識別與文意理解的教學活動。詞彙教學的部分，可運用《第一次上街買東西》[39]，連結學生實際的「第一次」經驗，感受故事中透過許多詞彙所營造出來的心境變化，尤其是中段的緊張與不安，例如「（高興的）跳起來」、「緊緊的（握在手心）」、「得意」、

---

38 見〔韓〕趙浩相文，尹美淑圖，張介宗譯：《豆粥婆婆》（臺北市：信誼基金出版社，2005年2月）。
39 見〔日〕筒井賴子文，林明子圖，漢聲雜誌譯：《第一次上街買東西》（臺北市：英文漢聲公司，1988年12月八版）。

「驚奇」、「跌了一大跤」、「（心）緊張得直跳」、「（眼淚）滾下面頰」……等，教師或可繪製情緒起伏的折線圖，引導兒童跟著故事情節自然而然的認識更多詞彙。修辭教學的部分，則可閱讀《五歲老奶奶去釣魚》[40]，一個活到九十九歲的老奶奶，因為轉變心境，而帶來無比的樂活和自在，故事裡用了鮮明的譬喻去描繪抽象的心境，例如「五歲的感覺，好像一隻蝴蝶喔！」、「五歲的感覺，好像一隻小鳥喔！」等，值得師生探索[41]。

其次，在邏輯思維的語文能力方面，就字句組織層面而言，例如《好朋友》一書[42]，全書以「先果後因」的語義邏輯，運用「因為，好朋友總是……」的句法，在每段情節中不斷的重複出現，強調出朋友之間深刻的情誼。例如在農莊的早晨，三個好朋友會通力合作，叫醒動物們，繪本文字隨即接著出現「因為，好朋友總是互相合作的。」又如他們在池塘玩耍時，立下共同的志願——要成為海盜，「因為，好朋友總是一起做決定的。」而幾經波折後，三個好朋友發現無法一起睡覺，只得回到各自的窩，雖然體會到「好朋友也不能一直在一起」，卻又在夢中相見了，而文字就寫道：「因為，好朋友總是會出現在彼此的夢中。」等。老師可以在說故事的過程中，把因果關鍵句留給小朋友讀出來；也可以將繪本裡的句子，配上生動逗趣的圖像，轉換成小朋友熟悉的「先因後果」式的因果句，讓學生練習「換句話說」；或是設定主題、給予語境，讓學生練習先陳述某種情境，再接著用「因為，（人物）總是……。」說出原因。就篇章結構層面

---

40 見〔日〕佐野洋子圖文，湯心怡譯：《五歲老奶奶去釣魚》（臺北市：大穎文化，2008年10月二版）。

41 本則教學方案由新北市語文補救教學現場教師於相關會議中提供，臺北市：臺北教育大學，2015年12月。

42 見〔德〕赫姆・海恩著，王真心譯：《好朋友》（臺北市：上誼文化公司，1994年3月初版三刷）。

而言，在遠流版的《老鼠娶新娘》中[43]，有五小節細寫老鼠村長「找世界最強的女婿」的過程，故事結構十分具有特色，所運用的是「連環式」的敘事結構，透過村長順勢經過太陽、烏雲、風、牆的尋找歷程（因），領悟了老鼠也有自己獨有的本事，故而決定把女兒嫁給老鼠阿郎（果）。所謂「連環式」情節，蔡尚志指出，這意味著故事是沿著一條線索連鎖式展開，環環相扣，事件連續而必然的發生，前後有一定的因果關係，前一件事引發後一件事，抽掉其中一件，故事可能就會中斷[44]。書中這五段老鼠村長尋找女婿的過程，即是順著一條因果線索，一環扣一環的鋪開[45]。教師可以製作搭配圖片的情節卡，讓兒童排序並試著重述故事，以熟悉故事脈絡與因果連環關係。

其三，在綜合思維的語文能力方面，先以歸納主旨的教學來看，例如將主題設定在「護生」與尊重生命的概念，講述林煥彰與曹俊彥聯手創作的經典繪本《流浪的狗》[46]，林敏宜在《繪本大表現——文學要素的了解與運用》中，也提供了一則教學活動，她提出教師可以指導學生在聽完故事之後進行角色扮演，並站在流浪狗的立場，體會牠們的遭遇和感受，練習以第一人稱「我……」的方式，說出心中的話或是向人類發聲[47]。再就語言風格教學的層面而言，教師可以嘗試訓練補救學生的口語表達，例如老師先說一本幽默繪本，像是故事裡

---

43 見張玲玲文，劉宗慧圖：《老鼠娶新娘》（臺北市：遠流出版公司，1993年3月初版七刷）。本書曾獲西班牙加泰隆尼亞雙年展圖畫書首獎。

44 參見林文寶、徐守濤、陳正治、蔡尚志：《兒童文學》（臺北市：五南圖書出版公司，2004年3月），頁200。

45 參見陳佳君：〈繪本《老鼠娶新娘》辭章意象探析〉，《中國現代文學》第13期（2008年6月），頁47-62。

46 見林煥彰文，曹俊彥圖：《流浪的狗》（臺北市：國語日報社，1992年7月三版）。

47 參見林敏宜：《繪本大表現——文學要素的了解與運用》（臺北市：天衛文化，2004年11月），頁148-149。

充滿爆笑對話的《咩咩羊的聰明丸》[48]，接著再進行聽說教學，引導學生表述一則生活趣事等。

茲以「辭章學體系圖」搭配繪本融入語文補救教學的示例，將本實驗教學研究設計之架構梳理如下：

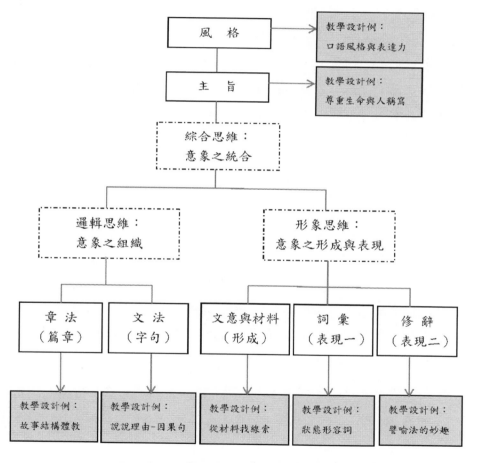

**圖三　辭章學體系與繪本融入語文補救教學設計例**

---

48 見〔紐〕馬克‧薩莫塞特文，蘿文‧薩莫塞特圖，上誼編輯部譯：《咩咩羊的聰明丸》（臺北市：上誼文化公司，2015年2月）。本書曾獲紐西蘭郵政童書獎。

在先導研究之後的教學實踐將按照這樣的學科體系圖，由負責的教師選擇合適的兒童繪本，針對所欲培養的語文能力，編寫適用於補救教學現場的教學設計，並於實際教學後進行教學省思，提出限制與建議，以供在職教師與師資生參考運用。

具體而言，教學設計與實務運用之進路有二，一是「多元散點式」，就體系表中的各個下位子學科，選擇繪本、設計教法，使學生能在多元文本的刺激下，像拼圖或蓋屋般的一份一份吸收語言文學的營養素，例如上述的教學設計示例；另一種方案是「單一浸染式」，也就是運用同一本繪本，選擇多個知識面向，設計系列式課程，使學生能在精熟故事的過程中，學會從多角度欣賞文本，並逐步互動、循環、提升相應的語文能力，例如：前述之《豆粥婆婆》，可以帶領兒童了解農家生活用具的功能和彼此齊心協力戰勝危難的景況（材料與文意）；以擬人手法表現角色互動（修辭）；運用「滾、爬、溜、跳」等動詞和「滴溜溜」、「骨碌骨碌」等副詞或狀聲詞，豐富語彙、強化對情境的形容（詞彙）；還有連著七次重複出現的可預測性情節（結構）；甚至可以融入國際教育議題中的文化欣賞，認識韓國民俗風情（韓國民間風格）等。但無論教師如何調控設計，都必須具備辭章學的相關學理，才能從較高、較全面的視角觀照與安排補救教學的內容。無論是多元散點式或單一浸染式教學方案設計，其中也是存在著螺旋式的動能。綜上所述，以繪本運用於語文教學的概念圖，即可表示如下：

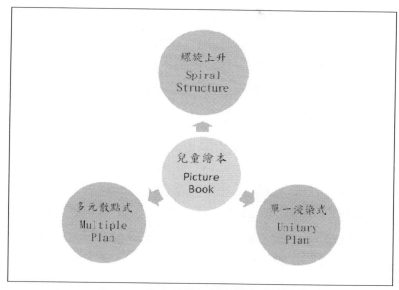

**圖四　繪本融入語文教學之框架**

　　總體而言，本研究之設計理念，在於避免以課本形成二度夢魘，而是透過精緻有味的圖文與充滿閱讀吸引力的繪本，規劃有步驟、有層次的學習地圖，把補救學生對語文學習的興趣與能力慢慢帶起來。期能藉此建構具理論系統支持的語文補救教學，增進在職教師與師資生之了解，並提供運用方針。

## 六　結語

　　本文為運用兒童繪本設計語文補救實驗教學的先導研究，旨在建構以辭章學為體系的課程架構，以解決無法整合語文知識之習得或貼膏藥式補救的種種問題。本文提出，為使語文教學項目更有系統性，若能以辭章學的體系建立語文學科的知識地圖，並回歸形象、邏輯、綜合之思維力的螺旋動能運作，則更能有序的培養與提升學生在內容

與形式、表現與組織、統合與審美等方面的語文能力。這種螺旋式的教學設計框架，無論是多元散點式或單一浸染式，能使教學的各個面向產生互動、循環、提升的作用，築起補救學生的學習力。

其次，若要促使參加補救教學的低成就學生願意接觸語文，首先要能喚起其學習興趣與動機，在相關的文獻探討和本研究案之實務教師會議皆顯示，精彩有味的兒童繪本能夠喚起低成就學生對語文的學習興趣。因此，在教材方面，以具有圖文合作、輕鬆有趣、貼近兒童生活、能有效提升低成就學生之學習動機、涵養文學藝術美感、補救課程易於操作等功能性的繪本取代教科書，規劃補救教學方案。當然，這樣的補救教學機制還需要一系列相應的配套措施，例如先施以診斷，分析語文低成就學生的困難與問題所在，設計適合個案的學習策略，以多元評量評估成效和修正後續教學等。此外，繪本雖有其鮮明的文本特質和語文學習功能，但教師仍需要依據補救教學學生的程度、年段、興趣與學習需求等審慎選擇、有次第的安排教材。

本研究將以此文獻與理論的先導研究為基礎，進一步設計並實際執行兒童繪本融入語文補救教學的教學實驗與探究，期能為語文補救教學的研發略盡棉薄。

# 以文章結構寫大意的螺旋式
# 課程設計模式

陳添球

東華大學教育與潛能開發學系教授

## 摘要

「以文章結構寫大意」是在閱讀時找出文章的「組織結構關鍵詞」及「內容關鍵詞」，再以「結構關鍵詞」當連接詞，把內容關鍵詞／短語／句子串聯後寫出大意。

本研究「螺旋式課程設計」是以文章的「組織結構」的概念與通則為核心，生手／認知階段採用「一種結構之問思教學與寫大意」，半熟手／聯結階段採用「六 W 穿梭教學與寫大意」，熟手／自動化階段採用「代表性捷思法與意義段寫大意」。

本研究的重要結論有：

一、六何法與章法的結合方面：

（一）六何提問法所討論的「內容」，最後可以選用其中的一何當組織結構。

（二）六何有其符應的自然段篇章結構類型。

二、摘大意的教學方面：

（一）大意可以包括結構與內容兩大面向，符應結構取向的大意評分標準。

（二）可用自然段、意義段的組織結構來寫大意，實現「以文章結構寫大意」。

（三）摘取原生、創生的關鍵詞，可串聯成繁簡不同的大意。

（四）先學摘取原生關鍵詞，再提昇到創生的關鍵詞。

（五）結構取向的閱讀螺旋式課程可引導讀者進入「文章結構寫大意」的殿堂。

**關鍵詞：摘大意、摘要、文章結構、自然段、意義段**

# 一　緒論

本研究的緒論可分研究背景及研究目的敘述如下：

## 1　研究背景

「以文章結構寫大意」是我國課文本位閱讀教學的顯學，且低中高年級採用不同的方法或策略（教育部國民及學前教育署，2013：35）。六 W（六何法或五 W 一 H）是 When、Where、Who、What、Why、How，在摘大意上也使用得很普遍，此法旨在找出「重要事件」或「主要概念抓取」（幸曼玲等，2010：99；徐月雲，2012：61）。劉素真、田耐青（2010：85）大意摘取的前兩項評分標準，在百分法中所佔的分數為「文章結構分析 20 分、主要概念抓取 30分」。這個標準強調「文章結構分析」的在摘大意上的重要性。綜合以上的觀點，本研究旨在整合使用六 W 法與文章結構，發展統合兩者的優點之摘大意模式。

## 2　研究目的

基於以上的研究背景，本研究的目的為：
1. 發展以文章結構寫大意的策略與技法。
2. 發展以文章結構寫大意的螺旋式課程設計模式。

# 二　文獻探討

本研究的重要參考文獻分述如下：

## （一）自然段與意義段

課文本位的閱讀教學倡議「以文章結構寫大意」，其最重要的文章結構是自然段與意義段。

### 1 六 W 對應四種自然段的組織結構法

六 W 中的 When（時間）、Where（空間或地點）、Who（人物），原本是用來表達「內容」，現在，這三者也可以用來組織／安排寫作材料，這三種變成組織結構的W，正好符應文章的組織結構法：時間組織結構法、地點組織結構法、人物組織結構法。

What 是指「事、物、景、情或定義」，Why 是指「理由或原因」，How 是指「方法」。這三者通常使用「列舉法」，列出「幾種」「事、物、景、情或定義、理由、原因、方法」，其組織結構法可以稱為「列舉種類法」，或簡稱「種類法」。因此，What、Why、How 可轉化或對應為「種類組織結構法」。

「自然段」組織結構法主要有時間、地點（空間）、人物、種類和問答等五種。戴子翔分析 101 學年度康軒版國小國語教科書一到十二冊之中的 163 課課文之後，發現文章「中段」的「自然段」組織結構法有時間組織法（86 課，佔 52.8%，）、地點組織法（6 課，佔 3.68%）、人物組織法（9 課，佔 5.52%）、種類組織法（53 課，佔 32.5%）、問答法（9 課，5.52%）（戴子翔，2014：219-221）。綜合以上的說明，六 W 的結構轉化與文章組織結構的對應如下表：

### 六W的結構轉化與文章組織結構的對應表

| 六 W 的內容本質 | 結構轉化與文章結構的對應 | 101 學年度康軒國小國語 |
|---|---|---|
| When／時間 | 時間組織結構法 | 52.8% |
| Where／空間或地點 | 地點組織結構法 | 3.68% |
| Who／人物 | 人物組織結構法 | 5.52% |
| What／事、物、景、情或定義 | 種類（列舉）法（列舉）種類法 | 32.5% |
| Why／理由或原因 | | |
| How／方法 | | |

## 2 意義段乃整併自然段而產生

　　「課文本位的閱讀理解教學」在高年級要以「自然段」為基礎，整併為「意義段」的「文章結構」來寫大意（教育部國民及學前教育署，2013：35）。「意義段」的種類有狀態變化、大小、賓主、平側、深淺、今昔今、問答、並列、正反、泛具、具泛、泛具泛、點染、景情、敘論、論敘論、時間虛實、因果、總分、分總、總分總等不同的結構相互交錯形成篇章層次（仇小屏、黃淑貞，2004；仇小屏，2005；戴子翔，2014：219）。戴子翔（2014）做了 163 課課文的「把自然段先整併為意義段」，頗具參考價值。本研究則進一步將這種方法用來摘寫大意。

### （二）關鍵詞

　　大意是全文的精簡。最精簡的表達方式是「關鍵」詞、短語或主題句。而關鍵詞可分類如下：

## 1 兩類關鍵詞與兩向度的摘取策略

兩類關鍵詞是結構關鍵詞與內容關鍵詞。兩向度的關鍵詞是原生關鍵詞、創生的關鍵詞。茲分述如下：

### （1）兩類關鍵詞

文章的組織結構都有其「表達結構」的關鍵詞，簡稱為「結構關鍵詞」（柯華葳 2010a：172）或「結構特徵詞」（Signaling words）（Faye Bolton, 2007）或「結構轉換詞」（transitions）（Schwegler, 2004, p.93）。其次，「表達內容思想」的關鍵詞，稱為「內容關鍵詞」。本研究將示範這兩類關鍵詞摘取與串聯成大意。

### （2）兩向度的關鍵詞

「原生關鍵詞」是採用劃重點、選擇、保留、劃關鍵詞／短語／主題句等技法，從文本的「字面」上取得詞／短語／句子，它們是文本原來就有的，因此所得到的關鍵詞／短語／句子可稱為「原生」的關鍵詞／短語／句子。代表結構的稱為「原生『結構』關鍵詞語」，代表內容的稱為「原生『內容』關鍵詞語」。

「創生的關鍵詞」是抽象化、創造、換句話說、歸納／語詞歸納等技法，產生與文本字面不同的、新創造的詞／短語／句子，可以稱為「創生」的關鍵詞／短語／句子。「創生」的主要目的是濃縮，常用「上位概念」使大意更精簡。代表「結構」的詞、短語稱為「創生的『結構』關鍵詞語」，代表「內容」的詞、短語稱為「創生的『內容』關鍵詞語」。本研究將示範這兩向度的關鍵詞摘取。

### （3）雙重結構的內容分析表與摘大意

陳滿銘謂：辨明了一篇課文的結構形態後，就可以著手繪製結構

分析表，在繪製時，第一個注意事項是要兼顧內容與形式（陳滿銘，2002：350）。本研究展示包含自然段與意義段的組織結構結構—內容分析表，並用它來串聯大意。

## （三）大意的摘取與串聯策略

摘大意可粗略分為「摘取」與「串聯」兩大部分，茲分述如下：

### 1 大意的摘取策略

在各種專書、講義或論文中，常用的摘大意的策略或技法有劃重點、抽取主要概念、選擇、保留、劃關鍵詞／短語／主題句、抽象化、創造、換句話說、歸納／語詞歸納等（陳文安，2006：47；陸怡琮等，2010：41-43；林俊賢，2004，高敏麗 2008：49-50；教育部，2013：36；徐月雲，2012：60-62）。本研究將使用劃重點、劃關鍵詞／短語、選擇、創造、歸納／語詞歸納等策略或技法。

### 2 大意的串聯策略

摘取關鍵字／詞、短語、句子或造分段主題句之後，再以「連接詞」連接、整併、串聯、潤飾為「單一段落」的大意或「多段落／篇章式」的大意。本研究展示「結構關鍵詞、結構名稱」等多種重要的連接詞。

## （四）以文章結構摘大意的課程與教學設計

課程與教學設計要顧及學科內容性質、學生的心理發展。本研究從心理學的發展取向，說明摘取大意的有效課程與教學模式如下：

## 1 閱讀教學模式與以文章結構摘大意

摘大意是閱讀的重要活動，所以閱讀的教學模式可以使用在摘大意上。王瓊珠（2010：27-43）提出的閱讀三大教學模式為直接教學模式、認知策略教學模式、全語言教學模式。普瑞斯雷（2006：338-342）也提出閱讀的三大模式，分別是技巧導向、全語言導向、平衡導向。

筆者是平衡導向的支持者，它是讓學生具備文字解碼能力，再讓他們浸淫在書海裡。先讓學生學會一些技巧以增強以文字描繪創意及想像力。此一模式要上下平衡、部分與整體平衡、技巧與內容平行（普瑞斯雷，2006：342）。從平衡導向看「以文章結構摘大意」的教學，文章結構分析的「上下平衡」是學習者帶著「文章結構的基模」（上）抓取文章結構關鍵詞（下），再歸納出結構法（上）；當學生缺乏「文章結構的基模」時，教師要伴隨在閱讀中教導關鍵詞的判斷法與摘取法（下）。

此外，基於全語言的「大量閱讀」觀點，「讀書破萬卷」似乎是歷久彌新的方法。大量閱讀旨在精熟閱讀方法與能力、豐富知識經驗。文章結構分析的「大量」教學方面，由於常用的自然段文章組織結構只有時間、空間、人物、列舉種類、問答等五種。依戴子翔（2014：53-54）分析康軒版國小 101 學年度國語教科書第一冊至第十二冊電子教科書，其課數低年級有 56 課、中年級有 56 課、高年級有 54 課（平均每年段 55 課），六年有 166 課，詳如下表：

| 年段 | | 低年級 | | 中年級 | | 高年級 | | 總計 |
|---|---|---|---|---|---|---|---|---|
| 年級 | | 一 | 二 | 三 | 四 | 五 | 六 | |
| 學期 | 下 | 8 | 16 | 14 | 14 | 14 | 14 | |
| | 上 | 16 | 16 | 14 | 14 | 14 | 12 | |
| 年段合計 | | 56 | | 56 | | 54 | | 166 |

就自然段而言，如果國小的國語課文平均屬於時間、空間、人物、列舉種類、問答等五類，那麼低、中、高年級平均每年段 55 課，每年段每類結構平均 11 課，這樣的數量在各年段都能精熟這五種文章結構的分析。

## 2 發展階段與以文章結構摘大意

Anderson 提出的「技能獲得三階段論」是指認知階段（cognitive stage）、聯結階段（assoviative stage）、自動化階段（autonomous stage）（Anderson, 1985：234-5）。蓋聶等（1993：367-583）則將這三階段論廣泛應用在學校學科的閱讀、寫作、數學、科學和師資教育等方面。同時，他們也把這三階段視為生手（novice）蛻變為專家（expert）的歷程。張景媛（2000b）指出：任何一門知識中的專家都有所謂的「十年原則」，即使是某一方面的天才也至少需要十年的努力研究才能成為專家。基於學校教育的學習，諸多是「生活實用或夠用」，而不是培養「專家」。

蓋聶等（1993：367）則以二分法提出「較不熟練的閱讀者」（less skilled）與「比較熟練的閱讀者」（more skilled）兩種概念，以區分知識技能的進階狀態。

筆者認為：在一般教學上，我們不使用「專家」這個名詞來說明學習者的狀態，筆者創用「生手、半熟者、精熟者」的三分法，一方面跳脫十年原則，另方面對應認知階段、聯結階段、自動化階段。

對不同發展階段的學生採用不同的教材教法。就如認知學徒制（Cognitive apprenticeship）強調由生手到專家，要運用示範、教導、相互教學等不同的教學方法。當學生變得更精熟時，教師就「隱退」（fade），讓學生獨立作業（Collins, Brown, & Newman, 1989, p. 460-1, 475）。茲進一步說明生手、半熟者、精熟者三階段的不同教學法如下：

## （1）生手／認知階段的一種結構之「指導探究／問思教學」

在「認知階段」的「生手」，其學習常出現許多嘗試錯誤的情形（張景媛，2000b；蓋聶等，1993，p.245）。所以生手的學習要教師多示範與直接教導，減少嘗試錯誤。在文章組織結構與摘大意的學習方面，這階段的學習是「結構基模」的知識累積（accretion）與記憶（Rumelhart, 1980, p.52）。在直接教導時，為讓學生參與及主動學習，筆者推薦使用「探究／問思教學法」（inquiry instruction）。在教學時，是先向學生展示「事實」、讓學生接觸「事實」，再為事實命名而建立「概念」，最後綜合事實和概念歸納出「通則」（或原理、公式），這種學習是一種「歸納」的過程（沈翠蓮，2001：327-8；歐用生，1989：148-9）。使用這種教學法引導學生學習「文章結構分析」時，引導學生從觀察／分析文本中的「結構關鍵詞」（結構的事實），再為這個結構的事實命名而形成組織結構的概念，最後發現組織結構原理與結構法（通則）。「探究教學法」又稱「問思教學法」。因為整個教學過程都使用「問答／討論」進行，學生要思考、回答、歸納、發現，所以筆者將之命名為「探究／問思教學法」。筆者較傾向採用「問思」，明確表達用「問答／討論」進行教學。

「指導式探究教學法」是教師扮演重要角色，教師是整個學習的組織者，學生可以從中獲得「學習如何學習」的益處（沈翠蓮，2001：329）。尤其在「歸納通則或結構法」時，初期由教師歸納組織結構法，多做幾篇後，學生可以自行練習歸納結構法。

## （2）半熟者／聯結階段之「多元結構穿梭與詳細論述」教學

「半熟者」是經過「認知階段」累積了各種文章組織結構的先備知識者，應開始「練習獨立」使用已學得的知識分析新文章，這時他

們進入「聯結階段」。筆者建議這階段使用「穿梭法」進行教學，它是在文章組織結構的分析上，遇到一篇新文章，不要武斷的直觀其結構法的歸屬，要在「已知」的時間、地點、人物、種類（what, why, how）等不同的「結構關鍵詞與結構法」中「來回穿梭」（criss-crossed landscape），進行結構的「家族相似」辨認（family resemblance）（Spiro, Vispoel, Samaragavan, Boerger, 1987, pp.184, 195），找到與結構基模最適配的結構。「詳細論述法」（Elaboration）非常適合引導半熟者面對新文本時，聯結各種「先備」的知識基模，從多方面深思熟慮和解釋，來理解所讀的文章材料（方永泉、賈馥茗，2017；蓋聶等，1993：404）。在此「多元結構穿梭與詳細論述」的閱讀過程中，各式各樣已知的文章結構知識逐一被回憶，嘗試「所有可能結構」的比對分析，詳細論述／解釋與逐一比對該篇文章屬於哪一種結構。如此，可以練習找出適當的結構，同時也複習與精熟各種結構。

## （3）精熟者／自動化階段之「結構的代表性捷思」教學

　　「精熟者」階段在培養「專家」的能力，是技能發展的「自動化階段」，是基模與行動間的聯結自動化與快速化（Anderson, 1985, pp.234-5）。由於專家在解決問題時，是由「已知」推向「未知」的「順向思考」（reasoning forward）的方式來尋求解答，它是依據人們的知識經驗或習慣進行思考與解題（張景媛，2000b）。更精確的說，是把基模和行動的聯結程序化與自動化，根據「型態」採取行動，不需要解釋（詳細論述）（蓋聶等，1993，pp.251-253），直接使用先備基模或知識經驗來解決問題，常採用代表性捷思法（Representativeness Heuristic）或捷思處理模型（Heuristic Model）（張景媛，2000a）。這種方法應用在文章結構分析上，它們是依據文章結構分析的知識經驗、先前建構的「結構關鍵詞與結構法」大量結

構基模，直觀當前文本結構的具有某一種結構的「關鍵詞」為「代表性特徵」，據此決定文本結構的歸屬（而不是嘗試所有可能結構的詳細論述與比對分析）。表性捷思法常以類推（analogy）或倒推（working backward）加速問題的解決（張景媛，2000a）。在文章結構分析上，使用有限的結構特徵詞或結構關鍵詞「類推」該文本結構的歸屬。如用「倒推」則是使用最可能的一種文章結構法去套新文章，是由上而下的訊息處理模式。如此，才會加速完成文章結構的判讀與分析。

國小五、六年級學生，經過五、六十課的國語課文的組織結構的「代表性捷思」及結構選擇之後，這階段的末期，學習者成為「組織結構」的「精熟者」。在半熟者的基礎上，國中、高中生對每一種組織結構的「代表性捷思」三、五篇，大專生「代表性捷思」兩、三篇，稍具領悟力者即能成為組織結構的精熟者。

## 3 螺旋式課程設計與以文章結構摘大意

「螺旋式課程設計」是將一套有邏輯先後順序的概念、通則和技能，以循序漸進、適當重複、逐步加深加廣的設計，幫助學生逐漸熟悉與精熟這些概念、通則與技能（邱上真，2003：202）。在摘大意的教學上，一到六年級的摘大意都要使用篇章結構，而戴子翔（2014：219-221）分析 101 學年度康軒版國小國語教科書一到十二冊的 163 課課文之後，這些課文的「自然段」組織結構法主要有時間、地點（空間）、人物、種類和問答等五種。此外，筆者審視國內外文獻，中、小學生常用的意義段也約有十餘種（目前被發現命名，筆者見諸文獻的意義段約六十種）。國小六年一百六十餘課的課文，雖然重複練習使用相同的五種自然段與十餘種意義段，其中低年級的簡單文本是一課一種自然段與意義段的結構法。高年的文本複雜，一課可能用

了兩、三種自然段和意義段結構法，這些結構法雖然相同，但有深淺、繁簡之別。它們可由淺入深的循序漸進、適當重複、逐步加深加廣的安排進行教學，即使用「螺旋式課程設計」的原理原則。

## 三　研究過程與方法

本研究先採用文本分析法，先分析文本的結構與內容，找出時間法、地點法、人物法、種類法（是何／事物、為何／原因或理由、如何／方法）的代表性課文，作為教學模式運作的範文。

其次採用理論模式建構法，整合六何法和篇章結構，在「結構之問思教學」中，發展可以通用在六何的「題幹式問答」──六何都用相似的問答題題幹，只依「六何」之不同，替換或填充「何時、何地、何人、是何、為何、如何」等詞。如此簡單、有規則的問答題，教師容易教學，學生也容易學習「自我提問」，真正學到釣魚的方法。而在「六 W 穿梭教學」中，也整合了六何法，而從中選一個 W 當結構，則整合了篇章結構。

在教學模式上，本研究採用案例教學法，它是包含理論與原理原則的範例（exemplars）（Sulman & Colbert, 1987：2）。本研究選擇的文本都是各種組織結構法的代表性文章，是文章組織結構的原理原則的範例，讓讀者從中學習文本的組織結構，並據以寫大意。

## 四　六 W 與文章結構寫大意之螺旋課程設計

本研究所謂的六 W 是 When、Where、Who、What、Why、How，茲敘述其文章結構與讀寫結合之螺旋課程設計模式如下：

## （一）生手／認知階段的一種結構之問思教學與寫大意

「指導探究／問思教學」在低年級的簡單文本中，主要是「一種結構」的教導法（更高年級的文本，一篇文章中可能採用數種自然段與意義段）。教學前，教師以備妥「一種結構」的文章。設計問題時，六種 W 的提問法之「題幹」相同，用相同題幹中替換不同的W，如此，在教學上可以執簡馭繁。在問答之後，教師歸納告知這種串聯法在組織結構法上的歸屬（及其原理、原則），建立文章結構基模。練習兩、三篇之後，可讓學生自行嘗試發現結構法的歸屬。由於篇幅的限制，本研究在認知階段僅以 When／時間、What／種類兩種結構為例，茲分述如下：

### 1 When／時間結構之問思教學與寫大意

「一種結構或一 W 問思教學」用在「時間組織結構法」的文章則為「時間結構或 When 的提問法」，教師針對「中段」，每「段」提問「結構、內容、串聯」三個問題：

‧這一段是說 When 或哪一／哪些「時間（When）」？這一或這些「時間」的關鍵詞或短語是什麼？

• 在這一或這些「時間」中，作者敘述的內容重點或內容關鍵詞-語-句是什麼？

• 將結構關鍵詞和內容關鍵詞合併／串連造主題句形成自然段的分段大意。

以下這篇是南一二上第三課（102 年 8 月版）〈我會自己做〉是屬時間結構法的文本案例，示範「時間結構或 When 的提問法」及摘大意如後：

〈我會自己做〉

　　小琪喜歡在房間裡看書、玩玩具，卻不喜歡整理。地上常常有好幾本她打開來看的書，還有她玩過的玩具，都沒有收好。

　　[有一天]，小琪找不到課本，急得不得了。[於是]媽媽陪著小琪找來找去，都找不到。[接著]媽媽說：「來！我們一起來整理房間。」

　　[開始整理時]媽媽告訴小琪：圖書要照大小排好，玩具要收到箱子裡。[整理後]，小琪不但找到課本，還把房間收拾得很整齊呢！

　　小琪看著房間，說：「[以後]我會自己整理房間，就不會再找不到課本啦！」

## （1）問思教學與自然段寫大意

　　問思教學與自然段寫大意的教學步驟如下：

## A 每「段」提問結構、內容、串聯三種問題

1. 第一段開頭：（直接說明／教導）
   a. 因為開頭有「小琪的房間的書和玩具都沒有收拾好」，所以可以說是「事情的原因開頭法」。
   b. 全班共填或教師示範填寫結構——內容分析表（第三段）。
2. 第二段
   a. 【問答與討論】這一段說「When」或哪一／哪些「時間」，這一或這些「時間」的關鍵詞或短語是什麼？
   　（參考答案：這一段應有三個時間結構關鍵詞。「有一天」小琪找不到課本……，是原生結構關鍵詞。「於是」媽媽陪著小琪……。「接著」媽媽說：……；「於是、接著」是【創生的時間結構關鍵詞】，因為文本中省略這兩個時間詞，需要創生）
   b. 【問答】在這一個[時間]作者敘述的內容重點或內容關鍵詞-語-句是什麼？
   　（參考答案：小琪找不到課本，媽媽說：我們來整理房間；可以改為「媽媽『提議』整理房間」；【語詞替換／創生的內容關鍵詞】「提議」）

c. 將結構關鍵詞和內容關鍵詞合併／串連造主題句形成自然段的分段大意。

（參考答案：有一天，小琪找不到課本，接著媽媽提議整理房間。）

d. 全班共填或教師示範填寫結構──內容分析表（第二段）

3. 第三段

a.【問答】這一段說「When」或哪一／哪些「時間」，這一或這些「時間」的關鍵詞或短語是什麼？（A：開始整理時、整理後；「開始整理時」是【創生】時間結構關鍵詞，因為文本中省略這個時間詞）

b. 在這一個 時間 作者敘述的內容重點或內容關鍵詞-語-句是什麼？

（參考答案：媽媽告訴小琪圖書、玩具的收拾方法；【語詞歸納／創生內容關鍵詞】媽媽「說明」收拾方法；小琪找到課本、房間也收拾整齊）

c. 使用結構和內容關鍵詞造主題句形成自然段的分段大意。

（參考答案：開始整理時媽媽說明收拾的方法，整理後小琪找到課本，房間也收拾整齊。）

d. 全班共填或教師示範填寫結構──內容分析表（第三段）。

4. 第四段：結尾（直接說明／教導）

a. 因為結尾有「以後……」可說是「懸想示現結尾法」；「會自己整理房間，就不會再找不到課本」是結果結尾法）

b. 全班共填或教師示範填寫結構──內容分析表（第四段）。

| 結構與內容分析及大意摘要表 | | | | |
|---|---|---|---|---|
| 篇名 | 自然段序 | 結構名稱與關鍵詞 | 內容要點（原生關鍵詞） | 造主題句／自然段分段大意（結構＋內容） |
| 我會自己做 | 一 | | 小琪的書和玩具都沒有收拾好 | 小琪的書和玩具都沒有收拾好 |
| | 二 | 時間／有一天、接著（創生） | 小琪找不到課本；媽媽 說：我們來整理房間 | 有一天，小琪找不到課本，接著媽媽說：我們來整理房間。 |
| | 三 | 時間／ 開 | 媽媽 告訴小琪圖書、 | 開始整理時 媽媽告訴小 |

| | | 始整理時（創生）、整理後 | 玩具的收拾方法；小琪找到課本，房間也收拾整齊 | 琪圖書、玩具的收拾方法。整理後小琪找到課本，房間也收拾整齊。 |
| | 四 | 時間／以後 | 會自己整理房間，就不會再找不到課本 | 小琪以後會自己整理房間，就不會再找不到課本。 |

## B 串聯「分段大意」為「全課大意」

8.【提示】：把結構與內容分析表的內容或各段的分段大意串聯起來【發表】全課大意。

（參考答案：因為分段大意是「結構關鍵詞＋內容關鍵詞」。所以串聯成全課大意時，「結構關鍵詞」成為重要的「連接詞」。全課參考大意如下：小琪的書和玩具都沒有收拾好，有一天，小琪找不到課本，接著媽媽說：我們來整理房間。開始整理時媽媽告訴小琪圖書、玩具的收拾方法。整理後小琪找到課本，房間也收拾整齊。小琪以後會自己整理房間，就不會再找不到課本。

## C 教師歸納／直接教導自然段組織結構法

教師歸納／直接教導自然段組織結構，對學生而言是「由下而上」的訊息處理模式。教師歸納幾篇之後，可以讓學生嘗試歸納與發現組織結構法。教案如下：

9.組織結構法的【歸納／直接教導】：

這課的自然段依時間／有一天、接著>時間／開始整理時、整理後>時間／以後等時間關鍵詞貫串／安排／敘述內容的方式，稱為「時間組織結構法」。

備註：讓學生嘗試歸納的問思教學：……等時間關鍵詞貫串／安排／敘述內容的方式，稱為「什麼組織結構法」？

## （2）教師示範以意義段摘大意

在螺旋式課程設計中，國小低年級只要直接教導以「自然段」摘大意即可。如果在國小高年級、國中、高中、大學才開始使用這種教學模式，雖屬「認知階段」，因學生的認知能力較強，教師可示範／直接教導「以意義段摘大意」。

本課的通用意義段為第一大段／開頭說：事情的原因是由於小琪的書和玩具都沒有收拾好。中段／第二大段（第二、三自然段）由時間關鍵詞「有一天、接著、開始整理時、整理後」，是事情的過程或經過。結尾／第三大段說：結果是找到課本（第三自然段段後半）、房間也收拾整齊，小琪以後會自己整理房間。本課的意義段稱是「原因、經過、結果」。使用意義段結構名稱當連接詞串聯大意如下：

> 　　作者在開頭說明事情的 原因 是小琪的書和玩具都沒有收拾好，有一天找不到課本。
> 　　中段說明事情的 經過 」：媽媽提議整理房間。開始整理時媽媽告訴小琪收拾的方法。
> 　　結尾說明事情的 結果 是：整理後小琪找到課本，房間也收拾整齊。小琪以後會自己整理房間。

中段可以語詞歸納【意義段創生內容關關鍵詞】為「整理房間及找出課本」，大意如下：

> 　　作者在開頭說明事情的 原因 是小琪的書和玩具都沒有收拾好。
> 　　中段說明「整理房間和找出課本」的 經過 。
> 　　事情的 結果 是：找到課本，未來小琪會整理房間。

## （3）遷移到Where-地點、Who-人物的文章

Where 地點、Who-人物的文章結構之問思教學與自然段寫大意

可比照辦理。遷移規則如下：

---

一、When、Where、Who 共同題幹：
  ‧ 這一段說「哪一 W」，這一或這些「（結構名）」的關鍵詞或短語是什麼？
二、這三 W 衍生三種相同題幹，不同結構的問題如下：
  ‧ 這一段說「When」或哪一／哪些「時間」？這一或這些「時間」的關鍵詞或短語是什麼？
  ‧ 這一段說「Where」或哪一／哪些「地點」？這一或這些「地點」的關鍵詞或短語是什麼？
  ‧ 這一段說「Who」或哪一或哪些「人物」？這一或這些「人物」的關鍵詞或短語是什麼？
三、自然段分段內容關鍵詞提問與摘取
  ‧ 針對這一個時間（或地點或人物），作者敘述的內容重點或內容關鍵詞-語-句是什麼？
四、填寫「結構與內容分析及大意摘要表」（可每一問題問完後旋即填寫，亦可全部問完之後再一次填寫）
五、串聯自然段分段大意與全課大意
  ‧ 將結構關鍵詞和內容關鍵詞合併／串連造主題句形成自然段的分段大意。（結構關鍵詞＋內容要點／關鍵辭）
  ‧ 分段大意串聯起來【發表】大意
六、歸納結構法與直接教導結構概念與組織的通則
  ‧ 這課的自然段依時間>時間＞時間的順序來敘述／組織／安排內容的方式，稱為「時間組織結構法」。
  ‧ 這課的自然段依地點>地點＞地點的順序來敘述／組織／安排內容的方式，稱為「地點（空間）組織結構法」。
  ‧ 這課的自然段依人物>人物＞人物的順序來敘述／組織／安排內容的方式，稱為「人物組織結構法」。
  註：比較複雜的文本會用到兩種以上的自然段組織結構法。

---

如此，可以用相同題幹，教學不同的結構。

## 2　What／種類結構之問思教學與寫大意

由於 What、Why、How 類的文章，常用種類結構法，所以「一種結構或一 W 問思教學」時，以 What 為例，教師針對「中段」，每段提問三個問題：

- 這一段說「What」或哪一／哪幾「種」事（物景情義）？這【一種】或幾「種」事（物景情義）的關鍵詞或短語是什麼？
- 針對這一種事（物景情義）作者敘述的內容重點或內容關鍵詞-語-句是什麼？
- 將結構關鍵詞和內容關鍵詞合併／串連造主題句所形成自然段的分段大意是什麼？

以下這篇是南一版一上第六課（102 年 8 月版）〈玩泥巴〉是屬What-種類結構法的文本案例，示範「What-種類結構或種類結構的提問法」與摘大意如後：

---

六、玩泥巴
一堆土，一堆沙，
加些水，玩泥巴。
捏出小花
送媽媽，
捏出小狗
送爸爸，
捏出房子
是我家。

---

## （1）問思教學與自然段寫大意

問思教學與自然段寫大意的教學步驟如下：

### A 每「段」（節）提問結構、內容、串聯三種問題

1. 第一段：開頭法【問答與討論】
   a. 開頭有「土、沙，加水玩泥巴」，所以可以說是什麼開頭法？（參考答案：總說法、扼要介紹法）
   b. 全班共填或教師示範填寫結構──內容分析表或概念構圖（第一段）。
2. 第二段（節）
   a. 【問答】這一段是說「What」或哪一／哪幾「種」事？這【一種】或幾種「事」（物景情義）的關鍵詞或短語是什麼？（參考答案：捏出小花。）
   b. 針對這一種 事（物景情義） 作者敘述的內容重點或內容關鍵詞-語-句是什麼？（參考答案：送媽媽。）
   c. 將結構關鍵詞和內容關鍵詞合併／串連造主題句形成自然段的分段大意。（參考答案：捏出小花送媽媽。）
   d. 全班共填或教師示範填寫結構──內容分析表（第二段）。
3. 第三段（節）
   a. 【問答】這一段是說「What」或哪一／哪幾「種」事？這【一種】或幾種「事」（物景情義）的關鍵詞或短語是什麼？（參考答案：捏出小狗）
   b. 針對這一種 事（物景情義） 作者敘述的內容重點或內容關鍵詞-語-句是什麼？（參考答案：送爸爸。）
   c. 將結構關鍵詞和內容關鍵詞合併／串連造主題句形成自然段的分段大意。（參考答案：捏出小狗送爸爸。）
4. 第四段（節）
   a. 【問答】這一段是說「What」或哪一／哪幾「種」事？這【一種】或幾種「事」（物景情義）的關鍵詞或短語是什麼？（參考答案：捏出房子）
   b. 針對這一種事（物景情義）作者敘述的內容重點或內容關鍵詞-語-句是什麼？（參考答案：是我家。）
   c. 將結構關鍵詞和內容關鍵詞合併／串連造主題句形成自然段的分段大意。（參考答案：捏出房子是我家。）

〈玩泥巴〉結構與內容分析及大意摘要表

| 篇名 | 段 | 結構名稱與關鍵詞 | 內容關鍵詞／短語／句） | 撰寫主題句／自然段分段大意 |
|---|---|---|---|---|
| 玩泥巴 | 一 | 開頭／總 | 土和沙，加些水，玩泥巴 | 一堆土和沙，加些水，玩泥巴 |
| | 二 | 一種事物／捏出小花 | 送媽媽 | 捏出花送媽媽 |
| | 三 | 一種事物／捏出小狗 | 送爸爸 | 捏出狗送爸爸 |
| | 四 | 一種事物／捏出房子 | 我家 | 捏出房子是我家 |

## B 串聯自然段「分段大意」為「全課大意」

串聯大意時，可「加詞」——「作者在開頭說」。把自然段結構名稱當連接詞——「三種玩法是」等，把分段大意串聯成全課大意：

> 8.【提示】：把結構與內容分析表的各段的分段大意串聯起來【發表】大意（結構詞＋內容要點）。
>
> （參考答案：作者在開頭說：一堆土和沙，加水玩泥巴。 三種 玩法是捏出花送媽媽、捏出狗送爸爸、捏出房子是我家。）
>
> 種類組織結構法可以利用結構關鍵詞串聯寫大意，大意如下：
>
> 作者在開頭說：一堆土和沙，加水玩泥巴。中段說 三種 玩法是捏出花、捏出狗、捏出房子

## C 教師歸納／直接教導自然段組織結構法

教師歸納／直接教導自然段組織結構，對學生而言是「由下而上」的訊息處理模式。教師歸納幾篇之後，可以讓學生嘗試歸納與發現組織結構法。教案如下：

9.組織結構法的【歸納／直接教導】：

這課的自然段依 一種事 ／捏出花> 一種事 ／捏出狗> 一種事 ／捏出房子／敘述內容的方式，稱為「 種類 組織結構法」。

備註：讓學生嘗試歸納的問思教學：……一種事／捏出房子／敘述內容的方式，稱為「什麼組織結構法」？

## （2）教師示範以意義段摘大意

這篇文章，教師可以示範原生、創生的兩種意義段關鍵詞摘大意，茲分述如下：

### A 示範原生的意義段關鍵詞摘大意

本文的「內容性質」可以切分為兩大段。第一大段是「開頭」，它清楚的說明要「玩泥巴」。第二大段是：以三節分別說明三種玩法，它們是「捏出花、捏出狗、捏出房子」。

從「意義段組織結構法」的定義來看，這兩大段的關係符合「總分」。第一大段說：本課要「玩泥巴」，可命名為事情的「總說」。第二大段分三節說明三種玩法，可命名為「分說」。本課的意義段稱是「總分」。使用意義段結構名稱當連接詞摘大意如下：

種類組織結構法可以利用結構關鍵詞串聯寫大意，大意如下：

作者在開頭 總說 ：一堆土和沙，加水玩泥巴。中段 分說 三種玩法是捏出花、捏出狗、捏出房子。

### B 創生的意義段結構關鍵詞摘大意

把「捏出花、捏出狗、捏出房子」三個結構關鍵詞，可「語詞歸納」為「三種玩法」，是【創生的意義段結構關鍵詞】。

> 作者在開頭 總說 ：一堆土和沙，加水玩泥巴。中段 分說 三種玩法。

在螺旋式課程設計中，國小低年級只要直接教導以「自然段」摘大意即可。如果在國小高年級、國中、高中、大學才開始使用這種教學模式，雖屬「認知階段」，因學生的認知能力較強，教師可示範／直接教導「以意義段摘大意」。

### （3）遷移到Why-理由、How-方法的文章

Why-理由、How-方法的文章之結構問答與直接教導摘取自然段分段大意可比照辦理。遷移規則如下：

一、What、Why、How 共同題幹：
  ‧這一段說「哪一 W」或哪一／哪幾「種」事（物景情理法）？這【一種】或幾種「事物景情理法」的關鍵詞或短語是什麼？
二、這三 W 衍生三種相同題幹、不同結構的問題如下：
  ‧這一段說「What」或哪一／哪幾種「事」（物景情）？這【一種】或幾種「事」（物景情）的關鍵詞或短語是什麼？
  ‧這一段說「Why」或哪一／哪幾種「原因或理由」？這【一種】或幾種「理由或原因」的關鍵詞或短語是什麼？
  ‧這一段說「How」或哪一／哪幾種「方法」？這【一種】或幾種「方法」的關鍵詞或短語是什麼？
三、自然段分段內容關鍵詞提問與摘取
  ‧針對這一／幾種「事物景情理法」作者敘述的內容重點或內容關鍵詞-語-句是什麼？
四、填寫「結構與內容分析及大意摘要表」（可每一問題問完後旋即填寫，亦可全部問完之後再一次填寫）
五、串聯自然段分段大意與全課大意
  ‧將結構關鍵詞和內容關鍵詞合併／串連造主題句形成自然段的分段大意是什麼？（結構關鍵詞＋內容要點／關鍵辭）
  ‧分段大意串聯起來【發表】大意

六、歸納自然段組織結構法與直接教導結構概念與通則
- 這課的自然段依 一種 事（物景情）＞ 一種 事（物景情）＞ 一種事（物景情）的順序來敘述／組織／安排內容的方式，稱為「（事物的）種類 組織結構法或列舉法」。
- 這課的自然段依 一種 理由或原因＞ 一種 理由或原因＞ 一種理由或原因的順序來敘述／組織／安排內容的方式，稱為「（理由的）種類 組織結構法或列舉法」。
- 這課的自然段依 一種 方法＞ 一種 方法＞ 一種方法的順序來敘述／組織／安排內容的方式，稱為「（方法的）種類 組織結構法或列舉法」。

如此，可以用相同題幹，教學不同的結構。

### 3 捨六 W 與採用篇章結構摘大意

事實上，我們也可以不用六 W，把上述題幹中的六 W 去掉，直接用時間、地點、人物、種類（事物景情／理由／方法）等結構法，並用它們來摘大意。

### 4 小結：精熟一種結構之問思教學與自然段寫大意

低年級的課文約有五、六十課，採用直接教導自然段的組織結構及摘大意，學生在這四種結構上的結構分析及摘大意的能力，已達充分的認知與技能精熟。

## （二）半熟手／聯結階段的六 W 穿梭教學與寫大意

經過認知階段的學習之後，可以進行「六 W 穿梭與詳細論述／結構發現法」的半獨立閱讀教學。它是把文本逐句經過六 W 的檢查與標記，並摘出六 W 的關鍵詞，再分析／比較／發現／決選出一個 W 做

為連段成篇的組織結構法，最後把結構詞加內容詞串聯成大意。此法的重心是在時間、地點、人物、種類或六Ｗ等不同結構中「來回穿梭與詳細論述」，進行結構的「家族相似」的結構辨認與基模比對，找到最適配的結構。茲以 When- 時間、What- 種類說明具體操作步驟如下：

## 1 「When-時間」結構的六 W 穿梭教學與寫大意

六 Ｗ 穿梭與詳細論述／「When- 時間」結構發現法與寫大意的步驟可分自然段寫大意與意義段寫大意，茲分述如下：

### （1）六W穿梭教學與自然段寫大意

六 Ｗ 穿梭教學與自然段寫大意的步驟如下：

### A 六 W 穿梭與標記六 W 關鍵詞

經過認知／入門階段的結構直接教導，學生已有六 Ｗ 結構法或時、地、人、種結構法的基模。在定位階段的閱讀，可輔導學生針對文本做六 Ｗ 的關鍵詞分析，用六 Ｗ 把課文穿梭與詳細論述一遍，在課文中標記六 Ｗ 關鍵詞，並將它們填入「6W 關鍵詞及結構——內容分析表」步驟一。

---

### 難忘的經驗

經歷一場豪雨的「洗禮」，我深深體會到：「回家的感覺，真好！」

趁著周休假日 when，我們一家人 who 到森林遊樂區 where 玩。住進小木屋後 when，爸爸 who 帶我們去看神木 what。又高又大的神木，好像森林的巨無霸，我們在神木前照相留念 what。

忽然 when 山風一陣一陣的吹起，天色很快的暗了下來。不一會兒 when 飄下細雨，我們很快的走回小木屋 where。到了深夜 when 大雨ㄉㄧ ㄌㄧ ㄆㄚ ㄌㄚ敲打著屋頂，驚醒睡夢中的我們。雨不停地從窗戶隙縫打進來，外面一片漆黑。可能因為停電，室內的燈也不亮了，伸手不見五指。山裡的氣溫很低，我們又冷又害怕，整夜都睡不著 what。

天剛亮 ^when 小木屋的老闆 ^who 就冒著雨來了。他告訴我們：土石流把路沖斷了，山區很危險，最好不要出門。唉！原來想要享受山林之樂，現在只能待在小木屋裡 ^where。變成籠中鳥，哪裡都不能去，真是掃興！

趁著雨勢變小^的時候 when，爸爸 ^who 出去尋找食物。我和媽媽 ^who 不斷向窗外 ^where 張望，擔心爸爸發生危險。等了好久，才看見全身濕透，鞋子沾滿泥巴的爸爸回來了，帶了餅乾回來給我們充飢 ^what。

好不容易，路終於通了 ^when，趕緊收拾東西回家。車子在泥濘中前進^where，爸爸 ^who 開得心驚膽戰。看著爸爸開車我們的心也跟著七上八下，都睜大眼睛，緊張的看著爸爸開車。^what

平安回家後 ^when，大家 ^who 總算鬆了一口氣，洗過澡，靠窗遠望，掛在天邊的彩虹是那麼美 ^what；園子裡 ^where，鳥兒在樹上叫著、跳著，好像在歡迎我們回家。一家人 ^who 圍坐在餐廳前有說有笑。不知不覺中，媽媽 ^who 最拿手的豬腳麵線全被我們吃光了 ^what。

可怕的土石流，至今 ^when 仍讓我心有餘悸，不過，有了這次難忘的經驗，我才知道，平時在家有水、有電、還有飯吃，是多麼的幸福 ^what！爸爸提醒我們：青山綠水是大地的寶藏，人們應該尊重大自然 ^what、珍惜大自然，才能永遠享有這份寶藏。

## B 分析／比較／詳細論述／發現組織軸與結構法

根據「6W 關鍵詞及結構──內容分析表」中的關鍵詞，逐一分析／比較／詳細論述每一 W 可以當做組織結構的可能性，再決選哪一 W 可以當做貫串全文的組織軸，發現文本的組織結構。由於老師準備的是「When- 時間」組織結構的文章，所以會決選「When- 時間」當做貫串全文的組織軸。分析／比較／發現／決選的活動詳見「6W 關鍵詞及結構──內容分析表」步驟二。

## C 寫出「自然段」結構名稱、結構關鍵詞

在發現文本的組織結構之後，可在「6W 關鍵詞及結構──內容分析表」中填寫結構名稱、結構關鍵詞。「When- 時間」組織結構的「分段結構」名稱為「時間」。同時有其對應的時間關鍵詞，若無原

生的時間關鍵詞，可創造時間關鍵詞。詳見「6W 關鍵詞及結構——內容分析表」步驟三、四。

### D 組織內容關鍵詞

扣除了「When-時間」關鍵詞之後，其他 W 的內容可以組成「內容關鍵詞」，並填入「6W 關鍵詞及結構——內容分析表」中。詳見「6W 關鍵詞及結構——內容分析表」步驟五欄。

### E 分段串聯結構關鍵詞與內容關鍵詞形成自然段分段大意

自然段分段大意，由分段結構關鍵詞與內容關鍵詞組成，再填入「6W 關鍵詞及結構——內容分析表」中。「When- 時間」組織結構法的文章，分段「When- 時間」結構關鍵詞加上分段內容關鍵詞，即為分段大意。詳見「6W 關鍵詞及結構——內容分析表」步驟六。

| 6W 關鍵詞及結構——內容分析表 |||||||||||
|---|---|---|---|---|---|---|---|---|---|---|
| 步驟 | 一 |||| | | 三 | 四 | 五 | 六 | 七 | 八 |
| 段別 | when | where | who | what | why | how | 結構名 | 結構詞 | 內容關鍵詞 | 撰寫主題句／分段大意 | 意義段 | 創生的內容關鍵詞 |
| 第一段 | （…）之後 | | 我 | 經歷豪雨的洗禮、體會回家的感覺真好！ | × | × | | 同when | 經歷豪雨的洗禮、體會回家的感覺真好！ | 經歷豪雨的洗禮之後的體會回家的感覺真好！ | 原因 | 經歷豪雨洗禮 |
| 第二段 | 住進小木屋後 | 遊樂區、小屋、神木區 | 我們一家人、爸爸 | 一家人趁著假日去森林遊樂區玩、去看神木並照相留念(事) | × | × | 時間 | 同when | 我們一家人去看神木並照相留念 | 一家人趁著假日去森林遊樂區玩。住進小木屋後 | 經過 | 一家人去森林遊樂區玩，遇到大雨、土石流， |

| 段 | 時間/條件 | 地點 | 人物 | 事件 | | | | | 合併 | 修改（方格） | 大意 |
|---|---|---|---|---|---|---|---|---|---|---|---|
| | | | | | | | | | | 去看神木並照相巷留念。 | |
| 第三段 | 忽然／不會／一兒／到深夜 | 小木屋、外面 | 我們 | 山風吹起、天色暗了、飄細雨、回小木屋；深夜大雨打屋頂、從窗戶細縫打進來、停電；又冷又害怕、睡不著 | × | × | 時間 | 同when | 山風吹起、天色暗了、飄細雨、回小木屋；深夜大雨打屋頂、從窗戶細縫打進來、停電；又冷又害怕、睡不著 | 忽然山風吹起、天色暗了、不一會兒飄細雨、回小木屋；深夜大雨打屋頂、從窗戶細縫打進來、停電；又冷又害怕、睡不著 | 被困及脫困回家。 |
| 第四段 | 天剛亮 | | 老闆、我們 | 告知土石流把路沖斷了，山區危險，不要出門，我們變成籠中鳥。 | × | × | 時間 | 同when | 告知土石流把路沖斷了，山區危險，不要出門，我們變成籠中鳥。 | 天剛亮老闆告知土石流把路沖斷了，山區危險，不要出門，我們變成籠中鳥。 | |
| 五 | 趁著雨勢變小（的時候） | | 爸爸 | 出去找食物充饑。 | × | × | 時間 | 同when | 爸爸出去找食物充饑。 | 趁著雨勢變小（的時候）爸爸出去找食物充饑。 | |
| 六 | 路終於通了 | 泥濘路 | 爸爸我們 | 開車載我們回家 | | | 時間 | 〞 | 爸爸開車載我們回家 | 路終於通了爸爸開車載我們回家 | |

| 七 | 平安回家後 | | | 洗澡、吃豬腳麵線；看窗外彩虹美、院子裡小鳥唱跳歡迎我們回家 | | 時間 | 〃 | 洗澡、吃豬腳麵線；看窗外彩虹美、院子裡小鳥唱跳歡迎我們回家 | 平安回家後洗澡、吃豬腳麵線；看窗外彩虹美、院子裡小鳥唱跳歡迎我們回家 | | |
|---|---|---|---|---|---|---|---|---|---|---|---|
| | 至今 | | | 對土石流心有餘悸；想平時有水電、有飯吃多幸福；體會保護大自然的重要。 | | | 〃 | | 至今對土石流心有餘悸；想平時有水電、有飯吃多幸福；體會保護大自然的重要 | 結果 | 對土石流的心得和體會。 |

| 二分析・比較・發現・詳細論述 | When-依時間點貫串組織的判斷：When- 時間關鍵詞為「（……）之後〉住進小木屋後〉忽然／不一會兒／到了深夜〉天剛亮〉趁著雨勢變小（的時候）〉路終於通了〉平安回家後〉至今」具有連續性，可以組織全文。<br>Where- 依地點（順序或並列）貫串組織：第四、五段沒有明顯的地點關鍵詞，其他地點關鍵詞也無法串聯出內容的連續性，因此「地點」無法貫串組織全文。<br>Who- 依人物貫串組織（每段不同人）：依人物貫串組織，通常每段不同人，本文多段出現我們、爸爸，相同的人不宜用來貫串組織。<br>What- 依事物景情列舉：二、三、四、五、六、七段分別敘述一種事，分別是去看神木並照相留念〉刮風下雨，深夜滂沱大雨，停電〉土石流沖斷了路，我們被困住〉爸爸出去找食物充饑〉爸爸開車載我們回家〉洗澡、吃豬腳麵線，是連續事件，有時間引導順序為佳。若為「獨立」事件可採用列舉種類法。<br>Why- 依原因或理由組織：各段都沒有說到理由，無法貫串組織全文。<br>How- 依方法貫串組織：各段都沒有提出方法，無法貫串組織全文。 |
|---|---|
| | 組織結構法決選：<br>本文依時間點貫串組織「去看神木並照相留念〉刮風下雨，深夜滂沱大雨，停電〉土石流沖斷了路，我們被困住〉爸爸出去找食物充饑〉爸爸開車載我們回家〉洗澡、吃豬腳麵線」，所以是「時間組織結構法」 |

## F 串聯自然段分段大意為全課大意

串聯自然段分段大意為全課大意時，時間結構詞成為主要的連接詞。可再加上開頭、中段、結尾則更清楚。如此，大意具有石間組織結構的特性。

---

作者 開頭 說：經歷豪雨的洗禮之後體會到回家的感覺真好！ 中段 說：他們一家人趁著假日去森林遊樂區玩。 住進小木屋後 去看神木。 忽然 山風吹起、天色暗了， 不一會兒 飄細雨，就回小木屋； 深夜 大雨打屋頂、從窗戶細縫打進來、停電；整晚又冷又害怕、睡不著。 天剛亮 老闆告知土石流把路沖斷了，山區危險，不要出門，我們變成籠中鳥。 趁著雨勢變小的時候 ，爸爸出去找食物充飢。 路終於通了 ，爸爸開車載我們回家。平安回家後洗澡、吃豬腳麵線；看窗外彩虹美、院子裡小鳥唱跳歡迎我們回家。 結尾說 ：至今對土石流心有餘悸；想平時有水電、有飯吃多幸福；體會保護大自然的重要。

---

## （2）教師示範／直接教導以意義段寫大意

### A 以意義段的原生關鍵詞為主的寫大意

在學生完成自然段的摘大意之後，教師接著示範合併自然段為「原因—經過—結果」的意義段，詳見「6W 關鍵詞及結構——內容分析表」步驟七。

「以意義段的原生關鍵詞為主的寫大意」是用意義段的名稱當做連接詞，把「合併自然段」所得的「意義段大意」連接起來，成為全課大意，讓學生觀摩，為高年級的意義段寫大意舖路。意義段寫大意如下：

---

作者 開頭 說事情的 原因 ：經歷豪雨的洗禮之後的體會。
中段 說明事情的 經過 ：他們一家人趁著假日去森林遊樂區玩。 住進小

---

木屋後 去看神木。 忽然 山風吹起、天色暗了、 不一會兒 飄細雨，就回小木屋； 深夜 大雨打屋頂、從窗戶細縫打進來、停電；整晚又冷又害怕、睡不著。 天剛亮 老闆告知土石流把路沖斷了，山區危險，不要出門，我們變成籠中鳥。 趁著雨勢變小的時候 ，爸爸出去找食物充饑。 路終於通了 ，爸爸開車載我們回家。平安回家後洗澡、吃豬腳麵線；看窗外彩虹美、院子裡小鳥唱跳歡迎我們回家。

結尾 說 結果 ：至今對土石流心有餘悸；想平時有水電、有飯吃多幸福；體會保護大自然的重要。

### B 以意義段的創生關鍵詞為主的寫大意

創造的內容關鍵詞是用語詞歸納／替換、換句話說、長句縮短等方法，把「原生」內容關鍵詞濃縮，使中段「經過」的大意精簡為「一家人去森林遊樂區玩，遇到大雨、土石流，被困及脫困回家的經過」。詳見「6W 關鍵詞及結構——內容分析表」步驟八。全課大意實例如下：

作者 開頭 說事情的 原因 是經歷豪雨洗禮。
中段 說明一家人去森林遊樂區玩，遇到大雨、土石流，被困及脫困回家的 經過 。
結尾 說明事情的 結果 是對土石流的心得和體會。

### （3）遷移到Where、Who、What、Why、How的文章

「Where- 地點」、「Who- 人物」的文章可以比照辦理。而「What-Why-How- 種類」的自然段寫大意的程序與時間法類似，不同之處是「What-Why-How」的結構名稱要轉化為「種類」。其次，種類法的文章可用「結構關鍵詞」來組成精簡的大意。然因篇幅的限制，無法呈現實作示範，讀者自行參酌前述的「when- 時間」的示例，進行六 W 的穿梭教學與自然段寫大意。

　　事實上，我們可以不用「六 W 穿梭」分析，直接使用時間、地點、人物、種類（事物景情／理由／方法）等結構法做「多元結構穿梭」與發現自然段的歸屬，並用它們來摘大意。六 W 只是協助入門者的方法，它終究要轉換為「結構」，而多了一道手續，所以入門之後，就不必再用六 W，以節省時間精力。

## （三）熟手／自動化階段的「代表性捷思法」與意義段寫大意

　　經過認知階段、聯結階段的學習之後，到了高年級的五、六十課課文，可以用「代表性捷思法」，其教學步驟是迅速瀏覽課文，同時使用結構基模迅速摘取「結構的代表性特徵詞」，根據代表性特徵詞決定組織結構，之後在「結構與內容分析表」中填寫自然段結構關鍵詞、自然段結構名稱、原生內容關鍵詞語、撰寫分段主題句（即自然段分段大意）、意義段、創生內容關鍵詞語等欄。根據此一結構分析表的內容，串聯兩種大意：以意義段原生關鍵詞寫大意、以意義段創生的關鍵詞寫大意。茲呈現實作範例如下：

### （1）「When- 時間」的「代表性捷思法」與意義段寫大意

#### A 迅速瀏覽課文，採用類推或倒推法摘取自然段的代表性結構關鍵詞

　　在瀏覽課文時，看到開頭第一句有「十二年前」、第二段有「以後的一連串日子裡」、第三段有「一個春季午後」、第四段有「手術過後第二天」、第五段有「換腎以後」，馬上觸動「時間」的概念，是「時間組織結構法」的「代表性」結構關鍵詞，即可「類推」到這篇文章是「時間組織結構法」。採用「倒推法」來驗證：時間組織結構

法的定義是以時間順序敘述事件的經過，由於以上各段的時間符合
「時間順序」的內容敘述，所以可以確定這篇可以歸屬為「時間組織
結構法」。

　　本篇文章確定可以歸屬為「時間組織結構法」之後，就將自然段
的「時間」結構關鍵詞填入結構內容分析表的第一欄。

---

大愛不死

國立編譯館國語第 11 冊（2001.8）

　　十二年前，醫生宣佈我得了尿毒症，必須靠長期的洗腎以維持生命。
當時我簡直不敢相信這個事實，就像是一個人無緣無故被判了死刑，叫我
怎麼能甘心？怎麼去承受？我才二十三歲，正是人生的黃金歲月，一切都
才正要開始，怎麼會？怎麼會？

　　以後的一連串日子裡，不管颳大風、下大雨或是過年過節，我每週固
定要到醫院洗腎三次。洗腎如同枷鎖，把我的形體、我的自由緊緊的給鎖
住。殘留在體內的毒素，使我的皮膚變得蠟黃、灰暗，特別是一到冬天，
皮膚變得乾燥難忍，只要喝點熱湯，或吃點辣味，立刻就奇癢無比，像是
千萬隻小蟲在身上叮咬，癢得兩隻手都來不及抓，真是狼狽極了。身心所
受的痛苦折磨，以及生命的逐漸凋零，幾乎使我萬念俱灰，還好有家人濃
濃的親情，和期待一絲絲換腎的機會，支撐著我，讓我能堅強的活下去。

　　一個春季午後，突然接到台南成大醫院的緊急電話，問我願不願意接
受腎臟移植？我喜出望外，不加思索的立刻同意，接著腦中湧出一連串的
問題：「捐贈的人是誰？」「他是什麼原因走完人生的路？」「他為什麼願意
捐出身上的器官？」

　　手術過後第二天，哥哥拿著報紙，指著斗大的標題「美國少女依莉莎
白遺愛人間」給我看，上面寫著：「美國少女依莉莎白到台灣的教會實習，
不幸被貨車撞倒，送成大醫院急救。她的父親韋伯是美國的醫師，當他千
里迢迢由美國趕到醫院時，確認愛女被判定腦死。韋伯醫師強忍悲痛，主
動簽下器官捐贈同意書，將愛女的眼角膜、肝、腎等器官全部捐贈出
來……」我含著淚水讀完每一句每一字，原來這就是我的再生父母啊！

　　換腎以後，讓我重新開始新的健康人生。我迫不及待的與韋伯醫師取
得聯繫，感謝他們父女的大愛精神。我更來到依莉莎白服務的教會，在她

生前最喜愛的榕樹下，我流著感恩的淚，祈求上帝厚愛這位善良溫柔的女孩。輕撫著樹幹，彷彿輕撫著依莉莎白的手。牧師把我介紹給教會的弟兄，並且為我及依莉莎白祈禱：「我們的好朋友依莉莎白並沒有死，她還有一個腎臟在這位先生身上日夜不停的運作，她的精神永遠長在……」聽到這裡，我已經淚流滿面了。

我相信人間有愛，器官捐贈延續生命的大愛，永遠不死。

## B 填寫自然段的結構名稱

根據結構關鍵詞，為每一個自然段命名，把名稱填入「結構與內容分析表」步驟二的欄位。本篇文章的各段都是「時間」段（如果有插敘的文章，中段的自然段可能有不同的名稱），且是「時間順敘」。

## C 摘取內容關鍵詞

以選擇法、刪除法等，摘取原生內容關鍵詞，把它們填入「結構與內容分析表」步驟三的欄位。

## D 撰寫主題句或自然段分段大意

把結構關鍵詞加上原生內容關鍵詞，撰寫主題句或自然段分段大意，把它們填入「結構與內容分析表」步驟四的欄位。

## E 意義段的整併、命名與訂定篇結構的名稱

意義段的整併之「大段內同質性分組」與「大段間異質性分組的關係說明」：由於開頭有「十二年前，我得尿毒症，必須靠洗腎維持生命」，這是事情的「原因」。二、三、四段的內容為「每週洗腎，等到美國少女依莉莎白捐腎器官而做了腎臟移植」，是事情的「經過」。第五、六段是「換腎以後作者重新開始新的健康人生。作者相信器官捐贈延續生命的大愛，永遠不死」，這是事情的「結果」。這篇文章的篇結構為「原因・經過・結果／時間順敘」。

## F 以意義段原生關鍵詞寫大意

用「原因・經過・結果／時間順敘」組織大意如下：

> 本文開頭敘述事情的 原因 是：十二年前，作者得尿毒症，要靠洗腎維持生命。
>
> 中段依時間順敘敘述事情的 經過 是：以後的日子裡，作者每週到醫院洗腎，期待換腎的機會。一個春季午後接到醫院徵詢腎臟移植意願的電話，作者立刻同意。手術過後第二天從報紙標題「美國少女依莉莎白遺愛人間」。得知是她捐贈器官給作者。
>
> 事情的 結果 是換腎以後作者重新開始新的健康人生。作者相信器官捐贈延續生命的大愛，永遠不死。

## G 意義段創生的關鍵詞

本文只需創生意義段「內容」關鍵詞。以換句話說的方法，將二、三、四段的「內容」簡化濃縮為「每週洗腎，等到美國少女依莉莎白捐腎器官而做了腎臟移植」。之後把它們填入「結構與內容分析表」步驟七的欄位。

| 步驟 | 一 | 二 | 三 | 四 | 五 | 六 | 七 |
|------|-----|------|------|------|------|------|------|
| | | | | 結構與內容分析表 | | | |
| 段別 | 自然段結構關鍵詞 | 結構名稱 | 原生內容關鍵詞 | 撰寫主題句／（自然段）分段大意 | 意義段 | 篇結構名 | 創生的內容關鍵詞 |
| 第一段 | 十二年前 | 一時間 | 我得尿毒症，必須靠洗腎維持生命。 | 十二年前，我得尿毒症，必須靠洗腎維持生命。 | 原因・ | 原因・ | 十二年前，我得尿毒症，必須靠洗腎維持生命。 |

| 第二段 | 以後的日子裡 | 一時間 | 我每週到醫院洗腎，期待換腎的機會。 | 以後的日子裡，我每週到醫院洗腎，期待換腎的機會。 | 經過 | 經過·結果／時間順敘 | 每週洗腎，等到美國少女依莉莎白捐腎器官而做了腎臟移植。 |
| 第三段 | 一個春季午後 | 一時間 | 接到醫院徵詢腎臟移植意願的電話，我立刻同意。 | 一個春季午後接到醫院徵詢腎臟移植意願的電話，我立刻同意。 | | | |
| 第四段 | 手術過後第二天 | 一時間 | 報紙標題「美國少女依莉莎白遺愛人間」。得知是她捐贈器官給我。 | 手術過後第二天從報紙標題「美國少女依莉莎白遺愛人間」。得知是她捐贈器官給我。 | | | |
| 第五段 | 換腎以後 | 一時間 | 讓我重新開始新的健康人生。感謝捐贈者的的大愛精神。 | 換腎以後讓我重新開始新的健康人生。感謝捐贈者的大愛精神。 | 結結果 | 結果 | 換腎以後重新開始新的健康人生。我相信器官捐贈延續生命的大愛，永遠不死。 |
| 第六段 | 結尾 | | 我相信人間有愛，器官捐贈延續生命的大愛，永遠不死。 | 我相信人間有愛，器官捐贈延續生命的大愛，永遠不死。 | | | |

## H 以意義段創生關鍵詞寫大意

以原因、經過、結果串聯意義段的分段大意，成為全課大意如下：

> 本文開頭敘述事情的 原因 是：十二年前，作者得尿毒症，要靠洗腎維持生命。

> 中段敘述作者每週洗腎，等到美國少女依莉莎白捐腎器官，而做了腎臟移植的 經過 。
>
> 結果 是換腎以後作者重新開始新的健康人生。作者相信器官捐贈延續生命的大愛，永遠不死。

### I 結構內容分析表及大意發表與全班討論檢核

由於此一階段是學生個別或分組合作獨立摘大意的練習，當學生完成結構內容分析表及摘大意之後，採個別發表或分組發表，以「文章結構分析 20 分、主要概念抓取 30 分、語詞簡潔表達 30 分、字句串聯流暢 20 分」四項標準共同評量摘大意的學習表現。

### J 遷移到 Where、Who、What、Why、How 的文章

Where- 地點、Who- 人物的文章可比照辦理。「What、Why、How- 種類」的「代表性捷思法」與意義段寫大意，程序與「When-時間」大部分相同。不同之處是「種類法」的寫大意增加以「結構關鍵詞」寫大意，以及「創造的結構關鍵詞」寫大意。然因篇幅的限制，無法呈現實作示範，讀者自行參酌前述的「when- 時間」的示例，進行「代表性捷思法」與意義段寫大意。

事實上，到了結構「代表性捷思法」與意義段寫大意的階段，我們已精熟使用時間、地點、人物、種類（事物景情／理由／方法）等自然段結構法及各種意義段組織結構法，以「組織結構」的「代表性捷思」迅速發現自然段與意義段的歸屬，並用它們來摘大意，捨六W 亦可。

## 五　結論與建議

本研究的結論與建議分述如下：

## （一）結論

寫作和閱讀，甚至說話和聆聽，「組織結構」都很重要。而文章的共同結構或章法是人類的一種「組織結構潛能」，人們總是自覺或不自覺的使用它們來閱讀和寫作。本書的「螺旋式課程與教學設計」旨在一步步的帶領讀者從入門到精熟、從生手變熟手，充分發展「組織結構潛能」。本研究的綜合結論如下：

### 1 六何法與章法的結合

常用的六何法可以和章法結合，重要結論如下：

### （1）六何提問法所討論的「內容」，最後可以選用其中的一何當組織軸

六何提問法所討論的內容，最後應選用其中的「一何」當做貫串全文、連段成篇的組織軸，這個組織軸也有符應的篇章結構類型，進而以現行常見的「篇章結構類型」來組織六何問答所得的內容，使它們「邏輯關係連貫」。

### （2）六何有其符應的篇章結構類型

六何符應的篇章結構類型如 when、where、who 作為組織軸的文章，正好符應篇章結構的時間、空間、人物組織結構法，因而可以用這些篇章結構原理來組織所摘取的大意。What 類的文章通常用「列舉幾種」事、物、景、情、定義、主張等貫串全文；why 類的文章通常以「列舉幾種」原因、理由貫串全文；how 類的文章通常以「列舉幾種」方法貫串全文。六 W 符應時間、空間、人物、種類等四種自然段組織結構法。

## 2 摘大意的教學

關於「摘大意的教學」有如下的結論：

### （1）大意可以包括結構與內容兩大面向，符應結構取向的大意評分標準

大意是全文的縮影，有組織的大意應該包括結構與內容兩大面向。以六何以摘取文章的「內容」，再以「篇章結構類型」的原理來組織內容要點，就可以摘取包括結構與內容兩大面向的大意，符應劉素真、田耐青（2010：85）提出「結構取向」的大意評分標準：文章結構分析 20 分、主要概念抓取 30 分、語詞簡潔表達 30 分、字句串聯流暢 20 分。

### （2）可用自然段、意義段的組織結構來寫大意，實現「以文章結構寫大意」

「以文章結構寫大意」可以分別用自然段、意義段的組織結構來寫大意。在大意的敘述中也可以包括組織結構的關鍵詞。確實現我國「課文本位閱讀教學」學者倡議「以文章結構寫大意」的主張（教育部國民及學前教育署，2013：35）。

### （3）摘取原生、創生的關鍵詞，可串聯成繁簡不同的大意

大意摘取時，可摘取原生關鍵詞、創生的關鍵詞，組成繁簡不同的大意。在「種類結構」法的摘大意，尚可用結構關鍵詞串聯成大意，則相當精簡。

### （4）先學摘取原生關鍵詞，再提昇到創生的關鍵詞

本研究發展的「原生關鍵詞」是採用劃重點、選擇、保留、劃關

鍵詞、主題句等技法，從文本的「字面」上取得摘要。「創生的關鍵詞」是抽象化、創造、換句話說、語詞歸納等技法，產生與文本字面不同的、新創造的詞／短語／句子，可以稱為「創生」的關鍵詞／短語／句子。「創生」的主要目的是濃縮，常用「上位概念」使大意更精簡。教學時可先指導學生學習摘取原生關鍵詞，再提昇到轉換的關鍵詞。

### （5）結構取向的閱讀螺旋式課程可引導讀者進入「文章結構寫大意」的殿堂

本研究規劃設計生手／低年級／入門者或認知階段採用「一種結構之指導探究／問思教學」。半熟手／中年級或聯結階段採用「六 W 或多元結構穿梭與詳細論述教學」。熟手／高年級或自動階段採用「結構的代表性捷思教學」。如此，可以引領學習者進入「文章結構寫大意」的殿堂。

## （二）建議

### 1 教師要先學會六何法和章法結合及其在閱讀上的應用

認知學徒制的教學方法有示範、教導、鷹架和隱退，其中要能「示範」，教師自己要先學會，才能示範。事實上，很多的教學法都強調教師要先具備「內容知識」，在結構取向的閱讀方法，就要先精熟六何法和章法結合及其在閱讀上的應用，教學上才會游刃有餘。

### 2 六 W 法是一種過渡性的方法，熟練的讀者可用「結構的代表性捷思法」取而代之

六 W 提問法或穿梭與詳細論述分析法對「教師」的教學而言，

是開啟問答或討論「教學」的可行方法，也是引導讀者入門的方法，是一種過渡性的方法。對於讀者的終身閱讀而言，日常實用的閱讀方法是「結構的代表性捷思法」，它不再使用六 W 法去分析、問答、討論，所以熟練的讀者可不用六 W 法，直接使用自然段與意義段的結構法去分文章與摘取大意。

# 參考文獻

## 一　中文部分

方永泉、賈馥茗　慎思（詳細論述 Elaboration）　2017 年 4 月 15 日
　　　取自 http://terms.naer.edu.tw/detail/1312119/?index=8

王瓊珠　《閱讀教學模式》　載於王瓊珠、陳淑麗主編　《突破閱讀
　　　困難：理念與實務》　臺北市　心理出版社　2010 年　頁
　　　27-43

仇小屏、黃淑貞　《國中國文章法教學》　臺北市　萬卷樓圖書公司
　　　2004 年

仇小屏　《篇章結構類型論》　臺北市　萬卷樓圖書公司　2005 年

代表性捷思法（無日期）2017 年 4 月 15 日　取自 https://zh.wikipedia.
　　　org/wiki/代表性捷思法

沈翠蓮　《教學原理與設計》　臺北市　五南圖書出版公司　2001 年

幸曼玲等　〈摘大意找主旨策略〉　載於教育部　《閱讀理解策略教
　　　學手冊》　臺北市　教育部　2010 年　頁 98-134

邱上真　《Bruner 發現式學習理論與教學應用》　載於張新仁主編
　　　〈學習與教學新趨勢〉　臺北市　心理出版社　2003 年
　　　頁 189-216

柯華葳　〈千呼萬喚始出來〉　載於教育部　《閱讀理解策略教學手
　　　冊》　臺北市　教育部　2010 年　頁 I - III

柯華葳　《閱讀理解教學》　載於王瓊珠、陳淑麗主編　《突破閱讀
　　　困難：理念與實務》　臺北市　心理出版社　2010a　頁
　　　167-186

徐月雲 《摘要策略融入國小語文科課文閱讀教學之研究》 新竹市 新竹教育大學碩士論文（未出版） 2012 年

徐慧芳 《國中國文教科書篇章結構之研究——以南一版為例》 花蓮縣 東華大學碩士論文（未出版） 2013 年

張景媛 捷思法（2000a） 2017.4.15 取自 http://terms.naer.edu.tw/detail／1309728/

張景媛 專家／生手差異（2000b） 2017.4.15 取自 http://terms.naer.edu.tw/detail/1309554/

陳滿銘 《章法學論粹》 臺北市 萬卷樓圖書公司 2002 年

教育部國民及學前教育署 《北二區 102 學年度課文本位閱讀理解教學研習高年級研習手冊》 臺北市 教育部 2013 年

普瑞斯雷（Pressley. M）著 曾世杰譯 《有效的讀寫教學：平衡取向》 臺北市 心理出版社 2006 年

蓋聶（Gagné, E. D.） 耶可維區（Yekovich, C. W.）&耶可維區（Yekovich, F. R.）著 岳修平譯《教學心理學——學習的認知基礎》 臺北市 遠流出版公司 1998 年

歐用生 《國民小學社會科教學研究》 臺北市 師大書苑 1989 年

戴子翔 《國小國語教科書篇章結構之研究——以康軒版為例》 花蓮縣 東華大學課程設計與潛能開發學系碩士論文（未出版） 2014 年

劉素真、田耐青 〈概念構圖教學運用於三年級學童文章大意摘寫之行動研究〉 論文發表於 2009 年 11 月 27 日「2009 年 E 世代教學專業與研究學術研討會」

## 二 英文部分

Anderson, J. R. (1985). Cognitive psychology and its implications. New York：Freeman and Company.

Collins, A., Brown, J. S., & Newman, S. E.(1989). Cognitive apprenticeship: Teaching the crafts of reading, writing, and mathematics. In L. B. Resnick (Ed.), Knowing, learning, and instruction: Essays in honor of Robert Glaser (pp.453-494). Hillsdale, NJ: Erlbaum.

Faye Bolton (2007). Top-Level Structures. March, 2007, Vol.37, No.6; 2009.06.18 Retrive from http://www.teachingk-8.com/archives/... bolton.html

Rumelhart, D. E., (1980). Schemata: The Building Blocks of Cognition. In R. J. Spiro., B. C. Bruce., W. F. Brewer (Eds), Theoretical issues in reading comprehensiom (pp.33-58). Hillsdale, NY: Lawrence Erlbaum Associates.

Schwegler, Robert A. (2004). Patterns of exposition. New York: Longman.

Spiro, R.J., Vispoel, W. L., Samaragavan, A., Boerger, A. E. (1987): knowledge acquisition for application..... Congintive Flexibility and Transfer in Complex Content Domains. In B. C. Britton, & S. Glymnn (Eds), Executive control process. Hillsdale, NJ: Lawrence Erlbaum Associates.

# 試論詩歌教育的價值與影響

陳秀絨

臺北市立大學中國語文學系博士生

## 摘要

　　詩歌是文學中最早產生的作品，遠古時代沒有文字只有傳誦於口頭的歌謠，進而流傳於眾人口耳之間。文字產生後，流傳於口頭的歌謠便被記載下來，而成為詩歌。中國文學可分為三大領域：辭章、義理、考據。其中辭章又分為二部分：一、韻文，包括《詩經》、楚辭、漢賦、樂府、古詩、唐詩、宋詞、元曲等。二、非韻文，包括經（《詩經》除外）、史、子、集之類的文章，駢文、散文、小說等。韻文（詩歌）因其具有高度的音樂性易於背誦，且內容所涵蓋的知識面甚廣，因此，透過詩歌的洗禮，可激發兒童的想像力，進而發展其創造力。詩歌教育之於兒童，不僅能促進愉悅感，培養其文字鑑賞能力，幫助其關懷社會人群，進而發揚人文的精神，以達到教育之最高目的。

　　語文的學習與語文的環境塑造有關，而唱誦、韻律活動一向受到國小學童的喜愛，在生動有趣與多變化的學習活動中，往往能引起他們高度的學習動機。有鑑於此，筆者嘗試以古典詩歌教學為研究之範疇，本文分為詩歌教育對語文學習的價值與影響二大部分，透過文獻法進行研究，期盼經由研究之結論，能提供學校教師、行政單位作為教學與行政之參考。

**關鍵詞：辭章、韻文、非韻文、詩歌教育、語文教育**

# 一　前言

　　古典詩歌在華人社會裡之所以能大放異彩、歷久彌新，係因其能啟發人的心志、宣洩人的情緒、進而達到教化人心的道德境界。迭經千百年傳承之浩瀚的詩歌作品中，尤以有第一部詩歌總集之稱的《詩經》，以及將詩歌發展至巔峰極致的精選《唐詩三百首》，最受後人的喜愛與傳誦。

　　詩歌的特質在於音樂性。音樂的組成要素，包括節奏、旋律、和聲、音色；而詩歌的音樂性，主要是指節奏性而言。我國語言文字的特質在於獨立體與單音節，因其獨立，宜於講求對偶；因其單音節，宜於務聲律。總之，詩歌想透過另一種的語言處理，而成為一種樂語；歷代韻文的產生，皆源於音樂的需要。我國的文字是單音文字，適宜於寫作韻文，韻文非僅優美其變化也多；不但注重平仄、音韻，並且講究對偶。韻文是一種有音樂且富於人生情感的文學作品，其中又以詩歌流傳最廣，千百年來仍廣受世人的喜愛。

　　詩人學者邱燮友表示：「我國歷代都重視詩歌教學，童蒙開始，詩歌便是啟蒙啟智的靈鑰；而詩歌有三大功能：首先可以宣導人們的情意，構成了『興觀群怨』、『溫柔敦厚』的傳統詩教。其次，詩歌能教忠明孝，激發愛家愛鄉愛國的情操。其三，多認識鳥獸草木之名，可以增加常識，充實知識。推廣詩歌教育，可以化解暴戾之氣，美化人心。[1]」由此可知，詩歌具有潛移默化的「薰陶」作用，可以達成德智體群及美等五育的目標，因此「古人教育兒童，恆以詩教為先。[2]」

---

1　邱燮友：〈建立詩教的新秩序〉，《中國語文》第559期（2004年1月），頁4-6。
2　徐守濤：〈兒童詩歌的教育觀〉，《東師語文學刊》第4期（1991年2月），頁121-144。

古典詩歌對於學童具有很大的教育功能，身為父母或師長實有必要鼓勵學童大量接觸古今文學作品，使其在文學的環境中涵養性情。

中華民族具有淵源流長的歷史，這部長史可說是以詩詞歌賦寫成的，無論《詩經》、楚辭、樂府、唐詩、宋詞、元曲、明清的民歌，乃至五四運動白話文學後的現代詩，在詩人所呈現的文學作品中，無疑讓吾人瞭解每個時代的經典文學所獨具的面貌和風韻，藉此也讓我們閱讀了每個世代的悲歡歲月，更讓後人窺探當時人們的思維、生活以及社會狀況，而其所隱含的詩教更足以讓我們深自省思。

## 二　古典詩歌的意涵與類別

古典詩歌，又被稱作「詩詞歌賦」、「古詩」或「舊體詩」，係指以文言文和傳統格律創作的詩，《詩經》與《楚辭》是中國最早的兩部詩歌集，均創作於先秦時期，又同時對後世產生了深遠之影響。

在古籍文獻資料中，對詩歌的定義，最早的記錄見於《尚書·堯典》所言：「詩言志，歌永言，聲依永，律和聲。八音克諧，無相奪倫。[3]」；有關詩歌之意涵，《禮記》〈樂記〉也云：「詩言其志也；歌，詠其聲也；舞，動其容也。三者本於心，然後樂從之。[4]」；孔子曰：「小子，何莫學乎詩？詩可以興、可以觀、可以群、可以怨，邇之事父，遠之事君，多識鳥獸草木之名。[5]」；而劉勰於《文心雕龍》〈明詩〉亦云：「在心為志，發言為詩，……詩者，持也，持人性情；三百之蔽，義歸無邪，……人稟七情，應物斯感，感物吟志，莫

---

3　十三經注疏－《尚書》〈堯典〉（臺北市：藝文印書館，1976年），頁46。

4　十三經注疏－《禮記》（臺北市：藝文印書館，1976年），頁682。

5　十三經注疏－《論語》〈陽貨〉（臺北市：藝文印書館，1976年），頁156。

非自然。[6]」由「詩言志」到「詩緣情」，經歷了漫長的漢代「詩教」過渡期，漢儒認為詩歌的發展會隨時而變，時事盛衰決定詩之正變，而其核心則為「詩教」，並以美刺定詩之正變，「正」為美，「變」為刺。由此，以「美刺」定正變之「詩教」傳統遂成，其繼承並發揚孔子「溫柔敦厚」之「詩教」思想，從「溫柔敦厚」擴展到「思無邪」，再到「文以載道」，此觀念的變革和發展軌跡，均循著既定路線規律前進。

　　古典詩歌，又被泛稱為「詩詞歌賦」、「古詩」或「舊體詩」，係指用文言文和傳統格律創作的詩。古典詩歌在華人社會裡之所以能大放異彩、歷久彌新，係因其能啟發人的心志、宣洩人的情緒、進而達到教化人心的道德境界。陳茂仁提及：歷來對古典詩歌的分類，有以風格為劃分的，也有以時代為區別的，廣義的古典詩歌，包括各種古代的韻文如賦、詞、曲等，狹義則僅包括古體詩和近體詩；不過傳統的分類方法，大都依詩歌外在的不同形式，而分為「古體詩」和「近體詩」兩大類別[7]。

## （一）古體詩

　　古體詩原指唐朝以前不配樂的詩，有別於講究格律的近體詩；近體詩成形以後，仍然有相當多的詩人喜歡使用古體創作，這些詩作也被稱為古體詩，與遵守格律的近體詩相區別。古體詩的特色是：沒有一定的格律。它所表現的特色為：全篇字數、句數不固定；不講究平仄格律；用韻可押平聲韻，也可押仄聲韻，也可一篇中平、仄聲韻兼出，可以允許換韻（因有的篇幅很長，換韻可避免呆板），可以不用

---

6　〔梁〕劉勰：《文心雕龍》（臺北市：臺灣開明書店，1974年），卷2，頁1。

7　陳茂仁：《古典詩歌初階》（臺北市：文津出版社，2003年），頁17。

一韻到底，且每句均可押韻，不限特定的押韻句處[8]。而古體詩通常可分為四種類型：也稱「古詩」、「古風」、「往體」、「格詩」，與「近體詩」對稱。廣義者指唐代以前各種詩歌體裁和唐代以後文人仿古的詩作，包括四言古詩、楚辭、樂府等；狹義者，僅指不限句數、格律限制的四言、五言、七言古詩、或雜言詩。

1. 四言詩：全首詩皆由四個字一句的形式所組成。中國第一部詩歌總集《詩經》即為四言體的詩，也是現今存世最早的古體詩。

2. 五言古詩：全詩皆由五言句所組成，又稱五古。五言古詩是中國古代詩歌體裁的一種，全篇由五字句構成。

3. 七言古詩，簡稱七古，又分為兩種：一種是全詩為由七言句所組成；一種是稱做雜言的詩，由長短不一的句式所組成[9]。現今存世最早的一篇七言古詩，當是魏代曹丕的〈燕歌行〉則被認為是現存的第一首文人創作的完整七言詩。

4. 雜言詩：古典詩歌絕大部分為齊言詩，且以偶數句成篇；雜言詩又名長短句，一首詩是由長短不一的句式所成，有五言七言相間的、有三五七言各兩句的、有一三五七九言各兩句的等不一而足，且多數以奇數句成篇。

## （二）近體詩

近體詩又稱為今體詩（以其興於齊梁而盛於唐，故稱。）主要是初唐人所創之詩，有別於古體詩，所以稱為今體詩。近體詩的特色為：每首字數、句數固定；講究平仄格律；只能押平聲韻，且須一韻到底，不可中途換韻，押韻的句數固定在偶數句（第一句可押韻，也

---

8　陳茂仁：《古典詩歌初階》，頁18。
9　陳茂仁：《古典詩歌初階》，頁21。

可不押韻）；特定的詩體，如律詩、排律需講究對仗[10]。亦即其規範詩作包括字數、平仄、用韻、對仗等因素。因此，近體詩分為五種類型：即五絕、七絕、五律、七律和排律。近體詩格律嚴謹，與唐代以前的古體詩相比，形式較為整齊，節奏也更為和諧，但相對的限制也更多。

1. 絕句：（1）每首四句，（2）其格律取律詩之前四句、後四句、中四句或首二句合尾二句皆可。

2. 律詩：（1）嚴限平仄，（2）每首八句，兩句為一聯，共有四聯，（3）一韻到底，不可換韻。

3. 排律：（1）每首八句以上，即不限句數之長篇律詩，又名「長律」，（2）必須依照律詩之格律延長，排排對偶。

綜上所述，茲舉中國古典詩歌分項特色與分類表如下：

### 表一　古典詩歌分項特色

| 古體詩 | 近體詩 |
|---|---|
| 全篇字數、句數不固定。 | 全篇字數、句數固定。 |
| 不講究平仄格律 | 須辨四聲，講究每字的平仄聲調。 |
| 可分別押平聲韻或仄聲韻，亦可同時押平聲韻及仄聲韻，並允許換韻，不用一韻到底，每句均可押韻。 | 全篇的偶數句尾押平聲韻，且不可換韻，第一句可押韻，亦可不押韻。 |
| 對仗與否，並無硬性規定。 | 律詩、排律，除首、尾兩聯外，餘其中間各聯的出句、對句，均須兩兩對仗。 |

---

10 陳茂仁：《古典詩歌初階》)，頁24。

## 表二 古典詩歌分類表[11]

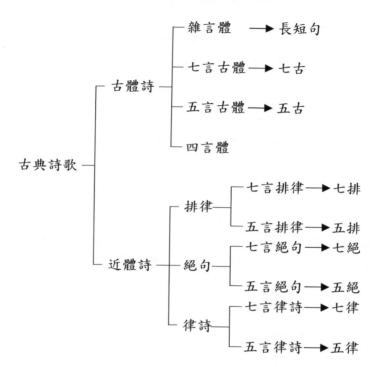

中國古典詩歌的形式，無論在韻律的特色、押韻的技巧，平仄聲的運用，節奏的優美，均影響每一個朝代詩歌作品的創作，其所反映當朝的社會現實與藝術文化，無疑成為一種文化歷史的軌跡。語文，是一門學科同時也是一項工具。無論延伸至其他學科的學習，或日常生活人際的溝通與互動，在在需要這項不可或缺的溝通工具。而我國傳統的語文教育方式之講求，即在學童反覆的背誦下，兼收語文訓練、藝術修養、人格陶冶三種「反芻式」教學的成效，也曾在我國兒童語文教育上，擁有不容輕忽的地位。

---

11 陳茂仁：《古典詩歌初階》，頁30。

## 三 詩歌教育對語文學習的價值

　　詩歌是一種精緻文字的表達形式。世界上任何一個民族，其詩歌都有獨特的風格。詩歌不但可以化民正俗、陶冶氣質，其流傳之深遠更能反映出當地之民情和教育風貌。《禮記》云：「入其國，其教可知也，其為人也，溫柔敦厚，詩教也。」林師于弘認為：《詩經》不但是孔門教育的核心，也象徵著韻文在我國傳統教育的地位。在我國傳統教育的啟蒙童書中如：《三字經》、《百家姓》、《千字文》……，都是韻文的菁華；至於如《千家詩》、《唐詩三百首》、《宋詞三百首》……等選集，也都是基礎詩歌教育的必讀經典，迄今仍佔有重要的一席之地[12]。前述的韻文、詩歌因其具有高度的音樂性易於背誦，且其內容所涵蓋的知識面甚廣，因此，透過詩歌的洗禮，可激發兒童的想像力，進而發展其創造力。由此可知，詩歌教育之於兒童，不僅能促進其愉悅感，培養其文字鑑賞能力，幫助其了解社會、關懷社群，進而發揚人文的精神，以達到教育之最高目的。

　　語文是思考的工具，也是傳承文化的負載平台；語文不但是入學、工作的必備能力，也是衡量國民水準的具體指標。國語文是語文領域的核心，不論是課程時數或教材內容，同樣肩負著開展學生學習視野的重責大任[13]。國語文是一切學科之基礎，也是傳遞民族文化最根本的力量。由於目前國小增加鄉土語言教學及提早學習英語，因此，國語文教學不僅面臨時數減少，而課文內容也難避漸被精簡的窘狀。仇小屏指出：依據《國民中小學九年一貫課程綱要》的基本理念揭

---

12 林于弘：《第六屆「兒童文學與語言」學術研討會論文集》（臺北市：富春文化事業公司，2002年），頁47-66。

13 林于弘、林曉茹：《2004年創造力教育國際學術研討會論文集》（臺北市：臺北師範學院，2004年），頁345-359。

示，本國語文教學旨在培養學生具備良好的聽、說、讀、寫、作等基本能力，以表「情」達「意」。其中，書面語言能力的「讀」、「寫」、「作」，大都是在學校作計劃的培養[14]；因此，現今如何有效地提升學生的「閱讀」與「寫作」等語文能力，自有其重要性和迫切性。

古人曾言：「口而誦，心而惟」，又說：「辭熟而後義透」，口與心，誦與思，兩者關係密切[15]。而對於童年的記誦經驗與實質成效，杜松柏也提出其見解：

> 一方面熟能生巧，由背誦爛熟之中得到法則；一方面由有之而化之，書背熟了，詞彙自然有了，成語也蘊藏於胸，二者如築屋的材料，人人可拈用，成為表情達意的工具。從背誦中來增加語文的辭彙與能力，在背熟了也背多的情況下，很自然地在需要時就會運用出來[16]。

由此可知，傳統的記誦法雖顯無趣，但因其能使語言文字運用清暢通達，在古今語文的學習上自有其不可忽視的功效。當然古代的記誦法，不僅是背誦而已，其實它也是一種涵泳。因此，今人亦耕也將其視為我國傳統語文教育的最大特色：「古代童蒙教育說穿了只是背誦而已；……諷誦的本身即是一種涵泳；於是乎，語文訓練、藝術修養、人格陶冶三者合而為一，這是我國傳統語文教育的最大特色。[17]」詩歌教育亦可透過記誦法，使兒童在合宜歲月中吸納了古人

---

14 仇小屏：〈新式寫作教學總論〉，收錄於陳滿銘主編：《新式寫作教學導論》（臺北市：萬卷樓圖書公司，2007年），頁27。

15 邱財貴：〈童蒙養正——怎樣教小孩子讀古書〉，《國文天地》1卷第6期（1985年11月），頁32。

16 杜松柏：〈工夫全從誦背來〉，《國文天地》3卷8期（1988年1月），頁66-73。

17 亦耕：〈諷誦涵泳與語文教育〉，《中央日報》，1981年2月10日，第21版。

珍貴、永恆的智慧，及至年歲漸長理解力遞增，自然也能陶溶成其人格的素養與內涵。

詩歌的產生遠在文字之前，這原是眾所公認的事實。長久以來，我們所賴以生存的場域之所以能成為「詩的國度」，自是基於文化傳承發展的結果，然而迭經時代的變遷、西方科學文明的衝擊，後代的論詩者似乎已漸漸遺忘了詩歌的古老源頭，甚至忽略了它對社會人群所產生的影響。在這個科技與人文亟需平和對話的廿一世紀裡，也許我們更該反芻如何將舊思維賦予新意？

關於詩歌教育的價值，徐守濤表示：近年來，許多先進國家，如英國、美國，都常用詩歌作為兒童心理治療的工具，讓兒童在感情的詩歌中涵詠，使個人情緒得到適當的發洩、淨化。同時更確認詩教實質的意義為：陶冶性情、美化心靈、啟發智慧、培養創作能力、培養健全人格[18]。由此可知，詩歌能撫慰心靈，並具有治療疾病的功能；換言之，詩歌教育實兼具醫學、文學與心理學綜合效應的功能。林文寶指出：詩教育的本質在於遊戲情趣的追求；而遊戲情趣的活動和經驗是促進兒童認知發展的必要條件。詩教育的實際效果則在於才能的啟發，並促使兒童邁向形式運算期階段。因此，詩教育的終極目標可說是在於人文素質的涵養[19]。詩歌最富情感、能傳遞情意，而它比其他體裁的文學作品，更容易觸動人們的心弦、牽動人們的憂喜悲歡，故能引發人們的情感，調節人們的情緒，進而導引端正其思維。子曰：「詩三百，一言以蔽之，曰思無邪。」《論語》〈為政〉思無邪者，誠也，歸於正也。「教育」一詞在英文為 Education，原本是從拉丁動詞 Educare 來的，其原義為「抽出」，所謂「抽出」

---

18 徐守濤：〈兒童詩歌的教育觀〉，《東師語文學刊》第4期（1991年2月），頁121-144。

19 林文寶：《兒童詩歌論集》（臺北市：富春文化事業公司，1995年），頁91。

即是「啟發」，教育的目的在「啟發」人性中所固有的求知（真）、學好（善）、愛美的本能。因此，所謂的「詩教」，亦可進一步解釋為「最適合於健全人格之教育」。

兒童的語言學習是經由「聲音」來捕捉「意義」的，先感受到的是語言的「聲音」，之後才是聲音所表之意。因此，富有押韻、節奏清楚、句子短、句數少的詩歌最適合讓兒童吟詠、唱誦、練習說話，使兒童能於很快的時間就熟悉語言的聲韻和節奏，建立說話閱讀的基礎，而恆常成為語言和常識學習的一種教學策略；藉著對古典詩歌的欣賞與提倡，應能延續這傳統悠久綿長的詩教。詩歌可以激發兒童的想像力和創造力，透過兒童詩歌的腦力激盪，可激發兒童的想像力進而發展其創造力。因此，詩歌教育之於語文教育價值的重要性可見一斑。

王爾敏肯定記誦法對兒童識字有所助益：中國方塊字，便於就個別字形，一一教兒童口誦記憶，足可達成識字功效，是以迄今多人沿用[20]。因此，即使現代語文教學法已呈現多元化的面貌，但傳統記誦法在今日依然有其不可磨滅的價值。唱誦詩歌也是國語教學中非常重要的一環，陳弘昌認為：剛入學的兒童透過朗讀，可加強字音、字形、字義的聯合，對於韻文、美文等具有音樂節奏感的文字，唯有透過朗讀，才能心領神會；另外，就提升兒童欣賞文學作品的能力及表達情感方面也功不可沒[21]。現行的詩歌教育係以古典詩詞為教材，以鼓勵熟讀背誦為教法的語文教育。此項自五四以來因提倡白話文，而逐漸被遺忘的傳統教育，著重在掌握兒童黃金記憶時期，期盼其透過「死背」的古典詩歌而逐漸陶溶成為生命的內涵，進而協助其成為能「活用」的生命智慧。

---

20 王爾敏：《明清社會文化生態》（臺北市：臺灣商務印書館，1997年），頁117。
21 陳弘昌：《國小語文科教學研究》（臺北市：五南圖書出版公司，2000年），頁258。

　　詩歌教育不僅於古代教育有莫大貢獻，縱使到了資訊多元的現代社會，其對於語文、文學與品格陶冶等方面，均能發揮其教育功能，而其所隱含的各類知識，所吟詠的風物民情，更足以使兒童增進對傳統文化和歷史文物的認識與了解。因此，如果能夠讓他們從小即利用課餘的時間來熟讀默誦、吟味涵詠，則對其日後的語文乃至其他領域的學習，必然也會有相當程度的助益。

　　教育之目的，本宜涵蓋人之知情意三層面，並將之結合為圓融的整體，以促進健全人格之發展，進而能享受圓滿理想之人生。詩歌教育之終極目的，即在於知情意健全人格之培養；如果能讓兒童從精煉的文學作品或詩篇中去發現自我，啟發智慧、開拓心胸、美化心靈，正可彌補現代教育之不足，使學童的身心健康更臻善境。因此，透過古典詩歌的閱讀與唱誦，自能品味豐富精緻的文學之美，以及對自我生命之省思，進而提昇自我的人文素養與生命內涵；古典詩歌之所以能在華人社會裡大放異彩、歷久彌新，係因其能啟發人的心志、宣洩人的情緒、進而達到教化人心的道德境界。

## 四　詩歌教育對語文學習的影響

　　二十一世紀是一個資訊化的時代，也稱為後工業化社會、知識經濟時代，雖然人們稱呼有別，但反映在社會快速變遷、訊息膨脹、溝通頻繁、尊重多元和終身學習的樣貌，卻無任何明顯的差異。

　　在資訊急速發展、溝通頻繁密切、媒介多元的社會中，語文的閱讀與寫作活動也呈現出別於往昔的特色。例如：由於閱讀時間被切割，輕薄短小的文章，日漸取悅生活步調緊湊的閱讀人口；網站上各種的交流方式、無線傳輸電話的普及，在在彰顯著口語式的交談，正逐漸取代書面的溝通；而書寫、閱讀的習慣，也從傳統的印刷到無紙

張的電子書件，圖書資料從親臨書店的選購到網站上的下載交易。這些新興工具及媒介的出現，更顯示了傳統閱讀、書寫、出版、購買等習慣，已逐漸隨著資訊科技的發展而急遽改變了！

在此情況下，魏金財也表示：個人除了具備由傳統語文教育中所習得的相關能力外，更應具有適應不同新的閱讀、書寫、說話、聆聽情境所需的策略和方法，才能從容應付。而上述這些能力的要求，不僅需透過學校正規教育來培養，以奠定穩固的基礎，更需每個人不斷自我成長、終身學習，才能發展完善。聯合國教科文組織在《學習——財富孕育其中》（*Learning: the treasure within*）一書中也特別提出這樣的呼籲：「未來的文盲，不再是不識字的人，而是沒有學會怎麼學習的人。[22]」因此，我們也期待現今的語文教育，能使學童學習到足以因應新世紀所必須面臨的變化和挑戰。有關詩歌教育對語文教育的影響，茲提出下列三個面向：

## （一）活化語文教學

根據認知心理學家的說法，人類接觸外在訊息若無經過複誦的動作，此訊息將快速消失。這種複誦被稱為口頭複誦（ verbal rehearsal），這是一種記憶的策略，使用這些記憶策略或記憶術，我們可以把短期貯存中的訊息轉移到長期貯存中去，也可以從長期貯存中提取訊息。因此，如能依據現行語言文字的特性，做適當的記誦教學，對語文教學的成效自有裨益。

詩歌教材中的《唐詩三百首》，在現今語文教育中依舊受到重

---

22 魏金財：〈九年一貫課程語文領域的新視野——面向新的語文學習〉，《翰林文教雜誌》第7期（2000年1月），頁8-12。

視，而隨著時代觀念的演進，逐漸衍生出更生動的教學方式。陳木琳
曾採用美國哈佛大學心理學家迦納（Howard Gardner）的「多元智慧
論[23]」設計了一套古詩教學法，藉以發展兒童的多元智慧[24]，茲引述
如下：

1. 語言智慧教學法：（1）說故事、（2）腦力激盪、（3）錄音、（4）
   文字紀錄、（5）輯篇成章

2. 數學邏輯智慧教學法：（1）善用詩句中的數字、（2）學習分類與
   分等、（3）建構式問答、（4）啟發式教學、（5）科學思維

3. 空間智慧教學法：（1）立體影像、（2）彩色記號、（3）比喻、
   （4）思維速寫、（5）圖解符號

4. 肢體運動智慧教學法：（1）肢體語言、（2）課堂劇場、（3）比手
   畫腳——概念動作化、（4）操作學習、（5）唱作俱佳

5. 音樂智慧教學法：（1）吟唱、（2）時代背景音樂、（3）背景音
   樂、（4）概念效果音樂、（5）大自然音樂

6. 人際智慧教學法：（1）合作小組、（2）同伴分享、（3）詩文人體
   接龍、（4）古詩過關尋寶遊戲、（5）古詩情境之模擬

7. 自我反省智慧教學法：（1）一分鐘省思、（2）個人經驗聯繫、
   （3）利用時間與自勵學習、（4）情緒、（5）共同制定目標

　　雷僑雲認為：中國語文有結構組織、相互調適、分類明確、單音
有調、形義孤立等現象，進而掌握住中國語文的特性，學習久了便能
展現語文長才[25]。筆者曾參酌前述多元智慧教學方法運用於古典詩歌

---

23 Howard Gardner 的「多元智慧論」是將「語言、數學邏輯、空間概念、肢體運動
　　能力、音樂、人際關係、自我反省」這七種智慧統稱為「多元智慧」。

24 陳木琳：〈由做中學看兒童學詩文——多元智慧教學模式〉，《北縣教育》第21期
　　（1998年1月），頁38-46。

25 雷僑雲：〈偶然為汝父，未免愛吾兒——試探中國「神童」的形成背景〉，《國文天
　　地》第6卷4期（1990年9月），頁45-47。

之教學現場，不僅深獲學童的喜愛，進而使其於愉悅的氛圍中增益其語文學習能力；此種有別於傳統之詩歌教學方式，並結合現代科技與學童自我的生活經驗，使其能輕鬆愉悅的一窺詩文之堂奧，進而藉此賦予古詩新的生命與價值。學童依循著古文的音律之美來吟誦，而在經過一年半載之後，其在造詞書寫以及對文字的鑑賞能力，自然也隨之逐步提升了。

## （二）養成良好的閱讀習慣

閱讀，是一個複雜的歷程，不同的研究者對閱讀過程的解釋不同，其所提出的閱讀歷程模式也不盡相同。閱讀包含了識字（wordrecognition）和理解（comprehension）兩個成分。閱讀習慣的養成與閱讀能力的培育都是國家文化與國民素養提升的重要關鍵。

閱讀教學是語文領域內統整學習的核心，因此養成良好的閱讀習慣至為重要。黃淑貞認為：閱讀策略，是讀者在進行閱讀的過程中，用來處理閱讀材料和促進學習所使用的一些有組織、序列性的活動，幫助讀者獲得、提取、運作、整合、儲存訊息及解決問題。閱讀理解能力的提高，有助於語文的理解與欣賞[26]。關於兒童閱讀，曾志朗與洪蘭二位學者在腦科的研究發現：閱讀所出現的將是人類最精華的能力集合在一起。學會閱讀後所延伸的力量，可以帶來腦思考內部的變化，閱讀及寫作反應人類智慧容量，還可以使腦不容易退化，並且會在無意中增加後設認知部分的能力，而面對資訊爆炸的新世紀，他們也進一步指出：

---

26 黃淑貞：〈從辭章學的內涵閱讀鄭愁予的〈下午〉〉，《國文天地》第304期（2010年9月），頁76。

> 面對二十一世紀資訊爆炸的唯一武器，便是閱讀——在最短的
> 時間內吸取別人的研究成果。閱讀是目前所唯一可以替代經驗
> 使個體汲取知識的方法。（這裡所指的知識已被內化，隨時可
> 以取用的東西。）[27]

此論述提醒了我們，閱讀在生活步調日趨快速的當今社會，仍有其不
容忽視的重要性。良好的生活習慣養成必須從小開始，閱讀也不例
外，要養成兒童的閱讀習慣其實也有方法：多讀、固定時間閱讀與分
享閱讀心得。都是培養良好閱讀習慣的方式，若能掌握這三個原則，
自能讓兒童從「練習」到喜歡，而閱讀也能逐漸融入其生活中……。
從語文學習的面向而言，閱讀教學是語文領域內統整學習的核心，對
此古喬也曾引述張湘君的看法：

> 良好的語文閱讀能感動讀者，提供角色參照的偶像，使讀者開
> 闊心胸、抒解身心壓力，培養情操、涵養性情、發展心智、增
> 進讀者生活經驗，讀物並能刺激讀者反省、思考、成為有思想
> 的人，體驗欣賞更美好的人生[28]。

由此可知，閱讀能力其實兼具了學習領域與實用生活的工具特色。詩
歌教育雖無須透過先理解再記憶的啟發式教學，兒童仍能依循著詩歌
的音律之美來背誦，其學習興趣不僅沒有減低，反而在誦讀一段時日
後，更能增益其對文字的敏銳度和鑑賞力；尤其在反覆背誦中，自能

---

27 洪蘭、曾志朗：〈兒童閱讀的理念——認知神經心理學的觀點〉，《現代教育論壇
　　六：兒童閱讀的理念與策略》（臺北市：國立教育資料館，2002年），頁592-595。
28 古喬：〈讓孩子與書牽手——張湘君教授談兒童文學教育〉，《師友月刊》第370期
　　（1998年4月），頁4-8。

逐漸識得一定數量的文字，如此不僅對語文學習有所幫助，也能在口語的讀誦中提昇其語文之朗誦技巧。因此，古典詩歌之讀誦，不僅能愉悅兒童心靈，亦能在潛移默化中增益學童之語文能力。

## （三）提升國語文能力

　　語文是一切學科的基礎，也是邏輯思維訓練的重要課程。羅秋昭認為：國小是打基礎的教育，特別需要把語言學好，因為有了語文能力，手上才握有釣竿，才能談到學習的方法；有了語文能力，才能去探索更寬廣的世界。所謂：「語文有多少，世界有多大」，說的就是先備有語文能力，才能探索美麗的世界[29]。近年來，由於科技文明的進展神速，世界上各先進的國家對其本國語文的研究無不全力以赴。對此，曾志朗也提出其見解：

> 一方面當然是透過對自己語言文化的了解來體會自己民族文化中的精義，一方面也更希望從語文的研究中去發現更有效的教學方法，來廣泛的推展語文教育提昇國民知識水準，進而提高國家的生產力[30]。

由此可見，國語文扎穩根基之重要性。本國語文能力的培育，一直是世界各國教育的主流，基於此，國語文的學習在我國小學教育中，便成為一個關鍵的重點，對於國語文學業成就因素的探討，也成為備受關切之領域。

---

29　羅秋昭：〈九年一貫語文領域課程大綱的內涵與轉化〉，《國民教育》第42卷2期（2001年12月），頁11。

30　曾志朗：《中國語文心理學研究第一年度結案報告》，1992年，序頁1-2。

近數十年來風起雲湧的全球化教育改革，儼然成為「教育成就」的風向球，為了提昇教育成就，各國相繼立定決心改革教育，並在教育上投資了大筆的經費與精力。有鑑於近年來因一般學生書寫能力每下愈況，以及受大眾傳媒與網路語言的影響，學生國語文程度日漸低落。關於語文程度低落現象的成因，高大威也提出了他的看法：

> 近年，一般學生書寫能力退步，一因學校與教師的要求不似過去嚴格，再者也多少受了大眾傳媒與網路語言的影響，加上國中學科能力測驗又排除作文項目，在考試領導教學的效應之下，國人在學校教育過程中，本國語文的素質每下愈況，並不令人意外[31]。

在學者憂心與家長的殷切企盼之下，教育部已於九十五年（2006）國中基測試辦加考寫作，並於九十六年（2007）正式實施。由此可知，學生國語文程度的普遍低落，已受到教育部與社會人士的關注。然而國語文能力的重要，並不侷限在國語文科目本身，更攸關其他科目的學習。學童若能具備良好的本國語文能力，自然有助於其他語言的學習。因此，國語文能力的訓練及養成，自是一件重要且刻不容緩之要事。

語文作為人際溝通的工具，不僅人人必須學習，同時也是當今自由經濟社會中人才競爭力的指標之一。依據天下雜誌的報導：中文已成為全球第二大外語，全球有三千萬人在學中文。中國大陸預計在全球開設一百所「孔子學院[32]」，聲勢浩大地用簡體字與大筆經費進軍中

---

31 高大威：〈「國文」課程在通識化走向中的失調現象〉，《2003臺北師範學院「文學閱讀與思考」通識研討會論文集》，頁90-91。
32 周慧菁：〈孔子為什麼那麼紅？〉，《天下雜誌》第246期（2006年5月），頁247。

文市場。中文本應該是臺灣的優勢,然若新一代的年輕人連中文都沒學好,更遑論其他競爭的優勢。所以古典詩歌是帶領新世代進入中華文化的最佳工具,在大量的吸取傳統智慧後,更能配合時代脈動,進而掌握文化和經濟之優勢。

# 五 結語

古典詩歌源遠流長,溯自《詩經》、楚辭、樂府、古詩、唐詩、宋詞、元曲,從先秦時代迄清,歷代佳作輩出,源源不絕,並各具豐美的姿態、神韻及特色。千百年來古典詩歌,在悠遠的文化長河中傳誦不絕,歷來也廣受世人的喜愛,使其由吟詠詩文中涵養其性情,因此,詩歌教育方能綿延至今,而「詩教」也對個人生命、家庭乃至社會國家等不同面向,產生了深刻的啟發和省思。

教育之目的,在於涵蓋人們知、情、意三個層面為一整體,進而促進健全人格之發展,先秦儒者認為詩之教育功能既深又廣,凡受詩教薰陶而具「溫柔敦厚」人格特質者,當能德、禮、智均能統整發展,進而陶冶善良人性,發展健全人格。歷代詩教涵攝統整德、智、美、羣四育之教育功能。詩教之形成歷程,孔子可謂居於關鍵地位,而儒家六經之學,也以詩教最為重要。孔子之詩教,幾乎涵蓋孔門四科「品德、言語、政事、文學」之教學內容。孔子所論詩之教育功能,可分為四方面:一為抒發情志之「興觀羣怨」、二為人倫義理之「邇之事父,遠之事君」、三為增長智識之「多識於鳥獸草木之名」、四為社交言辭之「達政專對」。所謂詩可以「興觀羣怨」,雖偏重於啟發、觀察、溝通與抒發宣洩之作用,然均為以人之情志而說明詩之功能,是可以互相融和,並非各自孤立的。孔子所言之「興觀羣怨」,幾乎包含了統整的教育意義,融合了德、智、群、美四育之教育。

　　文化的培育與傳承是每個國家、民族重大的課題，歷代傳統詩詞歌賦蘊含著先民的智慧與文化，而透過古典詩歌讓學童對傳統文化有所認識，並藉著詩歌教育以培育其文化素養，進而增益其語文能力。語文的素質和涵養，在學習的過程中恆常扮演著關鍵性的角色，語文能力的強弱，自然也會影響其他科目的學習和發展。在許多學術的研究中也顯示，其對於語文的學習具有實質的幫助，藉由背誦、閱讀不僅可開發其左右腦的功能，更能使其藉此學得蘊涵歷史、文化等多面向的語文知識，同時也能幫助學童提高閱讀興趣，提升語文發表能力，進而增益其語文學習之效能。而我們更須體認中文教育已成為世界語文教育的主要趨勢，當然我們也希望詩歌教育能帶動更深度的文化交流，而在促成中西文化的交流之前，更應及早建立學童對自我傳統文化的信心，始有吸納與融會他國文化的能力。

# 參考文獻

## 一 引用專書

十三經注疏－《尚書》　臺北市　藝文印書館　1976 年

十三經注疏－《禮記》　臺北市　藝文印書館　1976 年

十三經注疏－《論語》　臺北市　藝文印書館　1976 年

〔梁〕劉勰　《文心雕龍》　臺北市　臺灣開明書店　1974 年

王爾敏　《明清社會文化生態》　臺北市　臺灣商務印書館　1997 年

仇小屏著　陳滿銘主編　《新式寫作教學導論》　臺北市　萬卷樓圖
　　　　書公司　2007 年

林文寶　《兒童詩歌論集》　臺北市　富春文化事業公司　1995 年

林于弘　《第六屆「兒童文學與語言」學術研討會論文集》　臺北市
　　　　富春文化事業公司　2002 年

林于弘、林曉茹　《2004 年創造力教育國際學術研討會論文集》
　　　　臺北市　國立臺北師範學院　2004 年

洪蘭、曾志朗　《現代教育論壇六：兒童閱讀的理念與策略》　臺北
　　　　市　國立教育資料館　2002 年

高大威　《「文學閱讀與思考」通識研討會論文集》　臺北市　國立
　　　　臺北師範學院　2003 年

陳弘昌　《國小語文科教學研究》　臺北市　五南圖書出版公司
　　　　2000 年

陳茂仁　《古典詩歌初階》　臺北市　文津出版社　2003 年

曾志朗　《中國語文心理學研究第一年度結案報告》　1992 年

二　期刊論文

古　喬　〈讓孩子與書牽手──張湘君教授談兒童文學教育〉　《師友月刊》　第 370 期　1998 年 4 月　頁 4-8

亦　耕　〈諷誦涵泳與語文教育〉　《中央日報》　1981 年 2 月 10 日　第 21 版

邱財貴　〈童蒙養正──怎樣教小孩子讀古書〉　《國文天地》　1 卷第 6 期　1985 年 11 月　頁 32

邱燮友　〈建立詩教的新秩序〉　《中國語文》　第 559 期　2004 年 1 月　頁 4-6

杜松柏　〈工夫全從誦背來〉　《國文天地》　3 卷 8 期　1988 年 1 月　頁 66-73

周慧菁　〈孔子為什麼那麼紅？〉　《天下雜誌》　第 246 期　2006 年 5 月　頁 247

徐守濤　〈兒童詩歌的教育觀〉　《東師語文學刊》　第 4 期　1991 年 2 月　頁 121-144

陳木琳　〈由做中學看兒童學詩文──多元智慧教學模式〉　《北縣教育》　第 21 期　1998 年 1 月　頁 38-46

黃叔貞　〈從辭章學的內涵閱讀鄭愁予的〈下午〉〉　《國文天地》　第 304 期　2010 年 9 月　頁 76

魏金財　〈九年一貫課程語文領域的新視野──面向新的語文學習〉　《翰林文教雜誌》　第 7 期　2000 年 1 月　頁 8-12

羅秋昭　〈九年一貫語文領域課程大綱的內涵與轉化〉　《國民教育》　第 42 卷 2 期　2001 年 12 月　頁 11

雷僑雲　〈偶然為汝父：未免愛吾兒──試探中國『神童』的形成背景〉　《國文天地》　第 6 卷 4 期　1990 年 9 月　頁 45-47

# 散文與詩交會的火花
## ——林煥彰〈日常‧無常‧如常〉的藝術經營

陳燕玲

臺北市立大學中國語文學系博士生

## 摘要

　　立足詩壇已超過半世紀的詩人林煥彰，主要以分行短詩為創作類型，近年更在華文圈中推展小詩，但見新作〈日常‧無常‧如常〉卻以散文詩的文體記寫，並以十二首組成了詩系，實有別於以往之作。本文不依隨一般的文學研究，將形式與內容二分討論，試以詩的整體原貌，從散文與詩的最大差異——散文的自然語和敘事性，以及詩的複沓、跳躍與放射等 Lyric 特質，探其如何互相滲透與融合，成就此詩系的藝術經營，期使散文詩的研究對象更加多樣貌，不致陷入經典的侷限。又可從此研究外緣窺得一位資深詩人，在「影響的焦慮」下如何自我超越，開拓出更廣闊的詩路。

**關鍵詞：林煥彰、散文詩、跨文類、〈日常‧無常‧如常〉、影響焦慮**

# 一 前言

「散文詩」一詞，源於法國波特萊爾（Charles Baudelaire, 1821-1867）之作，[1]至今已有一百四十年的歷史；散文詩創作在台灣雖仍持續發展中，但真正以此為創作主文類的詩人並不多見。這種散文與詩兩文類的相互滲透，有機結合成的獨特文體，實難掌握，不但需要兼具散文與詩的特色，亦不能偏失其中一方；如果經營不善，極易流為散漫無味的詩，或僅有華麗詞藻的散文，這或許就是散文詩不易發展成詩主流的重要因素。葉維廉在評論魯迅的散文詩〈復仇〉時，曾以「散文與詩之間的互玩」之說法，來比喻這種實用世界的散文語言和象徵性強烈的詩語言所結合的演現方式。[2]但，僅是「互玩」之喻，似不足以充分呈現兩者難以分解的交融，若以「互滲互融」言之，應較能體現這種跨文類彼此出位[3]與有機結合的特性。

二十歲開始寫詩，七○年代發起「龍族」詩社[4]，三十歲後投入童詩創作，近年且在華文圈中推行小詩不遺餘力的林煥彰，至今詩作雖已多到難以計數，但仍孜孜不倦的創寫中，不時仍有新作問世。今

---

1　波特萊爾（Charles Baudelaire）一八六二年在其名為《小散文詩》（*Petites Poèmesen Prose*）的集子中發表了二十篇作品，逝後第二年以《巴黎的憂鬱》（*Le Spleen de paris*）為書名，冠上副標「小散文詩」（*Petites Poèmesen Prose*）列為其全集第四卷。此為「散文詩」一詞的開端。

2　葉維廉：〈散文詩探索〉，收入瘂弦、簡政珍主編：《創世紀四十周年評論選1954-1994》（臺北市：創世紀雜誌，1994年），頁96。

3　所謂「出位」，是指一種媒體欲超越本身性能而進入另一種媒體表現狀態。見葉維廉：《中國詩學》（北京市：三聯書店，1992年），頁146。

4　臺灣七○年代重要的現代詩社，成立於一九七一年一月一日。發起人有辛牧、施善繼、蕭蕭、林煥彰、陳芳明、喬林、景翔、高信彊、蘇紹連、林佛兒等；當時發行有《龍族》詩刊。

年（2016）林煥彰出版的詩畫集《猴子・沒大・沒小》中，見有散文詩〈日常・無常・如常〉共十二首，組構成了一組「詩系」[5]。這對擅長分行短詩、六行小詩創作的詩人來說，確屬難得。此詩系如同日記模式，詩人載寫了妻子離世前後一段時日的歷程與心境，林煥彰用不同於往常的詩寫方式，[6]組構出這段人生特殊的經歷，讀之，有種難以簡言之感；其中有著散文的情境觸發，有著詩的張力[7]之美，又融有林氏特有的詩情，實較讀其分行短詩，更具複雜且不可預測的可探性。

　　儘管目前學界對於散文詩的定義與規範，一如其他文類，未能有明確且一致的界定，但身為文學家族之一員，它就像一種藝術品，自有它特有的內在規則與美學取向。不過，縱觀現代散文詩研究，相對一般分行詩而言，在質、量上皆相形失色，且幾乎多著墨在解讀詩的內容或討論文體的問題，多將「內容」與「形式」分開講述，唯此等作法恐怕切割了詩該有的原貌。韋勒克（Pene Wellek, 1903-1995）與華倫（Robert Penn Warren, 1905-1989）即曾指出：

---

5　詩系與組詩不同，組詩的定義較鬆散，各首詩甚具獨立性，彼此的關係不是很明顯；詩系則結合了短詩的抒情性以及單篇長詩綿長的敘述性。詩系裡的每一首詩篇都是獨立的短詩，另一方面，每首短詩是整個詩系的環節，整體與個體是一個有機體。簡政珍：《台灣現代詩美學》（臺北市：志揚文化，2004年），頁333、338。

6　但非等於林煥彰不曾書寫過散文詩，早期曾有少數相關創作，只是此文類並不是他所專主的文類，近期也不見相關書寫；一般的散文詩選集中，也較不易選列其散文詩作品。

7　所謂詩的「張力」，並不是個容易簡釋的詞彙，李英豪曾專文深究。李認為最好的解釋當是新批評家阿倫・泰特（Allen Tate）之說：「……詩的意義，全在於詩的張力；詩的張力，就是我們在詩中所能找到一切外延力（extension）和內涵力（intension）的完整有機體。」他並加以說明此「外」和「內」，同時展現了詩的結構自身的戲劇性動向，以及相反相成、相剋相生、濃淡一致、矛盾渾成的特質（包括語法、意境和「意義」等）。相關論述參見李英豪：〈論現代詩之張力〉，收入瘂弦、簡政珍主編：《創世紀四十周年評論選1954-1994》，頁49-50。

「『內容』和『形式』是兩個被用得超出原意太遠了的詞彙，它們只不過是兩個並列的、有用的名詞而已；的確，即使在我們仔細地下了定義之後，它們仍然是會把藝術作品一分為二。現代一種對藝術作品的分析，應以較複雜的問題，像它的存在方式，構成那方式的層次系統來開始。」[8]實值研究者省思。其次，目前被研究的對象也多以商禽、蘇紹連、渡也等曾出版過散文詩專輯的詩人為主，[9]其他詩人則少被專文探討，但若要避免經典化封閉了散文詩的多樣貌，實有多開展其他詩人與作品研究的需要。再者，〈日常・無常・如常〉雖主載詩人所親歷的人生死別，其中也有對社會政治運動的感觸、宗教習俗與人生價值的追索，但畢竟詩非心理學、哲學或社會學等的替代物，它有它自己存在的理由，正如翁文嫻在論創作的思維時所說：「提及思想，一般評論會引用既有的系統：儒或道，現代或後現代之類。但我們可否將視點移得多靠近一點兒詩？令這些系統可以軟化成更豐富活潑的樣貌？」[10]。

　　本文即依據以上觀點，不將詩藝術切開形式與內容來分析，也不在文中作宗教學、心理學、社會學等的探討，而是以詩整體的存在方式來著手，試探〈日常・無常・如常〉是如何在散文與詩的互滲互融中，使其結合出彼此的特性，加乘出彼此兼具後的效果，遂能使人讀之感發出不同於其他詩類的體驗；又，對一位創作已五十多年的詩人來說，如此有別於以往的書寫方式，是否也隱含了什麼特殊的潛在意義。

---

8　韋勒克、華倫（Wellek & Warren）著，王夢鷗、許國衡譯：《文學論——文學研究方法論》（*Theory of Literature*）（臺北市：志文出版社，2000年），頁41。

9　例如蕭蕭在論述關於台灣散文詩時，也以此三位的作品為台灣散文詩作舉。見蕭蕭〈台灣散文詩美學〉，全文上篇收入《台灣詩學季刊》第20期（1997年9月），頁129-142。下篇收入《台灣詩學季刊》第21期（1997年12月），頁121-127。

10　翁文嫻：〈如何在詩中看見思想〉，《創作的契機》（臺北市：唐山出版社，1998年），頁167。

## 二 散文與詩的矛盾組合

散文，原是相對於韻文的詩而言。就其相異的本質，即造成了散文與詩二者同時存在的矛盾。所以，何謂「散文詩」？雖有林以亮所言：「在形式上說，它近於散文；在訴諸於讀者的想像和美感的能力上說，它近於詩。」[11]瘂弦之說：「散文詩，它絕非散文與詩的雞尾酒，而是借散文的形式寫成的詩，本質上仍是詩。」[12]等為其作解，但也有持否定論者如余光中：「在一切文體之中，最可厭的莫過於所謂『散文詩』了。這是一種高不成低不就，非驢非馬的東西。它是一匹不名譽的騾子，一個陰陽人，一隻半人半羊的 faun。往往，它缺乏兩者的美德，但兼具兩者的弱點。往往，它沒有詩的緊湊和散文的從容，卻留下前者的空洞和後者的鬆散。」[13]余氏這一番嚴厲的指控，其實也正說明了散文詩的難以駕馭、不易竟事的創作困境。

回顧此源於西方「非驢非馬的東西」，在其發展的歷史中，即是一種詭異的現象。葉維廉曾對散文詩作過專文探索，他從其源頭追蹤起：「為了抗拒實證主義工具性影響下語言的單面化，詩人呼籲打破語法，打破時序來求取一組放射意義的符號，另一方面，又為了反對十九世紀作假不真的修辭，他們又呼籲回到自然語，甚至回到散文，作為詩的媒介。」[14]散文詩這種矛盾的文類，就是在這種矛盾的歷史情境下被創造了出來。從葉的這段話裡，我們可循線找到二者矛盾的焦點，當是「打破時序來求取一組放射意義的符號」以及「反對作假

---

11 林以亮：〈論散文詩〉，《林以亮詩話》（臺北市：洪範書店，1967年），頁45。

12 瘂弦：〈詩人手札〉，收入瘂弦、簡政珍主編：《創世紀四十周年評論選1954-1994》，頁18。

13 余光中：〈剪掉散文的辮子〉，《逍遙遊》（臺北市：大林書店，1969年），頁28-29。

14 此段敘述原出現在葉維廉〈從跨文化網路看現代主義〉一文中，後來葉在探索散文詩時予以引用。見葉維廉：〈散文詩探索〉，頁95。

不真的修辭，呼籲回到自然語」，換言之，散文與詩的表述方式，以及散文與詩的用語，正是二者結合的最大衝突，但，也正是它們交會時能否擦出火花的重要介點。

在用語和表述方式上，散文使用的是接近自然語的書寫，接近一般常境中傳達的語態順序，包括平直的說明與敘述，它不像詩是跳躍的、斷裂的；散文詩便是利用散文這種日常語態和邏輯，慢慢把讀者引至一個由詩所濃縮的放射性的意義，或複旨複音構成的詩的中心。且作為詩的媒介的語言來說，漢語因受到單音的限制，發展出趨向簡單的句法，而易於造成歧義（ambigurity），也因此，在詩中，便可藉以產生極大的暗示效果，造成詩的張力。[15]所以在語言特性極容易詩化的優勢下，我們所發展的散文詩，應更容易使散文與詩作出更具詩質的結合。

葉維廉曾就散文詩的特性指出：「史詩或敘事詩中的『敘述』和『說明』即是散文，其中令人凝神的『瞬間』才是真詩，即是Lyric[16]。」[17]所謂 Lyric，是詩人把感情或是由景物引起的經驗的激發點，提升到某種高度與濃度，它是把包孕著豐富內容的一瞬間抓住，利用這一濃縮的一瞬來含孕、暗示這一瞬間之前的許多線發展的事件，和這一瞬間可能發展出去的許多線事件。[18]這觀點與陳巍仁所闡述的情境之說有著相通之處：「一首散文詩，便是一個特殊的『情境』，一個散發特殊氛圍的事件，其中『散文』負責的是『情境』的

---

15 洛夫：〈詩人之境〉，收入瘂弦、簡政珍主編：《創世紀四十周年評論選1954-1994》，頁46。

16 Lyric 通常被中譯為「抒情詩」，但葉維廉認為 Lyric 抒的不一定是「情」，所以仍以原文「Lyric」述之。本文就其觀點脈絡，尊其本意不另譯中文。見葉維廉：〈散文詩探索〉，頁88。

17 葉維廉：〈散文詩探索〉，頁89。

18 參見葉維廉：〈散文詩探索〉，頁90-91。

『塑造』，『詩』負責的則是『情境』的『完成』。」[19]綜言之，散文詩中的敘事是在塑造情境，但須有 Lyric 的運作，才能使這個情境得以完滿收場。

行文至此，再回頭重拾余光中當時對散文詩的否定之語，其實逆向省之，似乎也喻示著：「如果能夠掌握得宜，那麼所成就的散文詩便同時兼具了兩者的美德，既有詩的緊湊和散文的從容。」而這，或許也正是這個曖昧的跨文類所特有的魅力吧。

# 三　〈日常・無常・如常〉散文與詩的有機結合

在上一節闡述了有關散文詩的特質，以及散文與詩如何在矛盾中結合出獨特的美學之後，再來看林煥彰〈日常・無常・如常〉這組散文詩，便能更清楚散文的邏輯敘述與自然語言，和詩的跳躍、放射與迸發，彼此是如何的交會出火花。於此分述如下：

## （一）平凡中見不凡——日常語言與詩語言的交融

林煥彰的詩風格，一向質樸無華，除了日常的口語化，他的詩作題材也幾乎取自生活當中。又現任詩刊主編、曾任報社編輯的背景，散文也寫得親合人心，故要在散文詩中鋪陳散文的敘述，自是駕輕就熟的事，而這，也奠基出〈日常・無常・如常〉平凡的生活樣貌，例如：「服藥之後，暈眩，心臟劇跳，容易打嗝、疲累，尿尿泡泡特多又綿密，久久不滅；不過，大號定時、順暢，天天都有，正常。睡眠

---

19 陳巍仁：《台灣現代散文詩新論》（臺北市：萬卷樓圖書公司，2001年），頁90。

良好。」（八，72）[20]「從洗襪，到洗內衣褲，到襯衫，或毛衣、外套，我習慣都用手，輕輕細細搓搓揉揉」（十二，75）等，這些書寫日常生活題材的詩句，詩人不著任何修飾之力，甚而刻意的口語化，是讀者所熟悉的、不需費解的語言，展現了阿多諾（Theodor Adorno, 1903-1969）所認為的，真正的藝術必然要具有解放的潛力，從社會宰制解放出來。放棄藝術的外觀美，把文化工業（指物化、商品化、目的規畫化的文化取向）所鼓吹的理想現實性之假面揭發出來。[21]林煥彰一貫的自然語和日常題材，為詩的那種脫離文化規範的霸權，以及從高級語彙的壓制中解放出來意圖，甚為明顯。然而，別忘了，散文能否成詩，最重要的在於它必須存有 Lyric 的運作。詩人即利用許多的複杳，來來回回的迂迴推進，營造出一種有別於日常工具性用語的音樂性：

> 寄出一本書，收到一封信，又一本雜誌（一，68）
> 讀著讀著，我也老了，我也該有智慧。（一，68）
> 一生有多長，多長才算一生？長長短短，短短長長，如何衡量？（三，68）
> 摺蓮花，摺元寶，摺福衣，摺鞋子，摺報恩塔……，還有什麼不能摺？（五，70）

---

20 〈日常‧無常‧如常〉此詩系中的每一首詩，皆無題名，只以序號標示。引文後括號內的前一個數字是為該詩的序號，後一個數字為該引文在《千猴‧沒大‧沒小》中的頁碼。

21 阿多諾提出「反藝術」的概念，它並非真正消滅藝術，而是在放棄藝術外觀美的同時抗議了滋生偽藝術的異化現象，這是一種否定的藝術。相關阿多諾的美學理論，可參看朱立元：《當代西方文藝理論》（上海市：華東師範大學出版社，2014年），頁157-160。

一百零八朵蓮花。一袋袋元寶。一袋袋庫錢。一袋袋大銀小
銀。堆積如山。（六，70）
子孫一個個都別忙。一個個都別難過。一個個都歡歡喜喜。
（六，71）
大風大浪已過，還會有什麼大風大浪？（十一，74）

詩句在字詞的反覆中，除了形成的音樂美為沒有押韻和格律的散文增
添情韻之外，也使讀者的思維不斷地停頓、前進與拉回，製造出情感
收放之間的小小張力。另見相同的運作方式並加以變化者：

日常。無常。如常。如無常。如如常……（五，70）

此句至少衍生出三層可感之義：（一）詞語在重複出現時起了些微的
差異，如實展現了「日常」情態即是一種「無常」的演進；長此以往
後，又回歸於「如常」，但此「如常」已非原來的「如常」，而是「如
如常」了。真實人生，不正是如此？（二）句中的日常、無常、如常
在「句號」的間隔下，已各成一境，但因敘述的時序作用，又形成了
之間的連結關係。（三）「無」與「如」皆是佛之重要語彙，極具佛悟
與智慧，在這裡和「日常」並現，形似將這些慧悟連結於日常生活
中。觀照現實，是詩人面對人生的展現。此外，詩人也將《金剛經》
之語「如來者，無所從來，亦無所去。」[22]活化成複沓的疑問：「如何
來，如何往，如何如來，如如來」（五，70），此藉「如來」發出的對
人生的叩問，最後得解在「如如來」的答案裡。再者，這兩句複返用
得甚具巧思，在極短句子間所造成的停頓與重複的聲韻，複沓出一種

22 朱棣：《金剛經集註》（臺北市：文津出版社，1992年），頁268。

有如誦經般的樂音，極貼切地營運出此詩系因妻過世而處於法會期間的氛圍。再見二句衍化：

> 日常。如常。一切如常。如如常。阿彌陀佛。（六，71）
> 日常。無常。無無常。台灣正在沉淪！（七，72）

前句是寫為妻作往生習俗時的感悟，後句則是要去台大醫院的路上，經過立法院目睹學運現場時所發出的悲嘆。「如常」、「如如常」／「無常」，「無無常」兩組詞句，皆在疊字中改變了詞性，透過語言的動態即時展現了「如常」至「無常」的具體變化，似佛語似詩語，似在悟道的生活裡。且，這兩句又皆在句末加上了結語，第一句的「阿彌陀佛。」應和著句中的「如常」，帶來寧靜、無所求的心境；第二句的「台灣正在沉淪！」卻顯得突兀了，它雖也呼應了句中的「無常」，但這種直陳的評論句，原不宜直接出現在詩中，否則容易扼殺掉詩非論說的本質，然而，正因為散文詩中的散文特性，反而給了它這樣的空間。可以想見，一個向來就對政治反感的詩人，[23]見到應該為民所託的政府卻被學運搞得面目全非，心中的波動自是難以言說。當詩人不得不以這樣毫無遮掩的話語，才足以表達自身強烈的沉痛時，當可見其情感之激切了。此二句分別出現在前後的詩篇中，就所記寫的時間只差三日，三天前「阿彌陀佛。」的平和與三天後「台灣正在沉淪！」的不平和，語脈與情感之對立，深刻凸顯出詩人內心所求與現實有所衝突的矛盾拉扯。

---

23 林煥彰曾在論及自己詩觀的書中這麼寫著：「我是詩人，我不喜歡政治，尤其厭惡政客的操弄，那種看起來就會令人噁心的嘴臉！」見林煥彰：《寫詩，折磨自己：林煥彰的異類詩觀‧詩論》（臺北市：秀威資訊科技公司，2013年），頁45。

　　散文的平凡敘述與詩的不平凡之迸發，除了可見於句中，亦能運作於整首詩作，例如第十首：

　　　　妻後留下一座小山丘的衣物；衣服最多，我不能穿，鞋子不
　　　　少，我也用不著，包包比它更多，我也無一可用，眼鏡十幾
　　　　付，我挑了一付，讓它幫我閱讀；我們都是老花了，度數有點
　　　　近似。

　　　　她已經放下了，可以幫我閱讀人生。我還未放下，還在凡塵灰
　　　　撲撲，字裡行間打滾……（73-74）

這首雙段式散文詩完全應合了陳巍仁所說的「第二段的精悍短小，都是為了成為第一段的凝結及爆發點」[24]。首段利用平淡的敘述話語將讀者安心引入情境，後段則在「……已經……還在……」的亡者與在世者的對照中，把感情從因整理遺物所引起的激發點提升了高度與濃度，最後情感達到高點，瞬間迸裂於「還在凡塵灰撲撲，字裡行間打滾……」，一字一音，樂律動人的翩然落下，詩人款款傾訴著自己猶得在世間奮力前行，仍得在人生道場上修行，隱隱中，透露著一息的孤獨。

## （二）直線中的放射火花——時間的序次與擴散

　　散文的敘事所需的是一「段」時間，詩則是一「瞬」或一「點」時間，它沒有序次的發生，是一瞬間的經驗或感受在空間的延展。散

---

24　陳巍仁：《台灣現代散文詩新論》，頁173。

文詩即在這兩者兼具的特點下，既直線前進，也瞬間放射。在詩的散文序次性下，被敘述的東西依隨時間的前進序次出現，它是讀者所熟悉的語法與邏輯，如：「走過立法院，走過教育部，再走到台大，難過比病痛更多！」（七，71）此句以「……再……」作連結，致它具有時間的先後順序，我們跟隨著敘述先從立法院經過教育部再到台大醫院，跟隨這些地景的意涵產生和詩人相同的心境變化。但詩的序次不在時間，而在意識，例如：「祈福，點燈、獻哈達、禮佛，請大師加持。」（九，73）詩人捨棄了任何的形容與連接詞，致「點燈」、「獻哈達」、「禮佛」這三件事，不必然有時間上的先後順序，它可能同時存在，也可能出現在不同的時間裡，詩人抓住這些他所意識到的事物來並列，僅憑這三個詞彙的意象來布置超薦法會的情境，沒有任何的說明，不見詩人所釋放的情緒，如「無」之超脫，任其於讀者內在產生渲染。

　　散文詩雖言散文，但並不需對客觀事物作過多的敘述和描寫，因為 Lyric 的需要，它又有一定的跳躍性和不完整性。[25]此以時間運作最明顯的第四首來作討論：


　　　早安。夏末，有蟋蟀奏鳴曲。


　　　2015.08.23／12：18／13：00／18：00／18：15／21：15／
　　　21：30／245／22：00／22：30／23：00～
　　　這一串數字，怎麼解讀？


　　　從台大醫院 13F／B9-1 降到 B2-2，搭地梯，通過往生大道，

---

25 徐治平：《散文詩美學論》（南寧市：廣西教育出版社，1994），頁42。

進入太平間，再到殯儀館真愛室 1；路是那麼順暢，病痛才
難熬。

有天，我也要走這一條大道，現在是我和所有子孫送我內人遠
離病痛，陪她脫離苦海，先試走一趟⋯⋯

是一種日常，也是無常。

（2015.08.24／05：56 研究苑[26]）（四，69）

這首詩共有五段，依結構來看，從第一段到最後一段，就如同散文的
敘事方式，順隨時序表達了妻子離世這天的景況與心境。在內容的陳
述上，運用了直線式的序次來敘述，如第三段的「從⋯⋯降到⋯⋯，
搭⋯⋯，通過⋯⋯，進入⋯⋯，再到⋯⋯」，藉由敘述時間的前進，
讀者跟隨著進入情境，清楚其中脈絡。但也不時在直線中產生斷裂，
於不同的時間中跳躍，使事件產生了曖昧不明的美感。最醒目者，就
在第二段的一連串時間數字，這些數字僅用「／」間隔開來，並沒作
任何的交代，詩人甚至還反問讀者（或是自問）該「怎麼解讀」。
Lyric 就是這樣，常常模糊不清的，或只有部分枝節的提示，沒有前
後事件因素的說明，甚至往往只具一些暗示性的線索。[27]如果我們真
要從詩的脈絡中找到這個「線索」，可從第三段的敘述中得知這首散
文詩的主要「情境」是在記寫妻子病逝，再與這一連串跳躍的時間作
聯想，應可推測，或許是詩人當時在醫院中一些重要時程的記錄，也

---

26　「研究苑」是林煥彰所居的寓所社區名稱。
27　陳巍仁：《台灣現代散文詩新論》，頁90。

或許，只是詩人在那一段時間中所片段意識到的鐘錶上的數字。因為「斷裂」與「跳躍」讓故事模糊了，讀者必須作積極的參與，近似詩的「陌生化」或「疏離」的效果，時間被阻斷了，無法直線向前，只能藉由不斷的從中心放射與往返的推想，內在之情因而泛染開來。翁文嫻曾在論及詩人的思維時，讚嘆詩的「生疏」才是新鮮而真實存有的。[28]同時，也因為這串數字，強化了整首詩「時間」的流逝感。

除了句子，散文詩的「分段」，也能營造出時間的跳躍效果。這首詩中的五個段落，前後段間並沒有直接承續的情節，每換一段，就換了一個場景，如同電影蒙太奇（monyage）的手法，將鏡頭作了剪輯再組合。第一幕（第一段）場景在夏天早上，伴隨著蟋蟀的叫聲；第二幕（第二段）跳到鐘錶面上，一個又一個不同時間的鏡頭直接跳接；第三幕（第三段）出現在台大醫院，從電梯到走廊，再到太平間、殯儀館；第四幕（第四段）出現的是詩人的內心獨白；最後一幕（第五段）跳回一般日常情景。看完了這部「散文詩」，我們知道了主要情節——妻子往生了，但卻不確知那串時間數字是何指，詩人與妻子之間的感情如何，又他面對妻子往生時的心情究竟怎樣，只不過，這些「事實」並不重要，但這「不太確定」卻很重要，正如詩人洛夫所說：「詩乃在於感，而不在於懂，在於悟，而不在於思」[29]。

散文詩就因其敘述時間與詩的意識時間的特性，而能將我們輕易引入情境中，卻又完結於無法確定的情境裡。這些不確定，即讓讀者調動自己的想像，進行再創造，因而對詩人沒說出的情節和事件的空白進行補充與連結，從而形成完整的藝術形象。

---

28 翁文嫻：〈如何在詩中看見思想〉，頁155。
29 洛夫：〈詩人之境〉，頁33。

## 四　詩人中的強者

　　大小之間，有無之間，在林煥彰書寫的〈日常‧無常‧如常〉之中與之外，都存有密切的關係。詩作從小組成大，情境更大，情感更切；老妻已逝，詩作記存，似無還有。其間的關係試就以下三點來闡述：

### （一）從小到大

　　〈日常‧無常‧如常〉是由十二首散文詩所組合成的詩系，其主旨、字數、段數與記寫時的時地如下表：

| 序號 | 主要情境 | 記寫的時地 | 字數 | 段數 |
|---|---|---|---|---|
| （1） | 收到遠方友人寄來的書信 | （無） | 72 | 2 |
| （2） | 在醫院的感思 | （無） | 81 | 2 |
| （3） | 對生命長短的感懷 | 2015.08.21／11：16 台大 | 55 | 2 |
| （4） | 妻子在醫院離世 | 2015.08.24／05：56 研究苑 | 137 | 5 |
| （5） | 為亡妻所做的習俗儀式 | 2015.09.08／17：4 佛苑會館 | 164 | 4 |
| （6） | 因宗教習俗引發的感悟 | 2015.09.08／19：47 捷運昆陽 | 137 | 3 |
| （7） | 對社會運動的批判 | 2015.09.11／7：55 研究苑 | 188 | 5 |
| （8） | 因病觸發自我的生命態度 | 2015.10.24／17：10 昆陽等社巴回家 | 163 | 3 |
| （9） | 為亡妻進行宗教法會 | 2015.12.01／09：57 去嘉義高鐵 | 125 | 4 |
| （10） | 整理亡妻遺物 | 2015.11.23／21：39 研究苑 | 125 | 2 |
| （11） | 回想一生中曾經歷的親人離世 | 2015.12.01／08：59 在捷運上 | 162 | 3 |
| （12） | 面對沒有妻子的日常生活 | 2015.12.20／22：05 研究苑 | 173 | 4 |

這十二首詩，最短者計五十五字，最長者計有一八八字；每一首皆分段，最少者二段，最多者五段；時間共歷四個月之久，地點穿梭在醫院、住家、法會及車站等空間。分別來看，每一首皆有一個完整的情境，自成一首短的散文詩；組合起來，又是一個歷時較長的情境，共構成了一首長的散文詩，這種有機的組合，即為「詩系」。關於詩系的作用，吳潛誠曾有過一段清楚的說明：

> 一組詩系的所有詩篇形成一個有機結構，獨立的各首詩之間便會產生動力的交織，其整體效果已不只是全部詩篇累加的總和，而可能是部分相加的「和」再加上部分相乘的「積」。毫無疑問，詩系比單篇的長詩、短詩都更具包涵性，更能兼容並蓄詩人各種不同的、變化不定的情緒、感悟和思維概念，甚至可以包納敘事和戲劇手法。[30]

〈日常‧無常‧如常〉也就是透過這種結構所產生的動力，將「日常」、「無常」與「如常」交融出加乘的效果。就各篇而言，已自身具足為一完整的散文詩，藉由第一首來看：

> 寄出一本書，收到一封信，又一本雜誌；信中數首詩，詩兄舒蘭打美國寄來，每一首都是、他八十餘年歲月累積點滴的智慧。
>
> 讀著讀著，我也老了，我也該有智慧。（一，68）

---

30 吳潛誠，〈恆論詩的長短以及詩系〉，《當代台灣評論大系：文學理論卷》（臺北市：正中書局，1993年），頁242、223-266。

首段敘寫收到了遠方年長友人的詩信，後段則藉由讀這些詩信所觸發
的年老與智慧之悟，來完滿這個情境。若就整個詩系來看，這第一首
既無記寫時地，也與妻子離世的主題無關，似乎就像是一個故事的序
言，以跟著歲月增長的智慧，作為面對接下來的十一首情境的鋪陳與
態度。再跳看最後一首：

> 妻後百日已過，還有對年，還有長長久久……
>
> 洗衣，我喜歡讓洗衣機，脫水機，烘乾機，都休息；
>
> 從洗襪，到洗內衣褲，到襯衫，或毛衣、外套，我習慣都用
> 手，輕輕細細搓搓揉揉，讓每一個肥皂泡沫都替我細細思念我
> 小時候媽媽如何辛苦為我洗衣，也回味我妻長達五十年為我忍
> 氣吞聲，搓搓揉揉……
>
> 我要讓每一個肥皂泡沫細細滌淨我內心的痛，和痛痛之後的不
> 知如何的悔過……
>
> （2015.12.20／22：05 研究苑）（十二，75）

這首記寫的，是亡妻百日後，一切已回歸日常的生活。詩人藉由「洗
衣」這件事，凝聚出對於妻子的思念與不捨，最後以「悔過」作為最
沉痛的情感爆發點。作為一首獨立的短散文詩時，它具有自身完整的
情境，從洗衣的敘述中表達了心中那一瞬間的疼痛。但當它作為這一
整組詩系的結尾時，即因前面十一首全然不見關於妻子離世而抒發的
情緒、似乎被一種悟道的「智慧」給按下的理性，致這一個「悔過」
的出現，情感瞬間潰堤。因為前面這一路漫長時日來所抑制住的凝
聚，於是最後的爆發更具力量了。

佛家有「懺悔」之語，此處使用「悔過」一詞，更連貫了這整組詩縈繞在喪禮法事，以及詩人悟道的語境中。一路來的「無常」，詩人皆以「如來」心看待，未曾在詩中訴諸悲情，但從洗衣泡泡中所觸動的對母親的「思念」，以及對於如同母親一般照顧自己的妻子的「回味」，終究帶出了詩人最真切的悲痛。然而，情感並未至此而打住，更進一步的，從有形的「洗滌」轉化成無形的「淨化」，想「悔過」，卻又「不知如何」的悔過，引出了更深一層的無法自我救贖的深切之痛。這最後一首的最後一句，可說是這整個詩系最大的張力所在。

## （二）既無且有

這十二首詩，跟著時間的進程而發生而記寫，從第一首以「日常」生活作開頭的序言，再到第四首妻子離世當日的情境，整組詩系來到人生「無常」的最高點，再至最後一首，詩人逐漸回歸到「如常」的「日常」生活。就敘述時序而言，這整組詩完成了日常→無常→如常的情境，若以內容細究，雖記寫的主題是陪伴妻子病逝的情景與心境，但在散文敘事所行的「一段時間」呈現下，除了與妻子離世的相關事件，詩人也將所見的學運與自身懷病寫入其中。這些片段的事件，確確實實也是這「一段時間」中所發生的「無常」，但將這些「無常」置入一段「日常」時間中去行進時，漸也「如常」了。

佛之虛無，是一種無我無物而又有我有物的精神境界，並不以悲哀與頹廢為其象徵，正如死亡。面對結褵近六十年[31]的妻子走了，詩人從歲月中從悟道中以「如常」的智慧看待，呼應了第一首詩中所鋪

---

31 詩集中另收有一組分行短詩〈妻後・小詩〉，其中第三首〈剩菜・剩飯——妻後煮飯、洗衣已是平常〉，裡頭寫道：「正如結褵將屆六十年，我們/餿，是夠餿了！/酸，也已夠酸了！」當可知其婚齡。見林煥彰：《千猴・沒大・沒小》，頁89。

陳的態度。死為人類追求一切所獲得的最終也是必然的結果，其最高
意義不是悲哀，而是完成，猶如果子之圓熟。[32]詩的不落言詮近似禪
理[33]，詩的縫隙與斷層，趨近於無[34]。一位終身以詩為伴的詩人，面
對真實人生伴侶的離開，較之悲傷，或許更多的是肯定生命的完成。

## （三）自我的超越

　　從以上的分析可知，有機結合一首首短詩，它所能產發的力量，
遠大於各首的總和，這種聚小成大的經營，就像一個個小世界組成了
一個大宇宙。至於捨自己所擅長的分行短詩，改用散文詩的方式來記
寫這段人生的特殊經歷，對於已在詩壇五十多年、創作數量極為可觀
的詩人來說，難道毫無別義？
　　試從詩壇大環境與詩人個人創作生涯來看，也許因身處在現代詩
壇多元的蓬勃發展，或是對於自我超越所需，詩人因而產生布魯姆
（Harold Bloom, 1930- ）所說的「影響的焦慮」[35]。林煥彰即曾表

---

32 洛夫：〈詩人之境〉，頁40。

33 純詩乃在發掘不可言說的隱祕，故純詩發展至最後階段即成為「禪」，真正達到不
　　落言詮，不著千塵的空靈境界，其精神又恰與虛無境界合為一個面貌，難分彼此。
　　參見洛夫：〈詩人之境〉，頁44。

34 語言或詩的縫隙的重點是結構的斷層，趨近於「無」；佛學之空則是看破實像虛晃
　　後的妙有，如「真空非空是妙有，妙有非有是真空」，兩者彷有相通之處。參見簡
　　政珍：《台灣現代詩美學》，頁282。

35 既言散文詩不屬於詩，而是一種獨立的新文類，但在台灣的散文詩作家幾乎都由詩
　　人來包辦，陳巍仁曾將此現象論歸於「影響焦慮」。所謂「影響焦慮」是由布魯姆
　　（Harold Bloom）所提出的詩學理論，指後輩詩人在前輩詩人的影響下而感到「焦
　　慮」，後輩詩人無法再用正當的方法超越前輩，只好使用其他的手段將前輩詩人的
　　作品加以「反動」。台灣現代詩的發展百家爭鳴，允為現代文學中的強勢文類，詩
　　人一方面試圖脫離前輩的陰影，一方面企圖樹立獨特的藝術風格，使能解決「影響
　　焦慮」。見陳巍仁：《台灣現代散文詩新論》，頁92-93。

示，身為詩人要想辦法超越前人，所以要寫出不一樣的詩；[36]亦曾如此自白：「很多人偏愛我以前寫的詩，但我必須尋求一條更寬廣的道路。我以為現代詩所予人晦澀之感，應該在我們這一代消除，但我無意把詩弄得平淡，也許我面臨的是一大挑戰，面對最平常的事物，要表現高貴的情操；無論如何困難，希望有所改變。」[37]對一個極為資深的詩人來說，予讀者的印象與風格已定，儘管面對新秀崛起，他真正所要超越的「前輩」，或許正是以往的自己。如何在自己成堆的作品中，再擴展出新的詩路，恐怕是自然或是必然的焦慮，也許自覺也許不自覺。而這組散文詩，記寫了實際人生中的特殊經歷，林煥彰沒有採用自己擅長的文體，而以極少書寫的散文詩來創作，且從短詩組系成了長詩。故在某種意義上來說，作為一位布魯姆所說的堅忍不拔、至死不休的「詩人中的強者」[38]，這組散文詩對這位用了一輩子來寫詩的詩人而言，展衍了一種成長性，它應證了詩人欲以自我超越的詩寫生命。

## 五　結語

　　源於法國波特萊爾之說的散文詩，至今已有長久的歷史，它依然存續的發展中。這種散文與詩本質對立的跨文類，在矛盾中交會出其他文類所不能的火花。其中散文與詩的不同表述方式，以及散文與詩

---

36 林煥彰：《寫詩，折磨自己：林煥彰的異類詩觀・詩論》，頁35。

37 林煥彰：《寫詩，折磨自己：林煥彰的異類詩觀・詩論》，頁12。

38 布魯姆所謂「詩人中的強者」，就是以堅忍不拔的毅力向威名顯赫的前代巨擘進行至死不休的挑戰的詩壇主將們。取前人之所有為己用會引起由於受人恩惠而產生的負債之焦慮，雖然這種影響，不等於使詩人更加傑出，但往往讓詩人更加富有獨創精神。哈羅德・布魯姆（Harold Bloom）著，徐文博譯：《影響焦慮》（*the anxiety of influence*）（南京市：江蘇教育出版社，2005年），頁5-8。

的不同用語，正是二者結合的最大張力。

　　散文詩在台灣詩壇中不曾消失過，但或因難以掌握之故，致少見以散文詩為創作主文類的詩人。林煥彰近期將自身特殊的人生經歷記寫成一組〈日常·無常·如常〉散文詩，本文在形式與內容不二分的前提下，從詩的整體原貌來解析，分別從「日常語言與詩語言的交融」與「時間的直序與擴散」兩方面來剖論，皆可見到詩人利用散文的自然語言及敘事的特性，將讀者輕易的引入情境中，再藉由詩的特質，從中複沓或打斷、凝鍊、迸發出瞬間情感之美；也將主題「日常」、「無常」與「如常」在敘述時間及詩語言特性中如實展衍；且藉由詩系的組合，將詩的幅度和深度擴大，形成更大的情感張力。這一組散文詩的創作，對於一位擅長分行短詩，且在詩壇立足已過半世紀的資深詩人來說，實具別義。透過這樣的自我超越，詩人再為自己的創作歷程，寫下一新頁。

　　希望經由本文的探討，盡可避免被研究對象的固有侷限，勿因經典化而封閉了散文詩的多樣貌，以期開展出台灣更多層面的散文詩研究，一如它的跨文類特性，在散文與詩交會出的火花中，終能仰望一片不可預測的燦爛煙火。

# 參考文獻

## 一 中文著作

朱　棣　《金剛經集註》　臺北市　文津出版社　1992 年

朱立元　《當代西方文藝理論》　上海市　華東師範大學出版社　2014 年

余光中　《逍遙遊》　臺北市　大林書店　1969 年

吳潛誠　〈恆論詩的長短以及詩系〉　《當代台灣評論大系：文學理論卷》　臺北市　正中書局　1993 年　頁 223-266

李英豪　〈論現代詩之張力〉　收入瘂弦、簡政珍主編　《創世紀四十周年評論選 1954-1994》　臺北市　創世紀雜誌　1994 年　頁 49-67

林以亮　《林以亮詩話》　臺北市　洪範書店　1967 年

林煥彰　《千猴・沒大・沒小》　臺北市　釀出版　2016 年

林煥彰　《寫詩，折磨自己：林煥彰的異類詩觀・詩論》　臺北市　秀威資訊科技公司　2013 年

洛　夫　〈詩人之境〉　收入瘂弦、簡政珍主編　《創世紀四十周年評論選 1954-1994》　臺北市　創世紀雜誌　1994 年　頁 29-48

徐治平　《散文詩美學論》　南寧市　廣西教育出版社　1994 年

翁文嫻　《創作的契機》　臺北市　唐山出版社　1998 年

陳巍仁　《台灣現代散文詩新論》　臺北市　萬卷樓圖書公司　2001 年

葉維廉　《中國詩學》　北京市　三聯書店　1992 年

葉維廉　〈散文詩探索〉　收入瘂弦、簡政珍主編　《創世紀四十周
　　　　年評論選 1954-1994》　臺北市　創世紀雜誌　1994　頁
　　　　87-100

瘂弦　　〈詩人手札〉　收入瘂弦、簡政珍主編　《創世紀四十周年
　　　　評論選 1954-1994》　臺北市　創世紀雜誌　1994 年　頁
　　　　13-27

蕭　蕭　〈台灣散文詩美學〉　全文上篇收入《台灣詩學季刊》　第
　　　　20 期　1997 年 9 月　頁 129-142　下篇收入《台灣詩學季
　　　　刊》　第 21 期　1997 年 12 月　頁 121-127

簡政珍　《台灣現代詩美學》　臺北市　志揚文化　2004 年

二　翻譯著作

哈羅德‧布魯姆（Harold Bloom）著　徐文博譯　《影響焦慮》（the
　　　　anxiety of influence）　南京市　江蘇教育出版社　2005 年

韋勒克、華倫（Wellek & Warren）著　王夢鷗、許國衡譯　《文學
　　　　論──文學研究方法論》（Theory of Literature）　臺北市
　　　　志文出版社　2000 年

# 華語「詞彙風格」的形成及其根源

蒲基維

空中大學人文學系兼任助理教授

## 摘要

「詞彙」是意象的符號，也是語文表達的基本媒介。以創作來說，它是浮動意象轉為穩定辭章的啟鍵；以閱讀來看，它是理解意象與體會文意的橋樑。詞彙之義蘊及其表達方式，可能營造不同的語言氛圍，進而影響閱聽者的感受，這種氛圍感受我們稱作「詞彙風格」。探討華語詞彙風格的根源，可從先秦諸子思想，探討其哲學基礎；亦須從華人的文化傳統，歸類其形成背景；而藉由語文思維探索其根源也是必要過程。研究發現，華語「詞彙風格」具有深度的哲學意涵，其形成與華人社會文化的發展息息相關，在語文中又涵蓋意象的指稱及表現。研究華語詞彙風格的形成，並探討其根源，有助於語文詞彙的表達；對於閱讀鑑賞的原則，亦可尋其具體的脈絡。

**關鍵詞：詞彙風格、華語教學、哲學意涵、文化背景、語文思維**

# 一　前言

　　所謂「詞彙」,是指一種語言系統中所有詞的總稱,它是構築語言的基本材料,其組成成分包括詞、短語和熟語。[1]這指出了詞彙在字句中的定位與功能。事實上,詞彙的本質在於指稱物(事)象的意涵,它可以成為物(事)象的代表符號,傳達了物(事)象的精神內蘊,所以也間接承載著象與意所蘊含的感染力。從另一層面來說,在相同的意象中使用不同的詞彙,也會產生不同的語言氛圍,從而影響閱聽者的感受。我們統稱這種感染力或氛圍叫做「詞彙風格」。

　　詞彙風格的形成是錯綜複雜的。在不同的人、不同的時空環境、不同的心理背景,甚至不同的表現形式,均會產生不一樣的詞彙風格。因此,欲研究詞彙的風格表現,除了針對個別的詞彙進行分析之外,深入探討詞彙風格形成的根源,才是直指核心,梳理棼絲的正確方法。本文以華語詞彙風格為研究範疇,一方面藉由中國諸子思想如《周易》、《莊子》等著作,以建立華語詞彙風格的哲學基礎;另一方面,試從華人社會與文化之種種現象,以探索華語詞彙風格形成的根源。當然,詞彙本身在整體語言學(或辭章學)中所扮演的角色與定位,也是我們瞭解華語詞彙風格之根源的重要線索。透過哲學思辨、文化探索和語文思維等途徑,詞彙風格的來源應可清楚掌握,我們期望藉此建構華語詞彙風格的理論基礎,為詞彙學提供具體可循的研究資源和教學參考。

---

[1]　「詞彙」又作「詞匯」,根據葛本儀的定義,詞匯應是詞的總匯和所有相當於詞的作用的固定短語的總匯。見葛本儀:《漢語詞匯學》(濟南市:山東大學出版社,2003年),頁60。

## 二　華語「詞彙風格」的存在與研究價值

　　人類為表達或記錄思維中的情理與圖象，形成兩大傳遞訊息的系統，一是口語聲韻的表達，一是書面文字的表現，兩者皆透過外顯符號以傳遞內在意象。作為與外界溝通的媒介，外顯符號具有述象、表意的重要功能，此符號最基本的單位就是語言系統中所謂的「詞彙」。詞彙既是語言系統中的要素之一，它是否和語言風格的存在一樣，本身也具備感染外物的抽象力量？我們可以從兩方面來驗證「詞彙風格」的存在：

### （一）「詞彙風格」的存在

　　所謂「風格」是指事物整體所展現的風貌格調，它是一種抽象的感染力，也代表著事物之內在本質所呈現的外在觀感。基於這樣的定義，任何具體事物大都能展現其特別的抽象風格，而在語言或辭章的範疇中，語言風格或辭章風格的存在也是事實。在語文系統中，語言文字形成的三大要素分別是音韻、詞彙和語法。單就詞彙來說，它的本質是為表達物（事）象或物（事）象之情理所形成的符號，它既蘊含意象的質性，也包括符號本身所指向的意圖、趨勢或情理。在語言（或文學）風格的形成要素中，豐富的詞彙運用才能把事物的細微之處描繪出來，也才能充分傳達語言栩栩傳神的魅力。黎運漢曾強調詞彙風格的重要性，他說：

> 語匯風格手段是語言風格賴以生成和體現的重要物質因素，因而風格學必須十分注重語匯風格手段的研究。[2]

----

2　見黎運漢：《漢語風格學》（廣州市：廣東教育出版社，2000年），頁135。

這裡所謂「語匯風格」就是詞彙風格，他不僅強調詞彙在語言（或文字）風格的生成和體現中的重要性，更特別指出「同義詞」所形成的不同的風格色彩。例如：

> 吃飯 ⟷ 用餐
> 害怕 ⟷ 畏懼

這兩組同義詞中所展現的是「通俗 ⟷ 典雅」兩種風格色彩的對應。又如：

> 浴室 ⟷ 浴間
> 努力 ⟷ 打拼

這兩組同義詞彙，一是雅言，代表其正統性；一是方言，表現其親切感，其風格也各具特色。可見只要有詞彙存在，就會產生代表其抽象感染力的詞彙風格。

## （二）研究「詞彙風格」在語文表達上的價值

既然詞彙風格是語言風格形成與體現中的要素，它在語文表達的過程中究竟有何價值？簡單來說，研究「詞彙風格」可以收到以下三種學術成果：

### 1 歸納語文表達的豐富美感

風格的形成代表著美感的展現。具體而言，任何藝術形式所展現的美感，大都可以從其風格類型、形成規律、表現手法等方面歸納其

特色。就語言文字這一藝術形式來說，語言（或文學）風格是語文表達藝術的核心，研究語言（或文學）風格可以歸納語文表達的豐富美感，對於文學鑑賞或語文表達的教學研究均有正面助益。而詞彙是語文系統中的基本元素，建構詞彙風格的理論，並進一步探索其風格類型與社會功能，是研究語文表達藝術的第一步，更是歸納其豐富美感的基礎。

## 2 辨識語文表達的內在義蘊

語言（或文學）風格是一種抽象的感染力，而語言（或文學）風格的形成規律卻有具體可循的脈絡。藉由風格形成的脈絡，我們可以感受到表達者內心的深層意圖，或辨識語言或文學的內在義蘊。就詞彙風格的範疇來說，詞彙是表達意象的符號，其形成的感染力通常會隨著意象風格而變動，然而詞彙本身的表達方式，也會影響風格的趨向。可見影響詞彙風格的因素，除了表達者的性格特質及外在的語言氛圍之外，其「物（事）象情意」與「詞彙表達」所透露的感染力仍是牽動詞彙風格的主因。

## 3 推溯古今語彙的變動規律

一套語文系統的形成，必須經過深廣時空的推演與多元文化的融合，其中也必然經歷了語言文字之間的矛盾、磨合、篩除、新增等變動程序，才能創造豐富的語彙，並建構嚴整的邏輯思維。語言（或文學）風格雖然抽象而不易捉摸，實則包含表達者的核心情理、材料意象的使用、詞彙的指稱、措辭的修飾及字句與篇章的邏輯等。這些具體可供研究的材料，是我們統整語言（或文學）風格的依據，也是探索語言變動規律的重要線索。單就詞彙的指稱來說，古今詞彙的異動代表著不同詞彙風格的展現，也蘊藏著語文變動的軌跡，所以研究詞

彙風格，有助於我們推溯古今語彙的變動規律，對於人類語言學的溯
源當有正面助益。

## 三 華語「詞彙風格」形成的哲學思辨

　　哲學往往蘊含著人類文明的貫通之道。它可以詮解科技或人文的
疑義，亦足以追溯知識的源頭，有助於建構知識學門的理論系統。

　　如前所述，詞彙是表達內在意象的符號，而內在意象與外顯詞彙
的聯結，透露著「象」與「意」、「意」與「言」之間的對應關係。在
西方語言學理論中，大都明示三者之間為「圖象」、「意念」與「符
號」的關係，確認了語言文字的心理基礎。[3]而中國傳統的思想體系
則提升到哲學層面，以詮釋「意」、「象」與「言」之間的互動關係。
《周易》是中國研究宇宙變化的重要論著，它最早提出有關意與象的
概念。在《易》〈繫辭傳〉所記載：

> 古者庖犧氏之王天下，仰則觀象於天，俯則觀法於地，觀鳥獸
> 之文與地之宜，進取諸身，遠取諸物，於是始作八卦。聖人有
> 以見天下之賾，而擬諸其形容，象其物宜，是故謂之象。[4]

　　〈繫辭〉所言，可視為文藝創作中意象理論的雛形。它指出
「象」的來源的兩個途徑：一是觀察，如「仰則觀象於天，俯則觀法
於地，觀鳥獸之文與地之宜」；二是選取，如「進取諸身，遠取諸
物」；透過觀察與選取的程序，構築了「物象 → 心象 → 形象（卦
象）」的創作流程，這個流程大致符合藝術創作的規律。

---

3　如瑞士語言學家索緒爾（Ferdiand de sausure）。

4　見《易》〈繫辭上〉。

其又言「象其物宜」，主要在強調《周易》的卦象具有模仿、再現的功能，可以體現自然事物的實質內涵。以明夷卦為例，其卦象符號為䷣，上為坤，坤為地；下為離，離為火、為日。卦辭解為「利艱貞」，其含意是「太陽被大地掩蓋」，象徵「光明受阻」或「美好的事物受到打擊」，在君主專制時代也常被用來詮釋「闇主在上，明臣在下的亂世」。

由此可知，《周易》的卦象不只是像物而已，有很大的成分在於「示意」，而示意的方向不僅止於模仿，更明顯地展現其「象徵」的功能。《周易》透過象徵的功能，試圖涵蓋宇宙自然事物的外貌與內蘊，故其每一卦象就是代表宇宙自然單一物象之符號，而卦辭與爻辭所蘊涵的象徵義則更為多元。在上古初民時期，《周易》之意象系統的形成，已經具備了「言──象──意」的聯繫關係。

即使如此，《周易》欲藉由六十四卦的卦象與卦辭來涵蓋宇宙自然之義蘊的意圖並不容易實現。事實上，存在於自然界的物象（象）與人類的心象（象含意）本來就有差距，而心象（象含意）落實為形象（言）的過程又會產生落差，《周易》對於人類語言系統必然存在的盲點，究竟有何解決之道？〈繫辭傳〉言：

> 子曰：「書不盡言，言不盡意」，然則聖人之意，其不可見乎？
> 子曰：「聖人立象以盡意，設卦以盡情偽，繫辭焉以盡其言，變而通之以盡力，鼓之舞之以盡神。」[5]

其所謂「書」，就是文字符號；而這裡的「言」，則單指概念。「書不盡言，言不盡意」點出文字符號的表意能力低於概念，而概念亦不能

---

5　見《易》〈繫辭上〉。

完全表達思想與情意。依照這樣的邏輯，任何典籍並不能完全傳達聖人之意，但是孔子進一步強調「聖人立象（形象或卦象）以盡意，設卦以盡情偽」，則透露出形象的表意功能優於概念。既然形象比概念具有更高的表意功能，是否代表概念的表意功能毫無價值呢？其實不盡然。一般而言，概念比形象簡潔、明確，當我們在思考複雜問題時，概念使我們可以迅速抓住事物的本質，使思維能很快地向前推進；至於形象的特質是以較為接近事物的原始狀態呈現，讓人領悟其內蘊豐富的意義，但仍有蕪雜而隱晦難明的缺點。陳望衡在《中國古典美學史》曾對兩者的功能做一辯證，他說：

> 藝術是用形象反映世界的，科學是用概念反映世界的。

他點出形象之於藝術、概念之於科學，各有其表意的價值與功能。形象能涵蓋豐富而多元的意象，適用於藝術的創作；而概念具有簡單明確的特質，則適於科學詮釋所用。〈繫辭〉所言「書不盡言，言不盡意」透露著符號與概念無法盡述意象的缺失，聖人仍藉由形象來表達複雜而多樣面貌的情意。落到詞彙的範疇來說，詞彙屬於文字符號，儘管不能盡述概念與意象的內涵，在某些程度上，仍可代表「概念」，所以具有簡單明確的科學性；而其背後所代表的形象（象）與思想（意），卻蘊含著藝術的美感，詞彙風格之美就是由此發端的。故〈繫辭〉又言：

> 其稱名也小，其取類也大，其旨遠，其辭文，其言曲而中，其事肆而隱。[6]

---

6　見《易》〈繫辭下〉。

在《易經》的六十四卦中，每卦標舉的名稱雖然很小，但是它所涵蓋的同類事物卻很多，它的意旨很深遠，它所延伸的卦辭、爻辭很有文采，話語曲折卻能切中肯綮，涉事繁多卻又隱晦不明。這段說明不僅充分顯示了卦象「盡意」的規律，也完全符合藝術創作的本質。因為以小見大，以個別見出一般正是藝術形象的本質。陳望衡說：

> 藝術形象也是「其旨遠，其辭文」的，「其旨遠」，它的內涵深邃、豐富，在隱晦、含蓄之中給欣賞者留下了一個廣闊的再創造的天地。「其辭文」，它的外部形象是鮮明的、生動的富有極大的感官誘惑力。這樣的藝術形象當然就是美的形象。[7]

《周易》在闡述「言──象──意」的關聯時，已經確定了詞彙的本質內涵。蓋詞彙既有概念的科學性，也蘊含形象的藝術性，其簡單明確的本質，背後亦蘊含豐富多樣的意象。更具體來說，華語詞彙具有簡單明確的優點，也蘊含豐富而含蓄的美感，這是探索華語詞彙風格非常重要的美學基礎。

中國意象理論的發展，時至戰國中期，莊子首先提出的「得意忘言」的說法，進一步闡述了《周易》「立象以盡意」的。《莊子》〈外物〉篇云：

> 筌者所以在魚，得魚而忘筌；蹄者所以在兔，得兔而忘蹄；言者所以在意，得意而忘言。吾安得忘言之人而與之言哉？[8]

莊子用筌和蹄比喻為了達成目的而採取的手段，捕捉魚和兔才是獵人

---

7　見陳望衡：《中國古典美學史》（長沙市：湖南教育出版社，1998年），頁205。

8　見黃錦鋐注譯：《新譯莊子讀本・外物》篇（臺北市：三民書局，1999年），頁373。

真正的目的。如果已經捕捉到魚，那筌就沒有用處；已經捉到兔子，那蹄印也失去了作用，這兩者就可以拋棄不用了。莊子言此，是繼承老子「道可道，非常道；名可名，非常名」[9]的觀點。老子以為可以用語言文字形容的道，並非道的真象，這顯示道家所認為天地間的至理，並非言語文字所能傳示，所以主張人不可拘泥於語言文字之中，一旦通達道理，就應該捨棄這些外在的形式。這與《易》〈繫辭〉所謂「書不盡言，言不盡意」的觀點是一致的。時至魏晉，王弼闡述《易》〈繫辭〉所說的「立象以盡意」，結合了莊子的「得意忘言」，進一步提出「得意忘象」的命題。其言：

> 夫象者，出意者也；言者，明象者也。盡意莫若象，盡象莫若言。言生於象，故可尋言以觀象；象生於意，故可尋象以觀意。意以象盡，象以言著，故言者所以明象，得象而忘言；象者所以存意，得意而忘象。[10]

王弼有系統地將「言」、「象」、「意」作一次序排列，認為「言」生於「象」，「象」生於「意」。所以，尋「言」可以觀「象」，尋「象」可以觀「意」，「言」具有彰顯「象」的作用，而「象」也具備詮釋「意」的功能。就「言」與「象」的關係來說，「言」是工具，「象」是目的；就「象」與「意」的關係來說，「象」是工具，「意」才是目的。工具往往只為了目的而存在，當目的達成，工具便可捨棄，所以得「象」可以忘「言」，得「意」可以忘「象」，「意」成為語言系統或辭章架構中最核心的部分，「象」與「言」反而在語意理解的最終過程可以被忽略。

---

9　見余培林注譯《新譯老子讀本・第一章》（臺北市：三民書局，1999年），頁17。
10　見王弼：《周易略例》〈明象〉篇。

　　從《周易》到莊子，從莊子到王弼，其哲學論述對於意象的詮釋已經梳理出完整的系統。具體而言，「得意忘象」、「得意忘言」所偏重於「意」的概念，已經成為中國美學上的重要命題，也間接影響後世「以形寫神」、「形神兼備」[11]的理論，甚至後代所謂「氣韻說」、「神韻說」[12]，都與先秦意象理論中強調「意」的主導地位有關。

　　如前所述，詞彙的本質是符號（書），儘管它不能全然包含概念（言）或形象（象）的內蘊，但至少可以指稱其某些成分，所以當然可以直指核心的思想情感（意）的部分內容。總其事物的概念、形象與思想情感，它們所共同內蘊的感染力（神韻或氣韻），也間接影響了符號本身的風格趨向。《周易》、《莊子》及王弼等有關意象的哲學論述，確實為詞彙風格提供了完整的理論基礎。

## 四　華語「詞彙風格」形成的文化背景

　　從中國古代的哲學論述，我們找到了詞彙風格形成的內在規律，而詞彙風格亦有其形成的外在因素。現代華語歷經了幾千年的時代更迭與多重空間的變換，並在諸多朝代詭譎多變的政治、社會、經濟等環境，以及豐富的學術傳承與民間風俗的影響，逐漸融合而成一個完整的語言系統。語言文字雖然只是人類溝通思想、傳遞訊息的工具，

---

11　「以形寫神」、「形神兼備」是中國古代人物美學理論的核心概念，其中「形神兼備」尤為人物描寫傳神的美學原則。如劉安《淮南子》〈原道訓〉：「形者，生之舍也；氣者，生之充也；神者，生之制也」、「故以神為主者，行從而利」。（見劉安：《淮南子》，上海市：上海古籍出版社，1986年，頁1210、1303）

12　「神韻說」最早出現在〔南齊〕謝赫《古畫品錄》評顧駿之的畫說：「神韻氣力，不逮前賢，精微謹細，有過往哲。」後來在〔宋〕嚴羽的《滄浪詩話》、〔明〕胡應麟的《詩藪》、〔清〕王士禎的《漁洋詩話》等，皆有評論。王士禎從神韻的概念出發，甚至還特別強調沖淡、超逸和含蓄、蘊藉的藝術風格的概念。

卻承載著人類悠久廣遠的文化傳統。相對地，文化傳統也時時影響著語言文字的發展和演變，而語言風格當然也會受到文化的影響。詞彙是語言文字系統中的要素，其所形成的語言氛圍更受其背後文化之影響。具體而言，影響華語詞彙風格的文化背景約有下列數端：

## （一）文白更迭

人類的語言系統會因為時代的變遷而產生變化。以華語系統來說，漢字的演變從甲骨文、金文、大篆、小篆、隸書等字形的變化，才形成現代通行的楷書，而中共在一九四九年以後所推行的簡體字，也成為現代漢字的主流。字體的演變會產生各種字形的風格，而這種風格的探討多歸於書法藝術的美學，無關乎詞彙風格的研究。至於在語音方面，從周、秦、兩漢的上古音，歷經唐、宋的中古音，以至元、明、清所出現的近代音，各時代的音韻系統差異極大，同樣字詞在上古、中古及近代的發音方式多不相同，其咬字、聲調所形成的語言感染力也各不相同，此為音韻風格的範圍，其影響詞彙風格的成分不大。

語言和文字在表達方式及傳達速度上有很大的差異，因此，同義的詞彙往往容易同時出現書面語和口頭語的形式。在華語文系統中，由於文字發明的初期，可用於書寫的文字有限，因此書面的用語儘量簡省，一個詞彙往往涵蓋多重語意。這種書寫邏輯延續至後代，形成一種言簡意賅的「文言體」，其用語精簡，展現典雅精緻的風格。相對於白話語彙的豐繁通俗，在表現風格上也產生差異。茲表列生活用語、文教用語和器物用語等方面，其文言詞彙和白話詞彙的差異如下：

|  | 文言 | 白話 |
|---|---|---|
| 生活用語 | 炊爨 | 煮飯 |
|  | 做齋 | 吃素 |
|  | 素服 | 白衣服 |
|  | 宮室 | 房屋 |
|  | 馴乘 | 馬車 |
| 文教用語 | 塾堂 | 學校 |
|  | 尺牘 | 書信 |
|  | 致仕 | 退休 |
|  | 翰墨 | 文章 |
| 器物用語 | 觴、觥 | 酒杯 |
|  | 戶限 | 門檻 |
|  | 牖戶 | 門窗 |
|  | 釜甑 | 鍋子 |

由於生活模式的不同，古代文人的書寫習慣易受傳統禮教的約束，其使用的詞彙雖趨於典雅，有時卻易流於雕琢晦澀，相較於現代白話的通俗淺白，其風格是截然不同的。而時代與生活模式的改變，這些古代文言的詞彙也漸漸褪去流行，僅見於古書中而不被現代世俗所用了。

## （二）政治環境

中國的君主專制政體傳承了近三千年的歷史，其間有聖王仁君所統治的太平聖世，也有暴君亂臣所宰制的動亂時代；至於胡人亂華、漢族興復，在中國交錯著胡、漢各族分立統治的歷史；而中原一統的帝國、南北分裂的割據，又更迭著「合久必分、分久必合」的政治規

律。在這幾千年複雜多變的政治環境中，統治階級的思維與人民心緒的向背，也呼應著不同詞彙的流通。在聖王仁君勤政愛民的時代，象徵開朗光明的詞彙如「聖王」、「賢臣」、「天下為公」、「河清海宴」、「安居樂業」、「國泰民安」等則時時出現於文獻典籍中；在暴君亂臣所統治的昏亂朝代，其較為陰鬱晦暗的詞彙，如「昏君」、「獨夫」、「亂臣賊子」、「民不聊生」等也成為深植民心的語彙；至於指稱國土分裂時局所流行的「偏安」、「板蕩」，政治一統時代所宣揚的「集權」、「統一」，也各展現其「拘限」與「恢闊」的詞彙風格；此外，每當異族揮軍南侵、宰制中原之時，所謂「亡國」、「蒙塵」、「山河變色」、「雜種」、「異類」等富於激烈民族情緒的語彙也不斷出現，而隨著胡人文化所產生的「琵琶」、「葡萄」等詞彙也逐漸流傳於中國。當漢族重掌政權，興復中原，所謂「光復」、「中興」、「夷夏之辨」、「漢賊不兩立」、「漢奸」、「賣國賊」、「逆賊」等具有華夷立場鮮明的詞彙更不勝枚舉。由此可見，政治環境影響朝野社會詞彙的流行，詞彙內涵的差異，當然也呈現詞彙風格的不同。

當西力東漸，一方面帶來差異性更大的文化衝擊，另一方面也促成了君主集權政體的瓦解。具體來說，西方列強對中國的侵略，更甚於歷代異族的侵擾，他們不僅威脅傳統政體的完整，更使中華傳統文化瀕於顛覆。而民主政治思潮的逐漸流傳，讓昏庸無能、封閉守舊的君王統治遭遇前所未有的挑戰，以致顛覆。所謂「自由」、「平等」、「博愛」，所謂「民有」、「民治」、「民享」，這些西方世界所創造的概念，逐漸在中國形成詞彙而廣為流傳。至於「民主」、「科學」、「現代」、「後現代」等富有西方文化意涵的詞彙也甚囂塵上，使傳統的華語詞彙系統注入一股新穎的感染力，這種感染力也深深影響著現代華語詞彙的風格趨向。綜而言之，中國由古至今政治環境的詭譎多變，對於華語詞彙風格的轉變是具有直接的影響。

## （三）社會變遷

　　中國社會的變遷主要分為兩個時期：十九世紀以前，數千年的農業文化是社會生活的主軸；自鴉片戰爭以後，西力東漸，歐美工業革命與科技生產為中國社會帶來巨大的轉變。

　　在傳統的農業社會中，從統治者到庶民，其日常生活所用的詞彙大都與農業有關。至於鴉片戰爭之後，中國逐漸轉變為新興的工商業社會，其詞彙的使用也隨著工業科技的普遍而出現更新的詞彙。試比較傳統社會與新興社會在詞彙使用上的差異，如下表：

| | 傳統農業社會 | 新興工業社會 |
|---|---|---|
| 飲食 | 黍稷、黃粱、茶水 | 漢堡、牛排、可樂 |
| 衣著 | 黻冕、長袍、絲帛、皮裘 | 西裝、尼龍 |
| 居住 | 宮室、耕讀、園圃、棟梁 | 摩天樓、洋房、鋼筋水泥 |
| 交通 | 車馬、舟船、奔馳 | 汽車、噴射機、郵輪、飛行 |
| 教育 | 學堂、塾院、弟子、受業 | 學校、學院、學生 |
| 休閒娛樂 | 唱戲、說書、酒肆 | 派對、戲院、電視 |
| 軍事國防 | 干戈、水師、刀劍、射箭 | 戰爭、海軍、槍彈、射擊 |
| 疾病醫療 | 大夫、瘟疫、風寒 | 醫師、醫院、傳染病、感冒 |
| 商業活動 | 錢莊、錢票、墟集、薑售 | 銀行、鈔票、市場、批發 |

從上表列出社會生活中常用的詞彙，我們發現因為生活模式的改變，同樣的活動的確有不同的用詞，或因使用材料的改變，產生了新的詞彙。以飲食為例，傳統中國農業社會是以「稻米」或「小麥」為糧食，故「黍稷」、「黃粱」、「茶飲」等詞彙常見於飲食生活中；到了西方飲食文化傳入中國，以歐美常用食材為名的詞彙，如「漢堡」、「牛排」、「可樂」等，也逐漸流傳於中國。再以疾病醫療為例，我們稱傳

統的醫療人員為「大夫」，稱流行病為「瘟疫」；而西醫傳入中國後，醫療人員稱為「醫師」，「醫院」成為集中醫療的重要場所，流行病稱「傳染病」，而「感冒」則是傳統「風寒」的新稱。

傳統生活用詞與新興社會的用詞確實有明顯的不同，其詞彙背後所呈現的風格，也有「古雅傳統」和「新穎活潑」的差異，可見社會變遷確實是詞彙風格形成的重要背景。

## （四）生活習俗

生活習俗的差異也是詞彙風格產生差別的重要因素，無論是地域的差異、族群的區隔或是新舊世代的落差，皆可能造成詞彙風格的迥然不同。

### 1 地域環境的差異

自古中國地大物博，生活文化多有南北差異，而現代生活模式因交通便利，遂逐漸弭平了南北生活文化的差別。然而海峽兩岸因為政治上的長期分治，雖屬同文同種的華人社會，實際上已有生活文化的不同，詞彙的使用也隨之大異其趣。茲列舉大陸與臺灣對於相同事物的不同用詞，以見其詞彙風格之差異：

| 大陸詞彙 | 臺灣詞彙 |
|---|---|
| 朝鮮 | 北韓 |
| 新西兰 | 紐西蘭 |
| 菠罗 | 鳳梨 |
| 方便面 | 泡麵 |
| 土豆 | 馬鈴薯 |

| 大陸詞彙 | 臺灣詞彙 |
|---|---|
| 冰棍 | 冰棒 |
| 打印机 | 印表機 |
| 博客 | 部落格 |
| 鼠标 | 滑鼠 |
| 硬盘 | 硬碟 |
| 早上好 | 早安 |
| 普通话 | 國語 |
| 抓緊時間 | 把握時間 |

　　大陸因共產思想的主導，在語文表達較偏向於工農兵等勞動階級的通俗用語；相較於臺灣在教育文化上仍秉持一貫的中華文化傳統思維，用語則維持典雅傳統的風格。上表雖不能完全展現兩岸詞彙用語的差異，但大陸用語的平易通俗與臺灣用語的傳統典雅，其風格對照已顯不同，若再以繁簡字體對照，其展現的風格更加不同。

## 2　族群的差異

　　所謂族群差異是指標準華語和不同族群所使用的方言之間的差別。以閩南方言為例，其現今通用的詞彙與標準華語所呈現的風格也大有不同。試表列數端以見其風格的差異：

| 標準華語 | 閩南語 |
|---|---|
| 氣定神閒 | 老神在在 |
| 全力對抗 | 大車拼 |
| 在一起 | 作伙 |
| 好處 | 好康 |
| 努力 | 打拼 |

| 標準華語 | 閩南語 |
|---|---|
| 亂扯 | 唬爛 |
| 假惺惺 | 假仙 |
| 挑釁 | 嗆聲 |
| 暗自高興 | 暗爽 |
| 妻子 | 牽手 |

現代華語因為有古代漢語系統的支持，不僅有深厚的文化基礎，更具備穩定的邏輯思辨，同樣源於古代漢語系統的閩南方言也有這些特質，但因為閩南族群單純敦厚的性格，再加上移民臺灣後所增添的草根性，閩南方言更具有俚俗親切的感染力，與標準華語的穩重風格形成明顯的對照。

## 3 新舊世代文化的差異

新世代的語言一直存在於自我的次文化世界，由於數位媒體的興盛，這些次文化的詞彙使用傳播漸廣，其流通之快速，影響之深遠，改變了華語的使用習慣，甚至凌駕了標準華語的影響力。例如閒聊說成「打屁」、形容女孩長得標緻說「正點」、形容人低級說「沒品」、稱經驗老到的人為「老鳥」、稱威脅恐嚇為「放話」，甚至有結合外來語的詞彙，如稱胸圍大的女子叫「波霸」、痛揍叫「海 K」，更有轉化舊名詞為新詞彙，如形容這人很討人厭叫做「機車」。這些詞彙不僅具備顯附露骨的特色，其無理而妙的邏輯更充滿創意，顛覆了正統華語詞彙的思維脈絡，卻大大牽引著新興世代的語言習慣，其對於華語系統的影響不容小覷。

儘管生活習俗的差異造成詞彙風格的不同，但邁入二十一世紀的華人世界，因交通便利發達，網路傳播更是一日千里，原有的這些差

異會因為彼此的交流融會而產生風格上的變易或轉化，甚至會有相互取代的現象，這些都是我們在研究詞彙風格時所必須注意的重點。

## 五　華語「詞彙風格」對辭章風格之影響

探索華語詞彙風格形成的語文思維，可從近代語言風格的研究論述著手，再進一步延伸到辭章風格，以確定詞彙風格在整體辭章學的定位，從而梳理其形成之脈絡。

### （一）從「語言風格」到「辭章風格」

從語文思維來探索詞彙風格形成的根源，仍須回歸到整體的語言學，以梳理其形成的脈絡。事實上，海峽兩岸對於語言風格的探究，大都從語言學的角度定義其特質，或界定其分野。如張德明教授所言：

> 「語言風格」主要應該是語言運用或言語活動中各種特點的綜合表現。[13]

這裡明白指出語言風格是從語言的使用及其相關活動展現出來。著名的語言學家程祥徽教授則說：

> 風格是人在使用語言的時候表現出來的氣氛或格調。用語言材料營造氣氛，常常採取兩種方法：一是充分利用「風格要素」，二是使用或駕馭「風格手段」。[14]

---

13　見張德明：《語言風格學》（高雄市：麗文文化公司，1995年），頁78。
14　見程祥徽：《語言風格初探》（臺北市：書林出版公司，1999年），頁22。

所謂「利用風格要素」，或「駕馭風格手段」，乃強調使用語言材料的方法不同，就會產生不同的風格，這裡已經指出語言中「表現風格」的功能。所以風格學家黎運漢教授就明白提出「語言風格就是表現風格」的觀點。他說：

> 語言風格是表現風格，是綜合運用風格手段的結果。從調音、遣詞、擇句、設格到謀篇的風格手段，綜合地反映在一篇文章、一部作品，或一種語體，或一個作家的作品，或一個時代作家的作品，或一個民族作家的作品裡，這就形成它的語言表現風格。[15]

黎教授具體指出語言的表現風格需藉由調音、遣詞、擇句、設格、謀篇等具體手段才能展現出來，可見這些文學手段是語言風格形成的重要媒介。國內聲韻學家竺家寧教授更將語言風格延伸到文學藝術的範疇。他說：

> 凡是用文學的方法從事研究，涉及作品內容、思想、情感、象徵、價值判斷、美的問題的，是「文藝風格學」；凡是用語言學的觀念和方法進行研究，涉及作品形式、音韻、詞彙、句法的，是「語言風格學」。[16]

這裡明白畫分了「文藝風格學」與「語言風格學」的差異。竺教授將「文藝風格學」著眼於文藝的內涵，「語言風格學」著眼於表現形式。事實上，無論是內涵還是形式，兩者均為語言（口頭語）與辭章

---

15 見黎運漢：《漢語風格學》（廣州市：廣東教育出版社，2000年），頁8。
16 見竺家寧：《語言風格與文學韻律》（臺北市：五南圖書出版公司，2001年），頁27。

（書面語）所不可或缺的要素。他與黎運漢教授不約而同地將語言風格界定為「語言特質的綜合表現」，更值得注意的是，兩位學者皆強調影響語言風格的動向包含了音韻、詞彙、句法、辭格、章法等要素。這些觀點對於我們研究辭章風格有很大的助益，至少提供了如何形成抽象風格的具體途徑。簡而言之，辭章風格的形成與辭章的音韻、詞彙、句法、辭格、章法有密切關係。專就探索詞彙與辭章風格的關係，應可找到詞彙風格在語文系統中的形成脈絡。

## （二）詞彙風格在辭章風格的定位

辭章學（或稱文章學）和語言學最大的差異，僅在於表達媒介的不同。辭章學的研究偏於文字，語言學的研究偏於語言，而語言和文字在任何一種成熟的語言系統中是可以互相串聯、互為詮釋的。因此，語言學家通常也跨足辭章學的研究，辭章學者也無法忽略語言學的研究成果。近十年來，漢語辭章學的研究在海峽兩岸三地逐漸開花結果，除上述幾位學者之外，另有南京大學王希杰教授的「三一語言學」、臺灣師大陳滿銘教授「多二一（０）螺旋結構」等，其理論架構均可作為定位詞彙風格的基礎。

### 1 「三一理論」對於詞彙風格定位的啟發

王希杰教授所提出的「三一理論」，乃結合「偏離、潛顯、四個世界」三者為「一」，成為「三一語言學」的完整理論體系。[17]其最核心概念乃以「偏離」為主，涉及「偏離」、「零度」與「正偏離」、「負

---

17 李名方、鍾玖英《王希杰和三一語言學》（北京市：中國文聯出版社，2006年11月第1版），頁190-222。

偏離」之間的互相聯繫與轉化。王教授認為語言的使用以正確為基
準，使用正確則為零度，使用錯誤則為「負偏離」，而詞彙在正確使
用的基礎上進一步去追求詞彙的優美，則為「正偏離」。茲以圖示說
明如下：

以詞彙的使用來說，詞彙的錯用皆屬於負偏離的範疇，其錯用的狀況
很多，如詞不達意、詞性錯置、過於口語及錯別字等。至於正偏離的
概念通常用於解釋修辭章的美感修飾多以修辭為討論對象，而事實
上，優美詞彙的使用尚未達修辭之標準，卻已屬於正偏離範疇。茲以
表列詞彙使用之正、負偏離的實例如下：

| 負偏離 | 零度 | 正偏離 |
| --- | --- | --- |
| 緊張 | 不安 | 忐忑 |
| 矇曈 | 模糊不清 | 朦朧 |
| 累了 | 疲累 | 疲憊 |
| 磨合 | 意見不合 | 齟齬 |
| 偷看 | 非分之想 | 覬覦 |
| 眼睛浮腫 | 剛剛睡醒 | 睡眼惺忪 |
| 混水摸魚 | 打混摸魚 | 渾渾噩噩 |
| 看來看去 | 你看我我看你 | 面面相覷 |
| 寫很用力 | 用力去寫 | 絞盡腦汁 |
| 用力照顧 | 仔細照顧 | 細心呵護 |

在詞彙使用中，我們要表達不安的情緒，使用「緊張」仍不夠達意，而「忐忑」一詞涵蓋不安的情緒，更使詞感更具典雅；再如形容打混摸魚，其意與「混水摸魚」迥異，若使用「渾渾噩噩」則更為優美典雅。詞彙的選用首重得體與否，這是「零點」的要求，而詞彙風格必須建立在優美詞彙的基礎上，才能發展其感染力，這就走向「正偏離」的途徑。「零點與偏離」的理論不僅是修辭美感的理論基礎，更可作為梳理詞彙風格的重要根據。

## 2 「多二一（0）螺旋結構」對詞彙風格定位的啟發

陳滿銘教授以「多二一（0）螺旋結構」為始，詮釋辭章學各學門領域的關係，其言：

> 如果是將一篇辭章所要表達之「情」或「理」，訴諸各種偏於主觀之聯想、想像，和所選取之「景（物）」或「事」接合在一起，或者是專就個別之「情」、「理」、「景（物）」、「事」等材料本身設計其表現的，皆屬「形象思維」；這涉及了「取材」與「措詞」等問題，而主要以此為研究對象的，就是意象學、詞彙學與修辭學等。如果是專就「景（物）」或「事」等各種材料，對應於自然規律，結合「情」與「理」，訴諸偏於客觀之聯想、想像，按秩序、變化、聯貫與統一之原則，前後加以安排、佈置，以成條理的，皆屬「邏輯思維」；這涉及了「運材」、「佈局」、與「構詞」等問題，而主要以此為研究對象的，就字句而言即文（語）法學；就篇章言，就是章法學。至於合「形象思維」與「邏輯思維」而為一，探討其整個體性的，則為「綜合思維」，這涉及了「立意」、「確立體性」等問題，而主要以此為研究對象的，為主題學、文體學、風格學

等。而以此整體或個別對象加以研究的，則統稱為辭章學或文
章。[18]

這裡提出「形象思維」與「邏輯思維」是辭章的兩大支柱，可視為辭
章之「二」；徹上合為「綜合思維」，再融匯成主題（主旨）、風格，
此為辭章的「一（0）」；而形象思維徹下所涵蓋的「意象」、「詞彙」
與「修辭」，及邏輯思維徹下所涵蓋的「文法」與「章法」，則為辭章
的「多」。茲以下圖說明風格、主旨、意象、詞彙、修辭、文法及章
法之間的關係：

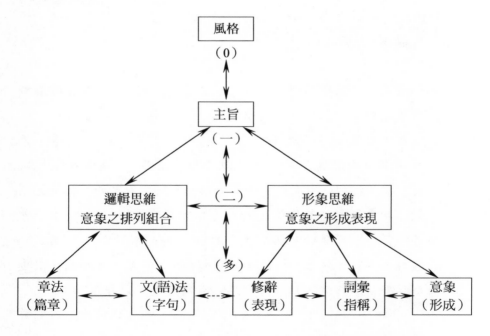

「風格」作為最上層統括各辭章領域的核心，雖然它是辭章中抽象的
感染力量，卻與其他領域密切相關，即意象、詞彙、修辭各有其美感

---

18 陳滿銘：《意象學廣論》（臺北市：萬卷樓圖書公司，2006年11月初版），頁287。

效果,透過形象思維之形成表現以影響整體辭章的風格展現;而文法與章法亦有其美感成分,透過邏輯思維之排列組合以影響整體辭章的風格表現;至於主旨的美感力量則與風格互為表裡,統合為辭章整體的風趣格調。由此可知,研究取材意象的感染力量,即稱為「意象風格」;探討修辭的美感效果,可稱為「修辭風格」;分析文法邏輯的感染力量,有「文法風格」;梳理篇章邏輯的節奏韻律,有「章法風格」;統合主題思想所呈現的美感,有「主題風格」。至於詞彙風格的探究,則著眼於使用詞彙時所產生的各種抽象感染力之研究。詞彙風格對於整體辭章風格的影響雖然不是關鍵,但是辭章中詞彙使用的某種習慣或偏好,仍可能影響整篇辭章的風格取向。

詞彙是在意象形成之後,運用符號的指稱以初步表現辭章之情理,其多樣而細瑣的表現過程固然不是整體風格形成的關鍵,亦可能與其相互呼應。從辭章學「多二一(0)」的脈絡,我們又找到詞彙風格形成的重要依據。

# 六　結語

研究詞彙風格,讓我們透過歸納語文表達的豐富美感,去辨識語文表達的內在義蘊,並推溯古今語彙的變動規律,這是詞彙風格學研究的價值所在。而釐清華語詞彙風格形成的規律,從哲學思辨、文化背景與語文思維等三個面向,推溯其根源,更有助於華語詞彙之使用、研究與教學,舉凡詞彙風格類型的分辨與歸納、詞彙風格的社會功能及詞彙風格的美感表現等,皆須從其形成的根源著眼,才能從華語浩瀚而繁雜的詞彙體系中梳理出風格的形成脈絡,更有助於語文的表達與辭章的鑑賞。

# 參考文獻

## 一　專書

方麗娜　《現代漢語詞彙教學研究——以對外華語文教學為範疇》
　　　　高雄市　復文出版社　2003 年

王希杰　《修辭學通論》　南京市　南京大學出版社　1996 年

李名方、鍾玖英主編　《王希杰和三一語言學》　北京市　中國文聯
　　　　出版社　2006 年 11 月第 1 版

竺家寧　《漢語詞彙學》　臺北市　五南圖書出版公司　1999 年

竺家寧　《語言風格與文學韻律》　臺北市　五南圖書出版公司
　　　　2005 年

周國光　《現代漢語詞彙學導論》　廣州市　廣東高等教育出版社
　　　　1996 年

孫金德主編　《對外漢語詞彙及詞彙教學研究》　北京市　商務印書
　　　　館　2006 年

陳望衡　《中國古典美學史》　長沙市　湖南教育出版社　1998 年

陳滿銘　《意象學廣論》　臺北市　萬卷樓圖書公司　2006 年

符淮青　《詞義的分析和描寫》　北京市　外語教學與研究出版社
　　　　2006 年

符淮青　《現代漢語詞彙》　北京市　新學林出版社　2008 年

常敬宇　《漢語詞彙與文化》　臺北市　文橋出版社　2000 年

張德明　《語言風格學》　高雄市　麗文文化出版公司　1995 年

張慧美　《語言風格之理論與實例研究》　臺北市　駱駝出版社
　　　　2006 年

程祥徽　《語言風格初探》　臺北市　書林出版公司　1999 年

程祥徽、鄭駿捷、張劍樺　《語言風格學》　南寧市　廣西教育出版
　　　社　2000 年

黃錦鋐　《新譯莊子讀本》　臺北市　三民書局　1999 年

費爾迪南·索緒爾　《普通語言學教程》　上海市　江蘇教育出版社
　　　2001 年

喬納森·卡勒著　張景智譯　《索緒爾》　臺北市　桂冠文化公司
　　　1992 年

道格拉斯·布朗著　廖柏森譯　《第二語教學最高指導原則》　臺北
　　　市　台灣培生教育出版公司　2007 年

葛本儀主編　《漢語詞彙學》　濟南市　山東大學出版社　2003 年

解海江、章黎平　《漢語詞彙比較研究》　北京市　中國社會科學出
　　　版社　2008 年

黎運漢　《漢語風格學》　廣州市　廣東教育出版社　2000 年

謝國平　《語言學概論》　臺北市　三民書局　1998 年

## 二　期刊論文

刁晏斌　〈現代漢語詞彙的形成及其他〉　《香港語文建設通訊》
　　　2004　78　頁 1-8

何淑貞　〈中華文化對漢詞語彙的影響〉　《中國語文》　2008
　　　613　頁 4-12

何淑貞　〈漢語中的文化意蘊〉　《中原華語文學報》　2008 年　1
　　　月　頁 17-32

沈益洪　〈語言風格與「心理頻率」說〉　《上海大學學報》　1991
　　　年 5 月　頁 63-66

曾萍萍　〈從漢字詞彙運用看不同區域的文化衍變〉　《華語文教學研究》　2009 年 6 月（1）　頁 113-131

蒲基維　〈修辭風格初探──以古典詩詞為考察對象〉　《修辭論叢》　2006 年 7 月　頁 474-501

駱小所　〈語言風格的分類和語言風格的形成〉　《武漢教育學院學報》　社哲版　1991 年

# 論感覺在借代辭格中的表現

仇小屏

成功大學中國文學系副教授

## 摘要

　　借代是以「相關性」為基礎所形成的辭格。在以往對於借代形成的途徑／種類的探討中，尚未見到針對「感覺」立論者。可是，感覺是對事物個別屬性的認識，這是借代的「起點」，然而，當感覺成了借體，它就成了此借代的「終點」，這「一以貫之」的過程實在很值得探究。因此，本論文專就「感覺」所形成的借代現象，進行討論。在實例的探討中，分為「基本類型」、「變化類型」兩種，前者分別針對視、聽、嗅、味、膚五種感覺的借代，進行討論，後者則探究「感覺借代本身」、「感覺借代與其他辭格」的變化運用情況。最後則提出兩點：「感覺」是最為具象的借代，以及感覺借代與修飾語的異同，希望對借代修辭的探討，作出一點貢獻。

關鍵詞：借代、感覺、知覺、轉喻

# 一　前言

借代是相當重要的辭格。將之與譬喻相互參照，更可見出其重要性。

正如王希杰《修辭學通論》所指出的：「許多修辭格是建立在相關關係和相似關係上的，而相關關係和相似關係正是人們認識世界的重要方法。」[1]「人類認識世界的活動，基本路線是從已知向著未知領域進軍，基本的辦法是把未知的東西納入已知的範圍之中，把未知的東西同已知的事物進行對比，從相關同相似的地方開始，尋找它們之間的相異之處，用已知的東西來解釋未知的東西。」[2]基於相似性所開展出的辭格，最具代表性的，當屬譬喻辭格，而基於相關性所開展出的辭格，最具代表性的，當為借代辭格了。因此，從前面的探討中，不難瞭解認知語言學為何將借代稱為「轉喻」，並與「隱喻」共列為重要的探討對象了，趙艷芳《認知語言學概論》即稱：

> 隱喻和轉喻是人們對抽象概念認識和表達的強有力工具，不僅是語言的，更重要的是認知的、概念的。[3]

這段話說得相當透闢。

而黃慶萱《修辭學》（增訂三版）為借代辭格所下的定義是：

> 就是指在談話或行文中，放棄通常使用的本名或語句不用，而

---

1　見王希杰：《修辭學通論》，頁407。
2　見王希杰：《修辭學通論》，頁407。
3　見趙艷芳：《認知語言學概論》，頁96。

> 另找其他與本名密切相關的名稱或語句來代替。[4]

其中所指出的「密切相關」，也就是前面所指的「相關性」，此即借代辭格出現、成立的最重要的基礎。因此各種修辭書中，對於借代辭格的探討，也多集中在「相關的途徑／種類」上[5]。

　　然而，在對於借代形成的途徑／種類的探討中，尚未見到針對「感覺」立論者。可是，感覺是對事物個別屬性的認識的起點，而這起點在借代中是如何表現的，實在很值得探究。因此，本論文專就「感覺」所形成的借代現象，進行討論。

## 二　借代辭格與感覺

　　本節就「借代辭格之相關理論」、「感覺」進行梳理，作為第三、四節實際例證討論的基礎。

### （一）借代辭格之相關理論

　　關於借代辭格，王希杰《修辭學通論》指出：

> 借代最重要的特徵有兩個，一個是本體同借體之間是相關關係，二是借體直接代替本體，本體不出現。[6]

---

4　見黃慶萱：《修辭學》（增訂三版），頁355。

5　譬如黃慶萱《修辭學》（增訂三版）在借代的「舉例」中，就將借代分為十一類：「以事物的特徵或標誌代替事物」、「以事物的所在或所屬代替事物」、「以事物的作者或產地代替事物」、「以事物的材料或工具代替事物」、「部分與全體相代」、「特定和普通相代」、「具體與抽象相代」、「原因和結果相代」、「借作用代實體」、「借動作代本體」、「借代價代本體」，頁358-369。

6　見王希杰：《修辭學通論》，頁449。

　　這兩個標準都很重要，本論文據此檢驗所舉的每個借代例證。

　　而且，也如王希杰《漢語修辭學》（修訂本）所言：「事物之間的相關關係是多種多樣的，每一種相關關係都可以構成借代。」[7]「相關關係，是客觀世界中所固有的，也是人類的一種認識。修辭學中的相關關係，主要是指在特定文化中被認可的相關關係，所以是一種特定的文化現象。」[8]也就是說，可能的借體有多種，但是何者會浮現、確立，成為一個借代，就是在某種文化情境下，主、客觀互動的結果。

　　心理學中所說的「注意」可以解釋此種現象。彭聃齡主編《普通心理學》（修訂版）：「注意的基本功能是對信息進行選擇。」[9]「注意對信息的選擇受許多因素的影響，如刺激物的物理特性，人的需要、興趣、情感，過去的知識經驗等。」[10]本論文所鎖定的「感覺」，就是一例。足堪借代的點很多，但是「感覺」特性就是顯現出來、被注意到了，其中自有深意存焉。


## （二）感覺


　　關於感覺，彭聃齡主編《普通心理學》（修訂版）說：


　　　　人們對客觀世界的認識常常是從認識事物的一些簡單屬性開始的。……我們的頭腦接受和加工了這些屬性，進而認識了這些屬性，這就是感覺（sensation）。因此感覺也可以說是人腦對

---

7　見王希杰：《漢語修辭學》（修訂本），頁403。
8　見王希杰：《漢語修辭學》（修訂本），頁404。
9　見彭聃齡主編：《普通心理學》（修訂版），頁184。
10　見彭聃齡主編：《普通心理學》（修訂版），頁184。

事物的個別屬性的認識。[11]

而感覺又可分為外部感覺和內部感覺，彭聃齡主編《普通心理學》
（修訂版）說：「外部感覺接受外部世界的刺激並反映它們的屬性，
這類感覺稱外部感覺。如視覺、聽覺、嗅覺、味覺、皮膚感覺
等。……內部感覺接受機體內部的刺激並反映它們的屬性（機體自
身的運動與狀態），這種感覺叫內部感覺，如運動覺、平衡覺、內
臟感覺等。」[12]因為內部感覺的借代例證相當稀少，所以本論文只
鎖定外部感覺，也就是視、聽、嗅、味、膚[13]五種感覺。

還有，感覺和知覺是密切相關又不盡相同的。彭聃齡主編《普
通心理學》（修訂版）說：「人們通過感官得到了外部世界的信息。
這些信息經過頭腦的加工（綜合與解釋），產生了對整體事物的認
識，就是知覺（perception）。換句話說，知覺是客觀事物直接作用
於感官而在頭腦中產生的對事物整體的認識。」[14]再論述……所以
本論文所討論的感覺，是在知覺的基礎上，所突出的感覺意象。

本論文的例證來源有三：各種修辭書中所舉之感覺借代例證、課
堂討論所得、自己搜尋所得，關於前兩種，皆會在例證後面註明，特
別是第一種，還會以註腳方式註明原書頁碼、所分類別。

---

11 見彭聃齡主編：《普通心理學》（修訂版），頁74。
12 見彭聃齡《普通心理學》（修訂版），頁176。
13 關於「膚覺」一般多稱為「觸覺」，然而正如張春興《現代心理學》所言：「膚覺
  又可分為觸覺、痛覺、溫覺、冷覺等多種。」頁81，因此不宜稱為「觸覺」，
  應以「膚覺」較為恰當。
14 見彭聃齡主編：《普通心理學》（修訂版），頁124-125。

## 三 基本類型

針對例證的討論，分為「基本類型」、「變化類型」兩種。本節所討論者為「基本類型」，下分為五類：「視覺」、「聽覺」、「嗅覺」、「味覺」、「膚覺」。

## （一）視覺

視知覺是最重要的知覺[15]，也因為如此，很多事物會讓人直覺地歸入視覺所見，但究其實，往往是綜合知覺的成果[16]。而視覺最重要的表現為：色彩（含明暗）、形狀，因此其下主要據此判斷。此外，因物理屬性所限，只能以視覺捕捉者，譬如日、月、彩虹、雲、霞等，也直接歸類為視覺所見。

因為借代所探討的是本體、借體之間的關聯，因此，其下即分為三類：「本體為視覺者」、「借體為視覺者」、「本體、借體皆為視覺者」，來進行探究。

### 1 本體為視覺者

有些事物是只能以視覺捕捉的。本論文以月為例作說明。

桂魄初生秋露微，輕羅已薄未更衣。（王維〈秋夜曲〉）

傳說月中有桂樹，故稱月為「桂魄」。

---

15 彭聃齡主編《普通心理學》（修訂版）：「人類獲得的外界信息中，80%來自視覺。」頁84。

16 譬如蘋果，不只視覺所見，還有嗅、味、膚覺的參與。

未必素娥無悵恨，<u>玉蟾</u>輕冷桂花孤。（晏殊〈中秋月〉）

神話傳說月中有蟾，而月色皓白如玉，故以玉蟾為月亮的代稱。

此外，「金兔」、「玉蟾」、「桂影」、「圓光」，也都是常見於古典詩詞的代指月的借代修辭。

## 2 借體為視覺者

### （1）全為視覺者

目前搜尋所得，大多為色彩，只有最後一例為形狀。

知否？知否？應是<u>綠</u>肥<u>紅</u>瘦。（李清照〈如夢令〉）（《孟子》〈梁惠王〉）[17]

「綠」代指海棠葉，「紅」代指海棠花。

小徑<u>紅</u>稀，芳郊<u>綠</u>遍，高台樹色陰陰見。（晏殊〈踏莎行〉）

「紅」代指花，「綠」代指葉。值得注意的是，此處之借體「綠」，詞性為動詞。

好一團波濤洶湧大合唱的<u>紫色</u>。（周夢蝶〈牽牛花〉）

「紫色」代指牽牛花。

窗外就是<u>銀白</u>，皚皚的<u>銀白</u>，沁寒的<u>銀白</u>。（邵僩《雪之舞》）[18]

---

17 此例引自董季棠：《修辭析論》，頁226，原歸入「具體和抽象相代」類，以抽象代具體。

18 此例引自黃慶萱：《修辭學》（增訂三版），頁366，原歸入「具體與抽象相代」類，未說明，勘考他例之說明推斷，應為抽象代具體。

「銀白」代指雪。

　　　　藍綠互鬥（課堂討論所得）

「藍」代指國民黨，「綠」代指民進黨。國民黨、民進黨是抽象事物。

　　　　白白[19]

「白白」代指護理師，因為護理師穿著白色診療服。

　　　　為了「四個小朋友」而奮鬥。（課堂討論所得）

「四個小朋友」代指新台幣。

## （2）部分為視覺者

　　其下分為兩類：「以感覺為修飾語」、「以感覺為中心語」，進行探究。

### A 以感覺為修飾語

　　又可分為兩類：前面諸例是以色彩為修飾語，後面諸例是以形狀為修飾語。

### a 以色彩為修飾語

　　　　願令得補黑衣之數，以衛王宮。（《戰國策》〈趙策〉）[20]

趙國的衛士穿黑衣，所以拿黑衣代衛士。

---

19　此例為小女苣苣兩歲多時，打預防針，如此稱呼護理師。
20　此例引自董季棠：《修辭析論》，頁210，原歸入「以事物的特徵或標誌借代事物」類。

黃巾為害，萍浮南北，復歸鄉幫。（鄭玄〈戒子益恩書〉）[21]

東漢末年，張角作亂，賊徒皆頭裹黃巾，以為標誌，時人稱為黃巾賊。「黃巾」一詞不僅標舉出「巾」，還標舉出「黃」色。[22]

藍領（課堂討論所得）

「藍領」代指勞工階層，這是用勞工階層工作時喜著的衣服領子來借代。[23]

## b 以形狀為修飾語

賜浴皆長纓，與宴非短褐。（杜甫〈自京赴奉先縣詠懷五百字〉）[24]

「長纓」是繫著冠纓的大臣，「短褐」是穿著短衣的平民。「長」、「短」皆是就形狀而言。

阿波羅已道別，他在忙碌地收拾
那樹隙間漏下的小圓暈（林泠《菩提樹》）[25]

「小圓暈」當指細碎的陽光。「小」、「圓」皆是就形狀而言。

---

21 此例引自董季棠：《修辭析論》，頁210，原歸入「以事物的特徵或標誌借代事物」類。

22 此類例證甚多，「白頭」、「白首」、「黔首」、「紅袖」、「黃髮」等，都是古典詩詞中常出現的借代修辭。

23 與此類似的尚有「白領」、「粉領」等詞。

24 此例引自董季棠：《修辭析論》，頁211，原歸入「以事物的特徵或標誌借代事物」類。

25 此例引自黃慶萱：《修辭學》（增訂三版），頁359，原歸入「以事物的特徵或標誌代替事物」類。

　　沈二爺就轉臉交代說：「老王五，你選十隻<u>短傢伙</u>，編成一隊
　　跟我走……。」(臧冠華《硬漢》)<sup>26</sup>

「短傢伙」當指槍。「短」是就形狀而言。

　　老太太發誓說，她偏不死，先要媳婦<u>直著出去</u>，她才肯<u>橫著出</u>
　　<u>來</u>。(張愛玲《五四遺事》)<sup>27</sup>

「直著出去」是「離婚」的結果；「橫著出來」是「死了」的結果。
「橫」、「直」是就形狀而言，而且詞性為副詞。

## B　以感覺為中心語

　　在此類中，暫時只找到以色彩、光影為中心語的，沒有找到以形
狀為中心語的。

　　　　小綠綠（課堂討論所得）

「小綠綠」指北一女／中女中學生。

　　　　小黃（課堂討論所得）

「小黃」指計程車，因為台灣的計程車是黃色的。

　　　　小白、小黑（課堂討論所得）

以小白、小黑替小狗命名。<sup>28</sup>

---

26　此例引自黃慶萱：《修辭學》（增訂三版），頁359，原歸入「以事物的特徵或標誌代
　　替事物」類。

27　此例引自黃慶萱：《修辭學》（增訂三版），頁367，原歸入「原因和結果相代」類，
　　以結果代原因。

28　以上諸例之「小」皆為暱稱，並非形狀之小。

針對光影明暗來描寫的，只有一例：

桂棹兮蘭槳，擊空明兮溯流光。（蘇軾〈赤壁賦〉）

「空明」、「流光」之「明」、「光」，皆屬視覺。

### 3 本體、借體皆為視覺者

渡頭餘落日，墟里上孤煙。王維〈輞川閑居贈裴秀才迪〉）[29]

「落日」代夕陽的餘光。

## （二）聽覺

聲波是聽覺的適宜刺激，它是由物體振動產生的，聲波通過空氣傳遞給人耳，並在人耳中產生聽覺[30]。因此聽覺之成立會有兩端：發聲器、接收者，這樣聲音才會「被聽到」，而此點在借代修辭中的體現非常明顯。

因此，其下即分為「本體為聽覺者」、「借體為聽覺者」來進行探究，而「本體、借體皆為聽覺者」，則暫時找不到例證。

### 1 本體為聽覺者

在以下的例證中，皆以發聲體來借代所發出的聲音。

夕陽依舊壘，寒磬滿空林。（劉長卿〈秋日登吳公臺上寺遠眺寺即陳將吳明徹戰場〉）

---

29 此例引自董季棠：《修辭析論》，頁225，原歸入「具體和抽象相代」類，以具體代抽象。

30 參見彭聃齡主編：《普通心理學》（修訂版），頁105。

「磬」實指磬音，以此發聲體借代聲音。

> 不寢聽金鑰，因風想玉珂。（杜甫〈春宿左省〉）[31]

「金鑰」是宮門上的鎖鑰，這裡代指開啟鎖鑰的聲音；「玉珂」是風鈴，這裡代指風鈴的聲音。

> 古木無人徑，深山何處鐘？（王維〈過香積寺〉）[32]

「鐘」代指鐘聲。

> 黃梅時節家家雨，青草池塘處處蛙。（趙師秀〈約客〉）

「蛙」代指蛙聲。

> 寒蟬淒切，對長亭晚，驟雨初歇。（柳永〈雨霖鈴〉）[33]

以「蟬」代替蟬聲。

> 濁酒一杯家萬里，燕然未勒歸無計。羌管悠悠霜滿地。（范仲淹〈漁家傲〉）

此詞作於作者守邊時，「羌管」為胡地樂器，此處代指此樂器所發出的樂音。

---

31 此例引自董季棠：《修辭析論》，頁225，原歸入「具體和抽象相代」類，以具體代抽象。

32 此例引自董季棠：《修辭析論》，頁225，原歸入「具體和抽象相代」類，以具體代抽象。

33 此例引自黃麗貞：《實用修辭學》（增訂本），頁93，原歸入「具體與抽象互代」類，以具體代抽象。

## 2 借體為聽覺者

在這個類別中，特別的是，多口語語料，而且其中還頗多兒語。

噓噓（課堂討論所得）

「噓噓」代指尿尿。

<u>Yo yo yo</u>（課堂討論所得）

「Yo yo yo」代指饒舌歌。

叮叮（課堂討論所得）

香港人用「叮叮」代指微波食品和電車。

叭噗叭噗（課堂討論所得）

「叭噗叭噗」代指甜筒。

ㄋㄨˇㄧㄋㄨˇㄧ（課堂討論所得）

「ㄋㄨˇㄧㄋㄨˇㄧ」代指救護車。

喀哩喀哩（課堂討論所得）

「喀哩喀哩」代指零食。

坐「ㄅㄨㄅㄨ」（課堂討論所得）

「ㄅㄨㄅㄨ」代指車子。

嗶嗶（課堂討論所得）

「嗶嗶」代指悠遊卡。

<u>汪汪</u>（課堂討論所得）

以「汪汪」代指狗。

<u>喵喵</u>（課堂討論所得）

以「喵喵」代指貓。

<u>滴答滴答</u>（課堂討論所得）

「滴答滴答」代指時間的流逝。

那些「<u>阿門</u>」的人（課堂討論所得）

「阿門」代指基督教，「那些『阿門』的人」指的是基督徒。

那些「<u>阿彌陀佛</u>」的人（課堂討論所得）

「阿彌陀佛」代指佛／道教，「那些『阿彌陀佛』的人」指的是佛／道徒。

## （三）嗅覺

本類中僅有「借體為嗅覺」的例證，沒有「本體為嗅覺」、「本體、借體為嗅覺」的例證。

<u>洗香香</u>（課堂討論所得）

此詞全為嗅覺，「香香」代指肥皂／沐浴精。

群<u>芳</u>過後西湖好，狼藉殘紅。（歐陽修〈采桑子〉）[34]

此詞是部分為嗅覺。「群芳」即眾花，以花的香氣來代替具體的花。感覺詞為中心語。

## （四）味覺

本類中僅有「借體為味覺」的例證，沒有「本體為味覺」、「本體、借體為味覺」的例證。

為<u>肥甘</u>不足於口與？（《孟子》〈梁惠王〉）[35]

此詞全為味覺，「肥甘」代指食物。

喝<u>涼的</u>（課堂討論所得）

此詞全為味覺，「涼的」代指冷的飲料。

<u>鹹的</u>（課堂討論所得）

此詞全為味覺，「鹹的」代指鹹湯圓。

## （五）膚覺

本類中僅有「借體為膚覺」的例證，沒有「本體為膚覺」、「本體、借體為膚覺」的例證。

---

34 此例引自黃麗貞：《實用修辭學》（增訂本），頁93，原歸入「具體與抽象互代」類，以抽象代具體。

35 此例引自董季棠：《修辭析論》，頁226，原歸入「具體和抽象相代」類，以抽象代具體。

　　　　*輕煖*不足於體與？（《孟子》〈梁惠王〉）[36]

此詞全為膚覺，「*輕煖*」代指衣服。

　　　　老栓看看燈籠，已經熄了。按一按衣裳，**硬硬的**還在。（魯迅
　　〈藥〉）[37]

此詞全為膚覺，「硬硬的」是銀元的特徵，代指銀元。

# 四　變化類型

　　「變化類型」其實也是著眼於感覺在借代中的表現，但是有更為細緻繁複的變化。可以分為以下幾類：

## （一）感覺借代本身

### 1 複合

### （1）複合某種感覺中的兩種特性

　　此部分所出現的例證，皆是借體為視覺者，複合了色彩與線條兩種特性。

　　　　*小紅帽*（課堂討論所得）

在童話中，「*小紅帽*」代指那個戴著小紅帽的女孩。因為同時出現「小」（形狀）、「紅」（色彩），所以是複合視覺中兩個重點。

---

36　此例引自董季棠：《修辭析論》，頁226，原歸入「具體和抽象相代」類，以抽象代
　　具體。
37　此例引自黃麗貞：《實用修辭學》（增訂本），頁86，原歸入「借事物的特徵代」類。

　　<u>小綠人</u>（課堂討論所得）

「小綠人」指交通號誌，因為出現小綠人時，表示可以通過斑馬線。因為同時出現「小」（形狀）、「綠」（色彩），所以是複合視覺中的兩個重點。

## （2）複合兩種感覺

　　以下皆複合了兩種感覺。

　　　那一隊嬌嬈，十車<u>細軟</u>，便是俺的薄薄宦囊。不要叫仇家搶去了。（孔尚任《桃花扇・逃難》）[38]

「細軟」代指金帛。「細」屬視覺，「軟」屬膚覺。

　　　怕嗎？<u>小嫩皮</u>。（司馬中原《飅體地》）[39]

以「小嫩皮」來代指「未經世面的小孩子」。「小」乃視覺所感，「嫩」乃膚覺所感，以兩種感覺為修飾語。

　　<u>嗯臭臭</u>（課堂討論所得）

「嗯」用解便時常發出的聲音，代指解便，「臭臭」是以大便的氣味來代指大便。

## 2 雙重

　　此為「雙重借代」。雙重借代是指在一個借代修辭中，運用了兩

---

38　此例引自董季棠：《修辭析論》，頁227，原歸入「具體和抽象相代」類，以抽象代具體。

39　此例引自黃慶萱：《修辭學》（增訂三版），頁358，原歸入「以事物的特徵或標誌代替事物」類。

次借代手法。

> 是處<u>紅衰翠減</u>，苒苒物華休。（柳永〈八聲甘州〉）[40]

「紅」代指花，「翠」代指葉。而且，更進一步，「紅衰翠減」又代指秋深。

> <u>少女的祈禱</u>（課堂討論所得）

「少女的祈禱」借代垃圾車，乃是以音樂（聽覺）來借代，不過，「少女的祈禱」為樂曲名，又是以題目代指整首樂曲，因此是雙重借代。

## （二）感覺借代與其他辭格

複合感覺借代與其他辭格，就會形成辭格的「兼用」。

> 到清明時候，<u>百紫千紅</u>花正亂，已失春風一半。（李元膺〈洞仙歌〉）

「紫」、「紅」都代指花，顯出花色之麗，而加上數詞「百」、「千」，是以誇飾之筆極寫花朵之繁。此為借代兼格誇飾。

> <u>紅色炸彈</u>（課堂討論所得）

「紅色炸彈」指喜帖。「紅色」是借代，以喜帖的顏色代指喜帖，「炸彈」則是譬喻——將喜帖譬喻成炸彈。因此「紅色炸彈」複合了借代和譬喻兩種辭格。

---

40 此例引自黃麗貞：《實用修辭學》（增訂本），頁95，原歸入「原因和結果互代」類，以結果代原因。

　　白衣天使（課堂討論所得）

「白衣天使」指的是護士。「白衣」為借代，「天使」為譬喻。此為借代兼譬喻。[41]

　　汪星人（課堂討論所得）

「汪」是以聲音借代狗，又將之轉化為「外星人」，所以「汪星人」是借代兼轉化。[42]

　　紅唇族（課堂討論所得）

「紅唇」代指嚼檳榔的人。「紅唇」指出此類人的特色，「紅」又特別指出「唇」的特色，因此為雙重借代。而且紅唇族為以前的少女團體團名，此又為引用。

　　黑手（課堂討論所得）

「黑手」代指從事修車等工作的人，而此詞來自閩南語，所以此為借代兼飛白。

# 五　綜合討論

　　從以上的例證呈現中，發現了一些有趣的現象：

---

41 與此類似的是「綠衣使者」（課堂討論所得），代指郵差。

42 與此類似的是「喵星人」（課堂討論所得），「喵」代指貓。

## （一）例證原本分布的類別

本論文所採取的例證，共有十九例是直接從各修辭書中選出。其中有十例是「具體和抽象相代」類，另有七例是「以事物的特徵或標誌借代事物」類，此外，還有兩例是「原因和結果相代」類。

### 1 「具體和抽象相代」類

此類中，六例被解釋成「以抽象代具體」，其餘四例被解釋成「以具體代抽象」。值得注意的是「具體和抽象相代」類，被歸類為具體的四例中，有三例是以發聲體代聲音，亦即本體為聲音，借體為發聲體，所以所謂的「具體」是指發聲體、「抽象」是指聲音，而另一例是以落日代指夕陽餘光，本體、代體皆為視覺。而其他六例則皆以借體（即某種感覺）為「抽象」，本體為「具體」。

總括而言，前面十例皆以感覺為「抽象」。然而，揆諸感覺之定義，感覺是我們最初對於事物個別屬性的認識[43]，所以，應該是最為「具象」[44]的，反而本體多為名詞，已經屬於知覺的層次了[45]，相較起來，應該是比較「抽象」的。

---

43　參見彭聃齡主編：《普通心理學》（修訂版），頁74。

44　可參考彭聃齡主編：《普通心理學》（修訂版）所言：「根據概念所包含的屬性的抽象與概括程度，概念可分為具體概念（concrete concept）和抽象概念（abstract concept）。按事物的指認屬性形成的概念稱為具體概念。按事物的內在、本質屬性形成的概念稱為抽象概念。」頁255。

45　可參考彭聃齡主編《普通心理學》（修訂版）說：「知覺以感覺作基礎，但它不是個別感覺信息的簡單總和。……知覺是按一定方式來整合個別的感覺信息，形成一定的結構，並根據個體的經驗來解釋由感覺提供的信息。它比個別感覺的簡單相加要複雜得多。」頁125。

## 2 「以事物的特徵或標誌借代事物」類

將「感覺」借體歸入此類，其實是比較合理的。因為感覺既然是最初、最簡單的認識，自然容易成為鮮明的「特徵」或「標誌」。

## 3 「原因和結果相代」類

皆以結果代原因。其中一例「直著出去」、「橫著出來」是「離婚」、「死亡」的結果，但是也可以說是狀態的描述，因此用感覺為借體。另一例用「紅衰翠減」代指秋深，也是狀態的描述，同樣用感覺為借體。

## (二) 借代與修飾語之異同

借代格嚴格規定本體不得出現。然而，為什麼？如果出現了本體呢？

以下分兩種情況加以討論，一是被承認為借代的例證，二是不被承認為借代的例證。

## 1 被承認為借代的例證

以下三例，其本體確實沒有出現，然而，這三例也可看作中心語省略的「的字結構」[46]。

　　喝<u>涼的</u>（課堂討論所得）
　　<u>鹹的</u>（課堂討論所得）

---

46 上海師範大學中文系漢語教研室著《語法初階》：「『的』經常附著在詞或詞組的後邊，與前邊的詞或詞組構成一個整體，叫『的』字結構，具有名詞的語法功能。」頁57。

老栓看看燈籠，已經熄了。按一按衣裳，**硬硬的還在**。（魯迅〈藥〉）[47]

此外，其下兩例被看作是借代，但是「小圓暈」的「暈」、「短傢伙」的「傢伙」，其實都可視作本體。

阿波羅已道別，他在忙碌地收拾
那樹隙間漏下的<u>小圓暈</u>（林泠《菩提樹》）[48]
沈二爺就轉臉交代說：「老王五，你選十隻<u>短傢伙</u>，編成一隊跟我走……。」（臧冠華《硬漢》）[49]

## 2 不被承認為借代的例證

以下兩例，因為都出現了「本體」，所以都不能歸屬於借代格：

<u>嘟嘟車</u>（課堂討論所得）

「嘟嘟車」是泰國一種三輪計程車。「嘟嘟」是以車子發出的嘟嘟聲為修飾語，「車」為中心語。

<u>逼卡</u>（課堂討論所得）

「逼卡」意指需要以卡片通關的一切事物。「逼」是以聲音發出的聲音為修飾語，「卡」為中心語。

然而，若與前面的借代例證相對照而觀：

---

47 此例引自黃麗貞：《實用修辭學》（增訂本），頁86，原歸入「借事物的特徵代」類。
48 此例引自黃慶萱：《修辭學》（增訂三版），頁359，原歸入「以事物的特徵或標誌代替事物」類。
49 此例引自黃慶萱：《修辭學》（增訂三版），頁359，原歸入「以事物的特徵或標誌代替事物」類。

坐「ㄅㄨㄅㄨ」（課堂討論所得）

嗶嗶（課堂討論所得）

此二例中，「ㄅㄨㄅㄨ」代指車子，「嗶嗶」代指悠遊卡。與前面兩例相較，其實相當類似，差別只在於是否出現本體。

然而，為什麼不能出現本體？出現了本體之後，就成了「偏正結構」，借代語就成了修飾語，但是這樣與借代的本質會造成牴觸嗎？關於這部分的探究，筆者相當感興趣，希望以後可以做更為深入的探討。

## 六　結語

趙艷芳《認知語言學概論》指出：接近原則和突顯原則是轉喻的認知原則。[50]這兩個原則相輔相成。因為合乎接近原則者的事物很多，亦即可能的借體很多，但是還需經突顯原則篩選，才能「勝出」，成為真正的借體。在此過程中，既展現了人的認識能力，又發揮了語言的表達功能。

感覺借代在此過程中，一開始發揮起點的功能（認識）[51]，後來被突顯為借體，又成為終點，達成了表達功能。[52]這樣「一以貫之」的借代修辭，其表現與內涵，實在是相當微妙有趣啊。

---

50　參見趙艷芳：《認知語言學概論》，頁99。

51　王希杰：《修辭學通論》：「修辭格還具有很高的認識功能。修辭格本身是思維的產物，是人類思維規律的一種表現，於是它也就具有一定的認識價值。」頁407。

52　王希杰《修辭學通論》：「修辭格最重要的功能當然是表達功能，因為它本來就是因表達需要而產生的。」頁405。

# 清代《紅樓夢》彈詞開篇之探析

林均珈

臺北市立大學中國語文學系博士

## 摘要

　　彈詞的名稱，明代已有，源頭是宋以來的陶真以及元明的詞話。伴奏樂器以琵琶、三弦為主，音樂曲調性很強，演唱風格細膩深刻，擅長表現長篇故事。彈詞是流行於南方諸省的講唱文學，是最受群眾歡迎的說唱藝術之一。許多說唱藝術曲種（如蘇州彈詞、紹興平胡調、四明南詞等），以及江浙有些地方戲曲劇種（如越劇、滬劇等），它們在正式節目演出前所加唱的短篇唱詞即是「彈詞開篇」，簡稱為「開篇」。彈詞開篇，一般來說都是唱句，偶爾會穿插一兩句說白在裡面，但這種情況為數不多，它後來逐漸發展成為一種獨立的藝術形式。清代有關《紅樓夢》故事的彈詞開篇，根據筆者整理約有二十九種，其中，《賈寶玉》作者為清末的朱寄庵，其餘作品作者為咸豐、同治年間的馬如飛。清代《紅樓夢》彈詞開篇是屬於詩讚系板腔體的說唱文學，唱詞主要是以七言為主，偶爾會出現襯字，是韻散相間的句型。這二十九種清代《紅樓夢》彈詞開篇可看作是敘事詩，故事類型大致分為男女愛戀、家庭親情以及世態人情三大類。演唱時，為了上口且易於記憶，自然要求協韻，有些作品是一韻到底；有些作品則是隨口協韻，因此產生旁轉相通或混韻的情形。

關鍵詞：彈詞、開篇、紅樓夢、說唱藝術、曲藝、俗曲

# 一　前言

　　《紅樓夢》一書在清代多次遭到查禁，卻也深受文人的喜愛，經《紅樓夢》抄本與印本之流傳、續書、戲曲與俗曲[1]之改編等歷程，尤其是各時代的紅迷作家不拘一格的再創作，使得《紅樓夢》小說廣為流傳。彈詞，說唱藝術[2]之一，流行於中國南方各省，表演者自彈自唱，主要樂器是三弦、琵琶等，例如蘇州彈詞。許多說唱藝術曲種（如蘇州彈詞、紹興平胡調、四明南詞等），以及江、浙有些地方戲曲劇種（如越劇、滬劇等），它們在正式節目演出前所加唱的短篇唱詞即是「彈詞開篇」。彈詞開篇，依據現存文獻資料，劉操南《紅樓夢彈詞開篇集》、蘇州彈詞大觀編輯委員會《蘇州彈詞大觀》、胡文彬《紅樓夢說唱集》，三者收藏了許多近現代的作品。筆者從上述這三

---

1　李家瑞《北平俗曲略》所說的「俗曲」，包括說書、戲劇、雜曲、雜耍、徒歌五部分，敘述了說唱鼓書、嘣嘣戲、濟南調、蓮花落、兒歌等六十二種說唱、小戲、雜曲、民歌的藝術特點和流傳情況。見李家瑞：〈序目〉，《北平俗曲略》（臺北市：中央研究院歷史語言研究所，1993年3月），頁1-4。本論文所指稱的「俗曲」雖是廣義的俗曲，即各種說唱文學而非一般民間歌曲的泛稱，但也排除李氏之「戲曲」在外。

2　關於「說唱藝術」與「曲藝」的定義，歷來學者眾說紛紜，莫衷一是。一說，認為兩者是同義詞，例如倪鍾之強調：「今天研究我國文學史、藝術史，如果拋開曲藝這一古老的說唱藝術不談，有許多藝術現象便無法進行合理的解釋，也無法探索它的藝術源流和基本規律。」見倪鍾之：《中國曲藝史》（瀋陽市：春風文藝出版社，1991年3月），頁1；另一說，認為兩者不能算是同義詞，例如曾師永義認為說唱藝術的範圍極廣，舉凡說的、唱的、又說又唱、似說似唱的表演形式皆屬於說唱藝術；而曲藝則是僅限於唱的表演方式，它必須有音樂的配合始能符合「曲」藝。嚴格來說，說唱藝術的範圍較大，曲藝的範圍較小。說唱藝術與曲藝，兩者不能算是同義詞，曲藝僅能算是說唱藝術的一支。見筆者《紅樓夢本事衍生之清代戲曲、俗曲研究》（臺北市：臺北市立教育大學中國語文學系博士論文，2013年7月），頁20-21。

種傳本中，整理出清代《紅樓夢》彈詞開篇，共二十九種。本論文即以這二十九種為範圍，析論清代《紅樓夢》彈詞開篇的體製結構、文學特色、藝術特徵以及彼此關係密切之作品。

## 二 清代《紅樓夢》彈詞開篇

　　依據現存文獻資料，劉操南《紅樓夢彈詞開篇集》、蘇州彈詞大觀編輯委員會《蘇州彈詞大觀》、胡文彬《紅樓夢說唱集》，三者所收藏的近現代《紅樓夢》彈詞開篇的數量不盡相同：劉操南《紅樓夢彈詞開篇集》收錄一八三種；蘇州彈詞大觀編輯委員會《蘇州彈詞大觀》收錄二十六種；胡文彬《紅樓夢說唱集》收錄三十六種。經核對這三種傳本，胡文彬《紅樓夢說唱集》與劉操南《紅樓夢彈詞開篇集》，兩者所收錄作品重複的有三十四種；蘇州彈詞大觀編輯委員會《蘇州彈詞大觀》與劉操南《紅樓夢彈詞開篇集》，兩者所收錄作品重複的有八種。剔除重複的作品，可知清代《紅樓夢》彈詞開篇，共二十九種。

### 表一

| |
| --- |
| 1. 《紅樓夢》甲本，馬如飛作，首句為「金陵十二鬥娉婷」，末句為「爭奈痴女痴兒喚不醒」。全篇 34 句，混韻，協〔en〕與〔eng〕韻。 |
| 2. 《紅樓夢》乙本，馬如飛作，首句為「春雲入夢最多情」，末句為「只怕彼此胸懷稱不得心」。全篇 23 句，混韻，協〔en〕與〔eng〕韻。 |
| 3. 《寶玉》甲本，馬如飛作，首句為「漫云渺渺與茫茫」，末句為「塵寰跳出禮空王」。全篇 23 句，一韻到底，協〔ang〕韻。 |
| 4. 《寶玉》乙本，馬如飛作，首句為「女媧煉石補天虧」，末句為「水向東去不歸」。全篇 36 句，混韻，協〔ai〕與〔ei〕韻。 |

| | |
|---|---|
| 5. | 《賈寶玉》，朱寄庵作，首句為「絳花洞主自家稱」，末句為：「一枕榮華二十春」。全篇 30 句，混韻，協〔en〕與〔eng〕韻。 |
| 6. | 《寶玉哭黛玉》，馬如飛作[3]，首句為「多情卻是總痴情」，末句為「做個逍遙世外人」。全篇 31 句，混韻，協〔en〕與〔eng〕韻。 |
| 7. | 《林黛玉》甲本，馬如飛作，首句為「碧天如洗月如鉤」，末句為「不是姻緣不肯休」。全篇 27 句，一韻到底，協〔ou〕韻。 |
| 8. | 《林黛玉》乙本，馬如飛作，首句為「俏佳人生長在揚州」，末句為「女兒身幻夢醒紅樓」。全篇 39 句，一韻到底，協〔ou〕韻。 |
| 9. | 《林黛玉》丙本，馬如飛作，首句為「瀟湘妃子貌娉婷」，末句為「瀟湘館裏慘難禁」。全篇 30 句，混韻，協〔en〕與〔eng〕韻。 |
| 10. | 《林黛玉》丁本，馬如飛作，首句為「苦雨酸風鐵馬喧」，末句為「難了人間未了緣」。全篇 29 句，一韻到底，協〔ang〕韻。 |
| 11. | 《林黛玉》戊本，馬如飛作，首句為「縹緲鄉關慘淡雲」，末句為「重了人間未了姻」。全篇 34 句，混韻，協〔en〕與〔eng〕韻。 |
| 12. | 《絳珠嘆》甲本，馬如飛作[4]，首句為「颯颯琅玕竹韻涼」，末句為：「世間不望返魂香」。全篇 24 句，一韻到底，協〔ang〕韻。 |
| 13. | 《絳珠嘆》乙本，馬如飛作[5]，首句為「憐我憐卿只自傷」，末句為：「琅玕無語對斜陽」。全篇 25 句，一韻到底，協〔ang〕韻。 |
| 14. | 《黛玉葬花》甲本，馬如飛作，首句為「瀟湘妃子貌仙姬」，末句為「多愁多病又多疑」。全篇 25 句，混韻，協〔i〕與〔ei〕韻。 |
| 15. | 《黛玉葬花》丙本，馬如飛作[6]，首句為「名園春色盡休藏」，末句為「想他年何人把奴葬」。全篇 25 句，一韻到底，協〔ang〕韻。 |

---

3　《寶玉哭黛玉》的作者，一說為馬如飛，一說為聽雨軒主。

4　《絳珠嘆》甲本的作者，一說為馬如飛，一說為佚名。

5　《絳珠嘆》乙本的作者，一說為馬如飛，一說為佚名。

6　《黛玉葬花》丙本的作者，一說為馬如飛，一說為佚名。

16. 《黛玉焚稿》丁本，馬如飛作，首句為：「風雨連宵鐵馬喧」，末句為：「難了人間未了緣」。全篇 29 句，一韻到底，協〔an〕韻。

17. 《黛玉離魂》，馬如飛作[7]，首句為：「憐我憐卿諸事傷」，末句為：「喚醒紅樓夢一場」。全篇 25 句，一韻到底，協〔ang〕韻。

18. 《紫鵑夜嘆》，馬如飛作[8]，首句為「月黑沉沉夜漫漫」，末句為：「何必要勾心鬥角不容寬」。全篇 37 句，一韻到底，協〔an〕韻。

19. 《薛寶釵》甲本，馬如飛作，首句為「紅樓擬作小蓬萊」，末句為：「那時夫唱婦相隨」。全篇 38 句，混韻，協〔ai〕與〔ei〕韻。

20. 《元春》，馬如飛作，首句為「天香燭影牡丹紅」，末句為：「休負了年年柳綠與桃紅」。全篇 30 句，一韻到底，協〔eng〕韻。

21. 《迎春》，馬如飛作，首句為「大觀園裏賈迎春」，末句為：「紅樓夢裏誤終身」。全篇 23 句，混韻，協〔en〕與〔eng〕韻。

22. 《探春》，馬如飛作，首句為「賈政偏房趙氏刁」，末句為：「夢中眷屬路迢迢」。全篇 23 句，一韻到底，協〔au〕韻。

23. 《惜春》，馬如飛作，首句為「寧府千金賈惜春」，末句為：「甘心修志入空門」。全篇 25 句，混韻，協〔en〕與〔eng〕韻。

24. 《妙玉》甲本，馬如飛作，首句為「檻外之人俗念無」，末句為：「收成結果恨模糊」。全篇 19 句，混韻，協〔o〕與〔u〕韻。

25. 《王熙鳳》甲本，馬如飛作，首句為「巾幗誰如鳳姐娘」，末句為：「返金陵去路茫茫」。全篇 30 句，一韻到底，協〔ang〕韻。

26. 《李紈》，馬如飛作，首句為「稻香村裏李宮裁」，末句為：「陳情上表有光輝」。全篇 21 句，混韻，協〔ai〕與〔ei〕韻。

---

7　《黛玉離魂》的作者，一說為馬如飛，一說為佚名。

8　《紫鵑夜嘆》的作者，一說為馬如飛，一說為佚名。

| 27. 《晴雯》，馬如飛作，首句為「只為聰明誤一生」，末句為：「紅樓好夢你先醒」。全篇 27 句，混韻，協〔en〕與〔eng〕韻。 |
|---|
| 28. 《晴雯補裘》丙本，馬如飛作[9]，首句為「殷勤出入大觀園」，末句為：「長遺生死恨漫漫」。全篇 28 句，一韻到底，協〔an〕韻。 |
| 29. 《花襲人》，馬如飛作，首句為「輕薄桃花逐水流」，末句為：「站在人前滿面羞」。全篇 29 句，一韻到底，協〔ou〕韻。 |

　　上述作品中，目前可知作者姓名的有兩位：一是咸豐、同治年間的馬如飛，一是清末的朱寄庵。馬如飛，原名時霏，字吉卿，一署滄海釣徒。祖籍江蘇丹陽，生於蘇州，父親馬春航以彈唱《珍珠塔》著名。馬如飛幼讀詩書，諳熟音律，後跟隨表兄桂秋榮學唱《珍珠塔》而繼承父業。他對《珍珠塔》不斷修改與加工，最後以演唱《珍珠塔》而聞名，人稱「塔王」，著有《馬如飛先生南詞小引初集》、《南詞必覽》二書傳世。[10]馬如飛的唱腔稱為「馬調」，樸素豪放，往往幾十句疊句一氣連唱，感情充沛，淋漓盡致。

　　朱寄庵，原名姚琴生，生卒年不詳。祖籍安徽桐城，為清代散文家姚鼐後裔，後定居江蘇常熟。出身書香門第，曾考中秀才，鄉試卻不幸落榜。後學習說書，為避免玷污祖宗，因此改姓朱。勤勉好學，未經師承即登臺說唱《三笑》、《雙金錠》，又憑著自身文學功底，曾根據元王實甫《西廂記》雜劇，編寫長篇彈詞《西廂記》，運用彈詞特點，對原著頗多發展，當時即享有「獨創《西廂》朱寄庵」之美譽。朱寄庵的唱腔婉約優美，雅俗共賞，後傳藝給兒子蘭庵、

---

9　關於《晴雯補裘》丙本的作者，一說為馬如飛，一說為佚名。

10　蘇州彈詞大觀編輯委員會主編：《蘇州彈詞大觀》（上海市：學林出版社，1999年1月），頁19。

菊庵。朱寄庵過世後，兄弟兩人成雙檔，遊走於江、浙兩省，老聽客稱之為「朱雙檔」。

## 三　體製結構

彈詞開篇是以篇為單位，一篇描寫一個完整的故事。清代《紅樓夢》彈詞開篇的故事類型，大致分為三大類：一是男女愛戀，包括《紅樓夢》甲本、《紅樓夢》乙本、《寶玉》甲本、《寶玉》乙本、《賈寶玉》、《寶玉哭黛玉》、《林黛玉》甲本、《林黛玉》乙本、《林黛玉》丙本、《林黛玉》丁本、《林黛玉》戊本、《絳珠嘆》甲本、《絳珠嘆》乙本、《黛玉葬花》甲本、《黛玉葬花》丙本、《黛玉焚稿》丁本、《黛玉離魂》、《薛寶釵》甲本、《妙玉》甲本、《晴雯》、《晴雯補裘》丙本、《花襲人》二十二種；一是家庭親情，包括《元春》、《探春》、《王熙鳳》甲本、《李紈》四種；一是世態人情，包括《紫鵑夜嘆》、《迎春》、《惜春》三種。在體製結構方面，今分句數、字數、協韻三方面，說明如下：

## （一）句數

清代《紅樓夢》彈詞開篇所描寫的故事僅有一段，結構完整，篇幅短小，因此它可看作是短篇韻文詩歌。例如彈詞開篇《林黛玉》甲本的曲詞寫道：

> 碧天如洗月如鉤／勾起胸中萬斛愁／千個琅玕千個影／瀟湘風雨竹颼颼／一燈孤影人枯坐／無數閒情不自由／可憐寄迹榮寧府／不見椿庭已幾秋／夢魂中每每到揚州／（怎能夠）博得一

封欽詔旨／舞斑衣聊把孝心酬／不敢人前題一字／胸中心事淚中流／不梳不洗尋常慣／且喜瀟湘曲徑幽／往來只有眾嬌羞／屈指有誰知我意／寶哥哥意氣最相投／奈他不改頑皮性／（打得）肉綻皮開尚未休／父子渾如風馬牛／每向床前通問好／豈知未語淚先流／（忌最忌）多才多藝寶丫頭／（只恐）姓名未注駕鴦譜／（總要）月下老人修一修／不是姻緣不肯休。

全篇二十七句，在這一段曲詞中，彈詞開篇作家描寫林黛玉多年來寄居賈府的內心想法以及生活概況。清代《紅樓夢》彈詞開篇共二十九種，全篇的句數少則十餘句如《妙玉》甲本僅十九句，多則三十餘句如《薛寶釵》甲本共三十八句。

## （二）字數

前文已提及，清代《紅樓夢》彈詞開篇的篇幅相當短小，全篇至多三十餘句，而每句的字數也不多，偶爾句中會出現襯字。例如彈詞開篇《寶玉》甲本的曲詞寫道：

漫云渺渺與茫茫／紅樓一枕夢黃粱／侯門產下佳公子／口吐通靈五色光／性古怪，話荒唐／喜吟詩賦厭文章／（最喜的）裙釵隊裡調脂粉／（說道）山川秀氣出紅妝／（臭男兒）怎及得女兒香／賭酒評花諸姊妹／知心唯有一瀟湘／淚珠紅掩透鮫綃／無限恩情帕兩方／變作飛灰不敢忘／（奈）紅絲已繫他人足／（害）卿卿染病入膏肓／合巹怡紅聞說芳卿死／蓬萊難覓返魂香／詢紫鵑妙悉根由細／絕命還呼薄倖郎／報劬勞獨把鰲頭占／辭家一笑赴鄉場／塵寰跳出禮空王。

全篇二十三句，每句字數最少是六個字如第五句「性古怪，話荒唐」，大部分是七個字如首句「漫云渺渺與茫茫」，最多則是九個字如第十八句「合巹怡紅聞說芳卿死」。其中，「最喜的」、「說道」、「臭男兒」、「奈」、「害」都是襯字。

## （三）協韻

說唱藝術，源遠流長，樸質清麗，主要是以口頭語言來進行說唱表演，與文學以文字記錄情感的方式不同，它是以表演展示思想的藝術。演員在說唱表演中，一者為了上口且易於記憶，自然要求協韻；二者為了使表演更加精彩而不斷吸收化用各種音樂的因素。清代《紅樓夢》彈詞開篇，每一篇唱詞皆協韻，例如彈詞開篇《晴雯補裘》丙本的曲詞寫道：

> 殷勤出入大觀園／侍女娉婷盡一般／只有晴雯嬌泣態／性情和好意纏綿／深得怡紅公子愛／一言一動惹人歡／無如咳嗽成了病／藥石無靈不自然／憔悴不堪常不寐／病深卻把主人瞞／（他是）針線聰敏才具巧／孔雀裘衣綻不能穿／（他是）一夜工夫補裁完／從此琅瑘成不起／紅顏短命片時捐／公子鍾情腸欲斷／對月臨風暗心酸／燈前偷製芙蓉誄／一度呻吟兩淚懸／黃土隴中卿薄命／茜紗窗下我無緣／引出瀟湘妃子淚／不言不語隔窗觀／香執一柱花一瓣／孤墳三尺奠杯盤／多情人物多才子／雲雨無情月不圓／長遺生死恨漫漫。

全篇二十八句，協韻〔an〕，韻腳包括「園」、「般」、「綿」、「歡」、「然」、「瞞」、「穿」、「完」、「捐」、「斷」、「酸」、「懸」、「緣」、「觀」、「瓣」、「盤」、「圓」、「漫」共十八字，平仄通押。

　　總的來說，清代《紅樓夢》彈詞開篇，就句數而言，全篇三十餘句如《紅樓夢》甲本等十種，二十餘句如《寶玉》甲本等十八種，十餘句的僅《妙玉》甲本一種。就協韻來看，平仄通押，大致可分為兩種情況：首先，全篇採用一韻到底的有十六種，包括協〔ang〕韻、協〔ou〕韻、協〔an〕韻、協〔eng〕韻、協〔au〕韻，共五類；其次，採用旁轉相通或混韻的則有十三種，包括協〔en〕與〔eng〕韻、協〔ai〕與〔ei〕韻、協〔i〕與〔ei〕韻、協〔o〕與〔u〕韻，共四類。

## 四　文學特色

　　前文已提及，彈詞開篇是以篇為單位，一篇描寫一個完整的故事，因此它可看作是敘事詩。例如彈詞開篇《黛玉焚稿》丁本的曲詞寫道：

　　　風雨連宵鐵馬喧／好花枝冷落大觀園／瀟湘館里無聲息／有一位抱病佳人雙淚懸／嬌軀常擁香羅被／憔悴芳容病未痊／心切切，淚懸懸／聲寂寂，夜漫漫／聽那隔牆而鼓樂一聲喧／相逢婢子沁芳閘／問道是：「為甚傷心到這般？」／哪曉婢子無知直說穿／說道：「寶二爺今夜完花燭／少夫少婦結團圓／單把你瀟湘妃子瞞。」／聞言語，腸欲斷／一陣陣傷心一陣陣的酸／好比那萬把尖刀在心上攢／腳步踉蹌神恍惚／步熟的花街如同陌路般／幸得知心婢紫鵑／相扶同返瀟湘館／把舊帕新詩一炬完／閨閣文章未可傳／而今病倒床衾裡／她素來藥石最無緣／心病難將心藥治／淒淒風雨赴黃泉／難了人間未了緣。

全篇二十九句，一韻到底，協〔an〕韻。敘事詩，指的是有人物、情節並以第三人稱進行敘事的韻文或韻散相間的民間詩歌。說唱藝術（尤其是以唱為主這一類）往往用大段的詩話唱詞來渲染故事，從而在婉轉悠揚的詞曲中征服聽眾。

　　關於敘事手法，從上述唱詞中，可以看出主述人（即說唱人）、林黛玉、婢子（即傻大姐）三種身分，例如：「風雨連宵鐵馬喧／好花枝冷落大觀園／瀟湘館里無聲息／有一位抱病佳人雙淚懸／嬌軀常擁香羅被／憔悴芳容病未痊／心切切，淚懸懸／聲寂寂，夜漫漫／聽那隔牆而鼓樂一聲喧／相逢婢子沁芳聞」十句為主述人的口吻；「問道是：『為甚傷心到這般？』」一句為林黛玉口吻；「哪曉婢子無知直說穿」一句為主述人的口吻；「說道：『寶二爺今夜完花燭／少夫少婦結團圓／單把你瀟湘妃子瞞。』」三句為婢子（即傻大姐）的口吻；「聞言語，腸欲斷／一陣陣傷心一陣陣的酸／好比那萬把尖刀在心上攢／腳步踉蹌神恍惚／步熟的花街如同陌路般／幸得知心婢紫鵑／相扶同返瀟湘館／把舊帕新詩一炬完／閨閣文章未可傳／而今病倒床衾裡／她素來藥石最無緣／心病難將心藥治／淒淒風雨赴黃泉／難了人間未了緣。」十四句為主述人的口吻。如上所述，說唱文學的說唱人就是「敘事」的主述人，演員必須不斷地「跳進跳出」說唱故事，除了「敘事」還兼「代言」。

　　戲曲文本為「代言體」；說唱文本則是以「敘事體」為主、「代言體」為輔。說唱文學，大致分為兩種：詩讚系板腔體和詞曲系曲牌體，前者如唐變文、宋陶真、元明詞話、清彈詞與鼓詞；後者如宋鼓子詞與覆賺、金元諸宮調、清牌子曲。詩讚系板腔體，唱詞部分是由七言詩或「讚（亦作「攢」）十字」所構成的；詞曲系曲牌體，則是由詞牌或曲牌的長短句所構成的。在詩讚系板腔體的說唱文學中，現

存有刻本傳世的是《明成化說唱詞話十六種》。明代嘉靖以後，流行在江、浙一帶的「彈唱詞話」（簡稱「彈詞」）只接受了「說唱詞話」（簡稱「詞話」）的弦索伴奏和七言詩讚，捨棄了用鼓節拍和十言詩讚。[11]

清代以後的「鼓詞」，則是全部接受了「詞話」的弦索伴奏和用鼓節拍，以及十言與七言兩類的詩讚句式。子弟書是鼓詞的一支，屬於北方的說唱藝術，主要是採用「十三道轍」[12]，它的體製結構大致可分為詩篇與正文兩部分。故事內容同樣是描寫林黛玉焚稿故事的子弟書有《露淚緣》[13]，其中，第五回〈焚稿〉的詩篇寫道：

> 仲夏薰風入舜琴／女兒節氣是良辰／忘憂萱草宜男佩／如火榴花照眼新／青青艾葉懸朱戶／裊裊靈符插鬢雲／汨羅江屈原冤魂憑誰弔／空留下《天問》《離騷》與後人。

---

11　一九六七年上海發現了十六種詩讚系說唱文學刻本和一種屬於南戲的戲劇刻本，南戲一種即是《新編劉知遠還鄉白兔記》，其他則是《新編全相說唱足本花關索出身傳》等十六種。這十六種詩讚系說唱文學，正是明代成化年間（1465-1487）的「詞話」。所謂「詞話」的意義，「詞」指其唱的韻文，「話」指其說的散文。見曾永義：〈明成化說唱詞話十六種——近年新發現最古的詩讚系說唱文學刊本〉，《說俗文學》（臺北市：聯經出版社，1983年12月），頁68-70。

12　「十三道轍」是中國明清以來北方戲曲、說唱藝術等押韻用的十三個韻部，「轍」也叫「轍口」，就是「韻」。「合轍」就是「押韻」，這是用順轍行車做比喻的通俗說法。它只有十三個轍名，相當於一般韻書的韻目，但「有目無書」，由於十三轍是戲曲、說唱藝術工作者口耳相傳的，轍名和它的排列順序在書面記載上頗有分歧。一般而言，「十三道轍」的名稱是：（1）中東（2）江陽（3）一七（4）灰堆（5）油求（6）梭坡（7）人辰（8）言前（9）發花（10）乜斜（11）懷來（12）姑蘇（13）遙條。

13　《露淚緣》（全十三回），作者為韓小窗，現存有清文盛書房刻本等。有回目，依序為〈鳳謀〉、〈傻泄〉、〈痴對〉、〈神傷〉、〈焚稿〉、〈誤喜〉、〈鵑啼〉、〈婚詫〉、〈訣婢〉、〈哭玉〉、〈閨諷〉、〈證緣〉與〈餘情〉，各回均有詩篇，合轍依序為言前、梭坡、一七、江陽、人辰、油求、灰堆、遙條、懷來、發花、姑蘇、中東、乜斜等。

又正文寫道：

黛玉病體堪堪重／紫鵑服侍甚殷勤／也明知心病須將心藥治／又不敢明言叫他動嗔／一旁侍立低聲兒勸／說：「姑娘呀！自從得病到如今／精神兒漸短身軀兒瘦／這些時水米何曾到嘴唇／愁眉淚眼哭不夠／就是那鐵石為人怎樣禁／你不信自拿鏡子照照看／模樣兒竟比當初另是個人／又不知病根兒從何處起／斷不是暑溫風寒外面侵。」／自家的心事誰能知道／問著你半句全無只是出神／黛玉說：「我並沒有關心事／多應是年月逢災惡煞臨／日深那裡還望好／聽天由命捱過光陰／活在世間也無趣味／倒不如眼中不見耳無聞。」／紫鵑說：「姑娘說的什麼話／你別要信口開河嘔死人／老祖宗何等疼愛你／看你如同掌上珍／若是有一差兩錯意外的事／卻叫他白髮高年怎樣禁／一家兄嫂和姊妹／那個不為你張羅費盡心／更有那二爺寶玉著急的很／每日裡請安問好不離門。」／黛玉聽見提起了寶玉／由不得兜上心來把臉一沉／說：「這些人兒都不必提起／誰是我知疼著熱的親人？」／紫鵑說：「姑娘不可太執性／自己的身子值千金／況且是林門又無有後／留下你還是血脈相傳嫡系人／萬事皆輕一身為重／姑娘呀！你原是讀書識字人。」／黛玉說：「你再休提起書和字／那件東西最誤人／念了書就生出魔障／認了字便惹動情根／古人說『窮乃工詩』原不錯／又道是『書能解悶』未必真／悔當初不該從師學讀句／念什麼唐詩講什麼漢文／想幼時諸子百家曾讀過／詩詞歌賦也費盡苦心／詩與書竟作了閨中伴／筆和墨都成了骨肉親／又誰知高才不遇憐才客／詩魔反被病魔侵／倒不如一字不識庸庸女／他偏要鳳冠霞帔做夫人／細思量還是不學的好／文章誤我我誤青春／既

不能玉堂金馬登高第／又不曾流水高山遇賞音／女孩家筆迹怎叫男兒見／倒免的惹得旁人啟笑唇／不如將它銷毀盡／把一片刻骨銘心化作塵。」／一卷詩稿在桌案上／叫紫鵑取在枕邊存／勉強掙扎將身坐起／細細翻閱墨迹新／一篇篇錦心繡口留香氣／一字字怨柳愁花漬淚痕／這是我一生心血結成字／對了這墨點烏絲怎不斷魂／曾記得柳絮填詞誇俊逸／曾記得海棠起社門清新／曾記得凹晶館內題明月／曾記得櫳翠庵中譜素琴／曾記得怡紅院裡行新令／曾記得秋爽齋頭論舊文／曾記得持蟹把酒把重陽賦／曾記得弔古扳今《五美[14]吟》／到如今奴身不久歸黃土／它也該一律化灰塵／又叫紫鵑將詩帕取／見詩帕如見當初贈帕人／想此帕乃是寶玉隨身帶／暗與我珍重題詩暗寫心／無窮心事都在二十八個字／圍著字點點斑斑是淚痕／這如今綾帕依然人心變／回思舊夢似浮雲／命紫鵑火爐之內多添炭／把詩帕詩篇一概焚／紫鵑說道：「這是真正可惜！」／黛玉說：「痴丫頭怎知我心／我這聰明依舊還天地／煩惱回頭認本真／香匲豔句消除盡／不留下怨種愁根誤後人。」

正文一百句，連同詩篇八句，全篇一百〇八句。詩篇與正文皆採人辰轍（即協〔en〕韻），一韻到底。

　　值得一提的是，現存三十二種清代《紅樓夢》子弟書，皆描寫《紅樓夢》原著的情節。而從二十九種清代《紅樓夢》彈詞開篇中，二十八種是描寫《紅樓夢》原著的情節，但有一種則是描寫《紅樓夢》續書的情節即《林黛玉》戊本。例如彈詞開篇《林黛玉》戊本的曲詞寫道：

---

14 五美，指西施、虞姬、明妃、綠珠、紅拂。

縹緲鄉關慘淡雲／絳珠仙子返園林／他是靈河石畔靈芝草／深
感神瑛侍者恩／一片痴心酬夙願／報恩特地下凡塵／哪曉赤繩
另綰他人足／已負前生萬種情／何況乎別鵠離鸞兩地分／因此
上生離離病倒瀟湘館／舉目皆如仇敵形／有誰向奴床前來問一
聲／痴魂無定隨風去／遇著了南海慈航觀世音／說道草木尚然
知報德／道是無情卻有心／返魂香菩薩早調停／游魂仍返榮寧
府／虛飄飄轉眼入園林／老祖宗物故家零落／當年姊妹半凋零
／寶玉不知何處去／怡紅院裡草青青／行來咫尺瀟湘館／昔日
琅玕還帶淚痕／竹影蕭疏不見人／值日功曹遵法旨／黃金力士
駕祥雲／叱咤一聲魂入殼／拍靈床哭出斷腸聲／兩府榮寧盡吃
驚／公然劈破棺材蓋／報說林姑已再生／重了人間未了姻。

全篇三十四句，採用旁轉相通，協〔en〕和〔eng〕韻，曲詞描寫林
黛玉還魂復生的故事，內容與《紅樓夢》原著不同，它應該是根據逍
遙子《後紅樓夢》[15]改編而成。

　　彈詞開篇與子弟書皆屬於詩讚系說唱文學，其中，彈詞開篇《黛
玉焚稿》丁本全篇僅二十九句，而彈詞開篇《林黛玉》戊本全篇也僅
三十四句。反觀，子弟書《露淚緣》第五回〈焚稿〉正文含詩篇，全
篇共一百〇八句。由此可知，較諸子弟書的篇幅，彈詞開篇的體製結
構實在是相當短小。

---

15 《後紅樓夢》，三十回，不提撰人，或謂白雲外史、散花居士，或謂逍遙子作，嘉
　慶元年（1796）以前即已成書。《後紅樓夢》是屬於揚黛抑釵類的續書。一般來
　說，就作者對於薛寶釵、林黛玉的態度，《紅樓夢》續書可分為三類：一是揚黛抑
　釵類，以逍遙子《後紅樓夢》為最早；二是揚釵抑黛類，以陳少海《紅樓復夢》為
　最早；三是釵黛並舉類，以秦子忱《續紅樓夢》為最早。見王旭川：《中國小說續
　書研究》（上海市：學林出版社，2004年5月），頁293-302。

## 五　藝術特徵

　　曾師永義認為說唱藝術由於表演的形式、唱腔以及所使用的語言不同，多達三、四百種，一般而言，大致可分為「以說為主」、「以唱為主」、「韻誦體」三類：其一，以說為主，是指相聲、評書、講古等沒有伴奏的表演方式；其二，以唱為主，是指大鼓、琴書、彈詞等音樂性強且有樂器伴奏的表演方式；其三，韻誦體，是指有節奏，合韻而無音樂的表演方式，如竹板書、快書等。

　　清代《紅樓夢》彈詞開篇是屬於「以唱為主」這一類音樂性強且有樂器伴奏的表演方式。彈詞開篇原是正式表演前為了穩定觀聽眾情緒所加唱的表演，因此具有定場的作用，後來隨著時光的更迭，彈詞開篇已獨立成為一種說唱藝術。藝人演唱講究「快而不亂，慢而不斷，放而不寬，收而不短，冷而不顫，熱而不汗，高而不喧，低而不閃，明而不暗，啞而不乾，急而不喘，新而不竄，聞而不倦，貧而不諂」等技巧，才能達到高超的境界。

　　目前我們從 YouTube「彈詞開篇《黛玉焚稿》馮小英」的網路影音資料中（https://www.youtube.com/watch?v=c8j2MEOwgQ0），可看到演唱者馮小英的服飾是身穿傳統旗袍，端莊典雅；她採用的樂器是琵琶，自彈自唱（左側尚有三位協助伴奏者，亦採用弦索伴奏）；她慢悠悠地演唱，臉部的表情以及曲調旋律皆充滿感情，偶爾搭配簡單的肢體動作，把林黛玉焚稿的悲痛發揮得淋漓盡致。說唱藝術為了上口且容易記憶，自然要求協韻，而彈詞開篇是說唱藝術之一，它主要是採用隨口協韻，因此部分作品有旁轉相通或混韻的情況。

　　從清代《紅樓夢》彈詞開篇中，可以看出旁轉相通或混韻的情形可分為四類：

## （一）協韻〔eng〕與〔en〕

在清代《紅樓夢》彈詞開篇中，協韻〔eng〕與〔en〕的作品，共八種，包括：《紅樓夢》乙本、《賈寶玉》、《寶玉哭黛玉》、《林黛玉》丙本、《林黛玉》戊本、《迎春》、《惜春》，以及《晴雯》。例如彈詞開篇《晴雯》的曲詞寫道：

> 只為聰明誤一生／怡紅院裡婢晴雯／驕奢容易遭人忌／不顧同淘姊妹們／出言吐語要傷人／納涼撕破真金扇／太把東西看得輕／道是無情卻有情／好勝之心人不讓／雀金裘帶病補能成／前番差你到瀟湘館／一方舊帕送顰卿／你怎曉我兩人心上事／難將言語說分明／禍根兒總為香囊起／無端攫抬出閨門／莫怪他歸家成了病／胸中有屈不能伸／（而且）嫂子旁邊吵不清／咬斷自家長指甲／未消寒熱少精神／還把羅衫脫一層／黃土壟中卿薄命／茜紗窗下我消魂／幸哉死作芙蓉主／一瓣清香爐內焚／紅樓好夢你先醒。

全篇二十七句，協韻〔eng〕與〔en〕，韻腳共十八字，其中屬於〔eng〕韻的，包括「生」、「輕」、「情」、「成」、「卿」、「明」、「病」、「清」、「層」、「醒」十字；而屬於〔en〕韻的，包括「雯」、「們」、「人」、「門」、「伸」、「神」、「魂」、「焚」八字。

## （二）協韻〔o〕與〔u〕

在清代《紅樓夢》彈詞開篇中，協韻〔o〕與〔u〕的作品，僅《妙玉》甲本一種。例如曲詞寫道：

檻外之人俗念無／禪門清淨念彌陀／出身本是姑蘇籍／飛錫雲遊到帝都／大觀園裡招留住／櫳翠庵中佛號呼／女冠陳妙巾常帶／帶髮修行雲帚拖／敲棋時節春心動／聽操瑤琴秋氣疏／能辨丹青非俗眼／詩詞用過苦工磨／茶經熟讀香茗送／釵黛情較寶玉多／宜真宜假芳心惑／難畫難描笑語和／自古紅顏多薄命／紅樓夢裡惹情魔／收成結果恨模糊。

全篇十九句，協韻〔o〕與〔u〕，韻腳共十二字，其中屬於〔o〕韻的，包括「陀」、「拖」、「磨」、「多」、「和」、「魔」六字；而屬於〔u〕韻的，包括「無」、「都」、「住」、「呼」、「疏」、「糊」六字。

## （三）協韻〔ai〕與〔ei〕

在清代《紅樓夢》彈詞開篇中，協韻〔ai〕與〔ei〕的作品，共三種，包括：《寶玉》乙本、《薛寶釵》甲本與《李紈》。例如彈詞開篇《李紈》的曲詞寫道：

稻香村裡李宮裁／年少夫婦早拆開／湘水浴妃無俗念／巫山神女阻陽臺／史太君另眼相看待／（只為他）玉潔冰清不染埃／公份集資人代給／賞花踏月共徘徊／大觀園裡繁華勝／小叔姑娘日往來／白海棠詩推黛玉／菊花新社各爭魁／妯娌鳳娘權柄大／將來牆倒眾人推／日間蘅蕪瀟湘館／一到黃昏獨自哀／衾寒枕冷誰人伴／且喜蘭兒小有才／願他直上青雲路／手折宮花得意回／陳情上表有光輝。

全篇二十一句，協韻〔ai〕與〔ei〕，韻腳共十三字，其中屬於

〔ai〕韻的，包括「裁」、「開」、「臺」、「待」、「埃」、「徊」、「來」、「哀」、「才」九字；而屬於〔ei〕韻的，包括「魁」、「推」、「回」、「輝」四字。

## （四）協韻〔i〕與〔ei〕

在清代《紅樓夢》彈詞開篇中，協韻〔i〕與〔ei〕的作品，僅《黛玉葬花》甲本一種。例如曲詞寫道：

> 瀟湘妃子貌仙姬／惜玉憐香互古稀／開到荼蘼花事了／相逢猶待隔年期／九十日韶華容易過／大觀園裡減芳菲／蝴蝶花間蝴蝶老／杜鵑枝頭杜鵑啼／梅子心酸終是苦／海棠無力帶絲飛／見落紅滿地無人惜／待我收拾殘英上翠堤／將它埋葬成花塚／免得花兒染了泥／我想他年葬我人何在／我葬殘花人笑痴／花開花謝年年有／（只怕）花落人亡兩不知／兩淚滴成詩一首／鸚鵡架上亦能啼／怡紅公子關心切／同病相憐淚濕衣／（但願將）月月紅留十姊妹／長春四季不分離／多愁多病又多疑。

全篇二十五句，協韻〔i〕與〔ei〕，韻腳共十五字，其中屬於〔i〕韻的，包括「姬」、「稀」、「期」、「啼」、「惜」、「堤」、「泥」、「痴」、「知」、「啼」、「衣」、「離」、「疑」十三字，其中，「啼」字使用兩次；而屬於〔ei〕韻的，包括「菲」、「飛」兩字。

## 六　彼此關係密切之作品

在近現代《紅樓夢》彈詞開篇中，出現許多描寫的主題內容相同

而且彼此關係密切的版本。今臚列如下：

## （一）《紅樓夢》甲本與《史太君》關係密切

彈詞開篇《紅樓夢》甲本，全篇三十四句，協韻〔eng〕與〔en〕，曲詞寫道：

> 金釵十二鬥娉婷／都是紅樓夢裡人／一自元妃歸省後／大觀園花滿上林春……病雖有病原非病／情到無情卻有情／紅樓有景無非幻／一夢榮華八十春／爭奈痴女痴兒喚不醒。

又彈詞開篇《史太君》，全篇二十九句，協韻〔eng〕與〔en〕，曲詞寫道：

> 金釵十二鬥娉婷／都是紅樓夢裡人／一自元妃歸省後／大觀園花滿上林春……可憐種種相思癖／無日無時入骨深／無由斷結風流親／法重情輕太史君／造孽應推第一名。

彈詞開篇《紅樓夢》甲本的作者是馬如飛，而彈詞開篇《史太君》的作者是佚名，兩個版本開頭四句曲詞相同，其餘曲詞則有經過增刪。

## （二）《寶玉哭黛玉》與《寶玉哭情》關係密切

彈詞開篇《寶玉哭黛玉》，全篇三十一句，協韻〔eng〕與〔en〕，曲詞寫道：

多情卻是總痴情／薄命紅顏自古云／堪嘆倩女離魂後／瀟湘到處不生春……（這真是）富貴榮華如春夢／人生聚合等秋雲／（倒不如）跳出煩惱地／從此割斷（這）不了情／做個逍遙世外人。

又彈詞開篇《寶玉哭情》，全篇三十四句，協韻〔eng〕與〔en〕，曲詞寫道：

多情卻是總痴情／（我是）枉是多情太無情／（今日裡）哭弔靈前情難盡／（好叫我）前情回溯痛淚淋……（妹妹呀）我勸你九泉莫墜傷心淚／（我是）決不負卿一片情／（倒不如）跳出情關空門人／（從此後）情絲割斷撇紅塵／聊補今生未了情。

彈詞開篇《寶玉哭黛玉》的作者是馬如飛，而彈詞開篇《寶玉哭情》的作者是佚名，兩個版本開頭首句曲詞相同，其餘曲詞則有經過增刪。

## （三）《黛玉離魂》與《永別瀟湘》關係密切

彈詞開篇《黛玉離魂》，全篇二十五句，協韻〔ang〕，曲詞寫道：

憐我憐卿諸事傷／顰卿染病入膏肓／身軀到死仍清白／小姑居處本無郎／……顰卿是一聲慘叫歸泉下／玉碎香消赴大荒／從此瀟湘春寂寂／空餘鸚鵡叫姑娘／喚醒紅樓夢一場。

又彈詞開篇《永別瀟湘》，全篇三十七句，協韻〔ang〕，曲詞寫道：

颯颯琅玕竹影涼／顰卿抱病在瀟湘／（想）奴家命比桃花薄／九歲孤雛沒了娘……（他）一聲慘叫歸地府／玉殞香消赴大荒／從此瀟湘春寂寂／空留鸚鵡叫姑娘／喚醒紅樓夢一場。

彈詞開篇《黛玉離魂》的作者是馬如飛，而彈詞開篇《永別瀟湘》的作者是鄒翰飛，兩個版本結尾五句曲詞幾乎相同，其餘曲詞則有經過增刪。

## （四）《薛寶釵》甲本與《薛寶釵》丙本關係密切

彈詞開篇《薛寶釵》甲本，全篇三十八句，混韻〔ai〕與〔ei〕，曲詞寫道：

紅樓擬作小蓬萊／中貯金陵十二釵／奢華莫比榮寧府／香草斜陽滿院栽……（寶二爺）鄉場試畢偏多興／愛遊山水不歸來／（還）未脫三分孩子氣／古云：「倦鳥必飛歸」／那時夫唱婦相隨。

又彈詞開篇《薛寶釵》丙本，全篇二十九句，協韻〔ai〕與〔ei〕，曲詞寫道：

紅樓擬作小蓬萊／一種情癡十二釵／幽閣莫妙蘅蕪院／香草庭前滿地栽……（說道姑娘）保重玉軀為第一／冷香丸才服莫傷悲／寶二爺指日回鄉井／孝廉公作了迷路小嬰孩／好夫妻包管兩相諧。

彈詞開篇《薛寶釵》甲本的作者是馬如飛，而彈詞開篇《薛寶釵》丙本的作者是佚名，兩個版本開頭首句曲詞相同，其餘曲詞則有經過增刪。

　　說唱藝術版本非常眾多，口頭說唱表演的藝術特質，因為時間、空間與演員等差異，使得說唱藝術的文學腳本會出現不同的版本。同一個節目，即使由同一個師承系統的演員說唱表演，也會因演出的時間或時代的不同，產生情節內容上的增刪而出現不同的版本。同一曲種的同一節目，在同一時期因地域或演員的不同，也會出現不同的版本。同一時期同一曲種同一流派的演員之間，也會因演員個人風格、閱歷與修養的不同而同時存在不同的版本。

# 七　結語

　　說唱藝術的演唱者雖然也模仿角色，但他的身分始終是演員，語言基本上是第三人稱的和敘述性的為主，偶爾以第一人稱模擬代言。它的本質是以口語說唱故事，在表演時則是以「一人多角」、「跳進跳出」方式呈現。說唱藝術是章回小說與許多戲曲劇種形成的橋梁與母體，也是敘事詩的另一種呈現風貌。彈詞是一種說唱藝術，由說（說白）、噱（穿插）、彈（伴奏）、唱（唱詞）組成，主要流行於江蘇、浙江等江南一帶。彈詞作品大多數是長篇的，一部作品往往要說上幾個月。彈詞是韻文和散文的綜合體，包括說白和唱詞兩部分。在語言上，彈詞有「國音」、「土音」之分。國音彈詞是用普通話寫的，如《再生緣》等；土音彈詞是用方言寫的，或者夾雜有方言的，它以吳音彈詞為最多，如《珍珠塔》等。浙江的「南詞」、福建的「評話」、廣東的「木魚書」等，都是用方言寫成並流行於不同地區的土音彈詞的異名。

　　彈詞在正式演唱之前，往往有一段開場的「開篇」，即是所謂的「彈詞開篇」。彈詞開篇沒有說白，短的只有兩韻四句，長的也不過十餘韻。彈詞開篇具有定場作用，主要是把聽眾的興趣引向正書，猶如宋人說話中的入話一般，後來逐漸發展成為一種獨立的藝術形式。截至目前，彈詞開篇仍是最受群眾歡迎的說唱藝術之一。近現代敷演《紅樓夢》故事的說唱藝術，種類繁多，包括：大鼓書、彈詞開篇、廣東木魚書、時調、單弦、岔曲、河南墜子、河南大調曲子、四川清音、四川竹琴、揚州調、山東琴書、相聲、高郵鑼鼓書，以及蘭州鼓子十五大類。清代《紅樓夢》彈詞開篇共二十九種，故事類型大致分為男女愛戀、家庭親情以及世態人情三大類。屬於詩讚系板腔體的說唱文學，唱詞主要是以七言為主，偶爾會出現襯字，是韻散相間的句型。演唱時，為了上口且易於記憶，自然要求協韻，有些作品是一韻到底；有些作品則是隨口協韻，因此產生旁轉相通或混韻的情形。若就形式來說，演員演出時是表演藝術；若單獨欣賞唱本，它們和中國著名的敘事詩雙璧《木蘭詩》、《孔雀東南飛》並無二致。

# 參考文獻

## 一 單本論著（依出版年月）

陳錦釗 《子弟書之題材來源及其綜合研究》 臺北市 政治大學中國文學研究所博士論文 1977 年 1 月

曾永義 《說俗文學》 臺北市 聯經出版社 1983 年 12 月

曾永義 《戲曲本質與腔調新探》 臺北市 國家出版社 2007 年 7 月

胡文彬編 《紅樓夢說唱集》 瀋陽市 春風文藝出版社 1985 年 3 月

蘇州彈詞大觀編輯委員會主編 《蘇州彈詞大觀》 上海市 學林出版社 1991 年 1 月

倪鍾之 《中國曲藝史》 瀋陽市 春風文藝出版社 1991 年 3 月

竺家寧 《聲韻學》 臺北市 五南圖書出版公司 1992 年

李家瑞 《北平俗曲略》 臺北市 中央研究院歷史語言研究所 1993 年 3 月

楊義 《中國敘事學》 嘉義縣 南華管理學院 1998 年

林依璇 《無才可補天：紅樓夢續書研究》 臺北市 文津出版社公司 1999 年 5 月

劉增鍇 《大陸曲藝近五十年在臺灣之發展》 花蓮市 花蓮師範學院民間文學研究所碩士論文 2001 年 6 月

劉操南編著 《紅樓夢彈詞開篇集》 北京市 學苑出版社 2003 年 5 月

王旭川 《中國小說續書研究》 上海市 學林出版社 2004 年 5 月

王友蘭　《說唱文學與說唱音樂》　臺北市　蘭之馨文化音樂坊　2009 年 12 月

林均珈　《紅樓夢子弟書研究》　臺北市　萬卷樓圖書公司　2012 年 1 月。

林均珈　《紅樓夢子弟書賞讀》　臺北市　萬卷樓圖書公司　2012 年 1 月

林均珈　《紅樓夢本事衍生之清代戲曲、俗曲研究》　臺北市　臺北市立教育大學中國語文學系博士論文　2013 年 7 月

二　單篇論著

胡衍南　〈論《紅樓夢》早期續書的承衍與改造〉　臺北市　國立臺灣師範大學國文學系《國文學報》　第 51 期　2012 年 6 月

三　YouTube 網路影音資料

彈詞開篇《黛玉焚稿》　馮小英
https://www.youtube.com/watch?v=c8j2MEOwgQ0

彈詞開篇《寶玉夜探》　金麗生、盛小雲
https://www.youtube.com/watch?v=BxrQpbykcek

蘇州評彈（Suzhou Pingtan）《寶玉夜探》　楊振言、余紅仙（言派）
　　　蔣調／俞調　https://www.youtube.com/watch?v=55J7kJsnouc

蘇州評彈（Suzhou Pingtan）《寶玉夜探》　蔣月泉、楊振言（1961 錄音）蔣調　https://www.youtube.com/watch?v=f3SUhwy8Q5A

蘇州評彈　彈詞開篇《寶玉夜探》　徐雲志
https://www.youtube.com/watch?v=0PI7cSwY4zA

蘇州評彈　彈詞開篇《瀟湘夜雨》　　徐雲志
https://www.youtube.com/watch?v=cOo7Wize-0k
蘇州評彈　彈詞開篇《瀟湘夜雨》　　朱雪琴、郭彬卿琵琶伴奏
https://www.youtube.com/watch?v=eJZrdTBSFH4

# 「沒」用作否定詞之探究
## ——以《朱子語類》為考察對象[*]

盧昱勳

臺灣師範大學國文系研究所碩士生

## 摘要

否定詞在語法上有著十分重要的作用，且分成多類。在漢語語法中，否定詞自古以來便具有極重要之表意作用，但是在歷史演變中，新興的否定詞出現替換舊有的否定詞、指涉對象的改變、語法功能的變化等，使得上古漢語否定詞的使用與今日有所不同。如先秦文獻中，表示否定存有的否定詞一般作「無＋NP」，但到了現代漢語中，「無＋NP」已經被「沒（有）＋NP」取代。現代白話文中要表示事物的有無，會用「有某事某物」或「沒有某事某物」，幾乎不用「無」來表示「沒有」的概念。這個變化約發生在中古晚期至隋唐時期，且這變化存於較口語的資料中，而「沒（有）」作為否定詞的大量使用要到宋元時期，其後便取代原本「無」之地位，成為與「有」相對，否定存有的否定詞。此外，「沒」在否定詞中的定位有所分歧，或與「未」同類；或與「不」並舉。本文將整理前人之研究成果，並以《朱子語類》為範疇，檢視「沒」做為否定詞的功用。經統計與觀察，在《朱子語類》中，「沒」已經用作否定詞，且地位相當穩固，但在使用上仍然多用作否定動詞，作為否定副詞的使用並不多見。推測

--- 

[*] 本文承蒙辭章章法學學術研討會中，講評人提供的寶貴意見幫助，謹致謝忱。

「沒」從原初「沉沒」的意義引申出「盡」、「滅」等意義,進而詞意虛化形成否定詞。這個變化發生在唐宋時期,而在南宋成書的《朱子語類》已經可以反映「沒」從一般動詞轉型成為否定動詞的用法。

關鍵詞:否定詞、沒、語法、《朱子語類》

# 一　前言

　　「沒」作為否定詞出現時間較晚，相較於其他否定詞如「莫、無、毋、不、否、匪」等，在先秦典籍中已經出現且穩定作為否定詞使用，「沒」作為否定詞之出現可能在漢代，正式確立則要推遲到唐宋。「沒」本作「沉沒」解，在《小爾雅》〈廣詁中〉「沒」解為「無」，這是「沒」作為否定詞最早之例證。如此「沒」在先秦文獻中不作否定詞使用似乎還有些道理，但是，在漢代文獻，以至於中古文獻中，「沒」雖多次出現，卻沒有作為否定詞使用。

　　「沒」的本義為「沉沒」，就本義來說，跟後世否定詞的用法大相逕庭。但語言處於不斷演變的歷史長河之中，一個字的字義或詞性發生變化的例子所在多有。雖然字義轉變是正常的現象，但促成轉變的原因為何？演變的軌跡又是如何？這是值得觀察與研究的課題。「沒」從一般動詞轉變為否定副詞，它的字義漸漸虛化，連帶使得詞性發生變化，從實詞轉變成虛詞。這樣的變化發生的時間大概在中古漢語至近代漢語時期，上文提及在《小爾雅》中「沒」字被訓釋作「無」，看似是作為否定詞的用法，但是在其餘文獻中，我們無法找到這類用法的其他例證，一直要到隋唐的文獻裡，「沒」才真正被用作否定詞，且這些文獻是較為口語的一類，例如詩歌等。而「沒」首先被用作否定動詞，等同於「無」，之後詞義才更為虛化成為否定副詞，與動詞連用變成「沒有」之類的用法。

　　漢語歷經長時間演變，許多用字遣詞在時間推移下產生變化。以語言來說，口語的變化快於書面，所以真正能反映時代的語料未必是廣為傳誦的文章或是官定文書，反而是民歌詩詞、戲曲小說等民間文學才是真正屬於該時代的語言。今人在進行漢語研究時，必須慎選研

究語料,剔除受到古文所干擾的文獻,選取符合實際語言的語料。本
為選擇南宋時期的文獻《朱子語類》[1],《朱子語類》主要記錄朱熹與
門人的問答,既然是問答,就一定是當時的口語,以這樣的語料作為
研究「沒」字使用的資料應該是沒有問題的。

　　至於選擇《朱子語類》的理由除了是口語資料外,時間也是另一
個關鍵因素。「沒」作為否定用法出現在語料中,大約是在隋唐文獻
中,且用法單純,作為否定動詞。但以現代漢語來說,「沒」作為否
定詞用法多元,可用作否定動詞或否定副詞。「沒」從單純的否定動
詞用法到較為複雜的否定副詞用法,這個轉變大約發生在中古漢語與
近代漢語之交。雖然各家學者對於漢語的分期不同,使用的術語也有
差異,但大體上來說,南宋與元朝之際在各家分類上來說都是一個轉
變期,或為中古之末;或為近代之初。在這樣的轉變期,某些用字用
語發生改變也不足為奇,而「沒」在南宋之時已作為否定詞使用,但
實際情形為何?與中古漢語與現代漢語有什麼差異?這是本文想要一
探究竟的。要進行這時期的語言研究,就要選擇適當的語料,而《朱
子語類》不僅是口語資料,時代上也符合,故本文選作研究語料。以
下將略述「沒」字義的演變與否定詞的概述,接著進入《朱子語類》
中「沒」的使用解析,考察「沒」轉變成為否定詞的演變軌跡。

# 二　「沒」的字義演變

## (一)「沒」在古籍中的使用

　　先秦時期,「沒」一般作為動詞「沉沒」,或是假借為「歿」,作

---

1　《朱子語類》,全名《朱子語類大全》,由南宋人黎靖德於咸淳六年(1270)編成,
　　集錄了南宋理學家朱熹與其門人的對答,是瞭解朱子學派思想的寶貴資料。

死亡解，尤其是「歿」的通假，在先秦經書中更是普遍，在《周易》與《禮記》中，「沒」幾乎都作為「歿」解：

（1）包犧氏沒，神農氏作。(《周易》〈繫辭下傳〉)
（2）生則養，沒則喪，喪畢則祭。(《禮記》〈祭統〉)

以上「沒」作為「歿」之通假。另外，「沒」也作其本義「沉沒」解如下：

（3）河上有家貧恃緯蕭而食者，其子沒於淵，得千金之珠。(《莊子》〈列禦寇〉)
（4）白公問曰：「若以石投水，何如？」孔子曰：「吳之善沒者能取之。」(《列子》〈說符第八〉)

另外，「沒」亦作為「盡」解，此意義或為「沉沒」義之引申，物之入水，沉於水平面之下則「盡」，無法看見。故「沒」由「沉沒」引申出「盡」之意義，如：

（5）真積力久則入，學至乎沒而後止也。(《荀子》〈勸學〉)
（6）天下之馬者，若滅若沒，若亡若失，若此者絕塵弭轍。(《列子》〈說符第八〉)

在中古時期，「沒」之使用與上古時期差異不大，還是以「沉沒」、「盡」、「歿」三個詞義為主，使用上亦多作為動詞使用。

（7）千歲之栝木，其下根如坐人，長七寸，刻之有血，以其

血塗足下，可以步行水上不沒。(《抱朴子》〈仙藥〉)

（8）時四月中盛熱，不能往，尋聞之病七日而沒，於今仿彿
記其顏色也。(《抱朴子》〈袪惑〉)

（9）蓋聞君子恥當年而功不立，疾沒世而名不稱，故曰學如
不及，猶恐失之。(《三國志》〈吳書〉〈韋曜傳〉)

（7）為「沉沒」之義；（8）為「歿」之義；（9）為「盡」之義。
「沒」作為否定詞出現在文獻中大約在隋唐五代，且多在詩詞韻
文中出現，在變文中更是如此。[2]例如：

（10）除卻天邊月，沒人知。(韋莊〈女冠子‧四月十七〉)

（11）命同人，相提篋，總向朱門陳懇切，不是三冬總沒衣，
誰能向此談揚說。(《敦煌變文集新書》卷四〈十二、秋
吟一本〉)

（12）地水終須去，火風沒處藏，唯存魂與識，不免受忙忙。
(《維摩詰經講經文》)

由上例可見，「沒」作為否定詞，出現在詩歌韻文或變文中，且
較為口語。在此之後，「沒」才漸漸作為否定詞使用。

如上文所述，「沒」到了隋唐時代出現否定用法，但是使用方式
與使用範圍並不全面。隋唐五代的「沒」多半出現在韻文或是變文
中，且用法多「沒＋NP」，這與現今「沒」的使用還有差距。但是隨
著時間推演，「沒」作為否定詞的功用也越來越複雜，至少到了南宋

---

2　黃雅思：〈否定詞「沒（沒有）」的歷史演變探析〉，《新課程研究》（2015年1月），
　　頁113。

之後，「沒」已經成為一個廣泛使用的否定詞。這個現象在《朱子語類》中可以發現。

## （二）「沒」的字義演變

關於「沒」的本義，我們可以從東漢許慎的《說文解字》看起。「沒」，小篆作「𣻸」，《說文》解作：「沉也。从水从𣎴。」段玉裁《說文解字注》言：「湛也。从水，𣎴聲。」另注云：「湛各本作沉，淺人以今字改之也，今正。沒者全入於水，故引伸之義訓盡。小雅：『曷其沒矣。』傳云：『沒、盡也。』論語沒階，孔安國曰：『沒、盡也。』凡貪沒、乾沒皆沉溺之引伸。」

「𣎴」即「𠬸」，為「沒」之偏旁。「𣎴」，小篆作「𠬸」，《說文》解作：「入水有所取也。从又在回下，回古文回，回、淵水也，讀若沫。」季旭昇《說文新證》：「古文字未見『𠬸』，但在『沒』字偏旁中看到。秦文字『𠬸』從又在回下，『回』確實象淵水之形，由此可證明《說文》卷六『回』字下釋為『轉也。从口、中象回轉之形』是錯誤的。漢文字以下漸訛誤為與『殳』形相似。」[3]

由上述推論，「沒」之本義為沉沒，現在「沒有」的否定意義為後來之衍生。「沒」與否定詞「無」相通首見於《小爾雅》〈廣詁〉：

（13）勿、蔑、微、曼、末、沒，無也。（《小爾雅》〈廣詁〉）

依照《經籍纂詁》，「沒」的語意演變大致條列於下：

---

3  季旭昇：《說文新證》（福州市：福州人民出版社，2010年），頁209。

（14）沒，沉也。从水从殳。（《說文解字》）

（15）沒，沉溺也。（《左傳》「何沒沒也」釋文）

（16）沒，盡也。（《詩毛氏傳疏》）

（17）沒，滅也。（《小爾雅》〈廣詁〉）

（18）沒，無也。（《小爾雅》〈廣詁〉）

「沒」之字義，從最原初的「沉沒」，引申出「盡」、「滅」之引申義，再由引申義「盡」、「滅」發展出具有否定意義的「無」之意義。就語意演變來說，吾人擁有某物，而該物「沉沒」（沉也。《說文解字》）於水中，終「完全」（盡也。《詩毛氏傳疏》）「消失」（滅也。《小爾雅》〈廣詁〉）於水平面之下，如此，原本擁「有」的物也「沒有」（無也。《小爾雅》〈廣詁〉）了。如此的邏輯理路算是合理，也解釋「沒」意義的演變，推導從「沉」到「無」語意虛化的過程。

「無」之意義的出現，使「沒」的語法功能有所轉變，從一般動詞漸漸轉變成否定意義的動詞，再發展出否定詞的語法功能。

在此還有一個必須說明的問題：《小爾雅》的真偽。目前最早的《小爾雅》資料見於《漢書》〈藝文志〉，但已亡佚。現今《小爾雅》是出自《孔叢子》，但已與《漢書》〈藝文志〉所記載有所差異。《小爾雅》的作者難以考證，多數學者認為該書是偽書，或至少是晚出的作品，成書年代有待考定。[4]王煦、朱駿聲等則認為《小爾雅》是古代小學的著作被收進《孔叢子》。[5]而劉鴻雁之〈小爾雅綜論〉則提出今本《小爾雅》有後人增補之內容。[6]

---

4　趙伯義：〈小爾雅概說〉，《古籍整理研究學刊》第1期（1993年），頁27。

5　清代戴震反對此說，戴震在《書小爾雅後》中指出，「《小爾雅》一卷，大致後人皮傅掇拾而成，非古小學遺書也。」此說見劉鴻雁：〈小爾雅綜論〉（銀川市：寧夏大學漢語言文字學碩士論文，2003年），頁2。

6　劉鴻雁：〈小爾雅綜論〉，頁4。

　　至於《孔叢子》之真偽，歷來多有爭議，古代學者認為《孔叢子》之內容不全然是偽造的，但是應該也是後人所作。近代學者則認為《孔叢子》應非一時、一地、一人之作。不論《孔叢子》或《小爾雅》的真偽，現在無法確定。假設今本《小爾雅》確定為後人偽造，與《漢書》〈藝文志〉所載的《小爾雅》非同一書，則其中內容就應該抱持保留態度，關於「沒」的解釋也應該重新檢視。如果「勿、蔑、微、曼、末、沒，無也。」一項是後人所作，則「沒」作為否定詞使用的時代必須往後延，另一方面也可以解釋為何中古文獻中，「沒」不作為否定詞使用。

　　雖然如此，我們也不能否定「沒」作為否定詞的使用，惟將「沒」作為否定詞的時代往後延而已，而從「沉沒」到「盡」到「滅」，進而發展出「無」之意義，這套演變過程應該足以說明「沒」詞義虛化作為否定詞的進路。

## 三　否定詞的功能與「沒」作為否定詞的用法

　　否定詞一般為副詞，有些是動詞，如「無」；有些是代詞，如「莫」。[7]對於否定詞，前人研究甚多，而歸納的結果或同或異，對於「沒」的歸屬也有不同的看法。

### （一）否定詞的功能概述

　　依照文法範疇來說，否定詞橫跨三類：副詞、動詞、代詞，某些否定詞甚至是同一個詞就有不同的詞性。面對這樣複雜的情況，有些

---

7　見王力：《古代漢語》（臺北市：藍燈文化事業公司，1989年）頁260。

學者在對否定詞分類時，就以「否定詞的功能」作為依據，將一般常見的否定詞依照使用狀況區分成若干類。

話雖如此，各家對於「否定詞的功能」都有不同的看法，分類也互有參差。例如楊榮祥將否定詞分成：「單純否定」、「對過去已然的否定」、「對判斷的否定」、「表示禁止」等四類；但楊伯峻與何樂士雖同分四類，但內容卻不同，分別是：「表敘述的否定」、「表假設的否定」、「疑問的否定」、「表禁戒的否定」等。[8]另外也有分類較少者，如易孟醇分成兩類：「在陳述句中表示否定陳述」、「在祈使句中表命令、禁止、教誡」。[9]當然也有分類較詳盡者，如王力大約分成七類：「一般否定」、「禁止或勸阻」、「事情還沒有實現」、「應答之詞『然』的對立」、「判斷句中否定主謂的關係」、「否定名詞或名詞性詞組」、「否定性的無定代詞」。[10]也由於各家分類不同，各類之下所統攝的否定詞也略有差異，而這樣的分類法其實無法將各個否定詞完全切割清楚，當中還是有許多模糊地帶。例如「勿」、「莫」一類否定詞用於表示「禁止」，這很明確；但是像是「不」這個非常通用的否定詞，往往能夠跨越學者所設定的分類界線。以王力的分類為例，「不」可用作一般否定，有時也能夠用在應答時的「是：不是」的否定用法，也就是「應答之詞『然』的對立」。換句話說，否定詞的使用十分多元，時常有不同種類互相混用的情況，這現象在古漢語時期就已經發生，到近代、現代漢語仍然持續者。

一般漢語當中的否定詞有以下幾個：「不、弗、勿、毋、未、否、非、匪、靡、無、莫」等，而本文所要探討的「沒」則算是比較晚出的否定詞，它不像前列的否定詞在上古漢語中基本已定型且穩定

---

8 參見萬佳才：《東漢副詞系統研究》（長沙市：岳麓書社，2005年），頁156。

9 易孟醇：《先秦語法》（長沙市：湖南大學出版社，2005年），頁470-473。

10 王力：《古代漢語》，頁260-268。

使用，而是要到中古至近代漢語才開始作為否定詞使用，且使用的範圍與詞性隨著時代推移而漸漸擴大。如上段所言，否定詞之間的界線模糊，無法一刀劃分，混用情形所在多有，這個現象一直都存在。而「沒」作為較晚出的否定詞，在使用與分類上當然也非常多元。大體而言，「沒」作為否定詞，有「否定動詞」與「否定副詞」兩種用法。

## （二）「沒」作為否定動詞與否定副詞的用法

否定詞十分複雜，除使用上的分別，還有否定對象與範疇的區別，甚至還有詞性的差別。「沒」究竟該放到哪一類？這是難以確認的問題。

否定詞一般作為副詞，但某些否定詞以動詞形式被使用，如「沒有」則是否定副詞「沒」與動詞「有」的組合，「無」則是一個純然的否定動詞。根據《教育部重編國語辭典修訂本》，「沒」有兩個讀音：[moˇ]、[meiˊ]。「沒[moˇ]」作動詞，解釋為①沉入水中；②沉埋、掩覆；③消失、隱而不見；④終了、結束；⑤扣收財物；⑥死，通「歿」。「沒[meiˊ]」作動詞解釋為①無；②不如，作副詞解釋為未。可見，「沒」之用途廣泛，作為否定詞也不只一種意義。

否定詞本身可以分成數個子類，各子類之間也有混用情形，「沒」之情況更複雜。「沒」是一個後起的否定詞，它與其他先秦時代就存在的否定詞不同，其他否定詞形式大致確立，但是「沒」不僅難以定義其使用範疇，連歸屬何類否定詞都無法十分確定。

楊伯峻將「沒」歸入「敘述的否定」，並舉例：

（19）他們吃酒吃肉，我們粥也沒得吃。（《水滸傳》第五回）
（20）我雖然也瞻仰過一回這陰司間，但那時膽子小，沒有看

明白。(魯迅《無常》)[11]

從上面兩個例子中可以看到,「沒」出現在白話口語的文獻語料中,《水滸傳》、《無常》都屬於白話文,且都十分晚出。從中可以看到,「沒」作為否定詞使用、時代以及使用之特色,與其他否定詞有些差距:傳統否定詞在先秦時代已出現,且在書面與口語等各式文獻中使用;「沒」作為否定詞出現時間較晚,可能到中古之後才出現,且只出現在口語通俗的文獻中。

　　楊榮祥〈近代漢語否定副詞及相關語法現象略論〉中提及,「沒」是南宋時期新興的否定副詞,經過元代的發展,在明代的白話小說《金瓶梅》中已經是「未」類否定詞中使用頻率最高的否定詞。在「沒」興起後,便有以「沒」為主的構詞出現,如「沒有」、「沒曾」。而楊氏文章中引用太田辰夫之研究,指出「沒有」用作否定副詞,始於元明時期,元曲中已有用例。[12]吳福祥之〈否定副詞「沒」始於南宋〉已對太田辰夫之始於元明說法提出質疑,並提出例證予以否定。[13]

　　在王力的否定詞分類中,與「沒」相關的否定詞有「未」、「無」,王力將「未」翻譯成白話文的「沒有」,而「無」則是和「有」相對的否定詞,可以視為「沒有」。但是,「未」類的「沒有」與「無」類的「沒有」意義不同,前者所指的是對事件發生的否定;後者是對事物存有的否定。

　　呂叔湘主編的《現代漢語八百詞》中對於「沒」的解釋分為兩

---

11　見楊伯峻:《古漢語詞類通解》(北京市:北京出版社,1998年),頁267。

12　參見楊榮祥:〈近代漢語否定副詞及相關語法現象略論〉,《語言研究》第36期(1999年)。

13　參見吳福祥:〈否定副詞「沒」始於南宋〉,《中國語文》第245期(1995年)。

項：做動詞與作副詞。動詞解釋為：「有」的否定式，可用於①否定
領有、具有；②否定存在；③表示數量不足；④表示不及，用於比
較。作副詞解釋為：否定動作或狀態已發生。而呂叔湘也將「沒
（有）」和「不」比較：「沒（有）」用於客觀敘述，限於指過去、現
在，不能指將來。「不」用於主觀意願，可以指過去、現在、將來。
而「不」可以用在所有動詞前，「沒」只限於「要、能、能夠、肯、
敢」等幾個特定動詞前。[14]

　　劉相臣、丁崇明在文章〈近百年現代漢語否定副詞研究述論〉中
指出：「『不』的研究成果最多，探討內容涉及『不』的相關句式以及
『不』的意義和句法功能等。『沒（有）』的研究，單獨探討較少，多
將其與『不』放在一起比較成文。」[15]另外文中也提到，「不」、「沒
（有）」在句法上差異不大，差別在語法語意層面：①時間制約大小
之別；②主客觀否定之別；③情態（或語氣）否定與非情態（或語
氣）否定之別；④現實否定與非現實否定之別；⑤已然否定與未然否
定之別；⑥已然否定與單純否定之別；⑦離散性（有界）否定與連續
性（無界）否定之別；⑧動作性否定與事變性否定之別；⑨動態否定
與靜態否定之別；⑩過程否定與非過程否定之別；⑪直陳否定與非直
陳否定之別。[16]

　　總結上述資料，可以說：「沒」作為否定詞其實無法被完全歸類
到某個否定詞種類中。上述各家說法，將「沒」與「不」、「未」、
「無」連結。否定詞本身雖然可以分成若干類，但分辨界線不明確，
混用情況也時常發生，所以要將各否定詞完全劃分開是難以達成的；

---

14 呂叔湘：《現代漢語八百詞》（北京市：商務印書館，1999年），頁382-384。

15 劉相臣、丁崇明：〈近百年現代漢語否定副詞研究述論〉，《江西師範大學學報》第
　　47卷第6期（2014年12月）頁93。

16 劉相臣、丁崇明：〈近百年現代漢語否定副詞研究述論〉，頁93-94。

而「沒」本身是後起的否定詞,在否定詞之界線已模糊化後,「沒」的加入,無法被分配到某個範疇之中,而是持有幾個不同否定詞的特色。在使用上,「沒」本身可作為動詞,也可作為副詞,在分析文本時,必須特別注意。

「沒」作為否定詞,大概可以分成四個意義:①否定存有,同「無」,此時「沒(有)」作為動詞使用;②對事實的否定,同「未」,表示「還沒、尚未」,此時「沒」作為副詞;③對於程度的否定,與「不」功能有些重疊,表示「不如、比不上」,此時「沒」作為副詞。④通「不」,當作一般否定。以下分析《朱子語類》將以這四項為主,檢視其中「沒」作為否定詞的現象。

## 四 《朱子語類》中的「沒」

在《朱子語類》中,「沒」字共出現三三〇條,三八四字。《朱子語類》成書於南宋(1270),「沒」在隋唐之際已經出現否定詞的用法,到了宋元之際,「沒」作為否定詞幾乎已經完全確立。所以,在南宋成書的《朱子語類》是轉變關鍵期之文獻,且《朱子語類》屬於較為白話的語言資料,也是「沒」作為否定詞較常出現的場域,故本文以《朱子語類》為分析文本。

經過統計分析發現,《朱子語類》中的「沒」作為否定詞的數目遠高於作為非否定詞的數目。「沒」在《朱子語類》中作為否定約占了百分之八十,共三〇七字;作為一般傳統意義用法[17]約百分之十四,共五十三字;作為「歿」約百分之六,共二十四字。比例看似懸殊,但是看其內文會發現,用法似乎不算多元。以下將略述「沒」作

---

17 如「沉」、「盡」、「滅」等。

為非否定詞的使用狀況，再羅列「沒」作為否定詞的使用狀況，並以後者為主要觀察重點。

## （一）「沒」作為非否定詞

先看「沒」作為非否定詞的例子，首先是作「歿」解。在《朱子語類》中，「沒」作為「歿」仍然可見，但主要是引用先秦文獻，如：

> （21）「父在觀其志，沒觀其行」，孝子之志行也。（《朱子語類・卷第二十二・論語四・學而篇下・父在觀其志章》）

此例引用《論語》〈學而〉篇章，另外還有引用張載《西銘》的例子：

> （22）「今人說，只說得中間五六句『理一分殊』。據某看時，『乾稱父，坤稱母』，直至『存吾順事，沒吾寧也』，句句皆是『理一分殊』。（《朱子語類・卷第九十八・張子之書一》）

像是這樣的例子應該要排除，因為這不是南宋時人之日常口語。引用古書不是口語對話，如此則不能斷言南宋時，「沒」通假為「歿」仍與先秦時代一樣普遍。除了引用古籍文獻，《朱子語類》中還有一些通假為「歿」的狀況，如：

> （23）伊川嘗約門人相聚共改，未及而沒。（《朱子語類・卷第一百一・程子門人・謝顯道》）

（24）如聖人至誠，便是自始生至沒身，首尾是誠。（《朱子語
　　　類・卷第六十四・中庸三・第二十五章》）

（25）所以橫渠沒，門人以「明誠中子」謚之，與叔為作〈謚
　　　議〉，蓋支離也。（《朱子語類・卷第一百一・程子門
　　　人・呂與叔》）

如此看來，南宋時「歿」亦有寫作「沒」之情況，這種寫法應該是
承襲先秦以降，「歿」、「沒」通假的狀況。南宋時期這種現象已十分
稀少。

　　接下來檢視「沒」作為「沉沒」、「盡」、「滅」等意義，或是由該
意義的引申義之例子。經初步統計，「沒」在《朱子語類》中出現，
非作為否定詞或「歿」之通假的例子約五十餘例，不算太多，其意義
大抵與其本義、引申義相似。其中出現最固定的，應屬「汩沒」，約
十二例，以下舉兩例：

（26）或只去事物中衰，則此心易得汩沒。（《朱子語類・卷第
　　　十一・學五・讀書法下》）

（27）只被外物汩沒了不明，便都壞了。（《朱子語類・卷第十
　　　四・大學一・經上》）

「汩沒」意義為「埋沒」、「淹沒」、「沉淪」、「沉溺」。這些意義不外
乎是「沒」本義「沉沒」，或其引申義。其他的例子還有：

（28）他這般法意甚好，後來一向埋沒了。（《朱子語類・卷第
　　　一百六・朱子三・外任・漳州》）

（29）所以『未墜於地』者，只言周衰之時，文武之典章，人

尚傳誦得在，未至淪沒。(《朱子語類・卷第六十二・中庸一・第一章》)

（30）蓋「民之秉彝」，又自有不可埋沒，自然發出來處。(《朱子語類・卷第八十三・春秋・綱領》)

另外，「沒」也有作為「盡」者：

（31）水在日東，故日將沒則西見。(《朱子語類・卷第八十一・詩二・大東》)

（32）如此沒世不濟事。(《朱子語類・卷第一百二十一・朱子十八・訓門人九》)

（33）豈有如是人出孟子之門，而沒世不聞耶！(《朱子語類・卷第十九・論語一・語孟綱領》)

「沒」在《朱子語類》作為「滅」解釋者：

（34）管仲之功自不可泯沒，聖人自許其有都者之功。(《卷第四十八・論語三十・微子篇・微子去之章》)

（35）謂因噬膚而沒其鼻於器中也。(《朱子語類・卷第七十一・易七・明》)

（36）鱗甲燁燁有光，久不沒。(《朱子語類・卷第一百三十八・雜類》)

「沒」在《朱子語類》作為「消失、隱而不見」解釋者：

（37）只如《周易》，許多占卦，淺近底物事盡無了；卻空有

箇〈繫辭〉，說得神出鬼沒。(《朱子語類・卷第八十
七・禮四・小戴禮・樂記》)

（38）所有田業或拋荒，或隱沒，都無歸著。(《朱子語類・卷
第一百一十一・朱子八・論民》)

（39）說者謂陽城居諫職，與屠沽出沒。(《朱子語類・卷第一
百三十六・歷代三》)

　　由上列例子可以觀察到，「沒」在《朱子語類》中，除了引用先
秦典籍的文字以外，在南宋當時的口語中仍然可作為一般動詞使用，
而意義基本上遵循本義與引申義，這點與現代漢語相同，也與上古漢
語相似。但是除了這些一般動詞的用法，還有更大的比例是作為否定
詞使用，這點就跟上古漢語，乃至於中古漢語有頗大的差異了。以下
將說明「沒」在《朱子語類》中作為否定詞的使用狀況。

## （二）「沒」作為否定詞

　　接下來將進行「沒」在《朱子語類》中作為否定詞使用的初探。
「沒」在《朱子語類》絕大多數的例子都是作為否定詞，但如先前所
言，其出現之形式大致相同，是類似的用例重複使用。

　　《朱子語類》中「沒」作為否定詞出現的形式，不外乎「沒理
會」、「沒奈何」、「沒緊要」、「沒＋NP」（沒頓放處）等。其中有需要
特別關注者：

（40）自家有道理，對著他沒道理，何畏之有！(《朱子語
類・卷第五十二・孟子二・公孫丑上之上・問夫子加齊
之卿相章》)

在此句中，「有道理」與「沒道理」對文，「有＋NP」代表對事物存在的肯定；「沒＋NP」代表對事物存在的否定。在先秦時代，「有」與「無」相對，但是從這個例子可以看到，「有」與「沒」相對，表示「沒」已經具有「無」的功用。從《小爾雅》的例子中可以看到「沒」訓釋為「無」，但從上古至於中古時期，「無」還是主流，「沒」沒有取代「無」作為與「有」相對的否定動詞。《朱子語類》的這個例子顯示，此時「沒」至少跟「無」同等，可以作為與「有」相對的否定動詞，甚至能夠取而代之。這是「沒」作為否定動詞的例證之一。

同樣的例子還有：

（41）蓋有殘忍底心，便沒了仁之根。（《朱子語類・卷第六十・孟子十・盡心上・廣土眾民章》）

（42）有頑鈍底心，便沒了義之根。（同上）

（43）有忿狠底心，便沒了禮之根。（同上）

（44）有黑暗底心，便沒了智之根。（同上）

這四句出自同一章，是排比句。這四例同樣顯示「沒」與「有」相對，「有＋NP$_1$」與「沒＋NP$_2$」互為對文，表示其詞性相當，意義相反。可知，「沒」在南宋時已作為否定動詞，且十分固定。

上一章節末，將「沒」作為否定詞分成四個類型，上述已說明「沒」與「無」之對應，接下來說明其他類型。綜觀「沒」在《朱子語類》中的例子，幾乎都是「沒＋NP 或短語」，如「沒去處」、「沒安頓處」、「沒奈何」、「沒理會」、「沒要緊」、「沒收殺」等。這些用例的結構或許有別，但整體看來形式卻有相同之處，也顯示「沒」都不是依照其本義或本義之引申使用，而是用作否定詞。

「沒柰何」解釋為「沒辦法」,《朱子語類》的用例如:

> (45) 行不得死了,沒柰何。(《朱子語類‧卷第三十二‧論語
> 十四‧雍也篇三‧冉求曰非不說子之道章》)

> (46) 當時被他出來握天下之權,恣意怎地做後,更沒柰他
> 何,這箇自是其勢必如此。(《朱子語類‧卷第八十三‧
> 春秋‧經(傳附)》)

> (47) 緣是如此日降一日,到下梢自是沒柰他何。(《朱子語
> 類‧卷第八十三‧春秋‧經(傳附)》)

「沒收殺」[18]在《朱子語類》中解釋為「沒有結束」、「沒有終
了」如:

> (48) 狂簡底人,做來做去沒收殺,便流入異端。(《朱子語類‧
> 卷第二十九‧論語十一‧公冶長下‧顏淵季路侍章》)

> (49) 到得後世儒者方說得如此闊大,沒收殺。(《朱子語類‧
> 卷第八十六‧禮三‧周禮‧春官》)

> (50) 只是後來付之胥吏之手,都沒收殺。(《朱子語類‧卷第
> 一百六‧朱子三‧外任‧漳州》)

「沒去處」在《朱子語類》表示「沒有其他去路」,或是「到達
極限」,如:

> (51) 若解要到親切,便都沒去處了。(《朱子語類‧卷第七
> 十‧易六‧蒙》)

---

18 「收殺」又作「收煞」。

（52）那裏更沒去處了。（《朱子語類·卷第九十四·周子之書·太極圖》）

（53）太極者，自外而推入去，到此極盡，更沒去處，所以謂之太極。（《朱子語類·卷第九十八·張子之書一》）

「沒安頓處」與「沒去處」相當，是「沒＋NP」的形式。有時「沒＋NP」之形式不接處所，如：

（54）少刻身己都自恁地顛顛倒倒沒頓放處。（《朱子語類·卷第十一·學五·讀書法下》）

（55）但是他只知得那上面一截事，卻沒下面一截事。（《朱子語類·卷第十二·學六·持守》）

（56）如此形容文王，都沒情理。（《朱子語類·卷第五十一·孟子一·梁惠王下·齊人伐燕勝之章》）

以上例句形式為「沒＋NP」，「沒」用來否定名詞性質的詞彙，此時「沒」的功用與「無」相近，是否定性質的動詞。但「沒」在《朱子語類》中除了作為否定動詞之外，也會作為否定副詞，如下所示。

「沒理會」在《朱子語類》中不一定解為「不回應」，也可以解釋為「沒道理」、「沒理由」、「沒理解」，如：

（57）如諸公說，將體用一齊都沒理會了！（《朱子語類·卷第一百二十四·陸氏》）

（58）推而上之，沒理會處。（《朱子語類·卷第九十四·周子之書·太極圖》）

（57）中「沒理會」前加「都」，後加「了」，表示這個短語「沒理會」是動詞性質，「沒」在此作否定副詞。（58）中「沒」否定名詞性質的「理會處」，所以算是否定動詞。

在《朱子語類》中，「沒要緊」可以替換為「不要緊」，有時可以解釋成「不是要緊」，或是「沒關係」，用例如下：

（59）只如韓退之老作文章，本自沒要緊事。（《朱子語類‧卷第一百四‧朱子一‧自論為學工夫》）

（60）史是皮外物事，沒緊要，可以劄記問人。（《朱子語類‧卷第十一‧學五‧讀書法下》）

（59）中「沒要緊事」結構分析可視作「沒」＋「要緊」＋「事」，也就是說「沒」修飾「要緊」，如此則「沒」作為否定副詞。（60）中的「要緊」同樣作為形容詞，「沒」修飾「要緊」，如同（59）一樣作為否定副詞。

從上例中可以看到，《朱子語類》中「沒」作為否定詞多半是動詞形式，僅有一小部分的用例可以視為否定副詞，除了（60）的「沒要緊」可當作否定副詞之外，另外尚有一例：

（61）「道千乘之國」，五者相因，這只消從上順說。人須是事事敬，方會信。纔信，便當定如此，若恁地慢忽，便沒有成。（《朱子語類‧卷第二十一‧論語三‧學而篇中‧道千乘之國章》）

本例中「沒」與「有」搭配，形成「沒有」這個形式，與現代漢語的使用情況相同。在「沒有」這個用例中，「有」是主要動詞，「沒」則

是副詞,用以否定「有」。「沒有」這個例子很明顯地指出「沒」可以作為否定副詞,詞義已經比否定動詞更為虛化,也與現今的使用形式更為接近,但這樣的例子在《朱子語類》中還是少數,「沒」的絕大多數否定詞用例還是當作否定動詞使用。

由上述可見,「沒」在《朱子語類》中主要作為「無」,解釋為「沒有」,作為否定動詞;少部分通作「不」,作為否定副詞;僅有一例為「沒有」,為否定副詞用法。至於作為「未」的就很難發現了。可見「沒」一開始先是一個一般性質的動詞,之後漸漸從動詞轉變為否定詞。而否定詞的形式最初是與「無」相通,作為「有」的反面的否定動詞,再從否定動詞進一步虛化成為否定副詞,之後作為否定詞的功用才與其他各類否定詞混用,出現「未」類的用法。而南宋時期的口語文獻如《朱子語類》之中,「沒」的使用分成兩類:一般動詞與否定詞,且否定詞的比例更高。在「沒」作為否定詞的用例中可以看到,「沒」當時主要還是作為否定動詞,但已有否定副詞的形式出現。可以說南宋時期,「沒」已經是穩固的否定動詞,但同時詞義也漸漸虛化,出現否定副詞的用法。

## 五 「沒」與「沒有」

以上是「沒」在《朱子語類》中作為否定詞與傳統動詞的分析。作為「沉沒」、「歿」或是「盡」等解釋基本上無須贅述,但是仔細來看,「沒」作為否定詞則分成兩條路徑:「否定副詞」與「否定動詞」。「沒」作為否定詞,可用作副詞,如「沒有」;可用作動詞,如「沒+NP」,此時「沒」等於「沒有」,是一個帶有否定性的動詞。

「沒」作為否定動詞與否定副詞,出現的時間點不同。就「沒」語意發展而言,「沒」首先做為動詞「沉沒」,之後發展出的「沉溺」

義，之後再發展成「無」。「沒」的語意變遷：「沉→盡→滅→無」，這樣的發展應該不會錯，這樣的發展同時也改變「沒」動詞的規則，使詞義漸漸虛化。

副詞相較於動詞，詞義較虛。依照語言演變規律，詞義一般是由實到虛，這點放在「沒」的演變也是一樣。「沒」作為否定詞，詞性也是先動詞，再副詞。「無」作為否定詞是一個否定動詞，表示「有」的反面。而根據《小爾雅》，則「沒」與「無」同，則「沒」作為否定詞應該是先用作動詞。今本《小爾雅》一書可能非出於漢代，或是有些內容為後人增補。但是如果「沒」先用作否定副詞，則《小爾雅》之紀錄作為另一個否定副詞，像是「未」的機率應該也比較高，然我們可以看到《小爾雅》將「沒」作為「無」，表示在寫作的年代，「沒」作為否定詞是動詞用法，副詞是後來詞義更為虛化後才產生的。

就實際語料考察來看，「沒」作為否定動詞也是先於否定副詞。先前提到，「沒＋NP」的「沒」當作動詞；「沒有」的「沒」是副詞加上動詞的凝固式。根據徐時儀〈否定詞「沒」「沒有」的來源和語法化過程〉，「沒」出現的年代比「沒有」來得早。文中指出，「沒」作為否定動詞使用大約在中古後期或隋唐時代；而凝固式「沒有」的出現則推遲到元明時期的《老乞大》、《朴通事》、《水滸傳》等，時間上晚了數百年。[19]

從先前舉的例句來看，「沒」先作為否定動詞：

（10）除卻天邊月，沒人知。（韋莊〈女冠子‧四月十七〉）

---

19 徐時儀：〈否定詞「沒」「沒有」的來源和語法化過程〉，《湖南師範學院學報》第25卷第1期（2003年2月），頁1-2。

（12）地水終須去，火風沒處藏，唯存魂與識，不免受忙忙。（《維摩詰經講經文》）

這些例句都是「沒＋NP」的形式。而「沒」作為否定副詞使用如：

（19）他們吃酒吃肉，我們粥也沒得吃。（《水滸傳》第五回）
（20）我雖然也瞻仰過一回這陰司間，但那時膽子小，沒有看明白。（魯迅《無常》）

從例句的使用年代可以大約判斷，「沒」之否定動詞用法先於否定副詞用法。在《朱子語類》中，「沒」作為否定詞多半是動詞「沒＋NP或短語」形式，少部分通作「不」，但是《朱子語類》中卻有一例「沒有」：

（61）「道千乘之國」，五者相因，這只消從上順說。人須是事事敬，方會信。纔信，便當定如此，若恁地慢忽，便沒有成。（《朱子語類·卷第二十一·論語三·學而篇中·道千乘之國章》）

這是《朱子語類》中，「沒有」的唯一一例。這可以當作「沒」作為否定副詞之證據，但是這樣的例子實在太少，在南宋的《朱子語類》中僅此一例，反倒是作為否定動詞的比例仍然很高。我們可以如此推測：「沒」作為否定詞首先出現否定動詞之用法，約在中古後期到近代前期；之後「沒」的詞義進一步虛化，詞性轉變，成為可以用來否定動詞的否定副詞，時間約在近代中後期。

## 六 結論

　　本文考察「沒」作為否定詞的作用與用法。「沒」原本是一般動詞，解釋為「沉沒」，之後引申出「盡」、「滅」的意涵。在中古時期，「沒」被訓釋為「無」，可說是「沒」作為否定詞的濫觴。但是，從上古到中古，「沒」並沒有被當作否定詞使用，除了本身動詞外，還能與「歿」通假。「沒」作為否定之用最早在隋唐時代的韻文、變文中，但是該用法算是少見，而且極為口語。到了宋元明時期，隨著口語、白話的文學作品逐漸興盛，口語中作為否定的「沒」也逐漸興盛，成為主流用法。

　　「沒」在《朱子語類》中作為否定用法的比例遠高於作為一般動詞用法或是通假為「歿」的用法。可見「沒」至少在南宋時就已經非常通行，是口語中表示否定的否定詞之一。而《朱子語類》中，否定詞「沒」多半與「無」同，作為「有」之相對，甚至取代「無＋NP」變成「沒＋NP」。另外，「沒」在《朱子語類》中，有時和「不」相通，如「沒要緊」可以替換成「不要緊」。基於這些例證，我們可以說「沒」作為否定詞的轉變大約在隋唐至宋代這一區間。而「沒」作為否定詞，其詞性是「否定動詞」先於「否定副詞」，「否定動詞」出現時間大約在中古末期至近代前期；「否定副詞」則約略在近代中後期，而在《朱子語類》中多少可以發現「沒」作為否定副詞的跡象。太田辰夫所說「沒」作為否定副詞始於元明，這個說法或許可以有些修正。

　　從《朱子語類》可以發現，「沒」作為否定詞的功用與現在相比稍微缺乏多元性。舉例而言，現代「沒」可以表示「比不上」，如「我沒你有錢」，但這樣的例子不見於《朱子語類》，這或許是因為「沒」在南宋時期屬於剛興起的否定詞，要經過更長時間的發展才變成今日的用法。

　　本文粗略地考察「沒」作為否定詞的發展，並大略查檢《朱子語類》中「沒」的使用情況。其中尚有許多不夠完善之處與值得延伸討論的議題，如：從音韻角度觀察「沒」的兩個讀音[moˇ]與[meiˊ]，兩音是否有先後演變的關係？如果有演變關係的話，則讀音的演變與否定詞的關係又是如何？是否影響「沒」詞義的改變或是虛化，進而使「沒」從一般動詞轉變成為否定動詞，再更進一步虛化成否定副詞？這些都是日後能發展的課題。本文礙於時間與能力，在此作結，期待日後能夠補齊。

# 參考文獻

## 一　古籍

〔漢〕許慎　〔清〕段玉裁注　《說文解字注》　上海市　上海古籍
　　　　出版社　1981 年
〔宋〕朱熹　朱傑人、嚴佐之、劉永翔主編　《朱子語類》　上海市
　　　　上海古籍出版社　2002 年
〔清〕阮元　《經籍纂詁》　臺北市　鴻學出版事業公司　1989 年

## 二　專書

王　力　《古代漢語》　臺北市　藍燈文化事業公司　1989 年
呂叔湘　《現代漢語八百詞》　北京市　商務印書館　1999 年
季旭昇　《說文新證》　福州市　福州人民出版社　2010 年
易孟醇　《先秦語法》　長沙市　湖南大學出版社　2005 年
楊伯峻　《古漢語詞類通解》　北京市　北京出版社　1998 年
葛佳才　《東漢副詞系統研究》　長沙市　岳麓書社　2005 年

## 三　期刊論文

吳福祥　〈否定副詞「沒」始於南宋〉　《中國語文》第 245 期
　　　　1995 年
徐時儀　〈否定詞「沒」「沒有」的來源和語法化過程〉　《湖南師
　　　　範學院學報》　第 25 卷第 1 期　2003 年

黃雅思　〈否定詞「沒（沒有）」的歷史演變探析〉　《新課程研究》　2015 年

楊榮祥　〈近代漢語否定副詞及相關語法現象略論〉　《語言研究》第 36 期　1999 年

趙伯義　〈小爾雅概說〉　《古籍整理研究學刊》　第 1 期　1993 年

劉相臣、丁崇明　〈近百年現代漢語否定副詞研究述論〉　《江西師範大學學報》　第 47 卷第 6 期　2014 年 12 月

四　學位論文

劉鴻雁　〈小爾雅綜論〉　銀川市　寧夏大學漢語言文字學碩士論文 2003 年

五　電子資料庫

臺灣師大圖書館【寒泉】古典文獻全文檢索資料庫（http://skqs.lib. ntnu.edu.tw/dragon/）

中國哲學書電子化計畫（http://ctext.org／zh）

中央研究院──漢籍電子文獻古漢語語料庫（http://hanji.sinica. edu.tw/index.html）

# 思辨教學三樂章
## ——以邏輯思辨練習／意象辨識與提問／寫作結構引導之三種讀寫互動策略切入

楊雅貴

臺北市立育成高級中學國文教師

## 摘要

　　「辭章章法」是以「邏輯思維」為主，故本教學設計乃以讀寫思辨能力的培養為教學目標，以根據於辭章意象論之「讀寫互動原理」為教學設計之依據，並搭配「PISA」閱讀理解歷程的教學策略，以達到強化學生思辨技巧，進而拓植學生思辨廣度與深度的效果。

　　依據以上教學原理，所擬定之教學策略有三部分：第一部分著重「邏輯思辨練習」，以章法思辨邏輯，快速引導學生理解並運用思辨技巧；第二部分著重在「意象辨識與提問」，使學生精讀並擷取核心古文的「意象四要素」之後，進而就每項要素，各寫出兩提問，再從四要素八提問中，任選兩題作答；第三部分是「寫作結構引導」，以核心古文之章法結構為引導範式，另立一新作文題目，使學生套用章法結構以完成寫作大綱，進而寫成四百字文章。

　　課程實施對象有兩類班級：第一類為高三國文暑期重修班，第二類為高二文化教材暑期重修班，兩者皆以「課綱核心古文」為主要教材範疇，教學活動皆帶入三讀寫互動策略，且均於課程最後一天進行總結性測驗，

以作為檢驗此次思辨教學效能的參考。

　　由兩類學生之習作與測驗表現來看，九成以上學生皆能在規定時間內完成指定作業，而達到課程要求，故就此項思辨教學所設計之三種教學策略，可謂具可行性與適切性。

**關鍵詞：思辨教學、章法、邏輯、意象、PISA、寫作**

# 一 前言

　　教學設計目標在期望透過有效的邏輯思辨技巧與讀寫互動策略，以深化並活化學生的思辨與讀寫知能。

　　教學設計的主要依據原理有二：一則為運用「PISA（the Programme for International Student Assessment，學生能力國際評量計劃）之閱讀素養與閱讀歷程策略」[1]，以進行文本之訊息擷取、發展解釋，進而省思與評鑑文本內容、形式；一則根據辭章意象論[2]之「讀寫互動原理」[3]，從文本內容之「意象」、「修辭」、「詞彙」面向，與文本形式之「文法」、「章法（層次邏輯[4]）」面向，以及文本統合之

---

1　「PISA」指「學生基礎素養評量的國際研究計畫」（The Program for International Student Assessment，簡稱 PISA），由 OECD（Organization for Economic Co-operationand Development，經濟合作暨發展組織）每三年進行一次的教育計畫，針對參與「15歲學生」（國中——高一），以閱讀、數學、科學三項學習領域，作為主要觀察變項（臺灣自2006起加入）；PISA 閱讀素養與閱讀歷程架構之評量重點在：對文本訊息的擷取、發展解釋，省思與評鑑文本內容、形式與特色。參見網站：臺灣 PISA 國家研究中心，http://pisa.nutn.edu.tw/pisa_tw.htm。

2　「辭章意象論」，參見陳滿銘：〈辭章意象論〉一文，參見陳滿銘：《意象學廣論》（臺北市：萬卷樓圖書公司，2006年），頁21-67；另「辭章學意象體系與思維力、寫作能力關係」，可參見陳滿銘：《章法結構原理與教學》（臺北市：萬卷樓圖書公司，2007年）及仇小屏：《寫作能力簡介·「限制式寫作」之理論與應用》（臺北市：萬卷樓圖書公司，2005年）。

3　「讀寫互動原理」，根據陳滿銘：〈論讀寫互動原理——歸本於語文能力與意象（思維）系統作探討〉一文，參見陳滿銘：《意象學廣論》（臺北市：萬卷樓圖書公司，2006年），頁279-307。

4　「章法」所研討的乃「篇章內容的層次邏輯結構」，參見陳滿銘：〈論章法與層次邏輯〉，《國文天地》213期（2003年2月），頁98-104。又，陳滿銘：〈論層次邏輯——以哲學與文學作對應考察〉，臺灣師大《國文學報》37期（2005年6月），頁91-135。又，陳滿銘：〈層次邏輯與意象（思維）系統——以「多」、「二」、「一（0）」螺旋結構作綜合考察〉，臺灣師大《中國學術年刊》30期·春季號（2008年3月），

「主題」、「文體」、「風格」等面向，達到對整體辭章內涵的理解[5]；而其中「章法」的邏輯思維性，為本教學設計的核心知能與策略。

透過兩教學策略的結合運用，以深入文本內涵，期望達到有系統有效率地強化學生思辨技巧，且進而拓植學生思辨廣度、深度及讀寫能力的目標。

教學策略主要包含三部分課程：第一部分著重在「邏輯思辨練習」，以六種章法常用之邏輯，快速引導學生理解並運用思辨技巧；第二部分著重在「意象辨識與提問」，使學生精讀並擷取核心古文的「意象」，進而就意象四要素，各寫出兩提問，再針對自己的八題提問，任選兩題作答；第三部分是「寫作結構引導」，透過核心古文寫作結構類型，結合新的作文題目，實際套用簡易章法結構形式，並寫成四百字文章，訓練其思辨與應用能力。

課程實施對象有兩類班級：第一類為高三國文暑期重修班[6]，第二類為高二文教暑期重修班[7]，同樣以「課綱核心古文」為主要教材範疇。兩類班級所選用教材皆以「課綱核心古文」為主要範疇，並均於課程最後一天，進行總結性測驗，以作為此思辨教學效能的檢驗依據之一。

---

頁255-276。又，陳滿銘：《陰陽雙螺旋互動論——以「0一二多」層次邏輯系統作通貫觀察》（臺北市：萬卷樓圖書公司，2016年），頁1-33。

5　辭章的主要內涵：「辭章的內涵，對應於學科領域而言，主要含意象學（狹義）、詞彙學、修辭學、文（語）法學、章法學、主題學、文體學、風格學……等」、「辭章的主要內涵，都與形象思維、邏輯思維或綜合思維有著密切的關係。其中有偏於字句範圍的，主要為詞彙、修辭、文（語）法與意象（個別）；有偏於章與篇的，主要為意象（整體）與章法；有偏於篇的，主要為主旨、文體與風格。因此辭章的篇章，是主要以意象（個別到整體、狹義到廣義）與章法為其內涵，而以主旨與風格來『一以貫之』的。」參見陳滿銘：〈論讀寫互動原理——歸本於語文能力與意象（思維）系統作探討〉一文，頁287-288、293。

6　上課時間為2016年7月中旬，上課總時數為二十四節，屬四學分課程。

7　上課時間為2016年8月下旬，上課總時數為六節，屬一學分課程。

　　檢驗教學成效，主要以兩班學生之作業與測驗表現為依據，考察重點有二：一為觀察學生能否於課堂時間內確實完成指定作業，一為檢核學生之作業與測驗內容表現之精確性、類推性等，以作為課程難易度與教案可行性的參考向度。

## 二　教學原理

　　教學設計的主要依據原理有二，茲說明如下：

### （一）根據辭章意象論[8]之「讀寫互動原理[9]」

　　根據辭章意象論之「讀寫互動原理」，讀、寫離不開「意象」，「思維」亦始終以「意象」為內容，所以，「意象」是可以通貫「思維」各層面，而形成「意象（思維）系統」；而「意象（思維）系統」直接與「語文能力」的開展息息相關：辭章是結合「形象思維」、「邏輯思維」與「綜合思維」而形成的，故辭章內涵和意象是融為一體的。

　　就辭章與形象思維的關係來看，主要涉及了「取材」與「運用詞彙」、「措辭」等問題，其相關學科是意象學（狹義）、詞彙學與修辭學等；就辭章與邏輯思維的關係來看，主要涉及了「運材與佈局」與「構詞與組句」等問題，其相關學科就字句言，即文（語）法學；就篇章言，就是章法學；就辭章與綜合思維的關係來看，主要涉及了「立意」、「確立體性」等問題，其相關學科是主題學、文體學、風格學等。

---

8　同註2。

9　同註3。

　　所以對應於辭章內涵，「語文能力」即是含括「立意」、「取材」、「運用詞彙」、「措辭」、「運材與佈局」、「構詞與組句」、「確立體性」等能力。

　　其中章法結構直接奠基於邏輯思維之上，與思考力有著緊密的關係，又和閱讀、寫作密不可分，因此藉章法教學掌握「秩序」、「變化」、「聯貫」、「統一」的四大原則，來推動學生思考的訓練，是最為直接而有效的。[10]

　　辭章意象結構圖[11]如下：

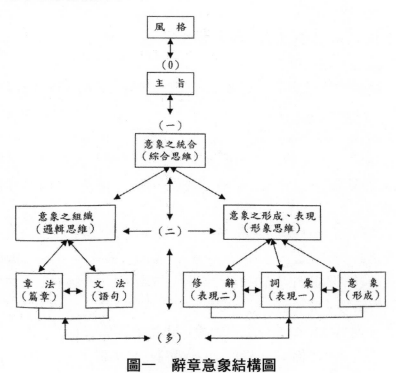

**圖一　辭章意象結構圖**

---

10 參見陳滿銘：〈章法結構在思考教學上的應用〉一節，《章法結構原理與教學》，頁223-250。
11 引自陳滿銘：〈辭章意象論〉一文，《意象學廣論》，頁21-67。

　　如圖示，辭章意象系統與辭章內涵，乃是「多」、「二」、「一
（0）」[12]的關係；從「讀」與「寫」兩方面對「語文能力」之運用來
看，辭章意象結構的形態是互動、循環而提升的「雙螺旋結構」：就
同一作品而言，從「寫（創作）」來說，作者由「意」而「象」
（「（0）一、二、多」）地從事順向（先天／先驗）創作的同時，也會
一再地由「象」而「意」（「多、二、一（0）」）地如讀者作逆向（後
天／後驗）之檢查，而形成了順逆互動、循環而提升的「雙螺旋結
構」；同樣地，從「讀（鑑賞）」來說，讀者由「象」而「意」（「多、
二、一（0）」）地作逆向（後天／後驗）鑑賞的同時，也會一再地由
「意」而「象」（「（0）一、二、多」）地如作者在作順向（先天／先
驗）之揣摩，而形成了順逆互動、循環而提升的「雙螺旋結構」；「讀
寫互動原理」，即是立基於此：就「語文能力」而言，「讀（鑑賞）」
的本身，形成了「雙螺旋結構」，「寫（創作）」的本身，也形成了
「雙螺旋結構」，「讀（鑑賞）」時的雙螺旋動能，是以「逆向後天能
力」為主動力（或謂顯動力），而以「順向先天能力」為輔動力（或
謂隱動力）；反之，「寫（創作）」時的雙螺旋動能，是以「順向先天
能力」為主動力（顯動力），而以「逆向後天能力」為輔動力（隱動
力）；而「在『讀（鑑賞）』之後，再進行『寫（創作）』」及「在『寫
（創作）』後，再進行『讀（鑑賞）』」的讀寫互動型態，則可使雙螺
旋的「順向先天能力」與「逆向後天能力」動能，皆得到顯著而明確
的提升。如此，先天的語文能力（寫）與後天的語文研究（讀）經由

---

12 「多、二、一（0）螺旋結構」是以「思維力」為「（0）一」，「形象思維」（陰柔）
　　與「邏輯思維」（陽剛）為「二」，由「形象思維」、「邏輯思維」與「綜合思維」所
　　衍生的各種「特殊能力」與綜合各種「特殊能力」所產生的「創造力」為「多」。
　　參見陳滿銘：《意象學廣論》，頁279-307。

「讀寫互動、循環而提升」，以求達到完全合軌，臻於至善的境界。[13]

　　根據於辭章意象論之「讀寫互動原理」，使閱讀範疇能涵攝辭章整體內涵，使學生閱讀知能兼顧微觀性與綜觀性，進而會通「閱讀」與「寫作」兩者互動關係，體現邏輯思維力在思辨／讀寫教學的應用。

## （二）PISA 閱讀素養與閱讀歷程

　　評量重點在：對文本訊息的擷取、發展解釋，省思與評鑑文本內容、形式與特色。其閱讀素養與閱讀歷程架構[14]，如下圖：

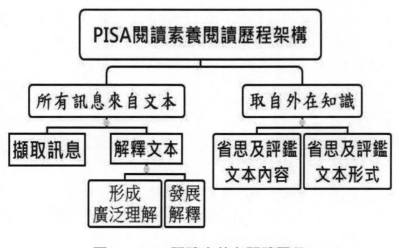

圖二　PISA閱讀素養與閱讀歷程

---

13 關於辭章「雙螺旋結構」及「讀寫互動雙螺旋結構」與動能之說明文字，為陳滿銘教授指導內容，指導日期：2016年5月26日。

14 參考資料來源：臺灣 PISA 國家研究中心，「PISA 閱讀素養應試指南」，http://pisa.nutn.edu.tw/pisa_tw.htm

　　PISA 之閱讀素養與閱讀歷程策略，使教師能透過三層次閱讀理解歷程，掌握文本之內容與形式。

　　本教學設計即結合以上兩教學策略[15]，以期深入文本內涵，達到強化學生思辨技巧，進而拓植學生思辨廣度、深度及提升學生讀寫互動知能的目標。

## 三　教學策略

　　以「思辨教學」為主軸的讀寫互動教學策略，擬從三個部分切入：

### （一）邏輯思辨練習

　　第一部分為「邏輯思辨練習」，以六種思辨技巧／角度，結合已學過的核心古文，引導學生理解並運用邏輯思辨技巧。此教學策略分四階段：

　　第一階段：簡易介紹六種章法思辨邏輯之切入角度與效果：分別是「正反法」（從相反意象切入）、「縱收法」（從相對意象切入）、「敲擊法」（從近似意象切入）、「抑揚法」（從褒貶抑揚評價切入）、「立破法」（從翻案角度切入）、「偏全法」（從適用性與涵蓋性切入）等[16]。

　　此六種技巧，對讀寫思辨力的訓練，可說頗具功效，六種章法思辨邏輯說明如下：

---

15 唯在教學時則避免使用辭章學或章法結構術語，而以淺白、口語化用詞，緊扣住思辨活化之教學主軸與課程內容。

16 介紹「正反法」（從相反意象切入）、「縱收法」（從相對意象切入）、「敲擊法」（從近似意象切入）時，可先將思辨主題設定為「白色」，則「相反」意象設定為「黑色」，「相對」意象可設為「紅色」（或藍、綠等等，其他黑色以外的對比性顏色皆屬之），「近似」意象設為「淺黃色」（或淺粉等等，其他淺色系皆屬之），講義參見「附錄一之（一）」。

## 表一 六種章法思辨邏輯說明表

| 思辨邏輯 | 章法與思辨角度之說明 | 思辨作用／功效 |
|---|---|---|
| 正反法 | 從相反意象切入，與主題相反的面向即是 ——「正」：思辨主題／「反」：相反角度 | 正反法是在「對比」的原理上產生的，對比強調的是「以反面烘托正面」，因為具有極大的差異性，因而有鮮明、醒目、活躍、振奮的強烈感受。而且有「相對立的形態」出現在篇章中，反而能使主體（正）的特點更凸出，而且可以增強主旨的說服力與感染力。[17] |
| 縱收法 | 從相對意象切入，與主題相對之面向，皆納入此類 ——「收」：主旨／「縱」：相對角度（相反面向，則直接以「正反法」切入） | 「縱」（放開）是手段，「收」（收束、拉回）是目的。針對主軸，運用相對材料，在放開和拉回之間，凸出重點，藉由放開、收束的相對交互作用，來推深作品中的旨意。[18] |
| 敲擊法 | 從近似意象切入，與主題類似的面向皆屬之 ——「擊」：正寫思辨主題／「敲」：側寫相似角度 | 「敲」指側寫，「擊」指正寫。主要在用不同事物以表達同類情意時，藉「敲」加以引渡或旁推，進而深化意旨。[19] |
| 抑揚法 | 從褒貶抑揚評價切入 | 「抑」就是貶抑，「揚」就是褒揚。當我們針對一個人物或一件事情，有所貶抑或褒揚時，會引起讀者兩種截然相反的情緒，產生極為強大的效果，並增強文勢。[20] |

---

17 參見仇小屏：《篇章結構類型論（上、下）》（臺北市：萬卷樓圖書公司，2000年），頁453-550。

18 同前註，頁405-437。

19 參見陳滿銘：《章法學論粹》（臺北市：萬卷樓圖書公司，2002年），頁381。

20 仇小屏：《篇章結構類型論（上、下）》，頁459-483。

| 思辨<br>邏輯 | 章法與思辨角度之說明 | 思辨作用／功效 |
|---|---|---|
| 偏全<br>法 | 從適用性與涵蓋性切入──「偏」指局部或特例／「全」指整體或通則 | 「偏」，是指局部或特例，而「全」，是指整體和通則，在創作詩文之際，往往會用「局部」與「整體」、「特例」與「通則」的相應條理來組合情意材料，在兩兩對照之下，更能顯出深長的意味。[21] |
| 立破<br>法 | 從翻案角度切入，就主題的不合理處作翻駁 | 藉由「立」（立案、成見）與「破」（駁難、翻駁）之間針鋒相對，使得所欲探討的主題更加是非分明。「立」通常是積非成是的觀念或習以為常的成見，也就是「心理的惰性」，當它被「破」推翻時，自然會促成讀者理解上的飛躍，效果極為凸出。[22] |

第二階段：以墨子〈公輸〉為例，講解邏輯思辨技巧，此文中巧用「正反法」（相反角度）、「縱收法」（相對角度）、「敲擊法」（近似角度）成功駁難公輸，可使學生快速領略多元思辨之趣[23]。

第三階段：舉「核心古文」為例，使學生更加熟悉以上六種邏輯思辨，分別是[24]：

1. 「正反法」：〈諫逐客書〉、〈勸學〉、〈師說〉、〈始得西山宴遊記〉、〈蘭亭集序〉等。

2. 「縱收法」：〈諫太宗十思疏〉、〈岳陽樓記〉、〈原君〉、〈勸和論〉等。

3. 「敲擊法」：《典論》〈論文〉、〈廉恥〉、〈病梅館記〉、〈與陳伯之書〉等。

---

21 參見陳滿銘：《章法結構原理與教學》，頁379-380。
22 仇小屏：《篇章結構類型論（上、下）》，頁438-458。
23 講義參見「附錄一之（二）」。
24 講義參見「附錄一之（三）」。

4.「抑揚法」:〈馮諼客孟嘗君〉(王安石〈傷仲永〉亦可參考)等。

5.「立破法」:《典論‧論文》。

6.「偏全法」:〈岳陽樓記〉。

　　以學生學過的核心古文,簡易介紹六種邏輯思辨技巧,可讓舊經驗更加活化。

　　第四階段:提出題目,讓學生進行做邏輯思辨練習。

　　高三國文班之思辨題目,如下表:

### 表二　高三國文班之思辨題目說明表

| | 思辨題目 | 上課班級 |
|---|---|---|
| (1) | 青年人對台灣前途應具使命感 | 高三A班,搭配〈勸和論〉 |
| (2) | 台灣最美的風景是○○(○○字數不限,由學生自填) | 高三B班,搭配〈晚遊六橋待月記〉 |
| (3) | 萬物靜觀皆自得 | 高三B班,搭配〈晚遊六橋待月記〉 |
| (4) | 「分類」的最大弊病是○○(○○字數不限,由學生自填) | 高三B班,搭配〈勸和論〉 |
| (5) | 「人心之變」起源於○○(○○字數不限,由學生自填) | 高三B班,搭配〈勸和論〉 |

　　高二文教班之思辨題目,如下表:

### 表三　高二文教班之思辨題目說明表

| | 思辨題目 | 上課班級 |
|---|---|---|
| (1) | 「舍生取義」是人生應有的修養與價值判斷 | 高二文教上學期學分班 |
| (2) | 養心莫善於「寡欲」 | 高二文教下學期學分班 |

在學生針對指定「思辨主題」，練習邏輯思辨技巧，填寫「邏輯思辨練習」學習單[25]，學生作答時，可隨時諮詢老師，與老師討論；學習單完成後，必須經過老師檢視並核可，才能交卷。

## （二）意象辨識與提問

此部分教學策略是以閱讀理解為基礎，以「提問」與「答問」為主要思辨訓練技巧，並透過「書寫」呈現，而非口語表述。

採用文本為高中核心古文，因其章法結構嚴謹，創作邏輯縝密，為極佳的閱讀與寫作之邏輯思辨文本。此教學策略分四階段：

第一階段：由教師講解王安石〈讀孟嘗君〉一文，使學生學習從「意象四要素」切入，以快速精確掌握文旨的閱讀理解技巧[26]。

第二階段：發給學生「核心古文」原文與翻譯（翻譯有助於不熟悉文本的學生），教師先以半節課到一節課時間，講解文本重點，然後使學生精讀並寫下擷取的核心古文的「四意象」[27]。時間要求為一節課（至多兩節課）時間完成，依學生新舊閱讀經驗之差異，又採兩種方式進行：一為預習形式，一為複習形式。

1. 預習

實施對象與篇目：高二學生的〈勸和論〉。

2. 複習

實施對象與篇目：高三生為已學過之所有核心古文篇目，高二生為已學過的〈始得西山宴遊記〉、〈岳陽樓記〉、〈醉翁亭記〉、〈左忠毅公軼事〉。

---

25 學習單參見「附錄一之（四）」。

26 講義參見「附錄二之（一）」。

27 學習單參見「附錄二之（二）」。

第三階段：讓學生從自己所擷取出的意象四要素，從每要素再各提出兩提問，提問角度可從已練習過的六種邏輯思辨技巧切入。時間要求為半節課（至多一節課）時間完成[28]。

第四階段：讓學生從自己的八提問，任選兩題作答，每題字數200-250字[29]。

## （三）寫作結構引導

第三部分在使學生習得核心古文章法結構類型後，將古文寫作之邏輯思辨技巧，轉化運用在自己的寫作能力上，透過新的作文題目，套用習得的結構邏輯，並寫成四百字文章。此教學策略分二階段：

第一階段：針對新的作文題目，套用古文的結構邏輯，寫成作文綱要[30]。

第二階段：讓學生依照自己擬定的作文綱要（簡稱小作文），寫成一篇文長至少 400 字的長篇作文[31]。時間要求為一節課（至多一節半）時間完成。

另外，並在課程最後一天進行總結性測驗，分別為「〈暗房〉新詩之意象辨識與主旨測驗」、「《論語》／《孟子》思辨與讀寫互動綜合測驗」[32]等。

---

28 學習單參見「附錄二之（二）」。

29 學習單參見「附錄二之（三）」。

30 學習單參見「附錄三之（三）第一部份」。

31 學習單參見「附錄三之（三）第二部份」。

32 《論語》／《孟子》各提供五文本設計問，讓學生從中抽選一文本作答。

# 四　課程設計

課程實施對象有兩類班級：第一類為高三國文暑期重修班[33]；第
二類為高二文教暑期重修班[34]。以下分別說明兩類班級之課程設計。

## （一）高三國文暑期重修班

教學進程與重點分三部分：第一部分為「邏輯思辨練習」層面，
於第一天課程進行，以章法思辨技巧，快速引導學生理解並運用思辨
技巧；第二部分著重在「意象辨識與提問」層面，於第二天至第七天
進行，使學生深入核心古文的「意象」，並進行思辨提問；第三部分
進行「核心古文結構練習與四百字寫作」，於第二天至第七天同階段
進行，使學生透過新作文題目，思辨核心古文寫作結構類型，並實際
套用作文結構表及寫成四百字文章；總結性測驗，為「〈暗房〉新詩之
意象辨識與主旨測驗」與「《論語》思辨與讀寫互動綜合測驗」兩項。

茲將教學主軸、進度與教材、學生作業等課程設計，表列說明
如下：

---

33 上課時間為2016年7月15-25日，學期學分為四學分，上課日共八天，每天三節課。
34 上課時間為2016年8月下旬，學期學分為一學分，上課日共兩天，每天三節課（上
　下學期皆須重修者，上課總時數則為六節）。

## 表四　高三國文暑期重修班課程規劃表

| 高三國文暑期重修班課程規劃表<br>（上課日共八天，每天三節課，四學分課程） | | | | | |
|---|---|---|---|---|---|
| 階段 | 「思辨」與「讀寫互動」主軸 | 進度 | 講義／教材 | | 作業 | |
| | | | A班 | B班 | A班 | B班 |
| 第一階段 | 1.邏輯思辨章法通<br>2.文本意象辨識與提問通<br>3.核心古文結構小作文練習 | 第一天 | 1.「邏輯思辨章法通」講義[35]<br>2.「文本意象辨識與提問通」講義[36]<br>3.勸和論<br>4.晚遊六橋待月記 | 1.「邏輯思辨章法通」講義<br>2.「文本意象辨識與提問通」講義<br>3.勸和論<br>4.晚遊六橋待月記<br>5.世說新語選 | 1.「邏輯思辨章法通」學習單[37]<br>2.「文本意象辨識與提問通」學習單[38]<br>3.（抽選一篇）核心古文結構練習學習單 | |
| | 1.文本意象辨識與提問通<br>2.核心古文結構小作文練習與四百字寫作 | 第二天 | 1.燭之武退秦師<br>2.大同與小康<br>3.勸學<br>（抽選一篇） | 1.馮諼客孟嘗君<br>2.漁父<br>3.諫逐客書<br>（抽選一篇） | 1.「文本意象辨識與提問通」學習單實作<br>2.核心古文結構練習<br>3.四百字寫作 | |
| | | 第三天 | 1.鴻門宴<br>2.典論・論文<br>3.出師表<br>（抽選一篇） | 1.蘭亭集序<br>2.桃花源記<br>3.與陳伯之書<br>（抽選一篇） | 1.「文本意象辨識與提問通」學習單實作<br>2.核心古文結構練習<br>3.四百字寫作 | |

---

35 見附錄一。
36 見附錄二之（一）。
37 見附錄一之（四）。
38 見附錄二之（二）。

| | | | | | |
|---|---|---|---|---|---|
| | | 第四天 | 1.諫太宗十思疏<br>2.師說<br>3.虯髯客傳<br>（抽選一篇） | 1.始得西山宴遊記<br>2.岳陽樓記<br>3.醉翁亭記<br>（抽選一篇） | 1.「文本意象辨識與提問通」學習單實作<br>2.核心古文結構練習<br>3.四百字寫作 |
| | | 第五天 | 1.原君<br>2.廉恥<br>3.勞山道士<br>（抽選一篇） | 1.赤壁賦<br>2.《郁離子》<br>3.項脊軒志<br>（抽選一篇） | 1.「文本意象辨識與提問通」學習單實作<br>2.核心古文結構練習<br>3.四百字寫作 |
| | | 第六天 | 1.左忠毅公軼事<br>2.北投硫穴記<br>3.臺灣通史序<br>（抽選一篇） | 1.孫子選・謀攻<br>2.答夫秦嘉書<br>3.上樞密韓太尉書<br>（抽選一篇） | 1.「文本意象辨識與提問通」學習單實作<br>2.核心古文結構練習<br>3.四百字寫作 |
| | | 第七天 | 1.過秦論<br>2.登樓賦<br>3.訓儉示康<br>（抽選一篇） | 1.春夜宴從弟桃花園序<br>2.傷仲永<br>3.指喻<br>4.病梅館記<br>（抽選一篇） | 1.「文本意象辨識與提問通」學習單實作<br>2.核心古文結構練習<br>3.四百字寫作 |
| 第三階段 | 1.《論語》思辨與讀寫互動綜合測驗<br>2.意象測驗與回饋單 | 第八天 | 1.「《論語》思辨與讀寫互動綜合測驗」提問測驗卷[39]（教師準備五則《論語》文本測驗，由學生抽選一則）<br>2.意象測驗與回饋單[40] | | 1.「《論語》思辨與讀寫互動綜合測驗」作答卷[41]<br>2.意象測驗與回饋單[42] |

---

39 見附錄三之（四）1。

40 見附錄三之（六）。

41 見附錄三之（四）2。

42 見附錄三之（六）。

## （二）高二文教暑期重修班

在簡速引導「邏輯思辨練習」技巧後，即進行「核心古文」之「意象辨識與提問」實作，而後以《孟子》教材進行思辨與讀寫互動教學之總結性測驗。

茲將教學主軸、進度與教材、學生作業等課程設計，表列說明如下：

### 表五　高二文教暑期重修班課程規劃表

| 高二文教暑期重修班課程規劃表<br>（上課日共兩天，每天三節課，一學分課程） | | | | | |
|---|---|---|---|---|---|
| 階段 | 「思辨」與「讀寫互動」主軸 | 進度 | 講義／教材 | | 作業 | |
| | | | 上學期班<br>（一學分） | 下學期班<br>（一學分） | 上學期班<br>（一學分） | 下學期班<br>（一學分） |
| 第一階段 | 1.邏輯思辨章法通<br>2.文本意象辨識與提問通 | 第一天 | 1.「邏輯思辨章法通」講義<br>2.「文本意象辨識與提問通」講義<br>3-1.勸和論<br>3-2.始得西山宴遊記 | 1.「邏輯思辨章法通」講義<br>2「文本意象辨識與提問通」講義<br>3-1.勸和論<br>3-2.岳陽樓記<br>3-3.醉翁亭記<br>3-4.左忠毅公軼事 | 1.「邏輯思辨章法通」學習單<br>2.「文本意象辨識與提問通」學習單<br>3.（每位學生從〈勸和論〉或〈始得西山宴遊記〉抽選一篇） | 1.「邏輯思辨章法通」學習單<br>2.「文本意象辨識與提問通」學習單<br>3.（每位學生從〈勸和論〉或〈岳陽樓記〉、〈醉翁亭記〉、〈左忠毅公軼事〉抽選一篇） |

| 第二階段 | 1.《孟子》思辨與讀寫互動綜合測驗 | 第二天 | 1.「《孟子》思辨與讀寫互動綜合測驗」提問測驗卷[43]（教師準備五則《孟子》文本測驗，由學生於第一天課程結束前抽選一則） | 1.「《孟子》思辨與讀寫互動綜合測驗」作答卷[44] |

教學策略實施時，因應兩類班級之課程性質與教學時數有所異同，故在課程教材與實施順序，稍作彈性微調，茲說明如下：

高三國文暑期重修班：第一部分「邏輯思辨練習」教學後，第二部分之「文本意象辨識與提問」，省略「思辨答問」階段，而將實作時間運用在第三部分的「核心古文結構應用與四百字寫作」；總結性測驗則為「《論語》思辨與讀寫互動綜合測驗」與「〈暗房〉新詩之意象辨識與主旨測驗」。

高二文教暑期重修班：第一部分「邏輯思辨練習」教學後，進行第二部分的「文本意象辨識與提問」，因進行「思辨答問」，課程時間有限，故第三部分的「核心古文結構應用與四百字寫作」，則省略「核心古文」教材，逕將「結構應用與四百字寫作」調整至總結性測驗，以合併進行；總結性測驗，則為「《孟子》思辨與讀寫互動綜合測驗」[45]。

# 五　教學實施過程與學生表現

教學課程有三部分：第一部分著重「邏輯思辨練習」，第二部分著重在「文本意象辨識與提問」，第三部分為「寫作結構引導」。教學

---

43　見附錄三之（五）1。

44　見附錄三之（五）2。

45　因高二文教課程為《孟子》及《大學》、《中庸》，而以《孟子》為主要授課內容。

實施過程與學生表現情形如下：

## （一）「邏輯思辨練習」之讀寫互動教學

### 1 實施過程

　　教師先進行「邏輯思辨練習」的解說與舉例，接著指定「思辨主題」，要求學生依據此主題進行練習，學生以書面作答方式將想法填寫在「邏輯思辨章法通」學習單，書寫時可隨時諮詢老師，書寫完成後，須個別繳交給老師，老師除檢視其學習單上所填寫的思辨觀點外，並口頭就其所舉觀點簡單提問，經書面檢查與口頭答問，若有不夠周延處，則請學生拿回學習單繼續修訂補充，每位學生的學習單皆必須經過老師當堂核可，通過後始可繳交。

　　高三與高二兩類班級皆於第一天進行此單元。高三國文共有ＡＢ兩班，高二文教共有「上」、「下」兩班（「上下」之分，指修上下學期課程之別）。

　　高三國文Ａ班搭配〈勸和論〉，針對老師指定主題：「青年人對台灣前途應具使命感」，進行邏輯思辨練習。

　　高三國文Ｂ班搭配〈晚遊六橋待月記〉，針對老師指定主題：「台灣最美的風景是○○（○○字數不限，由學生自填）」及「萬物靜觀皆自得」（二選一），進行邏輯思辨練習。

　　高二文教「上」班針對老師指定主題：「『舍生取義』是人生應有的修養與價值判斷」，進行邏輯思辨練習。

　　高二文教「下」班針對老師指定主題：「養心莫善於『寡欲』」，進行邏輯思辨練習。

　　學生剛開始進行時，對「正反法」思辨切入方向較熟稔，只在闡

述理由時偶有詢問；至於「正反」以外的相對角度（「縱收法」），因為「相對性」的思辨內容本身即較具多元性，所以諮詢老師的學生較多，老師也在答覆個人後，順勢對全班補充講解與分析；至於與問題相近角度（「敲擊法」）與「抑揚法」的思辨，學生多能觸類旁通，所以諮詢較少於前者（相對性的思辨），但兩者作答反應則有不同，相較之下，學生在相近角度的思辨，顯得較「抑揚法」更易回答；學生諮詢多對「抑揚法」的「優劣」與「相反」差異有所疑義，可見「抑揚法」因兼有「優劣與相反」性質，其思辨理路須更細膩；而針對適用時機與狀況（「偏全法」）的思辨舉例與理由陳述，學生諮詢更多，而其作答內容卻相形更簡略更淺，可見其難度更甚前幾項思辨向度。

## 2 學生表現

高三國文共有 A、B 兩班，A 班總人數 29 人，B 班總人 25 人。學習單繳交情況，僅 A 班因有缺席一人而未繳交，A、B 兩班所有出席學生均能通過檢核，完成繳交[46]。

高二文教「上」班總人數 27 人，高二文教「下」班總人數 31 人。學習單繳交情況，僅「下」班因有缺席兩人而未繳交，「上」、「下」兩班所有出席學生均能通過檢核，完成繳交[47]。學生作業完成度統整如下表：

---

46 學生作業繳交統計表，參見附錄四之（一）。
47 學生作業繳交統計表，參見附錄四之（二）。

### 表六　「邏輯思辨練習課程」學生作業完成度統整表

| 邏輯思辨練習：共一堂課 | | | | |
|---|---|---|---|---|
| | 班級／總人數 | 到課狀況 | 人數 | 到課學生作業完成度 |
| 高三 | A班／29人 | 到課 | 28 | 100% |
| | | 缺課 | 1 | ＊ |
| | B班／25人 | 到課 | 25 | 100% |
| | | 缺課 | 0 | ＊ |
| 高二 | 「上」班／27人 | 到課 | 27 | 100% |
| | | 缺課 | 0 | ＊ |
| | 「下」班／31人 | 到課 | 31 | 100% |
| | | 缺課 | 0 | ＊ |

　　因學生作答時可隨時詢問，繳交時再經教師指導，故作答速度雖有快慢不同，但全體學生皆能在課程所規定節數內完成[48]。

　　就實施過程與學生表現來看，可以發現，就思辨角度的舉例、理由陳述、作答速度、學習單完成度來看，學生面對提問進行思辨，皆能學習從四或五種角度切入，尤其「思辨角度的舉例內容」與「理由陳述」更具個別性，可反映出其生活內容與素養。

　　另外，教師提供學生個人諮詢的方式，除了切合「以學生為中心」的教學效果，亦使教師能從學生的提問與回饋中，立即了解學生程度與學習單設計的難易度，進而對全班實施補充講解。

　　就思辨向度的教學訓練而言，學生對「正反法」學習力最強，而後是「正反」以外的相對角度（「縱收法」），其次是與問題相近角度（「敲擊法」）；至於「抑揚法」與針對適用時機與狀況（「偏全法」）的思辨，對學生而言，其難度相對較高。

---

48 學生成果示例參見附錄三之（一）。

所以在教學時，可多運用相反、相對、相近角度的思辨技巧，幫助學生拓展思辨廣度，針對程度較佳的學生，則可多加上「抑揚法」與「偏全法」作練習。

## （二）「文本意象辨識與提問」之讀寫互動教學

### 1 實施過程

高三教學時以三堂課為單位，第一堂先進行「文本意象辨識與提問」講義說明及兩到三篇的核心古文重點複習[49]，因應學生程度差異，古文教材除提供原文外，亦附上全文語譯；第二至三堂課時間，由學生抽選該天所複習的核心古文其中一篇，進行該篇之「意象辨識與提問」作業，使學生深入精讀文句——「意象」，學習區別意象四要素，擷取出符合意象要素的原文文句，每要素至少寫出四點；進而分別從四要素，各提出兩個思辨問題；學生需填寫並完成「核心古文意象辨識與提問通」學習單。學生在實作過程中，皆可隨時諮詢老師。

高二課程時數少，所以所採用核心古文篇數亦少，約兩到四篇[50]，課程以複習高二教材為主，只有鄭用錫〈勸和論〉一文，屬「預習性質」的新教材[51]。不管複習與預習性質，授課方式皆與高三重修班雷同，唯高三學生在自己完成文本的八項提問後，不需再行答問，高二

---

49 因高三生已學過核心古文，所以複習重點在全文創作動機、主旨及重要文句賞析，課程重心在則「文本意象辨識能力」的訓練，故採用學生已學過的文本切入，較易檢視其能力習得的程度。高三國文共有 A、B 兩班，兩班所選古文略有不同，A 班共計二十篇，B 班共計二十二篇，篇目詳見本文「表四：高三國文暑期重修班課程規劃表」。

50 文教「上」班兩篇，文教「下」班四篇。篇目詳見本文「表五：高二文教暑期重修班課程規劃表」。

51 鄭用錫〈勸和論〉為高三上學期的課本範文。

學生則要求其必須再從八個問題中，自選兩題回答，且每題作答字數至少 200 字。

本項課程實施重點在使學生透過擷取文本中的「情／理」與「景／事」等意象要素的文句，以了解文旨與題材之間的關聯；並進一步使學生能透過意象文句，進行思辨提問，深化其對文本的理解。

在課程結束前，則進行總結性測驗，但不提供學生諮詢，用意在了解學生在此項意象辨識課程的學習成效。所採用的檢視項目，分別為高三的「〈暗房〉新詩之意象辨識與主旨測驗」[52]及「《論語》思辨與讀寫互動綜合測驗」[53]、高二的「《孟子》思辨與讀寫互動綜合測驗」[54]。

高三的「〈暗房〉新詩之意象辨識與主旨測驗」教學設計，主要在透過李敏勇〈暗房〉一詩的「情／理」文句的意象辨識，了解學生掌握新詩主旨（「情／理」）的能力，故在作答要求時，分兩階段進行，先要求學生找出偏於「情／理」）的詩句，並直接以圈出或劃底線方式呈現，然後請學生「寫出此詩的主旨」。

「總結性測驗」之教學設計，主要透過《論語》與《孟子》之語錄體短小文本特質，選取適合章節，結合「PISA 之閱讀素養與閱讀歷程策略」，依文本訊息的擷取、發展解釋，省思與評鑑文本內容、形式與特色等閱讀策略，各設計約十項提問，用以測驗學生在「文本內容與形式」閱讀理解能力；最後第十一、十二題，是以該章節之論辨體章法結構，作為寫作大綱結構範例，各設計一新作文題目，使學生在完成寫作大綱後，寫出四百字作文。測驗卷於前一天最後一堂課即發給學生，讓學生回家查考與準備，但題目卷不可寫上任何文字，考試當天，老師再發下作答卷給學生作答，學生作答時間共計三節

---

52 見附錄三之（六）。

53 見附錄三之（四）1。

54 見附錄三之（五）1。

課，且必須經過老師檢核通過，方能完成繳交。測驗題目事先前發給學生的用意，主要在考察學生學習態度，但學生不可將查考答案事先寫在測驗卷上，只能當堂寫下答問與作文的要求，則希望側重於考察學生的讀寫互動能力。

## 2 學生表現

（1）就「核心古文意象辨識與提問通」學習單來看：

高三A、B兩班，每位學生皆須完成六篇核心古文之意象辨識與提問（無需答問）作業。

A班總人數共 29 人，此部分課程全勤者 22 人，20 人六篇學習單均完成者，2 人完成五篇學習單。有 6 人在此部分課程缺課一次，然到課五次，6 人五篇學習單均完成。另有 1 人缺席時數已超過修課基本 9 節時數，故不予成績考評。

B班總人數共 25 人，此部分課程全勤者 18 人，其中 17 人六篇學習單均完成者，1 人完成五篇學習單。有 5 人在此部分課程缺課一次，然到課五次，有 3 人五篇學習單均完成；1 人完成四篇學習單，1 人完成三篇學習單。另有 2 人缺席時數已超過修課基本 9 節時數[55]。學生作業完成度統整如下表：

### 表七　高三「意象辨識與提問課程」學生作業完成度統整表

| 六篇核心古文之意象辨識與提問（無需答問）：共六次課 | | | | | |
|---|---|---|---|---|---|
| 高三 | 班級／總人數 | 到課狀況 | 人數 | 繳交篇數／人數 | 到課學生作業完成度 |
| | A班／29 人 | 到課六次 | 22 | 6／20 | 100% |
| | | | | 5／2 | 83% |

---

55 高三學生作業繳交統計表，參見附錄四之（一）。

| | | 到課五次 | 6 | 5／6 | 100% |
|---|---|---|---|---|---|
| | | 不予評量 | 1 | * | * |
| | | 到課六次 | 18 | 6／17 | 100% |
| | | | | 5／1 | 83% |
| B班／25人 | | 到課五次 | 5 | 5／3 | 100% |
| | | | | 4／1 | 80% |
| | | | | 3／1 | 60% |
| | | 不予評量 | 2 | * | * |

　　高二文教「上」、「下」兩班，每位學生皆須完成一篇核心古文之意象辨識與提問作業。

　　「上」班總人數共 27 人，「下」班總人數共 31 人，兩班所有學生均全勤，且全部通過檢核後，完成繳交[56]。學生作業完成度統整如下表：

### 表八　高二「意象辨識與提問課程」學生作業完成度統整表

| 六篇核心古文之意象辨識與提問（無需答問）：共一次課 | | | | |
|---|---|---|---|---|
| | 班級／總人數 | 缺課人數 | 繳交作業人數 | 到課學生作業完成度 |
| 高二 | 「上」班／27人 | 0 | 27 | 100% |
| | 「下」班／31人 | 0 | 31 | 100% |

　　高三學生在第一篇實作時，因對課程要求與作業較不熟稔，故諮詢教師與作業實作時間較多，但皆能在課程所規定節數內完成；其他五篇實作時間均顯著縮短，且在課程時間結束前完成繳交。

　　高二學生除了針對核心古文之意象 PISA 與思辨提問之外，要完

---

56 高二學生作業繳交統計表，參見附錄四之（二）。

成兩題各 200 字答問，皆能在課程時間結束前完成繳交。

從學生實作表現可見，學生對文本中的文句，能快速區別出四意象；而在進行文本意象提問方面，學生皆能從所擷取的意象文句思索出問題進行提問，有些學生還能在同一提問中寫出兩個問題，發揮文本外的延伸提問。

從學生的八提問，可見其對文本的理解程度與思辨面向與層次；而答問成果更令人欣喜，因為學生是選擇自己的問題來答問，所以大體而言，學生下筆作答速度不拖沓，而其作答內容亦符合文本內涵。故從意象辨識、提問、答問過程，學生能透過對文本的多次閱讀（略讀、精讀），審視文本文意脈絡，而增進對文本的理解。

（2）就「〈暗房〉新詩之意象辨識與主旨測驗」（高三）來看：

A 班此部分課程到課者 28 人，28 人皆完成。

B 班此部分課程到課者 23 人，22 人完成，1 人缺交[57]。學生作業完成度統整如下表：

### 表九　高三「〈暗房〉新詩之意象辨識與主旨測驗」學生作業完成度統整表

| | 班級／總人數 | 到課狀況 | 人數 | 繳交作業人數 | 到課學生作業完成度 |
|---|---|---|---|---|---|
| 高三 | A 班／29 人 | 到課 | 28 | 28 | 100% |
| | | 不予評量 | 1 | * | * |
| | B 班／25 人 | 到課 | 23 | 22 | 100% |
| | | | | 1 缺交 | 0% |
| | | 不予評量 | 2 | * | * |

（表首橫跨：〈暗房〉新詩之意象辨識與主旨測驗）

---

57 高三學生作業繳交統計表，參見附錄四之（一）。

此測驗目的在透過李敏勇〈暗房〉一詩的「情／理」文句的意象辨識，了解學生掌握此詩主旨（「情／理」）的能力，故要求學生直接以圈出或劃底線方式，找出此詩偏於「情／理」）的詩句，並寫出此詩的主旨。

從學生表現可見，學生皆能在圈畫出的「情／理」文句之後，用自己的話，寫出主旨。尤其可喜的是，在符應文旨所向的前提之下，學生的敘述用字，除具有差異性之外，更顯現出詞彙多樣性[58]；可見學生能在消化吸收文意後，進行思辨。故意象要素辨識教學，實為簡易而關鍵的讀寫互動教學技巧。

（3）就「《論語》思辨與讀寫互動綜合測驗」之提問作答單（高三）來看：

A班此部分課程到課者 28 人，28 人皆完成。

B班此部分課程到課者 23 人，21 人完成，2 人缺交[59]。學生作業完成度統整如下表：

### 表十　高三「《論語》思辨與讀寫互動綜合測驗之提問作答單」 學生作業完成度統整表

| 《論語》思辨與讀寫互動綜合測驗之提問作答單 | | | | | |
|---|---|---|---|---|---|
| | 班級／總人數 | 到課狀況 | 人數 | 繳交作業人數 | 到課學生作業完成度 |
| 高三 | A 班／29 人 | 到課 | 28 | 28 | 100% |
| | | 不予評量 | 1 | * | * |
| | B 班／25 人 | 到課 | 23 | 21 | 100% |
| | | | | 2 缺交 | 0% |
| | | 不予評量 | 2 | * | * |

---

58 見附錄三之（六）。
59 高三學生作業繳交統計表，參見附錄四之（一）。

此項測驗內容有十項提問，就學生作答表現來看，雖有繁簡之差異，但因測驗卷於前一天最後一堂課即發給學生，讓學生回家查考與準備，所以大致皆能完成正確答問。[60]可見出學生對此項測驗的重視與讀寫互動能力。

（4）就「《孟子》思辨與讀寫互動綜合測驗」之提問作答單（高二）來看：

高二文教「上」班此部分課程到課者 27 人，27 人皆完成。

高二文教「下」班此部分課程到課者 29 人，29 人皆完成[61]。學生作業完成度統整如下表：

表十一　高二「《孟子》思辨與讀寫互動綜合測驗之文本提問作答單」
學生作業完成度統整表

| 《孟子》思辨與讀寫互動綜合測驗之文本提問作答單 | | | | |
|---|---|---|---|---|
| | 班級／總人數 | 到課狀況 | 人數 | 到課學生作業完成度 |
| 高二 | 「上」班／27人 | 到課 | 27 | 100% |
| | | 缺課 | 0 | * |
| | 「下」班／31人 | 到課 | 29 | 100% |
| | | 缺課 | 2 | * |

此項測驗方式與前項（《論語》測驗）相同，成效亦相近，就學生作答表現來看，亦雖有繁簡之差異，但因測驗卷於前一天最後一堂課即發給學生，讓學生回家查考與準備，所以大致皆能完成正確答問。[62]亦可見出學生對此項測驗的重視與讀寫互動能力。

---

60 學生作答卷示例，見附錄三之（四）2。

61 高二學生作業繳交統計表，參見附錄四之（二）。

62 學生作答卷示例，見附錄三之（五）2。

## （三）「寫作結構引導」之讀寫互動教學

### 1 實施過程

　　教學實施對象主要為高三重修班學生，在複習核心古文重點之後，由學生抽選該天所複習的核心古文其中一篇，先進行該篇之「意象辨識與提問」作業，而後由老師提供並講解該篇「核心古文結構表」，並依據此結構為範例，設計一新作文題目，使學生就新作文題目，完成寫作大綱，並寫出四百字作文。寫作過程，學生可隨時諮詢老師。每位學生共計完成七篇「寫作結構引導」之作文。

### 2 學生表現

　　（1）就「核心古文結構練習暨四百字作文」（高三）來看：

　　高三 A、B 兩班各進行共七項作業。

　　A 班總人數共 29 人，此部分課程全勤者 21 人，18 人七項均完成，2 人完成六項，1 人完成五項。有 7 人在此部分課程缺課一次，然到課六次，六項作業均完成[63]。

　　B 班總人數共 25 人，此部分課程全勤者 18 人，其中 16 人七項均完成者，2 人完成六項。有 5 人在此部分課程缺課一次，然到課六次，有 3 人六項均完成；2 人完成兩項[64]。學生作業完成度統整如下表：

---

63　另有1人缺席時數已超過修課基本9節時數，依成績評量辦法，不予成績考核。

64　另有2人缺席時數已超過修課基本9節時數，依成績評量辦法，不予成績考核。高三學生作業繳交統計表，參見附錄四之（一）。

## 表十二 高三「核心古文結構練習暨四百字作文」
### 學生作業完成度統整表

| 高三核心古文結構練習暨四百字作文：共七次課 | | | | | |
|---|---|---|---|---|---|
| | 班級／總人數 | 到課狀況 | 人數 | 繳交篇數／人數 | 到課學生作業完成度 |
| 高三 | A 班／29 人 | 到課七次 | 21 | 7／18 | 100% |
| | | | | 6／2 | 86% |
| | | 到課六次 | 7 | 6／7 | 100% |
| | | 不予評量 | 1 | * | * |
| | B 班／25 人 | 到課七次 | 18 | 7／16 | 100% |
| | | | | 6／2 | 86% |
| | | 到課六次 | 5 | 6／3 | 100% |
| | | | | 2／2 | 33% |
| | | 不予評量 | 2 | * | * |

　　就學生作答速度來看，除了第一篇「寫作結構引導」之作文完成時間較長之外，之後六篇作答過程，不僅學生諮詢老師的頻率減少，作答時間也更加縮短了。顯然寫作結構大綱實有助於作文脈絡的梳理。

　　（2）就高三「總結性測驗之作文結構綱要書寫與 400 字作文」來看：

　　高三「總結性測驗」為「《論語》思辨與讀寫互動綜合測驗」，此項測驗於第十一、十二題，是以該章節之論辨體章法結構，作為寫作大綱結構範例，設計一新作文題目，要求學生當堂完成寫作大綱，並寫出四百字作文。

　　A 班此部分課程到課者 28 人，28 人皆完成。

　　B 班此部分課程到課者 23 人，21 人完成，2 人缺交。[65]學生作業

---

65 高三學生作業繳交統計表，參見附錄四之（一）。

完成度統整如下表：

### 表十三　高三「總結性測驗之作文結構綱要書寫與400字作文」 學生作業完成度統整表

| 高三總結性測驗之作文結構綱要書寫與 400 字作文 | | | | |
|---|---|---|---|---|
| 高三 | 班級／總人數 | 到課狀況 | 人數 | 繳交作業人數 | 到課學生作業完成度 |

| | 班級／總人數 | 到課狀況 | 人數 | 繳交作業人數 | 到課學生作業完成度 |
|---|---|---|---|---|---|
| 高三 | A 班／29 人 | 到課 | 28 | 28 | 100% |
| | | 不予評量 | 1 | * | * |
| | B 班／25 人 | 到課 | 23 | 21 | 100% |
| | | | | 2 缺交 | 0% |
| | | 不予評量 | 2 | * | * |

　　此測驗要求學生當堂完成新作文命題之寫作大綱，並寫出四百字作文，就學生表現成果來看，學生皆能完成。[66]可見，在時間有限之下，寫作結構大綱實有助於作文脈絡的梳理。

　　（3）就高二「總結性測驗之作文結構綱要書寫與 400 字作文」來看：

　　高二「總結性測驗」為「《孟子》思辨與讀寫互動綜合測驗」，此項測驗於第十一、十二題，是以該章節之論辨體章法結構，作為寫作大綱結構範例，設計一新作文題目，要求學生當堂完成寫作大綱，並寫出四百字作文。

　　高二文教「上」班此部分課程到課者 27 人，27 人皆完成。

　　高二文教（下）班此部分課程到課者 29 人，29 人皆完成。[67]學生作業完成度統整如下表：

---

66 學生作答卷示例，見附錄三之（四）2。

67 高二學生作業繳交統計表，參見附錄四之（二）。

表十四　高二「總結性測驗之作文結構綱要書寫與400字作文」
學生作業完成度統整表

| 高三總結性測驗之作文結構綱要書寫與 400 字作文 | | | | |
|---|---|---|---|---|
| | 班級／總人數 | 到課狀況 | 人數 | 到課生個人作業完成度 |
| 高二 | 「上」班／27 人 | 到課 | 27 | 100% |
| | | 缺課 | 0 | * |
| | （下）班／31 人 | 到課 | 29 | 100% |
| | | 缺課 | 2 | * |

　　此項測驗方式與前項（《論語》測驗）相同，要求學生當堂完成新作文命題之寫作大綱，並寫出四百字作文，就學生表現成果來看，學生亦皆能完成。[68]亦可見出寫作結構大綱對作文脈絡梳理的助益。

# 六　分析檢討與建構教學模組

## （一）分析檢討

## 1 就「學生作業繳交情形」與「學生作業完成狀況」兩向度，檢視三教學策略的「難易度」與「可行性」

### （1）「邏輯思辨練習」之讀寫互動教學策略

　　此部分主要以六種思辨技巧／角度，結合已學過的核心古文，引導學生理解並運用邏輯思辨技巧。六種章法思辨邏輯之切入角度：分別是「正反法」（從相反意象切入）、「縱收法」（從相對意象切入）、

---

68 學生作答卷示例，見附錄三之（五）2。

「敲擊法」（從近似意象切入）、「抑揚法」（從褒貶抑揚評價切入）、「立破法」（從翻案角度切入）、「偏全法」（從適用性與涵蓋性切入）等。

就全體繳交成果來看，高二與高三之所有到課生皆能完成，完成率百分之百。可見此項課程，對高二或高三而言，均是其能力可及的。

而就思辨角度的舉例、理由陳述、作答速度、學習單完成度來看，學生面對提問進行思辨，皆能學習從四或五種角度切入，尤其「思辨角度的舉例內容」與「理由陳述」更具個別性，可反映出其生活內容與素養。

就六種思辨技巧的學習難易度來看，學生對「正反法」學習力最強，而後是「正反」以外的相對角度（「縱收法」），其次是與問題相近角度（「敲擊法」）；至於「抑揚法」與針對適用時機與狀況（「偏全法」）的思辨，對學生而言，其難度相對較高。

所以在教學設計時，可以先以相反、相對、相近三種思辨角度的技巧切入，幫助學生拓展思辨廣度；針對程度較佳的學生，則可再多加上「抑揚法」與「偏全法」作練習。

## （2）「文本意象辨識與提問」之讀寫互動教學策略

本項課程實施重點在使學生透過擷取文本中的「情／理」與「景／事」等意象要素的文句，以了解文旨與題材之間的關聯；並進一步使學生能透過意象文句，進行思辨提問，透過提問，更加深化文本理解。

檢視項目有「核心古本意象 PISA 思辨通」學習單（高二、高三）、「〈暗房〉新詩之意象 PISA 與主旨測驗」（高三）及「總結性測

驗」[69]（高二、高三）之文本提問作答單。

就到課生作業完成度來看，高三 A、B 兩班總到課生共 52 人[70]，無法全部完成「所有規定作業」的人次皆在 3 人以下，高二「上」、「下」兩班總到課生共 58 人，無法全部完成「所有規定作業」的人次，更在 2 人以下。可見此項課程，對高二或高三而言，均是其能力可及的。

辨識文本「情」、「理」、「景（物）」、「（人）事」四意象要素的技巧，進行第一篇實作時，學生因對意象辨識的知能與作業要求較不熟稔，故諮詢教師與作業實作時間較多，但皆能在課程所規定節數內完成，可見辨識文本四意象，對學生而言並不難。

尤其高三生在進行過一次實作後，學生接下來面對其他文本進行意象辨識時，精確度與速度皆有進步。另外，李敏勇〈暗房〉一詩的「情／理」文句的意象辨識與主旨測驗，從學生成果可見，學生在以圈劃底出此詩偏於「情／理」）的詩句之後，能用自己的話，寫出主旨。故意象要素辨識教學，實有助學生閱讀文旨的技巧。

從學生實作表現可見，學生對文本中的文句，能快速區別出四意象；而在進行文本意象提問方面，學生皆能從所擷取的意象文句思索出問題進行提問，有些學生還能在同一提問中寫出兩個問題，發揮文本外的延伸提問。

高二學生除了針對核心古文之意象 PISA 與思辨提問之外，則進一步需完成兩題各 200 字答問，但學生皆能在課程時間結束前完成繳交。

---

[69] 「總結性測驗」，高三指「《論語》PISA、思辨與讀寫互動綜合測驗」，高二指「《孟子》PISA、思辨與讀寫互動綜合測驗」，參見附錄（四）、附錄（五）。

[70] 扣除缺席時數已超過修課基本9節時數，依成績評量辦法，不予成績考核得人數，A班總到課生共28人，B班到課生共24人。

從學生的八提問，可見其對文本的理解程度與思辨面向與層次；而答問寫作訓練，因為學生是選擇自己的問題來答問，所以大體而言，學生下筆作答速度快，且作答內容亦符合文本內涵。

故透過意象辨識、提問、答問過程，學生能對文本進行多次閱讀（略讀、精讀），審視文本文意脈絡，而增進對文本的理解。

### （3）「寫作結構引導」之讀寫互動教學策略

就到課生作業完成度來看，高三生在「核心古文結構練習暨四百字作文」一項，無法全部完成到課所有作業的人次有 6 人，然而在「總結性測驗」之作文結構綱要書寫與 400 字作文之評量，只有 2 人缺交，可見此項課程，對高三生而言，是可完成的。而高二「上」、「下」兩班學生在「總結性測驗」之作文結構綱要書寫與 400 字作文之評量，除了「下」班有 2 人因缺課因素而未有評量成績之外，其餘所有到課生則皆能完成，完成率百分之百，可見此項課程，對高二生而言，是可行的。

此項教學，主要期望透過結構仿擬，使學生習得寫作結構大綱的能力。

就學生表現成果來看，學生面對新作文命題，在套用寫作結構，完成寫作大綱後，接著進一步寫成長篇作文即不成問題，可見運用章法結構技巧，有助於寫作大綱與長篇作文的文意脈絡梳理。

### 2 就教學技巧與方法來看

（1）提供學生在作答時可隨時諮詢教師的方式，有助於教師對學生程度的掌握，也能提高學生學習動機與效果，切合「以學生為中心」的教學理念，亦使教師能從學生的提問與回饋中，立即了解學生程度與學習單設計的難易度，進而對全班實施補充講解。

（2）學生繳交作業時，再經教師親自檢視作業內容，並給予指導與修改機會，亦有助學生教學成效的提升。

其次，掌控課程進行時間，並要求學生於時間內完成作業，則學生在適當的作業時間壓力之下，也有助學習效率的提升。

（3）「總結性測驗」之教學設計，測驗題目卷於前一天最後一堂課即發給學生，讓學生回家查考與準備，但要求題目卷不可寫上任何文字，考試當天，老師再發下作答卷給學生作答。測驗題目事先前發給學生的用意，主要在考察學生學習態度，而要求學生於當堂寫下答問與作文的設計，則希望側重於考察學生的讀寫互動能力。就此次教學結果來看，各個學生在作答內容上繁簡有別，亦足以作為一窺其事前準備態度之參考向度。教師可視課程需要，彈性運用之。

## 3 就三部分的思辨教學成果之總體效果來看

此次教學設計運用「逆向課程設計」[71]概念，以思辨能力作為讀寫教學設計的目標，並運用文本的思辨提問與答問，使學生透過「問題解決」（Problem-solving）和「問題探究」（inquiry-based）進行思辨，亦符合以學生為中心的教學核心概念[72]。

PISA 閱讀素養與歷程的效果與目標，誠如《認識 PISA 與培養我們的素養》一書所言：

> 學校在推動閱讀教育時，應該更重視學生的閱讀品質，而不只是閱讀的量。雖然提升學生的閱讀量對於學生的閱讀寫能力、

---

71 課程「逆向設計」三階段，階段一是確認期望的學習成果，階段二是決定可接受的學習結果，階段三是設計學習經驗及教學設計。參見 Grant Wiggins, Jay McTighe 合著，賴麗珍譯：《重理解的課程設計》（臺北市：心理出版社，2014年），頁1-26。

72 參見潘奕睿、吳明隆著：《翻轉教室的理論與實務》（臺北市：五南圖書出版公司，2016年），頁31。

行為和動機可能會有幫助，但我們更應該要著重的是：學生如
何閱讀文本、是否確實理解文本，具備文學作品的賞析能力，
以及學生是否能應用文本中提供的訊息，且具反思能力，將之
運用於生活中。[73]

故此教學設計，希望學生在分析辭章意象要素時，除了能結合
PISA 閱讀素養與歷程，並能進行思辨與提問，「當讀者自己對即將閱
讀的文本進行提問時，較容易對於作品產生興趣，而成為一個與作品
有關聯的讀者，因此，引導學生在作品賞析過程中成為主動的讀者，
是閱讀教學的要點。」[74]期使在有限閱讀文本中，能提升閱讀品質與
思辨力。

從作業繳交情形與「作業完成度」，檢視此項教學設計的「難易
度」、「可行性」，可見學生能運用已具備的思辨與理解知能進行作
業，而「理解和學習遷移有關。真正的理解力需要具備將所學遷移至
新的，有時令人困惑的情境。將知識和技能有效遷移的能力，涉及在
不同的情況或問題下，自行有創意地、彈性地、流暢地擷取所知及利
用所知的能力。」[75]又「獲得理解的證據意指，設計學習評量來引發
學習遷移：發現學生是否能回想學習結果，然後明智地、有彈性地、
有創意地使用之。」[76]可見學生已具學習遷移能力。

---

73 參見李源順等著：《認識 PISA 與培養我們的素養》（臺北市：五南圖書出版公司，
   2014年），頁75。
74 同前註，頁77。
75 參見 Grant Wiggins, Jay McTighe 合著，賴麗珍譯：《重理解的課程設計》，頁33-34。
76 轉引自 Bransford, Brown, & Cocking, 2000, pp.51ff。參見 Grant Wiggins，Jay
   McTighe 合著；賴麗珍譯：《重理解的課程設計》，頁44。

## （二）思辨教學模組之建構

　　就教學成果與分析可知，此項思辨教學是可行的，故結合以上教學理論與教學策略，擬建構以六節課為教學單位的思辨教學模組，實施說明如下表：

表十五　思辨教學模組說明表

| 思辨教學模組 | | |
|---|---|---|
| 適用文本 | 新詩、小說、散文、戲劇等皆適用 | |
| 教學目標 | （一）能理解與應用六種「邏輯思辨練習」<br>（二）閱讀並理解文本後，辨識文本意象與提問／答問<br>（三）能理解與思辨文本之寫作結構，並應用於新命題之四百字寫作 | |
| 教學時數 | 6 節 | |
| 教學設計<br>（三策略可各自獨立進行，課程節數及文本教材，可由教師視該學期國文授課內容與重點，彈性調整之） | 教學策略 | 教學重點 |
| | （一）邏輯思辨練習：<br>第 1～2 節 | 1. 教師解說六種「邏輯思辨技巧」，並舉例解說。<br>　（1）以「相反」、「相對」、「近似」思辨技巧為主，教學時，可將思辨主題設定為「白色」，則其「相反」意象為「黑色」，其「相對」意象如「紅色」，其「近似」意象如「淺黃色」，有助於學生理解。<br>　（2）以「抑揚法」、「立破法」、「偏全法」思辨技巧為輔（此三項思辨技巧之難度，較前三項高，可讓學生程度彈性運用）。<br>　（3）範文引導：結合學生已學習過的高中核心古文或分析《墨子・公輸》思辨技巧，加深學生印象。[77] |

---

77 參見附錄一。

| | | 2.學生針對「思辨主題」進行思辨技巧演練。 |
| | | ＊搭配學習單：「邏輯思辨章法通」講義與學習單。[78] |
| | （二）意象辨識與提問（答問）：第3～4節 | 1.教師解說辭章與「意象」的關聯及「PISA 閱讀理解策略」。 |
| | | （1）「意」為主旨：情、理（擷取並辨別出「情語」、「理語」）。 |
| | | （2）「象」為材料：人事、景物（擷取並辨別出描述「人事」、「景物」文句）。 |
| | | （3）範文引導：結合學生已學習過的高中核心古文或舉王安石〈讀孟嘗君〉一文作意象辨識示例與結構分析，加深學生印象。[79] |
| | | 2.預習或複習指定文本，進行「意象四要素辨識」讀寫作業。 |
| | | 3.從辨識後之四意象要素中，每要素各提出兩問題，共八題。 |
| | | （1）提問面向一：從解釋與理解文本「內容」與「形式」切入。 |
| | |   a.「文本內容」：詞彙、修辭、意象（狹義）之意涵。 |
| | |   b.「文本形式」：文法、章法（結構布局）之意涵。 |
| | |   c.「文本綜合（內容與形式）」：主題、文體、風格之意涵。 |
| | | （2）提問面向二：：省思與評鑑──結合其他知識與文本進行互文性的思考。 |
| | |   a.相關文本比較類。 |
| | |   b.自身經驗思考類。 |

---

78 參見附錄一。

79 參見附錄二。

| | | c. 生活連結應用類。<br>4. 針對八題問題，自選兩題回答，每題答問字數至少 200 字。<br>＊搭配學習單：「文本意象辨識與提問通」講義與學習單。[80] |
|---|---|---|
| （三）寫作結<br>構引導：<br>第 5～6 節 | | 1. 分析指定文本之寫作結構。<br>2. 結構仿擬與新題寫作：教師設計適合文本結構（或文體）仿擬之新作文題目，學生依據新題目仿擬文本結構，寫下文章綱要，再依據結構綱要，完成一篇至少 400 字的文章。<br>＊搭配學習單：「核心古文寫作結構引導」學習單。[81] |

# 七 省思與展望

經此次「邏輯思辨練習／意象辨識與提問／寫作結構引導」之三種教學策略與課程，可知透過「章法」的層次邏輯性質，結合「PISA閱讀理解歷程與策略」與根據辭章意象論之「讀寫互動原理」之教學策略，對學生的思辨與讀寫知能來說，具有以下效果：

（一）就思辨層面來看，以章法邏輯技巧切入，簡明快速且具條理，適用層面廣及文本與非文本：透過「正反法」（從相反意象切入）、「縱收法」（從相對意象切入）、「敲擊法」（從近似意象切入）、「抑揚法」（從褒貶抑揚評價切入）、「立破法」（從翻案角度切入）等章法技巧的練習，可有效擴展思辨廣度與深度，不僅適用於一般性思辨議題，更適合文本意象的多元思辨，使閱讀理解更精確與周延。目

---

80 參見附錄二。
81 參考附錄四之3「核心古文寫作結構引導與四百字作文實作」示例。

前國文教學在語文表達能力的評量，十分重視「文意解讀／闡釋」與「文章分析」等題型，學生若能精確掌握文本思辨與分析技巧，將更能游刃有餘地面對各種文本，由讀到寫，進而有助於提升寫作能力。

（二）就閱讀層面來看，文本的意象辨識與提問技巧，有助於梳理文本的主從內涵，且能更精準而有效掌握主旨意涵：此次課程以核心古文意象辨識教材，透過「意象文句的辨識」，結合提問策略，可有效文本意象材料的關聯性與主從性，使學生透過逐項而有層次的閱讀理解分析，使閱讀理解的範疇明確，有助於主旨的釐清與掌握。

（三）就寫作層面來看，章法結構能幫助學生擬定寫作大綱，快速而有系統的梳理出寫作脈絡：此次主要藉由核心古文的章法結構，並透過設計新的作文題目，進行「文章結構練習與四百字寫作」，在明確的章法結構引導下，除第一天僅要求學生寫出章法結構簡表（即作業統計表的「小作文」）外，第二至八天，學生每天皆能寫出一篇結構簡表及文題相符的長文，亦可見出章法結構訓練，乃是有效的寫作教學法！

（四）「個人化」思辨能力訓練是有效可行的教學方式，有助於活化課程設計形式，並使國文教學在有限教學時數中發揮更多元效能：由此次教學實踐，我們發現，此次教學能讓學生快速而有系統地掌握文本內涵，並在有限教學時間內，展現出極高學習效能，對不方便進行合作教學（團體討論等）形式的師生來說，提供了另一方向的教學設計參考！尤其，由作業統計表可見，此次作業對個別學生來說，不在「會不會」或「能不能」做，而是「要不要」做！只要做，個人皆可獨力完成作業，足見出此教學的適用性。

（五）三種思辨教學策略可獨立實施，複習與預習階適用：此次課程以思辨教學為主軸，三種策略在讀寫互動知能的訓練，各有偏重，可獨立或搭配實施。另外，配合學生暑假重補修課程性質，高三

生以學過的核心古文進行「複習式教材」的教學設計，而高二生則
「複習式」與「預習式」教材兼而有之。由成果可知，不論是複習或
預習，學生在文本意象辨識與提問方面，均能有效進行，所以，若在
一般學期中進行時，教師可彈性配合課程，適時運用三教學策略，使
複習教學或預習指導課程，更具多元性與思辨性。

## 八　結語

在國文思辨教學課程設計，教師若能彈性運用「邏輯思辨練
習」、「文本意象辨識與提問」、「寫作結構引導」三項教學策略，相信
將能執簡馭繁地面對各種文本兼及非文本等讀寫課題，達到深化與活
化學生的思辨與讀寫知能的目標！

# 參考文獻

仇小屏　《篇章結構類型論（上、下）》　臺北市　萬卷樓圖書公司　2000 年 2 月初版

仇小屏　《寫作能力簡介‧「限制式寫作」之理論與應用》　臺北市　萬卷樓圖書公司　2005 年 10 月初版

陳滿銘　《章法學論粹》　臺北市　萬卷樓圖書公司　2002 年

陳滿銘　《意象學廣論》　臺北市　萬卷樓圖書公司　2006 年

陳滿銘　《章法結構原理與教學》　臺北市　萬卷樓圖書公司　2007 年 4 月初版

陳滿銘　《新編作文教學指導》　臺北市　萬卷樓圖書公司　2009 年 2 月初版二刷

周巽志　《高中核心古文──章法一眼通》　臺北市　三民書局　2013 年

潘奕睿、吳明隆　《翻轉教室的理論與實務》　臺北市　五南圖書出版公司　2016 年

李源順、吳正新、林吟霞、李哲迪著　《認識 PISA 與培養我們的素養》　臺北市　五南圖書出版公司　2014 年

Grant Wiggins、Jay McTighe 合著　賴麗珍譯　《重理解的課程設計》　臺北市　心理出版社　2014 年 1 月初版四刷

John L. Brown 著　賴麗珍譯　《善用重理解的課程設計法》　臺北市　心理出版社　2008 年 9 月初版

# 附錄一 「邏輯思辨練習」講義與學習單

## （一）「邏輯思辨章法通」講義之一

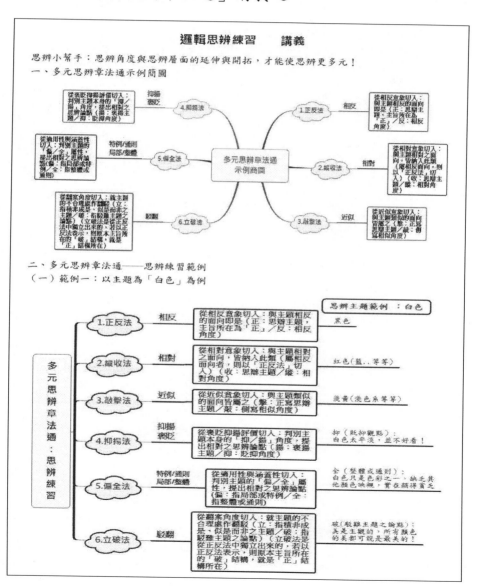

# （二）「邏輯思辨章法通」講義之二

2、墨子說服公輸停止攻宋的「多元思辨」之論辯技巧：

以「**北方有侮臣，願藉子殺之……，不可謂知類。**」一段，示例說明如下：

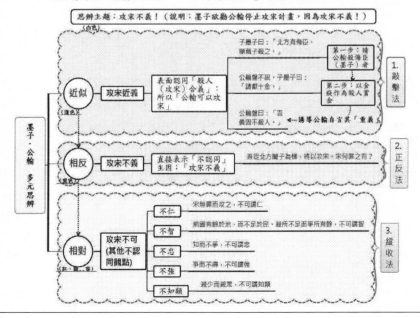

## （三）邏輯思辨技巧示例——六種章法思辨邏輯與核心古文示例

| 思辨邏輯 | 章法與思辨角度之說明 | 核心古文示例簡述 |
|---|---|---|
| 正反法 | 從相反意象切入，與主題相反的面向即是——「正」：思辨主題／「反」：相反角度 | 〈諫逐客書〉——「正」：儆以逐客之害；「反」：勸秦王用客之利。<br>〈勸學〉——「正」：以正面之例勸學；「反」：以反面之例儆不學。<br>〈師說〉——「正」：從師的重要，為傳道受業解惑者；「反」：不從師不能聞道攻業解惑。<br>〈始得西山宴遊記〉——「正」：（今）始得西山；「反」：（昔）未知西山。<br>〈蘭亭集序〉——「正」：人事自得之樂；「反」：情隨事遷、脩短隨化之悲／「正」：生命有盡；「反」：文章無窮。<br>〈原君〉——「正」：（昔）君為客，民為主；「反」：（今）君為主，民為客。 |
| 縱收法 | 從相對意象切入，與主題相對之面向，皆納入此類——「收」：主旨／「縱」：相對角度（相反面向，則直接以「正反法」切入） | 〈諫太宗十思疏〉——「縱（其他相對角度）」：積德義，得民心，則國安；「收（主旨）」：勸太宗十思與任賢從善。<br>〈岳陽樓記〉——「縱」：岳陽樓之景與觀景之情；「收（主旨）」：「先天下之憂而憂，後天下之樂而樂」之志。<br>〈原君〉——「縱」：君主制度的起源與發展，昔「公天下」，今「私天下」；「收（主旨）」：私心之君，民心背離。<br>〈勸和論〉——「縱」：闡明「分／合」之義；「收（主旨）」：駁新、艋分類之謬，以勸和（合）。 |

| 思辨邏輯 | 章法與思辨角度之說明 | 核心古文示例簡述 |
|---|---|---|
| 敲擊法 | 從近似意象切入，與主題類似的面向皆屬之——「擊」：正寫思辨主題／「敲」：側寫相似角度 | 《典論・論文》——「敲（側寫）」：文人相輕是偏見，輕人者亦有所短；「擊（正寫）」：因七子相輕故作此文。<br>〈廉恥〉——「敲（側寫）」：知恥的重要性，士大夫之無恥是謂國恥；「擊（正寫）」：批評無恥士大夫。<br>〈病梅館記〉——「敲（側寫）」：「天然」病梅之審美觀；「擊（正寫）」：因「人為」病梅之禍，言己欲回復梅天然美之療梅之志。<br>〈與陳伯之書〉——「敲（側寫）」：辨以是非，今投魏失策；「擊（正寫）」：以情理勸降。 |
| 抑揚法 | 從褒貶抑揚評價切入 | 〈馮諼客孟嘗君〉——「抑（貶抑）」：馮諼無能，寄食門下，三彈鋏貪求無厭；「揚（褒揚）」：馮諼有能，巧營三窟，使孟嘗君為相無禍。 |
| 偏全法 | 從適用性與涵蓋性切入——「偏」指局部或特例／「全」指整體或通則 | 〈岳陽樓記〉——「全（整體而論）」：岳陽樓之全景概述；「偏（特寫局部）」：岳陽樓之情景與雨景。<br>《典論・論文》——「全（整體而論）」：文章與文人的關係，文章是不朽盛事，古人重著作，今人多不強力；「偏（特定文人）」：建安七子唯徐幹著〈論〉，成一家言。 |
| 立破法 | 從翻案角度切入，就主題的不合理處作翻駁 | 《典論・論文》——「立（積非成是、似是而非之主題）」：文人相輕自古而然；「破（駁難主題之論點）」：相輕乃因不見己之所短。 |

## （四）邏輯思辨章法通學習單

### 邏輯思辨練習　　學習單

一：邏輯思辨題

＿＿年＿＿班 座號＿＿ 姓名＿＿＿＿＿＿

| 思辨主題／總論點 | | | |
|---|---|---|---|
| | | | （務必填寫） |
| 闡述理由（至少兩點） | | | |
| | | | （務必填寫） |

| 章法 | 邏輯思辨角度與說明 | 請寫出思辨論點 | 請闡述思辨論點之理由（兩點以上愈佳） |
|---|---|---|---|
| 1.正反法 | 從相反意象切入：與主題相反的面向即是（正：思辨主題／反：相反角度）（務必填寫） | 反（與主題相反之論點）： | ① |
| 2.縱收法 | 從相對意象切入：與主題相對之面向，皆納入此類（相反面向，則直接以「正反法」切入）（正：思辨主題／縱：相對角度）（務必填寫） | 縱（與主題相對之論點）： | ① |
| 3.敲擊法 | 從近似意象切入：與主題類似的面向皆屬之（擊：正寫思辨主題／敲：側寫相似角度）（務必填寫） | 敲（與主題近似之論點）： | ① |
| 4.抑揚法 | 從褒貶抑揚評價切入：針對主題本身，進行褒貶評價比較（揚：褒揚主題／抑：貶抑角度）（判別主題的「抑／揚」角度，提出相對之思辨論點）（適用於某些特定主題／意象） | (1)圈出主題抑揚觀點：抑（貶抑觀點）／揚（褒揚觀點）(2)圈出相對主題屬性：抑（貶抑觀點）／揚（褒揚觀點）(3)寫出相對主題論點： | 闡述相對主題之論點：① |
| 5.偏全法 | 從適用性與涵蓋性切入：思辨主題的「偏／全」屬性（偏指局部或特例，全指整體或通則）（針對與主題相對的「偏／全」屬性，提出思辨論點）（適用於某些特定主題／意象） | (1)圈出主題屬性：偏（局部或特例）／全（整體或通則）(2)圈出相對主題屬性：偏（局部或特例）／全（整體或通則）(3)寫出相對主題論點： | 闡述相對主題之論點：① |
| 6.立破法 | 從翻案角度切入：就主題的不合理處作翻駁（正指積非成是、似是而非之主題，破指駁難主題之論點）（適用於某些特定主題／意象） | 破（駁翻主題之論點）： | ① |

二：思辨延伸題：請橫式工整書寫在背面（1.要抄題目　2.思辨回答要工整）

# 附錄二 「文本意象辨識與提問」講義與學習單

## (一)「文本意象辨識與提問通」講義

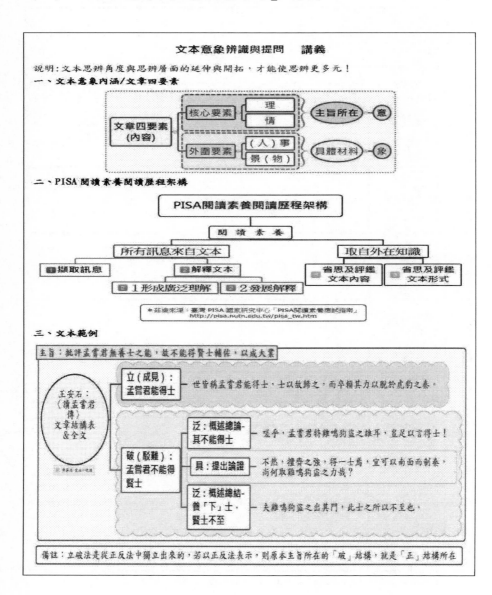

## （二）「文本意象辨識與提問通」學習單之一

### 文本意象辨識與提問　學習單

_____年___班 座號___姓名_____

| 文本篇名 | | （務必填寫） |
|---|---|---|
| **第一部分「文本意象辨識」：請找出本文中<u>最重要意象</u>之關鍵詞或關鍵句** | | |
| 1.**理**（想法、思考、觀念、啟發等） | ① | |
| | ② | |
| | ③ | |
| | ④ | |
| | ⑤ | |
| **（務必填寫）** | ⑥ | |
| 2.**情**（情緒、感覺、感受、情感字眼等） | ① | |
| | ② | |
| | ③ | |
| | ④ | |
| | ⑤ | |
| **（務必填寫）** | ⑥ | |
| 3.**人事活動**（人物故事、事件等） | ① | |
| | ② | |
| | ③ | |
| | ④ | |
| | ⑤ | |
| **（務必填寫）** | ⑥ | |
| 4.**景／物**（時空場景、自然、人文景物描寫等） | ① | |
| | ② | |
| | ③ | |
| | ④ | |
| | ⑤ | |
| **（務必填寫）** | ⑥ | |
| **第二部分「思辨提問」：請參考以上意象要素，針對四要素，各提出兩個思辨問題，以擴展此文本的思考角度與層面。提問建議：可從相反（正反法）／相對（嫩收法）／相似（敲擊法）面向切入。** | | |
| 1.**理的部分** 提問 | ①(A1) | |
| | ②(A2) | |
| 2.**情的部分** 提問 | ①(B1) | |
| | ②(B2) | |
| 3.**人事活動** 提問 | ①(C1) | |
| | ②(C2) | |
| 4.**景／物** 提問 | ①(D1) | |
| | ②(D2) | |

## (三)「文本意象辨識與提問通」學習單之二

第三部分「思辨闡釋」：請從A1～D2八個提問中，自選兩題作答（分析／闡釋）。每題之作答字數，至少200字以上，請務必先抄寫題目代號與完整題目，再進行作答！（請<u>直式工整書寫</u>）

【第一題】代號：____　題目：____

（務必填寫完整題目）

答→

（申文20卷）

【第二題】代號：____　題目：____

（務必填寫完整題目）

答→

（申文20卷）

# 附錄三　學生實作舉隅

　　就此次教學設計的學生學習內容與成效的呈現，分為兩方面：第一方面為各階段學生作業舉隅，第二方面為學生作業繳交統計表。

　　在第一方面之各階段學生作業舉隅，共分六部分，說明如下：

　　第一部分——「邏輯思辨練習」實作學習單舉隅，舉五項思辨主題之學習單各一例，

　　主題分別為：（1）青年人對台灣前途應具使命感，（2）台灣最美的風景是○○，（3）萬物靜觀皆自得，（4）「舍生取義」是人生應有的修養與價值判斷，（5）養心莫善於「寡欲」。

　　第二部分——「文本意象辨識與提問」實作學習單舉隅，舉〈左忠毅公軼事〉學生作業為例。

　　第三部分——「核心古文寫作結構引導」與四百字作文實作舉隅，舉〈馮諼客孟嘗君〉之學生作為例。

　　第四部分——「《論語》思辨與讀寫互動綜合測驗」提問測驗與作答實作舉隅，則呈現一完整測驗卷為例，並舉一位高三生之作答單示例。

　　第五部分——「《孟子》思辨與讀寫互動綜合測驗」提問測驗與作答實作舉隅，則呈現一完整測驗卷為例，並舉一位高二生之作答單示例。

　　第六部分——「高三意象測驗與回饋單」學生學習單舉隅，與「〈暗房〉意象辨識與主旨測驗」之學生成果部分彙整舉隅。

## （一）「邏輯思辨練習」學習單舉隅

### 1 思辨主題:「青年人對台灣前途應具使命感」

上課時間：高三 A 班第一天課程思辨練習舉隅

邏輯思辨練習　　學習單

一：邏輯思辨題　　　３年４班座號　姓名 陳○○

| 思辨主題／總論點 | 青年人對台灣前途應具使命感 （務必填寫） | |
| --- | --- | --- |
| 思辨角度 | 多元思辨小論點 | 闡述理由（兩點以上愈佳） |
| 1. 正反法（從相反意象切入：與主題（意象）相反的面向即是）（務必填寫） | 反（與主題相反論點）：使命感並不是每個人都需要的 | 反：①多數的青年人都不具使命感，但還是能過得好好的　②有了使命感也不一定做的了什麼，起立些交給有能力的人去做 |
| | 正（主題/主旨）：但對前途的使命感是必須存在的 | 正：①如果大家都沒有使命感那台灣就不會怎麼好了　②國家前途的好壞，就和於人民息息相關 |
| 2. 縱收法（從對意象切入：與主題（意象）相反之面向，嘗試以出較，相似者，以「正反法」切入）（務必填寫） | 縱（與主題相對論點）：費自己的前途絕對比台灣的前途更為重要 | 縱：①自己的前途都顧不好的話，要如何去搞一國家好　②國家是由人民組成的，人民的前途是好的，國家的也就會是好的 |
| | 收（主題/主旨）：要優先考量大局，不應該只考量自己的前途 | 收：①自己的前途固然重要，但國家還是必須要優先考量　② |
| 3. 敲擊法（從相似意象切入：與主題（意象）類似的面向皆屬之）（務必填寫） | 敲（與主題同類相似論點）：對台灣的政治也須要有使命感 | 敲：①一個國家的好壞與他的政治是不可分的 |
| | 擊（主題/主旨）：但還是要以前途為優先 | 擊：①前途是必須放在優先考量的位置　②政治只是輔佐他的工具 |
| 4. 抑揚法（從美惡評價切入：針對同一主題（意象）之優劣，進行褒貶評價比較）（務必填寫） | 抑（貶抑否定主題）：就算具有使命感，但能影響的力量依然有限 | 抑：①有了使命感也不一定就能幫助到國家的前途 |
| | 揚（褒揚肯定主題/主旨）：但每個人的使命感都是不可缺少的 | 揚：①每個人都付出一點心力的話，一定能讓國家往好的方向發展　② |
| ※5. 立破法（※指積非成是、似是而非之主題（意象），◎指駁斥主題（意象）僅適用於某些特定主題（意象）） | 立（積非成是或成見之類的主題）： | 立：①　② |
| | 破（駁難主題/主旨所在）： | 破：①　② |

二：思辨延伸題：請橫式工整書寫在背面（1. 要抄題目　2. 思辨回答要工整）

## 2 思辨主題：「台灣最美的風景是○○」（○○字數不限，由學生自填）

上課時間：高三 B 班第一天課程思辨練習舉隅（每人抽選一題做練習）

邏輯思辨練習　學習單

一：邏輯思辨題　　　　　2 年 5 班 座號　姓名 陳○○

| 思辨主題／總論點 | 台灣最美的風景是人 （務必填寫） | |
|---|---|---|
| 思辨角度 | 多元思辨小論點 | 闡述理由（兩點以上愈佳） |
| 1. 正反法（從相反意象切入：與主題（意象）相反的面向即是）（務必填寫） | 反（與主題相反論點）：台灣最美的風景不是人 | 反：① 有許多人會偷拐搶騙、殺人放火 ② 有人會惡意攻擊他人 |
| | 正（主題/主旨）：但台灣的美大於不美 | 正：① 還是有許多人熱心助人 ② 好心人大於不壞好心的人 |
| 2. 縱收法（從相對意象切入：與主題（意象）相對之面向；質frequency 此較；相反或以正反法切入）（務必填寫） | 縱（與主題相對論點）：台灣最美的風景是大自然的鬼斧神工傑作還有各式風格之建築 | 縱：① 台灣地理位置特殊，以前曾有外國人殖民，因此有多元的建築 ② 台灣位在板塊之上，因板塊擠壓而造出了多元的地形 |
| | 收（主題/主旨）：但最美的風景還是人 | 收：① 就算風景再美，也比不上人心的美 ② 人心才是最美的 |
| 3. 敲擊法（從相似意象切入：與主題（意象）類似的面向即屬之）（務必填寫） | 敲（與主題同類相似論點）：台灣的人互動很美 | 敲：① 台灣人的互動是溫暖的 ② 台灣人的互動是講究情理的 |
| | 擊（主題/主旨）：但台灣人的心更美 | 擊：① 台灣人路見不平、挺身相助 ② 台灣人遇見有難會伸出援手 |
| 4. 抑揚法（從褒貶評價切入：針對同一主題（意象）之優劣，進行褒貶評價比較）（務必填寫） | 抑（貶抑否定主題）：台灣人美實也有十分邪惡的，甚至是醜陋的 | 抑：① 不安好心的人太多，社會新聞層次不窮 ② 社會的冷酷陰暗面太大 |
| | 揚（褒揚肯定主題/主旨）：但台灣的好心人比壞人還多，還是美 | 揚：① 但台灣人做好事的人比做壞事的還多 ② 社會的溫暖面積比冷酷陰暗面還大 |
| *5. 立破法（立指積非成是、似是而非之主題（意象）；破指駁辯主題（意象）僅適用於某些特定主題（意象）） | 立（積非成是或成見之類的主題）：①　② | 立：①　② |
| | 破（駁辯主題/主旨所在）：① | 破：①　② |

二：思辨延伸題：請橫式工整書寫在背面（1. 要抄題目 2. 思辨回答要工整）

## 3 思辨主題：「萬物靜觀皆自得」

　　上課時間：高三 B 班第一天課程思辨練習舉隅（每人抽選一題做練習）

**邏輯思辨練習　學習單**

一：邏輯思辨題　　　　　3 年 13 班　座號　　姓名 王○○

| 思辨主題／總論點 | 萬物靜觀皆自得 | （務必填寫） |
|---|---|---|
| 思辨角度 | 多元思辨小論點 | 闡述理由（兩點以上愈佳） |
| 1. 正反法（從相反意象切入：與主題（意象）相反的面向即是）（務必填寫） | 反（與主題相反論點）：一物玦寧非所見 | 反：①有些事情看表面是不夠的②人多易頻相 |
| | 正（主題／主旨）：萬物靜觀皆自得 | 正：①但觀察事物還是要仔細觀察②才會有想法 |
| 2. 縱收法（從相對意象切入：與主題（意象）相對之面向，管絃入比類；相反者，以「正反法」切入）（務必填寫） | 縱（與主題相對論點）：讀萬卷書，不如行萬里路 | 縱：①有些事要實際去做，才能了解②走越多的路，得到的知識越多 |
| | 收（主題／主旨）：萬物靜觀皆自得 | 收：①但如果只是一味的空想，得到的知識②而不仔細觀察，得到的們只是表面的東西 |
| 3. 敲擊法（從相似意象切入：與主題（意象）類似的面向管屬之）（務必填寫） | 敲（與主題同類相似論點）：心靜自然涼 | 敲：①只要心靜氣，就算在大熱天中，也覺得是清快的②  |
| | 擊（主題／主旨）：萬物靜觀皆自得 | 擊：①心靜自然涼也含有萬物靜觀②皆自得的 |
| 4. 抑揚法（從褒貶評價切入：針對同一主題（意象）之優劣，進行褒貶評價比較）（務必填寫） | 抑（貶抑否定主題）：走馬看花 | 抑：①用短暫的時間想把所有東西收眼底，只需大致看②觀看所花費的時間太少 |
| | 揚（褒揚肯定主題／主旨）：萬物靜觀皆自得 | 揚：①許多東西都需要靜觀才能看到事物的美②不只是走馬看花，就會失去物所存在的美 |
| *5. 立破法（⑤指搓非成是、似是而非之主題（意象），⑥指敦辨主題（意象）僅適用於某些特定主題（意象）） | 立（搓非成是或成見之類的主題）：立：① | |
| | 破（敦難主題／主旨所在）：破：①②| |

二：思辨延伸題：請條式工整書寫在背面（1.要抄題目 2.思辨回答要工整）

## 4 思辨主題：「『舍生取義』是人生應有的修養與價值判斷」

上課時間：高二文教上學期學分班第二天課程思辨練習舉隅

**邏輯思辨練習　學習單**

一：邏輯思辨題　　　　二年11班 座號＿＿ 姓名 關○○

| | |
|---|---|
| **（一）思辨主題與其觀點說明** | |
| 思辨主題 | 「舍生取義」是人生應有的修養價值判斷（務必填寫） |
| 闡述主題之觀點／理由（至少兩點） | 魚與熊掌不可兼得，如同生命和大義一樣，必需有取捨。舍生取義是我們應該要探討的，到底是生命重要還是義，又或是可能有比這二個都重要的東西呢？（務必填寫） |

**（二）多元思辨章法通練習**

| 章法 | 多元思辨角度與說明 | 請寫出多元思辨論點 | 請闡述多元思辨論點之理由（至少兩點） |
|---|---|---|---|
| 1. 正反法 | 從相反意象切入：與主題相反的面向即是（正：思辨主題／反：相反角度）（務必填寫） | 反（與主題相反之論點）：不應該為了義而不要性命。 | ① 如果命沒了，就只剩個名字，使後人知道這個人曾為了義不要命，一點義氣都沒有。② 沒有繼續活在這個世界上，就不能把義發揚光大。 |
| 2. 縱收法 | 從相對意象切入：與主題相對之面向，皆納入此類（相反面向，則直接以「正反法」切入）（收：思辨主題／縱：相對角度）（務必填寫） | 縱（與主題相對之論點）：潔身自愛比舍生取義重要 | ① 自己要先珍惜自己，才能使別人看重自己。② 保持純潔，不同流合污。 |
| 3. 敲擊法 | 從近似意象切入：與主題類似的面向皆屬之（擊：正寫思辨主題／敲：側寫相似角度）（務必填寫） | 敲（與主題近似之論點）：比起生命和義，仁也很重要。 | ① 如何愛人，有惻隱之心，那就是仁。② 仁與義常被並用在一起，仁義已漸漸等同於道德。 |
| 4. 抑揚法 | 從褒貶抑揚評價切入：判別主題本身的「抑／揚」角度，提出相對之思辨論點（揚：褒揚主題／抑：貶抑角度）（適用於某些特定主題／意象） | (1)勾選出主題抑揚觀點：□抑（貶抑觀點）／□揚（褒揚觀點）(2)勾選出相對主題屬性：□抑（貶抑觀點）／□揚（褒揚觀點）(3)寫出相對主題論點：舍生取義沒那麼重要 | 闡述相對主題之論點：① 不用那麼執著於義，認為對的事情，就去做 ② 有時候考慮太多，反而會亂了根本。 |
| 5. 偏全法 | 從適用性與涵蓋性切入：判別主題的「偏／全」屬性，提出相對之思辨論點（偏指局部或特例／全指整體或通則）（適用於某些特定主題／意象） | (1)勾選出主題屬性：☑偏（局部或特例）□全（整體或通則）(2)勾選出相對主題屬性：☑偏（局部或特例）□全（整體或通則）(3)寫出相對主題論點：有時是適用的，必需看時機才能斷定。 | 闡述相對主題之論點：① 屈原跳汨羅江自殺，讓楚懷王知道事情的嚴重性。② 要是孟子死了，就少一個人把義發揚光大 |
| 6. 立破法 | 從顛覆角度切入：就主題的不合理處作翻駁（立指積非成是、似是而非之主題／破指駁斥主題之論點）（適用於某些特定主題／意象） | 破（駁翻主題之論點）： | ① |

二：思辨延伸題：請橫式工整書寫在背面（1. 要抄題目　2. 思辨回答要工整）

## 5 思辨主題：「養心莫善於『寡欲』」

### 上課時間：高二上學期學分班班第二天課程思辨練習舉隅

邏輯思辨練習　學習單

一：邏輯思辨題

2 年 12 班　座號　姓名 沈○○

**（一）思辨主題與其觀點說明**

| 思辨主題 | 養心莫善於「寡欲」 （務必填寫） |
|---|---|
| 闡述主題之觀點／理由（至少兩點） | 1. 沒有對外物的欲望，則心不被影響，就是一個養心的好環境。<br>2. 心是清淨的，欲望是混濁的，不能融合。 （務必填寫） |

**（二）多元思辨章法通練習**

| 章法 | 多元思辨角度與說明 | 請寫出多元思辨論點 | 請闡述多元思辨論點之理由（至少兩點） |
|---|---|---|---|
| 1. 正反法 | 從相反意象切入，與主題相反的面向即是。思辨主題（正）相反角度（反）（務必填寫） | 反（與主題相反之論點）：欲旺能求心。 | ①求善心一則一經更為龐大的欲望。<br>②心正則不懼欲擾。 |
| 2. 縱收法 | 從相對意象切入，與主題相對之面向，曾納入此題（相反面向，則直接以「正反法」切入。（收）思辨主題／相對角度（務必填寫） | 縱（與主題縱之論點）：正心則心自養。 | ①養心也是追求表面功夫，但此欲更為深遠，然正直能離使心自養。<br>②正直則外欲不得優，無欲優心便自然旺壯。 |
| 3. 敲擊法 | 從近似意象切入，與主題類似的面向皆是之。（正）思辨主題（敲）近似角度（務必填寫） | 敲（與主題近似之論點）：超然則能養心。 | ①1. 超脫世俗，排除欲望，吸收天地之正氣，便能養心。<br>2. 人欲乃非自然，追求自然心自得。 |
| 4. 抑揚法 | 從養既物評價切入，判別主題本業的「抑／揚」是思辨，提出相對之思辨論點（揚）批評角度（適用於其他特定主題／意象） | (1)勾選出主題抑揚觀點：☑抑（貶抑觀點）／□揚（褒揚觀點）<br>(2)勾選出相對主題屬性：□抑（貶抑觀點）／☑揚（褒揚觀點）<br>(3)寫出相對主題論點：欲望傷德性，左右人心。 | 闡述相對主題之論點：<br>①欲望使人迷失自我，情感讓人陷入膠著。<br>2. 情盛而欲旺，抑情方能寡欲。 |
| 5. 偏全法 | 從通用性與通業性切入，判別主題的「偏／全」屬性，提出相對思辨論點（偏）部分特例（適用於其他特定主題／意象） | (1)勾選出主題屬性：□偏（局部或特例）／☑全（整體或通則）<br>(2)勾選出相對主題屬性：☑偏（局部或特例）／□全（整體或通則）<br>(3)寫出相對主題論點：抑情亦能養心。 | 闡述相對主題之論點：<br>①1. 非獨寡欲，那情在能生成一養心的空間。<br>2. 士情大欲皆心之所拒考，豈懼大欲乎？ |
| 6. 立破法 | 從個案為度切入，說其與主題的不合理處作批駁（立）指猶非寡善，似是而非之主題／顛覆顛業主題（適用於其他特定主題／意象） | 破（駁斥主題之論點）：<br>① | ① |

二：思辨延伸題：請橫式工整書寫在背面(1. 要抄題目 2. 思辨回答要工整)

（二）「文本意象辨識與提問通」學習單：〈左忠毅公軼
事〉意象辨識與提問／答問之高二學生作業舉隅

**文本意象辨識與提問　學習單**

　年　班　座號　姓名　朱〇〇

| 文本篇名 | 左忠毅公軼事 | （務必填寫） |
|---|---|---|
| **第一部分「文本意象辨識」：請找出本文中最重要意象之關鍵詞或關鍵句** | | |
| 1.理（想法、思考、觀念、啟發等）<br><br><br><br>（務必填寫） | ① 史樂不敢復辭趨而出。<br>② 後常流涕述其事以語人，曰：「吾師肺肝，皆鐵石所鑄造也。」<br>③ 或勸以少休，公曰：「吾上恐負朝廷，下恐愧吾師也。」<br>④ 召入，拜夫人，曰：「吾諸兒碌碌，他日繼吾志事，惟此生耳。」<br>⑤<br>⑥ | 後去，無俟<br>吾人擒際，吾<br>今即撲殺汝！ |
| 2.情（情緒、感覺、感受、情感字眼等）<br><br><br><br>（務必填寫） | ① 「庸奴！此何地也，而汝來前！國家之事，糜爛至此，老夫已矣，汝復輕身而昧大義，天下事誰可支拄者<br>② 後常流涕述其事以語人，曰：「吾師肺肝，皆鐵石所鑄造也。」<br>③ 或勸以少休，公曰：「吾上恐負朝廷，下恐愧吾師也。」<br>④ 召入，拜夫人，曰：「吾諸兒碌碌，他日繼吾志事，惟此生耳。」<br>⑤<br>⑥ | |
| 3.人事活動（人物故事、事件等）<br><br><br><br><br>（務必填寫） | ① 鄉先輩左忠毅公視學京畿，一日，風雪嚴寒，從數騎出，微行，入古寺<br>② 廡下一生伏案臥，文方成草。公閱畢，即解貂覆生，為掩戶，叩之寺僧，則史公可法也。<br>③ 及試，吏呼名，至史公，公瞿然注視。呈卷，即面署第一<br>④ 史公治兵，往來桐城，必躬造左公第，候太公、太母起居，拜夫人於堂上。<br>⑤ 久之，聞左公被炮烙，旦夕且死，持五十金，涕泣謀於禁卒，卒感焉。<br>⑥ 崇禎末，左公葬畢，與其老友子弟，講述久近於國事以致史公死。 |  |
| 4.景／物（時空場景、自然、人文景物描寫等）<br><br><br><br>（務必填寫） | ① 崇禎末，流賊張獻忠出沒薪黃、潛、桐間，史公以鳳廬道奉檄守禦。<br>② 及左公下廠獄，史朝夕窺獄門外，逆閹防伺甚嚴，雖家僕不得近。<br>③ 引入，微指左公處，則席地倚牆而坐，面額焦爛不可辨，左膝以下筋骨盡脫矣。史前跪，抱公膝而<br>④ 公辨其聲而目不可開，乃奮臂以指撥眥，目光如炬，怒曰：<br>⑤ 因摸地上刑械，作投擊勢。<br>⑥ | 嗚咽。 |
| **第二部分「思辨提問」：請參考以上意象要素，針對四要素，各提出兩個思辨問題，以擴展此文本的思考角度與層面。提問建議：可從相反（正反法）／相對（縱收法）／相似（截擊法）面向切入。** | | |
| 1.理的部分<br>提問 | ①(A1) 為什麼史可法對老師的責罵，就不敢復辭趨而出，快步走出去？<br>②(A2) 為什麼史可法流淚著說他老師的心腸像鐵石所鑄造，有愛？ | |
| 2.情的部分<br>提問 | ①(B1) 為什麼史可法來監獄探班的時候，左公卻要責備他？<br>②(B2) 史可法用什麼樣的表現來擔起或負荷著朝廷，及老師的害怕？ | |
| 3.人事活動<br>提問 | ①(C1) 為什麼左公看聽到史可法的時候，即面署第一？<br>②(C2) 為什麼監獄的事情要著史可法進入監獄？ | |
| 4.景／物<br>提問 | ①(D1) 史可法為裝成灑掃真的用意是什麼？<br>②(D2) 為什麼史可法這麼辛苦持拿著矢打仗？ | |

/分

【第一題】代號：A

題目：為什麼大學就讀完老師的責備，就不敢作出

（務必填寫完整題目）

答↓

（每行20格）

【第二題】代號：A

題目：為什麼左先半段到七可說的多字的時候

（務必填寫完整題目）

即面著實。？

答↓

（每行20格）

## （三）「核心古文寫作結構引導」與四百字作文實作：〈馮諼客孟嘗君〉高三學生實作舉隅

### 《高中核心古文——章法一眼通》章法結構簡表--小作文學習單

打通讀寫任督二脈

**3.〈馮諼客孟嘗君〉**

(1) 讀——見賢思齊：由範文結構，理解章法之運用，如〈馮諼客孟嘗君〉之「抑揚法」、「敲擊法」

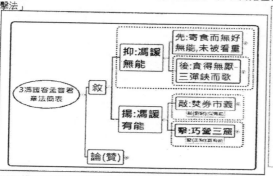

讀寫小錦囊——章法效果：

1. 抑揚法：「抑」是貶抑，「揚」是褒揚；透過「欲抑先揚」和「欲揚先抑」的寫法，引起讀者兩種截然相反的情緒，並使文勢上產生起伏波瀾，具有韻律和輕快美。

2. 敲擊法：「敲」是側寫，「擊」是正寫；以不同事物來表達同類情意，藉「敲」加以引渡或旁推，來呼應「擊」的部分，以產生連綿而深化意旨的韻味。

**3.〈馮諼客孟嘗君〉**

3 年 12 班　座號：＿＿＿
姓名：謝○○

(2) 寫——舉一反三：章法結構簡表之小作文練習

說明：請你以「論敘法」為核心章法架構，輔以「抑揚法」、「敲擊法」為布局主軸，以古今中外某位人物為主角，寫下他翻轉的奮鬥人生，請自訂一相關題目，寫下「章法結構簡表」之摘要內容，寫作時間為十分鐘。

題目：大導演李安

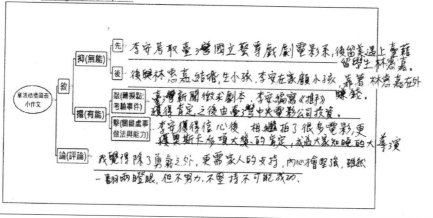

大導演李安

312 謝〇〇

　不是每個人天生就那麼成功，一路平平順順。李安曾考取上臺灣國立藝專的戲劇電影系，畢業後，到了美國留學，在一次的留學生聚會中，孤獨了。李安因為戲劇的留學生林惠嘉，二後兩人相愛，還在美國舉行婚禮，生下小孩。李安守因為電影的夢想，不斷的磨練，在電影方面的經驗，可是卻沒有一份正常的正工作，在家煮飯，顧小孩，雖然家人，親戚對李安老婆老林遠遠在外的賺養著，認為他靠老婆老人，不養家林不斷的質疑，惠嘉卻相信著自己的老公，但於寬改變不了家裡的狀況。

　直到某天，臺灣新聞徵求劇本，李安編寫的《推手》獲得了肯定，拿到了改編遷劇作笑，臺灣中夫電影公司發現了他的努力，並投作拍了《喜宴》，李安重複信心，後相繼他對電影業的興趣，更獲得更期午年項大獎的肯定，我三竇作品《飲食男女》、《斷背山》⋯⋯為大家知曉的大導演李安。

　我覺得一個人的成功，除了勇氣和努力之外，更需要家人的支持，心裡才會踏實，難然一翻兩瞪眼，但不努力，不堅持就不可能成。然26⋯。

20×25

## （四）高三國文總結性測驗：《論語》思辨與讀寫互動綜合測驗

### 1 測驗卷舉隅

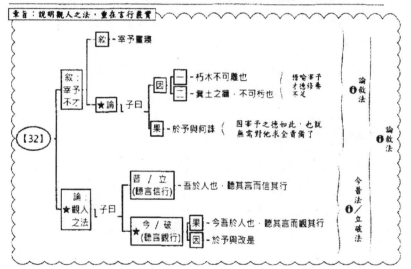

【32】宰予晝寢，子曰：「朽木不可雕也，糞土之牆，不可杇也，於予與何誅！」子曰：「始吾於人也，聽其言而信其行；今吾於人也，聽其言而觀其行，於予與改是！」（公冶長‧10）

**【32】【PISA思辨提問與讀寫互動教學】**

1.本章對宰予的評論是因何事所起？評論其人的重點有哪些？而孔子對此人此事的體悟內容為何？〔擷取訊息－主題〕

2.(1)「於予與何誅！」一句，表達何種語氣呢？(2)「於予與改是」的「是」字，所指稱對象為何？(3)「於」、「而」、「誅」字的詞性與字義為何？〔解釋文本形式／內容－文法／詞彙〕

3.此章運用的修辭技巧為何？效果如何？〔解釋文本內容－修辭〕

4.就宰予「晝寢」來看，其所凸顯出的宰予的學習態度（或生活方式）是什麼情形呢？〔解釋文本內容－意象〕

5.就「聽其言而信其行」與「聽其言而觀其行」兩種觀人態度與方式來說，其關聯性與異同處是什麼？〔解釋文本內容－意象、主題〕

6. 內容敘述是採用哪些章法結構方式？〔解釋文本形式－章法〕

7. 就「先敘後論」結構來說，其評論聚焦效果如何？就「論」結構中的「先立後破」結構，就其因此改變其「觀人態度與方式」而言是否有效？理由是？〔省思評鑑內容／形式－主題／章法〕

8. 如果將「朽木不可雕也」替換掉，你會改加入哪項題材，讓文意脈絡維持一貫性，並與主旨相呼應？〔省思評鑑內容－意象、主題〕

9. 你覺得「觀其行」的判別標準是什麼呢？再者，你認為「聽其言」重要嗎？能否「不聽其言」，只觀其行？〔省思評鑑內容－主題〕

10. 對於孔子對宰予晝寢的評論，你認同嗎？理由是？〔省思評鑑內容－主題〕

11. 若請你以「孤單」為主題思考範圍，自訂一相關題目，鋪寫成一篇「散文」，並根據本章的「先敘（舉出事例）後論（提出評論觀點）」（核心結構）及「論」結構下的「先立（一般性觀點）後破（駁難）」結構，則你的題目為何？你的事例與「立（一般性看法）」、「破（駁難，提出你的不同觀點）」論點各為何？〔省思評鑑形式／內容－文體、章法／主題、意象；讀寫互動〕

12. 承上題，請依據擬定的題目與例子，寫出此文的「章法結構簡表」（寫作時間十分鐘）或進而完成至少400字以上的作文（寫作時間四十分鐘）。〔讀寫互動〕

## 2 高三學生作答單舉隅

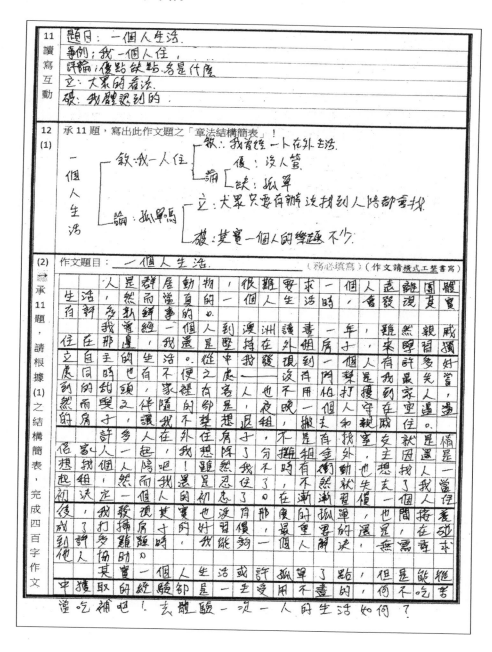

## 章法／PISA 思辨提問與讀寫互動　作答單

年班座號姓名　303　３９○○
（務必填寫）

思辨單元／主題：32.

| 題號 | 作答區（請橫式工整書寫） |
|---|---|
| 1 | 因宰予白天睡覺，孔子評論他們了想休憩。孔子也從中得到，不能只聽一個人說話而不去確認是否為事實！ |
| 2 | 「於予與何誅」，表達了孔子對宰予的無奈且小失望及不在乎他！「朽木不可雕也」，則是指聽聽生詞而現實行。「於」是代詞，「我」、「而」，助詞「矣」、「誅」，動詞「責罵」 |
| 3 | 修辭：譬喻，來描述宰予的學習態度。反問，來說宰予不能教了。對比，當今做法需要改變。 |
| 4 | 宰予的學習態度不佳，在白天自要光陰的睡覺，從破壞宰予晝寢來看。 |
| 5 | 兩者差別在於，有沒有去求證別人說的。相似處則是都是先去聽別人所言。 |
| 6 | 本篇採用論敘法，先敘再論，我也是採用論敘法，先敘寫我學習再論事實的情況，而論呢？則是用立破法，先選普世大眾，再破出應該要如何。 |
| 7 | 先敘後論，能讓人先了解事情，再去看評論！先立後破，則是能抓住讀者，先說出一般人的做法，再接出體悟之後的做法。 |
| 8 | 我會寫「牛牽到北京還是牛」、「江山易改，本性難移」，因為這都是指一個人已經無法再去改變了的俚語。 |
| 9 | 「觀其行」的標準應該在彼觀者不知情的情況下來去看最真實的他。「聽其言」我覺得重要，因為要去看清這個人，可以去聽聽看他說別人的感覺。不聽其言，只觀其行，是不行的，也是被觀者只是做表面功夫呢？ |
| 10 | 認同，因為一日之計在於晨，從小細節看一個人最正確，連個白天都在睡覺，豈不是小撈一筆？ |

## （五）高二文教總結性測驗：《孟子》思辨與讀寫互動綜
合測驗

## 1 測驗卷舉隅

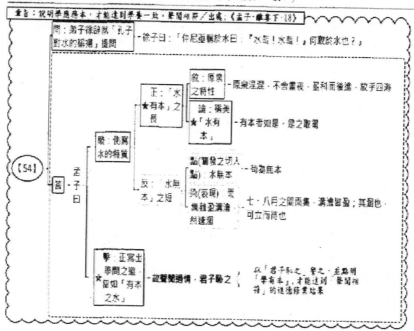

【54】學應根本
徐子曰：「仲尼亟稱於水曰：『水哉！水哉！』何取於水也？」
孟子曰：「原泉混混，不舍晝夜，盈科而後進，放乎四海，有本者如是，是之取爾。苟為無本，七、八月之間雨集，溝澮皆盈；其涸也，可立而待也。故聲聞過情，君子恥之。」〔離婁下‧18〕

重旨：說明學應務本，才能達到學養一致，譽聞符實／出處：《孟子‧離婁下‧18》

問：弟子徐辟就「孔子對水的稱譽」提問 — 徐子曰：「仲尼亟稱於水曰：『水哉！水哉！』何取於水也？」

【54】

孟子曰

駁：側寫水的特質

正：「水★有本」之長

敘：原泉之特性 — 原泉混混，不舍晝夜，盈科而後進，放乎四海
論：讚美★「水有本」 — 有本者如是，是之取爾

反：水無本之短

點（闡發之切入）點：水無本 — 苟為無本
況（表現）無錢盈溝澮熱達涸 — 七、八月之間雨集，溝澮皆盈；其涸也，可立而待也

譽：正寫士學問之道★需如「有本之水」 — 故聲聞過情，君子恥之

以「君子恥之」譬之，並點明「學有本」，才能達到「譽聞相符」的道德修業結果

【54】【PISA思辨提問與讀寫互動教學】
1. 本章從正反角度來談「水」，其內容重點各有哪些？孟子藉「水」的特質來說明哪一方面的道理？〔擷取訊息—意象、主題〕
2. (1)「何取於水」、「是之取爾」屬於「倒裝句式」，請說明其倒裝現象？(2)「君子恥之」的「恥」字，為意謂動詞用法，試說明其意涵？(3)「亟」、「科」、「放」、「過」的詞性與音義為何？〔解釋文本形式／內容—文法／詞彙〕

3.此章從正反角度來談「水」，運用的修辭技巧為何？〔解釋文本內容－修辭〕

4.「原泉混混」的詞義為何？「盈科而後進，放乎四海」的水流現象或形態為何？其與學習方式的相似處為何？〔解釋文本內容－詞彙、意象〕

5.內容敘述是採用哪些章法結構方式？〔解釋文本形式－章法〕

6.就「原泉混混……有本者如是」與「苟為無本……可立而待也」兩項內容來看，其與「聲聞過情」之間的關聯性各是如何？〔解釋文本內容－意象・主題〕

7.就「原泉混混……有本者如是」與「苟為無本……可立而待也」兩項內容來說，其凸顯「學應務本」的效果如何？「先正（有本）後反（無本）」順序可以對調嗎？效果有何異同呢？〔省思評鑑內容／形式－意象、主題／章法〕

8.如果將「苟為無本……可立而待也」替換掉，你會改加入哪項題材，讓文意脈絡維持一貫性，並與主旨相呼應？〔省思評鑑內容－意象、主題〕

9.你覺得「聲聞過情」的「過」與「不過」的判別標準是什麼呢？再者，你認為「聲聞合情」的重要性如何？〔省思評鑑內容－主題〕

10.對於此章的觀點，你全都認同嗎？理由是？〔省思評鑑內容－主題〕

11.若參考本章「先敲後擊」核心結構，輔以「敲」結構下的「先正後反」次結構，鋪寫成一篇「散文」，請你以「送給自己的一個字」（擊－正寫）為主題範圍，先以「自己也喜歡的另一個字」（敲－側寫）作襯托：從「另一個字」的正反面，分別提出擁有與缺乏「另一個字」的狀況，再正寫（擊）出你最想送給自己的一個字與理由，則你的題目為何？你想送給自己的一個字與理由（擊）為何？你喜歡的另一個字（敲）與正反理由各為何？〔省思評鑑形式／內容－文體、章法／主題、意象；讀寫互動〕

12.承上題，請依據擬定的題目與例子，寫出此文的「章法結構簡表」（寫作時間十分鐘）或進而完成至少400字以上的作文（寫作時間四十分鐘）。〔讀寫互動〕

## 2 高二學生作答單舉隅

| 11 讀寫互動 | 我喜歡的一個字是「溢」，這個字能正面能給人感受到充滿能量的感覺，可以給自己也可以給別人，但這個字也有負面的感受，可能有時候過多超過了，對你我都是不好的。在綜合以上的感受，「滿」可能比較適合，不會太多也不會太少，剛剛好就是足夠了，不需大量對別人造成負擔。在這兩個字比較，「滿」比較能有剛好的感受。 |
|---|---|

12
(1) 承11題，寫出此作文題之「章法結構簡表」！

敲：喜歡的字「溢」── 正：充滿能量
　　　　　　　　　　　反：對人超過

擊：喜歡的字「滿」，：剛剛好就是足夠了

(2) 作文題目：喜歡的字「溢」與「滿」　　（務必填寫）（作文請模式工整書寫）

承11題，請根據(1)之結構簡表，完成四百字作文

| 我 | 們 | 對 | 人 | 有 | 時 | 剛 | 好 | 就 | 足 | 夠 | 了 | ， | 人 | 是 | 要 | 接 | 受 |
| 正 | 能 | 量 | 的 | ， | 但 | 過 | 多 | 可 | 能 | 會 | 造 | 成 | 不 | 好 | 的 | 反 | 效 | 果 | ， | 所 | 以 | 凡 | 事 |
| 剛 | 剛 | 好 | 足 | 夠 | 就 | 好 | 了 | ， | 不 | 需 | 造 | 成 | 更 | 大 | 的 | 負 | 擔 |
| 「 | 溢 | 」 | 這 | 個 | 字 | 像 | 是 | 流 | 水 | 源 | 源 | 不 | 絕 | 的 | 感 | 覺 |
| 像 | 是 | 滿 | 出 | 湖 | 面 | 的 | 樣 | 子 | 。 | 人 | 跟 | 人 | 之 | 間 | 來 | 說 | ， | 正 | 面 | 能 |
| 量 | 可 | 以 | 帶 | 給 | 很 | 多 | 連 | 續 | 不 | 間 | 斷 | 的 | 正 | 能 | 量 | ， | 而 | 這 | 些 | 能 |
| 量 | 是 | 一 | 直 | 持 | 續 | 的 | 。 | 有 | 時 | 一 | 直 | 給 | 人 | 才 | 便 | 會 | 變 | 的 | 不 | 好 | 的 |
| 情 | 影 | 響 | 。 |
| 「 | 滿 | 」 | 這 | 個 | 字 | 有 | 適 | 可 | 而 | 止 | ， | 有 | 為 | 止 | 的 | 感 | 覺 |
| 給 | 人 | 的 | 感 | 受 | 就 | 是 | 剛 | 剛 | 好 | 是 | 夠 | 就 | 好 | 了 | ， | 不 | 需 | 要 |
| 多 | 了 | 。 | 這 | 樣 | 不 | 會 | 造 | 成 | 別 | 人 | 的 | 負 | 擔 | ， | 也 | 對 | 你 | 我 | 都 |
| 好 | 的 | 等 | 。 | 我 | 們 | 有 | 時 | 都 | 要 | 去 | 多 | 感 | 受 | 別 | 人 | 的 | 想 | 法 | 知 | 感 | 受 |
| 這 | 兩 | 個 | 字 | 的 | 意 | 義 | 給 | 人 | 感 | 受 | 有 | 很 | 太 | 的 | 不 | 同 | 。 | 我 | 是 |
| 們 | 對 | 人 | 不 | 需 | 要 | 過 | 多 | ， | 足 | 夠 | 就 | 夠 | 了 | ， | 不 | 要 | 原 | 本 | 是 | 擔 |
| 要 | 幫 | 助 | 別 | 人 | ， | 到 | 最 | 後 | 變 | 成 | 影 | 響 | 造 | 成 | 別 | 人 | 的 | 很 | 重 | 要 | 有 |
| 給 | 人 | 正 | 能 | 量 | 很 | 重 | 要 | ， | 中 | 的 | 意 | 義 | 知 | 給 | 人 | 的 | 感 | 受 | 太 |
| 兩 | 個 | 喜 | 歡 | 的 | 字 | 其 |
| 不 | 同 | 。 |

**章法／PISA 思辨提問與讀寫互動　作答單**

思辨單元／主題：　學應務本　　　　205 年班座號姓名 蘇○○　　　（務必填寫）

| 題號 | 作答區（請橫式工整書寫） |
|---|---|
| 1 | 弟子提問「孔子對水的稱揚」，顯現水的重要性。孟子藉由「水」說明水的源頭，告訴學應務本，學習的重要。學務應本，才能達到學養一致，聲聞相符。 |
| 2 | (1) 賓語提前，「水何取」，「取是焉」。<br>(2)「恥」為意動用法，「以心為可恥」。<br>(3)「盈」：满，屬填。連接詞「科」：至、坑。名詞「放」：起、到。動詞「焉」：乎、嗎。斷詞 |
| 3 | 轉化的推進人，以水的流動比喻不同的事情，流水向前流動，就跟學習的方式相似，要一直不斷的向前。 |
| 4 | 有源頭的水不斷湧出。充满坑坎後才能流出，一直流到大海裡。學習就像流水一樣，當有坑充满後就能往前流，像學習需努力才能不斷的向前得到成功。 |
| 5 | 先以問答的方式，之後運用敲擊法，敲擊法中的高結構下的正反法，正反法中的正結構運用敘論法，反結構中運用點染法。 |
| 6 | 前者是流水源源不絕的流，坑坎充满後才能前進；後者沒有源源不絕的水，但七、八月下的大雨，試著筆都很快的水就乾了，有些時候不要有太高的聲聞，看起來聲勢浩大，但實際似不是那樣的。 |
| 7 | 前者告訴我們要循序漸進，有流水時應把坑充满，流水才能持續的流。後者雖然有勝大的水，但又是一時的，說明學習要學應務本。兩者不能對調，要告訴我們好的作法，才能凸顯後者不同的差別。 |
| 8 | 加入像龜兔賽跑的故事，像前者有烏龜的精神，即使把坑充满可能是艱難的事，但之後的流水就能不停的流，像後者有兔子的精神，即使是七、八月的大雨，沒有坑的保存，一下子就乾早了。可以把兔子的後果為替換的那句。 |
| 9 | 一個人不需要過多的聲聞，有些聲聞是該得的就可以得，而不是自己該得的就不該得。當知道自己這聲聞不是你自己該有的，自己卻接受，是可恥的事。聲聞是重要的，需要有思考過，才能了解聲聞是不是自己該有的，和重要性是否是存在的。 |
| 10 | 認同，每件事都需要先有努力才能得到成果的，如果沒有坑的充满，流水就沒地方流，水放著會乾掉，也沒有流水正確的流向。就如同學習，學習也是要向前的，只是一時的沒有事先的準備，很快的就會如同大雨的水，一下就乾早了。 |

## （六）高三總結性測驗：〈暗房〉新詩之意象辨識與主旨 測驗

## 1 個人測驗單舉隅

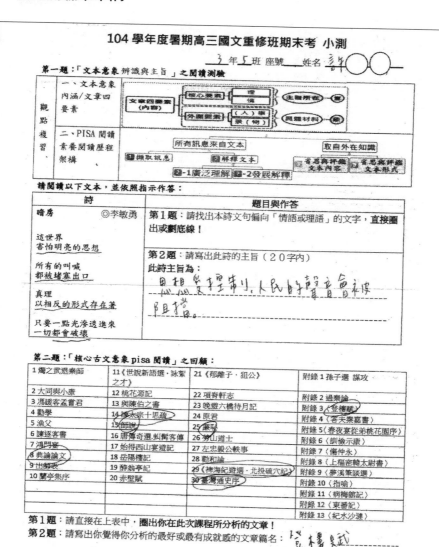

## 2 學生成果彙整舉隅

「文本意象辨識與主旨」之閱讀測驗（期末考小測／日期：2016/7/26）

| 班級 | 姓名 | 找出〈暗房〉偏向「情語或理語」文字 | 請寫出此詩的主旨（20字內） |
|---|---|---|---|
| 302 | 郭○○ | 所有的叫喊／都被堵塞出口 | 思想受到箝制，想法無法發聲，人們害怕真理被發現 |
| 302 | 蔡○○ | 害怕 | 描述著這世界，很少人能夠勇敢的發表正義的意見，打壓著較弱者，真理被破壞 |
| 302 | 王○○ | 害怕、叫喊都被堵塞 | 以堵塞的出口表示，人們害怕真理及明亮的思想 |
| 302 | 許○○ | 所有的叫喊／都被堵塞出口、真理／以相反的形式存在著 | 現代好的思想都被壞的思想堵住了 |
| 303 | 林○○ | 這世界／害怕明亮的思想、真理／以相反的形式存在著 | 真理被埋起來，不被眾人得知 |
| 303 | 許○○ | 害怕、真理、一切都會破壞 | 真理是被隱埋的 |
| 303 | 蔡○○ | 害怕明亮的思想、真理／以相反的形式存在著 | 現在大家都怕面對真實但傷人的事實 |
| 304 | 余○○ | 「害怕明亮的思想」（情）、「所有的叫喊／都被堵塞出口」（情）、「真理／以相反的形式存在著」（理）、「只要一點光滲透進來／一切都會破壞」（理） | 人做錯事情往往都是等到別人的糾正之後，才會知道怎麼做才是正確的 |
| 304 | 陳○○ | 害怕明亮的思想 | 明明知道某些事是錯的，卻因為害怕而選擇沉默 |
| 304 | 吳○○ | （缺考） | （缺考） |
| 305 | 林○○ | 害怕、思想、叫喊、真理 | 失去能表達思想和真理的世界 |
| 305 | 翁○○ | 害怕、叫喊、真理、破壞 | 黑暗為世界主宰，無關真理的表現世界 |
| 305 | 許○○ | 害怕明亮的思想、都被堵塞出口、以相反的形式存在著、都會破壞 | 思想受控制，人民的聲音被阻擋 |
| 305 | 陳　○ | 害怕明亮的思想 | 世界上的人都無法說出真理，被無理鎮壓，說不出心聲 |
| 305 | 熊○○ | 害怕、真理、破壞 | 世人不願面對、接受真相，正面的想法會破壞制度 |

# 附錄四　學生作業繳交統計表

## （一）高三課程之學生作業繳交統計表

| 國文三下A班 | 日期 | 第一天：7/15(五) | | | 第二天：7/18(一) | | 第三天：7/19(二) | | | 第四天：7/20(三) | | | 第五天：7/21(四) | | | 第六天：7/22(五) | | | 第七天：7/25(一) | | | 第八天：7/26(二) |
|---|---|---|---|---|---|---|---|---|---|---|---|---|---|---|---|---|---|---|---|---|---|---|
| 核心古文篇目 | | 勸和論 | 勸和論 | 晚遊六橋待月記 | 郁之武退秦／大同與小康／勸學（抽選其一） | | 典論論文／出師表／鴻門宴（抽選其一） | | | 練太宗十思疏／師說／蚯裂客傳（抽選其一） | | | 原君／廉恥／勞山道士（抽選其一） | | | 左忠毅公軼事／北投硫穴記／臺灣通史序（抽選其一） | | | 過秦論／登樓賦／訓儉示慶（抽選其一） | | | （期末測驗） |
| 作業內容 | | 多元思辨 | 小作文（未教可先寫大作文，可加分） | 小作文（未教師寫大次，可加分） | 意象思辨提問 | 小作文 | 意象思辨提問 | 小作文 | 大作文 | 意象pisa思辨提問 | 小作文 | 大作文 | 意象pisa思辨提問 | 小作文 | 大作文 | 意象pisa思辨提問 | 小作文 | 大作文 | 意象pisa思辨提問 | 小作文 | 大作文 | 論語PISA思辨與讀寫互動綜合體驗 / 《暗房》意象主旨測驗 |
| 郭○○ | 302 | V | V | V | V | V | V | V | V | ⊕ | ⊕ | ⊕ | V | V | V | V | V | V | V | V | V | VV △ |
| 經○○ | 302 | V | V | V | V | ⊕ | ⊕ | ⊕ | ⊕ | ⊕ | ⊕ | ⊕ | V | V | V | V | V | V | V | V | V | V △ |
| 平○○ | 302 | V | V | V | V | V | V | V | V | ⊕ | ⊕ | ⊕ | V | V | V | V | V | V | V | V | V | △ |
| 蔡○○ | 302 | V | V | V | V | V | ▲ | V | V | ⊕ | ⊕ | ⊕ | V | V | V | V | V | V | V | V | V | VV △ |
| 林○○ | 303 | V | V | V | V | V | V | V | V | ⊕ | ⊕ | ⊕ | V | V | V | V | V | V | V | V | V | V △ |
| 許○○ | 303 | V | V | V | V | V | V | V | V | ⊕ | ⊕ | ⊕ | V | V | V | V | V | V | V | V | V | △ |
| 盤○○ | 303 | V | V | V | V | V | V | V | V | ⊕ | ⊕ | ⊕ | V | V | V | V | V | V | V | V | V | VV △ |
| 余○○ | 304 | V | V | V | V | V | V | V | V | ⊕ | ⊕ | ⊕ | V | V | V | V | V | V | V | V | V | △ |
| 陳○○ | 304 | V | V | V | V | V | V | V | V | ⊕ | ⊕ | ⊕ | V | V | V | V | V | V | V | V | V | △ |
| 駱○○ | 304 | V | V | V | V | V | V | V | V | ⊕ | ⊕ | ⊕ | V | V | V | V | V | V | V | V | V | △ |
| 林○○ | 305 | V | V | V | V | V | V | V | V | ⊕ | ⊕ | ⊕ | V | V | V | V | V | V | V | V | V | △ |
| 鄭○○ | 305 | V | V | V | V | V | V | V | V | ⊕ | ⊕ | ⊕ | V | V | V | V | V | V | V | V | V | △ |
| 許○○ | 305 | V | V | V | V | V | V | ▲ | ▲ | ⊕ | ⊕ | ⊕ | V | V | V | V | V | V | V | V | V | △ |
| 陳○○ | 305 | V | V | V | V | V | V | V | V | ⊕ | ⊕ | ⊕ | V | V | V | V | V | V | V | V | V | △ |
| 顏○○ | 305 | V | V | V | V | V | V | V | V | ⊕ | ⊕ | ⊕ | V | V | V | V | V | V | V | V | V | V △ |
| 趙○○ | 305 | V | V* | V | ▲ | ▲ | ▲ | V | V | ⊕ | ⊕ | ⊕ | V | V | V | V | V | V | V | V | V | △ |
| 林○○ | 305 | V | V | V | V | V | V | V | V | ⊕ | ⊕ | ⊕ | V | V | V | V | V | V | V | V | V | △ |
| 慈○○ | 306 | V | V | V | V | V | V | V | V | ⊕ | ⊕ | ⊕ | V | V | V | V | V | V | V | V | V | VV △ |
| 賴○○ | 307 | V | V | V | V | V | V | V | V | ⊕ | ⊕ | ⊕ | V | V | V | V | V | V | V | V | V | △ |
| 洪○○ | 308 | V | V | V | V | V | V | V | V | ⊕ | ⊕ | ⊕ | V | V | V | V | V | V | V | V | V | △ |
| 陸○○ | 308 | V | V | V | V | V | V | V | V | ⊕ | ⊕ | ⊕ | V | V | V | V | V | V | V | V | V | △ |
| 沈○○ | 309 | V | V* | V | V | V | V | V | V | ⊕ | ⊕ | ⊕ | V | V | V | V | V | V | V | V | V | △ |
| 楊○○ | 309 | V | V* | V | V | V | V | V | V | ⊕ | ⊕ | ⊕ | V | V | V | V | V | V | V | V | V | △ |
| 林○○ | 310 | V | V | V | V | V | V | V | V | ⊕ | ⊕ | ⊕ | V | V | V | V | V | V | V | V | V | △ |
| 洪○○ | 310 | V | V | V | V | V | V | V | V | ⊕ | ⊕ | ⊕ | V | V | V | V | V | V | V | V | V | △ |
| 樂○○ | 310 | V | V | V | V | V | V | V | V | ⊕ | ⊕ | ⊕ | V | V | V | V | V | V | V | V | V | △ |
| 傅○○ | 311 | V | V | V | V | V | V | V | V | ⊕ | ⊕ | ⊕ | V | V | V | V | V | V | V | V | V | △ |
| 襲○○ | 312 | V | V | V | V | V | V | V | V | ⊕ | ⊕ | ⊕ | V | V | V | V | V | V | V | V | V | VV △ |
| 王○○ | 314 | V | V | V | V | V | V | V | V | ⊕ | ⊕ | ⊕ | V | V | V | V | V | V | V | V | V | V △ |

備註：
1. 小作文：章法結構圖表；大作文：四百字作文。
2. V為作業符合規定，並完成繳交；⊕為缺繳（來到課）；▲為缺交（到課，但未交作業）。
3. A班生經老師同意，可彈性提接至影視上課，作業要求則與B班生同；B班生亦是，此處以繳交作業情況繳統計，不另行標註出臨時轉班生，因兩班作業要求相同，差別只在古文篇目不同，故轉班生若依規定繳交作業，則達以V標註。

期末測驗：
VV優表；
V佳；
△尚可

| 國文三下B班 | 日期 | 第一天：7/15(五) | | 第二天：7/18(一) | | | 第三天：7/19(二) | | | 第四天：7/20(三) | | | 第五天：7/21(四) | | | 第六天：7/22(五) | | | 第七天：7/25(一) | | | 第八天：7/26(二) | |
|---|---|---|---|---|---|---|---|---|---|---|---|---|---|---|---|---|---|---|---|---|---|---|---|
| | 核心古文篇目 | 勸和論/晚 | | 世說新語 | 諫逐客書/漁父/馮諼客孟嘗君（抽選其一） | | 蘭亭集序/桃花源記/與陳伯之書（抽選其一） | | | 始得西山宴遊記/岳陽樓記/醉翁亭記（抽選其一） | | | 赤壁賦/郁離子選/項脊軒志（抽選其一） | | | 諜攻/答夫秦嘉書/與樞密韓太尉書 | | | 春夜宴桃李園序/傷仲永/指喻/病梅館記（抽選其一） | | | （期末測驗） | | |
| | 作業內容 | 多元思辨 | 小作文（*表示不加大作文，可加分） | 意象pisa思辨提問 | 小作文 | 大作文 | 意象pisa思辨提問 | 小作文 | 大作文 | 意象pisa思辨提問 | 小作文 | 大作文 | 意象pisa思辨提問 | 小作文 | 大作文 | 意象pisa思辨提問 | 小作文 | 大作文 | 意象pisa思辨提問 | 小作文 | 大作文 | 論語PISA、思辨讀寫互動綜合測驗 | （暗房）意象主旨測驗 |
| 王○○ | 312 | V | V | V | V | V | V | V | V | V | V | V | V | V | V | V | V | V | V | V | V | △ | V |
| 陳○○ | 312 | V | V | V | ▲ | ▲ | V | V | V | ▲ | V | ▲ | ▲ | ⊕ | ⊕ | ⊕ | ▲ | ▲ | ▲ | V | V | V | △ |
| 陳○○ | 312 | V | V | V | V | V | V | V | V | V | V | V | V | V | V | V | V | V | V | V | V | V | VV |
| 蔡○○ | 312 | V | V | ▲ | V | ⊕ | V | V | V | V | V | V | V | V | ▲ | ▲ | V | V | ▲ | V | V | V | ▲ |
| 謝○○ | 312 | V | V | V | V | V | V | V | V | V | V | V | V | V | V | V | V | V | V | V | V | V | V |
| 王○○ | 313 | V | V | V | V | V | V | V | V | V | V | V | V | V | V | V | V | V | V | V | V | V | |
| 何○○ | 313 | V | V | V | V | V | V | V | V | V | V | V | V | V | V | V | V | V | V | V | V | V | V |
| 何○○ | 313 | V | V | V | V | V | V | V | V | V | V | V | V | V | V | V | V | V | V | V | V | V | |
| 胡○○ | 313 | V | V | V | V | V | V | V | V | V | V | V | V | V | V | V | V | V | V | V | V | V | |
| 徐○○ | 313 | V | V | V | V | V | V | V | V | V | V | V | V | V | V | V | V | V | V | V | V | V | |
| 張○○ | 313 | V | V | V | V | V | V | V | V | V | V | V | V | V | V | V | V | V | V | V | V | V | △ |
| 陳○○ | 313 | V | V | V | V | V | V | V | V | V | V | V | V | V | V | V | V | V | V | V | V | V | |
| 廖○○ | 313 | V | V | V | V | V | V | V | V | V | V | V | V | V | V | V | V | V | V | V | V | V | △ |
| 閻○○ | 314 | V | V | V | V | V | V | V | V | V | V | V | V | V | V | V | V | V | V | V | V | V | |
| 謝○○ | 314 | V | V | ▲ | V | V | ▲ | V | V | V | V | V | V | V | V | V | V | V | V | V | V | V | V |
| 陳○○ | 315 | V | V | V | V | V | V | V | V | V | V | V | V | V | V | V | V | V | V | V | V | V | △ |
| 許○○ | 315 | V | V | V | ⊕ | ⊕ | ⊕ | ⊕ | ⊕ | ⊕ | ⊕ | ⊕ | ⊕ | ⊕ | ⊕ | ⊕ | ⊕ | ⊕ | ⊕ | ⊕ | ⊕ | ⊕ | ⊕ |
| 張○○ | 316 | V | V | ▲ | ▲ | ▲ | ▲ | V | ⊕ | ⊕ | ⊕ | V | V | V | V | V | V | V | ▲ | ▲ | ▲ | V | △ |
| 潘○○ | 316 | V | V | V | V | V | V | V | V | V | V | V | V | V | V | V | V | V | V | V | V | V | △ |
| 鍾○○ | 316 | V | V | V | V | V | V | V | V | V | V | V | V | V | V | V | V | V | V | V | V | VV | △ |
| 何○○ | 317 | V | V | V | ⊕ | V | V | V | V | V | V | V | V | V | V | V | V | V | V | V | V | V | VV |
| 謝○○ | 319 | V | V | V | V | V | V | V | V | V | V | V | V | V | V | V | V | V | V | V | V | △ | △ |
| 謝○○ | 319 | V | V | V | V | V | V | V | V | ⊕ | ⊕ | V | V | V | V | V | V | V | V | V | V | △ | |
| 鄭○○ | 320 | V | V | V | V | V | V | V | V | V | V | V | V | V | V | V | V | V | V | V | V | △ | △ |
| 賴○○ | 307 | V | V* | V | V | V | V | V | V | V | V | V | V | V | V | V | V | V | V | V | V | V | △ |

| 備註 | 1.小作文：章法結構簡表；大作文：四百字作文。2.V為作業符合規定，並完成繳交；⊕為缺席（未到課）；▲為缺交（到課，但未交作業）。3.A班生經老師同意，可彈性更換至B班上課，作業要求則與B班生同；B班生亦是。此處以繳交作業情況做統計，不另行標註出臨時轉班生，因兩班作業要求相同，差別只在古文篇目不同，故轉班生若依規定繳交作業，則逕以V標註。 | 期末測驗：<br>VV優良<br>V佳<br>△尚可 |

## （二）高二課程之學生作業繳交統計表

| 重修班名 | 姓名 | 班級 | 座號 | 學分 | 第一天 1.文本意象PISA思辨學習單:〈勸和論〉〈始得西山宴遊〉 | 第二天 2.多元思辨章法通學習單 | 第二天 3.孟子PISA思辨／讀寫互動作答 |
|---|---|---|---|---|---|---|---|
| 文化教材二上 | 王〇〇 | 201 | 23 | 1 | V | V | V |
| 文化教材二上 | 李〇〇 | 203 | 25 | 1 | V | V | V |
| 文化教材二上 | 潘〇〇 | 203 | 32 | 1 | V | V | V |
| 文化教材二上 | 黃〇〇 | 204 | 33 | 1 | V | V | V |
| 文化教材二上 | 高〇〇 | 204 | 38 | 1 | V | V | V |
| 文化教材二上 | 宋〇〇 | 204 | 25 | 1 | V | V | V |
| 文化教材二上 | 白〇〇 | 204 | 2 | 1 | V | V | V |
| 文化教材二上 | 方〇〇 | 204 | 1 | 1 | V | V | V |
| 文化教材二上 | 蘇〇〇 | 204 | 22 | 1 | V | V | V |
| 文化教材二上 | 謝〇〇 | 205 | 36 | 1 | V | V | V |
| 文化教材二上 | 謝〇〇 | 205 | 35 | 1 | V | V | V |
| 文化教材二上 | 蘇〇〇 | 205 | 22 | 1 | V | V | V |
| 文化教材二上 | 陳〇〇 | 207 | 15 | 1 | V | V | V |
| 文化教材二上 | 李〇〇 | 208 | 5 | 1 | V | V | V |
| 文化教材二上 | 關〇〇 | 210 | 22 | 1 | V | V | V |
| 文化教材二上 | 吳〇〇 | 210 | 5 | 1 | V | V | V |
| 文化教材二上 | 李〇〇 | 211 | 27 | 1 | V | V | V |
| 文化教材二上 | 李〇〇 | 212 | 15 | 1 | V | V | V |
| 文化教材二上 | 沈〇〇 | 212 | 16 | 1 | V | V | V |
| 文化教材二上 | 陳〇〇 | 215 | 11 | 1 | V | V | V |
| 文化教材二上 | 陳〇〇 | 218 | 30 | 1 | V | V | V |
| 文化教材二上 | 李〇〇 | 313 | 4 | 1 | V | V | V |
| 文化教材二上 | 周〇〇 | 314 | 20 | 1 | V | V | V |
| 文化教材二上 | 許〇〇 | 315 | 32 | 1 | V | V | V |
| 文化教材二上 | 潘〇〇 | 316 | 36 | 1 | V | V | V |
| 文化教材二上 | 黃〇〇 | 207 | 32 | 1 | V | V | V |
| 文化教材二上 | 林〇〇 | 215 | 24 | 1 | V | V | V |
| 出席到課人數共27人 | | | | | 27人 | 27人 | 27人 |

| 重修班名 | 姓名 | 班級 | 座號 | 學分 | 第一天<br>1.文本意象PISA思辨學習單:〈醉翁亭記〉〈岳陽樓記〉〈左忠毅公軼事〉 | 第二天<br>2.多元思辨章法通學習單 | 第二天<br>3.孟子PISA思辨／讀寫互動作答 |
|---|---|---|---|---|---|---|---|
| 文化教材二下 | 羅○○ | 202 | 21 | 1 | V | V | V |
| 文化教材二下 | 李○○ | 203 | 25 | 1 | V | V | V |
| 文化教材二下 | 潘○○ | 203 | 32 | 1 | V | V | V |
| 文化教材二下 | 黃○○ | 204 | 33 | 1 | V | V | V |
| 文化教材二下 | 張○○ | 204 | 31 | 1 | V | V | V |
| 文化教材二下 | 高○○ | 204 | 38 | 1 | V | V | V |
| 文化教材二下 | 蘇○○ | 204 | 37 | 1 | V | V | V |
| 文化教材二下 | 宋○○ | 204 | 25 | 1 | V | V | V |
| 文化教材二下 | 方○○ | 204 | 1 | 1 | V | V | V |
| 文化教材二下 | 廖○○ | 204 | 18 | 1 | V | V | V |
| 文化教材二下 | 李○○ | 204 | 5 | 1 | V | V | V |
| 文化教材二下 | 謝○○ | 205 | 36 | 1 | V | V | V |
| 文化教材二下 | 蘇○○ | 205 | 22 | 1 | V | V | V |
| 文化教材二下 | 陳○○ | 207 | 15 | 1 | V | V | V |
| 文化教材二下 | 周○○ | 208 | 12 | 1 | V | V | V |
| 文化教材二下 | 朱○○ | 209 | 23 | 1 | V | V | V |
| 文化教材二下 | 范○○ | 209 | 28 | 1 | V | V | V |
| 文化教材二下 | 闕○○ | 210 | 22 | 1 | V | V | V |
| 文化教材二下 | 吳○○ | 210 | 5 | 1 | V | V | V |
| 文化教材二下 | 李○○ | 211 | 27 | 1 | V | V | V |
| 文化教材二下 | 杜○○ | 211 | 6 | 1 | V | V | V |
| 文化教材二下 | 林○○ | 212 | 20 | 1 | V | V | V |
| 文化教材二下 | 張○○ | 212 | 24 | 1 | V | V | V |
| 文化教材二下 | 彭○○ | 213 | 27 | 1 | V | 缺席 | 缺席 |
| 文化教材二下 | 吳○○ | 214 | 15 | 1 | V | V | V |
| 文化教材二下 | 陳○○ | 214 | 29 | 1 | V | 缺席 | 缺席 |
| 文化教材二下 | 陳○○ | 218 | 30 | 1 | V | V | V |
| 文化教材二下 | 周○○ | 314 | 20 | 1 | V | V | V |
| 文化教材二下 | 郭○○ | 314 | 28 | 1 | V | V | V |
| 文化教材二下 | 許○○ | 315 | 32 | 1 | V | V | V |
| 文化教材二上 | 黃○○ | 207 | 32 | 1 | V | V | V |
| 出席到課人數共31人 | | | | | 31人 | 29人 | 29人 |

# 試論武曌頌詩中的主題意識

張娣明

開南大學應用華語學系助理教授

## 摘要

　　武曌是中國歷史上唯一真正掌握君權的女皇帝，眾所周知的是她政治上的事蹟，然而身為一位女性，她的溫柔與心思則呈現在其詩歌之中。本文主要分析其頌詩與生平。武曌本身雅好詩文，創作了不少詩歌，她的詩作主題以祭祀類詩歌為大宗，祭祀類詩歌配合著每一場政治祭典的進行，詩歌與政治緊扣成為武曌誇耀威權的手段。並且當作她身為一個統治者的政治宣言。

　　本論文以《全唐詩》收錄的武曌詩作為範圍，試探其頌詩中所透露的政治主題意識。

**關鍵詞：唐詩、頌詩、武則天、唐代女皇**

# 一　導論

　　唐代文風興盛，諸如詩歌、古文、傳奇、變文、曲子詞，都有輝煌而傑出的作品。尤其唐詩一項，更可說是中華文學的精髓之一，其詩人之多，作品之豐，遠遠超越前代。唐詩精緻，情采兼備，譬如「浮雲遊子意，落日故人情」、「出師未捷身先死，常使英雄淚滿襟」這些千古絕唱的名句，使人心有戚戚焉，為之動容。

　　武曌（624-705）是中國歷史上唯一真正掌握君權的女皇帝，後人關注的大都是她政治上的事蹟，然而身為一位女性，她的溫柔與心思則呈現在其詩歌之中。武曌詩歌創作的宏偉壯麗特色，與對山川實景的描摹，領導當時詩歌創作的取向。武曌有意識的推動初唐科舉制度的改革，徹底改造當時的國家取才制度，也使得社會階級重新架構；進士科舉重視文辭取士的方式，提高了進士科的地位，更使初唐的社會文風披靡。武曌統治時期的文人群體，同時也是當時詩歌創作的主體。他們在詩歌創作中切磋琢磨，促進了詩歌格律的發展進程，研練詩歌創作技巧，並且提升詩歌的藝術內涵，從而為盛唐詩壇的詩體與律詩發展奠基。

## 前人研究成果概述

　　武曌詩文的研究學位論文計有：梁瑞珍《武曌詩文研究》（山西師範大學碩士，2011）、程莉《武則天及其詩歌研究》（四川大學碩士，2006）、路榮《武則天詩歌研究》（西北大學碩士，2001）等，期刊論文也有：唐沙〈武則天的詩歌藝術成就及她對唐代文學發展的貢獻〉（重慶工學院學報（社會科學版，2008（06））、郭根群、郭社軍

〈略析武則天對唐詩繁榮的貢獻〉（河北軟件職業技術學院學報，2006（01））等，尤其與頌詩研究關係緊密的論文：郭海文〈洛陽與武則天的頌詩〉（洛陽師範學院學報，2008（03）），筆者撰寫論文時加以參考，站在前人研究基礎上，使研究成果更為豐富。

　　唐朝是文學的輝煌時代，也是一個詩歌創作趨於個性化、詩人獨特的情性與風格，得以充分展現的階段。唐朝詩歌形式表現與審美理想，為中國多姿多彩的詩歌形式表現與審美理想，開啟燦爛的第一章，並深刻地影響著後世的詩歌發展。詩歌形式表現與審美理想是詩歌、哲學與歷史的結合，唐朝詩家們，努力論述詩歌文體的本質與特徵，體現自覺的詩歌形式表現與審美理想意識，也展示唐朝詩家的主體意識。

　　歷來唐詩選本不少，重要的有殷璠《河岳英靈集》、洪邁《萬首唐人絕句詩》、王士禎《十種唐詩選》、沈德潛《唐詩別裁集》……等，真是不勝枚舉。其中最膾炙人口的要屬蘅塘退士的《唐詩三百首》，俗諺云：「熟讀唐詩三百首，不會作詩也會吟。」便可見出端倪。然收集最全者，則為《全唐詩》。

　　《全唐詩》是清康熙四十四年（1705），彭定求、沈三曾、楊中訥、汪士鋐、汪繹、俞梅、徐樹本、車鼎晉、潘從律、查嗣瑮十人奉敕編校，「得詩四萬八千九百餘首，凡二千二百餘人」[1]，共計九百卷，目錄十二卷。

　　曹雪芹的祖父曹寅奉旨刊刻《全唐詩》，康熙四十四年（1705）三月始編，次年十月，全書即編成奏上。全書架構在明代胡震亨《唐音統簽》和清代季振宜《唐詩》的基礎上，旁采殘碑、斷碣、稗史、雜

---

1　康熙《御制全唐詩序》　康熙四十四年三月十九日奉命刊刻、校對；康熙四十五年十月初一日書成，裝潢成帙；康熙四十六年四月十六日康熙御制序。

書，拾遺補缺，鉅細靡遺。全書以〈帝王〉、〈后妃〉作品列首，〈樂章〉、〈樂府〉次之，又以年代為限，列出唐代詩人，附以作者小傳。接著是〈聯句〉、〈逸句〉、〈名媛〉、〈僧〉、〈道士〉、〈仙〉、〈神〉、〈鬼〉、〈怪〉、〈夢〉、〈諧謔〉、〈判〉、〈歌〉、〈讖記〉、〈語〉、〈諺謎〉、〈謠〉、〈酒令〉、〈占辭〉、〈蒙求〉，最後為〈補遺〉、〈詞綴〉。

中華書局編《全唐詩外編》，收集了日本人上毛河世寧（市河寬齋）的《全唐詩逸》三卷，王重民輯《補全唐詩》，收詩一〇四首，孫望《全唐詩補逸》二十卷、童養年《全唐詩續補遺》二十一卷等四種。另外，劉師培有《全唐詩發微》，岑仲勉有《讀全唐詩劄記》。張忱石編《全唐詩作者索引》。

本研究就《全唐詩》中收錄武曌的詩作為舉證範圍。期望日後對此作更大規模，更深刻的研究。

## 二　武曌頌詩意識之考察

《全唐詩》收錄四十餘首武曌的詩歌，可以依照內容中的詩意，分成三大部分：頌詩、山水詩、與愛情詩。比例最高的頌詩，共有〈曳鼎歌〉一首、〈唐享昊天樂〉十二首、〈唐明堂樂章〉十一首、〈唐大饗拜洛樂章〉十四首、〈唐武氏享先廟樂章〉一首，內容可說是武曌身為政治家的宣言；比例排名其次的山水詩，則展現武曌身為詩人的詩歌情致；愛情詩呈現的是武曌身為女性溫柔婉約的心事。

### （一）「頌」之意識的薪傳承繼

武曌的「頌」詩繼承《詩經》中「頌」傳統，多採用四言詩形式。魏晉南北朝詩歌形式表現與審美理想中，無論是美學標準，或詩

人才性的批評，由曹丕文體四科（奏議宜雅，書論宜理，銘誄尚實，詩賦欲麗）與文氣說開展下來，魏晉南北朝詩學在唐詩詩歌中得到發揮，並推向極致，武曌的詩歌創作也在內容中繼承中國傳統詩學。曹丕的概念基礎，繼承自人物品鑑的才性論，但因所論述的對象是詩歌出身，所以似乎在討論詩人，亦似在討論詩歌。曹丕企圖用人物品鑑論才性的思考模式，轉移到詩歌形式表現與審美理想上，使詩歌形式表現與審美理想論詩歌自身，進而意識到詩歌應有的本質風貌，但概念轉移未成熟，以至於有時純粹是對詩人才質的品藻評鑑，形成詩歌為一種文學體裁的概念時，一方面要批評詩歌自身，又要批評詩人風格的意涵。嗣後使才性論純熟的轉移，審美意涵從人生意涵的概念中，劃分出來，並且由寫作實踐意識指導下，直接探究詩歌自身，則是陸機的文體論，他在曹丕的文體論基礎上，進一步發展成十種，〈文賦〉中說：

> 詩緣情而綺靡，賦體物而瀏亮，碑披文以相質，誄纏綿而悽愴，銘博約而溫潤，箴頓挫而清壯，頌優遊以彬蔚，論精緻而朗暢，奏平徹以閑雅，說煒業而譎狂。[2]

陸機認為「體有萬殊」，基本上與曹丕「文本同而末異」的主張相同，但其對「體」的分類，與詩歌特質的描述，更加豐富，陸機已經將「頌」作為一種詩歌的內容特徵寫明，而武曌的「頌」詩，也發揮優遊以彬蔚的本質特徵。陸機對詩歌的本質特徵，與如何展現這些特徵加以區分，所以詩是作為緣情，但緣情應由綺靡表現，因此陸機文

---

2　〔清〕嚴可均：《全上古三代秦漢三國六朝文》（京都：中文出版社，1981年6月），頁2013。

體的界說，更為具體地將風格與體裁並列而論，而且對詩歌的藝術特質描述加強。雖然曹丕將人物品鑑中的才性批評模式、批評方法，具體轉移到詩歌形式表現與審美理想上，但陸機的承繼，卻是將本質上的吸收，將才性論強調人的主體意識，從概念上運用到詩歌形式表現與審美理想，使詩歌形式表現與審美理想對詩歌的本質意涵，做深入的探究，成為詩歌形式表現與審美理想審美意涵的探究。在之後摯虞（？-311）〈文章流別論〉、李充（？-？）的〈翰林論〉都有更細膩的類別，其基本概念相似陸機。總之，魏晉南北朝盛行人物品鑑，一方面因為九品官人制的形成，另一方面因為門第觀念勢如燎原，在《世說新語》一書中，記載甚詳，於是人物品評風氣，轉移成詩歌形式表現與審美理想品評的潮流。

## （二）宗教信仰與政治利用

在唐代高宗、武后及武周時期，佛教彌勒淨土信仰與彌陀淨土信仰極為盛行。可以從武曌與淨土僧尼的交往、及淨土造像兩個方面進行梳理和分析得知。武曌時期淨土信仰的流行，既是時代潮流發展的必然趨勢，也與武曌的扶持與政治利用有關。武曌與宗教的關係，不僅表現在她敬神禮佛的頌詩中，也是她執政的重要環節。對於武周時期的佛教信仰，學者多有研究，陳寅恪《武與佛教》：曾從家世信仰及政治需要兩方面說明武曌信仰佛教的必然性[3]。溫玉成〈試論武則天與龍門石窟〉則考察武曌時期洛陽龍門石窟所鑿佛龕與造像的變化，論證武曌信仰佛教的真正目的是政治需要[4]。至於張弓耆也對此

---

3　陳寅恪：《武與佛教》，《金明館叢稿二編》（上海市：上海古籍出版社，1980年）。

4　溫玉成：〈試論武則天與龍門石窟〉，《敦煌學輯刊》1989年第1期。

進行探討，〈從龍門造像史跡看武則天與唐代佛教的關係〉，對武曌如
何利用佛教為其政治目的服務，加以具體分析[5]。

陳景富〈武則天崇佛心態三段論〉則認為，武曌得勢前將佛教作
為精神依託，而在後來的政治鬥爭中借佛威以壯帝威，晚年崇佛則主
要是為了報恩還願[6]。筆者認為配合武曌的詩作觀察，這種說法非常
貼近武曌的創作歷程。

學者們從宏觀視角進行的研究，對於整體探討武曌與宗教的關係
奠定基礎，同時也為研究提供了進一步拓展的空間。

## （三）頌詩意向透視舉例

風雅頌賦比興，其說起源於《詩經》，合稱詩六義，唐孔穎達《毛
詩正義》：「賦比興，詩之所用，風雅頌，詩之成形。」學界將賦比興
視為詩的作法，風雅頌則為詩的體裁。風雅頌為詩經的體裁分類，通
正變，兼美刺。風雅頌都各有功能與藝術價值，運用不同形式讓人理
解有所不同，藝術風格也有差異，後來逐漸形成各種文學型式。

《詩經》的〈頌〉是貴族在家廟中祭祀鬼神、讚美統治者功德的
樂曲，在演奏時要配以舞蹈。武曌採用其形式與性質，在中正莊嚴中
表現其政治功績，以此昭告神明。

## 1 宏大氣象的〈曳鼎歌〉展現

武曌的頌詩也繼承《詩經》的頌詩性質，是唐朝與她自己創建的
周朝在廟中祭祀鬼神、讚美統治者功德的樂曲，也都於演出時配以音

---

5　張弓壽：〈從龍門造像史跡看武則天與唐代佛教的關係〉，《世界宗教研究》，1989年
　　第1期。

6　陳景富：〈武則天崇佛心態三段論〉，《五臺山研究》1989年第2期。

樂舞蹈。吳以甯、顧吉辰則認為武曌頌詩目的「是為鞏固武周政權服
務的。充滿對李唐政權的反逆」[7]。例如〈曳鼎歌〉：

> 羲農首出，軒昊膺期。唐虞繼踵，湯禹乘時。天下光宅，海內
> 雍熙。上玄降鑒，方建隆基。

　　這既是一首四言詩，也是銘文，所謂銘文，就是在器物或碑碣上
刻寫或鑄成的文字。西元六九六年（萬歲通天元年）四月，鑄九鼎
成，搬放於通天宮。豫州鼎高一丈八尺，容一八〇〇石；其餘鼎高一
丈四尺，容一二〇〇石，共用銅五十六萬多斤。鼎上各寫本州山川物
產之象，令著作郎賈膺福、殿中丞薛昌容、鳳閣主事李元振、司農錄
事鐘紹京等分題，左尚令曹元廓畫。令南北衛士十餘萬人並仗內大
牛、白象曳之。自玄武門入。武曌也創作了這首豫州永昌鼎歌。
　　頌的表現手法往往是鋪陳其事，使詩歌顯得整齊勻稱，有氣勢。
而這種形式正好符合武曌追求宏麗的氣魄。武后前期愛好頌美的文
體，主要是為了政治服務，宣傳武周革命的順天應時，以及女主權威
的至高無上。因此她不惜人力物力，用各種形式來誇耀無可比擬的偉
大功德。堆砌詞藻，富麗的頌體詩較缺乏情意。但武曌追求宏麗的氣
魄，對於盛唐以壯麗雄偉為上的審美觀念的形成，有潛移默化的作
用。唐代的種種偉觀壯舉，雖然奢華，卻也顯示盛大的帝國氣象，大
大拓寬文人們的胸襟和視野。在這方面，〈曳鼎歌〉是具有一定代表
性的。
　　鼎是國家權力的象徵。女皇武曌重鑄九鼎，表明其政權已趨鞏

---

7　吳以甯、顧吉辰：《中國后妃制度研究》（上海市：華東理工大學出版社，1995年），
　　頁35。

固。此時，她正式君臨天下已七個年頭，四海富庶，國家強盛。在此之前，她造明堂，建天樞，中嶽封禪，相繼成功，女皇志滿意得，權力鼎盛，於是鑄九鼎再顯君威。

《唐會要》卷十一載：

> 天冊萬歲二年三月二日，重造明堂成，號通天宮。四月朔日，又行親享之禮，大赦，改元為萬歲通天。其年四月三日，鑄銅為九州鼎成，置于明堂之庭，各依方位列焉。蔡州鼎名永昌，高一丈八尺，受一千二百石。冀州鼎名武興，雍州鼎名長安，兗州鼎名日觀，青州鼎名少陽，徐州鼎名東源，揚州鼎名江都，荊州鼎名江陵，梁州鼎名成都。八州鼎各高一丈四尺，受一千二百石。用銅五十六萬七百一十二斤。鼎上各寫本州山川物產之象。仍令著作賈膺福、殿中丞薛昌容、鳳閣主事李元振、司農錄事鐘紹京等分題之，尚方署令曹元廓圖畫之。仍令宰相諸王率南北宿衛兵十餘萬人并仗內大牛白象曳之，自元武門外曳入。天后自制曳鼎歌調，令曳者唱和焉。其時又造大儀鐘，斂天下三品金，竟不能成。九鼎初成，制令以黃金千兩涂之。納言姚璹諫曰：「夫鼎者神器，貴在質樸自然，無假別為浮飾。臣觀其狀，光有五彩輝煥，錯雜其間。豈待金色，方為炫耀。」從之。開元二年八月十八日，太子賓客薛謙光獻〈東都九鼎銘〉。其〈蔡州銘〉，武后所制。文曰：「羲農首出，軒昊膺期。唐虞繼踵，湯禹乘時。天下光宅，海內雍熙。上元降鑒，方建隆基。」紫微令姚崇等奏曰：「聖人啟運，休兆必彰。請宣付史館。」詔從之。[8]

---

8 〔宋〕王溥：《唐會要》（上海市：商務印書館，1935年），頁279。

　　武曌寫鼎文，非同一般。女皇親撰銘文，以示重視。她以那如椽大筆突兀從河圖寫起，一連四句，歷數三皇五帝。開頭氣勢不凡，使人想起「河出圖，洛出書，聖人則之」這一古訓，寓意深長。接寫「天下光宅，海內雍熙」，頌揚武周政權是光明燦爛的和諧社會。自從西元六八四年改元光宅以來，經十二年經營，認為光宅天下的目標達到了。最後以「上玄降鑒，方建隆基」結束全詩，歸功於天，指明君權神授，上天降下符瑞，命她建立隆盛的大周基業。

　　武曌〈曳鼎歌〉，全篇充滿了對先王的歌頌與崇拜，也從另一個角度表現出武曌的雄偉的志向與氣魄。武曌頌詩寫得頗有氣勢。在武曌統治時期，重視詩歌氣勢之美、崇尚天然壯麗已成為詩歌創作風尚。緊承武周的中宗朝，雖只有五年，但其風益熾，更表現出了武周的餘威後緒。由此可見，詩歌中的盛世氣象並非玄宗朝才突然產生的，早在武后朝就漸露端倪。在她的倡導與影響下，宮廷中產生了許多氣勢飛動、氣魄宏大、表現盛世景象的作品，這些作品是當時宮廷生活、都市景象、人們心態的反映，是武后朝國力、國勢的藝術折射。詩歌由初唐走向盛唐的一個重要標誌，就是詩境的開闊與氣象的宏大，這與武曌時期崇尚的審美角度是有關的。

　　文如其人，出自政治家之手的鼎文，成了一篇政治宣言，抒發了勝利者的豪情。詩中武曌以三皇五帝這些聖君自況，此詩氣勢雄偉，音韻鏗鏘，是一篇成功的傑作。

　　總之，頌詩在武曌的詩歌占較大比重。頌詩的意義：其一，繼承《詩經》中「頌」的傳統。其二，宏大氣勢對從初唐到盛唐的轉變具有引導性作用。這類詩以歌功頌德為旨歸，反映武曌時期政局安定，國力強大，列國朝拜的社會現實，同時也展示武曌的內心世界，即她作為帝王的抱負、主張以及憂慮，體現出她作為一代女皇鮮明的王者風範及帝王氣概。詩中最突出的是其中所表現出的開創太平基業的信

心與決心，這對唐人精神風貌的影響是深遠而強烈的。

## 2 治理社會的期待：〈明堂樂章〉

《毛詩序》曰：「頌者，美盛德之形容，以其成功告於神明者也。」有學者研究：頌跟先民的祭祀有較大的關係[9]。《詩經》裡的頌，指在廟裡舉行盛大的祭祀儀式儀式時念的祭文，內容分為讚美神靈及祖先的功德，祭文通常是配合雅樂念的四言詩，以顯其古樸、典雅、莊重，而且念祭文的人通常是男人。這種形式，到了兩漢魏晉南北朝時期，較為衰落，到了武后朝，這種頌體又被採用。堆砌詞藻、呆板富麗的頌體詩，形式上的意義是大於思想內容價值的。

武曌的頌詩以明堂詩為多。明堂是古代帝王朝見諸侯、宣明政教並兼行祭祀的地方。自漢以後有關明堂形制紛爭不休。唐太宗曾令儒官商定明堂制度，卻議而不決。高宗朝議立明堂，然未成功。武則天臨朝，乃與北門學士議其制[10]，垂拱三年春，毀東都之乾元殿，就其地創之。四年正月五日，明堂成。凡高二百九十四尺，東西南北各三百尺。號萬象神宮。王世仁《明堂形制初探》指出：「武則天明堂高一九四尺（合今 54.32 米），每邊各寬三百尺（合今 84 米），是中國歷史上規模最宏大的明堂。」還指出：「她（武則天）是把它作為一種更高的政權象徵，一種嶄新的精神形象，一種對傳統禮制的挑戰形式而設計的。……原來明堂祀五帝，頒月令、祭祖先、祈豐收的功能已經被逐漸完備的各種禮制祭祀的壇廟所代替，……它實際上只是君權神授的一個象徵。它那十字軸線對稱，層次井然有序，渾然一體的形象，表現出某種不可動搖的、統帥一切的力量和權威[11]。」

---

9 葉舒憲：《詩經的文化闡釋》（武漢市：湖北人民出版社，1994年），頁451。

10 〔後晉〕劉昫：《舊唐書》（北京市：中華書局，1975年），頁862。

11 楊志剛：《中國禮儀制度研究》（上海市：華東師範大學出版社，2001年），頁294

在明堂建成後，武曌撰〈唐明堂樂章〉共十二首。它們分別為：〈外辦將出〉,〈皇帝行〉、〈皇嗣出入升降〉、〈迎送王公〉、〈登歌〉、〈配饗〉、〈宮音〉、〈角音〉、〈徵音〉、〈商音〉、〈羽音〉。

《舊唐書》卷三〇《音樂志》雖記載十二首，實際數僅十一首。詞藻華麗，內容多宮廷生活。意義為歌頌祖先、祈求福祉。

如〈皇嗣出入升降〉曰：

> 至人光俗，大孝神通。謙以表性，恭惟立身。洪規載啟，茂典方陳。譽隆三善，祥開萬春。

此詩一開始就盛讚皇族為「至人」。所謂至人，是莊子對於最高主體的稱呼，莊子有許多不同的稱謂──「至人」、「神人」、「聖人」及「真人」等等。《莊子》內篇亦有對於此最高主體的論述與描寫，以〈逍遙遊〉最為重要。〈逍遙遊〉最直接說明此最高主體的意義為：「至人無己，神人無功，聖人無名」[12]莊子的最高主體──至人，其最重要的特徵是具有主體的自由。武曌以此最高主體稱呼作為讚美主體，並沿用其中內涵。

《大戴禮記》〈祭義〉〈曾子大孝〉裡面曾子曰：「孝有三；大孝尊親，其次弗辱，其下能養。」曾子提出：「孝有三種等級；最上等的孝，是使父母得到天下人的尊敬；次等的孝，是不辱沒父母的名譽；最下等的孝，只不過是能養活父母而已。」百善孝為先，孔子也說：「夫孝，德之本也。」孝是中國文化待人接物的起始點，也是所有德行的根源。曾子在孔子論孝的基礎上，進一步區分孝的層次。武曌以最高層次的孝德稱許與期勉皇族。

---

12 郭慶藩輯、王孝魚整理：《莊子集釋》（北京市：中華書局，1982年），頁17。

在頌詩當中，武曌也使用宗教用語，例如此處的神通，原為梵文，又譯為神力、通力、通，為佛教術語，指因禪定力而得到的超越凡人神秘力量，也有可能只是普通的幻術而已。這個名詞也出現在佛經中。在佛經分類，主要涵蓋有六種：神足通（又稱「如意通」或「神境通」）；天耳通；他心通；宿命通；天眼通；漏盡通。武曌藉此用語表現頌詩的意境。

謙虛，與驕傲相對。《詩》〈小雅〉〈角弓〉：莫肯下遺。漢鄭玄箋：「今王不以善政啟小人之心，則無肯謙虛以禮相卑下，先人後己，用此居處，斂其驕慢之過者。」鄭玄提出治理天下的君王，應抱持謙虛態度，用禮節對待臣下。武曌提出要用「謙」表達皇族心性，認為君王要虛心，不誇大自己的能力或價值；沒有虛誇或自負；不魯莽或不一意孤行。謙虛是君王應有的美德，是進取與成功的必要前提。並且意謂當君王有信心地做出決定或採取行動之前，能夠主動向他人請教或徵求意見的習慣。

武曌提出的第四個概念是：恭惟立身。用恭敬立身處世，這一方面從道德上來講，指嚴肅、端莊有禮貌。《孟子》〈告子上〉即說：「恭敬之心，人皆有之。」從待人接物上來談，要對人謙恭有禮貌。《史記》〈陳丞相世家〉就記載：項王為人，恭敬愛人，士之廉節好禮者多歸之。武曌與司馬遷相同見解，也認為恭敬是君王治理天下的重要態度。另一方面，也是從宗教層面來談，《敦煌變文集》〈妙法蓮華經講經文〉：「奉勸今朝聽法人，聞經切要生恭敬。」佛教重視恭敬心，期許眾生虔誠敬肅，武曌此處亦如是。

洪規載啟，武曌一心想替大唐建立大法，創建洪大的規模。《文選》〈陸機‧辯亡論〉：「洪規遠略，固不猒夫區區者也。」王勃〈益州夫子廟碑〉：「三千弟子攀睿化而升堂，七十門人奉洪規而入室。」陸機與王勃都曾用此詞表述對偉業的讚揚，武曌也以此為目標。

　　除了洪規，武曌另欲撰寫偉大的典籍。《文選》〈顏延之‧三月三日曲水詩序〉：「選賢建戚則宅之於茂典，施命發號必酌之於故實。」《文選》〈王融‧永明九年策秀才文〉：「敬法峒刑，虞書茂典。」都曾讚揚盛美的典章、法則。《舊唐書》〈肅宗紀〉：「至于漢武，飾以浮華，非前王之茂典，豈永代而作則。」要想留名青史，成為英明君主，必要建立偉大典章與法則，武曌深知其理。

　　武曌在洪規與茂典上，的確創建了大唐的功績，她在經濟發展很重視，尤其重視農業生產。她認為建國之本，必在於農；家足人足，則國自安。命人撰成農書《兆人本業記》，頒行天下。武曌也繼續推行均田制。在邊遠地區實行軍事屯田、營田，成效顯著。重視和提倡興修水利，在獨掌政權的二十一年裡，地方水利工程有十九項。還以境內農田好壞作為獎懲地主官吏的標準。武曌的這些措施，促進了農業生產的發展。其一，國家倉庫裡儲滿糧食；其二，地方儲糧豐富；其三，戶口顯著增加。武曌時代的手工業也持續發展。主要表現在採礦業、鑄造業和紡織業上。農業、手工業的發展，又促進商業繁榮。武曌時代繁榮主要表現在市的增加或城市貿易的發達。

　　武曌在位時裁文史，光耀文史。重視古建築的修建，較著名的有長安大雁塔、嵩山少林寺、洛陽龍門石窟和乾陵。相容三教，使其發展。武則天本人尊儒、寵道、信佛，她派人將三教之精華匯集為一本《三教諸英》。發展科舉，提高官員的文化素養，開放殿試，增加制舉次數與常舉難度。

　　再如〈迎送王公〉：

> 千官肅事，萬國朝宗。載延百辟，爰集三宮。君臣德合，魚水斯同。睿圖方永，周曆長隆。

　　一起首用千萬對，千對萬為對偶中常見用法，但相較於武曌的其他類如山水詩等，武曌的頌詩較常使用此種類型氣象萬千的對偶。一開始提到「肅事」與〈皇嗣出入升降〉的「恭」意涵相近。肅，《說文》中：「持事振敬也。从聿在𧮫上，戰戰兢兢也。」《廣韻》：「恭也，敬也，戒也。」武曌提出官員應該肅事，在宗教中要肅事神明，在朝廷上也要如此。

　　古代諸侯春、夏朝見天子。後泛稱臣下朝見帝王。《周禮》〈春官‧大宗伯〉：「春見曰朝，夏見曰宗，秋見曰覲，冬見曰遇。」武曌在詩中期望唐朝疆域擴大，她執政時期，擴大中原王朝在朝鮮、西域，以及西南地區的勢力範圍，當時東至高麗，西至波斯、吐蕃，南至真臘，北至突厥、靺鞨，都成為納貢藩國。面對少數民族，由於武曌與唐太宗一樣抱持各民族平等，以漢蕃和親、招任官職、經濟援助等方式做為基本的撫慰政策。但面對少數民族蓄意發動的侵擾，武曌則是堅定採取強硬的軍事行動。像是高宗後期以來，吐蕃侵占西域、威脅河西，武曌在經過長時間的國力培養後，即命唐休璟、王孝傑在長壽元年（692）率軍主動出擊，收復安西四鎮（碎葉、疏勒、龜茲、于闐）等失地，維護國防安全。

## 三　武曌頌詩主題意識之歸結

### （一）武曌頌詩為其特意著力之作

　　武曌詩文集，多至百餘卷，為古今女詩人之冠[13]。以武氏之雄才

---

13　謝無量：《中國婦女文學史》（上海市：中華書局，1933年），頁22。此論是以唐書曾有的記載而言，以現存的詩作數量或《全唐詩》的收錄而言，則究竟何位女詩人為數量之冠，難有定論。

大略，詩文亦有所能。是以歷來收錄宮閨詩文者，武曌恆為一大家也[14]。武曌的存詩中，頌詩的比重最高，共三十九首。〈曳鼎歌〉（一首）、〈唐享昊天樂〉（十二首）、〈唐明堂樂章〉（十一首）、〈唐大饗拜洛樂章〉（十四首）、〈唐武氏享先廟樂章〉（一首）。詩作古質典雅，論者比之漢唐山夫人之〈安世房中歌〉[15]。

〈安世房中歌〉為樂府〈效廟歌〉篇名。原名〈房中祠樂〉，惠帝時更名〈安世樂〉，《漢書》〈禮樂志〉改題為〈安世房中歌〉。漢高祖妃唐山夫人作。

〈安世房中歌〉共十七首，第一首：

> 大孝備矣，休德昭清。高張四縣，樂充官庭。芬樹羽林，雲景杳冥，金支秀華，庶旄翠旌。

關於本篇內容，人們多有評述。西漢時代的〈安世房中歌〉與〈郊祀歌〉，在郊廟歌辭創作史上是最具原創性的作品集。是「漢初貴族樂府」的代表作。也可視為廟祀組詩。《樂府詩集》卷八將其作為「宗廟樂章」之首，向來為人所重視。清代沈德潛《古詩源》說：「郊廟歌近頌，房中歌近雅，古奧中帶和平之音，不膚不庸，有典有則，是西京極大文字。」陳本禮《漢詩統箋》引劉元城之語：「唐山夫人房中樂十七章（今郭茂倩《樂府詩集》第十四、十五並成一章，故改為十六章），格調高嚴，規模簡古，駸駸乎商周之頌。」又引彭躬庵（士望）曰：「合三頌之典重，得楚騷之精粹，義理既大，音節複諧，章章新，句句活，使枚馬二韋寫之，未必得此全璧。」

---

14 謝無量：《中國婦女文學史》，頁10。

15 梁乙真：《中國婦女文學史綱》（上海市：開明書店，1932年），頁196。

　　武曌頌詩與〈安世房中歌〉一起觀之，皆為宗廟樂章中的佳作，格調高雅嚴謹，規模仿效古風，典正莊重，得詩經頌詩的菁華。

## （二）武曌頌詩性質為政治謀略一環

　　武曌的頌詩，成為她作為政治家的宣言。《十三經辭典·毛詩卷》對「頌」定義：「頌，《毛詩》六義之一。《毛詩》三種詩歌類型的一種，均為廟堂祭祀樂歌。《周南·關雎》序：頌者，美盛德之形容，以其成功告於神明者也」[16]。武曌頌詩型制為完整頌詩類型，作用為廟堂祭祀，配有音樂可歌唱，當時祭神場面莊嚴盛大，並表現唐朝與周朝成就功績，以此昭告神明。

　　如《唐大饗拜洛樂章·昭和》：

　　　　九玄眷命，三聖基隆。奉承先旨，明台畢功。宗祀展敬，冀表深衷。永昌帝業，式播淳風。

　　唐書樂志曰：「則天皇后永昌元年《大享拜洛樂》，設禮用〈昭和〉，次〈致和〉，次〈咸和〉，乘輿初行用〈九和〉，次〈拜洛〉、受圖用〈顯和〉，登歌用〈昭和〉，迎俎用〈敬和〉，酌獻用〈欽和〉，送文舞出、迎武舞入用〈齊和〉，武舞用〈德和〉，撤俎用〈禋和〉，辭神用〈通和〉，送神用〈歸和〉。」按樂志又有〈歸和〉一章，亦送神詞也[17]。

　　《舊唐書》卷二十四《禮儀志四》載：「則天垂拱四年四月，雍

---

16　十三經辭典編纂委員會：《十三經辭典·毛詩卷》（西安市：陝西人民出版社，2002年），頁363。

17　此為全唐詩於詩題下註解。

州永安人唐同泰偽造瑞石于洛水，獻之。其文曰：「聖母臨人，永昌
帝業。於是號其石為寶圖，賜百官宴樂，賜物有差。授同泰為游擊將
軍。……至其年十二月，則天親拜洛受圖，為壇於洛水之北，中橋之
左。皇太子皆從。內外文武在僚、蠻夷酋長，各依方位而立。珍禽奇
獸，並列于壇前。文物鹵簿，自有唐已來，未有如此之盛者也[18]。」
為了舉行這一活動，武曌特意撰寫《大享拜洛樂章》。

　　〈九和〉：祗荷坤德，欽若乾靈。慚惕罔實，興居匪寧。恭崇
禮則，肅奉儀形。惟憑展敬，敢薦非馨。
　　〈昭和〉：舒陰致養，合大資生。德以恆固，功由永貞。升歌
薦序，垂幣翹誠。虹開玉照，鳳引金聲。
　　〈通和〉：皇皇靈眷，穆穆神心。暫動凝質，還歸積陰。功玄
樞紐，理寂高深。銜恩佩德，聳志翹襟。

　　拜洛受圖的活動，是一次很好的民意測驗。武曌成功完成目標，
此時她已經穩步走向皇帝寶座，正式戴上皇冠，改朝換代的時刻，即
將來臨。《大享拜洛樂章》作曲撰詞，十分動人，字裡行間，充滿對
洛河之神的敬仰及膜拜，從樂曲之名均有「和」字考察，表現武曌對
天時人和、政局安定、帝業昌盛、式播淳風，天下太平的嚮往[19]。

## （三）採取頌詩，以成制度

　　《詩經》裏與〈風〉、〈雅〉並列的〈頌〉，就是指在廟裏舉行盛

---

18　〔後晉〕劉昫：《舊唐書》，頁925。
19　吳以寧、顧吉辰：《中國后妃制度研究》（上海市：華東理工大學出版社，1995年），
　　頁214。

大的祭祀儀式時念的祭文，內容分為：讚美神靈與歌頌祖先功德，這種祭文通常是配合雅樂念的四言詩，以顯其古樸、典雅、莊重，而且念祭文的人通常是男人。

這種形式，到了兩漢魏晉南北朝時期，有些衰落，到武后朝，這種「頌」體又被武曌採用。這種堆砌詞藻、呆板富麗的頌體詩，形式上的意義顯然是大於思想內容價值的。

正因為如此，她身為女子，採用男性化色彩頗濃的詩歌形式來創作。這本身就在詔示天下人：我非一般母妻，而是一個政治家。

又如同武曌毫不容情地將有名無實的嬪妃制度進行徹底更改。嬪妃改名號是武曌政治謀略的一部分[20]。從名稱、性質到職責都發生完全轉變，使嬪妃成為皇帝身邊勸導仁義，提倡道德的女官，及單純侍奉皇帝起居的僕役[21]。她要借機表達一個想法：宮中女性有權參與公共事務，她們應該首先被定義為皇帝的助手，或內廷的官僚，而非皇帝的私人伴侶。武曌的行動讓中國女性得以較平等的方式參與政治，有權進入行政體系為人民服務。筆者認為，武曌採取頌詩，借用中國敬神禮佛的傳統，使自己成為敬神的代表，促使人民信任與願意聽武曌所表達的意見。

## （四）明堂祭祀，兼行宣政

明堂是古代帝王朝見諸侯、宣明政教並兼行祭祀的地方。明堂的象徵意義遠大於它的實際功能。

在武曌之前，唐代沒有明堂。至開元二十七年（739），唐玄宗下

---

20 陳弱水：〈初唐政治中的女性意識〉，收入鄧小南：《唐宋女性與社會》（上海市：上海辭書出版社，2003年），頁670。
21 蕭穎：《二聖臨朝唐高宗唐女皇》（北京市：團結出版社，1997年），頁92。

令拆掉洛陽明堂上層，改建下層為乾元殿，此後唐代也再沒有建過明堂。在唐代初年，貞觀群臣主觀上都希望追求雅正、典則，即使應制遊宴之作，也是以比配先王的方式來表達頌聖之旨[22]。

武曌創作《唐明堂樂章》共十二首。它們分別為：〈外辦將出〉、〈皇帝行〉等。《舊唐書》卷三《音樂志》云十二首[23]，實際數僅十一首。詞藻華麗，內容多宮廷套語。即歌頌祖先、祈求福祉。如《唐享昊天樂・第一》曰：「太陰凝至化，真耀蘊軒儀。德邁娥台敞，仁高似幄披。捫天遂啟極，夢日乃升曦。」再如〈迎送王公〉：千官肅事，萬國朝宗。載延百辟，爰集三宮。君臣德合，魚水斯同。睿圖方永，周曆長隆。其實內容與《詩經》「頌」中「綏我眉壽，介以繁祉。」「以介眉壽，永言保之」意義無二。但是，武曌就是用這種儒家的方式，一遍又一遍地以鐘鼓鳴之，強化女主意識。在雍容莊嚴的鼓樂聲中，表現出政治的和諧與安定。孔子的樂教思想與「詩」、「禮」密切相關，「詩」、「禮」、「樂」三者相輔相成。武曌也承襲此種思想。總之，她要建立起以自己為天子的新王朝，既不完全沿襲李唐舊制，也不全盤效仿古代模式，她要獨創一個全新的王朝[24]。

## （五）四言為主，中正莊嚴

武曌頌詩形式雖有少數三言、五言、六鹽等，但以四言為主。在中國，寫好四言為主體的詩詞，幾乎是每位君王都有帝王氣概的象徵[25]。

---

22 許總：《唐詩史》（南京市：江蘇教育出版社，1994年），頁170。

23 〔後晉〕劉昫：《舊唐書》，頁1101。

24 王志剛：《武則天破天規的九九加一法則》（北京市：企業管理出版社，2001年），頁194。

25 王富仁：《曹操四言詩與〈短歌行〉／古老的回聲──閱讀中國古代文學經典》（成都市：四川人民出版社，2003年），頁116。

曹操如此，武曌亦如是。王富仁認為：「四言詩的節奏是單純的，沒有變化的。但正是因為它的節奏的單純，句式的缺少變化，才使四言詩具有為其他形式的詩所沒有的特殊意味。它讀起來鏗鏘有力，決無纏綿淒惻的情調，透露著詩人的堅定意志和內外如一的質直性質。它更適於言志，而不適用於抒發細膩、委婉的感情，不適於描寫和敘述。」[26]武曌也採用四言詩的單純節奏，作為頌詩的基調，使宗廟樂章鏗鏘有力，中正莊嚴，借以表現她堅定意志與成熟如一的昂揚精神。

## 四 餘論

　　唐代律詩與古文之體所以超越前代者，推源溯委，武曌發揚宣導，功不可沒[27]。詩歌的形式由四言一變為五言、七言，之中自有它發展變化軌跡。但是到了南北朝、隋唐，五言詩已蔚為大觀。而武曌此時又回頭採用《詩經》四言頌詩的形式，本身也就在詔示天下人：雖然她是一名女子，但是仍然具有帝王之象，並能效法前賢。既顯莊重典雅，又不失熱烈和樂。至其內容多為歌頌升平，反映當時社會的安定、生產的發展，如〈唐享昊天樂·第十一〉：「禮終肆類，樂闋九成。仰惟明德，敢薦非馨。顧慚菲奠，久馳雲軒。瞻荷靈澤，悚戀兼盈。」表達了作者對於明德這一清明政治的追求。唐初君臣在詩歌領域的開拓，是詩歌與政治的首次聯姻[28]。

　　《舊唐書·文苑傳序》：「貞觀之風，同乎三代，高宗天后，尤重詳延，天子賦橫濱之詩，臣下繼泊梁之奏，巍巍濟濟，輝爍古

---

26 同前註。

27 梁乙真：《中國婦女文學史綱》，頁197。

28 霍然：《隋唐五代詩歌史論》（長春市：吉林教育出版社，1995年），頁33。

今。」[29]武曌廣延文士，目的固然一方面在於尋求新興政治力量的支持，但同時也著意於搜求詩人詞客，賦詩吟詠，以集一時之盛[30]。筆者以為對唐代詩風興盛有顯著之功。

《唐享昊天樂》十二首，在這十二首裏，三言有二首，四言有五首，五言有三首，六言有一首，七言有一首，以四言、五言居多。《大享拜洛樂章》十五首，以四言、五言居多。《舊唐書・卷三十・志第十・音樂三》曰：「則天皇后永昌元年《大享拜洛樂》，設禮用〈昭和〉，次〈致和〉，次〈咸和〉，乘輿初行用〈九和〉，次拜洛、受圖用〈顯和〉，登歌用〈昭和〉，迎俎用〈敬和〉，酌獻用〈欽和〉，送文舞出、迎武舞入用〈齊和〉，武舞用〈德和〉，撤俎用〈禋和〉，辭神用〈通和〉，送神用〈歸和〉。」[31]如〈昭和〉作曲撰詞，十分恭謹，字裏行間，充滿對洛河之神的敬仰與膜拜，從樂曲之名均有「和」字考察，說明武曌對天時人和、政局安定、帝業昌盛、式播淳風，天下太平的嚮往[32]。

武曌統治時期重視文學藝術教育的施政行動，激發很多文人在詩體文體方面努力探索，以使得某種體裁定型，成為後世典範，或對較為陳舊的體裁進行革新，使之趨於完善[33]。這類頌詩同時展示武曌的內心。

---

29 許總：《唐詩史》。

30 許總：《唐詩史》，頁152。

31 〔後晉〕劉昫：《舊唐書》，頁1114。

32 吳以寧，顧吉辰：《中國后妃制度研究》，頁214。

33 胡可先：《政治興變與唐詩演化》（北京市：中國社會科學出版社，2003年），頁19。

# 參考文獻

## 一　古籍

〔漢〕孔安國撰　《尚書正義》　《十三經注疏》　臺北市　新文豐
　　書局　2001 年

〔漢〕司馬遷　《史記》　楊家駱主編　《中國學術類編》　臺北市
　　鼎文書局　1987 年 11 月九版

〔漢〕班固　《白虎通》　臺北市　臺灣商務印書館　1966 年 3 月
　　一版

〔漢〕董仲舒　《春秋繁露校譯・王道》　石家莊市　人民出版社
　　2005 年 5 月初版

〔漢〕劉向撰《列仙傳》　臺北市　三民書局　1997 年

〔漢〕鄭玄注　《毛詩鄭箋》　臺北市　學海出版社　1999 年 9 月
　　初版

〔漢〕鄭玄注《禮記鄭注》　臺北市　學海出版社　1981 年 9 月再版

〔漢〕鄭玄注　〔唐〕賈公彥疏　《周禮注疏》　《十三經注疏》
　　臺北市　臺灣商務印書館　1987 年

〔漢〕趙曄撰　黃仁生注釋　《吳越春秋》　臺北市　三民書局
　　1996 年 2 月初版

〔梁〕鍾嶸　周振甫譯注　《詩品譯注》　南京市　江蘇教育出版社
　　2006 年 4 月第一版

〔唐〕王勃著　〔清〕蔣清翊註　《王子安集註》　上海市　上海古
　　籍出版社　1995 年 11 月

〔唐〕杜佑撰　《通典》　臺北市　新興書局　1963 年 10 月初版

〔唐〕房玄齡等人合著　《晉書》　臺北市　洪氏出版社　1977 年

〔唐〕唐太宗 《貞觀政要》 臺北市 時報文化出版社 2001 年 三版六刷

〔唐〕郗雲卿、黃清泉注譯 《新譯駱賓王文集》 臺北市 三民書局 2003 年 1 月初版

〔唐〕張九齡、李林甫等撰 《唐六典》 北京市 中華書局 2005 年 4 月

〔唐〕張鷟 《朝野僉載》 臺北市 臺灣商務印書館 1966 年 3 月

〔唐〕劉肅撰 《大唐新語》 臺北市 新宇書局 1985 年 10 月

〔唐〕劉餗撰 《隋唐嘉話》 北京市 中華書局 1997 年 12 月二版

〔唐〕盧照鄰著 李雲逸校注 《盧照鄰集校注》 北京市 中華書局 1998 年

〔唐〕駱賓王撰 〔清〕陳熙晉箋注 《駱臨海集箋注》 臺北市 世界書局 1981 年

〔唐〕魏徵等撰 《隋書》 臺北市 洪氏出版社 1977 年

〔唐〕陳子昂撰 楊家駱主編 《新校陳子昂集》 臺北市 世界書局 1980 年 2 月初版

〔後晉〕劉昫 《舊唐書》 臺北市 洪氏出版社 1977 年

〔五代〕王定保 《唐摭言》 臺北市 世界書局 2009 年 12 月

〔宋〕魏慶之 《詩人玉屑》 臺北市 臺灣商務印書館 1968 年 6 月

〔宋〕王讜撰 《唐語林》 臺北市 世界書局 2009 年 12 月

〔宋〕王欽若、楊億等奉敕撰 《冊府元龜・環衛部・忠節》 《文淵閣四庫全書》

〔宋〕王欽若等編 《冊府元龜》 北京市 中華書局 1989 年 1 月初版

〔宋〕王溥 《唐會要》 上海市 上海古籍出版社 1991 年

〔宋〕司馬光撰 宋遺民胡三省注 《資治通鑑》 臺北市 大申書局 1978 年 11 月

〔宋〕司馬遷　《史記》　臺北市　鼎文書局　1981 年

〔宋〕朱熹　《楚辭集注》　臺北市　中央圖書館　1991 年 2 月

〔宋〕朱熹集注　趙順孫纂疏　《四書纂疏》　《孟子》　臺北市　文史哲出版社　1984 年 2 月初版

〔宋〕朱熹集傳　《詩集傳》　臺北市　臺灣學生書局　1970 年 10 月初版

〔宋〕李昉等編著　《太平廣記》　臺北市　文史哲出版社　1978 年 11 月

〔宋〕計有功　《唐詩紀事》　臺北市　中華書局　1991 年

〔宋〕郭茂倩　《樂府詩集》　北京市　中華書局　1998 年 11 月 5 版

〔宋〕陳彭年等　重修民國林尹校訂　《宋本廣韻》　臺北市　黎明文化事業公司　1986 年 7 月八版

〔宋〕歐陽脩、宋祁、范鎮、呂夏卿等合撰　《新唐書》　臺北市　洪氏出版社　1977 年

〔宋〕宋綬、宋敏求編　《唐大詔令集》　臺北市　鼎文書局　1978 年

〔元〕馬端臨撰　《文獻通考》　臺北市　臺灣商務印書館　1983 年

〔宋〕陳彭年等著　《宋本廣韻》　臺北市　黎明文化事業公司　1990 年初版

〔宋〕晁公武撰　《郡齋讀書志》　上海市　上海古籍出版社　1990 年 10 月一版

〔明〕胡應麟　《詩藪》　臺北市　廣文書局　1973 年 9 月初版　內編卷二　頁 91

〔明〕張溥輯　《漢魏六朝一百三家集》　臺北市　新興書局　1986 年

〔明〕徐師曾　《詩體明辨》　臺北市　廣文書局　1972 年 4 月初版

〔梁〕劉勰、羅立乾注釋　《文心雕龍注》　臺北市　開明書局　1975 年 9 月

〔梁〕鍾嶸著　曹旭集注　《詩品集注》　上海市　上海古籍出版社　1996 年 8 月二刷

〔陳〕徐陵編　《玉台新詠箋注》　北京市　中華書局　2004 年 4 月四版

〔清〕丁仲祜編訂　《續歷代詩話下》　《藝苑巵言》　臺北市　藝文印書館　1974 年 4 月三版

〔清〕胡聘之　《山右石刻叢編》　上海市　上海古籍出版社　1995 年

〔清〕仁宗刺撰　《欽定全唐文》　臺南縣　經緯出版社　1965 年

〔清〕王夫之　《讀通鑑論》　臺北市　河洛圖書出版社　1976 年 3 月初版

〔清〕王述菴撰　《金石萃編》　臺北市　台聯國風　1964 年 12 月初版

〔清〕龍起濤撰　《毛詩補正》　臺北市　力行書局　1970 年

〔清〕李汝珍　《鏡花緣》　臺北市　聯經出版社　1985 年 7 月二版

〔清〕胡聘之　《山右石刻叢編》　上海市　上海古籍出版社　2002 年

〔清〕龍起濤撰　《毛詩補正》　臺北市　力行書局　1970 年 6 月初版

〔清〕聖祖御製　《全唐詩》　臺北市　明倫書局　1971 年 5 月初版

〔清〕沈德潛　《古詩源》　臺北市　新陸書局　1981 年元月

〔清〕趙翼　《廿二史劄記》　北京市　中國出版社　1987 年

〔清〕徐松撰　羅繼祖補遺　那須和子索引　《登科記考附補遺索引》　臺北市　驚聲文物出版社　1972 年 3 月初版

〔清〕徐松撰　孟二冬補正　《登科記考補正》　北京市　燕山出版
　　社　2003 年 7 月一刷

佚名　《大唐傳載》　《文淵閣四庫全書》　臺北市　中華書局
　　2002 年

〔日〕弘法大師撰　《文鏡秘府論》　臺北市　河洛圖書出版社
　　1976 年 3 月初版


二　專書


王仲犖　《隋唐五代史》　北京市　中華書局　2007 年 11 月一版

王吉林　《君相之間──唐代宰相與政治》　北京市　中國人民出版
　　社　2007 年 6 月一刷

王志剛　《武則天──破天規的九九加一法則》　臺北市　正展書局
　　2001 年 11 月

王叔岷撰　《列仙傳校箋》　臺北市　中央研究院　1995 年 4 月初版

王叔岷　《陶淵明詩箋證稿》　臺北市　藝文印書館　1975 年 1 月
　　初版

王夢鷗　《初唐詩學著述考》　臺北市　臺灣商務印書館　1977 年 1
　　月初版

王耀輝　《文學文本解讀》　武漢市　華中師範大學出版社　2008
　　年 6 月七刷

宇文所安著　賈晉華譯　《初唐詩》　臺北市　聯經出版社　2007
　　年 1 月初版

宇文所安著　賈晉華譯　《盛唐詩》　臺北市　聯經出版社　2007
　　年 1 月初版

朱光潛　《詩論》　南京市　鳳凰出版社　2008 年 1 月一刷

朱維煥 《周易經傳象義闡釋・繫辭上傳》 臺北市 臺灣學生書局 1993 年 9 月

吳夏平 《唐代制度與文學研究述論稿》 濟南市 齊魯書社 2008 年 7 月一刷

李 浩 《唐代三大地域文學士族研究》 北京市 中華書局 2005 年 5 月二刷

李 浩 《唐詩美學精讀》 上海市 復旦大學出版社 2009 年 2 月一刷

杜曉勤 《初盛唐詩歌的文化闡釋》 北京市 東方出版社 1997 年 7 月第一版

卓遵宏 《唐代進士與政治》 臺北市 國立編譯館 1987 年 3 月初版

周勛初 《唐語林校證》 北京市 中華書局 1987 年

周維德集校 《全明詩話》 濟南市 齊魯書社 2005 年 6 月初版

尚 定 《走向盛唐》 北京市 中國社會科學出版社 1994 年 7 月第一版

林語堂 《武則天正傳》 西安市 陝西師範大學出版社 2008 年 9 月一刷

姜漢椿注譯 《新譯唐摭言》 臺北市 三民書局 2005 年 1 月

徐有富 《詩學原理》 北京市 北京大學出版社 2007 年 6 月二刷

高世瑜 《中國古代婦女生活》 臺北市 臺灣商務印書館 1998 年

國立編譯館主編 《唐代研究論集》第二輯 臺北市 新文豐出版公司 1992 年

張伯偉 《全唐五代詩格校考》 西安市 陝西人民教育出版社 1996 年 7 月一刷

逢甲大學中國文學系、唐代研究中心 《唐代文化、文學研究及教學國際學術研討會論文集》 2010 年 5 月

陳尚君輯校　《全唐詩補編》　臺北市　中華書局　1992 年 10 月初版

陳寅恪　《唐代政治史述論稿》　臺北市　里仁書局　2008 年三月初版

陳祖言　《張說年譜》　香港　中文大學　1984 年版

陳慶輝　《武則天的人生哲學──女權人生》　臺北市　揚智出版社　2000 年 2 月初版

傅璇琮　《唐人選唐詩新編》　西安市　陝西人民出版社　1996 年 7 月第一次印刷

傅璇琮　《唐代政治史述論稿》　《隋唐制度淵源略論稿》合輯　臺北市　里仁書局　2008 年

傅璇琮　《唐代科舉與文學》　西安市　陝西人民出版社　1986 年 10 月第一版

傅璇琮、李一飛、陶敏　《唐五代文學編年史》　瀋陽市　遼海出版社　1998 年 12 月一版

傅璇琮　《唐人選唐詩新編》　西安市　陝西人民出版社　1996 年 7 月一刷

傅璇琮主編　《唐才子傳校箋》　北京市　中華書局　2002 年 8 月三刷

游國恩等主編　《中國文學史》　北京市　人民文學出版社　1988 年 5 月五刷

程千帆　《唐代進士行卷與文學》　《古詩考察》合輯　武漢市　武漢大學出版社　2008 年 12 月

賀昌盛　《象徵：符號與隱喻》　南京市　南京大學出版社　2007 年 4 月一刷

黃仁生注釋　《吳越春秋》　臺北市　三民書局　1996 年二月初版

黃永武　《中國詩學設計篇》　臺北市　巨流出版社　1999 年 9 月初版

黃清泉　《新譯駱賓王文集》　臺北市　三民書局　2002 年 12 月

黃維樑　《中國詩學縱橫論》　臺北市　洪範書局　1982 年 9 月

楊家駱主編　《全漢三國晉南北朝詩》　臺北市　世界書局　1978
　　　　年 10 月三版

楊家駱主編　漢班固撰　唐顏師古注　《新校本漢書並附編二種》
　　　　臺北市　鼎文書局　1997 年初版

葛曉音　《詩國高潮與盛唐文化》　北京市　北京大學出版社　1998
　　　　年 5 月初版

葛曉音　《漢唐文學的嬗變》　北京市　北京大學出版社　1990 年
　　　　10 月第一版

賈晉華　《唐代集會總集與詩人群研究》　北京市　北京大學出版社
　　　　2001 年 6 月一刷

雷家驥　《武則天傳》　北京市　人民出版社　2007 年 8 月 2 刷

熊良智　《武則天與王皇后》　臺北市　華曜書局　1998 年 2 月初版

聞一多　《唐詩雜論》　上海市　世紀出版社　2006 年 4 月

蒙　曼　《蒙曼說唐——武則天》　臺北市　麥田出版社　2009 年 6
　　　　月 18 刷

屈萬里　《詩經釋義》　臺北市　華岡出版社　1974 年 10 月五版

趙昌平、李夢生主編　《先秦漢魏南北朝詩新譯》　臺北市　建安書
　　　　局　1999 年 2 月初版

褚斌杰　《中國古代文體概論》　北京市　北京大學出版社　1997
　　　　年 12 月三刷

樓小南　《唐宋女性與社會》　上海市　辭書出版社　2003 年 8 月
　　　　第 1 版

蔡源煌　《從浪漫主義到後現代主義》　臺北市　雅典出版社　1987
　　　　年 12 月初版

蕭　讓　《武則天女皇之路》　西安市　陝西師範大學出版社　2008年2月一版

賴炎元注譯　《韓詩外傳今著今譯》　臺北市　臺灣商務印書館1974年1月二版

謝無量　《中國婦女文學史》　臺北市　中華書局　1979年8月

聶永華　《初唐宮廷詩風流變考論》　北京市　中國社會科學出版社2002年8月

羅元貞點校　《武則天集》　太原市　山西人民出版社　1987年1月初版

羅宗強　《隋唐五代文學思想史》　北京市　中華書局　1999年8月初版

龔鵬程　《唐代思潮》　北京市　商務印書館　2007年9月一刷

## 三　期刊論文

陳鐵民　〈論律詩定型於初唐諸學士〉　《文學遺產》　2001年第1期　頁59-64、140

王德林　〈武則天的管理思想〉　《遼寧科技大學學報》　2009年6月　第32卷第3期　頁294-300

白闞峰、王相鵬、劉敬　〈論武周時期的民族政策〉　《唐山師範學院學報》　2007年11月　第29卷第6期　頁85-88

何　磊　〈武周年號考析〉　《雲南師範大學學報》　2006年5月第38卷第3期　頁188-194

周　莉　〈以武周時期為例簡論政治與文學之關係〉　《棗莊學院學報》　2009年2月　第26卷第1期　頁78-81

季慶陽　〈武則天與忠孝觀念〉　《西北大學學報》　2009年11月第39卷第6期　頁138-140

夏彩玲　〈唐代宮廷女性詩歌創作探視〉　《廣西師範學院語文學刊》　2007 年第 7 期　頁 134-136

郭根群、郭社軍　〈略析武則天對唐詩繁榮的貢獻〉　《河北軟件職業技術學院學報》　2006 年 3 月　第 8 卷第 1 期　頁 3-4、35

賀潤坤　〈武則天為何要還位於李唐王朝〉　《陝西廣播電視大學學報》　2008 年 3 月　第 10 卷第 1 期　頁 65-68

路　榮　〈武則天詩歌研究〉　西北大學　2001 年 4 月　頁 31-35、51

靳　欣　〈唐詩中的武則天形象〉　《株洲師範高等專科學校學報》　2007 年 8 月　第 12 卷第 4 期　頁 66-69

勾利軍　〈武則天與張易之、張昌宗關係論略〉　《韶關學院學報》　2003 年　24 卷 11 期　頁 100-102

王永平　〈從泰山道教石刻看武則天的宗教信仰〉　《東岳論壇》　2006 年　28 卷 03 期　頁 92-97

江雪碧　〈依萊乃、武曌與凱薩琳：三位突破傳統的女性統治者〉　《史學研究》2002 年 16 期

何　磊　〈武則天選擇嵩山封禪原因初探〉　《雲南師範大學學報》　2003 年　5 期　頁 48-5

吳毓鳴　〈武則天的政治顛覆與唐傳奇的女權伸張〉　《福建論壇——人文社會科學版》　2006 年 7 期　頁 106-108

杜斗城　〈關于武則天與佛教的幾個問題〉　《宗教學研究》　1994 年 1 期　頁 26-33

李鋒敏　〈淺談武則天嵩山封禪與道佛兩教的興盛〉　《甘肅高師學報》　2003 年 6 期　頁 66-68

林集友　〈武則天陵前的無字碑試析〉　《四川文物》　1997 年 2 期　頁 57-58

胡　戟　〈武則天與酷吏政治〉　《炎黃春秋》　1994 年 12 期　頁 84-85

胡可先　〈論武則天時期的文學環境〉　《陝西師範大學學報》 2005 年 6 期　頁 51-57

徐嫩棠　〈武則天稱帝原因淺析〉　《史學月刊》　1995 年 6 期　頁 32-36

高俊萍　〈試論武則天時期龍門石窟的彌勒造像〉　《敦煌學輯刊》 2006 年 2 期　頁 141-144

陳雪寒　〈武則天的養生之道〉　《農村天地》　2002 年 2 期　頁 38

陳嘉立　〈武則天其人其事〉　《中興評論》　23 卷 11 期　1976 年

馮　堅　〈漫談武則天納諫知人和取士改革〉　《中華女子學院學報》　1995 年 1 期　頁 65-66

楊西雲　〈再談武則天殺裴炎〉　《天津師範大學學報》　2001 年 5 期　頁 51-53、58

董　理　〈關于武則天金簡的幾個問題〉　《華夏考古》　2001 年 2 期　頁 79-85

趙葉麗　〈略論武則天的重農思想〉　《濟寧師專學報》　22 卷 2001 年 5 期　頁 42-43

羅　麗　〈女學者論武則天〉　《婦女研究論叢》　1995 年 4 期　頁 149-151

# 附錄

# 第五屆語文教育暨第十一屆辭章章法學學術研討會

### 歡迎各界蒞臨指導 !!

一、主辦單位：教育部國民小學師資培用聯盟「國語文學習領域教學研
　　　　　　　究中心」

　　　　　　　臺北市立大學人文藝術學院

　　　　　　　臺北市立大學中國語文學系

　　　　　　　國立臺灣海洋大學海洋文創設計產業學系

　　　　　　　中國語文學會

　　　　　　　中華民國章法學會

　　　承辦單位：萬卷樓圖書股份有限公司

　　　　　　　國文天地雜誌社

二、日　　　期：中華民國 105 年 11 月 5 日（星期六）

三、地　　　點：臺北市中正區愛國西路 1 號

　　　　　　　臺北市立大學人文藝術學院藝術館 A101、A302 教室

四、會議主題：

　　　（一）章法學與辭章學研究　　（二）章法學與中西語言學

　　　（三）辭章學與國語文教學　　（四）辭章學與華語文教學

　　　（五）辭章學與教育學理論　　（六）海洋文創資源研究

## 五、會議議程（暫訂）：

| 時間 | 地點 | 11 月 5 日（星期六） | | | |
|---|---|---|---|---|---|
| 08:20 -08:50 | 臺北市立大學 人文藝術學院 | 報　　到 | | | |
| 場次 | 地點 | 主持人 | 主講人 | 論　文　題　目 | 特約討論 |
| 08:50 -09:50 | A101 教室 | 陳佳君 中心常務委員 葉鍵得 臺北市立大學 文學院院長 許錟輝 中華民國章法學會 理事長 | 開　幕　式 | | |
| | | | 曾永義 中央研究院院士 | 一篇〈錦瑟〉解人難 | |
| | | | 陳滿銘 中華章法學會 名譽理事長 | 論跨界章法學──以章法學方法論之三觀體系為重心作探討 | |
| 09:50 -10:10 | | 茶　　敘 | | | |
| 第一場 10:10 -1200 | 甲場 (A101 教室) 跨領域與創新 思維研究 | 賴明德 臺灣師大 退休教授 | 戴維揚 臺師大退休教授 | 就 1919 和合本中譯聖經論「道」可「到」的翻譯 | 賴明德 臺師大退休教授 |
| | | | 邱燮友 臺師大退休教授 | 中國古典詩學創作欣賞的新思維 | 莊雅州 中正大學退休教授 |
| | | | 蘇心一 空中大學兼任 講師 | 詞中有畫畫有詞──東坡詞中有乾坤 | 黃文吉 彰師大退休教授 |
| | | | 黃麗容 真理大學語文科 副教授 | 李白遊仙詩夢境寓意及時空結構 | 黃淑貞 慈濟東語系副教授 |
| | | | 吳瑾瑋 臺師大國文系 副教授 | 王文興小說語言風格分析：從詩語言句式入手 | 戴維揚 臺師大退休教授 |
| | | | 黃淑貞 慈濟東語系 副教授 | 論《全宋詞》中穿簾幕而來的聽覺意象 | 黃文吉 彰師大退休教授 |
| | 乙場 (A302 教室) 海洋文創研究 及其他 | 吳肇嘉 臺北市立大學 中語系主任 | 吳智雄 海洋大學共教中心 教授兼博雅組長 | 寄託、想像、抒情、哲理：論海洋在中國文化中的 四大意義 | 顏智英 海洋大學海洋文創設計 產業系教授兼主任 |
| | | | 顏智英 海洋大學海洋文創 設計產業系教授兼 主任 | 南宋詩海洋書寫之主題探析──以「藉海抒懷」、 「特殊海景」二主題為例 | 吳智雄 海洋大學共教中心教授 兼博雅組長 |
| | | | 莊育鯉 海洋大學海洋文創 設計產業系 助理教授 | 以海洋文化為發展的地域產業設計與品牌探討 | 黃榮順 崇右技術學院視覺傳 達設計系助理教授 |
| | | | 陳宣諭 北市大學 通識中心副教授 | 崔顥〈黃鶴樓〉與李白〈登金陵鳳凰台〉二詩章法 結構與藝術手法析論 | 余崇生 中心常務委員 |
| | | | 周晏菱 中國科大 通識中心講師 | 由章法角度論杜甫詩作「虛景設想」之變換藝 術──以「戲」題詩為例 | 顏智英 海洋大學海洋文創設計 產業系教授兼主任 |
| | | | 劉怡伶 聖母醫護專校 通識中心副教授 | 蔣伯潛與傳統辭章的現代轉化 | 余崇生 中心常務委員 |

| 12:00<br>-13:20 | | | | 午　　餐 | |
|---|---|---|---|---|---|
| 第二場<br>13:20<br>-14:50 | 甲場<br>(A101 教室)<br>語文教學與課<br>程設計 | 張清榮<br>中心常務委員 | 竺靜華<br>臺大華語教學碩<br>士學程助理教授 | 教學拼圖——淺談華語教學中的小說教學 | 蔡喬育<br>臺中教育大學語教系助理<br>教授 |
| | | | 陳佳君<br>國北教大語創系<br>副教授 | 繪本融入語文補救教學之理論先導研究——以螺<br>旋結構論為主軸的探討 | 余崇生<br>中心常務委員 |
| | | | 陳添球<br>東華大學教育與<br>潛能開發學系<br>教授 | 以文章結構寫大意的螺旋式課程設計模式 | 張清榮<br>中心常務委員 |
| | | | 劉崇義<br>北市建國中學<br>退休教師 | 經典作品的解讀與創作——以杭二中的學生作品<br>為例 | 張淑萍<br>北市立大學中語系<br>助理教授 |
| | | | 陳秀絨<br>北市立大學中語<br>系博士生 | 試論詩歌教育對語文教育的價值與影響 | 曾進豐<br>中心常務委員 |
| | 乙場<br>(A302 教室)<br>辭章風格與美<br>學研究 | 傅武光<br>臺灣師大<br>退休教授 | 劉楚荊<br>徐匯中學教師 | 漢賦美學中的「審醜」書寫 | 蒲基維<br>空大兼任助理教授 |
| | | | 陳燕玲<br>北市立大學中語<br>系博士生 | 散文與詩交會的火花——林煥彰〈日常·無常·<br>如常〉的藝術經營 | 傅武光<br>臺灣師大退休教授 |
| | | | 蒲基維<br>空大人文學系<br>兼任助理教授 | 華語「詞彙風格」的形成及其根源 | 謝淑熙<br>北市立大學助理教授 |
| | | | 唐美惠<br>北市立大學中語<br>系碩士生 | 孟郊詩學的審美觀 | 蒲基維<br>空大兼任助理教授 |
| | | | 謝宇璇<br>臺師大國文系<br>碩士生 | 石中英詩作之語言風格——以重字的使用為例 | 謝淑熙<br>市立大學助理教授 |
| 14:50<br>-15:10 | | | | 茶　　敘 | |
| 第三場<br>15:10<br>-16:30 | 甲場<br>(A101 教室)<br>辭章學與小說<br>研究 | 張春榮<br>國北教大語創系<br>教授 | 卜慧文<br>臺師大教碩班<br>碩士生 | 若隱若現的情——論薛寶釵人物形象 | 林均珈<br>北市立大學中語系博士 |
| | | | 張春榮<br>國北教大語創系<br>教授 | 海宴《瑯琊榜》小說初探 | 蔡芳定<br>世新大學中文系教授 |
| | | | 仇小屏<br>成功大學中文系<br>副教授 | 論感覺在借代中的表現 | 張春榮<br>國北教大語創系教授 |
| | | | 林均珈<br>北市立大學中語<br>系博士 | 清代彈詞開篇之探析——以《紅樓夢》故事為例 | 蔡芳定<br>世新大學中文系教授 |

| | | | 蔡宏杰<br>臺師大國文系<br>博士生 | 從語用策略觀點分析馮夢龍《笑府》中「對話」在篇章中的開展 | 楊如雪<br>臺灣師大副教授 |
|---|---|---|---|---|---|
| 第三場<br>15:10<br>-16:30 | 乙場<br>(A302教室)<br>文法修辭與章法研究 | 莊雅州<br>中正大學<br>退休教授 | 蔡幸君<br>臺師大國文系<br>博士生 | 論《水滸傳》內容的統一性結構 | 林淑雲<br>臺灣師大副教授 |
| | | | 盧昱勳<br>臺師大國文系<br>碩士生 | 「沒」用作否定詞的探究——以《朱子語類》為例 | 楊如雪<br>臺灣師大副教授 |
| | | | 楊雅貴<br>北市育成高中<br>國文教師 | 思辨三重奏——以「章法思辨／文本意象 PISA 思辨／章法結構寫作引導」之簡易讀寫互動策略譜出思辨教學樂章：以高二三重補修課程實務為例 | 陳佳君<br>中心常務委員 |
| 16:30<br>-16:40 | 茶　　　　敘 | | | | |
| 16：40<br>-17:30 | A101教室 | 梁錦興<br>萬卷樓圖書公司總經理<br>中華民國章法學會編委會顧問 | 《跨界章法學研究叢書》新書發表會 | | |

※主持人3分鐘，主講人宣讀論文10分鐘，特約討論人6分鐘，其餘時間為綜合討論。

文學研究叢書·辭章修辭叢刊　0812A07

# 章法論叢・第十一輯

| 主　　編 | 教育部國民小學師資培用聯盟、國語文學習領域教學研究中心、中華民國章法學會 |
|---|---|
| 責任編輯 | 邱詩倫 |
| 發 行 人 | 陳滿銘 |
| 總 經 理 | 梁錦興 |
| 總 編 輯 | 陳滿銘 |
| 副總編輯 | 張晏瑞 |
| 編 輯 所 | 萬卷樓圖書股份有限公司 |
| 排　　版 | 林曉敏 |
| 印　　刷 | 百通科技股份有限公司 |
| 封面設計 | 斐類設計工作室 |

發　　行　萬卷樓圖書股份有限公司
　　　　　臺北市羅斯福路二段 41 號 6 樓之 3
　　　　　電話 (02)23216565
　　　　　傳真 (02)23218698
　　　　　電郵 SERVICE@WANJUAN.COM.TW

大陸經銷　廈門外圖臺灣書店有限公司
　　　　　電郵 JKB188@188.COM

香港經銷　香港聯合書刊物流有限公司
　　　　　電話 (852)21502100
　　　　　傳真 (852)23560735

ISBN 978-986-478-116-4

2017 年 11 月初版

定價：新臺幣 920 元

如何購買本書：

1. 劃撥購書，請透過以下郵政劃撥帳號：
　　帳號：15624015
　　戶名：萬卷樓圖書股份有限公司

2. 轉帳購書，請透過以下帳戶
　　合作金庫銀行　古亭分行
　　戶名：萬卷樓圖書股份有限公司
　　帳號：0877717092596

3. 網路購書，請透過萬卷樓網站
　　網址 WWW.WANJUAN.COM.TW

大量購書，請直接聯繫我們，將有專人為您服務。客服：(02)23216565　分機 10

如有缺頁、破損或裝訂錯誤，請寄回更換

國家圖書館出版品預行編目資料

章法論叢·第十一輯 /教育部國民小學師資培用聯盟、國語文學習領域教學研究中心、中華民國章法學會主編-- 初版. -- 臺北市:萬卷樓, 2017.11

面；　公分

ISBN 978-986-478-116-4(平裝)

1.漢語　2.作文　3.文集

802.707　　　　　　　　　　106017503